KNAUR✷

Über den Autor:
Ulf Schiewe wurde 1947 geboren. Er begann seine Berufskarriere als Software-Entwickler und war später in mehreren europäischen Ländern als Marketingmanager internationaler Softwarehersteller tätig. Ulf Schiewe war schon immer eine Leseratte, den spannende Geschichten in exotischer Umgebung faszinierten. Im Laufe der Jahre wuchs der Wunsch, selbst historische Romane zu schreiben. So entstand »Der Bastard von Tolosa«, sein erster Roman, dem inzwischen eine ganze Reihe weiterer, gut recherchierter und vor allem spannender Abenteuerromane folgten. Ulf Schiewe ist verheiratet, hat drei erwachsene Kinder und lebt in München.

ULF SCHIEWE

Thors Hammer

HERRSCHER DES NORDENS

HISTORISCHER ROMAN

Besuchen Sie uns im Internet:
www.knaur.de

Originalausgabe September 2017
Knaur Taschenbuch
© 2017 Knaur Verlag
Ein Imprint der Verlagsgruppe
Droemer Knaur GmbH & Co. KG, München
Alle Rechte vorbehalten. Das Werk darf – auch teilweise –
nur mit Genehmigung des Verlags wiedergegeben werden.
Redaktion: Ilse Wagner
Zitate aus der Edda aus: *Die Edda, Die großen Geschichten
der Menschheit*, Becksche Reihe, München
Covergestaltung: ZERO Werbeagentur, München
Coverabbildung: FinePic / shutterstock
Ornament: BellonaAhillia / shutterstock.com
Karte: Computerkartographie Carrle
Satz: Wilhelm Vornehm, München
Druck und Bindung: CPI books GmbH, Leck
ISBN 978-3-426-52002-4

2   4   5   3   1

INHALT

TEIL I

TEIL II

TEIL III

*I*ch bin Harald, Sigurds Sohn und von königlichem Blut.

Die Skalden nennen mich Harðráði, was so viel wie kühner, aber auch harter Herrscher bedeutet, je nachdem, wie wohlgesinnt man mir ist. Mein alter Freund Thjodolf nennt mich Rabenfütterer in seinen Liedern. Man kann sich denken, warum. Ich bin nicht unzufrieden mit solchen Beinamen, denn sie flößen Respekt ein, auch wenn nicht alles wörtlich zu nehmen ist, was die Skalden singen. Doch da sie in meiner Halle saufen, gern auch mein Silber nehmen, sollen sie mich gefälligst rühmen, wenn sie von meinen Taten erzählen.

Aber nicht heute. Heute will ich weder prahlen noch Ruhmeslieder anstimmen, sondern erzählen, wie es wirklich war in meinem Leben. Natürlich war ich nicht immer König dieses kargen, wildschönen Landes, das sich Norðvegr nennt, benannt nach der Seeroute, die entlang der zerklüfteten, inselreichen Küste führt, vorbei an schneebedeckten Bergen und stillen Fjorden bis hinauf ins Eismeer, wo Wale, Robben und Walrosse gejagt werden.

Wir Nordmänner sind Bauern, Jäger und Fischer und vor allem Seefahrer. Denn urbares Land gibt es nur wenig in unserer rauhen Heimat, in der die Winter lang sind und das Leben hart. Seit Generationen segeln unsere Männer

7

in die Ferne, um ihr Glück zu machen. Wir sind ein uner-
schrockenes Volk und stolz auf die schnellen Schiffe, mit
denen wir die Welt befahren, Handel treiben und je nach
Gelegenheit auch Beute machen. Island, Grönland und
die Orkneyinseln haben wir entdeckt und besiedelt, in
Irland wie auch im Land der Angeln und Sachsen haben
wir gekämpft und Land erstritten, den Franken Gebiete
abgetrotzt und in den unendlichen Wäldern des Ostens
nach Fuchs und Zobel gejagt.

Wir lieben unsere Freiheit mehr als alles andere. Manche
Siedlungen, besonders im Norden, sind abgelegen und
nur übers Meer zu erreichen. Dort herrschen Familien-
klans, die sich von niemandem etwas sagen lassen. Bei
ihnen sind Abgaben, wenn überhaupt, nur mit Gewalt
einzutreiben. Ruft man sie aber zum Krieg mit Aussicht
auf Beute, dann sind sie schnell dabei.

Treu sind wir Nordmänner, ob auf Handelsfahrt oder im
Krieg, vor allem den Kameraden einer eingeschworenen
Schiffsmannschaft, einer hirð, wie wir sie nennen. Auch
in der Schlacht ist das die Kampfeinheit, auf die man sich
blind verlassen kann. Aber einem König folgen die Män-
ner nur, solange er hält, was er verspricht. Wendet sich
sein Glück, lassen sie ihn im Stich. Mit einem Wort: Wir
sind ein Volk, das nur schwer zu beherrschen ist.

Das musste mein Halbbruder Olaf, den sie heutzutage
den Heiligen nennen, nur allzu schmerzhaft am eigenen
Leib erfahren. Und da es den Nornen gefiel, mein
Schicksal eng mit dem seinen zu verknüpfen, wurde ich
gezwungen, viel zu jung die Heimat zu verlassen. Nicht
aus Abenteuerlust, sondern weil man mir nach dem
Leben trachtete. Überhaupt haben im Laufe der Zeit
viele versucht, mich umzubringen. Aber ich stehe immer

noch auf beiden Beinen und lache dem Schicksal ins
Gesicht.
Dies hier ist also meine Geschichte. Ich beginne mit
jenem denkwürdigen Tag, der eigentlich schon alles
andeutete, was später folgen würde. Obwohl es noch
niemand ahnen konnte. Damals war ich zwölf Jahre alt.

TEIL I

Gehör erbitt ich aller heiligen Geschlechter,
höherer und mindrer Söhne Heimdalls:
Du willst, dass ich, Walvater, richtig erzähle
älteste Kunde der Wesen, deren ich mich erinn're.

Aus den Götterliedern der Edda

AUF DER FLUCHT

Oktober, AD 1027

Es ist kalt, grau und feucht. Einer jener Tage, an denen man sich lieber hinterm Herdfeuer verkriecht, als draußen im Herbstnebel herumzulaufen.

Das heißt, jeder außer mir. Ich stehe mit nacktem Oberkörper im eisigen Wind hinter einem Vorratsschuppen und hacke Holz, was das Zeug hält. Und warum? Weil mir die Geschichten des alten Hrane, den sie den Weitgereisten nennen, den Kopf verdreht haben. Geschichten, die einen Jungen wie mich von schlanken Drachenschiffen träumen lassen, von fernen Welten und Heldentaten. Hrane behauptet, neben Rudern auf einem Langschiff gäbe es nichts Besseres als Holzhacken, um die Muskeln an Armen und Schultern zu stärken. Und deshalb stehe ich hier in der Kälte und hacke Holz, dass mir der Schweiß herunterläuft.

Der Schuppen gehört zum großen Gehöft meiner Familie in Hringaríke, einer Gegend südlich von Oppland. Das Anwesen liegt gut gesichert in einer engen Schleife der Begna nicht weit vom rauschenden Wasserfall entfernt, den man Hønefoss nennt. Entlang des Flusslaufs und in den Seitentälern zwischen bewaldeten Hügeln liegen die Felder unserer Bauern. Um diese Jahreszeit schon lange abgeerntet.

Im Grunde ist es weit mehr als ein Bauernhof, eher eine aus mehreren Gebäuden bestehende, durch Graben und Palisaden gesicherte Wallburg mit einer Besatzung kampferfahrener *hús-*

karlar. Mein Vater Sigurd Halfdansson war, ebenso wie sein Vater vor ihm und auch dessen Vater, König von Hringaríke, bevor er im Alter von achtundvierzig Jahren erkrankte und kurz darauf starb. Bei seinem Tod war ich erst drei Jahre alt gewesen und habe deshalb keine Erinnerungen an ihn, außer daran, was mir andere erzählt haben.

Dabei redet meine Mutter Åsta nur wenig über ihn. Ich vermute, sie hängt immer noch ihrem ersten Mann nach, Harald Grenske, in den sie sich mit fünfzehn Jahren verliebt hatte. Der war sechs Monate nach der Hochzeit einem Brandanschlag zum Opfer gefallen, unter seltsamen Umständen, über die niemand spricht, am wenigsten meine Mutter.

Jedenfalls ist sie danach als junge Witwe hochschwanger zur Familie ihres Vaters Gudbrand in Vestfold zurückgekehrt, wo sie meinen Halbbruder Olaf zur Welt brachte. Drei Jahre später hat sie dann auf Drängen der Verwandten meinen Vater Sigurd geheiratet, eine vorteilhafte Verbindung für die Familie, aber für Åsta eher eine Vernunftehe. So jedenfalls wird getuschelt. Wenn man in einem Haushalt wie dem unseren aufwächst, besonders mit älteren Geschwistern, Mägden und Knechten, bleibt einem wenig verborgen. Auch wenn die Erwachsenen glauben, Kinder hören nicht zu, und einem noch nichts zutrauen, wenn man zwölf ist, so bin ich schließlich weder schwerhörig noch dumm. Wenn meine Mutter denkt, dass niemand ihre Geheimnisse kennt, dann irrt sie sich.

Die Leute erinnern sich an meinen Vater als einen eher friedfertigen, etwas behäbigen Mann, den wenig aus der Ruhe brachte und der oft ein humorvolles Zwinkern in seinen blauen Augen hatte. Jedenfalls war er kein Krieger, nicht wie Åstas erster Gemahl Grenske, sondern ein besonnener Mann der Scholle, dem das Wohl seiner Bauern am Herzen lag sowie die friedliche Mehrung seines Besitzes. Angeblich war er sich auch

nicht zu schade, gelegentlich selbst den Ochsenpflug zu führen. Weshalb er sich den scherzhaften Beinamen Sigurd Syr
einhandelte, die Sau, die unermüdlich mit dem Rüssel im
Boden wühlt. Nicht gerade ein Bild, das geeignet ist, die ehrgeizigen Träume meiner Mutter zu beflügeln. Sie hatte immer
mehr im Sinn gehabt als das hinterwäldlerische Hringaríke, in
das es sie verschlagen hatte.

Und doch sollte sie sich nicht beklagen, denn Sigurd ist ihr
in aller Hinsicht ein guter Ehemann gewesen. Er hat Olaf
bereitwillig wie einen eigenen Sohn erzogen und in allem
unterwiesen, was ein Mann fürs Leben braucht. Trotzdem
waren meine Eltern anscheinend so verschieden, dass es Jahre
dauerte, bevor sie sich wirklich näherkamen und eine richtige
Ehe führten. Denn mein Bruder Guttorm, Åstas zweites Kind,
wurde erst zwölf Jahre nach der Vermählung geboren. Es zeugt
vom geduldigen Wesen meines Vaters, dass er es mit meiner oft
spröden Mutter so lange ausgehalten hat, bevor sie ihn endlich
in ihr Bett ließ. Danach aber folgten in regelmäßigen Abstän-
den meine Geschwister Gunhild, Halfdan und Ingerid. Zuletzt
ich selbst als Nachkömmling.

Nach Sigurds Tod hat Mutter sich um die Herrschaft über
unser kleines Reich gekümmert, denn Guttorm war damals
noch viel zu jung. Sie nimmt ihre Verantwortung ernst, ist
gerecht zu jedermann, lässt es jedoch nicht an Härte fehlen,
wenn man das Recht bricht, unseren Besitz bedroht oder sich
ihrem Willen widersetzt. Die zwanzig Krieger, die sie in der
Wallburg unterhält, wie auch die wehrhaften Bauern, die wir
jederzeit zu den Waffen rufen können, stehen ihr dabei zur
Seite. Und sie ist durchaus fähig, die Männer erfolgreich zu
führen, wenn es nottut. Eine wahre Löwin, meine Mutter. Das
sagt jeder von ihr. Klar, sie ist nur eine Frau und doch in gewisser Weise mein Vorbild. Besonders was Ehrgeiz, Zähigkeit und

Entschlossenheit betrifft. Wer sollte schließlich sonst mein Vorbild sein? Außer Hrane natürlich. Doch der ist alt. Oder Olaf. Aber der ist fast nie hier. Ich hab ihn seit Jahren nicht mehr gesehen.

Heute Morgen waren die Felder weiß vor Frost, obwohl an den Bäumen noch gelbbraunes Herbstlaub hängt. Der Tag zeigt sich als Vorbote des Winters, unfreundlich und mit klirrender Kälte. Und jetzt am Nachmittag liegen die Wolken so tief über den Hügeln, dass man die bewaldeten Kuppen kaum erkennen kann. Von den nahen Stromschnellen des Hønefoss steigt feiner Nebel auf, und vereinzelt taumeln Schneeflocken vom Himmel. Früh für die Jahreszeit.

Am Vormittag haben die Leibeigenen Schweine geschlachtet und die blutigen Abfälle vors Tor geworfen. Seitdem ist die Luft erfüllt vom Gebell der Hunde und dem Gezeter der Krähen und Raben, die sich um die besten Stücke streiten. Der Anblick der schwarzgefiederten Vögel erinnert mich an Oðins weise Raben Huginn und Muninn, die allmorgendlich in die Welt hinausfliegen, um alles zu erkunden und ihm zu berichten. Vielleicht sind sie gerade da draußen vor dem Tor und zanken und balgen sich mit den anderen Krähen und machen den Hunden die Beute streitig. Oðins Raben sehen alles in der Welt. Und vielleicht berichten sie sogar von mir. Bei dem Gedanken läuft mir ein Schauer über den Rücken.

Christen – ja, es gibt ein paar in Hringaríke – halten diese Dinge für Aberglauben. Eigentlich bin ich auf Befehl meiner Mutter sogar getauft worden, wie viele andere in der Gegend. Nicht weit von der Burg gibt es sogar einen Christenschrein am Wegrand, aber die allermeisten glauben nicht wirklich an *hvítakristr*, den Weißen Christ, wie er von den Leuten abfällig genannt wird. Unser tägliches Leben ist viel zu sehr mit den alten Göttern verbunden und mit den gewohnten Opfern und

16

Riten, mit denen wir sie beschwichtigen und wohlwollend stimmen. Es gibt nichts Schlimmeres, als Götter zu verärgern oder gar die Aufmerksamkeit des hinterlistigen Loki zu erregen. Frauen lassen an heiligen Bäumen kleine Gaben für Freya zurück, damit sie fruchtbar sind und ihre Kinder gesund bleiben. Krieger beten zu Tyr oder noch besser zu Oðin, dem Gott der Schlachten und des Chaos. So hat Hrane es uns Jungen beigebracht.

Der Gedanke an Oðin befeuert meine Anstrengungen. Ich will eines Tages ein mächtiger Krieger werden. Das treibt mich an. Seit Stunden schon bin ich hier zugange, grob zersägte Holzblöcke in Feuerholz zu verwandeln. Schweiß läuft mir über Gesicht und Brust. Trotz der Kälte habe ich mich meiner Wolljacke und sogar des Hemdes entledigt. Zuerst hatte ich noch Hilfe von meinem besten Freund Thorkel. Aber nach einer Stunde ist seine Mutter aufgetaucht und hat ihn an den Ohren weggezerrt. Was ihm einfiele, die Arbeit von Leibeigenen zu verrichten? Meine Mutter dagegen lässt mich gewähren, denn sie weiß, warum ich mir die Mühe mache, und billigt meinen Ehrgeiz.

Etwas später leistet mein Bruder Halfdan mir kurz Gesellschaft. Nicht ohne spöttische Bemerkungen über meinen Eifer. Aber dann ist es ihm zu kalt, und er verzieht sich ins warme Haus. Inzwischen habe ich schon einen beachtlichen Berg an Scheiten geschlagen. Der Duft des frisch gespaltenen Holzes mischt sich mit dem Blutgeruch der Schweinehälften, die nebenan im Vorratsschuppen hängen. Aus der großen Halle im Haupthaus dringen gedämpfte Stimmen. Das sind die Männer, die beim Bier sitzen.

Eine Magd hastet vorüber und bleibt kurz stehen, als sie mich sieht. Ich ernte einen belustigten Blick von ihr. Einen von Åstas Söhnen mit nacktem Oberkörper beim Holzhacken anzutreffen, muss ihr mehr als seltsam erscheinen. Noch dazu bei der Kälte.

»Du wirst dir den Tod holen, Harald«, ruft sie mit einem verstohlenen Blick auf meine schon recht kräftigen Schultern, da ich aufgrund meiner Körpergröße älter als zwölf Jahre wirke. »Setz dich lieber zu den anderen in die Halle, wo es warm ist.«

Æðelind ist nicht älter als siebzehn und eine Sklavin aus dem fernen Wessex in Englaland. Sie behauptet, die Tochter eines sächsischen *ealdorman* zu sein, obwohl ihr das niemand abnimmt. Mein Halbbruder Olaf hat sie vor Jahren bei einer seiner Fahrten erbeutet und unserer Mutter geschenkt. Sie ist gewitzt. Und nachdem sie von Anfang an gelehrig war, ist sie zu Åstas persönlicher Magd aufgestiegen.

»Kümmere dich lieber um deinen eigenen Kram, Æðelind!«, sage ich und lege mir das nächste Holzstück zurecht, hebe die Axt und teile es mit einem Hieb in zwei Stücke.

»Wie du willst«, erwidert sie schnippisch und hastet kopfschüttelnd weiter.

Verstohlen blicke ich ihr nach, bis sie durch den Nebeneingang des Haupthauses verschwunden ist. Sie trägt das Haar kurz geschnitten, wie es sich für eine Sklavin gehört, dennoch bietet sie einen bemerkenswerten Anblick, selbst von hinten, denn in den letzten Jahren sind ihr die nötigen Rundungen gewachsen, geeignet, einem halbwüchsigen Jungen wie mir den Schlaf zu rauben. Auch wenn ich mir lieber die Zunge abgebissen hätte, als dies zuzugeben.

Dass auch die übrigen Männer der Burg sie mit hungrigen Blicken verschlingen, weiß die hübsche Æðelind gut für sich zu nutzen. Dennoch ist sie klug genug, sich mit niemandem einzulassen. Schon allein, um nicht den Zorn meiner Mutter heraufzubeschwören. Schließlich ist sie Sklavin, und Åsta duldet keine Hurerei auf dem Anwesen.

Ich greife nach einem neuen Holzklotz und lege ihn auf den Hackblock. Zu groß, um ihn allein mit der Axt zu bearbeiten. Ich treibe deshalb Eisenkeile mit einem schweren Hammer ins Holz. Die Anstrengung lässt mich keuchen, bis der Klotz endlich in zwei Teile bricht. Mein Atem bildet Wölkchen in der kalten Luft. Langsam habe ich genug von der stundenlangen Plackerei. Æðelind hat recht. Es ist Zeit, für heute Schluss zu machen.

Die Hunde müssen sich satt gefressen haben, denn der Tumult vor dem Tor hat sich beruhigt. Oder sie haben den Kampf mit dem gefiederten Gegner aufgegeben. Doch dann kommt mir die plötzliche Stille seltsam vor. Als ich zum Tor hinüberblicke, sehe ich einen ganzen Schwarm Krähen und Raben auffliegen und sich in die nahen Bäume am Waldrand flüchten, wo sie ein entrüstetes Gezeter anstimmen. Auch die Hunde lassen wieder von sich hören. Diesmal aber klingt ihr Bellen anders, lauter und wütender. Irgendetwas muss sie aufgeschreckt haben.

Und dann höre ich es auch. Hufschläge. Kein einzelnes Pferd, sondern eine ganze Reiterschar, die sich rasch zu nähern scheint. Neben dem Stampfen der Hufe und dem Schnauben der Tiere vernehme ich zu meinem Schrecken das Klirren von Zaumzeug und Waffen. Ein Trupp Krieger? Werden wir angegriffen? Das Tor steht weit offen und ist völlig ungeschützt. Von den Wachen ist keiner zu sehen.

Bevor ich mich vom Fleck rühren kann, strömen die Reiter durchs Tor, umgeben von unseren aufgeregt kläffenden Hunden. Zu meiner Erleichterung merke ich, dass sie die Schilde auf dem Rücken tragen und keine Waffen in den Händen halten. Die Flanken der Gäule triefen vor Schweiß, und die Männer machen einen erschöpften Eindruck wie nach einem langen, zehrenden Ritt.

Und dann erkenne ich meinen Halbbruder Olaf. Prächtig sieht er aus auf seinem hochbeinigen Rappen, mit dem silberverzierten Helm auf dem Kopf und einem kostbaren Schwert an der Seite. Unter dem lose über den Schultern hängenden Mantel ist sein blankpolierter Ringpanzer zu sehen. Die buschigen Brauen und der blonde Bart lassen ihn wie den Kriegsgott Tyr persönlich wirken.

Er schaut sich stirnrunzelnd um. »Schaff mir einer die verdammten Köter vom Hals!«, höre ich ihn rufen. »Die verschrecken die Gäule.«

Am liebsten wäre ich gleich zu ihm gerannt, denn Olaf ist mein Held. Er war früher Seefahrer und *vikingr*. Jetzt ist er ein erfolgreicher Kriegsherr und seit Jahren König von Norwegen. Und er ist mein Bruder. Bisher hat er sich immer Zeit für mich genommen, wenn er uns hier besucht. Leider viel zu selten. Aber irgendetwas scheint ihm an mir zu gefallen. Ich bin also ganz aufgeregt. Aber statt ihn freudig zu begrüßen, bleibe ich steif neben dem Hackblock stehen, etwas verlegen und zu scheu, meine Gefühle zu zeigen.

Während Olaf aus dem Sattel steigt, fällt mir auf, dass viele der erschöpften Pferde alte Klepper sind oder schlecht zugerittene Ackergäule, als hätte man in Eile zusammengetrieben, was sich gerade finden ließ. Jedenfalls sind es keine Reittiere, wie sie den Gefährten eines Königs gebühren. Manchen fehlt es sogar an Sätteln und vernünftigem Zaumzeug. Und dann fallen mir die blutdurchtränkten Verbände und zerhauenen Schilde auf. Vor allem aber die erschöpften und düsteren Mienen der Männer. So sehen keine Sieger aus. Etwas Schicksalhaftes, fast Verhängnisvolles scheint sie zu umgeben. Ein kalter Wind streicht in diesem Augenblick über meinen schweißnassen Rücken. Wie ein Hauch aus der Göttin Hels eisiger Unterwelt. Irgendetwas stimmt nicht.

Endlich sind auch unsere *húskarlar* munter geworden. Eine Handvoll von ihnen kommt mit Waffen in den Händen aus der Halle gelaufen. Sie entspannen sich aber sofort, als sie sehen, wer es ist, der ihre Nachmittagsruhe gestört hat.

»König Olaf!«, brüllt einer. »Ruft alle zusammen. Der König ist hier!«

Knechte kommen aus den Unterkünften, verscheuchen die Hunde und nehmen den müden Reitern die Gäule ab. Mägde stehen und gaffen die fremden Krieger an. Der ganze Hof ist plötzlich voller Leute. Noch mehr von unseren *húskarlar* zeigen sich. Einer wischt sich noch Bierschaum von den Lippen. Unter ihnen nun auch Rorik Svendson, ihr Anführer, ein erfahrener Krieger.

»Was ist hier eigentlich los?«, schnauzt Olaf ihn an. »Wo sind deine Wachen? Ein ganzes Heer könnte einmarschieren, bevor ihr Kerle es merkt. Lass sofort die Wehrgänge besetzen.«

Rorik ist ein gutaussehender, selbstbewusster Kerl. Fast zu selbstbewusst für meinen Geschmack, denn er genießt das besondere Wohlwollen meiner Mutter. Aber jetzt schaut er verlegen drein. Es muss ihm mehr als peinlich sein, bei einer Nachlässigkeit erwischt worden zu sein, ausgerechnet vom König. Obwohl man zu seiner Entschuldigung sagen kann, dass es in der Gegend seit Jahren friedlich gewesen ist. Er muss sich also fragen, was in Olaf gefahren ist, die Wehrgänge zu besetzen. Erwartet er einen Angriff?

Rorik will etwas entgegnen, aber Olaf winkt ungeduldig ab und trägt einem seiner Gefährten auf, ein paar Männer auszuwählen, um die Wachen zu verstärken. Dann wendet er sich von beiden ab, denn er hat endlich mich entdeckt, der immer noch etwas linkisch und mit der langen Axt in der Hand neben dem Hackblock steht. Ein fröhliches Grinsen breitet sich auf seinem blondbärtigen Gesicht aus.

»Harald!«, ruft er und kommt mit ausgebreiteten Armen auf mich zu. »Komm, lass dich umarmen, Junge! Wir haben uns lange nicht gesehen.«

Olaf ist jetzt knapp über dreißig Jahre alt. Er ist nicht der Größte, dafür aber breit und stämmig, mit einem Nacken wie ein Stier. Olaf der Dicke nennen ihn manche hinter seinem Rücken. Dabei ist kaum Fett an ihm, eher purer Muskel. Das bekomme ich gleich zu spüren, als er mich rauh an den Schultern packt und an seine Brust quetscht. Der Kettenpanzer drückt sich schmerzhaft in meine Haut, und ich rieche Olafs Schweiß und den seines Gauls. Er fährt mir durch die Haare und küsst mich auf die Stirn. Dann lässt er mich los und mustert mich mit einem schalkhaften Augenzwinkern.

»Was mühst du dich mit der Axt ab, Junge? Und dann auch noch halbnackt in dieser Kälte. Hat Mutter nicht genug Knechte, um für Brennholz zu sorgen?«

Außer zwei Goldreifen am Arm und dem goldverzierten Schwertknauf an der Seite unterscheidet ihn wenig von seinen Männern. Breitbeinig steht er vor mir mit diesem fröhlichen, leicht spöttischen Grinsen im Gesicht, selbstsicher und stark wie ein Eber, so unbekümmert, als könne ihm nichts in der Welt etwas anhaben oder gar seinen Platz streitig machen.

Ich grinse verlegen, während ich die Axt weglege. »Es ist nur eine Ertüchtigung, Olaf.«

»So, eine Ertüchtigung, sagst du.« Er mustert mich eingehend von oben bis unten. »Wie alt bist du jetzt, Harald?«

»Fast dreizehn.«

Er lacht. »Immer noch zwölf also, du Schlingel. Machst dich wohl gern älter, als du bist.« Er packt meinen rechten Oberarm, wie um die Muskeln zu prüfen. »Aber ich sehe, du bist kräftig geworden. Wenn man dich so anschaut, kommst du einem tatsächlich älter vor.« Er dreht sich um. »He, Sigvat! Komm mal her. Wie alt schätzt du den Bengel?«

Der Mann, den er Sigvat genannt hat, tritt näher. Er hat langes, helles Haar und wasserblaue Augen, die mich mit einem sanften Ausdruck betrachten. »Weiß nicht, Olaf. Sechzehn, würde ich sagen. Und gut gebaut dazu. Kommt das vom Holzhacken?« Er lacht gutmütig.

»Das ist Harald, mein Halbbruder. Und der Bursche ist erst knapp dreizehn. Aus dem wird mal ein guter Krieger, Sigvat.« Seine Hand ruht besitzergreifend auf meiner Schulter. »Du willst doch Krieger werden, Harald, oder nicht?«

Ich nicke, viel zu verlegen, um etwas zu erwidern.

Olaf nimmt den Helm ab und reicht ihn seinem Gefährten. Die blonden Haare kleben ihm schweißnass auf der Stirn. »Das hier ist mein Freund Sigvat Thordsson. Merk dir seinen Namen, denn er ist der beste Skalde, den es gibt. Eines Tages wird er auch deine Taten besingen, da bin ich mir sicher.« Er fährt mir durch die Haare.

Ich zucke mit den Schultern und grinse. »Wenn du meinst.«

»Klar meine ich das. Aber was quatsche ich die ganze Zeit, während du armer Kerl frierst.« Er reißt sich den Mantel von den Schultern und hängt ihn mir fürsorglich um. »Wir wollen doch nicht, dass du an Lungenfieber verreckst, bevor was aus dir wird.« Er lacht schallend, legt den gepanzerten Arm um meine Schultern und zieht mich mit zum Eingang der Halle, ohne den Blick von mir abzuwenden. In der Menge der *húskarlar* und Leibeigenen erkenne ich meinen Freund Thorkel, der mir zunickt, aber nicht wagt, sich zu nähern.

»Hör zu«, raunt Olaf mir zu, plötzlich ernst. »Ich bin hier, um Mutter zu besuchen und euch Lebewohl zu sagen.«

»Lebewohl? Aber wo gehst du denn hin?«

»Zuerst nach Schweden. Und dann übers Meer. Ins Land der Rus.«

Ich erschrecke. Von den Rus habe ich gehört, Garðarike heißt ihr Land. Ich kann mir aber nichts darunter vorstellen. Außer dass es dort Monster gibt und Auerochsen und ewigen Schnee.

»Aber was willst du denn da?«

»Das erklär ich dir später.« Er drückt mich kurz an sich. »Wo ist sie eigentlich, unsere gute Mutter? Warum begrüßt sie mich nicht?«

Ich deute auf den Eingang zur Halle. »Da steht sie doch.«

Tatsächlich ist zwischen den buntbemalten und mit geschnitzten Tierköpfen verzierten Türpfosten die hochgewachsene, schlanke Gestalt unserer Mutter, Åsta Gudbrandsdóttir, aufgetaucht. Trotz ihrer achtundvierzig Jahre und der sechs Kinder, die sie geboren hat, ist sie immer noch eine außergewöhnlich schöne Frau. Ihr helles, kaum von Silber durchzogenes Haar ist auf traditionelle Art hochgebunden und lässt Stirn und Nacken frei. Über den Schultern trägt sie einen kostbaren, von einer silbernen Spange gehaltenen Pelz. Darunter ein schlichtes Gewand. Sie lächelt kaum merklich, doch ihre Augen leuchten vor verhaltener Freude, während sie ihren ältesten Sohn betrachtet. Wie alle bei uns zu Hause wissen, ist Olaf ihr ganzer Stolz.

»Mutter!«, ruft er gutgelaunt und tritt rasch auf sie zu.

Mit einem halb unterdrückten Stöhnen küsst sie ihn innig und lässt dann den Kopf an seine Schulter sinken. So verharrt sie einige Augenblicke, als wollte sie die Umarmung noch ein wenig auskosten. Dann löst sie sich von ihm und tritt einen Schritt zurück, um auch meinen Geschwistern Gelegenheit zu geben, den Bruder willkommen zu heißen.

Da ist Guttorm, der inzwischen zwanzig ist und, wie die Leute behaupten, meinem Vater Sigurd nicht nur körperlich ähnelt; meine älteste Schwester Gunhild, groß und hager mit einem Blick wie ein Falke; mein Bruder Halfdan mit dem verschmitzten Grinsen, das er selten ablegt, und schließlich die sanfte Ingerid, nur zwei Jahre älter als ich selbst.

Åsta steht still lächelnd und mit feuchten Augen daneben, während Olaf sie alle begrüßt und umarmt. Auch meine Geschwister sind sichtlich erfreut und benehmen sich dennoch etwas unbeholfen und schüchtern. Schließlich ist er der König. Olaf aber gibt sich alle Mühe, ihnen die Befangenheit zu nehmen, und hat für jeden einen Scherz auf den Lippen oder ein freundliches Wort. Auch für jene Leibeigenen, die er noch von früher kennt und die sich nun ebenfalls näher drängen.

»Genug!«, stöhnt er schließlich. »Habt Erbarmen mit einem durstigen Mann. Ich brauche jetzt ein volles Horn von deinem Bier, Mutter.«

Doch Åsta hat einen Augenblick lang nicht zugehört, denn ihr prüfender Blick ist zu den Männern im Hof gewandert, zu Olafs Gefährten, und ihre Miene wird besorgt. Sie ist eine kluge Frau, meine Mutter, der nur wenig entgeht. Ihr ist bewusst geworden, was auch ich schon bemerkt habe. Dass es nicht zum Besten um Olaf steht. Ungeduldig schiebt sie eine alte Magd zur Seite, die mit Tränen in den Augen vor ihm steht und seine Hand hält.

»Warum bist du hier, Sohn?«, fragt sie. »Was ist passiert?« Ihre Stimme klingt plötzlich scharf.

Olaf, der sonst weder Tod noch Teufel fürchtet, wird unter ihrem strengen Blick verlegen wie ein kleiner Junge. »Nun, wir hatten Schwierigkeiten, Mutter«, sagt er leise.

Alle sehen ihn erschrocken an. Uns sind keine Einzelheiten seiner letzten Feldzüge bekannt, nur dass er seit Monaten mit dem großen Dänenkönig im Krieg liegt. Einen Augenblick lang herrscht angespannte Stille, während Mutter ihrem Ältesten forschend in die Augen blickt.

»Hat Knut dich besiegt?«, fragt sie fast tonlos, wobei es ihr nicht gelingt, ein Zittern in der Stimme zu unterdrücken.

Olaf lässt den Kopf sinken und starrt auf seine Füße. »Sieht ganz so aus, Mutter«, murmelt er. »Der verfluchte Bastard hat mir das Reich geraubt.«

* * *

Sein Eingeständnis sorgt für Entsetzen, macht uns zumindest sprachlos. Das hatte niemand erwartet. Wir stehen immer noch vor dem Eingang zur Halle und drängen uns mit besorgten Blicken um meinen Halbbruder, um mehr zu erfahren, obwohl es bereits dunkelt und der feuchtkalte Wind einem unangenehm unter die Kleider fährt. Der Dänenkönig soll ihm die Krone geraubt haben? Wie konnte das geschehen? Fragen prasseln auf ihn ein. Was kann das sein? Und was hat er nun vor?

Doch Åsta schneidet allen das Wort ab. »Das besprechen wir später«, ruft sie mit fester Stimme und wendet sich an meine Tante, die sich für gewöhnlich um Leib und Magen und um den Haushalt kümmert. »Olafs Männer haben Hunger, Guðrun. Und kümmere dich darum, dass sie gut untergebracht werden.«

Tante Guðrun macht immer noch einen völlig erschrockenen Eindruck. Sie fährt sich mit der Hand über die Stirn, als wolle sie den Albtraum wegwischen, den Olafs Worte in ihr ausgelöst haben. Sie ist älter als meine Mutter, rundlicher und immer schnell aufgeregt. Doch Åstas ruhige, befehlsgewohnte Stimme tut Wirkung. Sie nickt bekümmert und verschwindet im Inneren des Hauses, Unverständliches murmelnd. Gleich darauf hört man sie nach den Mägden rufen.

Rorik erinnert sich plötzlich daran, was Olaf ihm aufgetragen hat, und er entfernt sich, um seine Männer auf den hölzernen Turm und auf die Wehrgänge zu verteilen. Ein Dutzend

26

von Olafs Leuten steigen trotz ihrer Müdigkeit ebenfalls auf die Wälle. Solche Vorsichtsmaßnahmen sind wir gar nicht mehr gewohnt. Die Burg ist nicht leicht einzunehmen, denn sie ist auf drei Seiten durch den Fluss geschützt, der hier eine enge Schleife bildet. Das Tor sollen sie noch offen lassen, hat Olaf ihnen aufgetragen. Anscheinend erwartet er Nachzügler, zusammen mit seiner Gemahlin und den Kindern.

Im Inneren der von einer Palisade gekrönten Umwallung befinden sich Schuppen, Scheunen und Unterkünfte. Die meisten strohgedeckt. Da sind Heuschober und Kornspeicher, geräumige Ställe für die Pferde, für Zugochsen und Kühe, ein großer Schweinekoben und Pferche für Ziegen und Schafe, dazu ein Hühnerstall. Die *húskarlar* haben ihr eigenes geräumiges Haus, wie auch die Leibeigenen, die auf den Feldern arbeiten. Ansonsten gibt es noch Vorratsschuppen, zwei davon in der Erde versenkt, um Nahrungsmittel im Sommer kühl zu halten, eine kleine Schmiede, eine Sattlerei, ein Backhaus, in dem auch die Braukessel stehen, und Unterstände für Pflüge und Erntekarren. Nicht zuletzt auch ein Gästehaus, denn wir haben häufig Besucher auf der Burg. Oft kommen Gutsbesitzer oder reiche Bauern aus der Umgebung, um meine Mutter um Gefälligkeiten zu bitten, oder Reisende, die ein Nachtquartier benötigen. Leute von Rang schlafen im Gästehaus, andere in einer der Scheunen oder auf den Bänken in der Halle des mächtigen Haupthauses.

Letzteres ist ein langes, schindelgedecktes Gebäude, das alle anderen überragt und aussieht wie ein auf den Kopf gestellter Schiffsrumpf mit gebogenem Kiel als Dachfirst und bauchig ausladenden Seiten, die von kräftigen Bohlen gestützt werden. Die geräumige Halle beansprucht die vordere Hälfte des Hauses, dahinter liegen Küche und Wirtschaftsräume, gefolgt von den Schlafgemächern der Familie.

Diese sind, außer der Kammer meiner Mutter, eher beengt, denn einige der Hausdiener und Mägde, zu denen auch Æðelind gehört, haben hier ebenfalls ihr Nachtlager. Meine Brüder und ich, wir teilen uns einen der zur Mitte hin offenen Räume mit Schlafstellen an den Wänden. Mehr als einen Vorhang gibt es nicht, um uns vor Blicken zu schützen. Meine Schwestern schlafen in einer Kammer zusammen mit Tante Guðrun, die bei uns wohnt, seit sie Witwe geworden ist. Sie haben mehr Platz zur Verfügung und vor allem eine richtige Tür.

Mutter nimmt Olaf bei der Hand und führt ihn in die große Halle. Wir anderen drängen nach, um ja kein Wort zu verpassen. Es folgen Olafs engste Gefährten wie der Barde Sigvat Thordsson, die Brüder Finn und Thorberg Arnason und der junge Ragnwald Brusason. Männer, die mir fremd sind, aber offensichtlich Olafs Vertrauen genießen. Noch einer fällt mir auf, ein magerer Kerl mit einem großen Adamsapfel in seinem dünnen Hals, der wie ein Christenmönch gekleidet ist und sich in der großen Halle verstohlen umsieht.

Die Halle ist in der Tat ein Raum von beeindruckenden Ausmaßen, das Dach von Querbalken und gewaltigen Pfosten gestützt, an denen in eisernen Haltern Fackeln stecken und warmes Licht spenden. Außer der breiten Eingangstür, an der immer zwei Wachen stehen, und dem Rauchabzug hoch oben im Dach gibt es keine Öffnungen nach außen, damit die Wärme nicht entfliehen kann.

Der Boden besteht aus knochenhartem, festgestampftem Lehm, der mit frischem Stroh bedeckt ist. Ringsum sind Bänke verteilt, in den Ecken lagern Tafeln, die man zum Essen rasch aufbocken kann, und an den Wänden hängen Jagdtrophäen und Waffen. Mitten im Raum befindet sich das lange, in Stein gefasste Rechteck der Feuerstelle, in der die Flammen für gewöhnlich bis in die späten Abendstunden tanzen. Einer der

Sklaven hat nichts anderes zu tun, als sich um Licht und Feuer zu kümmern. Wir verbrennen eine Menge Holz. Aber es gibt ja genug da draußen in den unendlichen Wäldern. Leider zieht der Rauch schlecht ab, wenn der Wind ungünstig steht, und im Winter reicht die Wärme nicht bis in alle Winkel der Halle. Deshalb sind die bevorzugten Plätze in der Nähe der Feuerstelle. Dort steht auch der bequeme und mit Fellen ausgelegte Hochsitz meines Vaters, den meine Mutter nun schon seit vielen Jahren beansprucht.

In Anerkennung seines Rangs bietet Åsta unserem Bruder Olaf den Hochsitz an, doch er schlägt die Einladung aus, stellt sich stattdessen vors Feuer und reibt sich die Hände. »Die Herrin von Hringaríke bist du, Mutter. Also gebührt dir der Ehrenstuhl in diesem Haus.«

Sie nickt dankend und will sich gerade darauf niederlassen, als draußen erneut Lärm zu vernehmen ist. Thorkel und ich rennen vor die Tür, um nachzuschauen. Diesmal handelt es sich um die Ankunft zweier schlammbedeckter und von Pferden gezogener Reisekarren, die in Begleitung weiterer Krieger durchs Tor gerumpelt kommen.

»Das wird Astrid sein«, sagt Olaf, als ich berichte. »Die verdammten Karren haben uns den ganzen Weg über aufgehalten.«

Kurz darauf betritt Astrid Olofsdóttir, seine Gemahlin und die Halbschwester des schwedischen Königs, die Halle. Sie ist in warme Pelze gehüllt und trägt eine Fellmütze auf dem Kopf. An der Hand ihre siebenjährige Tochter Wulfhild. Ich freue mich, Astrid wiederzusehen. Die Wangen in ihrem weichen, runden Gesicht sind vom Wind gerötet, und obwohl man ihr die Erschöpfung nach der langen Reise ansieht, bemüht sie sich um ein herzliches Lächeln, als unsere Mutter sie umarmt und willkommen heißt.

Astrid muss man sofort mögen. Trotz der Jahre an Olafs Seite hat sie ihren eigentümlichen, schwedischen Tonfall nicht verloren. Dass sie Tochter und Gemahlin von Königen ist, lässt sie sich nicht anmerken. Mit ihrer fröhlichen, unbeschwerten Art, die gut zu Olaf passt, der ebenso wenig Wert auf Pomp legt, hätte sie auch die junge Frau eines Großbauern sein können. Sie geht reihum, begrüßt meine Geschwister, küsst auch mich und ist erstaunt, dass ich sie inzwischen fast überrage. Dann zieht sie ihre Handschuhe aus, streift ohne Umstände den Pelzumhang von den Schultern und lässt sich auf einen bequemen Stuhl fallen, den man für sie nah ans Feuer gestellt hat. Stöhnend hebt sie die Füße auf eine Bank und bittet ihren Mann, ihr die Stiefel auszuziehen und die Füße zu wärmen.

Åsta ist derweil damit beschäftigt, ihre Enkelin Wulfhild zu herzen. Das Mädchen mit ihrem runden Gesichtchen scheint eine verkleinerte Ausgabe ihrer Mutter zu sein, auch wenn sie sich wesentlich schüchterner gibt und mit großen Augen um sich blickt.

»Wenn du schon dabei bist, Mutter«, sagt Olaf, »hier ist noch ein Enkel für dich.« Nicht ohne Stolz deutet er auf eine junge Frau, die ebenfalls in warmer, pelzbesetzter Kleidung, aber etwas verloren im Raum steht und einen Dreijährigen auf dem Arm trägt. »Das ist Magnus. Mein Sohn und Erbe.«

Mutters Augen leuchten, als sie der jungen Frau den Kleinen abnimmt. »Was für ein prächtiges Kerlchen«, gurrt sie und küsst das Kind, das die für ihn fremde Frau zuerst ängstlich anstarrt, aber dann zurücklächelt. »Meinen Glückwunsch, Astrid! Endlich ein Erbe.«

»Den Glückwunsch hab ich nicht verdient«, erwidert Astrid trocken, nicht ohne einen leichten Spott in der Stimme. Sie deutet auf die junge Frau, die den Kleinen hereingetragen hatte, während Olaf sich verlegen am Bart kratzt. »Olaf, vielleicht solltest du jetzt deiner Familie unsere gute Alfhild vorstellen.«

»Nun ja«, meint der und grinst für einen Augenblick verlegen. »Magnus' Mutter ist nicht Astrid, sondern Alfhild.« Er legt dem Mädchen die Hand auf den Rücken und schiebt sie sanft ein paar Schritte vor. »Alfhild ist aus guter Familie«, beeilt er sich hinzuzufügen, wie um die pikante Enthüllung zu mildern.

Ich betrachte sie neugierig. Alfhild ist dunkelhaarig und recht hübsch, aber für meinen Geschmack entschieden zu mager. In der Beziehung gefällt mir Astrid besser. Ihre Rehaugen sind etwas ängstlich auf Åsta gerichtet, als befürchtete sie, meine Mutter würde ihr den Kopf abbeißen. Doch die nimmt überhaupt keine Notiz von ihr, sondern starrt mit erhobenen Brauen ihren Sohn an und wirft dann Astrid einen prüfenden Blick zu, zweifellos besorgt, wie ihre Schwiegertochter zu der Sache steht.

Aber die lacht nur. »Du kennst doch deinen Sohn, Mutter. Vor dem war noch nie ein Rock sicher.«

Es ist wahr. Das erzählt man sich von Olaf. Aber diese allgemein bekannte Tatsache scheint sie nicht weiter zu bekümmern. Während sich die Umstehenden noch von der Vorstellung eines Erben, der nicht Astrids Sohn ist, erholen müssen, erklärt Olaf, dass Alfhild Teil einer Kriegsbeute gewesen ist. Während eines seiner Raubzüge im Dänenland. Dabei war sie in seinem Bett gelandet und prompt schwanger geworden. Er erzählt dies freimütig und ohne Verlegenheit.

Doch meine Mutter, die den Kleinen immer noch auf dem Arm hält, fährt ihn bissig an: »Der Junge ist also ein Bastard.«

Das gefällt Olaf nicht. »Er ist kein Bastard, sondern mein Sohn und Erbe«, erwidert er hitzig. »Gewöhn dich dran!«

Åsta runzelt gereizt die Stirn und öffnet schon den Mund, um ihn zurechtzuweisen, doch da mischt sich Astrid ein. »Keine Sorge, Mutter. Du weißt, das Reich braucht einen

Erben. Mir ist es bisher nicht vergönnt gewesen. Und was Alfhild betrifft, sie ist ein liebes Kind und inzwischen meine gute Freundin. Magnus könnte sich keine fürsorglichere Mutter wünschen. Ach, was sage ich, im Grunde hat er nun ja zwei.« Sie lacht wieder. »Und natürlich eine wundervolle Großmutter.« Åsta ist trotz der Schmeichelei nicht überzeugt, aber sagt nichts weiter, sondern reicht das Kind wortlos seiner Mutter zurück, ohne diese anzusehen. Olaf beugt sich zu seiner Gemahlin und gibt ihr einen zärtlichen Kuss auf die Stirn, den sie ihm mit einem Lächeln dankt.

Dass sie ihm die Nebenfrau nicht nachzutragen scheint, erstaunt mich schon sehr. Oder tut sie nur so? Unsere Mutter hätte sich mit so etwas nie abgefunden. Natürlich ist es kein Geheimnis, dass Olaf den Frauen besonders zugetan ist. Seine Weibergeschichten haben seit jeher die Runde gemacht. Im Grunde ist es ein Wunder, dass er nicht noch mehr Bastarde in die Welt gesetzt hat. Und es ist auch nicht so ungewöhnlich, dass ein Mann von Stand wie Olaf neben seiner Gemahlin auch ein paar Sklavinnen hat, die ihm gelegentlich das Bett wärmen. Was Astrid und Alfhild angeht, so scheint er jedenfalls genug Liebe für beide zu haben.

»Und wie bist du auf den seltsamen Namen gekommen?«, fragt meine Mutter etwas spitz, immer noch ungehalten. »Wer, bei Oðin, nennt seinen Sohn denn Magnus? Das habe ich ja noch nie gehört.«

»Daran bin ich schuld«, sagt der Barde Sigvat und tritt vor. Er ist ein großer Mann mit einer ruhigen, klangvollen Stimme. »Wir waren damals im Heerlager und hatten einen anstrengenden Tag hinter uns. Olaf zog sich zurück und wollte auf keinen Fall gestört werden. In der Nacht aber kam es zur Niederkunft, und Alfhild wäre dabei fast gestorben. Auch das Leben des Kleinen stand auf der Kippe. Grimkell hier« – er zeigt auf den Christenmönch – »beschwor mich, der Junge würde in die Hölle kommen, wenn er ungetauft stürbe.« Mit einem Grinsen hebt er entschuldigend die Schultern. »Was weiß ich denn schon von solchen Dingen? Vielleicht hat er ja recht.«

Dieser Grimkell nickt zu den Worten heftig und bekreuzigt sich.

»Also hab ich zugelassen, dass er ihn tauft«, fährt Sigvat fort. »Nur in der Aufregung kam ich so schnell auf keinen geeigneten Namen. Und Olaf wollten wir nicht stören. Da fiel mir ein, wie sehr er immer den großen Frankenkaiser bewundert hat, diesen Carolus Magnus. Ich hab mir gedacht, Magnus könnte doch wirklich gut passen. Oder etwa nicht?« Er zwinkert Olaf zu.

»Ich hab mich dran gewöhnt«, knurrt der in vorgetäuschtem Unmut, lacht aber gleich darauf und schlägt seinem Freund auf die Schulter. »Jetzt müssen wir nur noch einen großen Mann aus ihm machen, damit er den Namen auch verdient.«

Alles lächelt über den Scherz. Meine Mutter etwas säuerlich.

Doch gleich darauf verdüstert sich Olafs Gesicht, und er blickt drohend in die Runde. Auf einmal sieht er nicht mehr so gemütlich aus. »Damit das allen klar ist«, tönt er mit lauter Stimme. »Das Wort Bastard will ich nicht mehr hören. Von niemandem, habt ihr verstanden?« Unsere Mutter schaut er dabei nicht an, doch alle wissen, wer gemeint ist.

Rorik, der inzwischen seine Männer eingeteilt hat, betritt die Halle und setzt sich auf einen Hocker nahe Åstas Hochsitz. Es sei alles ruhig, lässt er verlauten. Meine Mutter dankt ihm mit einem Lächeln, in dem zu meinem Unmut mehr als Vertrautheit liegt. Es passt mir nicht, wie bevorzugt sie diesen Rorik behandelt.

Unsere Knechte haben unterdessen Tafeln aufgebockt, und Mägde gehen reihum, um Becher und Trinkhörner zu füllen.

Olaf leert das seine auf einen Zug und lässt gleich nachfüllen. Dann lehnt er sich zurück, und Alfhild setzt ihm den kleinen Magnus aufs Knie. Er redet leise auf ihn ein und zeigt ihm die Halle und vor allem die geschnitzten Tierköpfe an den Pfosten und die Elchgeweihe an den Wänden. Zweifellos ist er dem Jungen sehr zugetan. Auch Magnus scheint sich bei seinem Vater wohl zu fühlen. Wulfhild hat sich zu ihrer Mutter gesetzt und fragt quengelnd, wann es denn etwas zu essen gebe.

»Gleich bekommst du was, mein Herz«, sagt Åsta, inzwischen wieder versöhnt. »Die Mägde sind dabei, etwas für dich vorzubereiten.« Und zu Olaf: »Ich hoffe doch, ihr bleibt ein Weilchen. Wir haben uns so lange nicht gesehen.«

Der schüttelt den Kopf. »Nur heute Nacht«, erwidert er ernst. »Gleich morgen in der Früh geht's weiter.«

Damit ist man wieder bei der Frage angelangt, die uns die ganze Zeit im Kopf herumspukt. Ist Olaf etwa auf der Flucht vor diesem Dänenkönig? Was, bei Oðin, ist eigentlich geschehen? Mein großer Bruder war mir immer unbesiegbar vorgekommen. Ein Held. Ein Liebling der Götter. Und jetzt? Meine Welt scheint zu taumeln.

Auch Thorkel, der neben mir steht, machte ein besorgtes Gesicht. »Vielleicht müssen wir uns bald verteidigen«, flüstert er mir ins Ohr. »Sie sollten uns Waffen geben.«

Er hat recht, denke ich. Bisher haben wir nur selten mit scharfen Waffen geübt. Hrane erlaubt nur Holzschwerter und Eschenstäbe, damit wir uns nicht verletzen. Aber jetzt, da Olaf vor Knut auf dem Rückzug zu sein scheint, hat mich ein glühender Eifer gepackt, ihm beizuspringen und Norwegen mit der Waffe in der Hand zu verteidigen. Nach Thorkels entschlossenem Gesichtsausdruck zu urteilen, geht es ihm nicht anders.

»Schon morgen früh? Aber wohin?«, höre ich meine Mutter fragen.

»Er will nach Schweden«, rufe ich vorlaut dazwischen mit meiner noch nicht gefestigten Jungenstimme. »Und zu den Rus.« Es ist mir irgendwie rausgerutscht. Als mich alle anstarren, bin ich selbst erschrocken.

»Halt den Schnabel, Harald«, sagt Guttorm ungehalten. »Wer, bei Oðin, hat denn dich gefragt.«

Guttorm ist im Grunde ein gutmütiger Kerl, aber weil er der Älteste ist, meint er, mich wie ein Kleinkind behandeln zu müssen.

»Er hat es mir selbst gesagt«, verteidige ich mich trotzig.

Åstas Augen werden schmal. Sie beugt sich vor. »Ist das wahr, Olaf?«

Der zuckt mit den Schultern. »Kann gut sein, Mutter. Wir müssen davon ausgehen, dass sie hinter uns her sind. Dieser Scheißkerl Knut wird nicht eher ruhen, bis ich vor ihm auf den Knien rutsche. Das heißt, wenn er nicht vorhat, mich aufzuhängen.«

»Warum denn das?«, ruft Åsta erschrocken.

»Weil ich das Gleiche auch mit ihm tun würde, diesem betrügerischen Hurensohn.« Seine Stimme ist plötzlich voller Hass. »Und mit den verfluchten Bastarden im Trøndelag, die mich verraten haben, am liebsten auch gleich.«

»Von wem redest du da?«

»Na, von Erling Skjalgsson rede ich, von Thorer Hundr, Hárek von Tjøtta und wie sie alle heißen. Übergelaufen sind sie, haben das Gold dieses verfluchten Dänen genommen und mich im Stich gelassen.«

Nach diesem Ausbruch herrscht unter unseren Leuten entsetztes Schweigen. Denn die Namen, die er genannt hat, sind die Namen wohlbekannter Männer, bedeutender Jarls aus dem

Westen und Norden. Selbst ich habe von ihnen gehört. Und die sind von ihm abgefallen, haben ihren König verraten? Ich kann es kaum glauben.

Olaf nimmt einen tiefen Schluck aus seinem Trinkhorn, dann starrt er missmutig ins Feuer. Der kleine Magnus, der etwas von der Stimmung des Vaters mitbekommen haben muss, macht ein Gesicht, als ob er weinen will, rutscht von Olafs Knien und läuft zu Alfhild hinüber, die ihn auf den Schoß hebt und die Arme um ihn legt.

Ich nehme das nur am Rande wahr, denn mein Geist wehrt sich noch gegen den Gedanken, man könnte Olaf so schnöde verraten haben. Eine Schlacht zu verlieren, das kann vorkommen, aber Verrat in den eigenen Reihen?

Der alte Sklave, der sich ums Feuer kümmert, schleicht heran und legt ein paar Scheite nach. Das Knistern der Flammen, die gierig daran lecken, ist unnatürlich laut in der angespannten Stille.

»Sie sind also hinter euch her, glaubst du«, sagt Åsta. Tiefe Sorge steht in ihren Augen. Oder ist es Angst? Die schlechten Nachrichten haben sie sichtlich getroffen. Wie uns alle. »Und jetzt?«

»Keine Sorge, Schwiegermutter«, versucht Astrid zu beschwichtigen. »Mein Bruder Anund wird uns aufnehmen. Bei ihm sind wir sicher.«

»In Sithun?«

Astrid nickt.

»Und was ist mit uns hier in Hringaríke? Müssen wir uns Sorgen machen? Wird man uns angreifen? Sie könnten uns als Geiseln nehmen.«

Olaf schüttelt den Kopf. »Nein, das werden sie nicht tun. Solange ich mich nicht hier aufhalte, wird euch nichts geschehen.«

Woher er diese Gewissheit nimmt, erklärt er nicht.

»Sorgt Euch nicht, Herrin«, bekräftigt nun auch ein junger Mann, der zu Olafs Vertrauten gehört. Ragnwald Brusason ist sein Name, und er ist von den Orkneyjar, den Seehundsinseln. Das hat er jedenfalls bei seiner Vorstellung gesagt. »Vielleicht werden wir ja auch gar nicht verfolgt. Wir haben bisher keine Hinweise darauf. Und falls doch, dann nur, weil sie nach dem König suchen. Vergesst nicht, es sind Norweger wie wir alle. Sie werden euch nichts tun.«

Dieser Ragnwald hat eine dick verkrustete Wunde an der Stirn und den rechten Arm in der Schlinge, sieht ansonsten aber unversehrt aus. Er ist im Grunde ein hässlicher Bastard, und seine gebrochene Nase, die ihm schief im Gesicht steht, macht es nicht besser. Aber mir gefallen seine freundlichen Augen, die vertrauensvoll in die Welt blicken, und die ruhige, selbstsichere Art, mit der er das Wort führt. Ein Mann, auf den man sich verlassen kann.

Doch unsere Mutter ist nicht überzeugt. Sie schüttelt den Kopf, als könnte sie das Ganze immer noch nicht fassen. »Bei allen Göttern! Was für ein Unglück!«, murmelt sie. »Wenn ich mich sorge, dann bestimmt nicht um mich, sondern um meine Kinder, um die Kleinen hier, um Astrid und natürlich um Olaf.« Ihre Stimme bricht, und ich sehe, dass sie den Tränen nahe ist.

Wie muss sie sich fühlen? Bis hoch in den Himmel ist ihr Erstgeborener gestiegen, hat die Familie unendlich stolz gemacht, besonders unsere Mutter, die immer seine ehrgeizigen Ziele ermutigt und genährt hat, bemüht, ihm guten Rat zu erteilen. Und nun ist er tief gefallen. Der Verrat von Norwegern, von Männern, die ihm die Treue geschworen haben, das tut besonders weh. Das ist im Grunde auch das Schlimmste. Und nun ist er mit Familie und einer Handvoll Getreuen auf der Flucht, von Feinden verfolgt. Wie unerwartet übel einem das Schicksal doch mitspielen, wie schnell das Blatt sich wenden kann. Unbewusst spüre ich, das ist etwas, das ich mir merken sollte. Nichts im Leben ist für immer gegeben. Auf nichts darf man sich verlassen.

Im Hintergrund schluchzt jemand. Ich glaube, es ist meine Tante Guðrun. Vielleicht ist es dieser Laut, der Mutter aus ihrer hilflosen Bestürzung reißt. Man sieht ihr an, wie sie um Fassung und Stärke ringt. Nicht nachgeben, sich dem Schicksal nicht ergeben. Kerzengerade setzt sie sich auf, wischt sich über die Wangen und strafft die Schultern. Es ist deutlich, was in ihrem Kopf vorgeht. Hat sie nicht vieles schon ertragen müssen? Auch von diesem Unglück wird sie sich nicht niederdrücken lassen.

»Also gut«, sagt sie mit erzwungener Ruhe. »Was Nornen und Götter uns bescheren, können wir nicht ändern. Bleibt zu überlegen, was zu tun ist.« Sie schweigt einen Augenblick, dann wendet sie sich an Olaf. »Wenn ihr in Sithun angeblich so sicher seid, was willst du dann bei den Rus? Bleib doch bei Anund, bis sich die Lage gebessert hat.«

Olaf schnaubt empört. »Denkst du, ich will untätig herumsitzen und meinem Schwager zur Last fallen? Glaub ja nicht, dass ich aufgebe! Du weißt, Astrids Schwester ist mit Jarisleif verheiratet. Der ist reich vom Pelzhandel mit Byzantinern und Arabern. Er wird mich unterstützen. Denn auch er muss Knut fürchten, falls der zu mächtig wird. Ich brauche genug Silber und Männer, um meinen Thron zurückzuerobern. Und um die Verräter zu bestrafen.«

»Natürlich«, erwidert sie. »Nichts anderes erwarte ich von dir. Und was ich selbst an Silber besitze, kannst du gern haben.«

Er erwidert: »Das fehlt mir gerade noch, meine Mutter anzubetteln. Nein, behalte dein Silber. Du wirst es brauchen.«

Als er sich nicht umstimmen lässt, sagt sie: »Aber wieso denkst du, das Nötige ausgerechnet bei den Rus zu finden?« Sie schüttelt ungläubig den Kopf. »Das ist ein einsames, wildes Land. Nichts als öde Weiten. Schreckliche Dinge hört man von dort. Menschen, die wie Tiere in Erdlöchern hausen. Besser, dass Anund dir hilft. Er ist schließlich König von Schweden. Noch dazu dein Schwager und Verbündeter.«

»Anund hat schon genug für mich getan. Eine Menge Schiffe hat er bei unserem Kampf verloren und zu viele von seinen Männern. Nun muss er das eigene Volk schützen. Ich werde ihm nicht länger als nötig zur Last fallen.«

»Also gut.« Åsta seufzt, als sie merkt, dass sie bei ihm nicht weiterkommt. »Dann erzähl uns erst mal, wie es zu alldem überhaupt gekommen ist. Und hinterher überlegen wir, wie du aus der Sache wieder herauskommst.«

»Was soll es da zu erzählen geben?«, brummt Olaf. »Seit Jahren wissen wir, dass Knut den Hals nicht vollkriegt. Er will ein Großreich gründen. Nachdem ihm mit viel Glück Englaland zugefallen ist, meint er, unser Land müsse ihm nun auch gehören. Nein, im Grunde denkt er, es gehört ihm bereits, und wir hätten es ihm gestohlen.«

Ich weiß, was er meint, denn Hrane hat uns solche Dinge schon oft erklärt. Olafs Vorgänger, König Olaf Tryggvason, war vor siebenundzwanzig Jahren bei einer Seeschlacht gegen Knuts Vater, dem Dänenkönig Svein Gabelbart, ums Leben gekommen, woraufhin die Dänen einige Jahre lang unser Land unter ihrer Herrschaft hielten. Bis mein Bruder die dänischen Statthalter verjagen und selbst die Krone nehmen konnte. Von daher leitet Knut wohl seinen Anspruch ab. Schon im letzten Jahr hatte er angeblich Männer mit Gold und großen Versprechungen nach Norden gesandt, um die Jarls und Klanältesten gegen Olaf aufzuwiegeln. Und da auch Anund von Schweden die Dänen fürchten musste, hatten er und Olaf sich verbündet und Knuts Abwesenheit in Englaland genutzt, um bei den Dänen einzufallen, an den Küsten zu plündern, Schiffe zu verbrennen und den Gegner zu schwächen.

Natürlich hatte uns auch die Kunde von der großen Seeschlacht im letzten Jahr erreicht. Das war in der Flussmündung der Helgeå in Südschweden gewesen, wo es den verbündeten Königen gelungen war, Knuts Flotte zwar nicht zu besiegen, ihr aber doch empfindliche Verluste beizubringen. Allerdings war es ihnen dabei nicht besser ergangen, und Anund hatte sich zurückziehen wollen, um mit dem dürftigen Rest seiner Heermacht das eigene Land zu verteidigen. Und da die Dänen mit neu erstarkter Flotte den Øresund blockiert hatten, war Olaf nichts anderes übriggeblieben, als seine Schiffe den Schweden anzuvertrauen und über Land heimzukehren, in der Hoffnung, an der Westküste eine neue Seemacht ausrüsten zu können.

Die Mägde haben inzwischen ein hastig zubereitetes Mahl aufgetischt, und Olaf knabbert an einem Hühnerknochen. »Während wir uns die Füße wund gelaufen haben«, erzählt er, »ist Knut in Westnorwegen gelandet, die Fjorde hinaufgesegelt und hat überall Things abgehalten und versucht, die Leute auf seine Seite zu ziehen. Trotzdem konnte ich das Schlimmste verhindern und die meisten Anführer daran erinnern, wem sie, verdammt nochmal, die Treue geschworen haben. Sicherlich keinem Dänen.«

»Eine Handvoll Schiffe und die nötigen Mannschaften konnten wir auf die Schnelle zusammenstellen«, fügt Ragnwald hinzu. Trotz seiner Jugend scheint er einer der engsten Vertrauten Olafs zu sein. Fast neide ich ihm diesen Platz.

»Ja. Es war ein Anfang«, knurrt Olaf. »Ich weiß nicht, wer alles Knuts Versprechungen geglaubt hatte, aber von Tag zu

40

Tag kamen mehr in unser Lager. Wir konnten neue Hoffnung schöpfen.«

»Und dann?«

»Dann passierte das mit diesem Thorer Olversson.«

»Nie von dem gehört. Wer ist das?«, fragt meine Mutter.

Olaf nimmt einen tiefen Schluck von seinem Bier. Dann nickt er Sigvat zu. »Erzähl du. Du warst dabei.«

Sigvat räuspert sich und legt das Brot weg, an dem er gekaut hat. »Nun, dieser Thorer war ein junger Bursche, Sohn eines reichen Landbesitzers. Netter Kerl eigentlich. Hat uns eingeladen und ein Fest für Olaf gegeben und so getan, als wäre er sein bester Freund und treuester Diener. Dabei hatten die Dänen ihn längst gekauft. Der dicke Goldreif an seinem Arm, den er unter dem Ärmel zu verbergen suchte, hat ihn aber verraten. Er hat es dann zugegeben. Es ist nicht auszuschließen, dass er Olaf sogar in eine Falle locken wollte. Zum Glück hatte uns jemand rechtzeitig gewarnt.«

»Und?«

»Ich hab dem Verräter auf der Stelle den Kopf abschlagen lassen«, knurrt Olaf. »Und seinen Bruder, der uns daraufhin mit einer Bande Krieger überfallen wollte, den haben wir auch geschnappt und an eine Eiche gehängt.«

Leider hatte sich herausgestellt, dass die hingerichteten Brüder mit einflussreichen Jarls verwandt gewesen waren. Thorer Hundr selbst aus dem hohen Norden war ihr Onkel. Sofort liefen Gerüchte durchs Land, Olaf hätte die beiden kaltblütig ermordet. »Es ist wie immer«, fügt Sigvat hinzu, »die Leute glauben, was sie glauben wollen oder was andere ihnen einflüstern. Jedenfalls hat es nicht lang gedauert, bis der ganze Norden darüber in Aufruhr war. Einige der Krieger, die uns zugelaufen waren, verschwanden über Nacht wieder aus dem Lager. Versprochene Verstärkungen blieben aus.«

»Trotzdem«, fährt Olaf fort, »Anund war es gelungen, mir meine Schiffe zu schicken. Wir machten uns also daran, die Küste hinaufzusegeln, um für Ordnung zu sorgen. Da wurden wir auf einmal von einer ziemlich großen Flotte verfolgt. Es stellte sich heraus, es war Erling Skjalgsson, dem Knut die Herrschaft über ein großes Gebiet versprochen hatte, wenn es ihm gelänge, uns zu vertreiben. In einer Bucht griffen sie uns an, und wir mussten uns verteidigen.«

»Erling Skjalgsson?«, fragt Guttorm. »Der muss doch schon ein alter Mann sein, soviel ich weiß.«

Olaf nickt. »Ja. Schon ziemlich betagt. Aber immer noch ein guter Kriegsmann. Wir hatten alle Mühe, ihn und seine Männer zu überwinden. War ein verdammt blutiger Kampf, von Schiff zu Schiff. Wir hatten große Verluste, aber am Ende ist es uns doch gelungen.« Er schüttelt den Kopf, als ob die Erinnerung ihn noch immer quälte. »Erling hatte sich ergeben und die Waffen gestreckt. Und als er dann vor mir kniete, so ohne Helm, aus mehreren Wunden blutend und mit seinem weißen Haar, das im Wind wehte, da tat er mir fast leid. Du weißt, Mutter, wie beliebt und einflussreich dieser Erling ist. Überhaupt sein ganzer verdammter Klan. Ich brauchte den Mann und war bereit, mich mit ihm zu versöhnen. Leider konnte ich es mir nicht verkneifen, ihn zu beschimpfen und einen elenden Verräter zu nennen. Der er ja auch war.«

Während alle an seinen Lippen hängen, schweigt er eine Weile und starrt mit finsterem Blick ins Feuer, bevor er weiterspricht: »Einer meiner Männer, ein gewisser Aslak, hat meine Worte leider missdeutet und, eh ich es verhindern konnte, haut er dem alten Erling von hinten die Axt in den Schädel.«

Thorkel und ich hören mit offenen Mündern zu. Jetzt sieht Olaf gequält auf. Er hat Tränen in den Augen. »Der Alte war unbewaffnet, hatte sich ergeben. Er war bereit, mir wieder zu folgen. Und dann das! Was habe ich nicht geflucht! Aslak, hab ich dem Idioten gesagt, diesen unseligen Hieb kann ich dir nicht danken. Damit hast du mir Norwegen endgültig aus der Hand geschlagen.«

In der Halle ist es ganz still geworden. Selbst die Mägde halten inne und lauschen. Wir alle wissen, dass dies prophetische Worte sind, denn mit diesem, wenn auch ungewollten Mord an Erling Skjalgsson, einem von vielen Norwegern geachteten Mann, ist Olafs Schicksal als König fürs Erste besiegelt. Viele haben sich danach aus seinen Reihen geschlichen, haben ihren König endgültig verlassen und sich seinen Feinden zugewandt. Bei einem Scharmützel ist dieser Aslak dann später selbst zu Tode gekommen, doch sein Axthieb wird für alle Zeiten unvergessen bleiben, das ist jedem klar.

Irgendwo war Olaf dann mit den letzten Getreuen an Land gegangen, hatte trotz Verfolgung Astrid, Alfhild und die Kinder abgeholt, die sich auf einem Landgut aufgehalten hatten, bei den umliegenden Bauern genügend Pferde aufgetrieben und die Flucht angetreten. Zuerst über die Berge, dann durchs lange Gudbrandsdal bis hierher. Unterwegs hatte man sie nicht belästigt, ihnen aber auch keine Hilfe gewährt. Der traurige Rückzug eines stolzen Königs.

Lange herrscht bedrücktes Schweigen. Olaf lässt den Kopf hängen, und selbst die Kinder sind still. Sie scheinen die tiefe Niedergeschlagenheit zu spüren, die alle in der Halle erfasst hat.

Die Erste, die sich rührt, ist Åsta. »Es ist dein verdammtes Christentum, Olaf, das dir das Genick gebrochen hat«, murmelt sie.

Er hebt den Kopf und wirft ihr einen gequälten Blick zu. »Wie kannst du das sagen, Mutter? Du bist doch selbst Christin.«

»Weil Tryggvason deinen Stiefvater und mich getauft hat?«
Sie lacht bitter auf. »Ganz recht. Wir haben hier sogar einen
Christenschrein mit einem Kreuz darin. Aber nur, weil Trygg-
vason uns gezwungen hat. So wie auch du durchs Land gezo-
gen bist und die Leute gezwungen hast, sich taufen zu lassen.
Wer sich nicht fügen wollte, den hast du umgebracht. Ich habe
die Gerüchte gehört. Sogar bis zu uns in Hringaríke sind die
Klagen gedrungen.«

»Das war zum Besten des Landes«, erwidert Olaf müde.

Doch so leicht will Åsta ihn nicht davonkommen lassen.
»Denkst du, ein verdammtes Wasserbad ändert die Menschen,
lässt sie von heute auf morgen ihre Gebräuche, ihre Riten und
ihre Götter vergessen? Zu denen sie ihr Leben lang gebetet
haben? Du hast sie vor den Kopf gestoßen, Olaf, sie gezwungen, sich einem fremden Gott zu unterwerfen, dem die meisten – es tut mir leid, wenn ich es sage – nichts abgewinnen können. Denkst du, sie fürchten deine Christenhölle? Nicht im
mindesten. Oðin ist es, den sie fürchten, und das finstere *helheim* und Thor und dass Freya ihre Äcker versauern lässt, dass
Njördr auf offener See die Schiffe ihrer Söhne verschlingen
könnte. Vor dem Fluch unserer eigenen Götter fürchten sie
sich, weil du sie zwingen willst, sie aufzugeben. Und dafür,
mein Sohn, haben sie sich an dir gerächt.«

Vielleicht hat sie recht, vielleicht auch nicht. Es waren jedenfalls harsche Worte. Und je länger sie sprach, umso lauter war
ihre Stimme geworden, bis die ganze Halle davon erfüllt war.
Nun hält sie inne und funkelt Olaf an, als wollte sie ihn herausfordern, ihr zu widersprechen. Aber der ist zu überrascht, um
sich zu verteidigen.

Als die Stille anfängt, peinlich zu werden, tritt dieser
schmächtige Mönch vor und verbeugt sich ehrerbietig vor meiner Mutter. »Edle Herrin, erlaubt mir, etwas dazu zu sagen.«

Sie sieht kurz zu ihm hinüber und fragt Olaf: »Wer ist der Kerl?«

»Das ist Bischof Grimkell aus Northumbria«, erwidert der trotzig. »Ein bedeutender Mann, auch wenn du nichts von Christen hältst. Er hat schon viele Kirchen errichtet und weise Lehrer ins Land geholt.«

»Weise Lehrer? Du glaubst also wirklich an diesen Spuk?«

Jetzt schießt Olaf das Blut ins Gesicht. Er hat genug von ihren Tiraden. Zornig steht er auf. Doch bevor er eine wütende Antwort geben kann, unterbricht Grimkell ihn. »Verzeiht, mein König, Ihr solltet Euch nicht aufregen. Eure Frau Mutter sagt nur, was viele denken, die der Herr noch nicht erleuchtet hat. Lasst mich der edlen Åsta antworten.«

Olaf murmelt etwas Unflätiges und setzt sich widerstrebend.

Grimkell wendet sich zum Hochsitz meiner Mutter und lächelt gewinnend. »Ihr habt wahre Worte gesprochen, Herrin, als Ihr von der Furcht der Menschen gesprochen habt. Denn zum Fürchten sind sie, die alten Götter. Da werdet Ihr mir zustimmen.«

»Worauf willst du hinaus«, fragt Åsta unwirsch.

»Sie sind zum Fürchten, weil sie Hass und Zwietracht säen. Sie bekriegen sich ja selbst gegenseitig. Asen gegen Riesen. Und sogar die Asen untereinander. Man betet sie an, um ihren Zorn zu beschwichtigen. Denn mit den Menschen spielen sie nach Gutdünken, erheben sie oder vernichten sie, gerade so, wie es ihnen passt. Im Grunde, Herrin, sind es Geister der Finsternis.«

Ich hatte ihn für ein mickriges Kerlchen gehalten, mit seinen schmalen Schultern, dem schütteren Haarkranz und klapprigen Knochen. Bisher hatte er sich ja auch bescheiden im Hintergrund gehalten. Aber nun steht er aufrecht da, scheint plötz-

lich um einen ganzen Fuß gewachsen zu sein und glüht vor
Überzeugung. Seine klangvolle Stimme füllt die Halle, als er in
die Runde blickt und den letzten Satz laut wiederholt.

»Geister der Finsternis. Nichts anderes.«

Ich hatte erwartet, dass Mutter ihm sofort das Wort
abschneidet, doch als er sich ihr wieder mit sanfteren Worten
zuwendet, lässt sie ihn weiterreden.

»Jesus Christus dagegen, edle Herrin, ist das Licht, das in
die Welt gekommen ist, um uns Menschen zu erlösen, um uns
aus der Finsternis zu befreien, in der wir Jahrtausende gefangen waren, um uns die Barmherzigkeit, die Liebe Gottes und
das ewige Seelenheil zu bringen. Vor ihm müssen wir uns nicht
fürchten, ganz im Gegenteil. Er ist unser Hirte, unser Beschüt-
zer, unser Retter. Ihm können wir uns anvertrauen. Er vergibt
uns unsere Sünden. Er heilt unsere Wunden und unsere Gebre-
chen. In seiner Hand ruhen wir in seliger Geborgenheit.«

Einige von Olafs Gefährten nicken. Sind sie auch Christen?
Oder zumindest empfänglich für diese Worte. Sigvat hat mit
einem kleinen Lächeln auf den Lippen zugehört. Ich kann
nicht erkennen, ob es Zustimmung bedeutet oder Spott. Meine
Geschwister, die eine solche Predigt noch nie gehört haben,
lauschen mit offenen Mündern. Der alte Hrane dagegen macht
ein Gesicht wie saure Heringe. Er jedenfalls scheint nichts von
alldem zu halten.

»Lasst ab von den alten Göttern«, fährt Grimkell fort, »denn
sie bringen nichts als Pestilenz, Krieg und Unglück über das
Land. Der jetzige Zustand ist das beste Beispiel dafür. Jesus
aber erbarmt sich unser. Wir können frohlocken, dass er unseren König Olaf erleuchtet hat. Die Rückschläge sind nur vor-
übergehender Natur, nichts als Prüfungen unserer Standfestig-
keit. Wir alle müssen König Olaf helfen, müssen unsere Herzen
rein machen, uns vorbereiten, um Jesus zu empfangen und

willkommen zu heißen. Damit er dem Land Frieden bringt und Freude. Öffnet auch Ihr Euer Herz, edle Herrin, und lasst Jesus ein. Er ist der Gott der Liebe. Tut es für Euren Sohn, für Eure Enkelkinder, für das ganze Land.«

Er schlägt ein Kreuz in der Luft, wie um sie zu segnen. Dann dreht er sich nach links und nach rechts und wiederholt die Geste auch über den anderen Anwesenden. Zwei Männer aus Olafs Begleitung bekreuzigen sich ebenfalls. Die meisten aber regen sich nicht. Ich blicke wieder zu Mutter hinüber. Auch sie scheint der Ansprache nichts abgewonnen zu haben, denn ihre Miene ist versteinert. Jetzt runzelt sie gereizt die Stirn und macht eine unwirsche Handbewegung, als wollte sie Grimkell verscheuchen.

»Schluss mit diesem Unsinn! Ich kenne solche Sprüche. Oft genug gehört. Sie haben nichts zu bedeuten.« Mit einer abwertenden Handbewegung lehnt sie sich in ihrem Stuhl zurück.

Doch nun erhebt sich Olaf zu voller Größe und stemmt die Fäuste in die Hüften. »Es ist mir gleichgültig, was du denkst, Mutter. Meinetwegen halte an deinen alten Göttern fest. Aber ich sage dir, der Glaube an Christus eint die Menschen. Ob reich oder arm, ob von hoher oder von niedriger Abstammung, vor dem Christengott sind alle gleich. Das bringt die Menschen zusammen, das macht ein Volk stark. Ich habe das in der Normandie gesehen, in Wessex und in Northumbria.«

Er hält einen Augenblick inne, um seine Kehle anzufeuchten. Dann fährt er fort: »Bei unseren alten Göttern, da betet jeder zu einem anderen, jedes Tal befolgt andere Riten. Wie Grimkell sagt: Unsere Götter bekämpfen sich gegenseitig. Die Christen glauben an das ewige Himmelreich. Wir dagegen glauben an die letzte Schlacht, an *ragnarök,* an den Untergang der Welt. Deshalb sind wir auch so zerrissen, fallen übereinander her und lassen uns von Fremden besiegen. Denn auch Knut und seine Jarls sind inzwischen Christen. Das sollte dir zu denken geben.«

Doch Åsta lässt sich nicht überzeugen. »Du willst wissen, was Knut stark macht? Es ist nicht das Christentum, sondern sein Gold und seine vielen Schiffe. Und vielleicht auch, weil er den Menschen in diesem Land eben nicht androht, ihnen ihren Glauben und ihr Brauchtum zu nehmen. Soviel ich weiß, lässt er niemanden aufhängen, der sich der Taufe verweigert. Du wolltest allen deinen verdammten Weißen Christ mit Gewalt aufzwingen. Das haben sie dir nicht verziehen. Willst du das nicht sehen? Ich kann dir nur raten, mein Sohn, lass das mit dem Christentum. Versöhne dich mit Knut, und wenn nötig, huldige ihm. Er wird dir seine Hand nicht verweigern. Tu es für uns alle und für deine Kinder, sie werden sonst in der Sklaverei enden.«

Aber von einer Huldigung hätte sie nicht reden dürfen, denn nun wird Olaf rot vor Zorn. Er sieht aus, als würde ihm eine Ader auf der Stirn platzen. »Ihm huldigen? Niemals!«, brüllt er und schlägt mit der Faust so heftig auf den Tisch, dass Becher umstürzen und Bier auf den Boden spritzt. »Niemals werde ich mich unterwerfen. Ich allein bin König von Norwegen und sonst niemand. Hör auf, mir solchen Unsinn einzureden!«

»Unsinn nennst du das?«, erwidert Åsta scharf. »Und schrei mich gefälligst nicht an! Ich bin immer noch deine Mutter!«

Olafs Zeigefinger schießt vor, als wollte er sie damit aufspießen. »Und ich bin dein König!«, zischt er, Augen rund wie Taubeneier, die Brauen hochgezogen bis an den Haaransatz.

»Nicht mehr lang, wie es scheint«, ruft sie, nun ebenfalls wütend. Wütender, als ich sie je zuvor gesehen habe.

Olaf ist in drei Schritten dicht bei ihrem Hochsitz. Die Kinder heulen auf vor Angst. Und mit einem Schrei springt Astrid hoch und packt ihn am Arm, als ob sie fürchtet, er könnte seiner Mutter etwas antun. Brüsk macht er sich los und stößt sie von sich.

»Ganz gleich, wie lange es dauert, Mutter«, brüllt er. »Ich werde Krieger sammeln und zurückkommen und den verfluchten Bastard aus dem Land jagen. Und jeder, der nicht zu mir steht, wird es bereuen! Verlass dich auf meine Worte!«

Das Hexenweib

Nach diesem Streit verlässt Mutter die Halle. Sie ist es nicht gewohnt, dass man so mit ihr redet, ganz gleich, ob ihr Sohn König ist oder nicht. Meine Schwestern verabschieden sich ebenfalls, obwohl man sie noch lange in ihrer Kammer reden hört. Bald darauf zieht sich auch die Sklavin Alfhild mit den Kindern zurück, der kleine Magnus ist in ihren Armen eingeschlafen. Man hat der königlichen Familie das Gästehaus vorbereitet. Nach einer geflüsterten und doch hitzig geführten Auseinandersetzung verabschiedet sich nun auch Astrid von Olaf und den Männern, die daraufhin allein in der Halle zurückbleiben.

Es wird Brennholz nachgelegt und Bier ausgeschenkt. Einer von Olafs Leuten versucht sich an einem Witz, aber gelacht wird nur aus Höflichkeit, denn die Stimmung ist nicht die beste. Jemand bittet Sigvat, eines seiner Lieder anzustimmen, aber dazu hat er keine Lust. Unsere eigenen *húskarlar,* ansonsten so ausgelassen, sind in der Gegenwart von Olafs kampferprobten Recken seltsam still geworden. Wir Jungs hocken in einer Ecke, weigern uns, schlafen zu gehen, und versuchen, jedes Wort zu erhaschen, das gesprochen wird.

Guttorm und Halfdan sitzen bei Olaf und Hrane. Der alte Kämpe, der Olaf von klein auf kennt, fragt ihn nach Einzelheiten der hastigen Flucht vom Trøndelag bis hierher, die Olaf aber nur einsilbig beantwortet. Dann kommen sie auf die Seeschlacht im letzten Jahr in der Mündung der Helgeå zu sprechen, und mein Bruder Halfdan will wissen, wie es ihnen gelungen ist, die Dänen zu überraschen.

Olaf wird ein wenig lebhafter, als er davon berichtet. »Ein paar Fischer hatten Knuts Flotte gesichtet und uns gewarnt, dass sie nach uns suchten. Wir hatten vor, die Schiffe sofort in einer breiten Schlachtreihe zu vertäuen und auf sie zu warten.«

Das ist die übliche Kampfweise bei einer Seeschlacht. Dazu braucht man eine ruhige See, am besten eine geschützte Bucht. Man legt die Schiffe Seite an Seite und vertäut sie so, dass eine breite Kampfplattform entsteht, auf der sich Krieger, wenn nötig, von einem Schiff zum anderen bewegen können. Der Kampf selbst wird zuerst mit Bogen und Wurfspeer, dann aber Mann gegen Mann mit Schild und Streitaxt ausgefochten.

»Ich schlug vor, die Flussmündung abzuriegeln«, fährt Olaf fort. »Da hätten sie uns auch mit einer größeren Flotte nicht flankieren können. Aber Anund hatte eine bessere Idee. Etwas weiter flussaufwärts und vom Meer aus nicht einzusehen, haben wir dann Bäume gefällt und den Fluss abgedämmt, bis sich das Wasser gewaltig aufgestaut hatte. Unsere Schiffe haben wir so hoch wie möglich auf den Strand gezogen. Als die Dänen endlich kamen, dachten sie, sie hätten uns überrascht, und fuhren sofort in die Flussmündung, um unser vermeintliches Lager anzugreifen.«

Hrane nickt grinsend. »Und dann habt ihr die Dämme geflutet.«

Auch Olaf lacht, zum ersten Mal seit Stunden. »Du hättest es sehen sollen. Die plötzliche Flut trieb sie in alle Richtungen. Einige Schiffe wurden gegen Felsen geschleudert und kenterten. Jedenfalls konnte keine Rede mehr von einem geordneten Angriff sein. Wir schoben rasch unsere eigenen Schiffe ins Wasser und fielen über die Dänen her. Wir hätten sie beinahe auch vernichtet, sage ich dir, wenn es nicht doppelt so viele gewesen wären. Ich selbst hab versucht, Knuts Schiff zu entern, aber das verdammte Ding war so riesig, dass wir an der hohen

Bordwand nicht hochkamen. Seine Leute haben gut gekämpft und konnten mit dem Großteil ihrer Flotte entkommen.«

»Das hätte also alles verändern können«, sagt Hrane nachdenklich.

Olaf nickt. »Das hätte es.«

Danach sitzen sie lange da und starren ins Feuer, ohne etwas zu sagen. Auch die übrigen Männer trinken still ihr Bier und hängen ihren Gedanken nach. Schließlich erkundigt sich Olaf bei Guttorm nach dem Vieh, dem Stand der letzten Ernte und überhaupt, wie es den Bauern der Gegend so ginge. Er gibt sich Mühe, aufmerksam zuzuhören, stellt sogar noch weitere Fragen. Und doch merkt selbst Guttorm, der noch nie der Einfühlsamste gewesen ist, dass Olafs Gedanken im Grunde ganz woanders sind, und gibt es schließlich auf, von seiner Schweinezucht zu faseln.

Olaf sitzt unbeweglich da und starrt vor sich hin. Ich glaube, er hat gar nicht mitbekommen, dass Guttorm aufgehört hat zu reden. Plötzlich wendet er den Kopf und spricht Rorik an. »Wir brauchen noch ein paar gute Pferde. Einige dieser Klepper, die wir in der Not aufgetrieben haben, halten uns nur auf.«

»Ich denke, zwei Dutzend Gäule kann ich euch überlassen«, erwidert Rorik. »Ich nehme an, Åsta wird nichts dagegen haben.«

»Und wie viele Mann hast du hier?«

»Mit mir sind es zwanzig.«

»Könnt ihr damit die Burg verteidigen?«

Rorik zieht die Schultern hoch, als ließe sich das nicht so genau beurteilen. »Kommt darauf an, wie viele uns angreifen und wie entschlossen sie sind. Ich kann gleich morgen noch ein paar Bauern zu den Waffen rufen. Leicht werden wir es keinem Gegner machen, das kann ich dir versprechen.«

Olaf nickt. »Gut. Aber es ist wohl besser, ich lass dir noch Verstärkung hier. Sei beruhigt, es sind Männer, die wissen, wie man kämpft.« Er sieht Ragnwald an. »Ich schlage vor, du bleibst fürs Erste hier, mein Freund. Such dir morgen früh ein Dutzend Kerle aus. Wenn nach einer Woche immer noch alles ruhig ist, kommt ihr nach.« Er trinkt sein Bier aus und erhebt sich. »Zeit, sich aufs Ohr zu hauen. Morgen haben wir einen langen Tag vor uns.«

»Warum reitet ihr nicht nach Viken?«, schlägt Hrane vor. »Du weißt, wir haben da ein paar Schiffe in der Bucht. Ihr könntet bis dahin sogar den Fluss hinunterfahren. Wäre doch bequemer. Besonders für Astrid und die Kinder.«

Aber Olaf will davon nichts wissen. »Per Schiff müssten wir wieder durch den Øresund. Du weißt, wer da auf der Lauer liegt.«

»Ah, ja. Du hast recht«, meint Hrane. »Das hatte ich für einen Augenblick vergessen. Verdammte Dänen.« Er gähnt und steht ebenfalls auf.

Olaf verlässt die Halle, um sich im Gästehaus schlafen zu legen. Auch Hrane, Rorik und seine Männer suchen ihre Unterkünfte auf. Die übrigen Gäste machen es sich auf den Bänken bequem. Die Mägde haben Decken und warme Schaffelle ausgelegt, damit sie nicht frieren müssen.

»Was hältst du von alldem«, fragt Thorkel, den ich noch bis vor die Tür begleite. Die Nacht draußen ist schwarz und feuchtkalt. »Glaubst du, Olaf wird wiederkommen? Mit einem Heer?«

»Auf jeden Fall«, erwidere ich hitzig. »Da kennst du meinen Bruder schlecht. Er wird sie alle fertigmachen und sich an den Verrätern rächen. Und ich werde ihm dabei helfen.«

Jawohl! Meinen Arm werde ich ihm leihen und mit ihm in den Krieg ziehen. Dazu bin ich fest entschlossen. Dass ich noch nicht dreizehn Jahre alt bin, zählt nicht. Gemeinsam wird uns nichts in der Welt aufhalten. Olaf und Harald. Klingt doch gut, oder nicht? Irgendwie kann ich es kaum abwarten, mit ihm in den Kampf zu ziehen.

»Kann sein, dass wir schon bald kämpfen müssen«, meint Thorkel großspurig, der es selbst kaum abwarten zu können scheint.

»Wie meinst du das?«

»Wenn sie den König verfolgen, tauchen hier bestimmt Knuts Krieger auf. Und mit den wenigen Leuten, die wir haben, da werden sie uns brauchen.«

»Ja. Dann wird es ernst. Hast du Angst?«

»Natürlich nicht!«, sagt er, aber die Antwort kommt etwas zu schnell. Vielleicht hat er doch Angst. Nun, in Wahrheit fühle ich mich auch etwas zittrig bei dem Gedanken, neben Rorik in der Schlachtreihe zu stehen.

Als ich mich im Dunkeln zu meiner Lagerstatt taste, schlafen Guttorm und Halfdan schon tief und fest, als ob die gewaltigen Ereignisse, von denen wir heute gehört haben, sie nichts angingen.

Was mich betrifft, so finde ich in dieser Nacht kaum Schlaf, so aufgeregt bin ich. Vieles ist zur Sprache gekommen, von dem ich nur wenig verstehe. Olaf als der fähigste und beste aller Herrscher, das war für mich immer wie in Stein gemeißelt. Doch der Streit mit Mutter hat das Bild ein wenig angekratzt. Thorkel gegenüber hätte ich das natürlich nie zugegeben, aber nach allem, was ich an diesem Abend gehört habe, sind mir Fragen gekommen. Warum haben die Klanführer im Norden sich gegen ihn aufgelehnt? Warum hat ihm bei der Flucht durch Oppland niemand geholfen? Wieso ist es diesem Knut überhaupt gelungen, die Jarls und die *bóndi*, die freien Bauern, gegen ihn aufzuwiegeln? Wirklich nur, weil sie keine Christen sein wollten? Oder steckt noch mehr dahinter?

Warum liegt ihm so viel an diesem Christentum? Sigurd und Åsta haben ihm das ganz gewiss nicht beigebracht. Was spielt es für eine Rolle, ob man Thor oder Freya ein Opfer bringt oder zu diesem Gekreuzigten betet? Warum will Olaf die Leute zur Taufe zwingen? Er hat am Abend zwar versucht, das zu erklären, aber wirklich verstanden habe ich es nicht. Von Einigkeit hat er gesprochen, die uns das Christentum bringen würde. Im Gegensatz dazu die Zerrissenheit der Norweger, an der allein die alten Götter schuld sein sollen. Bei Loki kann ich es noch verstehen. Der stiftet gern Unruhe, wiegelt den einen gegen den anderen auf. Aber doch nicht Allvater Oðin oder Thor. Und außerdem ist ohnehin alles vorgezeichnet von den Nornen, die den Lebensfaden der Menschen spinnen. Was soll ein gekreuzigter Gott daran ändern?

Ich bin jedenfalls froh, dass Astrid und die Kinder bei ihrem Bruder unterkommen werden, denn ich mag Astrid. Vorausgesetzt, sie laufen unterwegs nicht doch noch Feinden in die Hände. Und dann? Was, beim Barte Thors, will Olaf bei den Rus? Mit nicht mehr als fünfzig Mann! Da bin ich mit Mutter einig. Was verspricht er sich davon? Aber natürlich weiß ich nichts vom Land der Rus. Ich weiß nur, dass Kaufleute dort Handel treiben, dass sie kostbare Pelze heimbringen und manchmal Silbermünzen mit seltsamen Zeichen darauf. Vielleicht ist das Land doch nicht ganz so öde und wild, wie Mutter behauptet.

Ich bin kaum eingeschlafen, so kommt es mir vor, als ich von geschäftigem Treiben geweckt werde und im Hof Männer höre, die ihre Pferde aufzäumen. Ich fahre hoch und kleide mich hastig an, will ich doch Olaf nicht verpassen. Auch meine Brüder sind schon aufgewacht und verlangen lautstark nach ihrem Morgenmahl. Die große Halle ist leer. Nur der alte Sklave ist dabei, Feuer zu machen. Als ich vor das Haus trete, kommt Olaf gerade aus dem Gästehaus, Schwert an der Seite und Helm auf dem Kopf. Als er mich sieht, winkt er mich zu sich.

»Es geht gleich los«, sagt er.

»Aber wollt ihr nicht erst essen?«

»Keine Zeit. Aber Tante Guðrun hat uns genug Wegzehrung mitgegeben. Wir werden also nicht verhungern. Die Karren lassen wir übrigens hier. So kommen wir schneller voran. Die Frauen werden reiten müssen, auch wenn Astrid es hasst, sich ihren süßen Hintern wund zu reiben.«

Er lacht ausgelassen und scheint wieder ganz der Alte und in bester Laune zu sein. Die Nachtruhe hat ihm gutgetan. Ängste und Gespenster des gestrigen Abends sind vertrieben. Dies ist der Olaf, dem mein Jungenherz gehört. Er legt mir den Arm um die Schultern.

»Es war gut, dich wiederzusehen, Harald. Sag Mutter, sie soll mir nicht länger grollen. Ich entschuldige mich für mein respektloses Verhalten. Es war nicht gegen sie gerichtet.«

»Nimm mich mit, Olaf«, stoße ich wild entschlossen hervor. »Ich will mitkommen und dir helfen, dein Reich zurückzugewinnen.«

Erstaunt sieht er mich an. Dann lacht er. »Bist du verrückt, Junge? Das geht nicht.«

»Wieso nicht?«

»Weil es nicht geht. Du bist viel zu jung. Mutter würde mich umbringen.« Mit einer liebevollen Geste fährt er mir durchs Haar. »Aber ich danke dir fürs Angebot. Wenn du älter bist, werde ich davon Gebrauch machen. Das ist versprochen.«

Doch ich bin nicht bereit, so schnell aufzugeben. »Ich bin praktisch schon dreizehn, Olaf. Und du warst auch nicht älter, als du mit Hrane gesegelt bist und ihr für Torkjell Høge gekämpft habt. Dir hat sie es erlaubt. Warum nicht mir?«

Das stimmt. Torkjell Høge war ein Anführer der Jomsvikingr und hatte in Englaland auf Seiten der Sachsen gegen die Dänen gekämpft. Olaf war damals nicht älter als zwölf gewesen, als sie auf große Fahrt gegangen waren, um sich ihm anzuschließen. Fünf Schiffe hatte mein Vater ausrüsten lassen, notgedrungen, weil Mutter darauf bestanden hatte, ihrem Sohn das Leben eines *vikingr* zu ermöglichen, wie es sich für einen Krieger gehört. Vielleicht hatte sie dabei an Olaf Tryggvason gedacht, der sein Leben als Seefahrer und späterer König ebenfalls blutjung begonnen hatte. Und schließlich war auch Olaf von königlichem Blut, denn ihr erster Mann Grenske war Urururenkel des berühmten Harald Schönhaar gewesen, dem ersten norwegischen König, dem es gelungen war, das Land zu einen, auch wenn es nach seinem Tode gleich wieder in kleine Gebiete zerfallen war.

All das will ich ihm noch sagen, aber ich sehe an seinem Gesicht, dass es keinen Zweck hat. Seine Miene ist hart geworden. Und nun schüttelt er ganz entschieden den Kopf. »Du bist zu jung. Ich habe damals Dinge gesehen, die man in deinem Alter noch nicht sehen sollte. Das will ich dir ersparen. Das Leben läuft dir nicht davon, Harald. Du hast noch viel Zeit.«

Mir stehen Tränen in den Augen, obwohl ich mich ihrer schäme und sie schnell wegzuwischen versuche.

Er lächelt, und ein milderer Ausdruck tritt in sein Gesicht.

»Es wird eine Weile dauern, bis ich wiederkommen kann. Sicher ein paar Jahre. Nutz die Zeit, um dich vorzubereiten. Hrane ist der beste Lehrer. Er wird dir helfen, wie er mir geholfen hat. Wenn es so weit ist, sende ich dir einen Boten. Das ist versprochen. Und dann bringst du so viele Krieger zu mir wie nur irgend möglich. Jeder Mann zählt.«

Er legt die Arme um mich. Und hat nun selbst feuchte Augen.

Knechte und Mägde laufen hin und her, die letzten Vorbereitungen werden getroffen, man umarmt sich, wünscht einander Glück und den Segen der Götter. Dann sitzen sie auf und reiten mit einem letzten Lebewohl durchs Tor. Nur meine Mutter ist nicht erschienen. Manchmal kann sie so ein verdammter Dickschädel sein.

✳ ✳ ✳

Einen Boten will er mir schicken, wenn es so weit ist. Mir – und nicht meinen Brüdern Guttorm und Halfdan. Und auch nicht Mutter. Ich bin es, der ihm Krieger bringen soll. Das macht mich stolz. Ich verstehe es als Auszeichnung und Vertrauensbeweis, obwohl ich keine Ahnung habe, wie das anzustellen wäre. Es bestärkt mich jedoch in dem Entschluss, ihm zu folgen, an seiner Seite zu sein, auch wenn er mich nicht mitnehmen wollte. Natürlich muss ich heimlich zu Werke gehen, denn ich ahne, dass auch meine Mutter mich nicht ziehen lässt, besonders nicht zu den Rus.

Während wir noch Olafs Reiterkolonne nachschauen, die sich langsam in der Ferne verliert, sage ich zu Thorkel: »Wir müssen reden. Du weißt schon, wo.«

Wir laufen durchs Tor und schleichen uns bis zu den Stromschnellen des Hønefoss, wo wir in eine große Weide klettern, deren Äste weit über den Strudel hinausragen. Ein nicht ganz ungefährlicher, aber bevorzugter Platz seit unserer Kindheit. Hier kann uns niemand belauschen.

»Was ist los?«, will Thorkel wissen.

Er ahnt schon, dass ich etwas vorhabe. Wir sind von klein auf beste Freunde und verbringen die meiste Zeit zusammen. Sein Vater ist *húskarlar,* einer von denen, die verheiratet sind und Familie haben. Sie bewohnen sogar ihre eigene, kleine

Hütte innerhalb der Burganlage. Thorkel hat rotblonde Haare, die in dichten Locken seinen Kopf umgeben. Er lässt sie lang wachsen, um seine abstehenden Ohren zu verbergen. Er ist kleiner als ich, doch das sind alle Jungs in meinem Alter. Er ist ein zäher Bursche und flink auf den Beinen. Trotz meiner Größe und Stärke kann ich ihn bei unseren Übungskämpfen nur mit Mühe besiegen.

»Nun sag schon. Was ist los?«, fragt er nochmal.

»Ich werde mit Olaf reiten.«

»Aber die sind doch schon lange weg.«

»Ich weiß. Er wollte mich nicht mitnehmen. Er meint, ich sei zu jung. Aber es ist mir gleich, was er sagt. Ich will ihnen folgen und sie einholen. Dann muss er mich mitnehmen.«

»Und deine Mutter erlaubt das?«

Ich schüttele den Kopf. »Ich werde mich davonschleichen, wenn keiner darauf achtet. Ich will nur wissen, ob du mitkommst?«

Er starrt mich abschätzend an. »Wie stellst du dir das vor? Mein Alter schlägt mich windelweich, wenn wir erwischt werden.«

»Wir werden nicht erwischt.«

»Und was ist mit Pferden? Mit Proviant und Waffen? Ja, was ist mit Waffen? Wir haben doch gar keine. Wenn wir Olaf helfen sollen, brauchen wir Waffen.«

Er hat natürlich recht. Mehr als unsere Messer und Übungsschwerter aus Holz besitzen wir nicht. Und auch die kann man nicht wirklich Waffen nennen. Mir fällt das Schwert meines Vaters ein, sein Helm und sein Kettenpanzer, nicht sehr oft benutzt. Aber die liegen gut eingeölt und verpackt in einer verschlossenen Truhe, zu der nur meine Mutter den Schlüssel hat. Außerdem sind das Erbstücke, die für Guttorm bestimmt sind, für den Tag, an dem das Thing ihn als König von Hringaríke bestätigt. Und meinen Bruder zu bestehlen, das liegt mir nicht.

»Wozu brauchen wir Waffen?«, sage ich. »Olaf wird uns welche geben, wenn wir bei ihm sind.«

»Mein Vater hat einen alten, verrosteten Speer unter seinem Bett. Den wird er wohl nicht vermissen.«

»Einen Speer kann ich auch auftreiben. In der Halle hängen genug herum. Wir sagen, wir gehen zur Jagd, wenn einer fragt. Wir satteln ein paar Pferde und reiten aus. Das tun wir doch oft genug.«

Thorkel nickt. »Was ist mit Proviant? Und wir brauchten ein Zelt.«

»Etwas zu essen kann ich in der Küche klauen«, sage ich. »Aber Zelt und Decken, das ist schwieriger. Das würde jedem sofort auffallen, wenn wir so was auf die Gäule packen.«

»Willst du etwa im Gras schlafen? Es ist kalt um die Jahreszeit.«

Ich denke nach. Nein, im Freien schlafen, dazu habe auch ich keine Lust. Nicht bei diesem nasskalten, nebeligen Wetter. Und vielleicht schneit es sogar. Sah gestern schon ganz danach aus.

»Ach was. Wir brauchen kein Zelt. Wenn wir uns beeilen, holen wir sie leicht vor Einbruch der Nacht ein. Mit Frauen und Kindern werden sie nicht so schnell vorankommen.«

»Und wenn nicht, eine Nacht im Freien wird uns auch nicht umbringen«, meint Thorkel und lacht.

Natürlich nicht. Sind wir doch Männer und Krieger. Ein Krieger muss hart sein. Im Freien schlafen gehört dazu. Ich war sicher gewesen, dass Thorkel mitmacht, lässt er doch nie die Gelegenheit zu einem Abenteuer aus. Er ist überhaupt etwas aufsässig, besonders seinem Vater gegenüber, weshalb er öfter Prügel bezieht. Mehr als nötig für meinen Geschmack.

Aber Thorkel will sich von ihm nichts mehr sagen lassen, und sein Alter ist ein jähzorniger Kerl, der keinen Widerstand duldet.

»Ich bringe eine Zunderbüchse mit, damit wir Feuer machen können«, füge ich noch hinzu, und damit ist es beschlossene Sache.

Zurück in der Burg, gehe ich in die Küche. Tante Guðrun ist zum Glück nicht anwesend. Ich trage einer der Küchenmägde auf, einen Lederbeutel mit Brot, Käse und einer Speckseite zu füllen. Sie fragt nicht nach, warum und wieso, sondern tut wie geheißen.

Während sie damit beschäftigt ist, schleiche ich mich im hinteren Teil des Hauses zu der Truhe, in der Sigurds Waffen verwahrt sind. Sie ist wie erwartet verschlossen. Ich streiche mit der Hand über den Deckel der reich mit Schnitzereien verzierten Truhe. So ein Schwert wie Sigurds hätte ich schon gern besessen. Ein Familienerbstück, kam ursprünglich aus dem Frankenland und ist von großer Qualität. Ein gutes Schwert ist etwas Besonderes. Vor allem teuer. Das können die meisten unserer Krieger sich nicht leisten. Speer und Streitaxt sind deshalb die gängigsten Waffen.

Ich will mich schon zurückziehen, als ich leise Stimmen höre und dann ein Schluchzen. Es kommt aus Mutters Kammer. Ich presse das Ohr an die Tür. Sie sagt etwas, wahrscheinlich zu einer meiner Schwestern oder zu Guðrun. Es ist deutlich erkennbar ihre Stimme. Olafs Name fällt, aber mehr kann ich nicht verstehen. Und dann höre ich sie wieder weinen. Wahrscheinlich bereut sie es, dass sie ihn ohne ein Wort des Abschieds hat ziehen lassen. Eine andere Erklärung habe ich nicht. Aber es bestärkt mich nur in meinem Vorhaben.

Ich gehe zurück in die Küche und nehme meinen Proviantbeutel in Empfang. An der Feuerstelle liegt die Zunderbüchse am gewohnten Platz. Die stecke ich in den Beutel. Und dann sehe ich mich nach einer Waffe um. Ein Bogen wäre das Richtige, denke ich und nehme einen von der Wand. Daneben hängt auch ein Köcher voller Pfeile, den ich mir über die Schulter hänge.

Auf dem Hof sinkt mein Herz bis in die Knie, denn ausgerechnet Rorik läuft mir über den Weg. Er mustert mich mit einem durchdringenden Blick, als wüsste er schon, was wir vorhaben. Ich bete innerlich zu Loki, dem Gestaltwandler und verschlagensten der Götter, damit er uns nicht verrät.

»Gehst du jagen?«, fragt Rorik.

»Siehst du doch.«

»Allein?«

»Mit Thorkel.«

»Nicht gerade der beste Moment, um jagen zu gehen.«

»Warum?«

»Wer weiß, wer sich da draußen herumtreibt.«

»Wegen Olaf?«

»Ganz recht. Wegen Olaf. Kundschafter vielleicht.«

»Wir sind vorsichtig.«

Ich will an ihm vorbei, aber er hält mich am Arm fest. »Entfernt euch nicht zu weit«, sagt er. »Und haltet die Augen offen, falls sich Fremde nähern.«

Ich nicke erleichtert. Offensichtlich hat er meine Lüge nicht durchschaut.

»Und keine Waghalsigkeiten. Hast du gehört? Das würde mir deine Mutter nicht verzeihen.«

»Lässt du mich jetzt endlich gehen?«

Er nimmt die Hand von meinem Arm. »Seid früh genug zurück. Spätestens bei Sonnenuntergang schließen wir das Tor.«

Endlich hält er mich nicht länger auf. Ich schlendere betont gemächlich über den Hof zu den Pferdeställen hinüber. Dabei spüre ich immer noch seinen Blick im Rücken. Ich mag diesen Rorik nicht. Mischt sich in alles ein und maßt sich viel zu viel an, als gehöre die Burg ihm. Aber im Grunde habe ich etwas gegen ihn, weil der Hurensohn mit meiner Mutter schläft. Alles sehr heimlich, und niemand spricht darüber, aber alle wissen es.

Warum stört mich das so? Schließlich ist sie seit Jahren Witwe und hat erst kürzlich noch gute Eheangebote ausgeschlagen. Sie besitzt viel Land und Vermögen und ist immer noch mehr als ansehnlich. Bei weitem nicht zu alt für ein bisschen Liebe. Warum gönne ich ihr das nicht? Und was diesen Rorik betrifft, so ist er im Grunde ein fähiger Anführer und ein gutgewachsener Kerl, der einer Frau schon gefallen kann, das muss ich zugeben. Außerdem hat er den Respekt seiner Leute. Was soll ich mich also darüber aufregen? Es geht mich im Grunde nichts an. Und sie macht ja auch kein Aufhebens um die Sache. Es bleibt alles im Verborgenen.

Und doch finde ich sie zu alt für solche Liebesspielchen. Schließlich ist sie meine Mutter, die Königin von Hringaríke und Sigurd Halfdanssons Witwe. Da lässt man sich nicht mit irgendwelchen Männern ein. Mir bildlich vorzustellen, wie sie mit diesem dahergelaufenen Kerl – ein grässlicher Gedanke. Ich hasse den Bastard.

Endlich bin ich im Pferdestall angekommen, wo die braune Stute untergebracht ist, die ich für gewöhnlich reite. Mein Freund wartet schon, in der Hand seinen rostigen Speer. Wie zwei Verschwörer grinsen wir uns an. Dann satteln und zäumen wir die Reittiere auf. Thorkels ist ein grauer Wallach. Eines der vielen Pferde, die meiner Familie gehören. Wir führen die Tiere in den Hof und sitzen auf. Von Rorik ist zum Glück nichts zu sehen.

Diesmal stehen Wachen auf dem Turm über dem Tor. Sie winken uns zu, als wir die Burg verlassen. Es hat geklappt.

Niemand hat uns aufgehalten. Mit einem Triumphgeheul gebe ich meiner Stute die Fersen. Schon fliegen wir dahin, lassen die Wallburg hinter uns und galoppieren an reifbedeckten Feldern vorbei ins Abenteuer.

* * *

Nach dem ersten Jubel über unser ungehindertes Entkommen setzt etwas mehr Ernüchterung ein. Besonders, als wir darüber nachdenken, wie wir Olaf am schnellsten einholen können. Nach meiner Schätzung haben sie etwa drei oder vier Stunden Vorsprung.

»Wo liegt dieses Sithun eigentlich?«, fragt Thorkel.

»Keine Ahnung. Irgendwo im Osten.«

Der Weg von der Wallburg und aus der Schleife der Begna heraus führt zunächst nach Westen. Der Boden ist um diese Jahreszeit noch nicht gefroren, so dass wir die Spuren von Olafs Reiterkolonne einigermaßen gut erkennen können. Bald müssten wir auf eine Kreuzung stoßen. Von dort führt ein Weg weiter nach Westen, ein anderer nach Süden und der dritte nach Norden. Auf der südlichen Route gelangt man nach Viken und dem großen Fjord gleichen Namens. Von da aus geht dann ein Weg an den Bergen vorbei nach Osten. Davon haben wir jedenfalls gehört.

Der Himmel ist immer noch verhangen, aber nicht mehr ganz so grau wie am Vortag, und es ist auch nicht mehr so kalt. Hier im Tal der Begna reiht sich ein Feld ans andere, einige, auf denen verfaulte Kohlreste oder altes Kraut verbrannt werden, andere liegen brach. Dazwischen Viehweiden und lange Streifen von gepflügten Äckern, auf denen bereits der Winterweizen ausgesät wird, sehr zur Freude ganzer Scharen von Vögeln.

Wir kommen an Holzscheunen vorbei und den strohge-
deckten Langhäusern der Bauern, halb Wohnraum, halb Viehstall, mit spielenden Kindern im Hof. Ein Geruch von Torf-
feuern liegt in der Herbstluft. Es sind ein paar Bauern auf den
Feldern, andere, die Mist ausfahren oder Kühe auf die Weide
treiben. Von diesen wenigen abgesehen, haben wir die Landschaft für uns allein.

An der Kreuzung angelangt, ist es nicht ganz eindeutig, welchen Weg Olaf genommen hat, denn eine Herde Kühe hat die
Hufspuren zertrampelt.

»Ich glaube nicht, dass sie nach Süden geritten sind«, meint
Thorkel. »Da würden sie in Viken auf die Küste stoßen und
könnten Feinden in die Arme laufen, die den Fjord patrouillieren.«

Ich nicke. »Ja. Nach Viken wollte Olaf nicht. Das habe ich
ihn sagen hören. Dann also nach Norden. Die Furt ist ja nicht
weit. Wir überqueren den Fluss, und von dort geht der Weg
bis zur Südspitze des Randsfjorden, glaube ich, und danach
weiter nach Osten. Aber bis dahin haben wir sie längst eingeholt.«

Die nähere Umgebung kennen wir natürlich gut, aber alles,
was darüber hinausgeht, ist unbekanntes Gebiet. Doch überzeugt, dass Olaf die nördliche Route genommen hat, wenden
wir uns nach Norden. Hier und da, an feuchten Stellen, finden
wir tiefe Hufspuren, die bestätigen, dass wir richtigliegen.
Guten Mutes lassen wir die Pferde traben, bis wir die Furt
erreichen. Hier gabelt sich der Weg. Der eine führt weiter nach
Norden, der andere über den Fluss nach Nordosten. Mit
Sicherheit unsere Richtung.

Die Überquerung ist gar nicht so einfach, denn es hat vor
Tagen viel geregnet, und der Fluss ist angeschwollen. Wir
haben Mühe, die Pferde in die rauschende Strömung zu trei-

ben, aber schließlich gelangen wir auf die andere Seite, wenn auch nass bis zu den Schenkeln.

Am anderen Ufer folgen wir vertrauensvoll dem Pfad und achten nicht besonders auf Hufspuren, so sicher sind wir unserer Sache. Wir reiten eine Weile am Flussufer entlang, dann verlässt der Pfad die Begna und führt uns in einen dunklen Wald voll hoher Bäume mit mächtigen, moosbewachsenen Stämmen. Mannshohes Gestrüpp wächst so dicht am Wegrand, dass man nicht mehr nebeneinander reiten kann. Nur das heisere Geschrei von Krähen in den Baumkronen begleitet uns und das Stapfen der Hufe. Ein wenig unheimlich kommt uns der finstere Forst schon vor.

Es ist bereits Nachmittag, als der Wald sich endlich lichtet und wir die Südspitze eines Sees erreichen. Der scheint lang und schmal zu sein. Kein Windhauch kräuselt die Oberfläche, in der sich grauer Himmel und dicht bewaldete Hügel spiegeln.

»Das muss der Randsfjorden sein«, sage ich.

Ich war sicher gewesen, Olaf und seine Gefährten bis hierhin bereits eingeholt zu haben, aber weit und breit ist keine Menschenseele zu sehen. Ein einsamer Ort. Nur See und Wald. Wir sitzen ab und führen die Pferde zu einer schilffreien Uferstelle, um sie saufen zu lassen. Dann sehen wir uns nach Hufspuren um. Der Weg ist nicht mehr so breit wie auf der anderen Seite der Begna, eigentlich nur ein schmaler Pfad, halb von Gras überwuchert und Herbstlaub übersät. Wir finden zwar ein paar Spuren in der Grasnarbe, aber die sehen alt und ausgewaschen aus.

»Vielleicht haben sie ja doch einen anderen Weg genommen«, meint Thorkel, erste Zweifel in seiner Miene.

Auch ich bin nicht mehr so zuversichtlich. Ich starre am mit dichtem Schilf bewachsenen Seeufer entlang. »Dahinten ist eine Fischerhütte. Da können wir fragen, ob sie durchgekommen sind.«

Wir führen die Pferde am Zügel und wandern zu der einsamen Hütte hinüber. Sie steht auf dünnen Pfählen, halb am Ufer, halb im Wasser, und sieht grau und zerfallen aus. Ein wackeliger Steg ragt in den See hinaus. Darauf hockt ein altes Weib und hantiert mit einer Reuse, in der es silbern von Aalen glänzt. Neben ihr ein knorriger Stab.

Wir binden die Pferde an einen Busch. Als wir uns nähern, hört sie uns und sieht sich ärgerlich um. Sie muss hundert Jahre alt sein, denn ihr fahles Gesicht scheint nur aus Falten und zwei dunklen Augen zu bestehen, die uns giftig anstarren.

Ich spüre, wie Thorkel neben mir zusammenzuckt. »Glaubst du, das ist eine *völva*?«, flüstert er.

Auch mir läuft es kalt über den Rücken. Denn so sieht sie aus. Wie eine *seiðkona*, eine Zauberin und Hexe, die hier ganz allein an diesem verwunschenen See lebt. Aber ich will mich nicht einschüchtern lassen und trete vor, wenn auch ein bisschen ängstlich.

»Ich will nicht stören, ehrwürdige Mutter, aber hast du vielleicht einen Reitertrupp durchkommen sehen?«

Sie legt die Hand ans Ohr. Oder zumindest an die Stelle, wo unter dem speckigen und verfilzten grauen Haar sich das Ohr befinden muss.

»Einen was?«, krächzt sie aus einem fast zahnlosen Mund.

»Einen Trupp Reiter«, rufe ich etwas lauter. »Männer mit Waffen. Und Frauen und Kinder müssten auch dabei gewesen sein.«

Sie runzelt die Stirn und wackelt langsam mit dem Kopf, als ob sie überlegen müsste. »Ja«, nuschelt sie dann und nickt. »Männer mit Waffen.«

»Wie lange ist das her?«, frage ich hoffnungsvoll.

Sie hebt die Schultern. »Och, ein Jahr, denke ich. Oder zwei. Mein Gedächtnis ist nicht mehr so gut.« Sie kichert. Dabei ziehen sich ihre Lippen auseinander und lassen den zahnlosen Kiefer sehen.

»Verdammte Scheiße«, höre ich Thorkel hinter mir leise fluchen. »Die ist wohl nicht ganz richtig im Kopf.«

Die Alte hebt die Faust. »Hab ich gehört«, zischt sie zornig.

»Wie hat sie das hören können?«, flüstert Thorkel. »Ich hab doch ganz leise gesprochen. Ich sag dir, das ist eine Hexe.«

Das Weib greift jetzt nach dem knotigen Stock und kommt mit dessen Hilfe mühsam auf die Füße. Dann humpelt sie langsam über den Steg ans Ufer und auf uns zu. Wir weichen ein paar Schritte zurück. Vorsichtshalber.

Sie ist klein und ihr Rücken gichtig krumm, die Hände sind knochig, aber so zerbrechlich, als könnte ein kräftiger Händedruck sie zermalmen. Doch die wachen Augen in dem von Altersflecken übersäten, runzligen Gesicht strafen Thorkel Lügen. Diese Alte ist alles andere als schwach im Kopf.

»Zwei hübsche Jungs«, murmelt sie, grinst spitzbübisch und leckt sich mit einer rosa Zungenspitze über die vertrockneten Lippen, als könnte sie uns irgendwie schmecken. »Habt keine Angst, ihr Bübchen. Bin nur eine alte Frau.«

Ich trete einen Schritt näher, um ihr zu zeigen, dass ich sie nicht fürchte. Nun steht sie vor mir, hebt den Kopf und blickt mit einem listigen Funkeln in den Augen zu mir auf. Aus ihren Lumpen steigt ein übler Geruch nach Seetang und Fisch und altem Schweiß.

»Ich suche meinen Bruder, der mit seinen Gefährten hier vorbeigekommen sein müsste.«

»Deinen Bruder?«

Ihre Miene verändert sich plötzlich, und sie lässt weit aufgerissene Augen über mein Gesicht wandern, als wolle sie jede

Pore untersuchen. Die Lider sind gerötet, das Weiße der Aug-
äpfel ist schmutzig gelb und eine ihrer Pupillen milchig trüb.
Sie ist mir unheimlich geworden, besonders diese aufdringliche
Art, mich zu betrachten. Und doch kann ich mich nicht rühren. Es ist, als hielte mich ein Riese in seiner Faust.

»Wer bist du?«, höre ich sie flüstern. »Sag mir, wer du bist!«

»Ich bin Harald Sigurdsson«, murmele ich benommen.

Sie nickt unmerklich mit dem Kopf. »Wie du heißt, das weiß
ich schon, Harald Sigurdsson.«

Ihre Finger berühren meine Wange. Es fühlt sich an, als hätten nicht ihre Finger, sondern ein flatternder Falter mich
gestreift und den Staub seiner Flügel hinterlassen. Ganz deutlich habe ich den Flügelschlag gespürt. Doch gleich darauf
ändert sich der Eindruck, und mir ist, als hätte ein junges Mädchen mich gestreichelt und mich sogar angelächelt, eine so
hübsch wie Æðelind. Ja, plötzlich sehe ich Æðelind vor mir.

»Was für ein hübscher Junge du bist«, höre ich Æðelind
flüstern. Auch ihre Stimme hat sich verändert, ist weicher,
mädchenhafter geworden. Sie spitzt die Lippen, als wollte sie
mich küssen. »Aber jetzt sag mir, wer du wirklich bist.«

Was meint sie? Meine Kehle ist wie ausgetrocknet. Ich
bekomme keinen Ton heraus. Und eh ich mich's versehe, ver-
fliegt das Bild des jungen Mädchens, und vor mir steht wieder
die übelriechende Alte. Tief und rauh klingt ihre Stimme. Seltsame Worte dringen ihr aus der Kehle, in einem leisen rhythmischen Singsang, der sich wie eine Beschwörung anhört:
»Einer von ihnen wird der Sonne Verderber sein«, höre ich sie
raunen. *»Er labt sich an den Leibern todgeweihter Männer,
färbt der Götter Sitz mit rotem Blut.«*

Mein Herz klopft wie wild. Was, bei allen Göttern, war
denn das? Ein Zauberspruch? Eine Weissagung? Ich stehe
stocksteif vor ihr, als hätten meine Füße Wurzeln geschlagen.

Ihr Blick hält mich gefangen, während mir das Blut im Kopf rauscht. Wie einem, der zu viel Bier getrunken hat.

Schließlich höre ich Thorkel rufen. »Komm, Harald, komm ...«

Das bricht den Bann. Die Hexe senkt die Augenlider. Der Spuk ist vorbei. Ich fasse mich an den schmerzenden Kopf.

»Niemand ist heute vorbeigekommen«, krächzt sie mit ihrer normalen Stimme und wendet sich ab. Dann sieht sie sich noch einmal um und grinst. »Wollt ihr einen Aal? Heute sind ein paar richtig fette dabei.«

»Nein danke«, murmele ich und stolpere vom Ufer weg, wo Thorkel bereits die Pferde losgemacht hat.

»Was war da eben los?«, fragt er. »Was hat sie gesagt?«

»Nichts«, erwidere ich und steige in den Sattel. »Lass uns schnell weiterreiten. Wir werden die anderen schon noch finden.«

SIGURDS FLUCH

Schweigend folgen wir dem Pfad entlang des Seeufers. Ich spüre, dass Thorkel unruhig wird, da wir noch immer keine Spur von Olaf gefunden haben. Obwohl er nichts sagt. Aber man kann es an seinem Gesicht ablesen.

Ich selbst bin noch ganz benommen von der Begegnung mit der *seiðkona,* oder was auch immer sie war. Jedenfalls keine normale Alte, da bin ich mir sicher. Wie festgefroren war ich gewesen, während sie ihren Hexenzauber über mich geworfen hat. Ich kann noch deutlich ihre dürren Finger auf der Wange spüren. Fühlten sich wirklich wie ein flatternder Falter an. Und dann hatte plötzlich Æðelind vor mir gestanden, mit diesem spöttischen Lächeln, das sie mir gegenüber oft zeigt, weil sie weiß, dass ich ihr heimlich auf den Hintern starre. Aber wie ist so was möglich?

Nun, es ist bekannt, dass Hexenweiber ihre Gestalt nach Gutdünken verändern können. Tante Guðrun hat oft genug davon erzählt. Sie können einen sogar in eine ganz andere Umgebung versetzen. Für eine Weile jedenfalls. Man ist ihnen hilflos ausgeliefert, außer man verfügt über einen Gegenzauber.

Und dann dieser schaurige Spruch von *einem Verderber der Sonne, der sich am Blut todgeweihter Männer labt.* Was, im Namen Thors, hatte denn das zu bedeuten? Sie kann doch wohl nicht mich gemeint haben, oder doch? Nein, ganz bestimmt nicht. Und dann: *Einer, der den Sitz der Götter mit rotem Blut färbt.* Das würde eher zu Olaf passen. Hatte sie seine Rückkehr gemeint, die Rache an seinen Feinden?

Aber wie kann eine Alte, die so abgelegen haust, überhaupt von solchen Dingen wissen? Oder von Æðelind? Ich hole tief Luft und versuche, das Erlebte aus meinem Kopf zu bannen. Bestimmt hat sie nur Unsinn gefaselt, ist nicht ganz klar im Kopf. Kein Wunder bei dem Alter. Hatte Thorkel es nicht gleich bemerkt? Und ich Dummkopf lasse mich von diesem Geblöke beeindrucken. Der Falter war einfach eine Täuschung, und auch das mit Æðelind muss ich mir eingebildet haben. Wahrscheinlich, weil ich zu oft an sie denke. Besser, die Sache zu vergessen.

Der Pfad führt nun vom See weg und wieder in einen großen Wald. Die Bäume stehen hier so dicht, dass es unter dem Laubdach so dunkel ist, als wäre es Abend. Ohne Unterlass taumeln Blätter herab wie gelbbrauner Regen, der sich im Unterholz verfängt und auf dem Boden sammelt. Dieser sanfte Blätterregen verleiht dem Wald etwas Geheimnisvolles. Wie ein Elfenwald kommt er mir vor. Es würde mich nicht wundern, in der Tiefe des Waldes plötzlich eines dieser scheuen Geschöpfe zu Gesicht zu bekommen.

In der Hoffnung, Olaf doch noch vor Einbruch der Dunkelheit einzuholen, treiben wir die Pferde an und jagen im leichten Galopp durch den Forst. Dabei wären wir beinahe in eine Elchkuh gerannt, die mit ihrem Kalb mitten auf dem Weg steht. Wütend starrt sie uns an und will nicht weichen. Elchkühe, die ihr Kalb verteidigen, können ziemlich unangenehm werden. Wir müssen sie mehrfach anbrüllen, bevor sie uns widerwillig Platz macht und mit ihrem Kalb majestätisch davonschreitet.

Etwas später hören wir schon von weitem die Schläge einer Axt durch den Wald hallen. Kurz darauf erreichen wir eine große, mit Farnkraut bewachsene Lichtung. Auf der gegenüberliegenden Seite, vor dem Hintergrund dunkler Tannen, steht die Hütte eines Köhlers, daneben sein rauchender Meiler. Ein Maultier hebt den Kopf, als wir uns nähern, und ein großer, struppiger Hund schlägt an und rennt uns wütend entgegen, so dass wir alle Mühe haben, die Pferde ruhig zu halten. Schließlich pfeift der Köhler das Viech zurück.

Er ist ein grober, einäugiger Kerl mit Pranken wie Schaufeln. Der Mann hat wenig Haar auf dem Kopf, eine triefende Knollennase im Gesicht. Und einen Bart, den er zu zwei dünnen Zöpfen geflochten hat, die ihm bis auf die Brust reichen. An einem Hackklotz lehnt eine Axt mit langem Stiel. Daneben ein Haufen Scheite, wohl in Vorbereitung für einen zweiten Meiler.

Diesmal ist es Thorkel, der sich vorwagt. »Hast du einen Reitertrupp gesehen?«, fragt er, nicht ohne vorher höflich gegrüßt zu haben. »Den suchen wir nämlich.«

Der Mann zieht den Rotz durch die Nase und spuckt den Schleimklumpen in hohem Bogen zur Seite, bevor er mit einem Kopfschütteln antwortet. »Hier ist seit Tagen keiner durchgekommen«, knurrt er.

Thorkel und ich sehen uns beunruhigt an, während der Köhler sein Augenmerk auf unsere Pferde, Sättel und Zaumzeug legt, für einfache Leute von beträchtlichem Wert. Dabei hat sich ein gieriger Ausdruck in seine Miene geschlichen. Unbewusst lege ich die Hand an den Griff meines Messers.

»Wie kommt man nach Sithun«, frage ich ihn.

»Nach Sithun wollt ihr?« Er lacht, als hätte ich einen guten Scherz gemacht. »Zwei grüne Bürschlein auf dem Weg nach Sithun.«

»Wie weit ist es?«

»Heute werdet ihr da nicht mehr hinkommen. Und morgen ganz gewiss auch nicht.« Er findet das immer noch lustig. »Ist verdammt weit, Bürschchen. Das kannst du mir glauben.«

»Sind wir hier auf dem richtigen Weg?«

Er zuckt mit den Schultern. »Könnte sein. Immer nach Osten, würd ich sagen. Drei Meilen von hier gabelt sich der Weg. Ich denke, ihr solltet den nach Nordosten nehmen.«

»Und der andere?«

»Der führt nirgendwohin. Da waren mal ein paar Bauernhöfe. Wurden schon vor langer Zeit verlassen.« Er räuspert sich und spuckt noch einmal kräftig aus. »Ist eine einsame Gegend hier.«

Ich erkundige mich nach der Hexe am See.

»Was für eine Hexe?«

»Eine Alte. Haust in einer Fischerhütte.«

»Ach, die«, brummt er. »Die ist nur ein bisschen verrückt im Kopf.«

Wir danken ihm und wollen uns wieder auf den Weg machen, als er plötzlich ganz freundlich wird. »Es wird bald dunkel, Jungs. Ihr könnt gern hierbleiben über Nacht. Ich hätt auch was für eure hungrigen Mägen.«

Er grinst breit und weist mit einer einladenden Handbewegung auf seine armselige Hütte, wobei mir nicht der hinterlistige Blick in seinem einzigen Auge entgeht, und auch nicht, dass er sich der langen Axt genähert hatte, die jetzt nur noch einen Schritt weit von ihm am Hackklotz lehnt. Damit du uns in der Nacht die Kehle aufschlitzen und die Pferde stehlen kannst, fährt es mir durch den Sinn.

»Nein danke«, sage ich brüsk.

Dem Köhler ist mein Misstrauen nicht entgangen, denn seine Stirn umwölkt sich ärgerlich. Er öffnet den Mund, um etwas zu sagen, aber ich habe genug von dem Kerl und gebe, ohne ihm noch einen Blick zu schenken, meiner Stute die Fersen. Thorkel folgt mir.

»He, Jungs!«, hören wir ihn hinter uns herbrüllen. »Wenn ihr denkt, die Alte am See lässt euch aus dem Forst entkommen, dann irrt ihr euch.« Sein gehässiges Gelächter und das Bellen seines Köters klingen uns noch eine Weile in den Ohren, während wir uns eiligst davonmachen.

»Bastard!«, zischt Thorkel.

»Der hatte es auf uns abgesehen«, erwidere ich, während wir durch den Wald traben. »Wollte uns ausrauben.«

»Und das mit der Hexe?«

»Ach, Unsinn. Das war keine Hexe.«

Dennoch hat der Köhler uns verunsichert, denn es will kein Ende nehmen mit Bäumen und Sträuchern und Farnen und Moosen. Der Pfad kommt mir immer schmaler vor, der Forst dunkler, die mächtigen Bäume bedrohlicher und das Gestrüpp rechts und links immer dichter. Auch die Äste hängen plötzlich tiefer, und die Pferde haben Mühe mit den dicken Wurzeln, die unser Fortkommen behindern. Nicht nur wir, auch die Tiere sind unruhig geworden. Meine Stute bockt ein paarmal. Und als plötzlich ein Fuchs über den Weg läuft, hätte sie mich beinahe abgeworfen.

»Harald, warte!«, ruft Thorkel hinter mir.

Ich halte an und sehe mich nach ihm um. »Was ist?«

»Ich glaube, wir haben uns verirrt. Sie müssen einen anderen Weg genommen haben.«

Er macht ein unglückliches Gesicht. Mit einem Mal ist er nicht mehr der tapfere Krieger mit seinem Speer in der Faust, sondern nur ein Junge in einem endlosen Wald, der sich fürchtet. Mir geht es nicht besser, obwohl ich es mir nicht anmerken lasse. Wie hat sich Olafs Trupp in Luft auflösen können? Wir sind doch nur ein paar Stunden nach ihnen aufgebrochen. Irgendwo müssen wir eine falsche Abbiegung genommen haben und sind in dieser Einöde gelandet. Dabei sind wir oft genug mit Hrane auf der Jagd gewesen. Bin ich denn so ein Stümper im Fährtenlesen? Oder haben wir einfach nicht aufgepasst?

»Vielleicht haben sie ja doch den Weg nach Süden genommen.«

»Na und?«, erwidere ich großspurig, nicht bereit, so schnell aufzugeben. »Wir wissen, wo sie hinwollen. Also müssen wir uns einfach nur bis nach Sithun durchfragen. Das sollte doch wohl nicht so schwer sein.«

Thorkel wirft mir einen zweifelnden Blick zu, sagt aber nichts und beißt die Zähne zusammen. Womöglich schämt er sich seiner Kleinmütigkeit. Eines aber ist gut an Thorkel, er ist kein Jammerlappen. An Mut hat es ihm noch nie gefehlt. Also reiten wir weiter. Nach einer Weile hört der Wald endlich auf, und wir folgen dem schmalen Pfad über Felder und Wiesen. Die müssen seit Jahren brachgelegen haben, denn die Natur ist dabei, den Boden zurückzuerobern. Weder Vieh noch Mensch sind zu sehen. Eine seltsame Gegend.

Schließlich kommen wir zu der vom Köhler beschriebenen Gabelung und schlagen den Weg nach Norden ein. Das heißt, wenn man diesen schmalen, überwucherten Pfad noch einen Weg nennen kann. Die Abenddämmerung ist längst hereingebrochen, und die zunehmende Dunkelheit am östlichen Himmel beginnt, sich wie eine Decke über die Landschaft zu legen, eine Landschaft, die uns immer trostloser und düsterer erscheint. In der Nacht werden wir natürlich nicht weiterreiten können. Nicht in dieser unbekannten Gegend. Wenn wir doch nur auf ein Dorf stoßen würden. Oder auf einen Bauernhof, wo wir in einer Scheune unterkommen könnten.

Umso erleichterter sind wir, als wir, von einer sanften Anhöhe kommend, auf einen Bach stoßen und bald darauf in der Dämmerung die Ruine eines abgebrannten Gehöfts ausmachen. Nicht gut, aber besser als nichts.

Wir steigen von den Pferden, binden sie an einen Strauch und sehen uns um. Das Dach ist eingebrochen und mit dem

Großteil der hölzernen Wände verbrannt. Das muss schon vor Jahren geschehen sein, nach dem Stand der Verwitterung zu urteilen und dem hüfthohen Unkraut, das zwischen halb verkohlten Balken wuchert.

Thorkel stößt mit dem Fuß an einen morschen Pfosten, der aus dem Gras ragt. »Muss einer der Höfe sein, die der Köhler erwähnt hat.«

»Sieht so aus, als ob jemand die Gegend überfallen und ausgeplündert hat. Die Bewohner wurden bestimmt erschlagen. Oder sind weggezogen.«

»Wenigstens gibt's Wasser. Und genug Holz für ein Feuer.«

Im hinteren Teil der Ruine, wo sich der Viehstall befunden hat, ist das Dach zum Teil unversehrt geblieben und bietet uns Schutz, falls es regnen sollte. Wir suchen nach Holzresten und trockenen Zweigen. Während ich unsere ledernen Wasserschläuche am nahen Bach auffülle und mich daranmache, ein Feuer in Gang zu bringen, kümmert sich Thorkel um die Pferde. Er nimmt ihnen die Sättel ab, tränkt sie und führt sie zu einer Stelle mit gutem Gras, wo er ihnen die Vorderbeine fesselt, um sie am Weglaufen zu hindern. Dann setzen wir uns auf die Sättel ans wärmende Feuer und essen von unserer Wegzehrung. Viel ist es nicht, aber es stillt den größten Hunger.

»Was hat die Alte eigentlich zu dir gesagt?«, fragt Thorkel. »Du sahst auf einmal so bleich aus.«

Ich erzähle es ihm. Und doch hätte ich es besser gelassen, denn es jagt uns von neuem Schauer über den Rücken und weckt Erinnerungen an die Geschichten unserer Mütter. Von Gestaltwandlern und Geistern. Besonders Tante Guðrun ist eine nimmer endende Quelle von Fabeln und Legenden über Götter, Elfen und Lindwürmer, über Zwerge, die tief im Berg nach Gold graben, oder über Trolle, die sich von Leichen nähren. Wenn man ihr glaubt, ist die ganze Welt von solchen Kreaturen bevölkert, obwohl man sie meist nicht sieht. Solche Geschichten sind schaurig-schön, wenn man daheim am warmen Feuer hockt und einen gebratenen Apfel isst. Hier draußen aber, in dieser nächtlichen Wildnis, umgeben von den zuckenden Schatten, die das flackernde Feuer wirft, da lässt uns der Gedanke an Geister ängstlich zusammenrücken.

»Glaubst du, hier liegen Erschlagene?«, fragt Thorkel und starrt besorgt in die dunklen Ecken der Ruine, wo armlanges Gras und dichte Sträucher wuchern. »Vielleicht treiben hier *haugbúi* ihr Unwesen.«

Er meint Untote, die nicht zur Ruhe kommen und nachts aus den Gräbern steigen. Besonders solche, die ermordet wurden und nach Rache dürsten. Wir zucken zusammen, als etwas über uns hinwegflattert und in der Nacht verschwindet. Wahrscheinlich nur eine Fledermaus. Oder doch etwas anderes?

Es wird allmählich kalt. Beim Reiten haben wir nicht gefroren, aber jetzt spüren wir trotz des Feuers die Kälte, die aus dem Boden in die Beine kriecht. Wir tragen nicht mehr als unsere Jacken aus Schaffell, haben es nicht einmal für nötig befunden, Decken oder auch nur Mützen mitzubringen.

»Scheißkälte!« Thorkel hält die Hände gegen das Feuer gestreckt.

»Sei froh, dass es erst Herbst und nicht Winter ist.«

Um die Gedanken an Geister und *haugbúi* zu vertreiben, erzählen wir uns lustige Geschichten, besonders über die Leute in der Wallburg. Thorkel kann jeden nachahmen, und zwar so gut, dass man sich den Bauch hält vor Lachen. Keiner ist vor ihm sicher, nicht einmal Tante Guðrun oder meine Mutter.

Wir vergnügen uns damit, zu vergleichen, welche Magd die hübscheste ist und welche die größten Titten hat oder welche am lautesten stöhnt, wenn sie gevögelt wird. Bei der Enge, mit der besonders die Leibeigenen untergebracht sind, bleibt so was kein Geheimnis. Auch noch anderes erzählen wir uns, was eben Jungs so miteinander reden, wenn sie sich langweilen oder die Geister der Nacht vertreiben wollen.

Schließlich fällt uns nichts mehr ein, und wir starren schweigend ins Feuer. Ich muss an mein Zuhause denken. An Guðrun und meine Mutter. Besonders auch an Halfdan und meine Schwester Ingerid, die beiden, mit denen ich mich am besten verstehe. Dabei überfällt mich die ganze Bedeutung unseres Vorhabens. Ich werde sie alle für lange Zeit nicht wiedersehen. Vielleicht nie mehr in diesem Leben.

»Wirst du deine Eltern nicht vermissen?«, frage ich Thorkel.

Er zuckt mit den Schultern. »Meine Mutter vielleicht.«

Mehr will er dazu nicht sagen. Mit seinem Vater versteht er sich überhaupt nicht, wie ich weiß. Ich lege noch einiges von dem morschen, angekohlten Holz nach, das herumliegt, aber es gelingt uns trotzdem nicht, so richtig warm zu werden. Vorn wird man geröstet, und hinten friert man sich den Arsch ab. Wir versuchen, uns auf dem Grasboden schlafen zu legen, aber das ist noch schlimmer. Steine stechen in die Hüfte, und ganz gleich, wie fest man die Arme um den Körper legt, es ist saukalt. An Schlafen ist also nicht zu denken.

Die Nacht um uns herum ist stockdunkel. Kein Mond oder Stern zu sehen. Und dann heult irgendwo ein Wolf. In der Ferne antwortet ein anderer. Fehlt nur noch, dass uns Wölfe angreifen.

»Wir sollten mehr Holz auflegen«, sage ich. »Das Feuer hält sie ab.«

Wir suchen noch mehr trockene Äste und fachen eine gewaltige Glut an, bis uns endlich wärmer wird und wir sicher sind, dass es die Biester auf Abstand hält.

»Ich hoffe, bei dem Feuerschein entdeckt uns nicht der Köhler.«

»Ach was. Der pennt tief und fest in seiner Hütte.«

So verbringen wir die Nacht, nähren das Feuer, sehen ab und zu nach den Pferden und schrecken hoch, wenn es irgendwo im Gebüsch raschelt oder sich ein Käuzchen hören lässt. Und zu allem Übel fängt es auch noch zu regnen an. Erst ganz wenig, dann immer heftiger. Hatten wir gehofft, das Dachstück würde uns schützen, so werden wir bald eines Besseren belehrt. Überall tropft und rinnt es durch. Direkt über dem Feuer ist eine größere undichte Stelle, so dass es bald zischt und qualmt und wir eilig ein paar brennende Scheite an eine andere Stelle schaffen, um ein neues Feuer anzulegen. Doch ganz gleich, wohin wir uns verziehen, es tropft, und wir werden immer nasser.

Als es schließlich hell wird, ist die Begeisterung für unser Abenteuer gründlich erloschen. Im fahlen Licht des jungen Tages haben wir kaum den Mut, einander in die Augen zu sehen. Denn jeder für sich hat genug von dieser Reise ins Unbekannte, auch wenn wir es nicht offen aussprechen.

»Ich habe Hunger«, sagt Thorkel. »Sollen wir uns was erjagen, bevor wir weiterreiten?« Trotz seiner nassen Haare und blau gefrorenen Lippen bemüht er sich, eine fröhliche Miene aufzusetzen und Entschlossenheit zu zeigen. »Es gibt doch bestimmt ein paar Rehe hier.«

»Mit deinem rostigen Speer? Und dem hier?« Ich greife nach meinem Bogen und hebe ihn hoch. Das Holz ist durchweicht und die Sehne aufgequollen und nutzlos geworden. »Das wird nichts werden.«

»Gut. Dann reiten wir eben weiter, bis wir ein Dorf finden.«

Er steht auf und geht ein paar Schritte zur Seite, um zu pinkeln. Plötzlich schreit er auf und springt zurück.

Ich fahre hoch. »Was ist?«

Er deutet in eine Ecke. Und dann sehe ich es auch. Die Umrisse eines Totenschädels. Augen- und Nasenhöhle sind gut zu erkennen, auch die Zähne in einem aufgeklappten Kiefer. Und in der Stirn klafft ein Spalt wie von einer Axt.

Thorkel atmet heftig. Aber dann beruhigt er sich wieder und versucht sogar, seinen Schrecken ins Lächerliche zu ziehen. »Als wenn wir noch nie einen Toten gesehen hätten.« Er geht ein paar Schritte weiter, um dort sein Geschäft zu verrichten. »Also reiten wir jetzt?«, ruft er über die Schulter.

Aber ich habe genug von allem und schüttele den Kopf. »Nein. Ich denke, wir kehren um. Die holen wir jetzt eh nicht mehr ein. Und wie sollen wir nach Sithun reiten ohne warme Kleidung oder was zu essen. Wir wissen ja noch nicht mal, wie wir dahin kommen.«

Er hockt sich wieder zu mir und starrt mich einen Augenblick lang an. »Ich wollte nichts sagen, aber daran hab ich schon seit gestern Abend gedacht«, murmelt er schließlich und lässt die Schultern hängen. Seine Augen sind plötzlich feucht geworden. »Nur, mein Vater schlägt mich windelweich. Darauf kannst du dich verlassen.«

»Tut mir leid.«

»Ach was«, schnieft er. »Bin's ja schon gewohnt.«

»Sie werden uns auslachen«, sage ich bedruckt.

Thorkel nickt verdrossen.

Das ist im Grunde schlimmer als eine Tracht Prügel. Das Gespött der Burg werden wir sein, und täglich werden sie uns daran erinnern, was für Hornochsen wir doch sind. Es ist eine bittere Lehre. Man wirft sich nicht in ein Abenteuer ohne Plan und Vorbereitung, ohne Ausrüstung und Proviant. Das ist mir jetzt klar. In unserer Hast, Olaf einzuholen, haben wir jede Vernunft in den Wind geschlagen.

Beschämt und niedergeschlagen löschen wir, was vom Feuer übrig ist, und satteln die Pferde. Auch die stehen mit hängenden Köpfen im Regen und sehen genauso mürrisch und übellaunig aus, wie wir uns fühlen. Nass und frierend sitzen wir auf und machen uns auf den Heimweg.

✽ ✽ ✽

Trotz des Wetters hellt sich unsere Stimmung langsam auf. Wir sind durchgeweicht und übernächtigt und dennoch froh, wieder im Sattel zu sitzen. Denn es geht nach Hause. Der Weg ist nicht länger unbekannt, die menschenleere, verwilderte Feldlandschaft birgt keine Geheimnisse mehr, und selbst der Wald ist weniger bedrohlich geworden. Obwohl eine Abreibung auf uns wartet, sind wir erleichtert und guten Mutes.

Noch besser wird es, als der Regen endlich aufhört. Der Hütte des Köhlers nähern wir uns jedoch mit Vorsicht. Da der Kerl nirgends zu sehen ist, schläft er vermutlich noch. Trotzdem geben wir den Pferden die Fersen und preschen im Galopp über die Lichtung. Mit lautem Gebell springt der große Hund auf und will uns abfangen, aber da sind wir schon vorbei.

Doch geschlafen hat der Mann nicht. Am Ende der Lichtung sehen wir ihn im Wald stehen, nicht weit vom Wegrand. Er trägt seine Axt über der Schulter und starrt uns mit offenem Mund an, während wir wie der Wind an ihm vorüberfliegen. Ich drehe mich im Sattel um und zeige ihm eine lange Nase, dann sind wir um die nächste Wegbiegung verschwunden.

Als wir den See erreichen, wird mir etwas mulmig zumute, obwohl ich mir einrede, dass die Alte keine Hexe ist und ich mir alles nur eingebildet habe. Innerlich verfluche ich Tante Guðrun und ihre Geschichten und wünsche, ich hätte ihr niemals zugehört. Doch als wir uns nähern, liegt die Fischerhütte ganz still am Ufer und sieht aus, als hätte sich dort seit Jahren niemand mehr aufgehalten. War die Alte nur ein Spuk? Wir nehmen uns nicht die Zeit, es herauszufinden, sondern traben eilig weiter.

Die Wolkendecke ist in den letzten Stunden dünner geworden und reißt gelegentlich auf, so dass zeitweilig ein paar zag-
hafte Sonnenstrahlen durchs Blätterdach des Waldes dringen.
Vereinzelt lassen sich Vogelstimmen hören. Das müssen die
letzten Vögel sein, die noch nicht den Weg nach Süden genommen haben. Uns ist kalt, da unsere Kleider feucht sind. Aber
zumindest triefen sie nicht mehr vor Nässe. Thorkel ist besser
gelaunt und macht Witze. Diesmal hat er sich Rorik vorge-
nommen, äfft ihn nach und erzählt, was sein Vater über ihn zu
sagen hat. Nicht gerade schmeichelhaft.

Wir nähern uns der Begna, als zu unserer Überraschung zwei
gewappnete Reiter ihre Pferde aus der Deckung des Waldes lenken und uns den Weg versperren. Scharfe Speerspitzen recken
sich uns entgegen. Erschrocken reißen wir an den Zügeln.
Thorkel ist vor mir. Sein Wallach wiehert ängstlich und stemmt
die Vorderhufe in den Boden. Und meine Stute hätte ihn beinahe umgerannt.

Flucht ist der erste Gedanke. Hastig sehe ich mich um, aber
auch hinter uns haben Reiter den Weg versperrt. Ihre Mienen
versprechen nichts Gutes. Alle tragen Helm, Lederpanzer und
Schild und sitzen auf guten Pferden. Das sind keine Wegelagerer. Aber wer, bei Thors Hammer, sind sie dann? Immer mehr
tauchen zwischen den Bäumen auf, und bevor wir uns versehen, sind wir umzingelt. Mindestens hundert Mann müssen es
sein. An Flucht ist nicht zu denken. Vermutlich haben sie uns
schon von weitem kommen hören und beschlossen, uns eine
Falle zu stellen.

Einer von ihnen nähert sich und bleibt nur wenige Schritte
vor uns stehen. Der Grauschimmel, auf dem er sitzt, wirft den
Kopf hoch und scharrt unruhig mit den Hufen. Sein Reiter ist
ein großer, muskulöser Kerl mit rotem Bart und roten Brauen.
Vielleicht ist er der Anführer, denn er trägt einen kunstvoll

gearbeiteten Helm und über dem Lederwams einen *hringa-brynja*, einen Ringpanzer. Der Mann muss Mitte zwanzig sein. Hellgrüne, stechende Augen mustern uns drohend.

»Wer seid ihr?«, schnauzt er uns an. »Eure Namen will ich wissen und wo ihr herkommt.«

»Thorkel«, entfährt es meinem Freund sofort. »Ich heiße Thorkel.« Seine Stimme klingt eingeschüchtert. Was kaum verwunderlich ist, denn der Kerl vor ihm sieht aus, als ob er Eisen fressen könnte.

»Thorkel wer?«, kommt die barsche Frage. »Hast du keinen Vater? Und wo wohnt deine Familie?«

Thorkel will schon antworten, als ich dazwischenfahre. »Sag ihm nichts«, rufe ich aufgeregt, denn ich kann mir denken, wer die Kerle sind.

Der Rotbart hört sich zwar nicht wie ein Däne an, aber diese Männer sind bestimmt deren Verbündete. Sie sind hinter Olaf her, genau wie er befürchtet hatte. Verdammt sollen wir sein, denen auch noch Auskünfte zu geben.

Die grünen Augen bohren sich jetzt in meine. »Was für ein keckes Kerlchen haben wir denn hier?«, grollt er. Er mustert mich aufmerksam, dann gleitet sein Blick über meine Stute. »Du siehst nicht wie ein Bauernlümmel aus. Und dein Pferd ist kein Ackergaul, wie ich sehe.« Dann ziehen sich die Brauen zornig zusammen, und seine Augen glitzern gefährlich. »Nun sagt schon, wer ihr seid, sonst nehme ich mir einen nach dem anderen vor und prügele euch durch, bis euch die Scheiße aus dem Arsch fliegt.«

Der Kerl scheint Feuer zu spucken und sieht aus, als würde er jeden Augenblick Ernst machen. Er hat flinke Augen von einer verschlagenen Bösartigkeit, die man nicht unterschätzen sollte. Trotz meiner jungen Jahre kenne ich Männer wie ihn. Unter den *húskarlar* gibt es auch einen oder zwei von der

84

Sorte. Laut, gewalttätig und leicht reizbar, besonders wenn sie betrunken sind. Thorkels Vater Eirik, ein grobknochiger Kerl mit langen, haarigen Armen und einem Bartwuchs, der das halbe Gesicht verdeckt, gehört auch zu denen. Vielleicht hat Thorkel sich deshalb so schnell einschüchtern lassen.

Doch bei mir verfängt die Drohung nicht, denn auch ich bin jetzt richtig wütend geworden. Wer Wut hat, spürt keine Furcht. Denn das sind die Schweine, die meinen Bruder verraten und im Stich gelassen haben.

»Du willst uns verprügeln? Nur zu!«, schreie ich und ziehe mein Messer. »Aber erst musst du uns erschlagen!«

Eine völlig nutzlose Geste, die bei den Männern für Heiterkeit sorgt. Doch ich bin nicht gewillt, mich einschüchtern zu lassen oder meinen Namen preiszugeben. Denn sobald sie wissen, wer ich bin, werden sie mich als Geisel festhalten, davon bin ich überzeugt. Und das kann Olaf und meiner Familie nur schaden. Auch Thorkel hat endlich begriffen, um was es geht, und hebt angriffslustig den rostigen Speer seines Vaters.

»Oho, zwei tapfere Krieger.« Grünauge lacht grimmig. »Steckt mal lieber euer Spielzeug weg, bevor ihr euch verletzt.« Auch das erzeugt Gelächter.

»Ich weiß, wer das ist«, höre ich plötzlich eine Stimme.

Erstaunt starre ich den Mann an, der jetzt sein Pferd näher lenkt. Er hat graue Fäden in seinem dunklen Bart, obwohl er nicht älter als dreißig Jahre sein mag. Auch er trägt einen teuren Ringpanzer, ist aber schlanker und hat gleichmäßigere Gesichtszüge. Und kein so hochmütiges Grinsen im Gesicht.

»Du kennst die Burschen?«, fragt Grünauge.

Der Mann antwortet ihm nicht, sondern spricht stattdessen mich an: »Erinnerst du dich nicht an mich, Harald?«, fragt er und lächelt freundlich. Ich kann nur benommen den Kopf schütteln. Woher weiß er meinen Namen? Sein Gesicht sagt mir nichts. Oder doch? »Zugegeben, du warst noch klein, als du auf meinem Schoß gesessen hast«, fährt er fort, »erst vier oder fünf Jahre alt. Inzwischen bist du ja mächtig gewachsen. Fast schon ein Mann.«

Wovon redet der Kerl? Ich kenne ihn nicht, da bin ich mir sicher. Obwohl er natürlich einen Helm trägt, was das Aussehen immer etwas verändert. Und dann fällt mir die Narbe auf. Sie beginnt an der linken Schläfe, verläuft über die Wange und verliert sich in seinem Bart. Sie hat eine unregelmäßige Form, wie ausgefranst. Und plötzlich taucht etwas in meiner Erinnerung auf. Habe ich diese Narbe nicht schon mal gesehen, sogar berührt, war ihr mit dem Finger gefolgt? Als Kind. Olaf hatte etwas gesagt, und Männer hatten dazu gelacht. Ein Bild aus glücklicheren Tagen.

»Kalfr?«, frage ich unsicher.

»Ganz recht. Kalfr Arnason.« Er grinst zufrieden.

Natürlich. Jetzt dämmert es mir. »Du bist Finns Bruder und Thorbergs.«

»Kein anderer.«

Die Brüder Arnason gehören zu Olafs engsten Vertrauten. Finn und Thorberg waren vor zwei Tagen auf der Wallburg unter seinen Gefährten. Erst gestern Morgen habe ich sie noch gesehen, bevor sie mit ihm aufgebrochen sind. Und jetzt, da ich den Mann genauer betrachte, ist auch die Ähnlichkeit unverkennbar, obwohl er etwas älter als seine Brüder ist. Dieser Kalfr ist keiner, der einem gleich beim ersten Mal besonders auffällt. Erst wenn man ihn näher kennt, ist man von ihm beeindruckt. Und Olaf hatte ihn seinen besonderen Freund genannt, daran kann ich mich jetzt dunkel erinnern. Aber was hat der unter seinen Feinden zu suchen?

»Klärt mich mal einer auf?«, grollt Grünauge.

»Der Junge hier ist Harald Sigurdsson, Olafs Halbbruder.«

Grünauge reißt die Brauen hoch. »Da will ich doch verdammt sein! Was für ein Fang, bei Thor! Besser konnten wir es ja gar nicht treffen.« Dann donnert er mich an: »Wo ist dein verfluchter Bruder? Den suchen wir nämlich.«

Sein Ton macht mich von neuem wütend. Niemand spricht so über Olaf. »Den kannst du lange suchen«, erwidere ich trotzig. »Du wirst ihn nicht finden. Er ist nämlich gar nicht hier.«

»Wo ist er dann?«

»Das werde ich dir nicht sagen.«

»Ich werde es schon aus dir herausprügeln, wart's nur ab!« Er lenkt seinen Gaul näher, als ob er gleich damit anfangen wollte.

»Hier wird nicht geprügelt!«, sagt Kalfr scharf. »Lass den Jungen in Ruhe. Er wird uns zur Burg seines Vaters begleiten, und dann sehen wir weiter.«

»Ich will Olaf! Und das weißt du. Deshalb bin ich hier!«

»Du bist hier, weil ich es dir erlaubt habe. Aber das Sagen habe ich. Ist das klar?«

Der mit Sigurd Angeredete knurrt ungehalten, aber er fügt sich. Trägt dieses Arschloch auch noch den Namen meines Vaters! Das ist nun wirklich zu viel. Mir schwillt erneut der Kamm. Und da Kalfr der Anführer ist, fühle ich mich einigermaßen sicher.

»Sigurd wer?«, frage ich gedehnt und genauso ungehobelt, wie Grünauge meinen Freund Thorkel angeschnauzt hat. »Hast du auch einen Vater oder nur eine Hurenmutter?«

Da bin ich zu weit gegangen. Ehe ich mich's versehe, habe ich seine Hand im Gesicht, so heftig, dass mein Kopf zur Seite fliegt und mir das Wasser in die Augen schießt.

»Ich werde dir Respekt beibringen, du kleiner Bastard«, brüllt er. »Sigurd Erlingsson ist mein Name, wenn du's genau wissen willst. Und diesen Namen solltest du dir gut merken, denn ich bin hier, weil dein Bastard von einem Bruder meinen Vater erschlagen hat. Hinterrücks. Wie nur Feiglinge es fertigbringen.« Er schäumt vor Wut, und seine grünen Augen blitzen furchterregend.

Aber mich reitet der Teufel. »Weil er es verdient hat, dein Vater!«, schreie ich ihm ins Gesicht. »Er war ein Verräter. Ihr alle seid Verräter!«

Er packt mich am Arm, so fest, dass es weh tut. »Du wagst es, mich einen Verräter zu nennen?« Er spuckt fast vor Wut. »Dein Bruder ist ein verdammter Mörder. Und ich werde mich rächen und eure ganze verdammte Sippe ausrotten, bis auf den letzten Mann, das schwöre ich dir!«

Jemand reißt ihn an der Schulter. Es ist Kalfr. »Nichts da, Sigurd! Ich hab gesagt, du sollst den Bengel in Ruhe lassen. Und von Sippenmord ist auch nicht die Rede.« Dann wendet er sich wieder an mich. »Hör zu, Harald. Du hast von uns nichts zu befürchten. Aber wir wollen Olaf sprechen. Wir haben eine Botschaft für ihn.«

Aber ich bin nicht bereit, mich von schönen Worten einwickeln zu lassen. »Und warum bist du auf der Seite seiner Feinde?«, frage ich zornig, während ich mir die brennende Wange halte. »Ich dachte, du bist sein Freund. Olaf ist euer König. Und ihr habt ihn verraten.«

»Sei lieber still, Harald«, raunt Thorkel mir zu.

Ich achte nicht auf ihn. »Ja, Verräter seid ihr!«

Ich glaube, Grünauge hätte mich nochmal geschlagen, wenn Kalfr ihn nicht zurückgehalten hätte. Er blickt mich mit seinen grauen Augen traurig an und seufzt. »Es stimmt, wir haben uns entzweit, dein Bruder und ich. Wir hatten im Grunde keine Wahl, als ihn zu verlassen. Vielleicht kann ich dir das irgendwann mal erklären. Aber mein König ist jetzt ein anderer. Doch mein Anliegen ist nicht Olafs Tod. Das kann ich dir versprechen.«

Sie nehmen uns für den Rest des Weges in die Mitte, ohne dass wir etwas dagegen tun können. Ab und zu wirft mir dieser Sigurd einen hasserfüllten Blick zu, grummelt Verwünschungen in seinen Bart, lässt mich ansonsten aber in Ruhe.

»Wer ist dieser Rothaarige?«, flüstert Thorkel mir heimlich zu.

»Du hast es doch gehört: Jarl Erlings Sohn«, raune ich zurück. »Sein Vater ist der alte Jarl, den dieser Aslak mit der Axt erschlagen hat. Was Olaf nicht gewollt hat. Er hat doch davon erzählt.«

Wir gelangen wieder an die Furt der Begna. Obwohl der Fluss nach dem Regen noch mehr Wasser führt als zuvor, folgen unsere Pferde einfach den anderen und lassen sich ohne Umstände in die Strömung lenken. Wieder werden Stiefel und Beinkleider in dem kalten Wasser nass, diesmal fast bis zur Hüfte, aber daran haben wir uns schon gewöhnt, auch wenn meine Füße sich bald darauf wie Eisklumpen anfühlen.

Man muss unseren Reitertrupp bereits von weitem bemerkt haben, denn als wir die Burg erreichen, ist das Tor fest verschlossen. Auf den Wehrgängen blitzen Speerspitzen in der schwachen Herbstsonne. Die hat inzwischen den Kampf gegen die graue Wolkenschicht gewonnen.

Wir nähern uns im Schritt. Ich überlege, ob ich einfach losgaloppieren soll. Mit Glück erreiche ich das rettende Tor, bevor sie mich einfangen. Aber ich kann ja schlecht Thorkel im Stich lassen. Aber dann spüre ich eine Speerspitze im Rücken. Einer der Krieger hat den Befehl, mich in Schach zu halten. Und Sigurd Grünauge schnappt sich die Zügel meines Pferds, so dass ich den Gedanken an Flucht wieder aufgeben muss.

Kalfr reitet allen voran. Da löst sich vom hölzernen Turm über dem Tor ein Pfeil und schlägt zehn Schritte vor ihm in den Boden ein. Er zügelt sein Pferd, und auch der Rest der Kolonne kommt zum Stehen.

»Bis dahin und nicht weiter«, höre ich eine Männerstimme. Es ist Rorik. Ich kann seinen behelmten Kopf über der Brüstung erkennen.

Kalfr hebt die Hand. »Wir kommen in Frieden«, ruft er. »Ich will Olaf sprechen. Mehr nicht.«

»Olaf ist nicht hier«, tönt es zurück.

»Er muss hier sein. Wir haben seine Fährte verfolgt. Also mach das Tor auf. Ich habe eine Botschaft für ihn.«

»Bist du schwerhörig? Olaf ist nicht hier. Am besten, ihr verschwindet.«

Kalfr wirft mir einen fragenden Blick zu. »Stimmt das?«

Ich zische ihn an. »Ich hab euch doch gesagt, dass er nicht hier ist. Ihr verschwendet eure Zeit.«

»Die lügen, verdammt nochmal!«, knurrt Sigurd. »Ich kann den Scheißkerl bis hierher riechen. Der versteckt sich unter den Röcken seiner Weiber.« Er hebt die Stimme und brüllt: »Komm raus, Olaf, und zeig dich. Ich biete dir einen ehrlichen *holmgang*. Das schuldest du mir für den Tod meines Vaters!«

»Halt's Maul, Sigurd!«, fährt Kalfr ihn an. Er wendet sich wieder Rorik zu und zeigt dabei auf mich. »Sag deiner Herrin, Åsta Gudbrandsdóttir, dass wir ihren Sohn haben. Es wäre also ratsam, das Tor zu öffnen, damit wir mit ihr reden können.«

»Und sie soll sich gefälligst beeilen«, schickt Sigurd Grünauge lautstark hinterher. »Sonst schneiden wir ihm die Kehle durch.«

Das sorgt für erschrockenes Schweigen. Dann lässt Rorik wieder von sich hören. »Bist du's wirklich, Harald?«

»Nein«, rufe ich ärgerlich zurück, »ich bin nur sein verdammter Doppelgänger! Was denkst du denn, wer ich bin?« Ein paar von den Männern hinter mir kichern.

»Wir haben dich vermisst, Harald.«

90

»Genug von dem Gequatsche, holt endlich eure Herrin«, mischt Grünauge sich wieder lautstark ein, wobei Kalfr ihm einen gereizten Blick zuwirft. »Die edle Königin von Hringaríke«, spottet Sigurd und lacht höhnisch.

»Wartet!«, erwidert Rorik. »Sie ist gleich hier.«

Es dauert noch ein wenig, dann taucht über der Brüstung neben Rorik der Kopf meiner Mutter auf. Vielleicht habe ich erwartet, dass sie sich bei meinem Anblick die Haare raufen oder weinen würde. Schließlich befinde ich mich in der Gewalt unserer Feinde. Oder dass sie mich wenigstens zornig zur Rede stellen würde, was ich ungehorsamer Bengel mir dabei gedacht habe, einfach zu verschwinden und mich in Gefahr zu begeben. Aber nichts dergleichen. Åsta Gudbrandsdóttir wahrt Haltung. In diesem Augenblick ist sie nicht Mutter, sondern Königin, verantwortlich für alle in der Burg und für ihre Bauern in der Umgebung. Und von Männern wie Grünauge lässt sie sich schon gar nicht beeindrucken, auch wenn es ihm einfallen sollte, die Burg zu stürmen.

»Was hat das zu bedeuten, Kalfr Arnason?«, weht ihre kühle Stimme herüber. Offensichtlich hat sie ihn erkannt.

»Ich habe eine Botschaft für Olaf. Von König Knut.«

»Mit Dänen haben wir nichts zu schaffen.«

»Ich erledige nur meinen Auftrag.«

»Dann musst du nach Sithun reiten«, erwidert meine Mutter ungerührt.

Ich könnte sie erwürgen. Wie kommt sie dazu, Olafs Aufenthaltsort zu verraten? Aber anscheinend hat sie entschieden, dass Lügen oder weiteres Herumgerede nichts bringt. Und dass die Wahrheit eher dienlich ist, diese Bande von Verrätern wieder loszuwerden. Wahrscheinlich hat sie recht. Bis ins Schwedenland werden sie ihm gewiss nicht folgen.

»Er will also in Svearike unterkommen«, erwidert Kalfr.

»Ganz recht. Aber ich glaube nicht, dass sie dort gut auf dich zu sprechen sind. König Anund ist kein Freund von deinem neuen Verbündeten.«

Sigurd kann wieder nicht das Maul halten. »He, du Satansweib!«, brüllt er. »Welchen Beweis kannst du uns geben, dass er sich nicht bei euch im Hühnerstall versteckt? Und vergiss nicht, wir haben dein Söhnchen. Also überleg dir gut, was du sagst.«

Aber Åsta tut so, als habe sie ihn nicht gehört.

»Kalfr Arnason«, ruft sie mit ruhiger Stimme vom Turm herab. »Ich kenne dich als ehrenwerten Mann. Warum du nicht mehr an der Seite deines Königs stehst, kann ich mir nicht erklären. Aber du wirst deine Gründe haben. Mich aber kennst du auch als ein Weib, auf dessen Wort man zählen kann. Und ich schwöre dir bei all unseren Göttern, dass Olaf unterwegs nach Sithun ist. Wahrscheinlich ist er dort schon angekommen. Einholen wirst du ihn also nicht mehr. Aber wenn du ohne dieses Großmaul an deiner Seite reitest, werden sie dich eher empfangen und deine Botschaft entgegennehmen. Ich aber kann dir nicht weiterhelfen und bitte dich, die beiden Jungs endlich freizugeben.«

Sigurd schäumt und spuckt Verwünschungen, während Kalfr nachdenkt. Man kann sehen, dass er zunächst unschlüssig ist, was er tun soll. Doch dann huscht ein Lächeln über seine Lippen. Vielleicht will er meinen Bruder gar nicht wirklich finden, kommt mir plötzlich in den Sinn. Denn dann hätte er alle Mühe, diesen Sigurd in Schach zu halten. Es würde zu einer wilden Auseinandersetzung kommen oder sogar zum Kampf um die Burg. Und so viele Männer hat er nicht. Er würde schwere Verluste einstecken. Und ihm liegt wahrscheinlich nichts daran, seinen alten Freund Olaf zu töten, so wie er sich bisher verhalten hat.

»Du wirst der Hure doch wohl nicht glauben«, zischt Grünauge, dem das alles zu lange dauert. »Sie will uns nur mit Lügen abfertigen. Wir sollten ihre verdammte Burg stürmen.«

»Halt endlich das Maul!«, fährt Kalfr ihn unwirsch an. »Langsam hab ich genug von deinem Gift. Wir haben Olaf vertrieben. Das sollte dir genügen. Was kann er in Svearike schon anstellen?«

»Ich will meine Rache, verdammt nochmal! Er soll mir wenigstens im Zweikampf gegenübertreten, damit ich ihm den Schädel spalten kann. So wie sie es meinem Vater angetan haben.«

»Das musst du dir aufsparen«, erwidert Kalfr ungerührt und wendet sich wieder an meine Mutter. »Ich glaube dir, Åsta«, ruft er zu ihr hinüber. »Und bis nach Sithun werden wir nicht reiten. Am besten wird es sein, dass ich dir König Knuts Botschaft mitteile. Du kannst ja selbst einen Boten zu Olaf schicken.«

»Einverstanden. Also lass hören. Was hat dein Knut zu sagen?«

»Er lässt ausrichten, dass er Frieden schließen will. Es war ihm nie darum gegangen, Olaf zu vertreiben, sondern nur darum, die Ansprüche der dänischen Krone durchzusetzen. Und dazu gehört seit der Herrschaft seines Vaters Svein Gabelbart eben auch Norwegen.«

»Ich denke, Olaf sieht das anders.«

»Darüber wollen wir jetzt nicht streiten, Åsta. Ich soll nur ausrichten, dass Knut willens ist, Frieden zu schließen, wenn Olaf bereit ist, die dänische Oberherrschaft anzuerkennen und den gewohnten, jährlichen Tribut zu entrichten. Dann darf er König von Norwegen bleiben.«

»Und das sollen wir deinem Dänen glauben?«

Kalfr hebt in hilfloser Geste beide Arme. »Warum nicht? Knut ist kein Ungeheuer. Er beherrscht ein großes Reich und ist gerecht zu jedermann. Das Volk liebt ihn.«

»Also gut«, ruft meine Mutter zurück. »Wir werden es ausrichten. Und jetzt lass die beiden Jungs frei. Die haben mit alldem nichts zu tun.«

»Tu es nicht«, zischt Sigurd ihm zu. »Wir sollten wenigstens diesen Harald mitnehmen. Der kann uns nützlich sein.«

Kalfr schüttelt den Kopf. »Wir haben gesiegt. Was willst du mehr? Olaf kann uns nicht mehr gefährlich werden.«

»Du machst einen Fehler, Kalfr. Das sag ich dir.«

»Dann sei's drum.« Kalfr blickt zu mir herüber. »Wir lassen euch jetzt gehen.« Er schlägt mir auf die Schulter. »War gut, zu sehen, dass ein prächtiger Bursche aus dir geworden ist. Mögen die Götter dich beschützen.«

Ich will schon los, aber Grünauge hält immer noch meine Zügel in der Faust. »Sei froh, dass er dich laufenlässt«, faucht er mich an. »Ich hätte es nicht getan. Aber eines Tages erwisch ich dich. Dich und deinen Bruder. Und wenn es mir gelingt, auch deine ganze verfluchte Sippe. Deine Schwestern mache ich zu Sklavinnen.« Er lacht gehässig. Dann deutet er zum Turm hinüber, wo meine Mutter steht. »Und die da gebe ich meinen Männern zum Vergnügen, bis sie dran verreckt. Das schwör ich dir!«

Erschrocken starre ich den Kerl an. Die letzte Bemerkung macht mir mehr Angst als alles andere. Ist so viel Hass überhaupt möglich? Und was hat er vor? Will er mit einer Heermacht anrücken, um die Burg einzunehmen? Sein Klan ist jedenfalls mächtig genug dafür.

Wie aus der Ferne höre ich Kalfr sagen: »Kümmer dich nicht um ihn, Harald. Er ist im Augenblick schlecht auf euch zu sprechen. Aber er wird sich schon wieder beruhigen. Doch ein Rat von mir: Deine Mutter sollte über Wergeld nachdenken, um den Tod des alten Erling zu sühnen.«

Wergeld? Nun, Sühnezahlungen sind bei Mord oder Totschlag natürlich üblich. Obwohl es wohl eher, was Olaf betrifft, ein Unfall war. Und für einen Jarl wie Erling könnte uns das ziemlich teuer zu stehen kommen. Ein großes Thing unter den Jarls müsste die Summe festlegen.

Sigurd Grünauge spuckt verächtlich. »Ich will kein verdammtes Wergeld. Ich will seinen Tod.« Aber er lässt meine Zügel endlich los.

»Geh jetzt, Harald«, sagt Kalfr und grinst mir aufmunternd zu.

Etwas benommen danke ich ihm und setze meine Stute in Bewegung. Thorkel folgt mir. Dieser Sigurd wird sich schon wieder beruhigen, hat Kalfr gesagt. Aber da bin ich mir nicht so sicher. Die Drohung hat ziemlich ernsthaft geklungen. Und Blutrache zwischen Klans ist immer noch das gängige Mittel, um ein Verbrechen zu sühnen. Die Männer unserer Familie will er töten und die Frauen versklaven. Und meine Mutter … ich mag gar nicht weiterdenken.

Das Tor öffnet sich lang genug, um uns einzulassen, dann schließt es sich wieder. Die ganze Burg ist versammelt. Natürlich auch meine Geschwister. Kaum sind wir von den Pferden gestiegen, als Thorkels Mutter auf ihn losstürmt und ihm eine knallende Ohrfeige verpasst. »Wo bist du gewesen?«, schreit sie ihn an. Doch dann bricht sie in Tränen aus und schließt ihn weinend in die Arme.

Mir wirft sich Ingerid an den Hals. »Wir hatten solche Angst um dich, Harald. Was ist euch da bloß eingefallen?«

Ich achte weder auf Guttorms missbilligendes Kopfschütteln noch auf Gunhilds scharfe Zunge oder Tante Guðruns besorgte Miene, sondern halte mich an Ingerids schlankem Leib fest, als wollte ich sie nie mehr loslassen. Sie hätte ich am meisten vermisst. Doch dann bemerke ich Mutter, die vom Wehrgang herabgestiegen ist. Mit raschen Schritten marschiert sie auf das Haupthaus zu.

Im Vorbeigehen faucht sie: »In meine Kammer, Harald! Sofort!«

Ich hätte gern noch zugesehen, wie Kalfr und seine Leute abziehen. Aber wenn Åsta diesen Ton anschlägt, dann lässt man sie besser nicht warten. Schuldbewusst, mit gesenktem Kopf und klopfendem Herzen, lasse ich meine Geschwister stehen und folge ihr.

»Was hast du dir dabei gedacht?«, fährt sie mich an, nachdem ich die Kammertür hinter mir zugezogen habe und mit zerknirschter Miene vor ihr stehe.

Zu meiner Überraschung ist sie weniger zornig, als ich befürchtet hatte. Im Gegenteil, in ihren Augen schimmert es feucht. Natürlich ist sie wütend auf mich, keine Frage. Aber in ihrem Blick steht auch die Sorge um ihren jüngsten Sohn. Und vor allem Erleichterung, dass mir nichts geschehen ist.

»Wie kannst du mir solchen Kummer machen?«, schilt sie mich. »Rorik wollte schon einen Trupp zusammenstellen, um euch suchen zu gehen. Und dann ist genau das passiert, wovor er euch gewarnt hat.«

»Es tut mir leid, Mutter. Wir wollten zu Olaf. Ihm helfen.«

»Und da schleichst du dich einfach so davon? Gerade von dir hätte ich mehr Verantwortungsgefühl erwartet.«

Ich lasse das Kinn auf die Brust sinken. Eine Träne der Reue läuft mir über die Wange. »Du hättest es nicht erlaubt, Mutter. Dabei haben ihn doch jetzt alle verraten. Er ist unser Bruder. Ich wollte ihn nicht allein ziehen lassen.«

Einen Augenblick lang ist es still in der Kammer. Natürlich war es dumm von uns. Im Nachhinein sehe ich es ja ein. Ich wische mir die Träne ab, die bis zum Kinn gelaufen ist.

»Komm her, Junge«, höre ich sie flüstern.

Ihre Stimme klingt so weich, wie ich sie selten gehört habe. Als ich überrascht den Kopf hebe, sehe ich, dass sie Tränen in

96

den Augen hat. Ich falle ihr in die weit ausgebreiteten Arme, die mich ganz fest umschlingen. Ich bin erstaunt, dass sie am ganzen Leib bebt. Und wie zierlich sie sich anfühlt. Dabei ist sie mir doch immer so stark vorgekommen.

»Es ist schon genug, dass ich mir um Olaf Sorgen mache«, schluchzt sie. »Nicht auch noch um dich. Du warst doch immer mein Liebling. Und bist es noch.«

Ihr Liebling? Auch das ist neu. Wenn es stimmt, dann hat sie es mich aber nur selten spüren lassen. »Es tut mir leid, Mutter. Es tut mir wirklich leid.«

»Nur gut, dass ihr zurückgekommen seid.« Sie küsst mich zärtlich und streicht mir durch die Haare. »Was hat euch umgestimmt?«

»Es war so kalt in der Nacht«, gebe ich verlegen zu. »Wir hatten keine Zeit gehabt, warme Sachen mitzunehmen. Und dann hat es auch noch geregnet. Wir waren nass bis auf die Haut. Außerdem hatten wir Olafs Fährte verloren.«

Sie hätte sich über mich lustig machen können. Aber das tut sie nicht. »Ich weiß, dein Bruder bedeutet dir viel. Darüber freue ich mich, denn er hat es verdient. Und dass du ihm helfen willst, ehrt dich.« Sie fasst mich am Kinn und sieht mir in die Augen. »Ich weiß auch, dass es dir nicht schnell genug geht, erwachsen zu werden. Dabei hast du alle Zeit der Welt. Sei nicht ungeduldig, Harald. Erst gibt es noch viel zu lernen. Und deine Zeit wird kommen.«

»Ja, Mutter.«

»Die Götter haben mich mit vier starken Söhnen gesegnet. Guttorm wird ein guter Herrscher für Hringaríke werden. Halfdan wird ihm dabei treu zur Seite stehen. Und Olaf wird bald wieder König unseres Landes sein, da bin ich mir sicher. Und deine Aufgabe ist es, ihm als Krieger dabei zu helfen. Das ist deine Bestimmung.«

Sie blickt mir forschend in die Augen, ob ich verstanden habe. Ich nicke. »Ja, Mutter.«

»Und im Sommer werde ich dich und Halfdan mit Hrane segeln lassen, das verspreche ich. Zeit, dass ihr wie alle rechten Nordmänner die See kennenlernt und wie man mit einem Schiff umgeht.«

»Wirklich?«, erwidere ich erfreut. Das hatte ich mir schon lange gewünscht. »Aber was ist mit Olaf? Wirst du ihm einen Boten schicken?«

»Natürlich. Und mach dir keine Sorgen um ihn. In Svearike ist er sicher. Außerdem hat er immer noch treue Männer an seiner Seite. Dein Bruder ist nicht auf den Kopf gefallen. Nicht umsonst ist er König geworden. Er weiß, was zu tun ist. Er wird uns rufen, sobald er uns braucht. Und bis dahin werden wir uns vorbereiten.«

Sie zieht mich an sich und lässt den Kopf an meine Schulter sinken. So verharren wir eine Weile in inniger Umarmung. Ich denke an Sigurd Erlingsson und seine Drohung, unsere Familie auszulöschen, und will ihr schon davon berichten. Doch der Augenblick ist einfach zu schön, um ihn zu verderben.

Åstas Ehrgeiz

Rorik hält mich am nächsten Morgen auf, als ich zur Werkstatt gehen will, um meinen neuen Schild abzuholen. Er ist in Guttorms Begleitung. Beide starren mich missbilligend an.

»Was, bei Oðin, hast du dir dabei gedacht?«, schnauzt Rorik. Der Mann ist groß und gut gebaut. Er kann ziemlich beeindruckend wirken, wenn er wütend ist. »Wie soll ich für Sicherheit sorgen, wenn du, ohne jemanden zu fragen, da draußen rumläufst und uns alle in Gefahr bringst?«

»Ich bin nicht rumgelaufen. Wir wollten uns Olaf anschließen.«

Mein Bruder Guttorm tippt sich an die Stirn. »Wie blöd kann man sein, einfach so loszureiten? Das war unverantwortlich.«

»Du hast mir nichts zu sagen, Guttorm!«

»Ich versteh nicht, warum deine Mutter dich für diese Dummheit nicht züchtigen lässt«, knurrt Rorik. »Sie ist viel zu nachsichtig mit dir.«

Ich werde wütend. Dieser Rorik hat mir gerade noch gefehlt. »Und ich versteh nicht«, fahre ich ihn an, »wieso sie mit so einem Arsch wie dir die Nächte verbringt. Sie hat doch wahrlich Besseres verdient.«

Guttorm verschluckt sich fast an der eigenen Spucke. Und Rorik wird rot vor Zorn. Er packt mich am Arm und holt aus.

»Willst du mich schlagen?«, zische ich ihm ins Gesicht. »Nur zu! Dann bist du aber die längste Zeit hier der große Mann gewesen.«

Er zögert, besinnt sich eines Besseren und lässt die Faust wieder sinken. »Verschwinde, du Nichtsnutz!«, ist alles, was er hervorbringt.

Ich lache gehässig und lasse die beiden stehen. Innerlich jubele ich, denn das hab ich dem Kerl schon lange mal sagen wollen.

Für Thorkel ist die Heimkehr nicht so glimpflich verlaufen. Davon zeugen rote Striemen und Blutergüsse an Armen und Rippen und die geplatzte Unterlippe.

»Scheiße, Thorkel. Er hat dich also wieder geschlagen«, sage ich, als wir uns später am Fluss treffen.

Doch Thorkel grinst nur und zuckt mit den Schultern. »Sieht schlimmer aus, als es ist.« Er sagt das so dahin, doch in seinen Augen schimmert es feucht. Schnell blickt er weg.

»Für mich sieht das schlimm genug aus.«

Sein Vater Eirik ist ein jähzorniger Bastard. Erinnert mich an Sigurd Grünauge. Am schlimmsten ist es, wenn er betrunken nach Hause torkelt. Dann hält man sich besser fern. Meist lässt Thorkel die Schläge mit zusammengebissenen Zähnen über sich ergehen, versucht, weder Regung noch Schmerzen zu zeigen. Lieber würde er sich die Zunge abbeißen. Möglich, dass dies seinen Vater nur noch mehr reizt. Aber Thorkel ist zäh, will sich von niemandem unterkriegen lassen. Dabei ist er im Grunde schnell gekränkt. Ein falsches Wort, und er wird wütend.

»Pass auf, dass er dich nicht irgendwann totschlägt.«

Thorkel starrt mich an. »Er denkt, er kann mich fertigmachen, aber das schafft er nicht.« In seinem Blick liegt Verachtung. Er reckt die geballte Faust. »Eines Tages, wenn ich stark genug bin, schlag ich ihm alle Zähne aus. Dann ist Schluss mit der Prügelei.«

Wenn ich stark genug bin. Die Worte treffen mich. Ja, im Grunde sind wir noch halbe Kinder. Zumindest behandeln uns die anderen so. Vielleicht sind wir es ja auch. Dabei hätten wir gern schon so einiges getan, dürfen es aber nicht. Wie zum Beispiel diesem Rorik mal richtig in den hochmütigen Hintern zu treten. Wie wagt der mit mir zu reden? Nur weil er die Herrin der Burg vögelt?

»Warum lässt es deine Mutter zu«, frage ich Thorkel, »dass dein Alter dich schlägt? Wieso beschützt sie dich nicht?«

»Meine Mutter?« Er schnaubt verächtlich. »Die hat doch selber nichts zu mucken. Hast du nicht gemerkt, wie sie manchmal aussieht?«

Ja, habe ich. Thorkels Vater schreckt auch nicht davor zurück, seine Frau zu schlagen, wenn sie den Mund zu weit aufmacht. Es ist schon öfter vorgekommen, dass sie mit blauen Flecken oder einem zugeschwollenen Auge herumläuft. Doch sie beklagt sich nie und weicht allen Fragen aus. Oder sie erfindet Ausflüchte. Ich frage mich, wie sie es mit so einem Scheißkerl aushält. Dafür muss dann Thorkel herhalten, wenn sie schlechte Laune hat und ihr die Hand locker sitzt. So wie gestern, als wir heimkamen.

Es ist ja nicht so, dass sie keine Gefühle für ihren Sohn hegt. Sie sorgt für ihn, wäscht seine Kleider und achtet darauf, dass er nicht verwahrlost. Sie hat sich Sorgen gemacht, als wir über Nacht spurlos verschwunden sind. Aber irgendetwas ist an Thorkel, das die Eltern reizt, denn bei seinen kleinen Geschwistern verhalten sie sich anders. Ich habe mich schon öfter gefragt, ob sich hinter alledem irgendeine dunkle Geschichte verbirgt, ob Thorkel vielleicht gar nicht der Sohn dieses jähzornigen Kerls ist, der deshalb einen Hass auf seine Frau hat und sie gern verprügelt. Ähnlich sieht Thorkel ihm jedenfalls nicht. Dass er zusammen mit mir und einigen wenigen anderen Jungs beim alten Hrane eine Waffenausbildung genießt, hat er allein meiner Fürsprache zu verdanken. Und seinem zähen

Willen, alles zu lernen und sich von niemandem unterkriegen zu lassen.

Es ist also kein Wunder, dass Thorkel die Hütte seiner Eltern so weit wie möglich meidet. Überhaupt treibt er sich oft allein herum, denn ich bin mehr oder weniger sein einziger Freund. Wenn wir nicht gerade unsere Waffenübungen abhalten oder etwas gemeinsam unternehmen, vertreibt er sich die Zeit in den Ställen, beim Angeln am Fluss, oder er hilft dem Schmied beim Beschlagen der Pferde.

Nur der Hunger und die Dunkelheit treiben ihn heim. Hätte seine Mutter es nicht verboten, würde er sicher woanders schlafen. In einer Scheune oder auf dem Heuboden im Pferdestall.

»Ich werde mit meiner Mutter reden«, sage ich. »So kann das nicht weitergehen. Du wirst sehen, danach wird er dich in Ruhe lassen.«

Ich bin sicher, ein Wort von mir würde das regeln. Denn Thorkels Vater sucht gelegentlich auch Streit mit anderen, wenn er getrunken hat. Dann lässt er die Fäuste fliegen. Meiner Mutter ist das nicht unbekannt, auch nicht, dass er seine Frau schlecht behandelt. Dafür hat schon Guðrun gesorgt. Und ein paarmal hat Mutter ihn verwarnt. Aber Rorik stellt sich jedes Mal vor den Mann, denn er ist ein guter Kämpfer, auf den er nicht verzichten will.

Doch Thorkel erschrickt und will nichts davon wissen. »Tu das bitte nicht, Harald. Sie schickt meinen Vater weg, und ich darf dann auch nicht mehr bleiben. Das würde alles nur noch schlimmer machen. Keine Sorge, das bisschen Prügel halte ich schon aus.«

»Wenn du meinst.« Ich verspreche ihm, meiner Mutter nichts zu sagen. Mit Rorik zu reden würde auch nichts nützen, nachdem ich ihn gerade beleidigt habe.

Obwohl mit Kalfrs Abzug die Gefahr fürs Erste gebannt scheint, bleiben Ragnwald Brusason und seine Leute auf Mutters Verlangen noch eine Weile bei uns. Während sich Olafs Krieger mit unseren *húskarlar* beim Bier verbrüdern, löchert sie Ragnwald mit Fragen. Wie sich alles zugetragen hat, will sie wissen, wie es zum Verrat der Jarls gekommen ist und wie es nun um Olaf steht und um sein Recht auf den Thron. Ich sitze nicht weit von Mutters Hochsitz und höre zu, während sie leise miteinander sprechen. Ragnwald ist jung, aber für sein Alter weise, und Åsta schenkt ihm ihre ganze Aufmerksamkeit, nickt oft zustimmend. Als sie merkt, dass ich neugierig lausche, schickt sie mich mit einer ungeduldigen Handbewegung fort, als sei das Gesagte nicht für meine Ohren bestimmt.

Ein paar Tage später sehen Thorkel und ich Ragnwald in der Nähe unserer Weide ganz allein am Fluss stehen und gedankenverloren in die Stromschnellen starren. Es ist später Nachmittag. Durch die kahlen Äste der Bäume dringen nur spärlich die Strahlen der untergehenden Sonne. Doch wo sie auf den Fluss treffen, setzen sie golden schimmernde Lichtpunkte auf das schnell fließende und hell schäumende Wasser, das einen reizvollen Kontrast zur dunklen Landschaft bildet.

Etwas schüchtern nähern wir uns ihm. Das Rauschen des Flusses übertönt unsere Schritte, so dass er uns erst im letzten Augenblick wahrnimmt. Dann aber lächelt er freundlich. Wir wissen nicht recht, wie wir ihn ansprechen sollen. Mir fällt nichts Besseres ein, als ihn nach seiner Heimat, den Robbeninseln, zu fragen.

»Die Orkneyjar?« Er grinst. »Hast du etwa vor, dich dort mal sehen zu lassen? Es lohnt sich. Wegen der hübschen Mädchen, sag ich euch. Drall und blond sind sie, zum Anbeißen!« Er lacht ausgelassen. »Aber dazu musst du übers Nordmeer segeln. Nicht ganz ungefährlich.«

»Geht ihr Orkney-Leute auf Walfang?«, will Thorkel wissen.

Ragnwald legt ihm die unverletzte Hand auf die Schulter. Der andere Arm ist noch verbunden, aber er trägt ihn nicht mehr in der Schlinge.

»Ich hatte selbst noch nie Gelegenheit dazu«, sagt er. »Ich bin ziemlich jung, so etwa in deinem Alter, mit meinem Vater nach Norwegen gekommen und stehe seitdem in Olafs Diensten.«

»Und wie ist es so auf den Inseln?«, frage ich.

»Tja, was soll ich sagen? Wir haben fast nie Schnee. Nicht so wie hier. Es ist zu mild im Winter. Aber so richtig warm wird es auch im Sommer nicht. Es regnet jede Menge. Und es stürmt zum Fürchten. Wenn du's genau wissen willst: karge Weiden, Regen und Sturm, das sind die Orkneys.« Ragnwald lacht wieder. »Immer noch Lust, die Inseln zu besuchen?«

Er ist wirklich nicht mit Schönheit gesegnet, dieser Mann, mit seiner gebrochenen, schiefen Nase, dem breiten Schädel und ungewöhnlich hohen Wangenknochen. Aber wenn er lacht, dann kann man nicht umhin, ihn gleich zu mögen. Die Augen über den geröteten Wangen verengen sich zu Schlitzen und funkeln vor Vergnügen. Die von blonden Barthaaren umrahmten Lippen ziehen sich in die Breite und lassen kräftige, blitzend weiße Zähne sehen. Und das Geräusch, das er beim Lachen macht, scheint geradewegs aus dem Bauch zu kommen. Man hat Lust, darin einzustimmen.

»Und was ist mit den Seeräubern?«, fragt Thorkel. »Alle Orkney-Männer fahren zur See, hab ich gehört. Und sie sollen die schlimmsten *vikingr* im ganzen Nordmeer sein. Ist dein Vater auch einer?«

»Seeräuber? Nein, ein Seeräuber ist er nicht. Obwohl, viel mehr als Schafe und Ponys gibt es nicht auf den Inseln. Da hilft ein bisschen Seeräuberei, um den Kochtopf zu füllen.« Er lacht wieder. »Nein, mein Vater heißt Brusi Sigurdsson und ist Jarl von Orkney. Ich bin zu Olaf als Geisel gekommen, damit mein Vater sich benimmt und tut, was der König von ihm verlangt.«

»Und jetzt?«, frage ich. »Jetzt ist doch angeblich dieser Knut unser König. Wirst du nun heimkehren?«

Da wird Ragnwald ernst. »Es ist ein verdammtes Unglück, was passiert ist«, sagt er. Seine Stimme klingt bitter. »Olaf ist ein großer Mann. Nicht ohne Fehler, das will ich zugeben, aber für mich gibt es keinen Besseren, das könnt ihr mir glauben. Auf jeden Fall besser für Norwegen als dieser Knut. Der lässt das Land von Leuten beherrschen, die ihm den gewünschten Tribut bringen, ansonsten aber alles andere solchen Kerlen wie Thorer Hundr und Hárek von Tjøtta überlassen. Oder Einar Thambarskelfir, dem Jarl von Lade. Die wollen kein vereintes Reich und keinen König wie Olaf. Deshalb haben sie sich Knut angedient und dafür Gold, Titel und Land erhalten, weit mehr, als sie schon besaßen. Dabei haben sie nichts Besseres zu tun, als Unruhe zu stiften und ihre Nachbarn auszuplündern.« Er schüttelt angewidert den Kopf. »Nein, ich werde nicht heimkehren. Auf keinen Fall. Ich habe deinem Bruder die Treue geschworen und werde den Schwur nicht brechen.« Er packt mich an der Schulter. »Es wird Olaf freuen, zu hören, dass ihr euch uns anschließen wolltet. Aber hier in Hringaríke könnt ihr im Grunde viel mehr für ihn tun.«

Thorkel und ich fühlen uns geschmeichelt, dass er mit uns wie zu Erwachsenen spricht und uns auch nicht für unser Weglaufen schilt. Doch ich verstehe nicht, was er meint. »Hier? Was können wir denn hier schon für ihn tun?«

»Oh, eine Menge. Wenn es so weit ist, müsst ihr mit den Leuten reden, Männer sammeln, die bereit sind, für Olaf zu kämpfen. Du darfst nie vergessen, dass ihr, deine Brüder und du, Sigurd Syrs Söhne seid. Dein Vater war ein weit und breit geachteter Mann. Auch deine Mutter genießt großen Respekt im Land. Das hat Gewicht, glaub mir. Man wird auf euch hören. Es kann natürlich Jahre dauern, bis wir zurückkommen. Aber dann werden wir jeden Mann brauchen. Also werdet stark, ihr zwei, und bereitet euch vor.«

Thorkel und ich sehen uns an und nicken begeistert.

»Und was ist mit diesem Sigurd?« Ich erzähle Ragnwald von dessen Drohung.

»Ich kenne ihn. Der Kerl ist gefährlich, aber auch ein verdammter Hitzkopf, der gern übereilt handelt. Im Grunde kommt es jetzt auf seinen ältesten Bruder an. Der ist inzwischen Oberhaupt des Klans, nicht Sigurd. Und der hat im Augenblick ganz andere Sorgen. Er wird erst mal Knuts Versprechen einlösen und seinen Herrschaftsbereich erweitern wollen. Auch Olafs Feinde sind sich untereinander nicht alle einig. Manchen wird es nicht passen, dass die Erlingssons jetzt so viel reicher geworden sind.«

Schließlich frage ich ihn, warum ausgerechnet Kalfr sich von Olaf abgewandt hat, wenn sie doch einmal Freunde waren und Finn und Thorberg weiter treu an seiner Seite stehen. Überhaupt, warum eigentlich dieser Aufstand der *bóndi* gegen Olaf? Angezettelt haben die Jarls die Sache, aber die *bóndi,* die freien Bauern, haben sich ihnen angeschlossen und die Reihen ihrer Kämpfer gefüllt. Ist es, weil sie nicht Christen sein wollen?

»Zum Teil schon«, erwidert Ragnwald. »Olaf wollte es unbedingt erzwingen. Wir sind oft in irgendeine Gegend gezogen, haben dort die alten Heiligtümer zerstört und die Leute zwangstaufen lassen. Manchmal hat Bischof Grimkell ein paar Priester zurückgelassen, um die Bauern im rechten Glauben zu unterweisen.« Er seufzt. »Aber kaum waren wir weg, da haben sie die neuen Kapellen abgebrannt und manchmal die Priester gleich mit über die Klinge springen lassen. Olaf hat dann schlimme Strafen verhängt. Die Rädelsführer wurden hingerichtet, anderen Glieder abgehackt oder das Dach über dem Kopf angezündet.«

Er schweigt einen Augenblick, als ob er noch die schrecklichen Bilder dieser Bestrafungen vor Augen hätte. »Aber es gab auch noch andere Gründe«, fährt er fort. »Die Erlingssons sind ein mächtiger Klan. Die waren schon seit langem gegen Olaf. Auch die Klans im Norden und anderswo, die sich seinen Anordnungen nicht unterwerfen wollten. Es gab Streit und bittere Anschuldigungen auf beiden Seiten. Du musst wissen, unsere Jarls sind schwer zu bändigen. Sie lassen sich ungern Vorschriften machen und glauben, zu rauben und zu plündern, das gehöre zu ihrem Geburtsrecht. Und viele *bóndi* segeln gern mit ihnen. Die Aussicht auf Beute war schon immer Anreiz, ihren Pflug gegen Speer und Schild zu tauschen. In fremden Ländern zu plündern, dagegen ist ja nichts einzuwenden, aber doch nicht hier bei ihren eigenen Nachbarn. Olaf wollte Ordnung schaffen, solche Überfälle unterbinden, im ganzen Land ein einziges Recht durchsetzen. Viele Jarls wehrten sich dagegen. Erling ist mit seiner Flotte nach Englaland gesegelt und hat sich Knut angeschlossen. Jedenfalls war bald das halbe Land in Aufruhr. Das hat Knut nach Kräften ausgenutzt, hat mit Gold und Versprechungen um sich geworfen und die Leute auf seine Seite gezogen.«

»Wäre denn ohne Erlings Tod alles anders gekommen?«

»Das mit Erling war einfach Pech. Ob es sonst anders gekommen wäre?« Er hebt die Schultern. »Wer weiß? Wir hatten Erlings Flotte besiegt und waren zuversichtlich, die Lage in den Griff zu kriegen. Aber dass uns am Ende auch noch Kalfr Arnason in den Rücken fallen würde, das hat niemand erwartet. Ich könnte ihn umbringen, den scheinheiligen Bastard. Sogar seine eigenen Brüder hat er hintergangen.«

»Er war gut zu uns«, sage ich. »Ohne ihn hätte Sigurd uns nicht gehen lassen.« Ich erinnere mich an Kalfrs ruhige Art und seine freundlichen Augen und wundere mich, wie schnell aus Freundschaft Hass werden kann. So schnell und heftig, dass man die Waffe gegen den einstigen Freund erhebt.

»Vielleicht aus Schuldgefühlen«, knurrt Ragnwald. »Der Scheißkerl weiß schon, was er angerichtet hat.«

Mag sein, dass ich bei allem, was ich in diesen Tagen gehört habe, nicht recht durchblicke. Es ist verwirrend. Aber ich ahne, dass mein Bruder Fehler begangen hat, auch wenn Ragnwald es nicht so direkt sagt. Unverzeihliche Fehler gegenüber einem Gegner wie dem Dänen Knut, der jede Schwäche gnadenlos auszunutzen wusste. Das schmerzt mich. Es zeigt mir Olaf in einem anderen Licht. Auf einmal ist er kein Übermensch mehr, nicht mehr der strahlende, unbezwingbare Held. Sondern einer, der nicht unfehlbar ist. Das ist zwar enttäuschend, aber es bringt ihn mir auch näher. Eigentlich liebe ich ihn in seiner Verwundbarkeit sogar noch mehr. Wäre ich nur schon älter. Ich würde alles tun, um ihm zu helfen. Aber von zu Hause weglaufen gehört wohl nicht dazu. Das sehe ich jetzt ein.

»Was ich nicht verstehe«, meint Thorkel, »was ist denn so verdammt wichtig an diesem Christentum? Wir haben doch unsere eigenen Götter. Wozu brauchen wir noch mehr?«

Ragnwald lächelt. »Die Christen halten unsere Götter für Teufelswerk und wollen sie verbieten. Es soll nur ihr Gott gelten und kein anderer.«

Thorkel schüttelt den Kopf. »Ich verstehe, wenn man um Macht oder Reichtum kämpft, aus Rache oder um seine Ehre zu bewahren. Aber wegen einem Gott muss man doch niemanden töten.«

Ragnwald lacht. »Da hast du recht. Götter gibt's genug. Warum sich um so was streiten? Aber im Grunde geht es Olaf auch nicht um den Glauben. Ich habe ihn selten beten sehen. Und wenn, dann nur in der Öffentlichkeit als Vorbild, verstehst du? Nein, die Sache liegt noch anders.«

Nun spricht er von Dingen, die wir noch weniger verstehen, von Fortschritt und einem geeinten Land. Von den Schriften der Mönche, die uns Wissen bringen, nicht zu vergleichen mit unseren alten Runen, die nichts als Zaubersprüche festhalten oder ein paar nichtssagende Inschriften. In den Klöstern der Christen dagegen stünden Tausende von Büchern, angefüllt mit allen Weisheiten und Erkenntnissen der Welt. Dieses Wissen würden die Christen von Generation zu Generation weiterreichen. Nicht umsonst hätte sich ihr Glaube überall ausgebreitet. In Irland, in Englaland, in Frankia, sogar bei den Rus und den Wenden. Sollen wir etwa die Letzten sein, die sich bekehren lassen?

Bücher! Klar, davon habe ich schon gehört, aber noch keines zu Gesicht bekommen. Und was für ein Wissen meint er eigentlich? Unsere Bauern sind klug genug, Nahrung für alle aus dem Boden zu zaubern. Solange das Wetter mitspielt und Freya ihre segnende Hand über die Felder hält. Die Männer bringen Wildbret heim, und die Frauen spinnen Wolle, weben Stoffe und machen daraus Kleider, die uns warm halten. Wir bauen die besten Schiffe der Welt und besitzen gute Waffen. Nordländer haben die Normandie erobert und große Teile von Englaland. Wir haben unsere *goði*, die den Göttern Opfer bringen und uns die Welt erklären, und weise Frauen und Kräuterweiber, die Krankheiten heilen. Und Dichter, die von den Heldentaten der Alten singen. Mit Runen kann man sogar Botschaften schicken. Was wollen wir mehr? Wozu braucht der Mensch Kirchen und Bücher?

»Wozu ist dieses Wissen denn gut?«, frage ich. »Können wir damit bessere Schiffe bauen? Oder bessere Waffen schmieden? Was ist so Besonderes daran?«

»Nein. Das sicher nicht. Aber es hilft, die Welt zu verstehen, die Menschen zu einen und ein gutes Leben zu führen.«

Ein gutes Leben zu führen? Was soll das nun wieder heißen? Ragnwald merkt, dass wir ihm nicht recht folgen können, aber diesmal bemüht er sich nicht, das Gesagte zu erklären.

»Für einen König zählt noch etwas anderes«, sagt er stattdessen. »Die Christen bilden eine große Gemeinschaft. Sie haben Bischöfe wie dieser Grimkell, die helfen, das Land zu verwalten. Überall bauen sie Kirchen, predigen zu den Menschen, helfen den Armen und haben das Ohr des Volkes. Ja, sie ziehen für den König sogar Steuern ein. So ist es in anderen Reichen. Mit dem Christentum lässt es sich einfach besser herrschen. Eine Frage von königlicher Macht. Olaf ist nicht der erste König, der versucht, in Norwegen das Christentum zu verbreiten.«

Uns schwirrt langsam der Kopf. Ragnwald sieht es uns an und lacht wieder sein ansteckendes Lachen. »Keine Sorge, eines Tages werdet ihr schon verstehen.« Er legt uns beiden je einen Arm um die Schultern. »Kommt, ich bin hungrig. Lasst sehen, ob Guðrun was zu beißen für uns hat.«

Die Sonne ist bereits hinter den Hügeln verschwunden, die frühe Dämmerung des Nordens ist dabei, alles grau zu färben. Unser Atem bildet Wölkchen in der kalten Luft. Und über der Wallburg liegt der Geruch von brennendem Holz. Ragnwalds Arme liegen immer noch auf unseren jungen Schultern, als wir uns dem Tor nähern.

»Ich sehe, ihr seid Freunde«, sagt er. »Echte Freundschaft ist ein hohes Gut, vergesst das nicht. Und was dich betrifft, Harald« – er zwinkert mir vergnügt zu –, »ich habe gehört, Guttorm ist der Bauer in der Familie wie dein Vater Sigurd.

Und Halfdan kann gut mit Tieren umgehen. Aber du, du bist der Krieger. So kämpferisch wie deine Mutter.«

Ich muss lachen, denn ich kenne die Geschichte. Olaf hatte uns Jungen gefragt – ich war damals angeblich nicht älter als drei Jahre gewesen –, was wir uns für unser späteres Leben am meisten wünschen würden. Guttorm hatte sich möglichst viel Land gewünscht und Halfdan eine große Rinderherde. Und ich Dreikäsehoch hatte, sehr zu Olafs Vergnügen, Schiffe voller Kämpfer haben wollen. Du wirst einmal ein großer Krieger werden, soll er zu mir gesagt haben, ein rächender Fürst. Ein rächender Fürst. Das erinnert mich an den seltsamen Spruch der Hexe vom See. Hatte sie etwa doch mich gemeint?

»Wer hat dir das erzählt? War es Olaf?«

»Das hat er. Und er glaubt daran. Also enttäusch ihn nicht. So einen wie dich wird er brauchen, wenn die Zeit kommt.«

Also enttäusch ihn nicht. Der Satz hallt eine ganze Weile in mir nach. Sogar beim Abendmahl muss ich daran denken. Natürlich will ich Olaf helfen. Und wie Ragnwald schon sagte, der Krieger in der Familie bin ich. Ich hoffe, es wenigstens zu sein. Ich bin stolz, dass er und Olaf es so sehen, dass sie in der Zukunft auf mich bauen. Aber ich spüre auch, dass ich damit unweigerlich in den ewigen Kampf meiner Familie hineingezogen werde, einen Kampf, den meine Mutter Åsta in ihrem Ehrgeiz schon vor vielen Jahren begonnen hat und den auch Olaf zu seinem Lebensinhalt gemacht hat, den sie ihm ins Herz gepflanzt hat – den Kampf um die norwegische Krone.

✳ ✳ ✳

Wenige Tage später, bevor ihnen der Schnee den Weg erschweren würde, machen Ragnwald und seine Gefährten sich bereit, Olaf zu folgen. Meine Mutter hat ihnen wärmere Kleidung geben lassen. Statt eiserner Helme tragen sie jetzt Fellmützen auf dem Kopf und über den Brünnen, den Kettenhemden, dicke, wollene Umhänge. Sie schnallen Proviantbeutel und Decken auf die Pferde und hängen sich die runden Schilde auf den Rücken.

Einer von ihnen, ein noch junger Bursche, hat sich in eine unserer Sklavinnen verguckt und Silber geboten, um sie mitnehmen zu dürfen. Bevor sie den Kauf genehmigt, erkundigt sich meine Mutter nach dem Einverständnis des Mädchens. Die junge Magd wirft ihrem Auserwählten einen unsicheren Blick zu, aber als sie bei ihm nichts als Ermutigung findet, hält sie seine Hand umklammert und nickt heftig. Vielleicht ist sie ebenso vernarrt in ihn wie er in sie oder erhofft sich von einem abenteuerlichen Kriegerleben mehr als vom gewohnten Einerlei auf der Burg.

Meine Mutter stimmt zu, beschließt sogar, auf das Kaufgeld zu verzichten, und entlässt die Magd in die Freiheit, auch wenn es eine unsichere ist. Die Magd bedankt sich unter Tränen und rennt, um ihre Sachen zu holen, die sie am Vorabend bereits gepackt hat.

Während wir warten, blicke ich verstohlen zu Æðelind hinüber. Auch sie ist eine Sklavin, die gewiss ebenso auf Freiheit hofft. Mit einem warmen Tuch um die Schultern steht sie im Hof und schwatzt mit zwei anderen jungen Mägden, die neugierig die Reisevorbereitungen der Männer beobachten. Plötzlich sieht sie zu mir herüber, und als sie merkt, dass sie mich mal wieder beim Starren erwischt hat – eines der Mädchen muss es ihr gestochen haben –, grinst sie spöttisch.

Schnell sehe ich weg und ärgere mich über das blöde Kichern ihrer Freundinnen. Etwas später wage ich doch noch einen Blick zu ihnen hinüber, aber da achten sie schon nicht mehr auf mich, sondern bewundern unverhohlen Rorik, der sich gerade von Ragnwald verabschiedet. Ich gebe zu, mit seinen breiten Schultern, schmalen Hüften und kühnem Blick sieht er aus wie ein blonder Gott. Alle drei glotzen zu ihm hinüber, doch besonders in Æðelinds Augen liegt etwas, das mir einen Stich versetzt.

Ragnwald umarmt meine Mutter, verabschiedet sich von Guttorm und winkt auch mir kurz zu. Dann sitzen er und seine Männer auf. Die strahlende, nun freie Sklavin steigt zu ihrem Kerl aufs Pferd, und nach einem letzten Gruß verlässt die Truppe die Burg. Was hätte ich nicht gegeben, um mit ihnen reiten zu dürfen. Doch ich versuche, mich mit dem Gedanken zu trösten, dass meine Zeit schon noch kommen wird.

Eine Woche später bricht ein heftiger Schneesturm über uns herein. Die Kinder jubeln über die tanzenden Flocken, die alles einhüllen, und spielen im Schnee, bis ihnen der Rotz aus den roten Nasen läuft und die Mütter sie ans Herdfeuer rufen, um ihnen heißen Aufguss einzuflößen oder sie an einem dampfenden Bratapfel knabbern zu lassen. Warme Mützen, dicke Handschuhe und winterfeste Stiefel werden aus den Truhen geholt, innen mit Pelz gefüttert, außen aus wasserdichtem Robbenleder.

Der Schnee schmilzt zwar noch einmal, aber nur vorübergehend, dann hat der Winter das Land fest im Griff. Es beginnt zu schneien und hört tagelang nicht mehr auf, bis eine dicke Schneeschicht auf den Dächern und der ganzen Landschaft liegt. Wir müssen Tor und Hof von den weißen Massen freischaufeln und Wege zwischen Häusern und Vorratsschuppen graben.

Ich liebe den Winter, die trockene Kälte und die unberührten Schneelandschaften. Die Tage sind kurz, aber nicht ohne Spaß. Thorkel und ich und andere Jungs spannen Pferde vor Schlitten, balgen uns im Schnee oder binden uns Skier unter die Füße, um, in dicke Pelze gehüllt, durch die verschneiten Wälder zu streifen. Wir stellen Fallen auf und folgen Elchspuren bis in die Hügel hinauf. Einmal erwischen wir einen großen Bullen und müssen Pferde holen, um den Kadaver heimzubringen.

Am Feuer in der Halle wärmen wir die eiskalten Finger auf und essen gebratene Elchleber. Meine Schwestern vergnügen sich damit, die beliebten Lieder zu singen, während die Männer beim Bier sitzen oder *tafl* spielen. Das ist ein strategisches Brettspiel, bei dem der König und seine Mannen aus dem Kreis der Verfolger ausbrechen müssen. Eine beliebte Unterhaltung.

Überhaupt geht es uns gut im Winter. Dank unserer Vorräte haben wir es warm und müssen nicht hungern. Nicht wie die abgemagerten Wölfe, die in den Wäldern heulen und um die Bauernhöfe streichen, in der Hoffnung, ein Schaf zu erwischen. Das einzig Störende ist, dass Mutter und Rorik manchmal im hinteren Teil des Hauses verschwinden, wenn sie glauben, niemand achtet auf sie. Und das tut wahrscheinlich auch keiner. Außer mir.

Die Mitte des Winters ist auch die Zeit der Blutopfer, die wir den *dísir*, den weiblichen Gottheiten, darbringen, um für gesunde Kinder und gute Ernten zu bitten. Trotz Olafs Verbot werden weiße Hengste und Stiere geschlachtet und ihr Blut an Türpfosten geschmiert. Es ist die Zeit der Geister und Untoten, die aus ihren Gräbern steigen und Unheil anrichten, wenn man sie nicht mit Gaben beruhigt. In manchen stürmischen Nächten sind Oðins Hunde am Himmel zu hören, die seine wilde Jagd anführen, ein Ereignis, das nichts Gutes für Mensch oder Tier verheißt. Dann ist man gut beraten, im Haus zu bleiben und sich unter warmen Decken zu vergraben. Zum Glück gibt es das fröhliche Julfest, an dem tagelang geprasst und getrunken wird, um die Wintersonnenwende zu feiern.

Meine Mutter hat nicht vergessen, was ich ihr von Sigurd Erlingssons Drohung berichtet hatte, und vorsichtshalber mehr Männer unter Waffen genommen. Auch die jungen Bauern von den Höfen in der Nachbarschaft haben ihre Schilde gerichtet und Speere geschärft. Doch der Winter vergeht, ohne dass jemand uns angreift.

Åsta hat mit Ragnwalds Leuten auch zwei unserer Männer nach Sithun geschickt, um Olaf die Botschaft des Dänenkönigs zu übermitteln und Neuigkeiten von ihm und der Familie heimzubringen. Noch vor dem großen Schneefall sind sie zurück. Knut könne sich sein Angebot in den königlichen Arsch schieben, hat Olaf ausrichten lassen. Niemals würde er sich ihm unterwerfen oder auch nur eine einzige Kupfermünze an Tribut zahlen.

Ansonsten lässt er uns wissen, dass es ihm und der Familie gutgeht und dass er darauf warte, im Frühjahr nach der Eisschmelze übers Meer zum Land der Rus überzusetzen. Anund hat ihm Schiffe versprochen. Er habe vor, Astrid und Wulfhild in der Obhut seines Schwagers zu lassen, dafür aber seinen Sohn Magnus mit auf die Reise zu nehmen.

»Warum, um alles in der Welt, will er den Kleinen mitnehmen?«, fragt Tante Guðrun. »Das ist doch gefährlich.«

Meine Tante hat selbst zwei Kinder zur Welt gebracht, doch beide sind schon im zarten Kindesalter gestorben, wie es leider oft genug geschieht. Manchmal erreicht kaum die Hälfte der Kinder das zehnte Lebensjahr. Vielleicht ist sie deshalb so besorgt. Auch ihr Ehemann ist früh verstorben. Das liegt nun schon viele, viele Jahre zurück, doch sie denkt immer noch daran und erzählt manchmal von den Zeiten, als sie eine glückliche Mutter und Gemahlin war.

Inzwischen sind ihre Haare grau geworden, sie hat Speck angesetzt, ist überall weich und rund. Als Kind, wenn sie mich umarmt hat, wäre ich an ihrem gewaltigen Busen fast erstickt. Ihre Hände sind immer beschäftigt, entweder in der Küche, am Stickrahmen oder mit Nadel und Zwirn. In allem ist sie sanfter als Åsta, mütterlicher und vor allem nachgiebiger. Bei ihr kommt man mit allem durch. Wir Kinder haben ihre vielen Geschichten geliebt, auch wenn manche gruselig waren. Und wie oft haben wir uns über ihre Kuchen und Leckereien hergemacht. Wenn die Männer im Wald ein Bienennest gefunden hatten, haben sie die Honigwaben zu ihr gebracht. Wer artig war und seinen Brei gegessen hatte, bekam zur Belohnung ein Stück golden triefender Glückseligkeit. Auch jetzt noch kann ich mir nichts Schöneres vorstellen als saure, eingedickte Milch mit einem dicken Löffel Honig darüber.

Mein Bruder Halfdan hat kürzlich mal gesagt, welch seltsames Schicksal die Nornen uns Menschen doch manchmal bescheren. Tante Guðrun hätte es nicht verdient, kinderlos zu bleiben, denn eigentlich wäre sie bestimmt eine bessere Mutter als ihre Schwester Åsta. Mutter sei zwar eine ausgezeichnete Herrscherin über ihr Reich, ließe es aber zu oft an den kleinen Zärtlichkeiten und Aufmerksamkeiten fehlen, die Kinder brauchten.

Halfdan, obwohl einige Jahre älter als ich, ist der einfühlsamste, und ich vermute, auch der schwächste unter Åstas vier Söhnen. Ihm haben diese Zärtlichkeiten vielleicht am meisten gefehlt. Mag sein, dass er recht hat. Aber ich liebe unsere Mutter über alles und bin ihr sehr verbunden. Ich bewundere ihre Stärke, auch weil ich spüre, dass wir beide den gleichen Ehrgeiz haben, über uns hinauszuwachsen. Sie durch ihre Kinder und ich … nun, ich weiß noch nicht, was genau ich im Leben erreichen will. Aber es muss etwas Bedeutendes sein.

Ich blicke zu den Frauen hinüber, die auf bequemen Stühlen sitzen. Guðrun spinnt ihren Wollfaden, meine Schwestern

Gunhild und Ingerid sind mit Nähen beschäftigt, während Åsta nur entspannt dasitzt und ins Leere starrt. Ich hätte gern gewusst, was sie gerade denkt. Im Hintergrund knistert das Feuer. Im Grunde haben wir nicht eine, sondern zwei großartige Mütter, die sich in allem gut ergänzen. Wir können uns nicht beklagen.

»Also wirklich, Åsta«, höre ich Guðrun sagen. »Den kleinen Magnus mit zu den Wilden zu nehmen, das kann ich gar nicht gutheißen.«

Meine Mutter lächelt. »Ich denke mal, seinen Sohn und Erben will er niemandem anders anvertrauen. Ich hätte es genauso gemacht. Um alles Wichtige kümmert man sich am besten selbst.«

»Trotzdem.« Guðrun zieht einen Schmollmund. Dann spinnt sie weiter ihren Wollfaden.

»Bestimmt ist Astrid die Reise einfach zu beschwerlich«, lässt meine Schwester Gunhild vernehmen. »Ich an ihrer Stelle würde auch lieber in Svearike bleiben. Bei ihrem Bruder hat sie es doch besser, als sich diese Wildnis anzutun.«

Meine Mutter nickt. »Ich verstehe überhaupt nicht, was er da will«, sagt sie versonnen. »Ausgerechnet bei den Rus!«

»Ich wette, er hat diese Alfhild mitgenommen.« Gunhilds Stimme ist zu entnehmen, dass sie nicht viel von dem Mädchen hält. Eine Sklavin soll die Mutter eines Königssohns sein? So jedenfalls scheinen ihre Gedanken zu laufen. Und dann treibt der Mann es auch noch mit dieser Alfhild statt mit seiner angetrauten Königin.

»Natürlich hat er sie mitgenommen.« Guðrun nickt. »Was denn sonst? Sie ist die Mutter. Soll er sich etwa selbst um den kleinen Wurm kümmern? Du weißt doch, wie ungeschickt Männer in solchen Dingen sind.« Sie seufzt. »Ich wünschte, er hätte ihn hiergelassen. Bei mir wäre er besser aufgehoben.«

»Hier ist es auch nicht sicherer. Du vergisst, dass Sigurd Erlingsson uns den Krieg angesagt hat«, erinnere ich sie. »Im Frühjahr, nach der Schneeschmelze, da könnte er sich darauf besinnen und uns belagern.«

Guðrun blickt erschrocken auf und legt eine Hand auf die Brust. »Bei Freya, das hatte ich fast vergessen.« Sie schüttelt den Kopf. »Warum wollen Männer nur immer alles mit dem Schwert regeln?«, fragt sie tief bekümmert. »Was ist, wenn sie die Burg einnehmen?«

»Wir sind gut gerüstet«, erwidert meine Mutter grimmig.

Tante Guðrun blickt zu Guttorm hinüber. »Und was sagst du dazu?«

Mein Bruder sieht von seinem Brettspiel auf. »Wir haben jetzt vierzig Mann in der Burg und können noch hundert mehr aufbieten. Das sollte reichen.«

Guttorm und Rorik achten darauf, dass immer Reiter unterwegs sind, die alle Zugangswege zur Burg im Blick behalten, um uns zu warnen, falls ein feindlicher Kriegshaufen im Anzug ist. Aber das Frühjahr ist nah, und alles ist bisher ruhig geblieben. Hat sich Sigurds Wut abgekühlt? Oder hat sein ältester Bruder anderes im Sinn, als ihm Krieger für einen Rachefeldzug zu leihen? Guttorm nimmt die Sache nicht besonders ernst. Aber ich habe in Sigurds Gesicht geblickt und bin sicher, eines Tages wird er seine Rache verlangen.

Thorkel und ich haben nie jemandem von der Hexe am See erzählt. Aber das Erlebnis brennt mir immer noch auf der Seele. Eines Tages, Tante Guðrun kommt gerade aus einem der Vorratsschuppen, fasse ich die Gelegenheit beim Schopf, um vertraulich mit ihr darüber zu reden.

»Weißt du von einer Hexe am Randsfjorden?«

Sie runzelt die Stirn. »Warum fragst du?«

»Wir sind, glaube ich, so einer begegnet.«

Erschrocken sieht sie mich an. »Wo? Am See?«

»Ja. In einer alten Fischerhütte.«

»Bist du sicher? Warum denkst du, es war eine Hexe?«

»Sie hat einen *seiðr* über mich geworfen. Für einen Augenblick war sie keine Alte, sondern ein junges Mädchen.« Ich blicke verlegen zur Seite. »Es war Æðelind. Zumindest kam es mir so vor.«

Ihre Augen weiten sich, und sie schlägt die Hand vor den Mund. »Erzähl mir alles«, haucht sie.

»Aber du behältst es für dich. Es muss nicht jeder wissen.«

»Versprochen. Aber nun red schon, Junge!«

Und so erzähle ich, was ich erlebt habe. Auch von dem Köhler und von dem, was er uns über die Alte nachgerufen hat. »Also, was denkst du? War es nun eine Hexe oder nicht?«

Sie schweigt einen Augenblick. Dann sieht sie mich an. »Du hast Glück gehabt. Ich hab nämlich mal von so einer am Randsfjorden gehört. Ich glaube, sie heißt Borgunna. Die Frauen gehen zu ihr, wenn sie einen Liebestrank benötigen. Aber man sagt, sie kann sich in eine schöne Frau verwandeln, wenn ihr ein Mann gefällt. Dann …« Sie senkt verlegen den Blick.

»Was?«

»Dann verzaubert sie die Männer, um mit ihnen zu schlafen.«

Ein Schauer läuft mir über den Rücken. »Wie ekelig! Die ist hässlich wie die Nacht.«

Guðrun nickt bekümmert. »Aber sie ist eine Gestaltwandlerin. Sie kann sich in die schönste Frau verwandeln. Du hast Glück gehabt. Denn manchmal verschwinden diese Männer und kommen nie wieder.«

»Und du glaubst das wirklich?«

»Wahrscheinlich warst du ihr zu jung.« Sie umarmt mich, Tränen in den Augen. »Ich bin froh, dass dir nichts passiert ist.

Das nächste Mal sei vorsichtig und halt dich von solchen Hexenweibern fern. Manche sind freundlich und hilfreich, andere können bösartig sein.«

Nach diesem Gespräch laufe ich tagelang wie benommen umher. Doch irgendwann sage ich mir, Tante Guðrun erfindet solche Geschichten. Kann ja sein, dass sie daran glaubt, so wie viele andere Leute auch. Aber bestimmt gibt es diese Dinge nur in ihrer Phantasie. Nur sicher sein kann man nicht.

Zur Zeit der Schneeschmelze, wenn die Christen ihr Osterfest feiern, opfern wir der schönen Göttin Freya, auf dass sie die Leiber der Weiber und unsere Felder mit Fruchtbarkeit segne. In ihrem Namen ehren wir die Frauen und Herrinnen des Hauses, die Hof und Besitz zum Wohle der Familie verwalten und die Schlüssel zu den Scheunen und Vorratskammern am Gürtel tragen. Mutter erhält Geschenke von den Männern der Wallburg, aber auch Guðrun.

Zur Sommersonnenwende, als uns immer noch niemand bedroht, feiern wir Gunhilds Hochzeit mit dem Sohn eines reichen Königs aus Oppland. Unser Wort *konungr* bedeutet oft nicht mehr als Kleinkönig. Oppland hat fünf davon, so wie mein Vater Sigurd *konungr* von Hringaríke gewesen war. Diese kleinen Königreiche stammen noch aus jenen Zeiten, als jede Gegend ihren eigenen *konungr* hatte. Heutzutage wäre eher das Wort Jarl angebracht, haben wir doch jetzt einen richtigen Königsthron, einen von ganz Norwegen.

Gunhilds Trauung wird mit einem großen Fest begangen, das mehrere Tage dauert, mit Unmengen an Würsten, gegrilltem Schwein oder Hammel, sogar ein ganzer Elch wird über dem Feuer gebraten. Dazu frisch gefangene Fische und Flusskrebse. Und natürlich gewaltige Mengen an Bier und *mjǫðr*, dem süßen Honigwein, den die Frauen zu besonderen Anlässen brauen. Es wird gelacht und getanzt. Die Männer halten

Wettkämpfe ab im Ringen, Speerwerfen und Schleudern von Baumstämmen und schweren Felsbrocken. Doch der wichtigste Sport scheint das Wettsaufen zu sein. Die Kerle trinken bis zum Umfallen. Auch ich habe meinen ersten Vollrausch und kotze mir, zum Vergnügen meiner älteren Brüder, das Herz aus dem Leib.

Da die Tage jetzt lang sind und die Sonne nur für ein paar Stunden unter den Horizont abtaucht, wird ohne Unterbrechung gefeiert. Ab und zu schläft einer ein, meist mit dem Kopf auf der Tafel, oder verkriecht sich für ein paar Stunden in die Büsche. Überhaupt liegen im Gestrüpp nicht nur Schläfer. Auch mich fasst ein Mädchen bei der Hand – leider nicht die, die ich mir gewünscht hätte – und zieht mich an einen stillen Ort. Doch ich bin viel zu betrunken, um mehr als ein paar nasse Küsse zustande zu bringen.

Tante Guðrun weint, als sie die junge Braut mit ihrem frischgebackenen Ehemann in die Ferne ziehen sieht. Meine Mutter legt den Arm um sie und hat selbst feuchte Augen. Warum, um alles in der Welt, setzt man Kinder in die Welt, meint sie, wenn sie einen doch nur im Stich lassen und davonziehen. Sicher denkt sie dabei auch an Olaf.

»Mich wirst du nicht so schnell los, Mutter«, sagt Guttorm, wie um sie zu trösten. Sie streichelt ihm die Wange und dankt ihm mit einem wehmütigen Lächeln.

Wir haben uns an diesem Morgen ein wenig vom Trinken erholt, auch wenn mir noch gewaltig der Schädel brummt. »Du hast gut reden, Guttorm«, knurrt Halfdan, »du wirst hier alles erben. Aber was ist mit uns?« Er legt mir brüderlich den Arm um die Schultern. »Uns bleibt doch gar nichts anderes übrig, als unser Glück in der Welt zu suchen.«

Doch davon will Åsta nichts hören. »Unsinn. Hier ist euer Zuhause, und hier wird geblieben. Ich will schließlich auch etwas von meinen Enkelkindern haben. Dass Olaf sich bei den Rus herumtreibt, ist schon schlimm genug.«

»Keine Sorge, Halfdan«, sage ich. »Wenn Olaf wiederkommt, dann vertreiben wir die Statthalter der Dänen und holen uns Norwegen zurück. Da wird schon ein Teil für uns übrig bleiben.«

»Wenn ... er wiederkommt«, murmelt Halfdan, ohne dass Mutter es hören kann. Er scheint nicht so überzeugt zu sein.

Und doch ist es die Aussicht auf Olafs Rückkehr, die uns die nächsten zwei Jahre beschäftigt. Wir müssen uns vorbereiten. Denn auch wenn Kalfr der Ansicht ist, Olaf könne den neuen Herren nicht mehr gefährlich werden, da sind wir, besonders Mutter und ich, ganz anderer Meinung. Unermüdlich drillt Hrane uns im Umgang mit den Waffen. Nicht nur uns Jungen in der Burg, sondern auch die *húskarlar* und sogar die Bauernsöhne der Umgebung. Wenn sie nicht gerade auf den Feldern arbeiten, haben sie sich seinem harten Kommando zu unterwerfen.

Åsta lässt Schilde fertigen und unermüdlich Waffen schmieden. Sie gibt ein neues Schiff in Auftrag, das in Viken gebaut wird. Obwohl wir außer über die Flüsse keinen direkten Zugang zum Meer haben, besitzen wir doch eine Reihe von kleineren Handelsschiffen, aber auch drei große Drachenschiffe, jedes mit dreißig Ruderbänken. Mehr als zweihundert Mann sind insgesamt nötig, um die drei Langschiffe voll zu besetzen.

Vor allem aber bereist Åsta unermüdlich ihr kleines Königreich. Guttorm begleitet sie jedes Mal, oft auch Halfdan und ich. Sie will, dass die Leute sich an ihre Söhne gewöhnen. Sogar bis nach Oppland und Viken sind wir unterwegs, um mit den *bóndi* und lokalen Adeligen zu reden und sie davon zu überzeugen, dass der Däne nichts als ein verfluchter Thronräuber ist, der es darauf anlegt, alle Norweger zu unterjochen und ihnen ihr Silber zu rauben. Das trifft nicht auf taube Ohren, denn von seinem Silber trennt sich kein Norweger freiwillig. Außerdem sollen sie sich daran erinnern, dass mein Vater Sigurd Syr, ein überaus geschätzter *konungr*, für seinen Stiefsohn Olaf gebürgt hat, als ein Mann von königlichem Blut, der immer noch am besten geeignet ist für die Krone des Landes. Und daran habe sich schließlich nichts geändert.

Das mit der königlichen Abstammung ist natürlich so eine Sache. Es ist wahr, dass Olafs Vater Harald Grenske ein Urururenkel des berühmten Harald Hárfagri, Schönhaar genannt, gewesen ist, dem ersten König, dem es gelungen war, Norwegen zu einigen. Auch wenn es nur so lange währte, wie er am Leben war. Aber Sigurd Syr war angeblich ebenfalls dessen Urururenkel, wie noch so einige im Land. Aber es klingt eben gut, Nachfahre von Harald Hárfagri zu sein, einem Mann, der bis heute sehr verehrt wird.

Irgendwann im Herbst erreicht uns ein Bote aus Sithun. Er bringt Geschenke von Astrid und auch eine Nachricht von Olaf. Es ginge ihm gut. Er sei am Hof des Fürsten Jarisleif freundlich aufgenommen worden und finde dort viel Unterstützung. Mehr sagt die Botschaft nicht. Kein Wort, was er dort treibt oder wann wir ihn zurückerwarten dürfen. Ich bin enttäuscht.

An ein unangenehmes Ereignis kann ich mich erinnern, und es betrifft Thorkel. Einer der Jungen, Sohn eines anderen *húskarls*, hatte Streit mit ihm, wegen einer Nichtigkeit eigentlich, und nannte ihn dabei im Zorn einen verdammten Bastard und seine Mutter eine Schlampe. Das hätte sicherlich eine Abreibung verdient, aber Thorkel verlor so vollständig die Kontrolle über sich, dass er den Jungen fast umgebracht hätte. Er prügelte auf ihn ein, schlug seinen Kopf auf den Boden, packte zuletzt sogar einen großen Stein und hätte den Jungen mit Sicherheit getötet, wenn ich nicht im letzten Augenblick dazwischengegangen wäre.

»Was ist los mit dir?«, schrie ich ihn an. Thorkel war zurückgetaumelt und starrte keuchend auf den Jungen, der bewusstlos am Boden lag, das ganze Gesicht eine blutige Masse. »Willst du wie dein Vater werden? Alles mit den Fäusten regeln? Und einen Freund gleich totschlagen, weil er dich beleidigt hat.«

Ihm war klargeworden, was er getan hatte. Er warf mir einen gequälten Blick zu, und seine Augen füllten sich mit Tränen. »Ich wollte das nicht«, hörte ich ihn flüstern. Dann ist er weggelaufen und hat sich zwei Tage lang im Wald versteckt. Später versöhnten sich die beiden wieder. Aber ich frage mich, wieso Thorkel so ausgerastet ist. Ich habe versucht, ihn darauf anzusprechen, aber er will nicht mehr darüber reden.

Ansonsten vergeht der Sommer ereignislos und auch der nächste Winter, ohne dass wir etwas von Olaf hören. Ich lege noch ein gutes Stück an Körpergröße zu und überrage mittlerweile nicht nur meine jungen Kameraden, sondern auch viele der Männer in der Burg. Ich bin jetzt vierzehn Jahre alt und nicht mehr so mager und schlaksig wie zuvor. Dank der Kampfübungen sind meine Schultern breiter und meine Arme muskulöser geworden. Jetzt können mich im Umgang mit Schwert und Axt nur noch Rorik und ein anderer unserer Männer schlagen, ein gewisser Ragnar Gormsson, Steuermann von einem unserer Langschiffe. Ein großer Kerl mit einem Kreuz wie ein Scheunentor. Im Gegensatz zu Rorik mag ich diesen Ragnar, auch wenn er fluchen kann, dass einem die Ohren klingeln.

DAS UNTIER

Es ist Frühsommer, und die Bauern berichten von seltsamen Dingen. Von nächtlichem Grollen, Schnaufen und anderen Geräuschen, von markerschütternden Schreien sogar. Am Morgen fänden sich dann übel zugerichtete Tierleichen, erzählen sie ängstlich, meist Schafe und Ziegen. Zuerst verdächtigt man Wölfe. Aber dann werden in den Koppeln an einem Morgen die blutigen, angefressenen Kadaver zweier ausgewachsener Rinder entdeckt und an einem anderen der eines Pferdes. Beides eine zu große Beute für Wölfe, zumal die Tiere in einer schützenden Herde gestanden hatten.

Nach dem Fund der völlig zerfetzten Reste eines großen Schäferhundes machen schließlich die furchtbarsten Gerüchte die Runde. Es wird von Gräbern geflüstert, die in der Nacht angeblich leuchten, von schrecklich entstellten Untoten, die man als *draugr* kennt und die den Grabstätten entsteigen, um Unglück und Plagen über Mensch und Vieh zu bringen. Die Leute fangen an, sich abends einzuschließen, und zittern bei jedem nächtlichen Geräusch, ob von Waldeule oder Wolf. Man ruft nach dem *goði*, der in einer Hütte im Wald haust, um die schrecklichen Wesen mit Zauber und mit Blutopfern zu beruhigen und von den Hütten fernzuhalten.

Schließlich wird von einem gewaltigen Geist aus der Unterwelt geredet, der die Gestalt eines Bären angenommen haben und nachts herumstreifen soll. Ein blutrünstiger Krieger aus Urzeiten, der nicht zur Ruhe kommt. Im Volk weiß man, dass in Berserkern die Seele des Bären lebt und umgekehrt. Einige

125

behaupteten jetzt, seinen Schatten in der Nacht oder im ersten Morgengrauen gesehen zu haben, ein Wesen von außergewöhnlicher Größe, mit zottigem Fell und flammenden Augen. Das beunruhigt die Leute noch mehr als der Gedanke an *haugbúi* oder *draugr*. Kaum jemand wagt sich mehr vor die Tür.

Und dann stößt man tatsächlich auf Bärenspuren im feuchten Grund, Abdrücke von riesigen Tatzen direkt neben einem Tierkadaver, dem die Eingeweide herausgerissen worden waren. Das sind eindeutig die Spuren eines großen, männlichen Bären. Ist es nun ein Zauberwesen oder doch nur ein wildes Tier? Langsam einigt man sich auf Letzteres, denn noch weitere solcher Spuren werden gefunden. Aber ein reißender Bär in der Gegend ist natürlich auch eine Bedrohung, die man nicht auf die leichte Schulter nehmen sollte. Denn was wird er als Nächstes töten? Kinder?

Normalerweise halten Bären sich von menschlichen Behausungen fern. Vermutlich war dieser nach seinem langen Winterschlaf so ausgehungert, dass er sich nachts in die Nähe der Menschen getraut und zuerst ein paar hilflose Jungtiere oder Schafe geholt hatte. Das muss ihm zugesagt haben, so dass er immer häufiger die Weiden heimgesucht hat, statt sich in den Wäldern von Beeren, Wurzeln und dem gelegentlichen Aas zu nähren, oder statt Hirschen und Elchen nachzustellen. Eine wesentlich schwierigere Beute, denn Bären sind keine allzu geschickten Jäger. Aber ein Bär, der sich ans Reißen von Vieh gewöhnt hat, den will meine Mutter nicht dulden, und so befiehlt sie Rorik, Jagd auf das Tier zu machen. Und natürlich will ich unbedingt dabei sein.

Doch Bären jagen ist eine gefährliche Angelegenheit. Kein Wunder, dass Åsta nichts von meiner Teilnahme an der Jagd hören will. Es hilft auch nicht, dass ich bettele. Erst als Guttorm meint, dass es Sigurds Söhnen nicht anstehe, sich hinter anderen zu verstecken, wenn es darum ginge, die guten Bauern und ihr Vieh zu beschützen, gibt sie nach. Vor allem, als er noch hinzufügt: »Wie sollen die Leute uns folgen und für Olaf kämpfen, wenn wir nicht mal den Mut haben, mit einem lausigen Bären fertigzuwerden. Außerdem ist Harald alt genug.«

Guter alter Guttorm! Manchmal kann er einen wirklich überraschen.

Rorik stellt also einen Jagdtrupp zusammen. Außer ihm und uns drei Brüdern nehmen auch Ragnar an der Jagd teil, ein gewisser Bjarni, der ein Jäger und besonders gut im Fährtenlesen ist, und Eirik, Thorkels Vater. Natürlich ist auch der zuerst dagegen, Thorkel mitzunehmen, aber da meine Mutter es mir erlaubt hat, kann er seinem Sohn die Teilnahme schlecht verwehren.

Früh am Morgen machen wir uns bereit. Als Schutz gegen Bärenkrallen tragen wir lederne Kampfpanzer. Das sind dicke Westen aus gekochtem Rindsleder und den dazugehörenden Schulterstücken. Ob dies hilft, wenn der Bär einen zwischen die Pranken bekommt, ist fraglich. Aber besser ein wenig Schutz als gar keiner.

Halfdan und Bjarni tragen Bögen über der Schulter. Ragnar, Eirik und Rorik sind die kräftigsten Männer. Sie werden sich dem Bären entgegenstellen, sollte er uns angreifen, denn weglaufen hilft nicht. Bären sind schnell auf den Beinen und können jeden mit Leichtigkeit einholen. Für ihre Aufgabe sind die drei mit Saustechern bewaffnet, lange Spieße, die hinter der scharfen Klinge eine kurze Querstange haben, um das getroffene Tier auf Abstand zu halten. Das ist besonders bei wilden Ebern mit ihren gefährlichen Hauern nützlich, daher der Name. Es ist nämlich oft genug vorgekommen, dass ein Tier in seiner Wut sich selbst so weit aufspießt, dass es den Jäger erwischt, ihn verletzt oder mit in den Tod reißt.

Von den anderen, also Guttorm, Thorkel und ich, hat jeder drei leichte Wurfspeere. Mit denen und mit den Bögen wollen wir den Bären erlegen. Oder zumindest so weit schwächen, dass die drei mit den schweren Spießen ihn töten können.

Bjarni holt sich zwei unserer besten Jagdhunde aus dem Zwinger, nimmt sie an die Leine, und wir marschieren los. Drei Bauern, die nach dem letzten Vorfall vor zwei Tagen eine Spur gefunden haben, sollen uns dorthin führen. Der Himmel ist bedeckt, und es ist nicht besonders warm für die Jahreszeit, aber ein guter Tag für die Jagd, solange es nicht regnet. Nach einer Stunde treffen wir in der Nähe des Waldes auf einen Bach. Dort haben die Bauern die Spur entdeckt.

»Ihr geht jetzt besser nach Hause«, sagt Rorik zu ihnen. »Von hier aus übernehmen wir die Sache.«

Sie murren ein wenig, wollen mitkommen. Aber ich denke, das ist nur vorgetäuscht, um nicht als Feiglinge dazustehen, denn als Rorik sie erneut zum Gehen auffordert, schultern sie ihre Speere und trollen sich. Bjarni sieht sich die Spur genauer an, während Ragnar die Hunde hält. Es sind nur ein paar Abdrücke im weichen Boden des Bachufers. Deutlich sind die runden Ballen der vorderen Tatzen zu erkennen. Und die Spuren der langen Krallen. Eindeutig Abdrücke eines Bären. Und zwar von einem ungewöhnlich großen Tier. Aber das wussten wir ja schon.

»Kannst du was damit anfangen?«, fragt Rorik.

Bjarni hebt unentschlossen die Schultern. »Die sind nicht mehr frisch. Aber wir können es versuchen.«

Er nimmt Ragnar die Hunde ab und lässt sie an der Spur riechen. Die Hunde sind zuerst ziemlich aufgeregt und zerren an den Leinen, führen uns einige hundert Schritte den Bachlauf entlang, dann aber zögern sie, suchen vergeblich im alten Herbstlaub herum, bleiben schließlich verwirrt stehen und sehen uns ratlos an. Sie haben die Spur verloren.

»Saudumme Köter!«, murrt Ragnar. »Und jetzt? Sollen wir etwa selbst die ganze verfluchte Gegend absuchen? Den finden wir doch nie. Wenn die Hunde schon nichts riechen.«

»Klappe, Ragnar«, knurrt Rorik. »So ist das nun mal bei der Jagd. Aber so schnell geben wir nicht auf.«

Aller Augen sind jetzt auf Bjarni gerichtet. Er ist ein hagerer Kerl mit lederner Haut und einer Menge Grau im Bart. Er legt den Finger an die Nase, betrachtet den Wald um uns herum und überlegt. Scheint sich zu fragen, welchen Weg er nehmen würde, wenn er ein Bär wäre.

»Hier, halt nochmal die Hunde«, sagt er zu Ragnar und schreitet am Bach entlang, wobei er sehr langsam geht und sich häufig vorbeugt, um das Bachbett genauestens zu untersuchen, als hätte er ein Silberstück darin verloren.

»Da!«, sagt er und zeigt auf eine zwischen Steinen geschützte, sandige Stelle am Rand des Wasserlaufs, eine Handbreit unter der Oberfläche. »Ein schwacher Abdruck«, erklärt er, »gerade noch zu sehen. Aber immerhin. Man erkennt die Fußballen und die Eindrücke der Krallen.« Er sucht weiter. »Und da noch einer«, ruft er triumphierend. »Er ist durchs Bachbett marschiert.«

»Um Verfolger abzuschütteln?«, fragt Thorkel.

Bjarni muss lachen. »Nein. So weit denkt ein Bär nicht. Vielleicht hatte er Durst, oder es hat ihm Spaß gemacht, durchs Wasser zu planschen.«

Etwas weiter, kurz bevor das Gelände anzusteigen beginnt und der Bach durch eine kleine Schlucht rauscht, finden wir die Stelle, wo der Bär aus dem Wasser gestiegen ist und die Anhöhe umrundet hat. Hier laufen die Hunde aufgeregt hin und her, schnüffeln am Waldboden herum und wühlen mit den Schnauzen im Laub vom letzten Herbst, um dann wieder an den Leinen zu zerren. Die Fährte führt in die Hügel, weg von den Menschen im Tal, durch einen Wald von Eschen und alten Eichen, über mit Farnkraut überwucherten Lichtungen, an moosbedeckten Felsbrocken und dichtem Gestrüpp vorbei. Einmal werden die Hunde wieder unsicher, und wir warten auf Bjarni, der sie herumführt und suchen lässt. Jemand flucht wegen der Mücken. Über uns hämmert ein Specht.

»Da baut sich einer ein Nest«, sagt Halfdan lächelnd. Er starrt nach oben, in der Hoffnung, den bunten Vogel im Grün der Baumkronen zu entdecken. Halfdan liebt den Wald und die Tiere darin. Im Gegensatz zu Guttorm, für den das Wild nichts als ein verdammter Schädling für die Äcker ist. Besonders die Wildschweine sind ihm ein Greuel.

»Du solltest dir 'ne Hütte im Wald bauen«, sagt Guttorm. »Da wärst du glücklich, denke ich.«

Es ist spöttisch gemeint, aber Halfdan ist um eine Antwort nicht verlegen. »Hab ich auch schon dran gedacht, Bruder. Keine Kriege, kein Getue um die Ernten, keine Brüder, die einem auf den Geist gehen.« Er lacht.

Rorik legt den Zeigefinger auf die Lippen. »Seid mal lieber still. Wir sind auf der Jagd.«

Schließlich haben die Hunde von neuem die Fährte in der Nase, und wir lassen uns von ihnen weiter bergauf durch den Forst führen, bis der Laubwald eine kleine, mit Kräutern bewachsene Lichtung freigibt, bevor er in dunkle Tannen übergeht. Ein ganzer Teppich weißer Blüten bedeckt den Boden. An geknickten und umgebogenen Pflanzen, die sich noch nicht wieder aufgerichtet haben, lässt sich die Spur des Bären sogar mit dem Auge verfolgen. Aber die Tannen hat er gemieden, denn die Hunde führen uns jetzt durch einen Birkenhain und über einen Bergsattel in eine größere Senke dahinter. Dort, auf einer weiten, grasbewachsenen Lichtung, verliert sich die Spur wieder. Wir suchen das ganze Tal ab, finden aber nichts außer einer alten Hirschfährte. Nicht nur die Hunde sind enttäuscht.

»Deine Köter solltest du lieber am nächsten Baum aufhängen«, knurrt Eirik. »Die taugen einen Scheiß.«

Bjarni ist beleidigt. »Meinst du, mit deiner Saufnase kannst du es besser?«

Aber Rorik geht gleich dazwischen. »Keine Streitereien! Erst mal machen wir Pause und denken nach.«

Wir lassen uns ins Gras fallen. Es ist später Vormittag, die Sonne ist inzwischen herausgekommen, und mein verdammter Lederpanzer drückt an allen möglichen Stellen. Ich wische mir den Schweiß von der Stirn. Wir trinken aus unseren Wasserschläuchen. Wieso haben wir schon wieder die Fährte verloren? Sind wir überhaupt dem Bären gefolgt, oder haben die Hunde einen verdammten Fuchs gejagt, der hier irgendwo in seinem Bau verschwunden ist?

Bjarni glaubt das nicht, als ich ihn frage. Vielleicht hat sich der Geruch hier einfach verflüchtigt. Schließlich war die Fährte unten im Tal schon zwei Tage alt. Oder sie ist von anderen Düften überlagert. Stark riechende Kräuter und Blumen gibt es genug auf der Lichtung.

»Und? Was jetzt?«, fragt Ragnar verdrießlich. »Mannomann! Gebt mir ein Schiff im Sturm jederzeit. Aber dieses verdammte Trapsen durch den Wald, das ist nichts für mich.« Er spuckt in hohem Bogen ins Unterholz.

»Das haben wir gemerkt«, erwidert Rorik trocken. »So ungeschickt, wie du durch die Gegend trampelst.«

Ragnar hat sich an einem Dornenstrauch die Wade aufgerissen und ist etwas später unglücklich über ein Kaninchenloch gestrauchelt. Jetzt humpelt er und schimpft ab und zu leise vor sich hin.

»Und wo ist dein verfluchter Bär, Rorik?«, knurrt er. »Wenn du so verdammt waldschlau bist, warum hast du ihn noch nicht gefunden?«

Rorik wirft ihm einen ärgerlichen Blick zu, sagt aber nichts.

Ich lasse meine Augen über die Wiese wandern. Die Sonne bringt die Farben der vielen Blumen, die hier sprießen, zum Leuchten. Gelb und Weiß und Rosa. Ein schöner Anblick. Ich lege mich zurück ins Gras und mache die Augen zu. Wenn man die Lider geschlossen hält, hört man deutlicher das Zwitschern der Vögel, das Hecheln der Hunde und das feine Summen der Insekten, die sich den Nektar holen. Etwas brummt plötzlich direkt über meiner Nase. Ich reiße die Augen auf. Eine verdammte Biene. Ich wedele sie weg und setze mich auf.

»Habt ihr was gemerkt?«, fragt Bjarni nachdenklich.

Rorik sieht ihn an. »Was sollen wir denn gemerkt haben?«

»Hier sind ein Haufen Bienen unterwegs.«

»Na und?«, brummt Eirik. »Willst du etwa Honig suchen?«

Bjarni grinst. »Genau das sollten wir tun.«

Ich verstehe sofort, was er meint. »Wo Honig ist, ist auch der Bär.«

»Vielleicht«, erwidert Bjarni. »Könnte ja sein. Ihr wisst, wie wild die Biester auf Honig sind. Deshalb nennen wir sie in den Märchen ja auch die Honigfresser. Wie oft findet man nicht ein Bienennest im Wald, das ein Bär ausgeplündert hat. Vielleicht kommen wir so wieder auf seine Spur.«

Wir brauchen gut zwei Stunden, suchen alle umliegenden Hänge ab, und schließlich finden wir das verdammte Nest. In einer Baumhöhle gut zehn Fuß über dem Boden. Es herrscht ein ständiges Kommen und Gehen der fleißigen Bienen. Aber das Nest ist unberührt. Niemand hat sich an den Honigwaben bedient.

Spuren sind trotzdem vorhanden. Die Hunde führen einen aufgeregten Tanz auf. Ganz offensichtlich haben sie wieder den Geruch des Bären in der Nase. Und dann entdecken wir frische Kratzspuren am Baum, wo er versucht hat, sich am Stamm hochzuziehen. Bären sind zu schwer, um zu klettern. Aber versucht hat er es. Dazu jede Menge zertrampeltes Gras und Abdrücke am Boden. Er muss mehrmals ärgerlich um den Baum gelaufen sein, bevor er aufgegeben hat.

»Was bist du doch für ein kluges Kerlchen«, sagt Rorik und klopft Bjarni auf die Schulter.

Der lacht selbstzufrieden. »Möchte jemand Honig? Du, Eirik?«

»Verpiss dich«, knurrt Eirik, aber nicht ohne ein anerkennendes Grinsen.

Thorkel und ich starren zu dem Nest hinauf. Eine süße Wabe wäre schon nach unserem Geschmack. Aber deshalb sind wir nicht hier. Außerdem würden die Biester uns überall stechen, bevor wir überhaupt in die Nähe des Honigs kommen.

Wir folgen weiter der Spur. Nach einer Weile finden wir die Stelle, wo der Bär geschlafen oder zumindest eine Weile geruht hat. Dort hat sich das Gras noch nicht wieder aufgerichtet. Bjarni sieht sich die niedergedrückten Halme genauer an.

»Kann nicht mehr als einen halben Tag her sein«, lässt er uns wissen. »Oder sogar noch weniger. Haltet die Augen offen. Vielleicht ist er hier irgendwo in der Nähe.«

Bären sind Einzelgänger, erklärt er uns. An Stellen, wo es viel zu fressen gibt, zum Beispiel dort, wo Lachse stromaufwärts einen Wasserfall zu überwinden haben, da finden sich manchmal mehrere ein, aber ansonsten bleiben sie lieber allein. Oft lange Zeit in einem einzigen Gebiet, je nach Nahrungsangebot. Unser Bursche hatte eine neue Nahrungsquelle gefunden: das Vieh der Bauern. Allzu weit entfernt davon würde er sich nicht aufhalten.

Die Führung unserer Gruppe hat sich inzwischen immer mehr zu Bjarni hin verschoben. Rorik, der sonst gern das Wort führt, überlässt nun ihm das Kommando. Vorsichtig gehen wir weiter. Eine Stunde später stoßen wir unter einer Kiefer auf Bärenlosung, längliche, graubraune Klumpen, etwa eine Handspanne lang. Bjarni bricht ein Stück auseinander und steckt den Finger hinein. »Ist noch warm. Nicht älter als eine Stunde.«

Er wischt sich den Finger am Gras sauber. »Halten wir uns bereit«, sagt er leise. »Am besten verteilen wir uns zu beiden Seiten. Die mit dem Saustecher bleiben in der Mitte und hinter ihnen die Speerwerfer. Die Bogenschützen an den Flanken. Wenn wir auf das Viech treffen, versucht, möglichst nicht in seine Nähe zu kommen. Ein Schlag mit der Pranke … na, ihr wisst schon. Ich mach dann die Hunde los. Die sollen ihn beschäftigen, während ihr ihn mit Pfeilen und Speeren beharkt. Aber passt auf, verwundet ist der Bursche noch gefährlicher.«

Vorsichtig gehen wir weiter, Bjarni vorneweg mit den Hunden. Meine Handflächen sind feucht vor Aufregung. Ich wische sie am Saum meines wollenen *kyrtill* trocken, nehme einen der Wurfspeere in die Rechte, die beiden anderen in die Linke. Thorkel, der ein paar Schritte neben mir geht, grinst mir zu. Auch er ist angespannt, das kann man ihm anmerken.

Wir verlassen den gemischten Wald von Birken, Eschen und gelegentlichen Kiefern und bewegen uns durch ein einigermaßen offenes Gelände, bedeckt von Farnen, Disteln und Brombeerbüschen. Hier und da liegen von Moos und Flechten bewachsene Felsbrocken und morsche Reste von Baumstämmen herum. Vielleicht hat hier vor langer Zeit ein Waldbrand gewütet.

»Das hier mögen Bären mehr als dichten Wald«, raunt Bjarni. »Ich glaube, es ist Zeit, die Hunde loszulassen. Ich hab so ein Gefühl. Ich denke, er ist nicht weit.«

Die beiden Jagdhunde haben offensichtlich einen Geruch in der Nase, so wie sie die Schnauzen in den leichten Wind halten, der uns entgegenweht. Sie zittern vor Aufregung, halten aber still, wie es sich für gute Jagdhunde gehört. Es sind große Hunde, zwei Fuß Schulterhöhe, mit hängenden Ohren und braungrauem Fell. Nachdem Bjarni sie von der Leine gelassen hat, senken sie die Nasen zum Grasboden und rennen der Spur nach.

Mit bedächtigen Schritten, vorsichtig in alle Richtungen blickend, gehen wir hinter ihnen her. Vor uns fliegen Vögel auf. Die Hunde haben sie aufgescheucht. Die Fährte führt bergauf zu einer kahlen Kuppe einige hundert Schritt weit entfernt. Hier wächst hohes Gras zwischen den Sträuchern, und der Wind biegt die Halme, so dass es aussieht wie sanfte Wellen, die uns entgegenströmen. Wir nähern uns der Kuppe, als die Hunde plötzlich anschlagen. Sie haben ein Gebüsch umstellt und geben wütend Laut. Ab und zu werfen sie einen prüfenden Blick über die Schulter, um sich zu vergewissern, dass wir folgen. Und dann sehen wir das Biest.

»Bei Thors Klöten!«, entfährt es Ragnar. »Was für ein Monster!«

Die Hunde haben den Bären aufgeschreckt. Er bricht aus dem Dickicht und starrt aus kleinen, bösen Augen auf die Quälgeister, die ihn anbellen. Das Nackenfell gesträubt, zieht er die Lefzen hoch und entblößt drohend die gewaltigen, gelben Fänge. Dieses Tier, mit seinem breiten Schädel zwischen mächtigen Schultern und Eckzähnen, die so lang wie mein Finger sind, ist so massig, dass es wie ein dunkelbrauner Fels wirkt, der aus dem fußhohen Gras aufragt. Mein Herz klopft wie wild, als wir uns vorsichtig nähern. Auch wenn Bären sich meist friedlich geben, sind sie doch, einmal gereizt, äußerst gefährlich.

»Geht in Stellung«, ruft Bjarni uns zu.

Wir verteilen uns, wie wir es verabredet haben und so gut das Gelände es erlaubt. Langsam nähern wir uns dem Bären. Der ist jetzt auf uns aufmerksam geworden und hebt ruckartig den Kopf, um besser sehen zu können. Er scheint zu ahnen, dass von uns mehr Gefahr ausgeht als von den Hunden, denn nun duckt er sich. Er scheint auf den Vordertatzen zu tanzen, während er den Kopf von einer Seite zur anderen schwingt und drohend brüllt und dann wieder gewaltig knurrt, als wollte er uns verhöhnen und herausfordern. Wie ein Krieger vor der Schlacht, wie ein Berserker, kurz bevor er sich auf den Feind stürzt. Womöglich lebt ja doch der Geist eines Berserkers in seiner Bärenhaut, so wie es in den Sagen heißt. Dann wären wir lebensmüde, ihn herauszufordern.

Plötzlich reißt er das riesige Maul so weit auf, dass sein Kopf nur noch aus diesem schrecklichen Gebiss zu bestehen scheint, und brüllt uns seine Wut entgegen. Ohrenbetäubend hallt es durch die Landschaft. Ich kriege weiche Knie. Mehr als das. Meine Gedärme scheinen sich verflüssigt zu haben, und es fehlt nicht viel, und ich scheiße mir in die Hose. Wie, bei Oðin, soll es uns mit unseren lächerlichen Speeren und Pfeilen gelingen, diesem Ungetüm beizukommen? Ich werfe Thorkel einen kurzen Blick zu. Ich wette, ihm geht es genauso wie mir.

»Ganz ruhig!«, raunt Bjarni, als hätte er meine Gedanken erraten. »Er will uns Angst machen, uns zeigen, dass er der Herr des Waldes ist.«

Langsam geht er weiter auf den Bären zu, und wir folgen, wenn auch zögerlich. Jeder versucht, seinen Platz in der Reihe zu halten. Ich wische mir noch einmal die schweißnassen

Hände ab und packe meine Wurfspeere fester. Einen in der Rechten, die beiden anderen in der Linken. Diese drei schlanken Speere sind alles, was ich im Angesicht des Ungeheuers zu meiner Verteidigung habe.

Etwa zwanzig Schritte entfernt bleibt Bjarni stehen. Der Bär schnappt plötzlich zu, als einer der Hunde ihm zu nahe kommt. Man hört deutlich, wie die Zähne der gewaltigen Kiefer aufeinanderschlagen. Wäre der Hund nicht schneller gewesen, hätte der Bär ihm den Kopf zermalmt. Überhaupt muss ich den Mut der Hunde bewundern, denn die lassen nicht locker. Einer versucht, dem Bären in die Hinterbeine zu beißen, der andere springt an ihm hoch und versenkt die Zähne in sein Ohr. Der Bär schüttelt wild den Kopf, um ihn loszuwerden, und brüllt wieder furchterregend. Dann schlägt er blitzschnell mit der Pranke zu. Es gelingt ihm, einen der Hunde zu erwischen. Das arme Viech fliegt jaulend ins nächste Gebüsch und bleibt winselnd liegen. Der Bär richtet sich zur vollen Höhe auf.

»Jetzt! Gebt's ihm«, höre ich Bjarni rufen und sehe, wie er die Bogensehne bis zum Kinn anzieht und den ersten Pfeil fliegen lässt.

Das Geschoss schlägt in die Schulter des Bären. Aber der zuckt kaum, als ob ihm so ein lächerlicher Pfeil nichts ausmache. Er lässt sich wieder auf die Vordertatzen fallen, heftet seine kleinen, wütenden Augen auf uns und bleckt brüllend die Zähne. Halfdans Pfeil trifft ihn in die Flanke und Bjarnis zweiter in die Brust. Das Gebrüll bricht ab, und der Bär versucht, den Pfeil in seiner Brust mit der Vorderpranke wegzuwischen. Da trifft ihn Thorkels Speer, prallt jedoch von seinem dicken Schädel ab. Immerhin fließt Blut aus der Wunde.

Ich springe einen Schritt vor und schleudere einen Speer. Drei Speere treffen den Bären zur selben Zeit. Keine Ahnung, welcher meiner ist. Einer jedenfalls steckt tief in seiner Seite, ein anderer in der Brust, wo sich das Fell dunkelrot färbt. Auch aus dem zerfetzten Ohr tropft Blut. Der Blick des Tiers wendet sich nach rechts, nach links. Der Bär macht einen äußerst gereizten Eindruck, und ist doch unschlüssig, von welcher Seite die meiste Gefahr droht. Er kommt ein paar Schritte näher, zieht sich wieder zurück, als könne er sich nicht zwischen Angriff oder Flucht entscheiden, reißt erneut das schreckliche Maul auf und brüllt uns seine ganze Wut entgegen.

Die Anspannung des Kampfes hat die Angst in den Hintergrund gedrängt. »Näher ran!«, schreit Bjarni und lässt erneut einen Pfeil von der Sehne fliegen.

Noch ein Speer bohrt sich in die Schulter des Untiers. Wieder brüllt der Bär. Aber diesmal klingt es mehr nach einem Schmerzgeheul. Die Wunden schwächen ihn. So hoffe ich wenigstens. Aber er schüttelt sich, und es gelingt ihm, einige der Geschosse loszuwerden, die in seinem Pelz stecken.

Und dann greift er an.

Mit mächtigen Sätzen galoppiert er geradewegs auf Rorik zu. Der hätte den Bären, den Schaft des Saustechers in den Boden gerammt, in die Klinge laufen lassen sollen. Doch der Angriff kommt so plötzlich, dass Rorik die Nerven verliert, den Spieß fallen lässt und zur Seite springt. Bevor Eirik oder Ragnar reagieren, ist der Bär schon an ihnen vorbei, ändert urplötzlich die Richtung und stürzt sich auf Thorkel. Der sticht mit seinem Speer zu, aber ein Prankenschlag der gewaltigen Tatzen, und es ergeht ihm nicht anders als dem Hund. Wie eine zerbrochene Puppe fliegt Thorkel durch die Luft, knallt gegen einen Stein und bleibt nicht weit von mir liegen.

Der Bär kommt näher, um Thorkel den Garaus zu machen. Meinen Freund so hilflos am Boden liegen zu sehen, ist zu viel für mich. Eine fürchterliche Wut packt mich. Ohne Rücksicht auf meine eigene Sicherheit schnappe ich Roriks Saustecher vom Boden und stelle mich dem Bären entgegen. Der stutzt, reißt dann das Maul weit auf und zeigt mir mit schrecklichem Knurren die gewaltigen Zähne. Selbst aus vier Schritten Entfernung trifft mich sein fauler Atem wie eine Welle.

Das Geschrei meiner Kameraden nehme ich kaum wahr, sehe nur das riesige Gebiss vor mir, das mich zu zermalmen droht. Denn jetzt spannt der Bär seine Muskeln an und stürzt sich auf mich. Im letzten Augenblick reiße ich die Klinge des Saustechers hoch und bekomme undeutlich mit, wie sie sich in den stinkenden Rachen bohrt. Verschluck dich daran, du Mistviech!

Fast wäre ich entkommen, aber ein fürchterlicher Schlag streckt mich zu Boden. Zum Glück trage ich den Lederpanzer. Irgendwie kann ich mich noch hastig zur Seite werfen, bevor ich unter dem gewaltigen Körper begraben werde. Ich bekomme kaum Luft und krieche unter Schmerzen hastig außer Reichweite. Mein Rücken fühlt sich an, als hätte der Bär mir die Wirbelsäule rausgerissen. Mein Herz hämmert wie wild.

Plötzlich höre ich die anderen jubeln und sehe mich um. Bei Thor und dem Allvater Oðin! Da liegt das verfluchte Untier und bewegt sich nicht mehr. Der Spieß steckt im Maul, und die blutige Spitze ragt ihm aus dem Nacken. Die Klinge muss die Halswirbel durchtrennt haben.

Benommen versuche ich, auf die Beine zu kommen. Ein starker Arm hilft mir auf. Ich spüre, wie mir Blut in die Kniekehlen läuft.

»Scheiße nochmal! Das glaubt keiner, der's nicht gesehen hat. *Drepa Bjorn!* Du hast das Höllenbiest erledigt!« Es ist Ragnar, der mir hilft und nicht aufhören will, mir auf die Schulter zu klopfen und vor Begeisterung laut zu lachen. »Ab jetzt werden wir dich Bärentöter nennen!« Alle stehen um den toten Bären herum und begutachten das gewaltige Tier.

»Der Bengel hat Glück gehabt, nichts weiter«, sagt Rorik und wirft mir einen ärgerlichen Blick zu.

»Ein bisschen Glück vielleicht schon«, meint Bjarni. »Aber vor allem hat er Mut bewiesen.« Dabei grinst er Rorik so bedeutungsvoll an, dass dieser rot wird und sich wegdreht.

Erst jetzt merkt Ragnar, dass mein *kyrtill* hinten zerrissen und meine Beinkleider blutig sind. »Lass mal sehen, du blutest ja«, sagt er besorgt.

»Es ist nichts.« Ich beiße die Zähne zusammen. Mein Rücken tut höllisch weh, und besonders mein Hintern brennt wie Feuer, wo mich die Krallen des Bären gestreift haben. »Nur ein verdammter Kratzer.«

Als ich Thorkel immer noch ohne ein Lebenszeichen am Boden liegen sehe, vergesse ich meine Schmerzen. Sein Vater Eirik hockt neben ihm auf den Knien und hat die Arme um seinen Sohn gelegt. Seine Augen sind nass, Tränen laufen ihm in den Bart. »Thorkel«, flüstert er immer wieder.

»Ist er tot?«, fragt Guttorm und beugt sich vor, um Thorkels Halsschlagader zu fühlen. »Nein, er lebt noch. Hilf mir mal, Eirik, ihm den Lederpanzer abzunehmen.«

Mit aller Vorsicht durchtrennen sie Riemen mit dem Messer, schneiden durch Leder und durch Thorkels Leinenhemd. Bald liegt er mit nacktem Oberkörper im Gras. Die goldene Sonne des späten Nachmittags scheint auf seinen bleichen Leib, der an der Seite übersät ist mit roten Malen, wo der Bär ihn erwischt hat. Er ist immer noch bewusstlos und scheint nur mit Mühe zu atmen. Wahrscheinlich sind Rippen gebrochen.

Sein Vater liegt neben ihm auf den Knien und streicht ihm über die Haare. Dann wischt er sich mit dem Handrücken den

Rotz von der Nase. Ich trete näher und starre wütend auf den Mann hinab. Ich bin noch aufgewühlt vom Kampf mit dem Bären. Und dass Thorkel beinahe umgekommen wäre.

»Jetzt weinst du um ihn«, sage ich aufgebracht. »Aber wie oft hast du ihn verprügelt, du Scheißkerl!«

Er blickt aus geröteten Augen zu mir auf. Ich beuge mich vor, bis unsere Nasen sich fast berühren. »Wenn du ihn oder dein Weib noch ein einziges Mal schlägst, dann bring ich dich um. Hast du mich verstanden?«

Im Grunde habe ich ihm gar nichts zu sagen. Schließlich ist er Roriks Mann. Aber er hält meinem zornigen Blick nicht länger stand, schlägt die Hände vors Gesicht und nickt. Rorik hätte mich zurechtweisen können. Aber er sagt nichts.

Der arme Hund, dem der Bär das Rückgrat gebrochen hat, lebt noch und winselt erbärmlich. Bjarni schneidet ihm die Kehle durch. Dann häuft er Steine auf den Kadaver, damit die Vögel ihn nicht fressen, denn er hat das Tier geliebt.

Zur allgemeinen Erleichterung schlägt Thorkel die Augen auf. Beim Versuch, sich aufzusetzen, schreit er vor Schmerzen. Sein ganzer Brustkorb stehe in Flammen, stöhnt er, besonders auf der linken Seite. Er kann nur flach atmen und kaum sprechen. Am Kopf hat er eine große Beule, wo er auf den Stein aufgeschlagen ist. Als er den toten Bären im Gras liegen sieht, macht er große Augen.

»Dank deinem Freund, dass du noch lebst, Jungchen«, sagt Ragnar. »Er hat nämlich das Viech getötet.«

Ich schüttele den Kopf. »Glaub ihm nicht. Wir alle haben ihn getötet.«

»Aber du hast in jedem Fall seinen Pelz verdient.« Guttorm weist Bjarni an, den Kadaver zu häuten.

»Und das Herz«, meint Ragnar. »Er soll das Herz essen. Das macht ihn stark und unbesiegbar.«

141

Mich schaudert, aber alle bestehen darauf. So ist es Brauch. Das Herz des Bären gehört dem Jäger, der ihn getötet hat. Damit soll die Kraft des Tieres auf ihn übergehen.

Mit vereinten Kräften wuchten die Männer den Bären auf die Seite und öffnen ihm den Leib. Magen und Gedärme quellen hervor. Ein ekelerregender Gestank verbreitet sich. Bjarni steckt den nackten Arm in die Brusthöhle und schneidet das große Herz heraus. Dann hält er mir das bluttropfende Ding unter die Nase.

»Iss!«, sagt er und grinst.

Obwohl es mich würgt, bezwinge ich mich und beiße ein Stück heraus. Es ist zäh und elastisch zugleich und schmeckt wie Eisen. Tapfer schlucke ich und beiße noch ein Stück heraus. Das Blut des Bären tropft mir vom Kinn. Bjarni schmiert mir noch mehr davon auf Stirn und Wangen. »*Drepa-Bjorn!*«, sagt er und grinst. »Harald, der Bärentöter!«

Und dann lachen sie alle und schlagen mir auf die Schulter. Es fühlt sich gut an, von gestandenen Männern gefeiert zu werden. Sie machen Witze, verspotten den toten Bären. Aber nicht, weil sie ihn nicht achten, sondern weil wir es geschafft haben, ihn aufzuspüren und zu erledigen. Ich trete an das Tier heran und betrachte die goldgelben Augen, die jetzt starr geradeaus blicken, und das Maul mit den riesigen Zähnen, die sich ins Gras gebohrt haben. Was für ein gewaltiger Kämpfer ist er doch gewesen. Und ich bin ihm entgegengetreten und lebe. Irgendwie nicht zu fassen! Ich drücke dem Tier die Augen zu. Mögest du in Valhöll einkehren, murmele ich. Und vielleicht sehen wir uns dort wieder.

Das Tier zu häuten, stellt sich wegen des Gewichts als richtig schwierig heraus. Wir alle außer Thorkel müssen helfen. Nach getaner Arbeit rollen wir das dicke Fell zusammen und schnüren es zu einem gewichtigen Bündel. Ragnar bietet sich an, es zu tragen. Bjarni meint, wir sollten auch die Tatzen mitnehmen und die Hinterschenkel. Geräuchert würden sie besonders gut schmecken. Schade, dass wir die Reste liegen lassen müssen. Wir weihen sie Oðin und seinen Raben. Tatsächlich kreisen schon ein paar Krähen über unseren Köpfen. Der Gestank der Innereien muss sie angelockt haben.

Wir machen uns auf den Heimweg. Da zu dieser Jahreszeit die Sonne immer noch bis spät am Himmel steht, müssen wir nicht fürchten, uns im Dunkeln zu verlieren. Thorkel hat starke Schmerzen. Eirik trägt seinen Sohn so sanft wie möglich auf dem Rücken, und obwohl es sehr anstrengend für ihn ist, lässt er sich von niemandem ablösen. Auch mir schmerzt noch der Rücken, und das Gehen fällt mir schwer. Aber ich beiße die Zähne zusammen.

Dass Rorik vor dem Bären gekniffen hat, muss ihn schrecklich ärgern, denn auf dem Heimweg spricht er kein Wort, wirft nur ab und zu einen bösen Blick in meine Richtung. Aber niemand erwähnt die Sache, schließlich ist er der Anführer. Und ehrlich gesagt, hätte es jedem von uns passieren können. Stattdessen sind sie alle voll des Lobes für mich und nennen mich ihren Bärentöter, bis ich genug davon habe und sage, sie sollen endlich die Klappe halten. Denn ich weiß nur zu gut, dass es mit Mut wenig zu tun hat, dass es Glück war und dass ich mir vorher beinahe in die Hose geschissen hätte.

Aber auch daheim auf der Burg werde ich gefeiert. Sogar Æðelind blickt bewundernd zu mir herüber.

Åsta umarmt mich erleichtert und kündet für den Abend ein großes Festessen an, um die Jagd zu feiern. Thorkels Mutter nähert sich schüchtern, nachdem ihr Mann berichtet hat, und bedankt sich bei mir. Aber gleich darauf werden wir unterbrochen, als Tante Guðrun das getrocknete Blut an meiner zerrissenen Kleidung entdeckt und mich besorgt ins Haus zerrt, um meine Wunden zu versorgen.

Harald, der Bärentöter, denke ich zufrieden. Das hat Klang.

✳ ✳ ✳

Hranes Haar weht im Wind. Er steht im Bug der *Hermóðr*, hält sich am Vorstag fest und starrt nach Westen. In der untergehenden Sonne leuchtet seine Haut mit den tiefen Furchen wie polierte Bronze, und sein weißer Bart bildet einen scharfen Gegensatz dazu. Er mag jetzt über sechzig Jahre alt sein, aber seine Arme sind immer noch so stark wie die eines weit jüngeren Mannes, und seine kräftigen Beine gleichen mühelos die Bewegungen des schwankenden Decks aus.

»Na, wie gefällt dir das Meer?«, ruft er mir zu.

»Besser.«

Er grinst verständnisvoll. Seit ich meine Seekrankheit überwunden habe und wir unter Segel laufen und nicht mehr rudern müssen, habe ich angefangen, die Fahrt zu genießen. Das Wetter ist angenehm, der Wind kräftig genug, um uns gute Fahrt zu geben. Wir haben das Meer für uns. Von feindlichen Schiffen ist nichts zu sehen. Die westnorwegische Küste liegt weit hinter uns. Und doch sind die schneebedeckten Höhen der fernen Berge noch klar zu erkennen.

Die Mannschaft ist nicht in voller Kampfstärke, besteht aber immerhin aus über vierzig Mann, alles erfahrene Seeleute. Ihre runden Schilde haben sie an der Bordwand befestigt, und jeder sitzt auf seiner Seekiste, in der trockene Kleidung, Waffen und Persönliches aufbewahrt werden. Unter Deck ist Platz für Waren und Proviant.

Hrane hat den Befehl über das Schiff, aber der große Ragnar Gormsson ist Steuermann. So unbeholfen er sich im Wald verhalten hat, hier ist er unbestritten Meister. Als wäre das Schiff ein Teil von ihm und er Teil des Schiffes. Mit lauter Stimme gibt er Anweisungen, ob beim Segeln oder ob es darum geht, beim Rudern den Takt zu halten. Sein Zweiter ist ein gewisser Finnolf, ein untersetzter Bursche mit kantigem Gesicht und breiten Schultern. Mit dem wechselt er sich am Steuerruder ab.

Thorkel ist auch mit an Bord, obwohl seine Rippen noch nicht verheilt sind und er die meiste Zeit nur still im Heck sitzen kann. Selbst dann sind die Schiffsbewegungen unangenehm für ihn, auch wenn er sich nichts anmerken lässt. Er wollte mir für seine Rettung vor dem Bären danken, aber ich hatte gleich abgewiegelt, schließlich sind wir Kameraden. Und wie Hrane uns eingebleut hatte: Für einen Kameraden stellt man sich gegen Tod und Teufel. Besonders, wenn man zur gleichen *hirð* gehört, zur gleichen Schiffsmannschaft, so wie jetzt mit diesen Männern an Bord. Denn auf wen soll man sich sonst verlassen? Wer sonst deckt einem den Rücken im Kampf oder wirft einem die rettende Leine zu, wenn man über Bord geht?

Wir sind auf der *Hermóðr* unterwegs, auf Mutters gerade fertiggestelltem Langschiff. Der Name bedeutet so etwas wie Kriegswut. Sie ist ein herrliches Schiff, leicht zu handhaben und vor allem schnell. Kein Wunder bei dem langen, schlanken Rumpf. Trotzdem breit genug, um eine stabile Kampfplattform zu bieten, mit geringem Tiefgang, also gut für seichte Gewässer. Und das Schönste: Den hohen Bugsteven ziert ein geschnitzter und bemalter Bärenkopf mit riesigen weißen Fängen. Was mich sehr stolz macht, denn darauf hatte meine Mutter bestanden, mir zu Ehren.

Vor etwa zehn Tagen hatten wir die *Hermóðr* zum ersten Mal zu Wasser gelassen. Natürlich nicht ohne ein Fest und ein Opfer für Njörðr, dem Gott der Fischer und Seefahrer, und für Rán, der Herrin des Meeres. Das Schiff ist siebzig Fuß lang und sech-

zehn breit, mit achtzehn Riemen auf jeder Seite und einem großen Segel aus dicht gewebter Wolle. Es gibt größere Kampfschiffe, aber dieses ist liebevoll aus bester Eiche gefügt. Die
Planken sind nicht gesägt, sondern wurden entlang der Fasern
gespalten, was sie besonders biegsam und bruchsicher macht.
Sie sind mit eisernen Nägeln untereinander vernietet, um den
Rumpf zu formen, wobei eine Planke die andere überlappt. Danach werden die Spanten als Halt gebendes Gerippe eingesetzt,
und die Ritzen in der Beplankung mit Tierhaar und Kiefernpech kalfatert. Mast und Rahe sind aus härtester Fichte, Leinen
und Taue aus Lindenbast und geflochtener Seehundshaut.

Eine Woche lang haben wir das Schiff im Fjord von Viken
ausprobiert, undichte Stellen zugestopft, die Ausrichtung des
Mastes verbessert, Ruder gerichtet, das laufende Gut über-
prüft, den Trimm durch Umladen der Ballaststeine ausgegli-
chen und bei verschiedenen Winden ausprobiert, wie die *Hermóðr* unter Segel läuft.

Nach den ersten Fahrten im geschützten Fjord, bei denen
ich steuern durfte, hatte Hrane beschlossen, die Seetauglich-
keit des Schiffs auch auf dem Nordmeer unter Probe zu stellen.
Also richteten wir den Bug nach Süden. Als wir aus dem
geschützten Fjord heraus das offene Meer erreicht hatten, war
die See deutlich rauher geworden. Aber das ist ja der Zweck
einer Probefahrt.

Ein Schiff auf offener See, das ist ein völlig neues Erlebnis
für uns Jungs. Die Bewegungen des Rumpfes, das Heulen des
Windes in den Wanten, die sprühende Gischt auf dem Gesicht.
Und über uns ein Schwarm kreischender Möwen, eine Sonne,
die einem die Haut verbrennt, der Geschmack von Salz auf den
Lippen. Auf den stahlgrauen Wogen, die endlos heranrollen,
um sich auf unser schlankes Schiff zu stürzen, reiten weiße
Schaumkronen. Und jedes Mal, wenn ich schon sicher bin,

dass wir geflutet werden, hebt sich der Vordersteven, und wir gleiten über die Welle hinweg.

All das war am Anfang berauschend, machte mich benommen, so dass ich mich an der Bordwand festhalten musste. Und dann war mir so speiübel geworden, dass ich mir fast das Herz aus dem Leib kotzte. Hrane gab mir trockenes Brot zu essen, um den Magen zu beruhigen. Schließlich half die Arbeit an den Riemen, die Übelkeit zu überwinden. Denn zunächst war das Segel nutzlos. Wir mussten gegen eine steife Brise aus Südwest anrudern. Thorkel wurde wegen seiner Verletzung geschont, aber ich musste mich mit den Männern an den Riemen plagen, bis mir die Arme abfielen. Darin war Hrane unerbittlich.

Jedes Mal, wenn der Bug sich gegen eine anrollende Welle stemmte, kam Spritzwasser über die Bordwand. Nicht sehr viel, aber genug, dass wir nass wurden und ab und zu schöpfen mussten. Doch obwohl sich der Rumpf im Seegang wand und bog, blieb die Beplankung dicht. Nirgendwo ein Leck. Hrane war zufrieden.

Alle paar Stunden wechselten wir uns an den Riemen ab. Trotzdem brannten die Schultern mit der Zeit wie Feuer, und ich bekam Blasen an den Händen. Ragnar gab mir Gänsefett zum Einreiben, aber es half nicht viel. Die anderen Kerle schienen Hornhaut an den Händen zu haben und Muskeln aus Stahl, denn sie beklagten sich nicht. Im Gegenteil, sie lachten über uns zwei Landratten.

Nachdem wir so einen Tag und eine Nacht an der Küste entlanggerudert waren, konnten wir schließlich einen westlichen und dann nordwestlichen Kurs einschlagen. Hrane ließ das riesige, bauchige Segel setzen. Wir holten die langen Riemen ein und verschlossen die Öffnungen in der Bordwand mit hölzernen Aufsätzen, damit kein Wasser eintreten kann, wenn sich das Schiff auf die Seite legt. Endlich Schluss mit der elenden Plackerei. Meine Hände waren schon roh und blutig, ich konnte kaum noch die Arme heben.

Und jetzt segeln wir auf die untergehende Sonne zu. Hrane steht im Bug mit einer Hand am Vorstag, und ich hocke zu seinen Füßen. Ragnar gibt ohne Unterlass Anweisungen, um die Segelstellung zu verbessern und das Beste aus der *Hermóðr* herauszuholen. Der Wind, immer noch kräftig aus Südwest, bläst nun querab von Backbord. Wir krachen nicht mehr in die entgegenkommenden Wellen, sondern gleiten schwungvoll darüber hinweg und pflügen mit großer Geschwindigkeit durchs Meer. Über unseren Köpfen breitet sich der Himmel bis zum fernen Horizont aus, an der Bordwand rauscht die See vorbei, und hinter uns bleibt das cremig weiße Kielwasser zurück. Von der Küste mit ihren Fjorden sind nur noch dünne, blassblaue Streifen zu sehen.

Es ist eine Freude, so vom Wind getrieben dahinzusegeln. Stage und Wanten vibrieren, das ganze Schiff ist zu neuem Leben erwacht. Ragnar schreit und johlt vor Vergnügen. »Ist das nicht herrlich?«, brüllt er, während der Wind ihm an Haar und Bart zerrt. »Mann, dafür lohnt es sich, zu sterben. Ich liebe diesen verdammten Kahn. So wie jetzt könnten wir bis Island segeln. Was meint ihr?«

»Warum nicht?«, erwidert einer der Männer lachend. »Ich kenn da eine, die würd ich gern wiedersehen.«

»Ich auch!«, ruft ein anderer.

»Ist wahrscheinlich die Gleiche«, brüllt Ragnar, und alle lachen.

Sogar Hrane grinst. »Nach Island wohl kaum, Leute. Aber mit den Orkneyjar könnte ich mich einverstanden erklären. Auch da soll es ansehnliche Weiber geben.«

Das bringt fröhliches Leuchten in die Augen der Männer, und noch mehr Scherze fliegen übers Deck. Derbe Scherze, die

Tante Guðrun die Schamröte ins Gesicht getrieben hätten. Wir gehen noch mehr auf Westkurs, härter am Wind. Das Schiff legt sich weiter über, und die Gangart wird rauher. Doch das mindert nicht unser Vergnügen. Die Küste ist bald völlig hinter uns verschwunden.

Zu den Robbeninseln also. Einfach so. Ein berauschendes, prickelndes Gefühl von Freiheit erfasst mich. Zu tun, was wir wollen, dorthin zu segeln, wonach uns der Sinn steht. Das weite Meer um uns herum, ein gutes Schiff und eine einge-schworene Mannschaft, getrieben von der Neugierde auf ferne Welten. Das ist so ganz anders als die Enge der Burg an der Begna. Es ist das Abenteuer. Und davon kann ich nicht genug kriegen.

Mir fällt ein, was Ragnwald über seine Heimat erzählt hat. Schafe und grüne Weiden, Regen und Sturm. Aber auch etwas über hübsche Mädchen. Ein kleiner Wonneschauer durchfährt mich, denn auf dieser Reise bin ich nicht länger unter der stren-gen Aufsicht meiner Mutter. Ich fühle mich den Kameraden an Bord ebenbürtig. Schließlich kann ich reiten, mit Waffen umgehen und habe sogar einen Bären getötet. Nur mit einem Weib habe ich noch nicht geschlafen. Wer weiß, was auf den Inseln auf mich wartet?

Bei dem Gedanken kommt mir Æðelind in den Sinn, ihr hübsches Gesicht, ihre weiße Haut. Nicht zum ersten Mal frage ich mich, wie es wohl wäre, sie zu küssen. Oder wie sich ihre Brüste anfühlen würden. In letzter Zeit ist sie freundlicher zu mir geworden, hat meinen Schwestern geholfen, die Bären-haut zuzuschneiden, um daraus einen Umhang für mich zu nähen. Nicht jeder besitzt einen Mantel aus dem Fell eines Bären, den er auch noch selbst erlegt hat. Ich stelle mir vor, zusammen mit Æðelind darunter zu liegen, nackt und doch ganz warm.

Hrane sagt etwas zu mir. Er steht auf der Bugplattform, eine Hand am Steven, und blickt in Fahrtrichtung. Die Sonne nähert sich dem Horizont. Ein friedliches Bild.

»Was hast du gesagt?«, rufe ich zu ihm hinauf.

»Morgen fangen wir an, dir beizubringen, das Schiff auf See zu handhaben. Mit allem, was dazugehört.«

Das gefällt mir und verscheucht sofort die unzüchtigen Gedanken in meinem Kopf. Mit dem Steuerruder in der Hand hat man Macht über das ganze Schiff, es spricht auf jede Regung des Steuermannes an. Besonders bei Seegang ist es, als ritte man einen Wal oder einen gewaltigen Drachen. Und als ob die *Hermóðr* mich gehört hätte, ruckt der Bug plötzlich für einen Moment nach Backbord, genau in einen Wellenkamm hinein, so dass Wasser an die Bordwand klatscht und sich ein Gischtschauer über Hrane ergießt.

Fluchend hält er sich am Steven fest und dreht sich dann wütend zu Ragnar um, der im Heck sitzt. »Halt deinen verdammten Kurs, du Ochse!«

»Tut mir leid, Hrane«, ruft der zurück, aber er lacht, dass seine Zähne im letzten Sonnenlicht blitzen. Auch die anderen Männer grinsen. Ich bin sicher, er hat es mit Absicht getan, um Hrane zu ärgern.

»Den sticht wohl der Hafer«, knurrt Hrane und wischt sich das Wasser aus dem Gesicht. »Übermütiger Bastard!« Er schüttelt die Faust in Ragnars Richtung. »Nochmal, und ich werf dich ins Meer, Ráns Töchtern zum Fraß!«

Aber Ragnar lacht nur umso mehr, und Hrane zuckt es bald ebenfalls um die Mundwinkel. Rán ist die Gebieterin des Meeres, und ihre neun Töchter sind die Wellen, die einen Seemann in die Tiefe ziehen, sollte er das Pech haben, über Bord zu fallen.

Ich blicke zu Hrane auf. »Warum eigentlich zu den Orkneys?«

»Gute Übung für dich. Im Schutz der Fjorde herumschippern, das kann jeder. Erst auf offener See zeigt sich der Mann.«
Er grinst mich herausfordernd an. »Für die Ostsee müssten wir durch den Øresund. Nicht gerade ratsam, denn dort liegen die Dänen auf Lauer. Nach Norden wollen wir auch nicht. Oder möchtest du Sigurd Erlingsson begegnen? An der Küste der Sachsen weiß man auch nicht, auf wen man trifft. Dort wimmelt es inzwischen ebenfalls von Dänen, seit Knut König von Englaland ist. Also bleiben die Orkneys.«

Sigurd Erlingsson. Den hatte ich schon fast vergessen. Ob es ihn immer noch nach Blutrache dürstet? »Aber morgen lässt du mich steuern.«

»Versprochen!« Hrane steigt von der kleinen Plattform am Bug herab und setzt sich neben mich, mit dem Rücken an die Bordwand gelehnt. »Wir haben Glück mit dem Wetter. Ich hoffe, es hält.«

Die Seefahrt gefällt mir. Auch die Kameradschaft an Bord. »Nur gut, dass Rorik nicht an Bord ist.«

Keine Ahnung, wieso ich ausgerechnet auf Rorik gekommen bin. Vielleicht, weil ich wegen den Orkneys an Ragnwald denken musste. Und dann, dass der mir als Mannschaftskamerad zehnmal lieber als Rorik wäre. Ich hoffe, Ragnwald bald wiederzusehen. Und Olaf.

»Ich weiß, du kannst Rorik nicht ausstehen«, erwidert Hrane. Und als ich nichts dazu sage, fügt er hinzu: »Warum eigentlich nicht?«

Ich zucke mit den Schultern. »Er benimmt sich, als ob ihm die ganze Burg gehört. Das steht ihm nicht zu.«

Mit seinen tiefgründigen, grauen Augen sieht Hrane mich an. Ein Lächeln liegt auf seinen Lippen. Bei ihm hat man immer das Gefühl, als ob er weiß, was in einem vorgeht.

»Ich denke, das hat noch einen anderen Grund.«

»Was für einen Grund soll es denn haben?«

»Du bist eifersüchtig.«

»Ich? Was für'n Quatsch!«

»Weil er …« Hrane sucht nach Worten. »Weil Rorik die Gunst deiner Mutter hat. Du weißt schon, was ich meine.«

Die Gunst meiner Mutter. Er hat es ziemlich vorsichtig ausgedrückt. Ich glaube, ich bin rot geworden, und kann nur hoffen, dass Hrane es in der einsetzenden Dämmerung nicht mitbekommt. »Ach was. Das geht mich nichts an. Mutter ist Königin von Hringaríke und kann tun und lassen, was sie will.«

»Aber es ärgert dich.«

Ganz recht. Es ärgert mich. Das lässt sich nicht bestreiten. »Was muss sie sich auch mit einem *húskarl* abgeben?«, erwidere ich plötzlich wütend. »Das ist doch unter ihrer Würde. Und außerdem …«

»Er ist nicht irgendein *húskarl,* sondern ihr Anführer.«

»Trotzdem.«

»Denkst du, sie verrät das Andenken deines Vaters? Ist es das?«

Ich denke nach. »Ja. So was Ähnliches.«

»Aber dein Vater ist seit langem tot. Findest du, eine Frau muss ihrem verstorbenen Ehemann für immer treu bleiben? Darf nie mehr einen anderen Mann lieben?«

»Ich weiß nicht«, erwidere ich verunsichert. »Keinen *húskarl* jedenfalls.«

Hrane lächelt. »Ich glaube, ganz gleich, wer es wäre, du hättest was dagegen.«

Wahrscheinlich ist das so. Ich fühle mich ertappt.

»Das Leben geht schneller vorbei, als man denkt«, fährt er nach einer Weile fort. »Sieh mich an, gestern noch ein Jüngling und heute schon ein alter Mann.«

»Was willst du damit sagen?«

»Deine Mutter ist eine schöne Frau. Die ganzen Jahre war sie allein. Lass sie noch ein wenig von ihrem Leben haben. Jeder Mensch braucht Zuneigung und Liebe.«

Ich ziehe ärgerlich die Brauen zusammen. »Denkst du etwa, sie liebt den Kerl?«

»Das kann ich dir nicht sagen, Harald, aber sie wirkt zufriedener, seit er bei uns ist. Er scheint ihr gutzutun. Wenn dir etwas an deiner Mutter liegt, solltest du ihr nicht zürnen. Auch nicht Rorik.«

»Mmh!«

So hatte ich das noch gar nicht betrachtet. Vielleicht liebt sie den Bastard wirklich. Das Gespräch ist mir unangenehm. Aber ich mag Hrane und habe Vertrauen zu ihm. Er ist wie ein Vater für mich. Schon immer gewesen. Wir schweigen eine Weile, in Gedanken versunken. Mutter ist Mutter. Dass sie eine Frau sein könnte, die sich nach einem Mann verzehrt, das ist irgendwie ein abartiger Gedanke und will mir nicht recht in den Schädel.

»Weißt du«, nimmt Hrane den Faden wieder auf, »ich kenne deine Mutter, seit sie ein Kind war. Sie hat es damals nicht leicht gehabt mit diesem Harald Grenske. Du weißt schon, ihrem ersten Mann. Ihr Vater hatte mich ihr zum Schutz mitgegeben, als sie ihn geheiratet hat.«

»Warum zum Schutz?«

»Weil dieser Grenske ein ziemlich wilder Kerl war. Aber deine Mutter war ganz verrückt nach ihm, wollte ihn unbedingt heiraten. Die Familie hatte Bedenken. Und sie haben ja auch recht behalten.«

»Wieso?«

»Hast du schon mal von Sigríð Stórrádr gehört, Sigríð die Hochmütige?«

Ich schüttele den Kopf. »Wer soll das sein?«

»Sie ist längst verstorben, denke ich, aber sie war die Tochter von Skoglar Toste, einem berühmten *vikingr* aus West-Gothland im Reich der Schweden. Als Harald Grenske elf Jahre alt war, musste er wegen einer Fehde aus der Heimat fliehen. Man hatte gerade seinen Vater erschlagen. Bei diesem Skoglar fand er Unterschlupf und wuchs mit der jungen Sigríð heran, ein bildschönes Mädchen. Aber wild und unbezähmbar. Ganz wie ihr Vater.«

»Was hat das mit meiner Mutter zu tun?«

»Wart's ab. Ich erzähl's dir doch gerade.« Er räuspert sich. »Nun, nach einigen Jahren bei diesem Skoglar konnte Grenske heimkehren und sein Erbe als König von Vestfold antreten. Diese Sigríð aber wurde mit Eirik dem Siegreichen verehelicht, der damals König über das Schwedenreich war. Er ist König Anunds und Astrids Großvater übrigens. Grenske heiratete dann später deine Mutter. Ich denke, ihre reiche Mitgift hatte auch etwas damit zu tun. Die beiden waren kaum verheiratet, da stirbt der alte Eirik, und Sigríð ist plötzlich Witwe. Und was macht unser guter Grenske? Er hat nichts Eiligeres zu tun, als sie zu besuchen, obwohl er ein junges Eheweib zu Hause hat.«

Betroffen starre ich ihn an. »War er in diese Sigríð verliebt?«

Hrane nickt. »Und wie! Zwei Wochen lang hat sie ihren Spaß mit ihm gehabt. Hat ihm jeden Tag die köstlichsten Speisen gereicht. Den besten Wein mit ihm getrunken. Die reinsten Festgelage. Und ich sag's nicht gern, aber die Nächte hat sie auch mit ihm verbracht.«

»Woher willst du das wissen?«

»Weil ich da war. Ich gehörte zu Grenskes Gefolge. Ich sage dir, man hörte sie lachen in ihrer Kammer, und noch so einiges.«

Ich bin so erzogen, dass die Ehe etwas Heiliges ist. Man treibt sich nicht mit anderen Frauen herum. Olaf ist natürlich eine Ausnahme. Und selbst bei ihm gehört es sich eigentlich nicht. Trotzdem. Sigurd und Åsta waren sich immer treu gewesen.

»Bist du sicher?«

»Natürlich bin ich mir sicher. Ich sag dir, die Frau war nicht nur schön wie die Nacht und schlau wie eine Katze, sondern auch eine wahre *seiðkona*. Die verstand es, Männer so zu verzaubern, dass sie den Verstand verloren. Da war keiner, der ihr nicht aus der Hand fraß, mich eingeschlossen. Und Grenske war wie Wachs in ihren Fingern.«

»Mutter hat nie darüber gesprochen.«

»Natürlich nicht. Du musst dir vorstellen, sie ist inzwischen hochschwanger, da kommt ihr Mann, den sie vergöttert, heim und eröffnet ihr, dass er diese Hexe heiraten will. Sie weint und fleht, aber nichts bringt ihn davon ab. Im Gegenteil, er will deine Mutter auf der Stelle zu ihren Eltern zurückschicken. Und mich beauftragt er, sich darum zu kümmern, damit sie fort ist, sobald er mit seiner neuen Braut heimkehrt.«

»Das ist doch unglaublich«, rufe ich entrüstet. »Was für ein Bastard!« Und was für eine Erniedrigung für meine arme Mutter.

»Das kannst du laut sagen. Jedenfalls zieht er wieder los, um diese Sigríð zu holen. Nur diesmal will sie nichts mehr von ihm wissen, stell dir vor. Er ist ihr lästig geworden. Sie hat ihn verführt, und das genügte ihr. Eine Heirat hat sie niemals im Sinn gehabt. Warum auch? Schließlich war sie Königswitwe und hatte Geld und Land genug. Es half nicht, dass er ihr schöne Worte und kostbare Geschenke machte. Sie stritten sich fürchterlich, so heißt es. Und nun durfte er auch nicht mehr bei ihr schlafen, sondern wurde in einem anderen Haus untergebracht. Zusammen mit einem anderen Werber, der sie ebenfalls zum

Weib nehmen wollte, einem reichen Rus. Ich war diesmal nicht dabei, aber Beteiligte haben mir alles genau berichtet. Harald Grenske wollte sich nicht abweisen lassen, bestand darauf, sie nach Vestfold zu holen. Angeblich bedrängte er sie jeden Tag. Auch dieser Rus. Es wurde zu einer Art Wettstreit zwischen den beiden Kerlen, wer sie heimführen durfte. Und vorher hatte es auch schon andere gegeben, die ihr nachgestellt hatten. Vielleicht war es der Fluch ihres *seiðr*, der die Männer an ihren Hof trieb, oder die Gier nach ihrem Reichtum. Jedenfalls hatte sie genug von alldem. Ich weiß nicht, ob sie an jenem Abend betrunken war oder wie das Mörderweib sonst darauf gekommen ist, aber in der Nacht hat sie das Haus, in dem Grenske und der Rus friedlich schliefen, von außen verschließen und in Brand stecken lassen. Bald stand es lichterloh in Flammen. In diesem Feuer sind beide Männer umgekommen. Es heißt, sie habe dabei zugeschaut und gelacht.«

Ich bin entsetzt. »Wie kann jemand so was tun? Das ist doch ungeheuerlich!«

»Jetzt weißt du, warum man sie die Hochmütige nennt«, sagt Hrane. »Eigentlich eine milde Bezeichnung für dieses Hexenweib. Und das ist auch noch nicht das Ende.«

»Was denn noch?«

»Zwei Jahre später fällt es König Tryggvason ein, seinerseits um ihre Hand anzuhalten.« Tryggvason war Olafs Vorgänger und der Mann, der meine Eltern zur Taufe gezwungen hatte.

»Und?«, frage ich. »Hat sie den auch verbrannt?«

»Nein. Im Gegenteil. Den Tryggvason schien sie sehr gemocht zu haben. War ja auch ein ausgesprochen stattlicher Kerl. Den hätte sie gern geehelicht. Aber er bestand darauf, sie müsse vorher Christin werden. Du weißt, Tryggvason war genauso verrückt nach diesem Christentum wie dein Bruder Olaf. Aber das gefiel der Sigríð nicht, und darüber gab es einen heftigen Streit, bei dem er ihr am Ende den Handschuh ins Gesicht schlug und seinen Antrag wieder zurückzog. Darüber muss sie ziemlich giftig geworden sein, hat ihn verflucht, ihm den Tod gewünscht und versprochen, eines Tages würde sie sich rächen.«

»Und? Hat sie?«

Hrane nickt. »Und wie! Sie hat nämlich bald darauf Svein Gabelbart geheiratet, den Dänenkönig, Knuts Vater. Den hat sie dann überredet, zusammen mit den Schweden Krieg gegen Tryggvason zu führen. Es kam zu einer großen Seeschlacht an der baltischen Küste, bei der Tryggvason ertrunken ist. Und so ist Norwegen unter dänische Herrschaft geraten. Das heißt, bis dein Bruder kam.«

Eine unglaubliche Geschichte. Und sie erklärt so einiges, was Mutter betrifft. »Und warum erzählst du mir das alles?«

»Weil Åsta sich darüber totschweigt. Die Erinnerung ist wohl zu schmerzhaft, denn sie hat ihrem Grenske trotz allem noch jahrelang nachgeweint. Dein Vater war ein guter Mann, aber geliebt hat sie ihn nicht. Trotzdem war sie ihm eine gute Frau, hat ihre Pflichten erfüllt und sechs Kinder großgezogen. Ich erzähle dir das, weil du jetzt alt genug bist. Es wird Zeit, dass du verstehst, wie alles zusammenhängt und was diese Sigríð angerichtet hat, denn bis heute hat es Auswirkungen auf das ganze Land, auf Olaf und sogar auf dich. Olaf wäre nicht bei den Rus, wenn es anders wäre.«

Diese Sigríð muss ein ziemliches Miststück gewesen sein. Ihr Verhalten erklärt Knuts Ansprüche auf unser Land, aber ob das wirklich eine Erklärung für Olafs Verlust der Krone ist, bezweifele ich. Bestimmt nicht wegen einer Frau, die vor dreißig Jahren Könige verhext hat. Und was, bei Oðin, hat das mit mir zu tun? Trotzdem, für meine Mutter muss Grenskes Untreue und Tod ein schwerer Schlag gewesen sein.

»Das wusste ich alles nicht. Tut mir leid für Mutter.«

»Dann verstehst du vielleicht, Harald, warum du etwas mehr Verständnis für sie haben und ihr das bisschen Glück gönnen solltest, das sie sich in letzter Zeit genommen hat. Auch wenn es nur von kurzer Dauer ist.«

»Warum von kurzer Dauer?«

»Irgendwann geht alles zu Ende. Åsta ist schließlich nicht mehr die Jüngste. Genau wie mir eines Tages Schild und Schwert zu schwer sein werden und mir nichts anderes übrigbleibt, als meinen nutzlosen Arsch am Feuer zu wärmen.« Sein Lächeln sagt, der Gedanke daran betrübt ihn nicht.

Ich lege ihm den Arm um die Schultern. »Ich hoffe aber, wir haben noch lange was von deinem nutzlosen Arsch.«

Der zornige Engel

Für einige Stunden senkt sich die Dunkelheit über das Schiff, und wir segeln durch die kurze Sommernacht des Nordens. Der Himmel bleibt klar, so dass Ragnar und Finnolf nach den Sternen steuern können, etwas, das mir wie Magie vorkommt, bis Ragnar mir die wichtigsten Sterne zeigt, die ihn den Weg finden lassen. Ich bemühe mich, sie mir einzuprägen, besonders den Nordstern, der immer an der gleichen Stelle steht wie das Leuchtfeuer auf einer felsigen Landzunge.

Thorkel und ich rollen uns an Deck in warme Wolldecken und versuchen, ein wenig zu schlafen. Obwohl eigentlich alles viel zu aufregend ist, um die Zeit mit Schlafen zu vertrödeln. Das Schiff bewegt sich im immer gleichen Rhythmus, begleitet vom Ächzen der Wanten und des Mastes, vom Rauschen des Meeres, das am Rumpf vorübergleitet, vom Gesang des Windes in der Takelung. Vom Mond keine Spur. Abgesehen vom Blinzeln der Sterne, ist die Nacht daher für kurze Zeit so schwarz, dass man kaum den Horizont erkennen kann. Was, wenn wir in der Dunkelheit plötzlich auf eine Sandbank oder einen Felsen laufen? Oder auf einen Wal treffen? Würden wir alle ertrinken? Doch nichts dergleichen geschieht.

»Hätte nicht gedacht, dass wir wirklich mal zu den Orkneys fahren«, murmelt Thorkel schläfrig. »Weißt du noch, was Ragnwald erzählt hat?«

»Ja. Hrane sagt, wir besuchen Brusi, Ragnwalds Vater. Sie kennen sich gut von früher. Hrane hat ihm im Kampf gegen seinen Bruder Einar geholfen, der ihm das Erbe streitig machen wollte. Inzwischen ist Brusi alleiniger Herrscher der Inseln.«

Thorkel dreht sich mühsam auf die Seite. Seine Rippen schmerzen immer noch. Ich kann nicht einschlafen und erinnere mich an Hranes Worte. Mutters Bild erscheint mir im Geist. Schlank, aufrecht, selbstbewusst und immer beherrscht. Selbst, als Olaf sie angeschrien hatte, war sie einfach gegangen, ohne die Fassung zu verlieren. Sie ist die Herrin. Niemand macht ihr das streitig. Dass sie liebesbedürftig sein könnte, darauf wäre ich überhaupt nicht gekommen. Sie hat doch uns. Und Tante Guðrun.

Doch dann wird mir klar, dass es einen immer zum anderen Geschlecht zieht, ob wir wollen oder nicht. Quatschen Thorkel und ich in letzter Zeit nicht dauernd über Mädchen? Wir haben keine Ahnung von Frauen und sind ziemlich neugierig. Gleichzeitig tun wir großspurig, meinen, alles schon zu wissen. Nicht selten machen wir uns im Stillen lustig über die Mägde daheim, vergleichen ihr Aussehen, welche von ihnen große Brüste hat oder einen dicken Hintern. Dabei wünschen wir uns nichts mehr, als dass uns eines dieser Wesen erhört und uns zeigt, was es mit der Liebe auf sich hat. Um die Wahrheit zu sagen, wir können es kaum abwarten. Dass es alten Leuten wie meiner Mutter ähnlich gehen könnte, kommt uns gar nicht in den Sinn.

Deshalb denke ich, Hrane hat vielleicht recht, was Mutter und Rorik angeht und meine Abneigung gegenüber dem Mann. Er tut seinen Dienst, wie es erwartet wird, seine Männer achten ihn, und man kann nicht sagen, dass es ihm in irgendeiner Weise an Respekt gegenüber Mutter mangelt. Trotzdem, für mich hat er etwas an sich, das mir nicht gefällt, ohne dass ich es hätte beschreiben können. Als ob ihm nicht wirklich zu trauen ist. Aber ich kann mich auch irren. Und wenn meiner Mutter so viel an ihm liegt, wer bin ich, es ihr zu verwehren?

Kaum sind wir eingeschlafen, da dämmert es auch schon. Finnolf stößt mir den Fuß in die Rippen. »Spuck dir in die Hände, Junge. Der Wind ist eingeschlafen. Es heißt wieder rudern.«

Zum Glück dauert die Flaute nicht lang, und wir können bald wieder die Riemen einholen und verstauen. Den ganzen Tag und noch eine Nacht segeln wir mit gutem Wind, und ich bin es, der das Schiff die meiste Zeit auf Kurs halten darf. Ragnar erklärt Thorkel und mir jede Leine an Bord und wie das Segel gehandhabt wird, wie man es refft und wie man sich im Sturm verhält, wie man die Wellen anschneidet, damit sie nicht das Boot vollschlagen. Für den Kurs halten wir uns an den Wind und an den Stand der Sonne, werfen am Bug Holzstückchen ins Wasser, um die Geschwindigkeit zu schätzen. Natürlich ist das alles nicht genau, aber die Inselgruppe ist groß genug, dass wir sie nicht verfehlen werden.

Und tatsächlich, nach einer weiteren kurzen Nacht tauchen südlich von uns die undeutlichen Umrisse flacher Inseln aus dem Morgendunst auf. Wir sind zu weit nach Norden geraten und ändern entsprechend den Kurs. Hrane, der sich auskennt, hilft Ragnar, den Sund zwischen den Inseln zu finden, der zu Brusis Halle führt. Kirkjuvagr heißt der Ort, also Kirchenbucht, weil Olaf Tryggvason bei seinem Besuch dort eine kleine Kirche hat errichten lassen. Brusis Vater hatte er damals angedroht, ihm auf der Stelle den Kopf abschneiden zu lassen, wenn er sich nicht sofort taufen ließe. So wie er auch meine Eltern gezwungen hat. Ich frage Hrane, ob die Leute hier nun wirklich Christen seien. Natürlich, ist seine verschmitzte Antwort, genauso gute Christen wie die Bauern daheim in Hringaríke.

Kirkjuvagr ist ein kleines Fischerdorf. Alles versammelt sich, als wir halbwegs zwischen Ebbe und Flut in die Bucht einlaufen, unser Schiff neben anderen Booten auf den Strand auflaufen lassen und am Ufer einen Anker eingraben. Es dauert nicht lange, da tauchen Brusis *húskarlar* auf, um sich zu erkundigen, wer wir sind. Sie führen uns zur Halle des Jarls, die etwas abseits, von einer Palisade geschützt, auf einer sanften Bodenerhebung liegt.

Brusi selbst tritt vor die Tür, um seinen alten Freund zu umarmen. Er ist jünger als Hrane, doch ebenfalls ergraut. Er hat den gleichen breiten Schädel wie Ragnwald und das gleiche großzügige Lachen, aber ist in allem doch ein stattlicherer Mann als sein Sohn. Auch mich begrüßt er mit großer Freundlichkeit als den Bruder seines Königs, für den er Olaf immer noch hält. Sollen die verfluchten Dänen sich doch nach *helheim* verpissen, sagt er und lacht. Brusi hat eine gewinnende Art, genau wie sein Sohn. Ich kann mir gut vorstellen, dass er, wie Hrane gesagt hat, bei den Bewohnern der Inseln beliebt ist, im Gegensatz zu dem verstorbenen Bruder Einar, der ein grausamer Unterdrücker gewesen sein soll.

Kaum haben wir uns in seiner Halle niedergelassen, da bekommen wir als Willkommensgruß einen guten Trunk und etwas Brot und geräucherten Fisch. Er wisse doch, wie ausgehungert man ist, wenn man von See kommt, sagt Brusi und trinkt uns zu. Später dann werden ausgezeichnete Speisen aufgetragen: Fischsuppe, Bohnen mit Huhn, am Spieß gebratene Hammel, dazu Bier in Mengen und sogar Wein. Angeblich von einem Raubzug im Frankenland. Zum Mahl geladen sind neben Hrane auch unsere Steuerleute, Thorkel und ich sowie noch ein paar unserer angesehensten Krieger. Ebenso Männer von der Insel, Adelige oder Landbesitzer der Gegend.

Natürlich will Brusi aus erster Hand erfahren, wie es Olaf seit seiner Flucht ergangen ist und ob wir Kunde von Ragnwald, seinem Sohn, haben. Dass sie bei den Rus sind, weiß er schon. Das hatte sich bis hierher herumgesprochen, denn zwischen den Inseln und dem Festland herrscht reger Schiffsverkehr. Er vermisse ihn sehr, seinen Sohn, sagt Brusi, besonders jetzt, da er sich langsam alt fühle und sich um die Nachfolge Sorgen machen müsse.

Aber er sei doch noch gar nicht alt, säuselt ihm eine junge Frau zu, die sich zu uns gesellt hat. Sie setzt sich auf seinen Schoß und spielt mit seinem Bart. Was ihm sehr zu gefallen scheint, denn er küsst sie vor allen Leuten ganz ungehemmt, legt einen Arm um ihre schmale Taille und streichelt mit der anderen Hand ihre runde Brust. Er stellt sie uns als sein Weib Muirenn vor und blickt dabei zufrieden lachend in die Runde, als wollte er sein Glück mit allen teilen. Kein Wunder, dass er stolz auf sie ist, denn diese Frau ist außergewöhnlich schön. Sie hat weiße, makellose Haut, lange, feuerrote Haare und einen Leib, für den jeder Kerl getötet hätte.

»Das kann doch nicht Ragnwalds Mutter sein«, flüstere ich Hrane bei erster Gelegenheit zu.

Er grinst. »Ist sie auch nicht. Ragnwalds Mutter ist schon lange tot. Und diese Muirenn ist auch nicht sein Eheweib. Er hat sie vor ein paar Jahren in Irland erbeutet oder als Geisel genommen, so genau weiß ich es nicht. Du hast gehört, Brusi macht sich Sorgen um die Nachfolge. Dieses Recht gebührt natürlich Ragnwald, seinem einzigen Sohn. Aber was ist, wenn der nicht wiederkommt? Ich glaube, diese Irin setzt alles daran, ihm einen Erben zu schenken, so wie die sich ins Zeug legt.«

»Ragnwald sollte lieber schnell heimkehren«, flüstert Ragnar. »Dieses irische Teufelsweib bringt ihn sonst noch um sein Erbe.«

»Mich bringt sie um den Verstand«, stöhnt Finnolf. »Allein beim Hinschauen. Die könnte mit mir machen, was sie wollte, ich wäre ihr willenlos ausgeliefert.«

»Keine Sorge«, sagt Hrane, »so ganz, wie sie möchte, scheint es noch nicht geklappt zu haben. Schwanger sieht sie jedenfalls noch nicht aus. Und so willenlos ist mein Freund Brusi auch nicht. Hinter seiner freundlichen Art verbirgt sich ein recht gewiefter Bursche. Wie, denkt ihr, hat er seine Brüder ausgetrickst?«

Verglichen mit Hringaríke, ist in Brusis Halle alles anders. Hier fehlt ganz offensichtlich die strenge Hand einer Herrin wie meine Mutter. Von den Schnitzereien ist die Farbe abgeblättert, besonders aufgeräumt ist es auch nicht. Der Boden hätte frisches Stroh vertragen können. Trotzdem ist die Stimmung ausgezeichnet. Schon allein der Ton ist unbefangen fröhlich, niemand achtet auf Tischsitten. Brusi lacht gern und laut. Und seine Getreuen ebenfalls. Sie lieben es, Geschichten von ihren Fahrten und Raubzügen zu erzählen. Sie prahlen von den Sklavinnen, die sie erbeutet haben, und vergleichen deren Vorzüge. Dabei wird viel getrunken, gesungen und gelacht. Brusi hat auch einen Skalden, der Balladen vorträgt und von den Reisen und Heldentaten seines Herrn zu singen weiß.

Die schöne Muirenn ist nicht die einzige hübsche Sklavin im Haus, wenn auch bisher die erfolgreichste. Brusi scheint einen ganzen Stall von Mädchen zu haben, die alle miteinander um seine Gunst buhlen. Und er geht recht freigebig damit um, wie ich in den Tagen unseres Aufenthaltes feststellen kann, denn auch die Weiber in seiner Halle scherzen und lachen ganz unbekümmert mit den Männern, setzen sich bei manchen auf den Schoß und lassen sich ungeniert begrabschen.

Thorkel staunt, als eine bleiche Blonde mit grünen Augen und einem unübersehbaren Busen nicht nur mein Trinkhorn füllt, sondern sich zu mir setzt und nach meinem Leben in Hringaríke fragt. Vielleicht hat sie mich gewählt statt Thorkel, weil ich dank meiner Größe älter wirke. Oder doch eher, weil

Hrane mich als Bruder des Königs vorgestellt hat. Das muss sie beeindruckt haben. Sie hängt mit großen Augen an meinen Lippen und legt sogar die Hand auf mein Knie. Das heißt, bis Hrane sich zu uns setzt und sie mit strenger Miene auffordert, uns noch etwas zu essen zu holen.

Zwei ganze Wochen verbringen wir in Kirkjuvagr auf den Orkneyjar. Es sind seltsame Tage zwischen ausgelassenen, nächtlichen Gelagen, die immer freizügiger werden, und morgendlichen Kopfschmerzen. Brusis Halle ist am Abend eine spärlich erleuchtete Höhle, verzaubert von leichtbekleideten Weibern, die auf nackten Füßen ihre Runde gehen und die Männer bedienen. Später in der Nacht, wenn Hrane uns Jungs, sehr zu unserem Ärger, in die Schlafunterkünfte verbannt hat, hört man aus der Halle noch bis spät in die Nacht die Stimmen der Zechenden. Und wenn man genau hinhört, auch noch anderes, was uns verdächtig vorkommt und mächtig die Phantasie anregt. Allerdings muss man sagen, dass sich keiner der Männer in der Öffentlichkeit danebenbenimmt. Das lässt Brusi nicht zu. Einen, der das nicht verstehen will, werfen die *húskarlar* kurzerhand vor die Tür und raten ihm, nicht wiederzukommen. Zum Glück ist es keiner der Unseren.

Tagsüber, während die meisten noch schlafen, reiten Thorkel und ich über die Insel. Im Grunde gibt es nichts Besonderes zu sehen. Wie Ragnwald gesagt hatte, Schafe und grüne Wiesen, Bauernkaten und Äcker, im Hintergrund einige bewaldete Hügel. Unzählige Buchten und Strände, vor allem viel Wasser. Und dahinter noch mehr Inseln. Einmal veranstaltete Brusi zu Ehren Hranes eine Jagd, obwohl es nicht viel Wild auf den Orkneys gibt. Ein paar Rebhühner und einen Hasen, mehr wurde nicht erbeutet.

Wir hatten auch Waren mitgebracht. Fisch gibt es hier mehr als genug, deshalb hatten wir Fässer mit gepökeltem Schweinefleisch an Bord, feine Tuche, Messer mit Griffen aus geschnitzten Walrosszähnen, Kupferkessel, Rohstahl und Feuersteine. Nicht zu vergessen Kämme aus Hirschgeweih und Bernsteinschmuck, der bei den Weibern begehrt ist. All dies tauscht Hrane gegen gegerbtes Seehundsleder ein, hauptsächlich aber gegen Schafwolle von erster Güte, aus der die Frauen zu Hause die feinsten Garne spinnen würden.

Eines Abends, als ich die Halle verlasse, Thorkel ist schon vorausgegangen, zieht mich die vollbusige Blonde in eine dunkle Ecke hinter dem Haus, schmiegt sich an mich und presst ihre Lippen auf meinen Mund. Ihr aufregend weicher Leib fühlt sich so verdammt gut an, dass mir fast die Sinne schwinden. Auch ihre Hände sind nicht untätig und beschäftigen sich auf so erregende Weise unter meinem *kyrtill,* dass ich an diesem Abend drauf und dran bin, meine Unschuld an dieses anschmiegsame Geschöpf zu verlieren. Das heißt, wenn nicht Hrane es im letzten Augenblick verhindert hätte.

»Tut mir leid, Harald«, sagt er, als er mich von der blonden Dirne wegzerrt, »sosehr ich es dir gönne, aber ich musste deiner Mutter versprechen, auf dich aufzupassen. Also geh schlafen oder lass dir von Finnolf erklären, wie man einen Schiffskurs bestimmt oder so was Ähnliches. Das hier ist noch nichts für dich.«

Ich weiß nicht, ob Brusi das Mädchen auf mich angesetzt hat. Zuzutrauen wäre es ihm, denn ich halte ihn für ein Schlitzohr. Mal sehen, ob Åsta Gudbrandsdóttirs Sohn sich nicht verführen lässt, wird er sich gesagt haben. Und, verdammt nochmal, das hätte er, wenn Hrane nicht gewesen wäre. Für den Rest unseres Aufenthalts bin ich schlecht auf ihn zu sprechen und jedes Mal mehr als frustriert, wenn die Blonde mit einem spöttischen Blick an mir vorüberstreicht. Das kleine Zwischenspiel mit ihr hat mich noch heißer gemacht. Es wird wirklich Zeit, dass ich herausfinde, wie das ist, bei einem Weib zu liegen. Aber Hrane lässt mich nicht aus den Augen.

Während der zweiten Hälfte unseres Aufenthalts verschlechtert sich das Wetter, und einer dieser berüchtigten Orkneystürme fegt über die Inseln hinweg. Der Wind rüttelt an den Dächern, und es gießt wie aus Kübeln, so dass die Dorfgassen im Schlamm versinken. Nicht, dass dies unserer guten Laune oder der abendlichen Unterhaltung geschadet hätte. Man rückt einfach näher ans wärmende Torffeuer, das in der Mitte der Halle prasselt, und preist den Umstand, dass man ein festes Dach über dem Kopf hat und genug gutes Bier, um den Sturm zu überstehen.

Doch als der Wind nach Westen dreht und es aufklart, findet Hrane, dass wir Brusis Gastfreundschaft lang genug beansprucht haben und dass das Wetter geradezu eine Einladung ist, mit diesem kräftigen Rückenwind heimwärts zu segeln.

Beim Abschied schließt Brusi auch mich in die Arme. »Du bist ein Freund meines Sohnes, das spüre ich. Deshalb bist du mir immer willkommen. Wer weiß, ob es deinem Bruder Olaf jemals gelingt, seine Krone zurückzuerobern. Ich habe da meine Zweifel. Aber ich wünsche es dir und deiner Familie. Grüß mir deine Mutter.«

Die Heimreise ist leider weniger angenehm, als Hrane es geplant hatte. Zwar segeln wir mit Rückenwind, doch das Wetter verschlechtert sich rasch. Statt aus Nordwest bläst es bald aus West, dann Südwest, und nimmt an Stärke zu. Es wird diesig und trüb. Immer wieder fallen heulende Sturmböen über das Schiff her. Obwohl wir schon vor der Abfahrt ein Reff eingelegt hatten, biegt sich der Mast, und die Backstage drohen zu reißen. Trotzdem wagen wir nicht, das Segel ganz einzuholen. Wir hätten dazu in den Wind drehen müssen, und wer weiß, ob wir es überhaupt hätten bändigen können. So bleibt uns nichts, als zu hoffen, dass Mast und Stage halten.

Schlimm ist auch der Regen, der in Schwaden vom Himmel stürzt und die Sicht noch mehr behindert. Der Sturm treibt wahre Wassermassen vor sich her, die schmerzhaft auf unterkühlte Haut peitschen, uns den Atem nehmen. Wir ahnen nur noch, wo Norden und Süden ist, können uns nur darauf verlassen, den Wind irgendwie achtern zu halten. Auch das ist nicht einfach, denn in der aufgewühlten See schlingert die *Hermóðr* von einer Seite zur anderen, so dass am Steuerruder immer zwei Mann nötig sind, damit sie nicht querschlägt und kentert. Für diese knochenharte Arbeit wechseln Ragnar und ich uns mit Hrane und Finnolf ab. Hrane überlegt, ob wir umkehren sollen, doch gegen den Sturm kommen wir nicht an.

Dann stellen wir mit Schrecken fest, dass die *Hermóðr* buglastig ist. Bei gutem Wetter ist uns das nicht aufgefallen. Vielleicht haben wir auf den Orkneys auch die Ladung schlecht verstaut, aber jedes Mal, wenn uns eine besonders heftige Sturmbö erfasst, bohrt sich der Bug tiefer in die grüne See, als gut ist, so dass sich ganze Brecher über Deck ergießen und wir ständig schöpfen müssen. Es würde genügen, Ladung oder Ballaststeine zu verlagern, aber dazu müssten wir unter Deck kriechen, was bei den wilden Bewegungen der *Hermóðr* unmöglich ist. Also kauert die Mannschaft, pitschnass und frierend, so weit wie möglich im achteren Teil des Schiffs, um das Gewicht auszugleichen.

So vergehen Stunden um Stunden. Haare und Kleider triefen vor Nässe, die Gesichter sind bleich wie Fischleiber, Lippen blau gefroren, Hände steif, manche wund gerieben. Einer wäre beinahe über Bord gegangen, wenn ihn ein Kamerad nicht noch am Gürtel gepackt hätte. An Schlafen ist nicht zu denken, und mehr als ein bisschen aufgeweichten Käse oder

Speck können wir nicht hinunterschlingen. Dafür sind wir viel zu beschäftigt, die Wellen auszugleichen, das Schiff auf Kurs zu halten, Seewasser aus dem Boot zu schöpfen und Leinen zu verstärken, wo sie Gefahr laufen, durchzuscheuern. Überhaupt alles Nötige zu tun, um in der tosenden Flut zu überleben.

Einmal knurrt Ragnar mich an: »Ich weiß, dass du dir vor Angst in die Hosen scheißt. Aber du darfst es nicht zeigen.« Er schlägt mir hart auf den Rücken, damit ich mich gerade halte. »Niemals vor den Männern, hast du gehört?«

Ich nicke beklommen, versuche, eine zuversichtliche Miene aufzusetzen, und packe das Ruder fester. In diesem Moment kracht eine schwere See gegen den Bug und flutet das Vordeck. Das Schiff schlingert gefährlich, und ich habe alle Mühe, mich auf den Beinen zu halten und den Griff am Ruder nicht zu verlieren.

»Wollt ihr wohl schöpfen, ihr faulen Hunde!«, brüllt Ragnar gegen den Sturm an. »Schöpft, bis ihr umfallt! Wer nicht schöpft, den schmeiß ich eigenhändig über Bord.« Dann hilft er mir, das Schiff wieder auf Kurs zu bringen.

In unserer Not rufen wir Rán an, die Herrin der Meere, flehen sie an, uns zu verschonen und die Wellen, ihre wilden Töchter, zu beruhigen und uns heil nach Hause zu bringen. Schließlich scheint sie uns zu erhören, denn der Sturm flaut langsam ab, und wir können aufatmen, auch wenn die See sich noch eine Weile wütend zeigt. Doch nach weiteren Stunden sind auch die Wogen nicht mehr so steil, das Meer beruhigt sich, und die *Hermóðr* segelt dahin, als ob nichts gewesen wäre. Nun, das ist nicht ganz wahr. Ein paar Sturmschäden haben wir schon davongetragen. Einige Seile sind gerissen, zum Glück keine Stage, ein paar Riemen sind über Bord gegangen, und an einer Stelle sind Planken undicht geworden, so dass wir weiter schöpfen müssen. Aber alles in allem hat die *Hermóðr* sich gut gehalten.

Allerdings bleibt die Sicht weiter trübe. Wir haben keine Ahnung, wie weit der Wind uns vom Kurs abgetrieben hat und wo wir uns befinden. Nur dass wir in etwa nach Osten gesegelt sind und jeden Augenblick auf Land stoßen müssten. Es vergehen bange Stunden, in denen wir befürchten, in der hereinbrechenden Dunkelheit auf einen Felsen zu laufen oder auf eine der vorgelagerten Sandbänke Seelands an der dänischen Küste.

Doch als vor uns die grauen Umrisse hoher Berge aus dem Dunst aufsteigen, ist klar, das kann nur Norwegens Westküste sein. Bald darauf erkennt Ragnar die Bergformationen und weiß endlich, wo wir sind. Der Sturm hat uns zu weit nach Norden getrieben, aber da das Unwetter vorüber ist und der Wind nun aus Nordwest weht, machen wir gute Fahrt entlang der Küste und sind bald zurück im vertrauten Fjord von Viken. An Land bringen wir Rán ein Dankesopfer und feiern unsere Rettung mit einigen Fässern Bier. Wer sich dabei am meisten besäuft, ist Ragnar.

* * *

Thorkel und ich fahren in diesem Sommer noch öfter unter Ragnars Aufsicht zur See. Nur einmal noch mit der *Hermóðr*, mehrere Male aber auf einer kleinen Knorr, einem reinen Segelschiff mit nur wenigen Ruderplätzen. Es sind Handelsreisen im Auftrag meiner Mutter zu Siedlungen an der Westküste. Wir erkunden die blauen Wasser stiller, von grünen Bergen gerahmter Buchten, segeln an hundert Inseln vorbei, dringen tief in Fjorde vor, um irgendeine versteckte Siedlung zu besuchen.

Dann wieder rudern wir zwischen steilen Felswänden, die bis in den Himmel ragen, wo hoch oben Adler nisten, an rauschenden Wasserfällen vorbei und felsigen Ufern, auf denen sich Robben aalen. Wir machen uns einen Spaß daraus, dem Echo unserer Stimmen zu lauschen. Wir ankern an einsamen Stellen, um zu fischen, klettern steile Pfade hinauf, bis wir in schwindelnder Höhe auf schroffen Klippen stehen und auf unser winziges Schiff unten im Fjord hinunterblicken. Die Sommersonne bräunt die Haut und setzt hellblonde Lichter auf unsere Haare. Es sind unbeschwerte Tage. Ich genieße jeden Augenblick dieses einzigartigen Sommers. Und doch ist oft auch Olaf in meinen Gedanken. Er wird mir eine Botschaft schicken, hat er gesagt ... bald.

Leider geht der Sommer irgendwann zu Ende. Es ist früher Herbst geworden, die Blätter beginnen, sich zu verfärben, da erreicht uns tatsächlich eine Botschaft. Aber nicht von Olaf. Ein Kaufmann von Nideros im Trøndelag hat auf der Durchreise bei uns haltgemacht. Er berichtet von Jarl Hákon Eiríkssons Tod. Dessen Schiff ist auf der Überfahrt von Englaland verlorengegangen, vielleicht in einem ähnlichen Sturm, wie wir ihn durchmachen mussten.

Dieser Hákon, Jarl von Lade, war König Knuts Regent über Norwegen. Die letzten Jahre hat einigermaßen Frieden im Land geherrscht, denn Hákon hatte durchgesetzt, dass die Jarls sich nicht länger gegenseitig bekriegen. Das kann auch der Grund dafür sein, warum die Erlingssons trotz Sigurds Drohung uns nicht angegriffen haben. Manche behaupten, der Friede im Land sei auf den Einfluss der christlichen Priester zurückzuführen, die in den Küstensiedlungen ihre Kirchen ausbauen, immer mehr Menschen bekehren und die Nächstenliebe predigen, wie sie es nennen. Doch Mutter bestreitet das. Was sollen Christen damit zu tun haben? Denn auch in deren Ländern mangelt es nicht an Krieg, wie man so hört. Nein, naheliegender ist, dass Hákon gewisse Klans gestärkt und sich bei anderen die vorübergehende Ruhe mit dänischem Gold erkauft hat.

Aber es stimmt, dass in letzter Zeit weniger von Streit oder Überfällen die Rede war. Das ist gut für den Handel, wie Hrane sagt. Viele der Land besitzenden *bóndi*, besonders in den Küstengebieten, konnten ihren Wohlstand durch friedlichen Handel mehren. Untereinander oder auch mit Sachsen und Dänen.

Doch wenn jetzt nach Hákons Tod niemand mehr das Heft in der Hand hält, werden bald wieder Machtkämpfe und Fehden an der Tagesordnung sein. Vor allem ist vorerst niemand da, der Abgaben sammeln oder ein größeres Heer aufstellen kann. Deshalb schickt meine Mutter gleich einen Boten zu Astrid und König Anund nach Sithun, in der Hoffnung, dass die Kunde ihren Weg zu Olaf in Garðarike findet. Mit Hákons Tod ist die Zeit gekommen, die Krone zurückzuerobern. Nun darf er nicht länger zögern.

Es ist früher Abend, und wir sitzen nach dem Mahl in der Halle beim Feuer. Im Hintergrund vergnügen sich einige der Männer beim *hnefatafl*. Auch Guttorm ist wie immer dabei. Sie haben Hacksilber gesetzt, und ab und zu hört man einen von ihnen stöhnen, wenn er einen dummen Zug gemacht hat, oder das zufriedene Grunzen des Gewinners. Guttorm ist einer der besseren Spieler und gewinnt recht oft. Wir anderen unterhalten uns. Jemand erwähnt die Erlingssons.

»Ja, was ist eigentlich mit denen?«, fragt Halfdan. »Die hatten es doch auf uns abgesehen.«

»Zumindest der jüngere Bruder, dieser Sigurd«, erwidere ich. »Er würde uns alle umbringen, hat er geschworen. Und so, wie der in Rage war …«

»Dummes Zeug«, unterbricht Åsta. »Nicht einmal Wergeld haben sie gefordert. Und wenn dieser Sigurd sich bis jetzt nicht herbequemt hat, wird er wohl nicht mehr kommen. Außerdem können wir uns durchaus verteidigen. Aber wie die Lage jetzt ist, sollte euer Bruder Olaf nicht länger zögern, wenn er es ernst damit meint, sein Reich zurückzuholen.«

Wir denken oft an Olaf, in letzter Zeit mehr denn je. Es ist, als ob das Schicksal der Familie allein davon abhinge, ob er seine Krone wiedererlangt. So jedenfalls benimmt sich Mutter. Sie redet über kaum noch anderes. Ich frage mich, wie es wohl sein mag, König zu sein, über das ganze Land zu herrschen. Es muss ein erhebendes Gefühl sein. Ob ich selbst das Zeug dazu hätte?

»Vielleicht schafft er es ja noch vor dem ersten Schnee«, meint Halfdan hoffnungsvoll.

Guttorm sieht vom Spieltisch auf und schüttelt den Kopf. »Wir wissen doch gar nicht, ob er überhaupt genug Krieger hat. Er wird ein großes Heer nötig haben. Mit ein paar hundert Mann wird nicht viel zu machen sein. Und ein Heer zu sammeln, das braucht Zeit.«

»Ich bin sicher, es würden ihm viele zulaufen«, sagt Halfdan. »In Viken und im Oppland sind sie auch nicht gerade dänenfreundlich.«

Da hat er recht. Der größte Widerstand gegen Olaf findet sich im Westen und Norden des Landes, unter den dortigen Jarls und *bóndi*, den freien Bauern und reichen Landbesitzern.

Jetzt mischt Hrane sich ein. »Wie auch immer, um diese Jahreszeit ist es für einen Feldzug zu spät.« Er bedeutet einer der Mägde, sein Trinkhorn aufzufüllen. »Selbst wenn es ihm möglich wäre, schon in diesen Tagen aufzubrechen und über die Ostsee zu segeln, würde ihm das wenig nützen. Niemand kämpft, wenn das Land unter einer Schneedecke liegt und man kaum noch über die Bergpässe kommt. Nein, er wird im Frühjahr segeln, sobald die Ostsee wieder eisfrei ist.«

»Ich glaube es einfach nicht mehr, dass er kommt«, lässt meine Schwester Ingerid plötzlich vernehmen. »Ich denke, Norwegen ist ihm nicht mehr wichtig.«

Überrascht sehen wir alle sie an, denn eigentlich beteiligt Ingerid sich nur selten an solchen Gesprächen. Außerdem klingt sie ungewöhnlich gereizt. Im Vergleich zu Gunhild ist sie meistens schüchtern und zurückhaltend, hat der älteren Schwester stets den Vortritt gelassen. Ohne Grund eigentlich, denn sie hat ein angenehmes Wesen, ist alles andere als dumm und hat Mutters schlanke Gestalt und gutes Aussehen geerbt. Und doch hält sie sich meist bescheiden im Hintergrund.

»Das dauert doch alles viel zu lang«, sagt sie ärgerlich und mit geröteten Wangen. »Seit Jahren sitzen wir hier und warten auf Olaf. Dabei hören wir kaum etwas von ihm. Lebt er überhaupt noch? Ich denke, er hat sein Land längst aufgegeben. Vielleicht hat er bei den Rus schon wieder ein anderes Weib gefunden.«

Mutter runzelt die Stirn. »Wie kommst du darauf?«, fragt sie ungehalten. Ihr scharfer Ton hätte sonst genügt, Ingerid schleunigst wieder zum Rückzug zu bewegen, aber nicht an diesem Abend.

»Olaf, Olaf!«, ruft sie gereizt. »Immer warten wir auf Olaf. In der Zwischenzeit aber geschieht hier gar nichts. Wir leben in der Schwebe. Nichts wird mehr getan oder entschieden, bevor wir nicht wissen, was mit Olaf ist. Kommt er, kommt er nicht? Und wann? Langsam hab ich genug davon!« Ihre Augen glitzern im Feuerschein. Sind es Tränen? »Guttorm will endlich zum König gewählt werden. Du hast es ihm versprochen, Mutter. Und ich …«

Sie redet nicht weiter, sondern springt mit einem Schluchzen auf und läuft aus der Halle, wahrscheinlich, um sich in der Kammer einzuschließen. Mutter blickt ihr ziemlich erstaunt nach.

Ich weiß, was Ingerid bewegt. Wir stehen einander näher als den anderen Geschwistern. Vor ein paar Tagen hatte sie ihre Ängste mit mir geteilt. Sie ist jetzt siebzehn Jahre alt und längst in heiratsfähigem Alter. Kein Wunder, dass sie anfängt, sich Sorgen um ihre Zukunft zu machen. Jedes Mädchen in diesem Alter fragt sich mit bangem Herzen, was für einen Mann die Eltern für sie aussuchen werden, ob sie die Heimat verlassen muss und ob es ihr in der Fremde überhaupt gefallen wird. Aber was Ingerid noch mehr fürchtet, ist, dass sie als Schwester des verjagten Königs für die adeligen Familien im Land nicht mehr als Schwiegertochter in Frage kommen könnte. Sie hat Panik davor, überhaupt keinen Ehemann mehr zu finden und wie Tante Guðrun als alte Jungfer zu enden. Ihr ist, als ob Olaf ihr die Zukunft verbaut, wenn sich nicht bald etwas tut.

Nach diesem unerwarteten Ausbruch herrscht eine Weile Stille. Jeder denkt sich seinen Teil. Was wäre, wenn sie recht hätte und Olaf für immer in Garðarike bleibt? Vielleicht ist er dort glücklich und hat seine Astrid längst vergessen. Ich bin ein wenig verärgert, denn Mutter sollte Ingerid folgen, sie beruhigen. Aber sie tut es nicht, sondern starrt mit gerunzelter Stirn ins Feuer. Was geht in ihrem Kopf vor? Denkt sie nur an Olafs Erfolg? Ist sie blind für die Wünsche und Nöte anderer?

»Er wird kommen«, murmelt sie vor sich hin, wie um sich selbst Mut zu machen. Olaf und sein Königreich. Alles andere ist für sie ohne Bedeutung.

»Wo ist eigentlich Æðelind?«, fragt Tante Guðrun und bricht damit das Schweigen. »Sie war doch eben noch hier.«

»Was willst du denn von ihr?«, will Mutter wissen.

Guðrun hebt ihren Spinnrocken. »Mir ist die Wolle ausgegangen. Kann mir einer welche aus dem Schuppen holen? Da, wo die Ballen aufbewahrt sind?«

»Ich gehe, Tante«, sage ich und stehe auf. Es ist stickig in der Halle, und ich bin es leid, nur am Feuer zu hocken. Die Stimmung ist auch nicht gerade die beste. »Welche willst du haben? Die von den Orkneys?«

»Ganz recht, mein Junge. Und ich danke dir.«

Ich verlasse die Halle und trete vor die Tür.

Die Wallburg liegt in Dunkelheit. Außer mir ist niemand zu sehen. Die Luft ist kühl. Es riecht nach brennendem Holz. Hier und da dringt schwacher Schein aus einer der Hütten, wo Leibeigene und *húskarlar* am Feuer sitzen und ihr Abendmahl verzehren. Irgendwo erklingt die sanfte Stimme einer Frau, die ein altes Liebeslied singt. Aus einer anderen Richtung ertönt Männergelächter. Vom Fluss her steigt feuchter Dunst auf und zieht einen Schleier vor Mond und Sterne.

Mir gehen Ingerids Worte durch den Kopf. Ich kann sie gut verstehen. Auch mir wird das Warten zu lang. Ich habe das untätige Herumsitzen langsam satt. Am liebsten hätte ich selbst die Botschaft nach Sithun gebracht, vielleicht sogar die Ostsee überquert, um zu sehen, was unseren Bruder so lange fernhält.

Aber das ist nicht meine Aufgabe. Ich werde Männer sammeln müssen, wenn es so weit ist. Einer von Åstas Söhnen muss dies tun. Aber nicht unbedingt Guttorm. Der hat andere Dinge im Kopf. Er ist der zukünftige *konungr* von Hringaríke und wird hier gebraucht. Und Halfdan zeichnet sich nicht gerade als Kämpfer aus. Dazu ist er zu sanft. Obwohl ich viel jünger bin als er, hören Männer inzwischen mehr auf mich als auf ihn. Krieger zu werben und Olaf zuzuführen, das fällt also mir zu, trotz meiner Jugend. Natürlich wird Mutter Hrane und Rorik beauftragen, mir dabei zu helfen.

Ich atme tief durch und mache mich auf den Weg, um die Wolle zu holen, biege um die Ecke des Haupthauses. Auf halber Strecke fällt mir ein, ich hätte eine Laterne mitnehmen sollen, und will schon umkehren, als ich ein leises Geräusch vernehme. Schwer zu sagen, was es ist. Ich bleibe stehen und lausche. War es nur der Wind? Oder eine lose Dachschindel?

Und dann höre ich es wieder. Es kommt von jenem Schuppen, der etwas abseits liegt, vor dem ich früher so verbissen Holz gehackt habe und in dem die Wolle von den Orkneys untergebracht ist. Ich bin neugierig geworden und nähere mich leise.

Durch die Ritzen der Brettertür dringt schwaches Licht. Es muss jemand dabei sein, etwas zu holen, so wie ich. Ich will gerade die Tür öffnen, da ist es wieder. Ein seltsames Wimmern, fast wie von einem Kind. Und dann geht es in ein gedehntes Stöhnen über. Das ist kein Kind, denke ich erstaunt und lege behutsam das Ohr an die Tür.

Und dann muss ich wirklich grinsen, denn das sind ganz eindeutig die leidenschaftlichen Geräusche einer Frau, der es nur mit Mühe gelingt, ihre Lust nicht laut herauszuschreien. Begleitet von einem anderen, rhythmischen Geräusch. Aha, da hat also jemand seinen Spaß. Heimliche Liebe im Vorratsschuppen. Es ist natürlich nicht das erste Mal, dass ich solche Geräusche auf der Wallburg mitkriege. Bleibt nicht aus bei den dünnen Holzwänden der Scheunen und Schuppen.

Es muss irgendein Knecht oder *húskarl* mit einer der Sklavinnen sein. Natürlich sollte ich die beiden in Ruhe lassen. Aber da fällt mir ein Astloch in der Tür des Schuppens auf, auf halber Höhe. Jetzt hat mich die Neugierde gepackt und die freudige Erregung über die seltene Gelegenheit, jemanden beim Liebesspiel zu beobachten. Wer würde sich das entgehen lassen? Ich bücke mich und spähe mit einem Auge durch das Astloch.

Zuerst ist kaum etwas zu erkennen, denn mein Sichtfeld ist eingeschränkt. Nur tiefe Schatten und der schwache Schein einer kleinen, funzeligen Hornlaterne, die irgendwo im Innern an einem Pfosten hängt. Ich drücke mein Auge noch näher an das Astloch.

Und da, im Hintergrund, bewegt sich was. Weiße Frauenbeine, hoch in die Luft gereckt. Sie muss rücklings auf einem der Wollballen liegen. Zwischen ihren runden Schenkeln die Umrisse eines *kyrtills,* der nur zur Hälfte einen wild pumpenden Männerhintern bedeckt. Das rhythmische Klatschen lässt keinen Zweifel, dass die beiden heftig zugange sind. Der Mann keucht, das Weib stöhnt und wimmert in ihrer Lust, hebt ihm gierig ihr Becken entgegen, als könne sie nicht genug bekommen. Jetzt sehe ich auch ihre Arme, die ihn an den Hüften packen, höre, wie sie ihn leise anfeuert.

Aber dann trifft mich der Schlag, denn ich erkenne die Stimme. Und auch den *kyrtill.* Nur einer trägt diese Farbe auf der Burg, ein Geschenk meiner Mutter. So schnell und heftig kocht die Wut in mir hoch, dass ich mich nicht mehr beherrschen kann. Mit einem Ruck reiße ich die Tür auf. Rorik bemerkt mich überhaupt nicht, so vertieft ist er. Doch Æðelind reckt den Kopf hoch und reißt die Augen auf. Sie erkennt mich sofort und stößt einen spitzen Schrei aus.

Mit zwei Schritten bin ich bei ihnen. Rorik hat immer noch seinen Schwanz zwischen ihren Schenkeln, als ich ihn an der Schulter herumzerre und mit voller Wucht ins Gesicht schlage. Er taumelt nach hinten und fällt gegen ein paar Schaufeln, die scheppernd zu Boden fallen. Sein aufgerichtetes Glied glänzt nass im Schein der Laterne.

»Du Bastard!«, brülle ich.

Er starrt mich an, als wäre ich ein Geist. Aus seiner Nase rinnt Blut. Er versucht, auf die Beine zu kommen. In Erwartung, dass er sich auf mich stürzt, nehme ich die Fäuste hoch. Ich bin inzwischen größer als er, aber noch nicht voll ausgewachsen. Doch Rorik ist viel zu erschrocken, um an Angriff oder Gegenwehr zu denken.

Æðelind hat sich hastig aufgesetzt. In ihren Augen steht blanke Angst. Sie zerrt ungeschickt am Rock, um ihre Scham zu bedecken. Auch eine nackte Brust hängt noch aus dem Gewand.

»Harald«, flüstert sie, »verrat uns nicht! Ich bitte dich!«

Doch in mir lodert es vor Wut. »Ausgerechnet ihr beide«, schnauze ich sie an. »Der gute Rorik, dem Mutter vertraut. Und du, ihre eigene Magd!« Ich beuge mich vor und starre ihr wütend ins Gesicht. »Wie lange hintergeht ihr sie schon? Sicher nicht erst seit heute! Sag mir, wie lange schon?«

Sie rückt ängstlich von mir ab und wimmert. »Aber wir lieben uns, Harald.«

»Lieben? Du glaubst doch wohl nicht, dass dieser Kerl dich liebt? Der will nur seinen Spaß mit dir haben! Wer weiß, mit wem er es sonst noch treibt?«

Rorik ist dabei, seine Kleidung zu ordnen. »Hör zu, Harald«, sagt er und wischt sich das Blut von der Lippe. »Deine Mutter muss nichts erfahren. Lass uns das wie Männer behandeln.« Er hebt die Schultern und grinst entwaffnend. »Du hast recht, die Kleine bedeutet mir nichts. Ich …«

Er ringt nach Worten, während Æðelind ihn ungläubig anstarrt. »Was sagst du da?«, flüstert sie. »Aber du hast mir doch geschworen …«

Ich habe genug von den beiden und stürme aus dem Schuppen. In meiner Brust streiten sich die heftigsten Gefühle. Ich weiß nicht, was schlimmer ist: der Schmerz, dass ausgerechnet Æðelind sich von diesem Kerl bespringen lässt, oder die Wut über Roriks Verrat an meiner Mutter. Nur mit Mühe habe ich es hingenommen, dass Mutter sich mit diesem Mann abgibt. Habe mir Verständnis abgerungen. Und nun betrügt der Bastard sie mit ihrer eigenen Sklavin? Voller Rage renne ich in die

Halle zurück, entschlossen, der Sache ein für alle Mal ein Ende zu setzen.

»Du wolltest wissen, wo Æðelind ist, Tante Guðrun?«

Alle starren mich an. Mein wutverzerrtes Gesicht muss ihnen sagen, dass etwas Verstörendes passiert ist. Mutter springt auf. »Was ist los, Harald?«

Bevor ich antworten kann, höre ich Roriks Stimme hinter mir. Er muss mir nachgelaufen sein. »Harald, tu's nicht! Sei vernünftig!«

Doch ohne einen Gedanken daran, was die hässliche Wahrheit Åsta antun könnte, platze ich damit heraus: »Ich will dir sagen, was los ist, Mutter«, schreie ich und deute auf Rorik, der mit blutverschmiertem Gesicht in der Tür steht. »Der da hat nichts Besseres zu tun, als hinter deinem Rücken Æðelind zu vögeln. Hab sie gerade dabei erwischt.«

Åsta runzelt die Stirn, als hätte sie nicht recht verstanden.

»Und glaub mir, das ist nicht das erste Mal. Der Kerl belügt dich nach Strich und Faden! Ich habe das schon lange vermutet, aber jetzt haben wir den Beweis.«

Ich fühle mich wie Ankläger und Richter zugleich, wie der zornige Erzengel, von dem die Christen reden. Der mit dem flammenden Schwert. Doch dann werfe ich einen Blick ins Gesicht meiner Mutter. Und bin mit einem Schlag ernüchtert. Alles Blut ist ihr aus dem Antlitz gewichen, obwohl man das bei dem flackernden Feuerschein nur ahnen kann. Vor allem aber sind ihre Züge plötzlich wie erstarrt, der Mund halb geöffnet, die Augen groß, nicht auf mich, sondern auf Rorik gerichtet, Augen, die langsam feucht werden und dabei so unendlich verletzlich wirken.

»Ist das wahr, Rorik?«, flüstert sie.

Er will einen Schritt auf sie zugehen, unterlässt es dann jedoch, steht nur da und sagt nichts, senkt den Blick.

Das ist Antwort genug. Sie muss kein zweites Mal fragen. Ihre Schultern verkrampfen sich, die Hände flattern an ihren Hals, als fürchte sie, keine Luft zu bekommen. Sie öffnet den Mund, doch kein Ton kommt heraus. Dann scheint sie in sich zusammenzusacken. Da sind Linien um Mund und Augen, die ich bisher nicht bemerkt habe. Meine starke Mutter. Mit einem Schlag ist sie besiegt, erniedrigt, um Jahre gealtert. Tränen rinnen ihr über die Wangen. Sie nickt ein paarmal, als hätte sie es schon geahnt, ohne es wahrhaben zu wollen.

Doch mit einem Mal ändert sich ihre Haltung. Ein neuer Ausdruck tritt in ihr Gesicht. In den Augen blitzt es auf, das Gefühl der Niederlage verwandelt sich in wilden Zorn. Die tränennassen Augen sprühen förmlich vor Wut. »Du Lügner!«, schleudert sie Rorik entgegen. »Heuchler! Hurensohn!«

Sie macht zwei Schritte auf ihn zu, als wollte sie auf ihn losgehen, ändert aber die Richtung, springt zur Wand, wo Waffen hängen. Und bevor jemand eingreifen kann, reißt sie einen Jagdspeer herunter und schleudert ihn in Roriks Richtung.

Allerdings ist Åsta nicht geübt in solchen Dingen, weshalb der Speer ihn verfehlt. Aber nur knapp. Statt sich in seine Brust zu bohren, fährt die spitze Klinge mit ziemlicher Wucht in den Türpfosten und bleibt dort stecken.

Rorik ist erschrocken zur Seite gesprungen. Nun streckt er die Hand nach ihr aus. »Åsta, beruhige dich. Es tut mir leid.« Er will auf sie zugehen und sie beschwichtigen.

»Verschwinde von hier, du Dreckskerl«, brüllt sie. »Auf der Stelle packst du deine Sachen und lässt dich nie wieder blicken.«

»Åsta, hör zu«, versucht er es noch einmal.

»Raus!«, donnert sie, lauter und unbeherrschter, als ich es jemals von ihr gehört habe. »Mach, dass du wegkommst, du Hurensohn! Sonst hetze ich die Hunde auf dich.«

Tante Guðruns Augen sind weit aufgerissen vor Schreck. Auch wir Übrigen stehen da wie gelähmt.

Aber nun erhebt sich Guttorm vom Spieltisch und tritt an Åstas Seite. »Du hast meine Mutter gehört, Rorik. Mach dich davon und komm nicht wieder! Du bist hier nicht länger willkommen.«

Auch Hrane ist aufgestanden. Halfdan und ich nähern uns ihm mit drohenden Mienen. Ich nehme eine Axt von der Wand. »Verschwinde, bevor wir dich in Stücke hauen.«

Als Rorik sieht, dass wir es ernst meinen, dass jeder Versuch, die Dinge wieder in Ordnung zu bringen, sinnlos geworden ist, wird seine Miene gehässig. »Gut, dann gehe ich«, sagt er. »Soll jemand anders die Alte ficken. Mir hat's eh keinen Spaß mehr gemacht.«

Ich schleudere die Axt nach ihm. Doch bevor sie ihn treffen kann, ist er schon zur Tür hinaus. Mit dumpfem Schlag prallt die Waffe von der Tür ab und fällt zu Boden.

»Sollen wir ihn uns vornehmen, Mutter?«, fragt Guttorm grimmig.

»Nein«, haucht sie. »Lass ihn ziehen.«

Doch dann verzerrt sich ihr Gesicht. Sie bricht in die Knie und beginnt, ganz leise zu schluchzen. Halfdan ist sofort an ihrer Seite und legt seine Arme um ihre zuckenden Schultern. Auch Ingerid und Guðrun knien neben ihr. Ich stehe hilflos dabei und fühle mich elend.

✳ ✳ ✳

Der Morgen graut kalt, der Himmel von dichten Wolken verhangen. In Windeseile hat sich herumgesprochen, was geschehen ist. Natürlich wird geflüstert und getuschelt. Dabei ist die Stimmung auf der Burg so düster wie das Wetter, als ob nicht nur Æðelind, sondern alle Leibeigenen Åstas Zorn zu fürchten hätten.

Rorik hat noch in der Nacht seine Waffen und Habseligkeiten aufs Pferd gepackt und die Burg verlassen, ohne sich von irgendjemandem zu verabschieden, nicht einmal von Æðelind. Das zeigt deutlicher als alles andere, wie viel ihm an ihr gelegen war. Ich nehme an, sie hatte gehofft, dass er sie freikaufen und vielleicht sogar heiraten würde.

Mein Gefühl, was Rorik betrifft, hat mich also nicht getrogen. Natürlich lastet der Kerl mir an, was geschehen ist. Einem der *húskarlar* hat er eine Nachricht für mich hinterlassen. Man sehe sich gewiss wieder im Leben, und dann mögen die Götter mir gnädig sein. Er jedenfalls nicht.

Neben Sigurd Erlingsson habe ich jetzt noch einen Todfeind. Aber sei's drum. Mir tut nur der Schmerz leid, der meiner Mutter zugefügt wurde. Ich bereue es schon, nicht den Mund gehalten zu haben. Allein, um ihr dieses Leid zu ersparen.

Thorkel sucht mich gleich in der Früh auf. »Hab gehört, was passiert ist«, sagt er breit grinsend. »Hast sie wirklich beim Rammeln erwischt?«

»Es ist nicht zum Lachen«, unterbreche ich schroff. »Wirklich nicht zum Lachen.«

Verdutzt sieht er mich an. »Aber du hast den Kerl doch gehasst. Jetzt bist du ihn endlich los.«

»Ganz recht. Jetzt sind wir ihn los«, sage ich mit düsterer Miene. »Aber zum Lachen ist es trotzdem nicht. Weder für meine Mutter noch für Æðelind. Es ist eine Scheiße, wenn du's genau wissen willst.«

Der Zorn einer betrogenen Frau kann schrecklich sein. Das bekommen wir alle an diesem grauen Morgen zu spüren. Sie haben Æðelind die Kleider vom Körper gerissen und sie nackt an ein Scheunentor gefesselt. Sie zittert vor Kälte, und ihr wei-ßes Fleisch sieht schrecklich verwundbar aus. Sie versucht, tap-fer zu sein, aber ihre Angst ist deutlich zu spüren. Die Augen sind gerötet und geschwollen. Sie muss die ganze Nacht geweint haben. Auch jetzt ist ihr Antlitz von Tränen über-strömt, obwohl sie keinen Laut von sich gibt.

Ich schäme mich, ihren hilflosen, nackten Leib zu betrach-ten. Einen Leib, den ich selbst begehrt habe. War ich nicht schon immer in sie verliebt? Nicht nur der Verrat an meiner Mutter hat mich so wütend gemacht, sondern auch, sie in den Armen eines anderen Mannes zu sehen, noch dazu eines Kerls, den ich verabscheue. Jetzt am Morgen komme ich mir dagegen unaufrichtig und verlogen vor. Es tut mir im Herzen weh, sie vor aller Augen an dieses Scheunentor gefesselt zu sehen, wohl wissend, was ihr bevorsteht.

Und doch hat sie eine Strafe verdient. Sie war die Magd mei-ner Mutter, hat ihr Vertrauen genossen, war zweifellos in vieles eingeweiht gewesen. Sie hat ihre Herrin hintergangen, viel-leicht sogar Geheimnisse verraten. Liebende reden, wie man weiß. Bestimmt hat sie sich heimlich über Mutter lustig gemacht, zusammen mit ihrem Kerl, sich in ihrer Jugend über-legen gefühlt gegenüber einer Frau, die nicht mehr in den bes-ten Jahren ist, aber der das Herz immer noch nach Liebe und Zärtlichkeit steht.

Finnolf war ausgewählt worden, die Züchtigung zu vollzie-hen. Er solle sich ja nicht einfallen lassen, sie zu schonen, hat Åsta ihn angewiesen. Zwanzig Hiebe mit der Weidenrute. Bei einem kräftigen Kerl wie Finnolf eine schlimme Strafe. Alle sind im Kreis versammelt, müssen zuschauen. Auch ich, ob-wohl ich mich lieber davongestohlen hätte.

Als Finnolf sein Werk beginnt, kann ich nicht hinsehen, sondern starre zu Boden. Nur meine Ohren kann ich schlecht zuhalten, muss also das schreckliche Klatschen der Rute auf nacktem Fleisch ertragen, Æðelinds spitze Schreie, die immer schriller werden. Und zwischen den Schlägen ihr herzzerreißendes Wimmern und Klagen. Fast körperlich kann ich ihr Leiden mitempfinden und muss mich zusammenreißen, nicht bei jedem Hieb zusammenzuzucken.

Nach der Hälfte der Schläge höre ich Guðrun mit gequälter Stimme sagen: »Lass es gut sein, Åsta. Du willst das arme Kind doch nicht totschlagen lassen.«

Aber meine Mutter antwortet nicht, starrt mit steinerner Miene geradeaus und lässt sich nicht erweichen. Als es endlich vorbei ist, sehe ich zum ersten Mal hin. Æðelind hängt in ihren Fesseln und heult vor Schmerzen. Ihr Leib ist von roten Striemen gezeichnet, an Schultern, Rücken und auf ihrem runden Hinterteil.

An manchen Stellen ist die Haut aufgeplatzt und blutet. Dabei kann sie noch froh sein, dass Finnolf die Hiebe verteilt hat, um Schlimmeres zu vermeiden.

Sie gießen ihr Wasser über den Rücken, um das Blut abzuwaschen. Auf einen Wink meiner Mutter bringt der Schmied das glühende Brandeisen und drückt es ihr auf die Schulter. Noch einmal schreit Æðelind gellend auf. Dann ist es vorbei. Das Brandmal wird sie für immer als Sklavin ausweisen, etwas, worauf Mutter bisher verzichtet hatte.

Sie machen das Mädchen los und heißen sie, ihre Kleider überzuziehen, was nur unter Schmerzen und nicht ohne Hilfe der Frauen gelingt. Es sind auch nicht die schönen Kleider, die sie vorher getragen hat, sondern abgelegte Lumpen der Leibeigenen.

Dann wird Æðelind einem Bauern aus der Nachbarschaft übergeben, den Guttorm noch in der Nacht hat holen lassen. Ich kenne den Mann, ein gemeiner, gewalttätiger Hurensohn,

dem die Frau davongelaufen ist, weil er sie regelmäßig verprügelt hat. Ihm soll sie von nun an dienen.

Ihre Striemen werden heilen, die Schmerzen der Züchtigung
wird sie irgendwann vergessen, aber nun ist sie wirklich tief
gefallen. Von der ehrenvollen Stellung einer Magd der Königin
von Hringaríke, die ihr vielleicht nach einigen Jahren die Freiheit geschenkt hätte, ist sie nun zur Sklavin eines griesgrämigen
Bauern geworden, der sie tagsüber unter Prügel wie eine Eselin
schuften lassen wird, um abends seine Geilheit an ihr auszule-
ben. Mir wird schlecht, wenn ich nur daran denke.

Åsta kehrt ins Haus zurück. Zwei Tage lang bleibt sie in
ihrer Kammer, nimmt weder Speise noch Trank zu sich und ist
für niemanden zu sprechen. Nur Tante Guðrun darf in ihre
Nähe. Mit Männern hat meine aufrechte Mutter wenig Glück
gehabt. Der Erste hat sie verstoßen, den Zweiten hat sie geachtet, aber nicht geliebt, der Dritte hat sie betrogen. Sie tut mir
schrecklich leid. Aber sagen kann man ihr das nicht, denn einer
Åsta Gudbrandsdóttir gegenüber zeigt man kein Mitleid. Dazu
ist sie zu stolz.

Die Tage gehen dahin. Die Blätter fallen von den Bäumen.
Es wird kalt, und in den Nächten gefriert zum ersten Mal der
Boden. Rauhreif bedeckt die Wiesen. Gelegentlich reite ich
aus. Allein. Mein Pferd führt mich dann nicht selten in die
Nähe des Hofes, wo Æðelind jetzt haust. Ich sehe sie von
fern, wenn sie Holz schleppt, Wäsche aufhängt oder mit vollen
Eimern aus dem Stall kommt, wo sie die Kühe gemolken hat.
Oder wenn sie den dampfenden Mist wegkarren muss. Einmal
blickt sie zu mir herüber, aber meist tut sie so, als sehe sie
mich nicht.

Ich wünschte, ich hätte an jenem Abend nicht diesen verdammten Schuppen betreten. Oder ich hätte nicht so unbe-
dacht gehandelt. Denn im Grunde ist damit nichts gewonnen.

Im Gegenteil, es hat allen Beteiligten nur Unheil gebracht. Mir ist zum ersten Mal klargeworden, dass die Wahrheit manchmal mehr schadet, als dass sie nützt.

✻ ✻ ✻

Wochen später hält der Winter Einzug. Es ist knackig kalt und riecht nach Schnee. Und tatsächlich fallen bald die ersten weißen Flocken vom Himmel. Da taucht ein einzelner Reiter auf. Die Wachen öffnen ihm das Tor. Es ist ein Schwede, das erkennt man gleich an seiner Redeweise.

»Ich komme von Königin Astrid«, sagt er, nachdem wir ihm in der Halle den wärmsten Platz am Feuer angeboten haben. »Sie lässt von eurem König Olaf ausrichten, dass er vorhat, im Frühjahr mit einem Heer in Svearike zu landen, um dann nach Westen zu marschieren und gegen eure *bóndi* zu kämpfen. Er lässt euch wissen, dass er guten Mutes ist, seine Feinde zu besiegen. Er will, dass ihr bis dahin so viel Kriegsvolk wie möglich sammelt und ihm zur rechten Zeit zuführt.«

»Endlich«, sagt Mutter, schließt für einen Moment die Augen und fasst sich ans Herz. »Endlich ist es so weit.«

TEIL II

Sie sah Walküren, weither gekommen,
bereit zu reiten zum Gotenvolk;
Skuld hielt einen Schild,
Skögull war die andere,
Gunnr, Hildr, Gönndull und Geirskögull;
nun sind sie genannt, die Frauen Herjanns,
bereit zu reiten übers Land, die Walküren.

Aus den Götterliedern der Edda

THORS HAMMER

Tante Guðrun zupft an meiner Tunika, fingert an der silbernen Gewandnadel herum, die meinen Umhang aus Bärenfell festhält, und tritt einen Schritt zurück, um ihr Werk zu begutachten.

Dann strahlt sie mich an. »Bei Freya! Was bist du doch für ein schmucker Bursche! Wäre ich jünger, würde ich mich auf der Stelle in dich verlieben.«

»Aber Tante, du bist schon seit langem in ihn verliebt, gib's zu«, sagt Ingerid und stößt mir grinsend den Ellbogen in die Seite.

Ja, Guðrun verwöhnt mich gern. Beim Essen legt sie mir manchmal eine besondere Leckerei auf den Teller, achtet darauf, dass meine Kleider sauber sind, schneidet mir die Haare und ermahnt mich, die Fingernägel sauber zu halten. Ein Mann mit schmutzigen Nägeln, das gehöre sich nicht. Und es käme bei den Weibern auch schlecht an. Aber ihre kleinen Aufmerksamkeiten lässt sie mir meist nur verstohlen zukommen, wenn die anderen nicht zusehen.

»Meine liebe Ingerid«, erwidert Guðrun augenzwinkernd, »du und ich, wir haben einfach Glück, in einem Haus mit stattlichen Männern zu leben.« Spricht's und schwebt mit einem Lächeln davon.

Die beiden haben mich an diesem Morgen so herausgeputzt, weil ich zum ersten Mal an einem Thing der freien Landbesitzer teilnehmen darf. Und heute ist der große Tag, an dem Guttorm von der Versammlung hoffentlich als König von Hringaríke bestätigt wird. Halfdan und ich sollen zeigen, dass wir einig an seiner Seite stehen. Einen neuen *kyrtill* haben sie für mich genäht, in dunklem Blau mit roten Borten. Dazu ebenfalls neue, wollene Beinkleider, und an den Füßen trage ich kalbslederne Stiefel, die mit Schnüren bis zum Knie gebunden werden.

Und natürlich der Umhang aus Bärenfell. Eigentlich fühle ich mich unwohl in dem verdammten Ding. Es macht mir ungewöhnlich breite Schultern und hängt fast bis auf den Boden, lässt mich überlebensgroß erscheinen. Aber gerade das sei ja gewollt, meint Guðrun. An einem Tag wie diesem käme es doch darauf an, einen guten Eindruck zu machen. Besonders, weil ich noch so jung bin und trotzdem von Mutter auserwählt wurde, Krieger anzuführen, wenn es nun endlich so weit sein soll.

Aber auch das hängt natürlich von der Zustimmung des Thing ab. Ob die Jarls und Grundbesitzer uns überhaupt unterstützen werden in Olafs Kampf um die Krone. Das ist gar nicht so sicher. Und ob sie ihre Krieger einem so jungen und unerfahrenen Burschen wir mir anvertrauen werden, das ist noch weniger sicher. Kein Wunder also, dass ich trotz Åstas Zuversicht dem Thing mit unruhigem Herzen entgegensehe.

Dabei geht es gar nicht um mich. Heute ist mein Bruder Guttorm der wichtigste Mann im ganzen Land. Auch er ist bestens gekleidet. Er hat die Körpermaße unseres Vaters, ist nicht ganz so groß, wie ich inzwischen gewachsen bin, dafür aber stämmiger. Er hat eine breite Stirn, funkelnde blaue Augen und einen kräftigen Bart. Dazu eine tiefe Stimme und durchaus das würdevolle Auftreten eines zukünftigen Königs. Obwohl ich vermute, dass er sich das absichtlich angewöhnt hat, um unseren Vater nachzuahmen. Tatsächlich sagen viele, er wäre Sigurd Halfdanssons Wiedergeburt. Aber auch er ist heute unruhig. Verständlich, an seinem großen Tag.

Unser Bruder Halfdan muss sich ebenfalls vor niemandem verstecken. Hochgewachsen und schlank, mehr sehnig als muskulös, besitzt er doch besonders anziehende Züge und ein Lächeln, dem man nicht widerstehen kann. Nein, Tante Guðrun hat recht, Åsta Gudbrandsdóttir wird sich ihrer Söhne nicht zu schämen haben.

Was meine Mutter betrifft, so scheint sie sich äußerlich von dem Vorfall mit Rorik erholt zu haben, hat weder ihn noch Æðelind je wieder mit einem Wort erwähnt, als hätte es die beiden nie gegeben. Und doch muss es in ihr arbeiten, denn sie kam mir nach Roriks Verbannung freudloser und härter vor als sonst, war oft in sich gekehrt und lachte selten. Manchmal saß sie am Feuer und starrte in die Flammen, ohne ein Wort zu sagen, als wäre sie weit entfernt von uns an einem anderen Ort.

Seit der Nachricht aus Svearike ist die Wallburg von Rastlosigkeit ergriffen. Olaf sei zu allem entschlossen, so hatte der Schwede sich ausgedrückt. Einerseits ist man froh, dass das Warten nun bald ein Ende haben wird, aber es herrscht auch Furcht vor der ungewissen Zukunft. Denn die Auseinandersetzung verspricht mehr zu werden als nur ein Scharmützel, und ganz sicher werden wir alle in diesen Krieg hineingezogen.

Vermutlich erwartet Olaf, dass jetzt, nach Hákons Tod, die meisten Norweger zu ihm überlaufen. Jedenfalls hat der Bote so etwas angedeutet. Aber das ist nicht, was wir hören. Die *bóndi* im Westen werden sich in jedem Fall wehren, angefeuert von Jarls, denen der Däne mehr Macht und Reichtum geschenkt hat als jemals zuvor und die deshalb viel zu verlieren haben und sich außerdem vor Olafs Rache fürchten. Nein, es verspricht ein heißer Kampf zu werden, mit unser aller Schicksal in der Waage.

Vor allem die Frauen sind ängstlich, bangen um ihre Männer und Söhne, auch wenn sie tapfere Mienen aufsetzen und an allem arbeiten, was gebraucht wird: warme Kleidung, Zelte, Decken, Mäntel. Auch die Handwerker sind fleißig. Täglich lodert Feuer in den Essen, Ringpanzer werden geschmiedet, Pferde beschlagen, Zaumzeug und Sättel ausgebessert oder neue angefertigt, Speerschäfte bearbeitet, Schilde bemalt und Helme gehämmert.

Das Thing trifft sich am gewohnten Ort unter einer gewaltigen Eiche, nicht weit von dem geheiligten Hain, wo auch der *goði* seine Hütte hat. Es ist ein klarer, frostiger Tag. Die Landschaft ist ganz in Weiß gehüllt. Die Sonne bringt den Schnee ringsum zum Glitzern, und Bäume werfen lange, blaue Schatten.

Trotz der Kälte sind an die zweihundert Männer zusammengekommen, um meiner Mutter Respekt zu zollen, manche sogar von weit her. Sie wissen, um was es geht. Einige sind Klanhäuptlinge, andere Landbesitzer und Großbauern. Viele Graubärte, aber auch junge Männer, kampferprobte Krieger die meisten. Sie haben Fellmützen auf dem Kopf und dicke Handschuhe an den Händen, sind in Pelze oder wollene Umhänge gehüllt, darunter ihre Schwerter. Der Atem entweicht ihren Mündern in kleinen Wolken, während sie scherzen und sich unterhalten. Ein greiser, einäugiger Kämpe muss von seinen Söhnen gestützt werden. Er ist ein alter Freund meines Vaters und genießt großes Ansehen. Eymund Gunnarsson ist sein Name.

Mutter und Guttorm begrüßen jeden Einzelnen von ihnen mit Handschlag und freundlichen Worten. Halfdan und ich folgen den beiden durch die Menge. Auch Hrane begleitet uns. Er trägt unter dem Mantel viele Silberringe an den Armen, die ihn als großen Krieger ausweisen. Er ist ein bekannter Mann in

Hringaríke, den viele herzlich umarmen, besonders jene, die früher mit ihm in der gleichen *hirð* gesegelt sind. So etwas schweißt zusammen.

Auch mich beachten die Leute. Die meisten kennen mich noch als Knaben und sind erstaunt, plötzlich einen hochgewachsenen jungen Mann vor sich zu haben. Das Bärenfell um meine Schultern macht Eindruck. Wahrscheinlich schätzen sie mich älter ein, als ich bin. Aber daran bin ich schon gewöhnt. Und das kann unserem Zweck nur dienlich sein, denn schließlich sollen sie mir später ihre Kämpfer anvertrauen.

Rund um den Versammlungsplatz hat jeder sein Zelt errichten lassen, denn es ist unmöglich, so viele Besucher, samt Gefolge und Pferden, in der Wallburg unterzubringen. Ein Thing dauert meist mehrere Tage. Es werden Beschlüsse gefasst, gemeinsame Unternehmungen geplant und Gericht abgehalten. Bei Totschlag wird die Höhe des zu zahlenden Wergelds festgelegt. Streitigkeiten werden geschlichtet und manchmal, wenn es nicht anders geht, auch durch Zweikampf entschieden. Am Abend sitzt man am Lagerfeuer zusammen, es wird gegessen und getrunken, Freundschaften werden erneuert, Bündnisse geschmiedet und Eheschließungen verabredet.

Bei allen wichtigen Entscheidungen hat der *konungr* das letzte Wort, doch es ist für den Herrscher nicht ratsam, allzu oft die Meinung der Mehrheit zu missachten. Denn ein Thing ist auch die Gelegenheit, seinen Unmut kundzutun, einen *konungr* im schlimmsten Fall sogar abzusetzen und einen neuen zu wählen.

Ein Thing in dieser Jahreszeit bei Frost und Schnee einzuberufen, ist allerdings ungewöhnlich und nur der besonderen Dringlichkeit geschuldet, Olafs Rückkehr zu besprechen und Unterstützung für seinen Feldzug einzufordern. Deshalb wird die Versammlung auch nur ein paar Stunden dauern. Trotzdem hat Mutter die Gelegenheit nutzen wollen, sich nun endlich zu Guttorms Gunsten zurückzuziehen.

Dass eine Witwe für ihre minderjährigen Söhne die Herrschaft ausübt, ist ganz normal. Und Åsta hat gut geherrscht, Frieden und Wohlstand erhalten. Aber nun ist Guttorm seit Jahren mündig und der Machtwechsel überfällig. Trotzdem ist mein Eindruck, dass auch die Geschichte mit Rorik etwas damit zu tun hat, dass sie genug davon hat, weiter zu kämpfen und Verantwortung zu tragen.

Das Thing beginnt mit dem Auftritt unseres *goði*. Er ist ein hagerer Mann mit grauem Bart und langen, fettigen Haarsträhnen, der nicht weit von hier entfernt einsam im Wald in einer Hütte lebt und mit den Göttern spricht. Viele halten ihn für einen Zauberer, der mit Oðin im Bunde steht und *seiðr* wirken kann. Er wirkt etwas unheimlich, und als Kinder haben wir immer einen weiten Bogen um seine Hütte gemacht.

Heute trägt er einen seltsamen Umhang, der aus hundert Fell- und Rohlederflicken verschiedenster Farbe und Herkunft genäht ist, auf dem Kopf eine Kappe aus Wolfsfell mit einem Rehgeweih darauf. Sein Gesicht ist blau angemalt, und im Gürtel steckt eine nackte Klinge, das Opfermesser. An ihm liegt es, die Götter für das Thing günstig zu stimmen. In leisem Singsang und mit wiegenden Tanzschritten wird nun Allvater Oðin angerufen, auf dass er Frieden zwischen den Männern wahren und ihren Geist mit Weisheit füllen möge.

Unter weiteren Beschwörungen legt er das Messer an einen jungen Stier, durchschneidet dem Tier die Kehle und sammelt einiges an Blut in einem irdenen Becken. Damit macht er die Runde, taucht ein Birkenreisig hinein und besprengt die Teilnehmer. Zuletzt wirft er Runenstäbchen in den Schnee und tropft Blut darüber. Nach eingehender Betrachtung verkündet er, wie erhofft, einen glücklichen Ausgang der Versammlung.

Der Kadaver des Stiers hinterlässt eine lange Blutspur im Schnee, als Sklaven ihn vom Thingplatz wegziehen, zur Vorbereitung für das abendliche Festmahl.

Nun steigt Åsta auf den flachen, von Schnee gesäuberten Felsbrocken, der für Redner vorgesehen ist, und bittet um Aufmerksamkeit. Sie ist in einen langen Mantel aus grauem Wolfspelz gehüllt, die Kapuze zurückgeschoben, so dass ihr helles Haar in der Sonne leuchtet. Auf Stirn und Wangen stehen ein paar Blutstropfen, wo der *goði* sie besprengt hat. Es bedeutet Unglück, sie wegzuwischen.

Ihre Stimme klingt hell und klar in der kalten Luft. »Ich danke euch, dass ihr gekommen seid«, sagt sie, als endlich Stille eingekehrt ist und alle Gesichter sich ihr zugewandt haben.

Åstas Augen sind hellwach und ihre Bewegungen lebhaft. Die Müdigkeit der letzten Wochen scheint von ihr abgefallen zu sein, als ob die Tatsache, dass sie hier vor diesen Männern noch einmal als Königin steht, ihr neue Kraft gibt.

»Ihr alle kennt meinen Sohn Guttorm«, beginnt sie ihre Ansprache. »Er hat euch in den letzten Jahren häufig besucht, und ich denke, ihr habt ihn schätzen gelernt. Wie seinem Vater und mir liegt auch ihm nichts mehr am Herzen als das Wohl von Hringaríke. Die Verteidigung unserer Grenzen, der Schutz unserer Ländereien, Hilfe für diejenigen, die in Not geraten, und dass jedermann zu seinem Recht kommen möge. Ich denke, mit eurem Einverständnis ist es nun an der Zeit, dass er dem Vorbild seines Vaters folgt und euer König wird.«

Sie blickt in die Runde. Niemand scheint überrascht zu sein. Man hatte Ähnliches erwartet. Viele nicken zustimmend, einige grinsen Guttorm zu, der neben dem Felsen steht. Halfdan und ich etwas weiter daneben.

»Gibt es Einwände?«, fragt Åsta und blickt von einem zum anderen.

Auch ich forsche in den Gesichtern. Wissen sie von der Sache mit Rorik? Bestimmt. Solche Dinge lassen sich nicht lange verheimlichen. Klatsch und Tratsch verbreiten sich schneller, als ein Pferd laufen kann. Doch nach den wohlwollenden Blicken zu urteilen, die auf Åsta und Guttorm ruhen, hat es unserem Ansehen nicht geschadet.

Ein korpulenter Bauer mit goldblondem Bart hebt die Hand und meldet sich zu Wort. »Nichts gegen Guttorm. Ich mag ihn. Aber bisher haben wir immer mit dir zu tun gehabt, Åsta. Was ist, wenn es sich um etwas wirklich Wichtiges handelt? Wen sprechen wir dann an?« Er gibt sich verwirrt. Ich vermute, es ist halb gespielt.

Einige lachen, und diejenigen, die dem Bauern am nächsten stehen, fragen, ob er denn nichts verstanden hätte. Natürlich müsse er in Zukunft mit Guttorm reden. Der wäre dann der König.

»Na gut«, sagt der Mann. »Aber ihr kennt doch Åsta. Sollen wir glauben, die wird sich wirklich aus allem raushalten? Das kann ich mir kaum vorstellen. Und wer hat dann wirklich das Sagen?«

Auch das bringt ein paar Lacher. Doch nicht wenige pflichten ihm ganz ernsthaft bei. Die Frage sei berechtigt. Sie kennen meine Mutter nur allzu gut und können nur schwer glauben, dass sie sich völlig aufs Altenteil zurückzieht. Und zwei Herrscher, die sich widersprechen, das kann nur Unglück bringen.

Mutter lächelt. Sie hebt die Hände, um die Männer zu beruhigen. »Ich verstehe deine Bedenken, Svein«, sagt sie. »Und ich verspreche dir und allen hier, ich werde meinem Sohn nicht ins Handwerk pfuschen.«

Nun meldet sich der alte Eymund Gunnarsson zu Wort. »Guttorm wird ein guter König sein, davon bin ich überzeugt.

Doch den Rat seiner klugen Mutter wird er doch hoffentlich nicht verachten.«

»Und sie nicht meinen«, erwidert Guttorm gutgelaunt.

Die Antwort gefällt den Männern.

Ein großer, älterer Kerl sieht sich um. »Also, ich denke, wir sollten jetzt abstimmen, bevor wir uns hier den Arsch abfrieren. Wer dagegen ist, dass Guttorm König wird, der soll jetzt Gelegenheit haben, seine Meinung zu sagen.« Aber anscheinend hat niemand etwas gegen Guttorm vorzubringen. »Gut, dann sage ich: Alle, die dafür sind, heben die Hand.«

Ich weiß nicht, ob wirklich alle die Hand heben, aber es ist in jedem Fall die überwältigende Mehrheit. Guttorm steigt zu Mutter auf die Felsplatte, bedankt sich mit einigen kurzen Worten, dann überreicht sie ihm das kostbare Schwert unseres Vaters. »Nimm Sigurds Schwert zur Verteidigung des Landes unserer Väter und trage es mit Stolz«, sagt sie feierlich und küsst ihn auf beide Wangen. Alle applaudieren, als er sich das Schwert umgürtet.

»Schwört ihr ihm die Treue, so wie ihr sie auch seinem Vater Sigurd gehalten habt?«, fragt Mutter mit lauter Stimme.

»Wir schwören es!«, rufen sie mehr oder weniger im Chor.

Danach steigt Mutter vom Felsen herab und überlässt das Feld meinem Bruder. Der stemmt eine Faust in die Seite und schaut sich unter den Männern um. Ich muss zugeben, er sieht schon richtig aus wie ein Herrscher.

»Wer etwas vortragen möchte«, sagt er, »oder ein Anliegen mit mir zu besprechen hat, der kann das später am Nachmittag tun. Jetzt müssen wir über meinen Bruder Olaf reden. Ihr habt gewiss gehört, dass er im Frühjahr mit einem Heer landen wird und gegen die Jarls im Westen und Norden zu marschieren gedenkt, um endlich das dänische Joch abzuwerfen. Dazu braucht er eure Unterstützung.«

Es gibt vielfach zustimmendes Kopfnicken. Aber einige scheinen sich noch nicht so sicher zu sein. In den letzten Wochen haben wir viele von ihnen besucht und auf diesen Augenblick vorbereitet. Und doch ist von den Gesichtern abzulesen, dass einige Vorbehalte haben.

»Was genau wird denn von uns erwartet«, fragt ein ergrauter Klanführer vorsichtig.

»Für einen Feldzug, wie ihr wisst, schuldet Hringaríke dem König zweihundert erfahrene Krieger, wenn er darum anhält«, erwidert Guttorm mit fester Stimme. »Das war schon zu Zeiten Olaf Tryggvasons so. Aber aufgrund der Lage erwarten meine Mutter und ich mindestens dreihundert Mann, voll ausgerüstet und kampfbereit. Sobald Olaf gelandet ist, lassen wir euch wissen, wann und wo wir uns versammeln.«

Mein Herz sinkt, denn es wird hinter vorgehaltener Hand gemurmelt. Ich sehe besorgte Mienen und unsicheres Schulterzucken. Manch einer runzelt die Stirn. Begeisterung für Guttorms Forderung sieht anders aus.

»Wer sagt uns, dass er Erfolg haben wird«, ruft einer. »Den Dänen Knut hat bisher keiner besiegt.«

»Sind wir die Einzigen, auf die er zählt?«, fragt ein anderer.

»Natürlich nicht«, erwidert Guttorm. »Olaf wird Rus-Krieger mitbringen, wie uns mitgeteilt wurde. Und König Anund ist mit den Schweden an seiner Seite. Außerdem haben auch Viken und die Oppländer Kämpfer versprochen. Ich bin ganz sicher, wir kriegen mindestens zwei- bis dreitausend Mann zusammen.«

Das ist eine grobe Schätzung. Eine ziemlich großzügige sogar. Was für Rus-Krieger das sein sollen, kann sich keiner so recht vorstellen. Aber Guttorm trägt die Zahlen mit solcher Überzeugung vor, dass die Gesichter sich ein wenig aufhellen. Mit so einer Kriegsmacht ließe sich schon etwas anfangen, scheinen ihre Mienen jetzt auszudrücken.

»Und wie will er vorgehen?«, fragt ein junger Krieger, der Sohn eines Klanführers.

»Nun, wie ihr wisst, ist Hákon Eiriksson tot«, sagt Guttorm. »Die Jarls sind uneinig. Da traut keiner dem anderen. Olaf wird über Land marschieren und den Trøndelag einnehmen, bevor sie sich gesammelt haben. Damit halten wir dann die Schlüsselstellung.«

Auch das wissen wir nicht wirklich. Aber es ist anzunehmen. Da es Olaf an Schiffen mangelt, bleibt ohnehin nur der Landweg. Ich finde, Guttorm macht seine Sache gut, auch wenn er sich vieles aus den Fingern saugt. Die Fragen haben ihn jedenfalls nicht aus der Fassung gebracht. Und seine Antworten wie auch seine Haltung erwecken Vertrauen.

Jetzt meldet sich ein kleiner Mann mit einer riesigen Fuchspelzmütze auf dem Kopf. »Ist er eigentlich immer noch so verrückt nach seinem Christus?«, will der Mann wissen. »Wird Olaf uns wieder unseren Glauben und unser Brauchtum nehmen wollen?«

Alle horchen auf und verlangen ebenfalls eine Antwort auf diese Frage, zu der sich viele Sorgen machen, wie ich weiß. Olafs rücksichtslose Bekehrungsversuche sind bei allen verhasst gewesen.

Doch Guttorm tut, als wäre nichts. »Was kümmert's dich, ob er ein paar Kirchen baut?«, lautet seine Gegenfrage. »In deinem Heim kannst du tun und lassen, was du willst. Wer will es dir verwehren? Tryggvason hat uns auch die Taufe aufgezwungen. Ihr erinnert euch. Aber hat es was geändert? Wir beten immer noch zu unseren Göttern.«

»Du wirst uns also nicht den Weißen Christ aufzwingen?«

Da ist sie, die verächtliche Bezeichnung für jenen Jesus, den die Christenmönche ihnen versuchen aufzuschwatzen. Den *hvítakristr*. Das Wort bedeutet nicht nur der weiße, sondern vor allem der feige Christus. *Hvítr* ist einer, der sich weibisch gibt, sich gar von Männern besteigen lässt. Und Feiglinge haben eine weiße Leber, das weiß jeder. Ein Gott, der sich widerstandslos an ein Kreuz schlagen lässt, so einem unterwirft man sich nicht, wenn man Götter wie Oðin, Thor oder Tyr hat. Ein roter Thor ist mehr nach dem Geschmack dieser Männer als ein weißer Christus.

»Ich soll euch *hvítakristr* aufzwingen?« Guttorm lacht, als wäre es ein guter Scherz. »Seh ich so aus? Hat meine Mutter je etwas Derartiges von euch verlangt? Wir achten unsere Götter. Das habt ihr auch heute wieder gesehen.«

Die Männer tauschen Blicke aus. Natürlich hat Åsta niemals versucht, irgendjemanden zu bekehren, ganz im Gegenteil. Und dass Guttorm es genauso handhaben will, beruhigt sie.

»Dir vertrauen wir in dieser Hinsicht. Aber was ist mit Olaf?«

»Der braucht eure Schwerter mehr als alle Kirchen in der Welt.«

»Also gut«, sagt einer der Jüngeren. »Wenn es Beute gibt, bin ich dabei.«

»Hast du schon mal einen Feldzug erlebt, bei dem es keine Beute gab?«, knurrt ein alter Krieger. »Du kannst dir auch ein paar hübsche Sklavinnen mitbringen. Zur Erinnerung.«

Alles lacht.

»Und wer soll unsere Männer anführen und zu Olaf bringen, wenn es so weit ist?«, fragt ein behäbiger Großbauer.

Mein Magen zieht sich zusammen. Jetzt werden sie über mich reden. »Mein Bruder Harald«, sagt Guttorm und deutet auf mich. »Ihr kennt ihn so gut wie mich.«

»Er ist jung und unerprobt«, gibt einer der Männer zu bedenken.

»Das bin ich auch«, erwidert Guttorm gelassen. »Aber schaut ihn euch an. Seht ihr den Mantel, den er trägt? Der Bär, von dem der Pelz stammt, hat es schwer bereut, ihm je begegnet zu sein. Harald hat ihn eigenhändig getötet, nur mit einem Speer in der Hand. Und ein verdammt riesiges Biest ist es gewesen. Ich war dabei, ich hab's gesehen.«

»Hab davon gehört«, sagt der Bauer. »Mit dem Speer durchs Maul und durchs Genick.« Er lacht. »Das ist eine Tat, die es verdient, gehört zu werden.«

Guttorm nickt. »Ihr seht, an Mut mangelt's ihm nicht. Außerdem kann er sich auf Hrane verlassen. Ihr kennt Hrane, habt an seiner Seite gekämpft. Gibt es einen Besseren?«

Die meisten nicken dazu. Wer noch nicht mit Hrane in einer Schlacht gewesen ist, weiß zumindest von seinem Ruhm, hat Liedern über ihn gelauscht. Hrane der Weitgereiste.

Doch nun fragt ein junger Kerl: »Warum nicht du, Guttorm? Oder dein Bruder Halfdan?«

Ich werfe Halfdan einen Blick zu. Natürlich sind aller Augen an diesem Morgen auf Guttorm gerichtet. Er ist jetzt ihr König und damit der wichtigste Mann auf dem Thing. Und zuletzt haben sie auch noch von mir geredet und meinem Bären. Doch niemand hat bisher Halfdan erwähnt. Fühlt er sich unbeachtet? Er hat die ganze Zeit nur dagestanden und freundlich gelächelt. Jetzt will er antworten, doch Åsta kommt ihm zuvor.

»Auch wenn ich versprochen habe, mich nicht einzumischen«, sagt sie, »so doch dies: Es ist eine Entscheidung, die wir schon vor einiger Zeit getroffen haben, nämlich, welche Bürde jeder in der Familie zu tragen hat. Die Götter gaben mir vier Söhne, alles gute Männer, wie ihr wisst, der Stolz einer jeden Mutter. Olaf, meinen Erstgeborenen, gab ich her, um den Thron von Norwegen zu erringen. Und nun auch Harald, meinen Jüngsten, der ein Kämpfer ist, aber der mir ebenso lieb und teuer ist wie die anderen. Er soll Olaf helfen, das Land erneut zu einen. Zwei Söhne gab ich für Norwegen. Wer von euch kann für sich das Gleiche behaupten?« Sie blickt in die Runde. »Gebt mir ein jeder von euch auch zwei Söhne, dann hätten wir sogar mehr als dreihundert Mann.«

Nun, es hat nicht jeder von ihnen zwei Söhne zu geben, aber sie haben schon verstanden. Schließlich beschäftigen die meisten auch *húskarlar* und andere Söldner, die sie uns schicken können, wenn sie nicht bereit sind, selbst am Feldzug teilzunehmen. Dennoch sehe ich immer noch einige unschlüssige Mienen in der Runde. Manche sagen sich bestimmt, dass dies vor allem Olafs Kampf ist. Was hat es mit ihnen zu tun?

Doch jetzt erhebt Eymund Gunnarsson das Wort. Obwohl er alt und schwächlich ist, seine Stimme hat in den Jahren weder an Kraft noch an Überzeugung verloren.

»Sigurd Halfdansson war uns ein guter König«, sagt er. Das findet allgemeine Zustimmung. »Und sollte sein Sohn Guttorm sich auch nur halb so geschickt anstellen, dann wäre ich schon sehr zufrieden. Aber dazu wird er hier gebraucht und nicht im Trøndelag oder auf dem Schlachtfeld. Das Land von den verfluchten Dänen zu befreien, das ist Olafs Aufgabe, wie Åsta schon sagte. Und ich freue mich, dass er es ernst damit meint. Oder wollt ihr noch länger dänische Ärsche küssen?«

Nein, das wollen sie nicht.

»Hätte mich auch gewundert«, fährt er fort. »Aber um die Dänen zu vertreiben, braucht Olaf eure Unterstützung, die ihr ihm nicht verwehren dürft. Denn er ist immer noch euer König, ungeachtet dessen, was dieser Däne Knut davon hält. Ihr schuldet ihm Krieger, verdammt nochmal! Und es ist auch gleichgültig, ob ihr Hurensöhne Beute macht. Wir haben Größeres vor, als ein paar Silberstücke zu plündern oder Dirnen zu rauben. Größeres als ihr selber! Steckt das mal in euer Spatzenhirn!«

204

Die Männer grinsen. Sie mögen solche Ansprachen.

»Olaf ist Åstas Sohn, aber er ist vor allem unser Bruder. Hier an der Begna ist er aufgewachsen. Er ist einer von uns. Und er zieht in den Krieg für Norwegen. Er kämpft für euch, ihr tumben Bastarde, damit es euch und euren Familien gutgeht. Genau wie Sigurd es immer getan hat und Åsta. Und jetzt Guttorm und auch ihr jüngster Sohn Harald, der prächtige Bärentöter. Seht ihn euch an. Er ist jung, aber ein Kerl wie ein Baum. Und dumm scheint er auch nicht zu sein. Sie alle kämpfen für euch. Und wir schulden ihnen unsere Treue und jede Hilfe, die wir ihnen geben können. Also hört auf, euch am Arsch zu kratzen und dummes Zeug zu reden, und schickt eure Krieger – oder besser noch, kommt selber!«

❋ ❋ ❋

Einige Tage nach dem Thing erklärt Halfdan, er werde mitkommen und ebenfalls für Olaf kämpfen. Kommt gar nicht in Frage, ist Mutters prompte Antwort. Es genüge schon, dass zwei ihrer Söhne in den Krieg zögen.

Doch er besteht darauf. »Guttorm ist *konungr*«, sagt er trotzig. »Und jetzt sollen Olaf und Harald allein den Ruhm einheimsen. Ist es das, was du willst? Wo bleibe ich in deinen Plänen, Mutter? Was ist mit mir?«

»Es ist nicht immer leicht, *konungr* zu sein«, sagt Åsta. »Man ist oft allein mit seinen Entscheidungen. Guttorm wird eine Stütze brauchen. Deshalb sollst du an seiner Seite stehen. Auf mich wird er nicht immer zählen können, denn ich werde langsam alt.«

Aber Halfdan lacht nur. »Du und alt, Mutter? Was für ein Unsinn! Seht sie euch an! Ist sie nicht das blühende Leben? Welcher Kerl würde sie nicht vom Fleck weg heiraten? Hast du schon mal dran gedacht, wieder eine Ehe einzugehen? Ich wette, die Männer würden dir die Tür einrennen.«

»Red keinen Unsinn!«, sagt Åsta streng, obwohl ihr ein Hauch von Röte in die Wangen gestiegen ist.

Wenn er es darauf anlegt, hat Halfdan schon immer gewusst, wie man sie um den Finger wickeln kann. Aber sie scheint sich tatsächlich von der Kränkung durch diesen Rorik erholt zu haben, achtet wieder mehr auf ihr Äußeres und steckt überall die Nase in die Vorbereitungen für Olafs Feldzug. Sie hat Pferde erworben, sie persönlich ausgesucht, und von den umliegenden Höfen Bohnen, Getreide und andere haltbare Nahrungsmittel gesammelt. Die Beschäftigung tut ihr gut. Ihre Augen blitzen wieder, und in ihr Gesicht ist Farbe zurückgekehrt.

»Wir werden siegen, Mutter«, ruft Halfdan zuversichtlich. »Und ich werde dir das schönste Geschenk heimbringen, das eine Mutter jemals bekommen hat.«

»Was für ein Geschenk?«

Er küsst sie auf die Wange. »Ich werde dich überraschen.«

»Ich mag keine Überraschungen«, antwortet sie, aber nicht ohne ein versöhnliches Lächeln.

Trotz seines leichten Geredes meint Halfdan es ernst, wie sich in den nächsten Tagen herausstellt, und ich mache mir Sorgen. Er kann wirklich gut mit Pferden umgehen, überhaupt mit Tieren. Wenn andere Jungen sich gebalgt haben oder in den Bäumen herumgeklettert sind, hat er sich um Vögel mit gebrochenen Flügeln gekümmert, Käfer gesammelt oder dem Vieh beim Kalben geholfen. Doch mit Schild und Schwert in der Hand würde ich ihn im Nu überwinden. Nicht, dass er schwach wäre oder es nicht gelernt hätte. Aber er ist zu langsam, nicht angriffslustig genug. Ihm fehlen die Umsicht, die Schnelligkeit und der rücksichtslose Wille, um zu siegen. Alles Eigenschaften, die ein guter Krieger braucht, um im Schlachtgewühl zu überleben.

»Ich denke, du solltest auf Mutter hören und hierbleiben«, rate ich ihm bei erstbester Gelegenheit. Wir sind zusammen mit Thorkel auf Skiern unterwegs, um nach den Fallen zu sehen, die Halfdan im Wald ausgelegt hat, in der Hoffnung, einen Fuchs zu fangen.

»Warum?«, fragt er.

»Weil es gefährlich ist. Was denkst du, wie das ist, in der Schildwand zu stehen. Mutter könnte es nicht ertragen, wenn dir etwas zustieße. Du bist doch ihr Liebling.«

»Ich ihr Liebling? Wie kommst du denn darauf? Wenn jemand ihr Liebling ist, dann Olaf. Oder du. Ja, wenn ich es recht bedenke, dann bist du ihr Liebling. Ihr Jüngster. Du kriegst doch alles in den Hintern geblasen. Was immer du willst. Dir lässt sie alles durchgehen.«

»Red keinen Unsinn!«, erwidere ich betroffen, denn ich wusste nicht, dass er auf mich eifersüchtig sein könnte, er, der Ältere von uns beiden. Immer haben meine Brüder mich überragt, waren reifer, klüger gewesen. Und ich war nur der Kleine, den man nicht ernst nimmt, der nicht mitzureden hat. Aber in letzter Zeit hat sich vieles verändert. Ich bin herangewachsen, und dies nicht nur körperlich.

»Wenn Mutter will, dass du hierbleibst, dann solltest du auf sie hören«, sage ich.

»Warum eigentlich? Du gehst doch auch. Und was ist mit dir, Thorkel? Versteckst du dich etwa unter den Röcken deiner Mama?«

Thorkel grinst und schüttelt den Kopf. »Natürlich nicht.«

»Na also«, sagt Halfdan. »Denkt ihr, ich bleibe wie ein Feigling zu Hause?«

»Das hat keiner gesagt.«

»Aber gedacht habt ihr's.« Langsam wird er wütend. »Glaubt ihr, ich lasse meine Brüder in den Krieg ziehen und bleibe selbst zu Hause bei Mutter hocken? Ihr müsst mich wirklich für einen verdammten Feigling halten.«

»Niemand denkt das.«

Aber er ist jetzt richtig in Fahrt. So kenne ich ihn gar nicht. »Halfdan, der Weichling, das Muttersöhnchen«, schreit er. »Sollen das die Leute von mir sagen?«

»Beruhige dich«, beschwöre ich ihn.

Er starrt mir zornig ins Gesicht. »Ich komme mit. Und damit hat sich's. Verstanden?«

»Ist schon klar«, erwidere ich geschlagen und weiß doch, ich werde ihn beschützen müssen. Irgendwie.

In einer seiner Fallen hat sich tatsächlich ein Fuchs gefangen. Ein schönes Tier mit dichtem Winterpelz. Für Tante Guðrun, sagt Halfdan und findet sein Lächeln wieder.

Es wird nicht mehr darüber gesprochen. Ich weiß nicht, wie es ihm gelingt, Mutter zu überzeugen, aber anscheinend hat sie entschieden, ihm seinen Willen zu lassen, obwohl es sie schmerzt, das kann man an ihren Seufzern erkennen.

Sie hat angefangen, mit Ingerids und Tante Guðruns Hilfe, ein Banner zu nähen, ein magisches Rabenbanner. Für Olaf. Es soll ihn schützen und seinen Feinden Furcht einflößen, denn Raben sind Oðins geheiligte Vögel. Nur ein großer Heermeister darf ein solches Banner führen. Allvater Oðin schenkt der Welt nicht nur Weisheit, sondern er ist auch der Gott der Schlachten, des Tumults und des Chaos. Vor allem aber ist er der Herr aller Magie in der Welt, weit mehr noch als Freya. Diese Magie soll in das Banner eingewebt werden.

Es ist in Form eines großen Dreiecks geschnitten, das an einer Seite mit breiten Schlaufen an einer langen Lanze befestigt wird. Auf den Untergrund eines hellen Leinentuchs von doppelter Stärke zeichnet Tante Guðrun den großen, schwarzen Vogel mit ausgebreiteten Schwingen und einem weit aufgerissenen Schnabel, ganz so, als wolle er sich auf den Feind stürzen oder das Aas der Leichen verschlingen. An diesen Linien entlang fängt Åsta eigenhändig an zu sticken, denn sie weiß, dass der Zauber nur wirkt, wenn das Banner von der Mutter des Mannes gewirkt wird, dem es dienen soll.

Auch für Halfdan und mich arbeiten sie an einem Zauber. Ingerid und Guðrun spinnen einen feinen Faden, aus dem sie ein leichtes, aber festes Tuch weben. Daraus nähen sie zwei Hemden, die wir unter Tunika und *kyrtill* tragen sollen. Sie bringen die Hemden zu unserem *goði*, damit er sie gegen Tod und Verwundung mit Oðins *seiðr* belegen soll. Er verschwindet für ein paar Tage. Später erfahren wir, dass er sich zum Randsfjorden begeben hatte, um mit Hilfe der alten Völva Borgunna den Zauber stärker zu machen.

Ausgerechnet Borgunna. Das ist die Alte vom See, die mich damals verzaubert hat. Sie lässt mir ausrichten, sie erinnere sich noch gut an mich. Eine große Zukunft läge vor mir, und wenn ich zu ihr käme, würde sie mir die Runen legen. Doch ich verzichte darauf, denn ihre schaurigen Worte sind mir wieder eingefallen: *Einer von ihnen wird der Sonne Verderber sein. Er labt sich an den Leibern todgeweihter Männer, färbt der Götter Sitz mit rotem Blut.* Sie muss also doch mich gemeint haben. Aber von solchen Dingen will ich nichts wissen.

Wir schicken Boten nach Sithun, um zu melden, dass wir mit etwa fünfhundert Mann bereit sind, anzurücken, sobald wir gebraucht werden. Und während die Frauen noch mit Nähen und anderen Vorbereitungen beschäftigt sind, sehen wir Männer nach unseren Waffen, richten junge Pferde ab und ertüchtigen uns trotz des Schnees in Kampfübungen. Schon seit langem üben wir nicht mehr mit hölzernen, sondern mit scharfen Waffen. Es beruhigt mich zu sehen, dass auch Halfdan allmählich besser wird.

Ich nenne jetzt ein gutes Schwert mein Eigen. Es war nicht so kostbar wie Guttorms, aber brauchbar. Dazu hat Mutter mir Vaters Sax geschenkt, ein Kurzschwert für den Nahkampf. Im Grunde ist es ein überlanges Messer mit einer schlanken, spitz zulaufenden Klinge und einem silberverzierten Griff. Sein Name ist *Leggbitr*. Das bedeutet Beinbeißer. In der Enge der Schildwand ist ein Schwert eher unhandlich. Der wesentlich kürzere Sax ist geeigneter, unter dem Schildrand den Gegner zu treffen. Mit Stolz trage ich *Leggbitr* im Gürtel.

Thorkel dagegen ist ein Meister der Axt geworden.

»Du verstehst dich jetzt besser mit deinem Vater, hab ich recht?«

Er nickt. »Kann nicht klagen.«

»Willst du ihm immer noch die Zähne ausschlagen?«

»Hab ich so was gesagt?«

»Ich erinnere mich noch gut daran.«

Er lacht. »Nein. Wir kommen schon zurecht.«

Seit der Geschichte mit dem Bären hat Eirik seinen Frieden mit seinem Sohn gemacht. Und auch die Eltern verstehen sich besser, sagt Thorkel. Jedenfalls sieht man seine Mutter nicht mehr mit blauen Flecken herumlaufen. Und doch hat das Erlebnis mit dem Bären meinen Freund verändert. Zumindest denke ich, dass es damit zu tun hat. Er ist nicht mehr so ausgelassen wie früher. Er ahmt niemanden mehr nach. Nur die abstehenden Ohren versteckt er immer noch unter seinen rotblonden Locken.

Hrane stellt alle Krieger auf, die wir zur Verfügung haben, bleut uns Kampfformationen ein – den wilden Eber zum Beispiel, der wie ein Keil die Schlachtreihe des Feindes durchstoßen soll. Wir üben, wie man in Formation marschiert, die

Schlachtreihe wendet, die Flanken schützt und wie man in Windeseile eine *skjaldborg* bildet, den undurchdringlichen Schildwall gegen feindlichen Beschuss von Pfeilen und Speeren.

Schließlich, der Schnee ist in den Niederungen längst geschmolzen, auf den Wiesen blühen bereits die ersten Blumen, die Bäume grünen, und selbst auf den Bergspitzen hat es zu tauen angefangen, da erreicht uns endlich die ersehnte Nachricht. Olaf ist in Svearike gelandet. Die Botschaft ist kurz und knapp, enthält nur ein paar Grußworte, ansonsten das Nötigste an Anweisungen, um unsere Heere zu vereinen.

Dreihundert Mann hat er von den Rus mitgebracht, so berichtet der Bote. Das ist verdammt nicht viel. Doch König Anund unterstützt ihn angeblich mit zusätzlichen Kriegern. Trotzdem, wir können nur hoffen, dass sich uns unterwegs noch mehr Kampfwillige anschließen. Treffpunkt, so heißt es, soll am Svegssjön sein, einem See in Härjedalen, in etwa vier bis fünf Wochen. Der Ort liegt für Olaf auf halbem Weg zum Ziel des Feldzugs: Nideros im Trøndelag, seit Tryggvasons Zeiten Sitz des norwegischen Königs. Dort will er sich seinen Feinden stellen.

In Windeseile treffen wir die letzten Vorbereitungen, senden als Erstes Reiter in alle Richtungen aus, um die Botschaft zu verbreiten und Männer zu den Waffen zu rufen. Die aus Hringaríke und Viken sammeln sich hier an der Begna, die Oppländer haben vor, auf direktem Weg zum Svegssjön zu marschieren. Mehr und mehr Kämpfer unserer kleinen Streitmacht treffen ein und errichten ihre Zelte vor der Burg. Eymund Gunnarssons Worte haben gewirkt. Mit unseren eigenen *húskarlar* sind wir jetzt an die vierhundert Mann. Es sind nicht alles erfahrene Krieger, denn es befinden sich auch einige schlecht bewaffnete Raufbolde darunter, freigelassene Sklaven und Abenteurer, die auf Beute aus sind.

Zusammen mit Hrane teile ich die Männer aus Hringaríke in vier Gefolgschaften ein, lege bevorzugt solche zusammen, die schon miteinander gekämpft haben. Die Erfahrensten in drei starken Kampfgruppen zu je achtzig Mann, der Rest in einer einzigen Gefolgschaft als Hilfstruppe. Dazu kommen noch neunzig Kämpfer aus Viken. Jede dieser Gefolgschaften wählt ihren Anführer. Hrane übernimmt selbst eine dieser Gruppen, Ragnar eine andere. Finnolf befehligt die Hilfstruppe. Dazu ein Riese von Kerl, den ich noch nicht kenne und der sich Toke Björnsson nennt.

Dieser Toke hat den Ruf eines unbezwingbaren Wüterichs in der Schlacht. Wenn man seine grimmige Miene sieht und die mächtigen Arme, dann mag man es glauben. Neben Schwert und Sax trägt er eine gewaltige Axt über der Schulter.

Es ist Juni, als wir endlich marschbereit sind. Unsere *húskarlar*, denen Thorkel und ich uns anschließen, sind zu Pferde, die meisten anderen Krieger marschieren zu Fuß, Schild und Rucksack auf dem Rücken. Dazu die Axt im Gürtel und der Speer als Wanderstab. Verpflegung, Zelte und zusätzliche Waffen haben wir auf Packpferden verstaut. Olafs Rabenbanner liegt zusammengefaltet in meiner Satteltasche.

In diesen Tagen kommt es mir vor, als ob mein bisheriges Leben nur die Vorbereitung war für das, was uns jetzt bevorsteht, für den Kampf an Olafs Seite, um die Krone von Norwegen zurückzuerobern. Ich bin fünfzehn Jahre alt, groß und kräftig genug für mein Alter, um das zu tun, wofür ich mich jahrelang mit all den Ertüchtigungen und Kampfübungen vorbereitet habe. Natürlich sind Thorkel und ich blutjung, aber andere haben noch viel jünger ein Schwert geführt. Olaf selbst ist das beste Beispiel dafür. Der war schon mit zwölf ein *vikingr*.

Hrane schüttelt den Kopf über unsere Ungeduld. Er hat uns vor dem Schrecken der Schlachtreihe gewarnt, dem Gebrüll und dem Blut, den Schreien der Verwundeten. Er hat uns geschildert, wie es ist, wenn einen die Angst überwältigt, und erklärt, wie man dagegen angeht. Dass man sich an die Kameraden zu halten hat und niemals weichen darf. Und wer am Ende stirbt, das wissen allein die Nornen.

Thorkel sagt nichts dazu. Aber er ist ja schon einmal dem Tode nahe gewesen und weiß mehr davon als ich. Mir ist jedenfalls nicht bange. In meinem Kopf ist alles Kriegerische heldenhaft verklärt. Krieger zu sein, ist meine Bestimmung. Aber ich bin wie ein Runenstab, in den noch kein Zeichen geritzt wurde. Weder habe ich bei einem Weib gelegen noch einen Mann getötet. Es wird Zeit, dass ich Gelegenheit dazu bekomme. Selbst der Heldentod ist ein Geschenk der Götter mit der Aussicht, in Valhöll in ehrenvoller Runde mit anderen Helden zu trinken und von den eigenen Taten zu erzählen.

Hrane schüttelt den Kopf, wenn ich so rede. Ja, sagt er, Valhöll ist die Belohnung für Mut und Tapferkeit. Jeder weiß das. Aber seien es immer die Jüngsten, die von Heldentaten träumen, die sich leicht begeistern lassen, weil sie die Wirklichkeit nicht kennen und vom Greuel der Schlacht keine Vorstellung haben. Klüger, sich keinen Träumereien hinzugeben, zu wissen, was uns erwartet. Deshalb seien die Erfahrenen bessere Kämpfer. Die Jüngsten wären zwar oft die Tapfersten, aber sie würden auch am ehesten ihr Leben lassen.

Ähnliches muss meiner Mutter durch den Kopf gehen, als wir uns verabschieden. Alles ist geplant, gesagt und besprochen. Wir gehen mit ihrem Segen und vor allem auch mit ihren Hoffnungen. Und doch sind im Augenblick des Abschieds ihre Augen gerötet. Sie ringt um Fassung, und um ihre Mundwinkel zuckt es verdächtig, als sie Halfdan und mir einen Glücksbringer umbindet. Wahre kleine Kunstwerke. Halfdans ist aus einem Walrosszahn geschnitzt, meiner aus Silber gefertigt. Sie stellen Mjölnir dar, Thors gewaltigen Hammer, mit dem er die Feinde der Götter bekämpft. Die sollen wir immer um den Hals tragen, beschwört sie uns, um uns gegen Feind und bösen Blick zu schützen.

Dann umarmt sie uns noch einmal lang. Auch Ingerid weint, als sie uns zum Abschied küsst. Und Tante Guðrun ist völlig in Tränen aufgelöst, als würde sie uns niemals wiedersehen. Ich kann mir nicht helfen, auch mir steht das Wasser in den Augen, als ich endlich aufs Pferd steige.

Wie andere Frauen und Mütter umarmt auch Thorkels Mutter ihren Sohn und verabschiedet sich unter Tränen von ihm und ihrem Ehemann Eirik. Hrane sitzt auf und gibt den Befehl zum Abmarsch. Noch einmal sehe ich mich um und werfe einen letzten Blick auf die Frauen und Kinder, auf die Alten und Gebrechlichen und die Leibeigenen und auf die Bauern aus der Umgebung, die alle gekommen sind, um uns Lebewohl zu sagen und den Segen der Götter auf uns herabzubeschwören. Irgendwie ist mir in diesem Augenblick, als ob ich nicht nur Hringaríke verlasse, sondern auch meine unbeschwerte Kindheit und Jugend. Dass von nun an nichts mehr so sein wird wie bisher.

Die schönen Zwillinge

Pech und Schwefel! Ist es denn zu fassen?«, ruft Olaf begeistert und schließt mich in die Arme. Mit breitem Grinsen blickt er zu mir auf. »Du bist ja noch um eine Fußlänge gewachsen. Langsam wird es einem unheimlich.«

Tatsächlich überrage ich ihn fast um Haupteslänge. Natürlich gehört er nicht zu den Größten. Trotzdem kommt es mir seltsam vor, auf ihn runterzublicken. Vor drei Jahren war das noch anders gewesen. Er selbst hat sich kaum verändert. Außer dass mir sein Bauch runder vorkommt. Olaf der Dicke. Ob die Rus ihn wohl auch so nennen? Seine Augen funkeln vor guter Laune. Schalk und Frohsinn scheinen ihn jedenfalls nicht verlassen zu haben. Es ist eine verdammte Freude, ihn wiederzusehen.

Er winkt auch Halfdan zu sich heran und legt uns beiden je einen Arm um die Schultern. »Großartig, euch beide hier zu treffen, Jungs. Ich war sicher, ihr würdet mich nicht im Stich lassen. Und jetzt seid ihr da. Noch dazu mit siebenhundert Mann im Gepäck. Wer hat denn das Kunststück vollbracht? Etwa du, Harald?«

»Mutter und Guttorm. Und der alte Eymund Gunnarsson.«

»Eymund. Der alte Fuchs lebt also noch?«

»Mehr als das. Auf dem Thing hat er sie alle überredet.«

»Ich hoffe, ein bisschen mehr als nur überredet?« Mit gespieltem Unmut runzelt er die Stirn. »Überzeugt sollen sie sein, Feuer und Flamme. Bereit, für ihren König zu kämpfen.« Aber gleich darauf lacht er wieder, als ob er sich selbst nicht so ernst nimmt.

Halfdan schnaubt abfällig. »Ja, sie kämpfen für dich. Aber die Aussicht auf Beute hat sicher auch nicht geschadet.«

Unterwegs hatte ich mir schon einige solcher Bemerkungen anhören müssen. Halfdan hat an allem etwas auszusetzen. Er hätte nicht mitkommen sollen, sage ich mir zum wiederholten Male, denn im Grunde verachtet er alles Kriegerische.

Auf Olafs Gesicht tritt ein mildes Lächeln. »So ist das eben, Halfdan. Hast du anderes erwartet?« Er zeigt auf das Meer von Zelten am Seeufer, zwischen denen die Rauchsäulen der vielen Kochfeuer aufsteigen. Ich habe noch nie so viele Menschen auf einem Haufen gesehen. »Die meisten dieser Kerle da, die Rus und die Schweden, die sind doch nicht hier, weil ihnen etwas an meiner Krone liegt. Die sind aus Abenteuerlust gekommen, und weil ich großzügig mit meinem Silber umgehe. Vor allem aber, weil sie Beute riechen. Beute und Weiber, darauf sind sie scharf, machen wir uns nichts vor. Aber so ist es schon immer gewesen. Und daran wird sich auch in Zukunft nichts ändern. Aber solange sie auf meiner Seite sind, soll es mir gleich sein.«

Wir wandern langsam durchs Lager. Die meisten sind in einfachen Zelten zum Schutz gegen Regen und Nachttau untergebracht. Wobei die Unterkünfte der Ärmeren nur aus geflickten und notdürftig mit Zweigen und Schnüren aufrecht gehaltenen Fetzen bestehen, die ein guter Windstoß leicht in den See treiben könnte. Und dann am Rande des Lagers ein paar hundert Kerle, die überhaupt kein Zelt haben, sondern im Freien oder unter Büschen schlafen. Zum Glück ist es Sommer. Diese Männer sind auch nicht besonders gut bewaffnet. Manche sehen aus, als hätten sie in der Wildnis gehaust. Sie haben schmutzstarrende Gesichter, verfilzte Haare und sind mit Fellen statt mit ordentlichem Tuch bekleidet.

»Wo hast du denn die aufgetrieben?«, fragt Halfdan.

Olaf grinst. »Man kann nicht immer wählerisch sein.«

Er macht keinen Hehl daraus, dass sich ihm unterwegs neben seinen eigenen Männern, den Rus und den Schweden auch eine Menge seltsames Volk angeschlossen hat. Abenteurer, Halsabschneider und Wegelagerer, Raufbolde, denen jede Gelegenheit recht ist, sich zu prügeln.

»Wie verlässlich die sind, wenn's drauf ankommt, werden wir sehen«, sagt er mit einem Schulterzucken. »Aber immerhin haben wir zweieinhalbtausend Mann zusammen. Und mehr als die Hälfte davon sind gute Kämpfer.«

Ich muss an Guttorm denken. Mit seiner Schätzung auf dem winterlichen Thing hatte er also gar nicht mal so falschgelegen. Und was die Rus betrifft, sie sind gut ausgerüstet, nur dass sie schwere längliche Schilde tragen im Gegensatz zu unseren runden.

Ich weiß nicht, was ich von diesen Rus erwartet habe, aber sie sehen nicht viel anders als unsere eigenen Leute aus. Die meisten haben helle Haare wie wir und sprechen sogar unsere Sprache, auch wenn es eher wie ein seltsames, altertümliches Schwedisch klingt. Aber manchmal, besonders wenn sie mit ihren leibeigenen Knechten reden, benutzen sie eine andere Sprache, von der man kein Wort versteht.

Auch die Oppländer haben ihr Versprechen gehalten und uns zweihundert erfahrene Krieger geschickt. Mit diesen und mit Olafs alten Gefährten, den Rus, den Schweden und unseren Männern aus Hringaríke bilden wir den Kern des Heeres. Damit können wir die Mitte der Schlachtreihe besetzen. Ob es reicht? Olaf jedenfalls ist davon überzeugt.

»Wir werden die *bóndi* schlagen und ins Meer treiben«, sagt er und lacht zuversichtlich, als könnte er es schon vor sich sehen. »Wenn das erledigt ist, werden wir das Heer vergrößern und Schiffe ausrüsten. Mal sehen, ob Knut dann noch die Eier hat, uns anzugreifen.«

Hier und da nicken Männer ihm zu, während wir durchs Lager schlendern. Manchmal bleibt er stehen und scherzt mit ihnen. Man sieht, dass sie ihn mögen. Alle scheinen ausgesprochen guten Mutes zu sein, sie vertrauen ihm. Olaf wird sie zum Sieg führen, Beute verteilen und silberne Armreifen für besondere Tapferkeit verschenken.

Es befinden sich nicht nur Krieger im Lager, sondern auch leibeigene Knechte, die sich um Kochfeuer, Zelte und Pferde kümmern. Und sogar Frauen. Die meisten von ihnen wären Huren, klärt Olaf uns auf. Frauen, die sich für Geld hingeben. Ich habe davon gehört, aber bei uns daheim gibt es so was nicht. Natürlich dürfen Sklavinnen sich nicht zieren, wenn ihr Herr sich mit ihnen vergnügen will, ansonsten aber geht es bei uns eher gesittet zu. Darauf hat Mutter geachtet. Und eine Sklavin, die zur Familie gehört, wird meist auch in dieser Hinsicht respektiert. Im Grunde hat es Åsta immer missfallen, wenn Männer meinen, sie könnten sich von Frauen nehmen, was sie wollen, besonders wenn diese Leibeigene sind.

Auf dem Weg zurück zu Olafs Zelt treffen wir auf alte Bekannte. Sigvat Thordsson, der Skalde, erinnert sich noch gut an mich. Er dürfe bei diesem großen, heldenhaften Kampf nicht fehlen, sagt er mit einem Augenzwinkern. Wer sonst soll das Geschehen für die Nachwelt festhalten? Ich begrüße die Brüder Arnason, Finn und Thorberg. Finn, der Ältere, ähnelt seinem Bruder Kalfr, schlank und dunkelhaarig, während der etwas untersetzte Thorberg mit seinem blonden Bart und roten Wangen aus der Art geschlagen scheint.

Besonders freut es mich, Ragnwald Brusason wiederzusehen. Wir umarmen uns überschwenglich. »Ich soll dich von deinem Vater grüßen«, sage ich und berichte von unserer Reise zu den Orkneys.

Bei meiner Erzählung bekommt er feuchte Augen. »Es ist so verdammt lange her, dass ich da war. Geht es meinem Vater gut?«

»Es geht ihm bestens«, meint Hrane, der hinzugetreten ist. »Er hat diese Irin, die hält ihn jung. Eine wahre Schönheit. Aber die hat ihre Klauen fest in seinem Fleisch, das kannst du mir glauben. Wenn ich du wäre, würde ich mich um mein Erbe kümmern, sonst stiehlt sie es dir unter der Nase weg.«

Ragnwald lächelt versonnen. »Ich denke, du hast recht. Wenn das hier vorbei ist, werde ich heimkehren.«

»Du hast also gelernt, mit einem Schiff umzugehen«, sagt Olaf zu mir. »Und wie ist es euch auf See ergangen?«

Bevor ich ihm von dem Sturm erzählen kann, hat sich Bischof Grimkell zu uns gesellt. Er fasst Halfdan und mich bei der Hand. »Ich danke euch, dass ihr gekommen seid, um eurem Bruder bei seinem heiligen Unterfangen beizustehen.« Beim Reden bewegt sich der Adamsapfel in seinem dünnen Hals auf und ab. »Der Herrgott selbst muss euch gesandt haben.«

Ich runzele die Stirn. »Von einem Herrgott weiß ich nichts. Meine Mutter und das Thing von Hringaríke haben uns gesandt.«

Olaf lacht bei meinen Worten, was ihm einen ärgerlichen Blick des Bischofs einbringt. »Gott wirkt seine Wunder auf mannigfaltige Weise«, sagt Grimkell mit einem überlegenen Lächeln. »Unser Herrgott wird deine Mutter erleuchtet haben. Und König Olaf ist nun dabei, das Land für Christus zurückzugewinnen. Die himmlischen Heerscharen werden ihm dabei helfen. Täglich beten meine Brüder und ich dafür.« Erst jetzt bemerke ich die drei Mönche in seinem Gefolge, die mich neugierig mustern.

Ich will etwas erwidern, aber Olaf unterbricht mich. »Komm!«, sagt er. »Ich will dir etwas zeigen.« Er fasst mich am Arm und zieht mich zu seinem Zelt. »Streite dich nicht mit dem Bischof«, raunt er mir, dort angekommen, zu. »Er ist mir nützlich.«

»Glaubst du etwa an sein Gerede?«, frage ich.

»Es ist unwichtig, was ich glaube, Harald. Aber das Christentum ist gut für das Land. Es könnte uns endlich einen. Denkst du, der große Frankenkaiser Karl hätte ein so gewaltiges Reich ohne den Christenglauben erschaffen können?«

»Ist es das, was du willst? Den ganzen Norden einen? Ein großes Reich schaffen? Das ist doch auch, was Knut will.«

»Reden wir nicht von Knut«, sagt er und hebt die Zeltbahn am Eingang hoch. »Und jetzt rein mit dir!«

Das Innere des Zeltes ist bequem und geräumig, der Boden mit einer Art geknüpftem Teppich ausgelegt. An den Zeltpfosten hängen Hornlaternen und Olafs Waffen. Links ein breites Bett, mit weichen Fellen bedeckt. Rechter Hand stehen ein paar Truhen, auf denen Kleider achtlos hingeworfen liegen. Vor einer der Truhen sinkt er aufs Knie und holt einen eisernen Schlüssel aus der Gürteltasche.

Während er sich am Schloss zu schaffen macht, betreten zwei sehr junge Frauen das Zelt. Sie sind von außergewöhnlicher Schönheit und gleichen sich wie ein Ei dem anderen. Beide tragen luftige, in der Mitte gegürtete Tuniken, die nur bis zum Knie reichen, und an den Füßen zierliche Sandalen. Sie sind wohlgestaltet, zumindest, soweit ich das sehen kann, haben kurzgeschnittenes, rötlich blondes Haar, hohe Wangenknochen und ungewöhnlich weiße Haut. Sie scheinen nicht zu bräunen, obwohl es Sommer ist. Die eine fragt Olaf, ob er etwas wünsche, während die andere mir einen abschätzenden Blick aus großen, hellblauen Augen zuwirft.

Olaf wendet sich halb um und winkt ab. Doch dann fällt ihm auf, dass ich die Mädchen ungebührlich anstarre, und er muss grinsen. »Gefallen dir meine Hübschen? Sie heißen Aila

220

und Impi. Schwer auseinanderzuhalten, außer dass Aila diese kleine Narbe hat.«

Tatsächlich ist bei einer von ihnen eine winzige Narbe über der rechten Braue zu erkennen. Sie ist es, die mich so hochmütig gemustert hat.

»Du nimmst Sklavinnen mit auf den Feldzug?«, frage ich.

»Warum nicht? Die Mädchen sind ein Geschenk von einem Freund. Und ein wahrlich königliches, findest du nicht? Das konnte ich doch schlecht ablehnen.« Er lacht. »Bei den Rus macht man sich unter Freunden gern solche Geschenke. Die beiden stammen aus einem Dorf der Finnen nördlich vom Ladogasee.«

»Sprechen sie unsere Sprache?«

»Was die Rus so sprechen. Sie sind als Kinder nach Kiew gekommen. Da wurden sie mit Sicherheit besser aufgezogen und mehr verwöhnt als in ihren finsteren Wäldern. Nicht wahr, ihr beiden?«

Er streicht einer von ihnen, es ist wohl Impi, sanft über die Schulter, ganz so, wie man etwa eine Lieblingskatze streichelt. Sie lässt es geschehen, ohne Regung zu zeigen. Und wie eine Katze starrt auch sie mich jetzt an, aus großen, aufmerksamen, unergründlichen Augen, ohne eine Spur von Lächeln darin. Ich habe keine Ahnung, was Finnen sind, oder wo sich ein Ladogasee befindet. Doch dieser kühle Blick aus Katzenaugen hält mich gefangen.

»Damit ihr's wisst«, sagt Olaf zu den Mädchen. »Der junge Kerl hier ist mein Bruder Harald. Und auch der andere da draußen. Der heißt Halfdan. Also behandelt die beiden gut. Sie haben hier jederzeit Zugang. Und jetzt lasst uns allein.«

Wortlos verlassen die Mädchen das Zelt.

Olaf öffnet die Truhe und zeigt mir den Inhalt. Ein Glanz von Silber leuchtet mir entgegen, vereinzelt sogar von Gold. Da sind Armreifen, Ketten, Trinkgefäße, aber vor allem jede

Menge Hacksilber und Münzen mit seltsamen Aufschriften. Er sagt, das sei arabisches Münzgeld. Dann greift er hinein und hebt einen dicken Armring heraus.

»Da, nimm! Ein Krieger trägt Silber am Arm. Und du bist schließlich mein Bruder. Da werde ich mich doch nicht lumpen lassen.«

Ich danke ihm und streife den Ring über den Unterarm. Ein schönes Stück und reich verziert. Die beiden Enden stellen so etwas wie Löwenköpfe dar. »Wo hast du das alles her?«

»Meine Reise hat sich gelohnt«, erwidert er verschmitzt lächelnd, ohne weitere Erklärungen, wie er an den Schatz gekommen ist. Stattdessen nimmt er noch einen Armreif heraus und gibt ihn mir. »Für Halfdan.«

»Wo ist eigentlich König Anunds Zelt?«, frage ich.

Olaf zieht die Mundwinkel herunter. »Der ist nicht gekommen. Die letzte Schlacht gegen Knut hat ihm wohl gereicht. Ist ja auch nicht sein Königreich, um das hier gekämpft wird. Nicht, dass ich mich beklage. Schließlich hat er uns vierhundert Kämpfer mitgegeben. Alles gute Männer.«

»Und Astrid? Ich hätte sie gern wiedergesehen.«

»Besser, sie bleibt vorerst bei ihrem Bruder. Einen Feldzug wollte ich ihr nicht zumuten. Aber als ich von Garðarike kam, hatten wir ein Wiedersehen, sag ich dir …« Er lacht ausgelassen und zwinkert mir bedeutungsvoll zu. »Ich liebe dieses Weib! Sie hat mir wirklich sehr gefehlt.«

So sehr, Bruderherz, dass du trotzdem noch Sklavinnen im Gefolge hast, denke ich bei mir. Aber das ist eben Olaf. Man müsste sich Sorgen um ihn machen, wenn es anders wäre.

»Wie geht es Magnus?«

»Den hab ich bei Fürst Jarisleif gelassen. Zusammen mit Alfhild.« Seine Miene wird ernst. »Ich möchte nicht, dass dem Jungen etwas zustößt. Er ist schließlich mein Erbe.«

»Aber in Sithun? Was soll ihm da zustoßen?«

Er wiegt den Kopf von einer Seite zur anderen. Zum ersten Mal kommt er mir nicht mehr so selbstsicher vor. »Man kann nie wissen, wie die Sache für uns ausgeht«, murmelt er. Er sieht sich kurz um, wie um sich zu vergewissern, dass uns niemand belauscht. »Hör zu, Harald, was ich dir jetzt sage, bleibt unter uns. Es geht auch Halfdan nichts an. Er ist ein netter Kerl, aber …«

Ich nicke. »Du kannst dich auf mich verlassen.«

»Eben. Du bist jung, aber es gibt keinen, dem ich mehr vertraue. Außer unserer Mutter vielleicht.« Bevor ich mich wundern kann, womit ich so viel Vertrauen verdient habe, redet er schon weiter: »Wer kann wirklich sagen, ob wir siegen und ob ich das überhaupt überlebe.«

»Natürlich wirst du …«

»Sei still und hör zu. Sollte mir etwas zustoßen, dann will ich, dass du dich um Magnus kümmerst. Sieh zu, dass ein rechter Mann aus ihm wird und dass er sein Erbe antreten kann. Denn nach mir ist er der rechtmäßige König von Norwegen. Das ist dir doch klar, oder?«

»Sicher, Olaf. Aber was soll das Gerede? Du bist gesund, und dir wird nichts …«

Er legt mir den Finger auf die Lippen und heißt mich schweigen. »Du kümmerst dich, wenn nötig, um Magnus. Das ist mir wichtig. Aber sollte auch er … ich meine, sollten die Götter es ihm nicht vergönnen, dann bist du mein Nachfolger.« Er sieht mir eindringlich in die Augen. »Magnus ist mein Erbe. Du wirst für ihn kämpfen. Das musst du mir versprechen. Aber nach ihm erbst du die Krone. So bleibt sie in der Familie.« Er legt mir die Hand auf die Schulter. »Genauso habe ich es auch aufschreiben lassen. Bischof Grimkell hat die Urkunde in seinem Besitz. Also streite dich nicht mit ihm.«

Ich bin ziemlich verwirrt und weiß nicht recht, was ich sagen soll, außer ihm das verlangte Versprechen zu geben. Dass Olaf den Kampf nicht überleben könnte, das ist außerhalb meiner Vorstellungskraft. Für mich ist er unverwüstlich. Ein Fels in der Brandung. Und ich soll vielleicht einmal König von Norwegen werden? Das ist noch viel schwerer vorstellbar. Obwohl es mich ehrt, dass er das so sieht.

»Gut. Das wäre dann geklärt«, sagt er und zwinkert mir wieder fröhlich zu. »Und jetzt wollen wir uns vergnügen.«

Während wir das Zelt verlassen, meint er: »Noch was, Harald. Du gibst dich für meinen Geschmack viel zu bescheiden.«

»Bescheiden? Wie meinst du das?«

»Ich weiß, Mutter hat uns so erzogen. Aber, verdammt nochmal, du bist ein Prinz, der Bruder eines Königs. Also benimm dich auch so, damit die Männer lernen, dich zu achten.«

»Ich denke, sie achten mich auch so. Aber wie du meinst. Ich werde es mir merken.«

Es ist Abend geworden. Inzwischen auch kühler. Die Sonne wirft lange Schatten über das geschäftige Lager. Überall Stimmen um uns herum. Irgendwo ein Streit, dann wieder Gelächter. Äste werden zerkleinert, Kochfeuer genährt. Und ab und zu ist das Schleifen von Klingen zu hören.

Olaf hat ein paar Tage auf uns warten müssen und die Zeit zum Jagen genutzt. Auf dem freien Platz vor seinem Zelt hat man schon vor einer Weile ein großes Feuer angezündet. Über der Glut rösten zwei ganze Wildschweine. Nach unserem zweiwöchigen Marsch von Hringaríke bis hierher sind wir müde. Und etwas Vernünftiges zu essen hatten wir unterwegs auch nicht. Kein Wunder, dass der Geruch des brutzelnden Fleisches mich halb verrückt macht vor Hunger.

Ich habe mein Bärenfell mitgebracht. Nicht, um Leute zu beeindrucken, sondern weil man in kühlen Nächten wohlig warm darin schläft. Doch nach Olafs Worten lege ich mir an diesem Abend das Fell aus anderen Gründen um die Schultern. Nicht wenige schielen neugierig zu mir herüber und tuscheln. Die Geschichte meiner Bärenjagd scheint vielen nicht unbekannt zu sein.

Olafs Heerführer sitzen auf zusammenklappbaren Feldstühlen. Auch Halfdan und mir bieten sie einen Ehrensitz an. Ich nehme das Angebot an und setze mich zu ihnen, statt mich wie sonst zu Thorkel und den anderen ins Gras zu hocken. Hat Olaf nicht gesagt, ich soll weniger bescheiden auftreten? Er stellt uns seinen Heerführern vor. Einer ist ein bärbeißiger Oppländer, der aber die Schweden anführt. Dag Ringsson heißt er und lebt in Svearike, weil die Dänen ihn aus seinem Reich verbannt haben. Olaf hat ihm volle Rückgabe seiner Würden und Besitztümer versprochen und ihn so für seine Sache gewinnen können. Der Mann hat ein hartes Gesicht, aber kluge Augen, denen nichts entgeht.

Es gibt Bier und für diese erlesene Runde sogar Wein. Der stamme aus dem fernen Grikaland, erklärt Olaf. Zwei Fässer habe er noch.

»Die müssen wir leer trinken, bevor das Zeug sauer wird«, ruft er gutgelaunt und lässt reihum ausschenken.

»Da helfen wir doch gern«, meint Hrane und gießt sich gleich einen vollen Becher in die Kehle. Danach nickt er anerkennend. »Hab schon schlimmere Plörre gesoffen.«

Ich nehme mir vor, vorsichtig mit dem Wein zu sein, obwohl er ausgezeichnet schmeckt, denn auf den Orkneys habe ich leidvolle Erfahrung damit gemacht. Halfdan dagegen versucht, mit Hrane mitzuhalten. Dabei kann es einem leidtun, wie sie den schönen Wein so gedankenlos in sich hineinkippen.

»Nicht so hastig, Halfdan«, raune ich ihm zu. »Von dem Zeug wird man schnell betrunken.«

»Was weißt denn du davon?«, brummt er und lässt sich von einem Sklaven, der mit einem vollen Krug vorbeikommt, nachschenken. »Möchte doch wissen, was die Leute im Süden so saufen.«

Ich habe ihm nichts von meinen Erlebnissen auf den Orkneys erzählt. Er wird schon selbst herausfinden, dass Wein stärker als Bier ist, denke ich nicht ohne Schadenfreude.

»Ich sag euch, Leute, Holmgarð ist gut, aber Kiew besser«, schwärmt Olaf. »Da gibt's alles, was ihr euch nur denken könnt. Von den Polen und Wenden kommen kräftige Sklaven und aus dem Norden die feinsten Pelze. Und von den Steppen herrliche Pferde. All das wird gegen arabisches Silber und byzantinisches Gold getauscht. Oder auch gegen Wein, Seide, golddurchwirkte Stoffe. Jarisleif ist reich geworden von diesem Handel. In Kiew lässt sich's leben!«

Einer der Rus in der Runde lacht. »Es hat dir also bei uns gefallen?«

Olaf stellt den Mann als Borislaw vor, Anführer der Männer aus Garðarike. Er ist ein großer, kräftiger Kerl mit einer gebrochenen Nase und gelbem Haar, das er in langen Flechten trägt, damit es ihn im Kampf nicht behindert.

»Um deine Frage zu beantworten, mein Lieber«, sagt Olaf. »Es gefiel mir wirklich ausnehmend gut bei euch. Und doch konnte ich nicht bleiben, denn du musst zugeben, nichts vergleicht sich mit der Schönheit unserer eigenen Heimat.« Er weist mit einer weit ausholenden Armbewegung auf die nähere Umgebung. »Das hier, der See und die grünen Hügel, die dichten Wälder voller Wild wie die beiden Schweine hier auf dem Grill, das kann sich schon sehen lassen, denke ich. Aber warte, bis wir in die hohen Berge kommen. Da hast du eine Aussicht über schneebedeckte Gipfel, so weit das Auge reicht, schroffe Felsen, Wasserfälle, blaue Fjorde und das weite Meer. So was gibt's nur bei uns.«

Aber auch Borislaw lässt sich nicht lumpen und schwärmt von den unendlichen Steppen seiner Heimat. Halfdan, Thorkel und ich müssen uns erklären lassen, was eine Steppe ist. Gras und sanfte Bodenwellen, so weit das Auge reicht, erklärt er uns. Man könne drei Tage reiten und weder Baum noch Strauch antreffen. Aber jede Menge wilde Pferde und Rinder. Und dann die riesigen Flüsse, so breit wie hier der See, auf denen man bis nach Miðgarð im Grikaland fahren könne.

Halfdan hört ihm mit glasigen Augen zu. Nach einigen Bechern Wein auf leeren Magen wankt er schon ein wenig. Aber endlich ist es so weit, und die Knechte fangen an, saftige Stücke aus den Schweinerücken zu schneiden und zu verteilen. Das fetttriefende Fleisch ist so heiß, dass man es auf die Messerspitze nehmen muss und sich beim Hineinbeißen den Mund verbrennt. Trotzdem fallen wir darüber her wie ausgehungerte Wölfe.

Leider hat Halfdan kaum etwas davon. Denn es dauert nicht lange, und es wird ihm furchtbar übel. Unter dem Gelächter der Männer kotzt er in die Büsche. Danach ist er bleich wie der Tod und kann sich kaum auf den Beinen halten. Ich muss seinen Arm um meine Schultern legen und ihn zum Zelt bringen, wo er stöhnend auf sein Lager fällt und sich nicht mehr rührt.

✳ ✳ ✳

Olaf gönnt uns nur wenige Tage Rast, dann wird das Lager abgebrochen, und wir machen uns auf den Weg nach Nordosten. Zwei lange Wochen marschieren wir auf schmalen Pfaden durch unendliche Wälder. Kaum ein Mensch wohnt in diesen

Gegenden, und ohne die ortskundigen Führer, die sich uns angeschlossen haben, hätten wir uns verirrt.

Dunkle, undurchdringliche Tannen- und Föhrenforste wechseln mit Laubwäldern voll knorriger Eichen, Erlen, Ulmen und Eschen ab, von denen an manchen Stellen Schlingpflanzen hängen oder die halb von dornigen Brombeerbüschen überwuchert sind. Wir umgehen mückenverseuchte Sümpfe, stapfen über Lichtungen mit hüfthohem Farnkraut und klettern an Hügelhängen entlang über moosbewachsene Felsbrocken. An grauen, sonnenlosen Tagen ist es geradezu bedrückend, immerfort unter diesem grünen Blätterdach zu marschieren, ohne Sicht auf die umliegenden Berge. Unsere einzigen Begleiter sind die Vögel in den Baumkronen. Manchmal auch Rehe und Elche, die vor der langen Menschenschlange flüchten, die sich durch den Wald müht. Nicht selten treffen wir auf Wildschwein- und Bärenspuren.

Die einzige Abwechslung in dieser grünen Einöde bieten gelegentliche waldfreie Täler, in denen sich an einem Flussufer ein Dorf befindet, meist nur ein paar Hütten, umgeben von kargen Weiden und Feldern. Ich stelle mir vor, dass das Leben hier hart sein muss, besonders im Winter. Aber die Ortskundigen sagen, es ist kein schlechtes Leben. Die Jagd ist gut, und niemand stört den Frieden. Und dann natürlich die vielen Seen, an denen wir vorbeikommen. Hier ist die Sicht frei auf schilfbewachsene Ufer und weite, fischreiche Gewässer voller Reiher, Enten und anderer Wasservögel.

An solchen Orten lagern wir bevorzugt, schwimmen abends im See und brutzeln Geflügel, das die Jäger erlegt haben. Tags darauf geht es weiter. Manchmal zieht sich die Kolonne so weit auseinander, dass wir Stunden warten müssen, bis alle Nachzügler den Anschluss gefunden haben. Das verzögert den Marsch. Besonders das schlecht bewaffnete Lumpenpack ist schwer im Zaum zu halten. Diese Männer durchstöbern die Gegend nach Wild oder einsamen Bauernhöfen, um die Leute zu bestehlen. Einmal muss Olaf Gericht halten und ein paar Kerle aufknüpfen lassen, die es zu schlimm getrieben haben.

Einige Tage lang steigt das Gelände ein wenig an. Aber die Berge, wenn man sie so nennen kann, sind hier nicht besonders hoch. Nicht wie im Südwesten Norwegens. Schließlich führt der Weg wieder talwärts, und endlich erreichen wir bewohntes Gebiet. Wir folgen einem kleinen Fluss, der dem Meer zuströmt. Rechts und links Weiden und Äcker, auf denen Korn reift. Olaf hatte gehofft, dass uns hier weitere Kämpfer zuströmen würden. Doch die Bauern machen finstere Gesichter, als sie uns bemerken, ziehen sich in die Hügel zurück mitsamt Vieh und Familien. Olaf lässt einige von ihnen zusammentreiben, bietet den jungen Männern Silber, wenn sie für ihn kämpfen. Aber nur wenige nehmen sein Angebot an. Für die Menschen hier im Trøndelag sind wir Außenseiter, Leute aus dem Süden des Landes, und dazu auch noch Rus und Schweden, mit denen sie noch weniger gemein haben. Wir sprechen die gleiche Sprache und sind doch Fremde.

Auf einem der größeren Höfe ereignet sich ein unangenehmer Vorfall. Die Familie und ihre leibeigenen Landarbeiter sind nicht geflohen, sondern haben sich versammelt, um Olaf reden zu hören, denn auch hier will er Kämpfer anwerben. Er spricht von der Einheit der Norweger unter einem von Gott ernannten König, vom Kampf gegen die anmaßenden Dänen. Bischof Grimkell steht neben ihm und bekräftigt seine Worte.

Doch die verschlossenen Gesichter, mit denen die Leute zuhören, hätten Olaf warnen müssen. Am Ende tritt der greise Bauer vor, der Altvater und Oberhaupt der Familie. »Du bist hier nicht willkommen«, sagt er und spuckt vor ihm aus. »Und dein *hvítakristr*, dein Weißer Christ, noch viel weniger. Macht, dass ihr weiterkommt!«

Olaf wird schrecklich wütend, regelrecht weiß vor Zorn. Mit der Linken packt er den Alten am Bart, mit der Rechten zieht er sein Schwert. Und bevor jemand auch nur ein Mal blinzeln kann, hackt er ihm so wuchtig in den Nacken, dass es dem Kerl fast den Kopf abtrennt. Blut spritzt in einer wahren Fontäne und besudelt Olafs *kyrtill* und Stiefel. Der Mann ist tot, bevor sein Leib auf dem Boden aufschlägt.

Die Familie kreischt auf, das alte Weib des Toten wirft sich heulend über ihn, Mägde umklammern einander vor Angst, Kinder weinen. Und Olaf blickt mit wild rollenden Augen um sich, ob noch einer es wagen sollte, seine Autorität zu beleidigen.

Als wir wieder in den Sattel steigen, höre ich, wie Sigvat ihm zuraunt: »Mäßige dich, Olaf. Auf diese Weise wirst du die Leute nie für dich gewinnen.«

Doch mein Bruder antwortet nicht, sondern presst, immer noch aufgebracht, die Lippen zusammen. Dann stößt er seinem Gaul die Fersen in die Flanken und reitet voran. Sigvat und Ragnwald wechseln bedeutungsvolle Blicke und folgen ihm. Wahrscheinlich ist sein alter Kamerad Sigvat der Einzige, der sich eine solche Bemerkung erlauben darf.

Mir sitzt der Schreck über diesen Vorfall noch eine ganze Weile in den Gliedern. Natürlich hat Olaf sich hier im Norden in den Jahren seiner Herrschaft keine Freunde gemacht. Die Söhne mächtiger Jarls hat er für ihre verbotenen Raub- und Plünderfahrten streng bestraft, die Väter gemaßregelt, Übergriffe unterbunden und mit harter Hand den geschuldeten Tribut eingetrieben. Doch heute habe ich zum ersten Mal seine unbeherrschte Wut beobachten können. Das sind die zwei Seiten meines Bruders. Meist ist er warmherzig und großzügig, besonders gegenüber der Familie und seinen engeren Gefährten. Er kann witzig und unterhaltsam sein, mit Geschenken und Liebenswürdigkeiten um sich werfen. Er hat Freunde, die ihn lieben und seit Jahren an seiner Seite sind. Doch wenn man sich ihm widersetzt, übermannt ihn der Zorn. Dann kann er rücksichtslos und grausam sein. Mich jedenfalls hat der sinnlose Tod dieses Alten tief bestürzt.

Ich nehme mir vor, auf diesem Feldzug Augen und Ohren offen zu halten. Dies ist mein erster Kriegszug. Und gleich ein so bedeutender. Man hat nicht alle Tage die Gelegenheit zu einer solchen Lehrstunde. Ich achte auch auf das, was die Männer untereinander so reden, und erfahre einiges. Nicht immer Gutes.

Zum Beispiel höre ich zum ersten Mal von diesem armen Rorik von Hedemark, einem der fünf Könige von Oppland. Zwar einflussreich, aber schon ein alter Mann. Ihm hat Olaf die Augen ausstechen lassen und ihn dann auf seinen Reisen mit sich geschleppt, bis der Alte trotz seiner Blindheit irgendwann zu fliehen versuchte. Dabei haben sie ihn endlich umgebracht.

Und dann die vielen anderen, auch reiche *bóndi,* denen man die Zungen rausgerissen oder Glieder abgehackt hat, weil sie dem Christ nicht huldigen wollten. Ich verstehe allmählich, dass hier im Nordwesten nicht nur die Jarls gegen Olaf sind. Oft hört man sagen, dass ein Herrscher sich nur mit Härte durchsetzen kann. Geliebt zu werden sei gut, gefürchtet besser. Doch von unserer Mutter bin ich anderes gewohnt. Und langsam begreife ich, dass es als König nicht genügt, seine Macht durchzusetzen. Man muss auch die Herzen der Menschen für sich gewinnen. Diesem Teil hat Olaf wohl nicht genug Beachtung geschenkt.

In einem Tal, inzwischen nicht weiter als ein guter Tagesmarsch vom Meer entfernt, machen wir halt und richten unser

Nachtlager ein. Hier will Olaf ein paar Tage verweilen, dem Heer Zeit geben, sich zu sammeln und auszuruhen. Und um die Berichte berittener Kundschafter abzuwarten. Er nimmt an, dass man von unserem Anrücken gehört hat, aber ob sich vonseiten des Feindes etwas tut, ist nicht klar.

Der Vorfall auf dem Bauernhof wird mit keinem Wort mehr erwähnt. Olaf hat sich wieder beruhigt, scheint sogar ausgesprochen guter Laune zu sein. Und da eine Schlacht vielleicht nicht mehr fern ist, halte ich es für eine gute Gelegenheit, ihm sein Rabenbanner auszuhändigen.

»Mutter hat es für dich genäht, Olaf.«

Er hebt erstaunt die Brauen, als er es entfaltet. »Das hat Mutter selbst …?« Im Licht der Sonne betrachtet er eingehend den schwarzen Vogel auf weißem Grund. »Es ist hervorragend. Was soll ich sagen? Ich bin gerührt.«

Doch dann faltet er es sorgfältig wieder zusammen. »Ich kann das nicht als mein Banner nehmen, so leid es mir tut.«

»Aber warum nicht?«

»Es ist ein heidnisches Banner, das weißt du. Seit Jahren kämpfe ich für das Christentum. Wie kann ich da ein heidnisches Banner vor mir hertragen lassen?«

»Aber es ist ein magisches Banner. Es soll dich schützen.«

»Ich weiß, was es ist und was es bedeutet. Gerade deshalb habe ich keine Verwendung dafür. Ich werde unter dem Kreuz Christi kämpfen. Bischof Grimkell hat mir ein passenderes Banner nähen lassen. Und unter diesem Zeichen werden wir siegen.«

Keine Überredungskünste helfen, ihn zu überzeugen. Ich muss sagen, ich bin sehr enttäuscht. Mehr als enttäuscht. Ich ärgere mich maßlos. Wie kann er dieses Banner ablehnen? Abgesehen von der Magie und Symbolkraft, die es enthält, es ist unsere Mutter, die es eigenhändig für ihn genäht und bestickt hat. Stattdessen will er unter dem Zeichen dieses feigen Christengottes kämpfen. Meint er wirklich, damit unsere Krieger anfeuern zu können? Missmutig lasse ich das Banner wieder in der Satteltasche verschwinden.

»Nimm es für dich selbst«, sagt Halfdan, dem ich davon erzähle. »Du bist doch neben Hrane der Anführer unserer Leute. Und Mutters Sohn genau wie Olaf.«

Aber ich schüttele den Kopf. »Nein. Das steht mir nicht zu. Es wäre anmaßend.«

Nachdem unsere Kundschafter einer nach dem anderen ins Lager zurückgekehrt sind, einer ist nur mit knapper Not dem Feind entkommen, beruft Olaf einen Kriegsrat ein. Die Späher berichten, dass der Feind uns bereits erwartet. Irgendwie muss man schon vor Wochen von unserem Anmarsch Wind bekommen haben. In Nideros haben sich die Jarls getroffen. Natürlich die Erlingssons mit großem Gefolge in vorderster Reihe, darunter auch Sigurd. Auch der alte Kämpe Hárek von Tjøtta ist erschienen und auf schnellen Schiffen Thorer Hundr mit seinen Männern aus dem hohen Norden. Zum Anführer des Heeres haben sie Kalfr Arnason gewählt. Und was Halfdan und mich aufhorchen lässt: Einer der Kundschafter glaubt, sogar Rorik Svendson gesehen zu haben, den untreuen Liebhaber meiner Mutter. Auch er hat sich also zu unseren Feinden gesellt. Unwillkürlich muss ich dabei an Æðelind denken. Wie es ihr wohl geht, frage ich mich schuldbewusst. Wahrscheinlich mehr schlecht als recht.

Die Hoffnung, den Gegner unvorbereitet zu finden, ist also dahin, und Unterstützung unter dem Landvolk zu finden, ebenfalls. Nach Aussage der Späher haben die *bóndi* und Adeligen in der ganzen Gegend ihre Söhne und Krieger zu den Waffen gerufen und sind zu den Anführern nach Nideros geströmt. Ein großes Heer sei so zusammengekommen, heißt es. Man kann Olaf ansehen, dass er schwer enttäuscht ist. Hatte er doch gehofft, dass sich ihm viele anschließen würden. Schließlich ist er immer noch der rechtmäßige König.

»Verdammte Scheiße!«, flucht Finn Arnason. »Wir sollten ihre Höfe abfackeln. Dann kommen sie angerannt, um Hab und Gut zu retten.«

»Gute Idee«, meint Dag Ringsson, der Anführer der Schweden. »Je mehr nach Hause laufen, umso besser. Die fehlen dann in Kalfrs Reihen. Lasst uns gleich morgen damit anfangen.«

Die meisten der Unterführer sind einverstanden. Ein bisschen Brandschatzen und Plündern sagt den Männern zu. Und wenn es dazu dient, die gegnerische Schlachtreihe auszudünnen, umso besser.

Doch Olaf will nichts davon hören. »Ich will die Leute nicht noch mehr gegen mich aufbringen. Selbst wenn sie jetzt nicht für mich kämpfen wollen, später werden wir sie brauchen.«

»Warum ist euer Bruder eigentlich bei den anderen«, fragt Dag die beiden Arnasons. »Ist eure Familie so zerrissen?«

Thorberg kratzt sich am Kinn. »Kann man wohl sagen«, meint er. »Kalfr gehörte mal zu Olafs engsten Gefährten, wie ihr wisst. Aber dann hat er Sigríð Thoresdóttir geheiratet. Sie ist Thorer Hundrs Tochter. Und unsere Schwester Ragnhild ist mit Hárek von Tjøtta verehelicht. Beides Olafs verschworene Feinde. Tja, und dann ist das mit dem jungen Thorer Olversson passiert, den Olaf wegen Verrats hat hinrichten lassen. Der Junge war Thorer Hundrs Neffe und der Vetter seiner Frau. Da konnte Kalfr nicht mehr zu uns halten. Und nach Erlings Tod noch weniger.«

»Trotzdem, denke ich, ist er ein verdammter Verräter«, sagt Ragnwald. »Er war schließlich Olafs Freund. Und einen Freund lässt man nicht im Stich.«

Alle blicken auf Olaf, neugierig zu hören, wie er das sieht.

Doch der zuckt nur mit den Schultern. »Ich will Kalfr nicht tadeln. Er ist ein guter Mann. Er war zwar mein Freund, aber auch nicht immer einverstanden mit mir. Er hat sich eben anders entschieden. Nun müssen wir sehen, wie wir ihn besiegen.«

Bruder gegen Bruder. Wie tragisch das im Grunde ist. Und doch unvermeidlich. Jede Seite hat gewichtige Gründe. Am Ende kann nur der Krieg entscheiden.

Dass wir hier in diesem Tal lagern, ist dem Feind nicht verborgen geblieben. Bauern müssen davon berichtet haben. Nach Aussage unserer Kundschafter hat Kalfrs Heer sich bereits in Bewegung gesetzt und marschiert entlang der Küste auf uns zu. In spätestens drei Tagen werden sie uns erreicht haben. Mir stockt für einen Augenblick der Atem. Eine Schlacht ist nun in greifbare Nähe gerückt. Dem Feind werden wir in Kürze gegenüberstehen. Schildwand gegen Schildwand. Mann gegen Mann.

Ich bin nicht der Einzige, den die Unruhe gepackt hat. Eine gewisse Anspannung hält die Männer im Griff. Alle reden über die anstehende Auseinandersetzung. Manche beten. Zu den Göttern oder zu Christus. Olaf dagegen gibt sich umso gefasster, je näher die Entscheidung rückt. Er ist guter Dinge, scherzt sogar.

»Eines ist sicher«, sagt er und grinst. »Wir sind jetzt sechs Wochen lang durch jede Art von Gelände marschiert. Sollten wir unterliegen – im Laufen wird uns keiner schlagen.«

Ein paar lachen, aber nicht viele.

»Spaß beiseite«, fährt er fort. »Es sieht so aus, als wenn wir im Veradalr auf sie treffen werden. Am besten nördlich der Verdalselva. Da ist mehr Platz. Wir müssen nur sehen, dass wir unsere Flanken schützen.« Die Verdalselva ist der Fluss, der durch das gleichnamige Tal bis ins Meer fließt. »Wir teilen deshalb das Heer in drei Gruppen auf. Dag Ringsson mit seinen Schweden und einem Teil der Kerle, die uns unterwegs zugelaufen sind, übernimmt die rechte Flanke. Hrane befehligt die Linke mit den Oppländern, denen aus Viken und dem Rest der wilden Kerle. Die Mitte halte ich selbst mit meinen treuen Hringaríken und deinen tapferen Recken, Borislaw.«

Es wird die Marschordnung für den nächsten Tag besprochen und weitere Einzelheiten, dann hält Bischof Grimkell einen christlichen Gottesdienst ab, um bei seinem Gott einen Sieg über Olafs Feinde zu erflehen. Alle Anführer und ihr Gefolge nehmen daran teil. Ob sie Christen sind oder nicht, scheint im Augenblick keine Rolle zu spielen.

Eine Handvoll Mönche helfen Grimkell bei der Gottesanbetung, die sie Messe nennen. Sie singen Lieder und legen jedem Anführer des Heeres ein vom Bischof gesegnetes Brotstückchen auf die Zunge, auch mir. Dies sei der Leib Christi, behauptet Grimkell zu meinem Erstaunen. Den Leib ihres Gottes sollen wir essen? Wie seltsam! Und dann trinkt er Wein aus einem goldenen Kelch und meint, dies sei das Blut des Weißen Christ. Nun, das ist zumindest nicht ganz unähnlich unseren eigenen Gottesopfern, dem *Blót,* bei dem aber kein Wein, sondern richtiges Blut vergossen wird. Und auch nicht das eines Gottes. Wie können vernünftige Menschen sich mit diesen seltsamen Bräuchen anfreunden?

Olaf kniet in vorderster Reihe, schlägt ein Kreuz über der Brust und lässt sich vom Bischof segnen. Zuletzt macht Grimkell auch über alle anderen Anwesenden das Kreuzzeichen. Die Mönche singen noch ein Lied, und dann ist der Gottesdienst zu Ende.

Inzwischen ist es sehr spät geworden, obwohl es einem erst wie früher Abend vorkommt, denn die Nacht bleibt um diese Jahreszeit lange hell. Der westliche Himmel leuchtet noch im

Schein der untergegangenen Sonne, wird schließlich violett, während die Dämmerung sich langsam vertieft.

Es ist Zeit, sich ins Zelt zu verkriechen, das ich mit Halfdan teile. Zumindest sollten wir die Dunkelheit nutzen, um ein wenig zu schlafen, denn in wenigen Stunden wird es schon wieder hell werden. Ob es mir gelingt, weiß ich nicht, ich bin viel zu aufgewühlt von den Gesprächen der Anführer. Bald wird es zur ersten und bestimmt größten Prüfung meines Lebens kommen. Werde ich in der Schlachtreihe bestehen, oder wird mich im entscheidenden Augenblick der Mut verlassen?

Ich wünsche Thorkel eine gute Nacht und wende mich zum Gehen, als Olaf mich beiseitenimmt. »Warte, Harald«, raunt er mir zu. »Heute Nacht werden wir tauschen, du und ich.«

»Tauschen? Wie meinst du das?«

Im schwachen Dämmerlicht der Nacht sehe ich ihn verschwörerisch grinsen. »Heute schläfst du in meinem Zelt. Und ich an deiner Stelle bei Halfdan.«

»Wieso denn das?«

»Weil ich meinen Bruder nicht als Jungfrau in die Schlacht schicken werde, du Dummkopf. Also stell nicht so viele Fragen. Leg dich einfach auf mein schönes Bett, schließ die Augen und warte ab, was geschieht.«

Meine verdutzte Miene scheint er zu genießen, denn sein Gesicht strahlt vor Vergnügen. Im Hintergrund steht Halfdan, der genauso verschmitzt grinsend zu uns herüberblickt. Sie haben da irgendetwas verabredet, so viel ist deutlich.

»Nun geh schon!«, sagt Olaf und schubst mich ungeduldig auf sein Zelt zu. »Und morgen früh sagst du mir, wie's gewesen ist.«

Während ich ziemlich verwirrt die wenigen Schritte zu Olafs Zelt gehe, kann ich die beiden noch hinter mir kichern hören. Woher weiß er, dass ich noch Jungfrau bin? Das kann nur Halfdan ihm gestochen haben. Halfdan, der mit seinem

Lächeln die Mägde verzaubert und schon die eine oder andere heimlich vernascht hat. Ich weiß es, schließlich musste ich schon ein paarmal für ihn lügen, damit niemand etwas erfährt.

Vielleicht wollen sie sich nur über mich lustig machen. Aber ich bin entschlossen, es herauszufinden, denn bei dem, was Olaf angedeutet hatte, läuft mir ein süßer Schauer über den Rücken. Benommen stolpere ich auf sein Zelt zu. Ein schwaches Licht scheint von innen durch die Plane. Mit klopfendem Herzen und einem Kribbeln im Bauch schiebe ich die Öffnung einen Spalt weit auf und schlüpfe hinein.

Am Zeltpfosten hängt eine funzelige Öllampe, deren Schein kaum bis in die Ecken reicht. Erwartungsvoll sehe ich mich um. Doch das Zelt ist leer. Wollen sie mich foppen? Ich bin enttäuscht, will schon wieder den Rückzug antreten, als mein Blick auf Olafs breites Lager fällt. Es ist eines von diesen Betten, die man auseinandernehmen und auf Pferde packen kann. Ich soll mich hineinlegen und die Augen zumachen, hat er gesagt. Nun gut. Warum nicht? Rasch ziehe ich meinen *kyrtill* über den Kopf und behalte nur mein dünnes Hemd an. Das Bett knarrt leise, als ich mich langsam auf die weichen Felle lege und die Augen schließe.

Eine ganze Weile geschieht gar nichts. Aber es ist bequem auf dem Bett, und ich entspanne mich langsam. So sehr, dass ich schläfrig werde. Doch dann merke ich, wie jemand am Zelteingang herumnestelt. Leises, unterdrücktes Kichern ist zu hören. Die Plane wird zur Seite geschoben, ich vernehme Atemzüge, bin also nicht mehr allein. Eine Welle heißer Erwartung überflutet mich. Gleichzeitig fürchte ich, das Opfer eines Scherzes zu werden, halte aber tapfer die Augen geschlossen, wie Olaf es mir aufgetragen hat. Doch als ich das sanfte Rascheln von Stoff höre, kann ich mich nicht länger beherrschen und öffne ein wenig die Augen.

Vor mir steht eine der beiden Finninnen, die gerade, schön wie die Göttin Freya selbst, aus ihrer Tunika steigt und diese achtlos auf den Boden fallen lässt. Ihr Leib, trotz des Halbdunkels im Zelt gut zu erkennen, ist so herrlich, dass es mir den Atem verschlägt. Dann wandert mein Blick zu ihrer Schwester, die sich zur Öllampe beugt, deren Schein ihre entblößten Brüste hervorhebt, und die rosigen Spitzen. Sie wendet mir ihr Gesicht zu, legt einen Finger auf die Lippen und lächelt.

Dann bläst sie die Lampe aus, und es wird dunkel. Nur die Mitternachtssonne erhellt noch ein wenig die Zeltplane. Zwei Schatten nähern sich dem Bett, Hände ertasten sich ihren Weg, und ich zittere vor Erwartung. Sie legen sich zu mir. Weiche, kühle Haut schmiegt sich zu beiden Seiten an meinen Leib, warmer Atem streichelt meine Wangen, Lippen küssen mich, eine Hand liebkost meine Brust. Und dann eine zweite. Zwischen ihnen bin ich Gefangener.

Dieses Spiel dauert eine Weile, in der ich kaum wage, mich zu rühren, besonders nicht, als diese Hände unter dem Saum meines Hemdes forschen und mit befriedigtem Glucksen finden, was sie suchen. Eines der Mädchen erhebt sich halb, beugt sich über mich. Wie von selbst schlingen sich meine Arme um glatte, nackte Hüften, die sich langsam auf mir niederlassen. Ein unglaubliches Ziehen in den Lenden überschwemmt mich, ein Anschwellen der Lust. Noch mehr Küsse und heißer Atem. Das Bett scheint zu wanken. Es ist, als würde ich auf den Schwingen der Walküren nach Valhöll getragen werden oder nach Freyas *Fólkvangr*, dem lieblichen Götterpalast und Feld der Helden, um dort für immer in unsagbaren Wonnen zu schwelgen.

✽ ✽ ✽

Ganz allmählich, mit schwerem Kopf und einem fast schmerz-haft steifen Glied komme ich am nächsten Morgen zu Bewusst-sein und habe für einen Augenblick keine Ahnung, wo ich mich befinde. Ein Duft von warmer Haut umfängt mich, der nicht mein eigener ist. Neben mir ein verschlafener, fast kindlicher Seufzer, ein weicher Leib, der sich enger an mich drängt, ein Arm, der auf meiner Brust ruht. Ich liege in einem Gewirr von verschlungenen Armen und Beinen, kann mich kaum rühren.

Vorsichtig öffne ich im Dämmerlicht des Zeltes die Augen und blicke in ein hübsches Gesicht an meiner Seite. Eine kleine Nase, lange Wimpern, halb geöffnete Lippen und warmer Atem, der meine Wange streichelt. Vor allem dieser betörende Duft.

Ich blicke an mir herunter, wo etwas Schweres auf meinem Bauch liegt, das sich als rotblonder Haarschopf entpuppt. Aus der gleichen Gegend ist auch ein sanftes Schnarchen zu hören. Da überfällt mich die Erinnerung an die vergangene Nacht, und zwar auf äußerst erregende Weise. Ich lege meine Hand auf eine weiche Schulter und schließe die Augen. Wenn doch nur jeder Tag so beginnen würde!

Als meine Hand wandert, um mehr zu ertasten, wird plötz-lich der Zeltverschlag mit einem Ruck geöffnet. Grelles Licht fällt ins Innere. »He, ihr Schlafmützen!« Es ist Olafs Stimme. »Zeit zum Aufstehen. Wir sind marschbereit. Los, los! Raus aus dem Bett!«

Die Mädchen stöhnen und recken sich. Eine von ihnen schlingt die Arme um mich, will mich zurück ins Bett ziehen. Fast hätte ich nachgegeben, denn ich bin noch trunken von der Liebe und wäre am liebsten für immer bei ihnen geblieben.

Doch die Wirklichkeit drängt sich rücksichtslos in den Vor-dergrund. Der Feind naht. Die Männer draußen warten auf mich. Noch einmal blicke ich bedauernd in große, blaue Katzenaugen, küsse schmollende Münder, dann gelingt es mir mit sanfter Gewalt, mich zu befreien und vom Lager zu erheben. Hastig ziehe ich mir den *kyrtill* über den Kopf und trete blinzelnd ins Licht des neuen Tages.

Vor dem Zelt stehen ein Dutzend Kerle und beklatschen laut lachend mein Erscheinen. Allen voran Olaf. »Da ist doch endlich ein rechter Mann aus ihm geworden«, ruft er, schlägt sich auf die Schenkel und will sich halb totlachen. Auch andere reißen Witze und machen zotige Bemerkungen.

»Fällt euch nichts Besseres ein, ihr blöden Kerle?«, knurre ich gereizt.

Verlegen und wütend stapfe ich zu meinem Zelt, um mich zu wappnen und meine Sachen zu packen. Die vergangene Nacht war wie ein Traum, schön und zärtlich, ein paarmal leidenschaftlich wild. Aber immer magisch, erhaben, eine Offenbarung für einen jungen Mann wie mich. Was auch immer es war, es verdient nicht, von kruden Witzen herabgewürdigt zu werden.

Da spüre ich einen Arm auf meiner Schulter. Es ist Ragnwald, der mir gefolgt ist. »Lass sie lachen und dummes Zeug reden, Harald. Sie meinen es nicht so. Ist nur harmloser Spaß. Wichtig ist, dass du weißt, wie schön das Leben sein kann, bevor du mit den anderen in der Schlachtreihe stehst. Das ist es, was Olaf dir schenken wollte.«

Er lässt mich allein, während ich mich bereitmache. Ragnwalds Worte hallen nach. Ja, es war eine unerwartete, traumhafte Erfahrung, die Olaf mir geschenkt hat. Aber auch die Einsicht, wie schnell das Leben zu Ende sein kann, wenn ich an den alten Bauern denke, den er im Zorn erschlagen hat. Ohne Grund.

Halfdans Sachen befinden sich nicht mehr im Zelt. Er muss schon dabei sein, sein Pferd zu satteln. Unter meinem *kyrtill* ziehe ich jetzt das magische Hemd an, das Guðrun und Ingerid für mich gewebt haben. Darüber das wattierte, lederne Wams, das mich gegen Schläge schützen soll, dann mein Kettenhemd. Ich gürte das Schwert um die Hüften und setze den Helm mit dem breiten Nasenbügel auf. Kettenpanzer und eiserne Helme sind nicht allen vergönnt. Die meisten tragen Leibschutz und Kappen aus hartgekochtem Rindsleder.

Ich ziehe kurz das Schwert aus der Scheide und prüfe die Klinge. Scharf genug. Erst vor ein paar Tagen habe ich sie geschliffen und geölt. Die Waffe ist nicht so erlesen wie Guttorms, und schon gar nicht vergleichbar mit Olafs goldverziertem *Hneitir*, dem Schlitzer. Mein Schwert ist schlicht, doch die Klinge immerhin aus gutem Stahl. Ein solides Werkzeug zum Töten, wenn man so will. Einen Namen hat es noch nicht, aber sollte es in den nächsten Tagen Blut zu trinken bekommen, dann werde ich ihm einen Namen geben.

Ich schiebe die Waffe zurück in die innen mit Schafswolle ausgekleidete Scheide und stecke den Sax *Leggbitr* in den Gürtel. Dazu hänge ich noch eine Axt in eine Lederschlaufe am Gürtel und hebe den runden Schild vom Boden auf. Auf dem ist der gleiche Rabe gemalt wie auf Olafs magischem Banner, das er zu meinem Ärger ausgeschlagen hat. Einen Augenblick lang stehe ich still, fasse mit der Rechten nach Thors Hammer, den ich unter dem Panzer trage, Mutters Talisman, der mich beschützen soll. Dann unterbricht mich Thorkels Stimme draußen vor dem Zelt.

»Bist du so weit? Die Ersten rücken schon ab.«

Er ist gewappnet und marschbereit, trägt seinen Schild auf dem Rücken. Wie ich ist auch er in den letzten Jahren in die Höhe geschossen, hat Muskeln entwickelt. Unsere Gesichter verraten zwar noch unsere Jugend, doch selbst den besten Kriegern stehen wir in nichts mehr nach. Thorkels Mutter kann stolz auf ihn sein. Aus Jungen sind Männer geworden. Männer, die in den Krieg ziehen.

»Und?« Neugierig grinst er mich an. »Wie war's denn so gestern Nacht?«

»Fang du nicht auch noch an«, knurre ich ungehalten und rufe einem unserer Knechte zu, das Zelt abzubauen und einzupacken. Und mein Pferd zu satteln.

Verstohlen blicke ich mich ein paarmal nach Aila und Impi um. Doch vergebens. Sie sind sicher schon beim Tross, ganz hinten in der Marschordnung, bei den Sklaven und den Weibern, die sich dem Heer angeschlossen haben, und den Packpferden, die Proviant und Zelte tragen.

Unsere Späher sind bereits vor Stunden ausgeschwärmt. Langsam setzt sich Olafs Kolonne in Bewegung. Gleich hinter uns kommen Hranes Männer. Wir verlassen das Tal, in dem wir gelagert haben, und wenden uns westwärts. An einer seichten Stelle überqueren wir die Verdalselva und marschieren durch das breite, grüne Veradalr auf einem Weg, der in einigem Abstand zum Fluss nach Westen führt. Hrane hat die Anweisung, auf unserer linken Flanke und in Flussnähe zu bleiben. Dag Ringssons Befehl ist, einen anderen Weg zu nehmen, weiter nördlich an der Küste entlang. Olaf will so vermeiden, dass der Feind unsere rechte Flanke umgehen könnte. Irgendwo zwischen den drei Heeresteilen werden wir des Feindes ansichtig werden und rechtzeitig wieder zusammenfinden. Das ist der Plan. Und vielleicht ist auf diese Weise sogar eine Zangenbewegung möglich.

Thorkel ist aufgeregt und redet über den Kampf, der uns bevorsteht. Große Landschlachten sind selten in unserem Land, wo die Wälder dicht und die Täler eng sind und es wenig Platz für breite Schlachtordnungen gibt. Deshalb sind wir Nordmänner es gewohnt, zu Fuß zu kämpfen. Nicht wie die

Franken und Normannen, die in ihrem flachen Land so viel Wert auf eine gute Reiterei legen. Unsere Schlachten finden eher auf dem Wasser statt, wenn bei ruhiger See die Schiffe miteinander vertäut werden, um eine Kampfplattform zu bilden. Dass wir an diesem Tag mit Tausenden von Kriegern aufeinander zumarschieren, ist fast schon eine Ausnahme.

Armer Thorkel. Er redet und redet. Ich brumme nur einsilbige Antworten, wenn er etwas fragt, höre in Wirklichkeit kaum zu. Meine Gedanken sind immer noch bei den finnischen Mädchen, bei der Nacht, die mir vergönnt war. Jetzt weiß ich endlich, wie ein Weib sich anfühlt, welche Lust eine sanfte Berührung erwecken kann, welche Wonnen zwischen Mann und Weib die Götter für uns bereithalten. Es war schöner und aufregender, als ich mir jemals ausgemalt hatte. Vielleicht bin ich verliebt. Aber wenn, dann in alle beide. Aila und Impi. Freyas elfenhafte Geschöpfe. Wer könnte einen Unterschied zwischen ihnen machen?

Männer, die in die Schlacht ziehen, betäuben sich oft mit Bier oder Wein, um sich Mut anzutrinken, um nicht an die Schrecken der Schildwand zu denken, an das zu erwartende Gemetzel, an Ströme von Blut, an Tod und Verstümmelung. Ich weiß, dass gestern in der Nacht viel gesoffen wurde, dass heute Morgen das halbe Heer mit schwerem Kopf marschiert.

Ich dagegen habe mich von Liebesfreuden betäuben lassen, kann kaum an etwas anderes denken. War das Olafs Absicht gewesen? Mich abzulenken? Alles ist noch deutlich gegenwärtig. Der Duft der Haut der beiden, die Weichheit ihrer Brüste und der schlanken Schenkel. Ich sollte mich auf den bevorstehenden Kampf konzentrieren. Und kann es doch nicht. Wer weiß, vielleicht ist im Angesicht des Todes die Gier nach Liebe, Lust und Leben am stärksten. Ich habe mal so was gehört. Ob es eine Wiederholung geben wird? Aber nein. Die beiden sind Olafs Sklavinnen und nicht meine. Es war nur eine einmalige Gelegenheit. Aber ich werde die Erinnerung in meinem Herzen bewahren.

Wir dringen weiter ins Veradalr vor. Hrane und seine Männer halten sich wie verabredet in der Nähe des Flusslaufes und links von unserer Marschroute. Unsere eigene Abteilung marschiert in den vier Kampfeinheiten, die wir schon daheim festgelegt haben. Die *hirðmen* jeder Einheit kennen sich inzwischen gut und vertrauen einander. Beste Voraussetzungen für das feste Zusammenstehen in der Schlacht. Denn ob man will oder nicht, am Ende kämpft doch jeder mehr für seine Freunde als für seinen König.

Hinter uns kommen die Rus. Borislaw selbst trägt das Christenbanner vor Olaf her, ein mächtiges rotes Kreuz auf weißem Grund, das von weit her sichtbar ist. Ich frage mich, was die Männer davon halten. Niemand sagt etwas, wenn ich in der Nähe bin, aber die unzufriedenen Blicke und das Raunen hinter vorgehaltener Hand entgehen mir nicht. Ich bin sicher, das Rabenbanner wäre ihnen lieber gewesen.

Wie überall gibt es auch im Veradalr Wälder, doch zum größten Teil besteht das Land hier aus Weiden und Feldern. Es ist auch nicht wirklich flach, sondern bildet eine sanfte Hügellandschaft, durch die der Fluss seinen Weg zum Nordmeer bahnt. Äcker und Wiesen wechseln einander ab. Auf vielen Feldern reift zu dieser Jahreszeit noch das Korn. Wir sehen Höfe rechts und links des Weges. Die meisten scheinen verlassen. Vermutlich haben die Bauern Vieh und Familien irgendwo versteckt und sich selbst dem Feind angeschlossen. Das Wetter ist grau und trüb, aber zum Glück regnet es nicht, sonst wären wir bei den vielen Füßen, die über die Wege trampeln, schon im Schlamm versunken.

Am späten Nachmittag erreichen wir eine flache Anhöhe, nicht weit von einem Gehöft. Dort machen wir halt. Die Stelle liegt zwischen einem entfernten See im Norden, dem Leksdalsvatnet, und dem Fluss südlich des Hügels, wo Hrane nun ebenfalls anhält. Von hier aus haben wir einen guten Blick nach Westen, so dass Kalfr uns nicht überraschen kann. Passend für ein Lager. Und eine Stellung, die sich gut verteidigen lässt, falls wir angegriffen werden.

Olaf deutet zu dem Hof hinüber. »Wie heißt der Ort hier?«, fragt er einen unserer Kundschafter.

»Stikla Stad, Herr«, lautet die Antwort.

Mein Bruder nickt. »Stikla Stad. Die Lage ist gut. Ich denke, hier sollten wir auf den Gegner warten.«

Er schickt einen Reiter zu Hrane hinüber, um ihm dies mitzuteilen und um zu erfahren, ob er unterwegs etwas zu Gesicht bekommen hat. Nein, kommt die Antwort wenig später, bis jetzt nicht. Auch zu Dag Ringsson sendet er ein paar Reiter, aber die kehren nach Stunden zurück und sagen, sie hätten ihn nicht gefunden.

»Was denkst du? Haben die sich verlaufen?«, fragt Sigvat Thordsson. Er ist schon seit vielen Jahren an Olafs Seite. Und auch diesmal wird er, gewappnet wie alle anderen, seinen Mann in der Schildwand stehen, um später in seinen Reimen aus erster Hand über Olafs Sieg berichten zu können. Er ist nicht der einzige Skalde im Gefolge. Auch zwei isländische Verseschmiede begleiten uns.

Olaf zuckt mit den Schultern. »Dag ist kein Anfänger, Sigvat. Die werden schon zu uns finden.«

Knechte sammeln Holz und machen Feuer. Wir essen von unserem knappen Proviant. Körnerbrei und gekochte Bohnen. Glücklich, wer noch etwas Käse und Speck hat. Wir hätten die Höfe in der Gegend plündern können, aber Olaf hat es verboten. Sigvat konnte ihn davon überzeugen, die Bauern nicht noch mehr zu verärgern. Zudem vermuten wir den Feind in der Nähe und müssen die Leute zusammenhalten.

Aus dem gleichen Grund bauen wir auch keine Zelte auf, obwohl der Tross uns inzwischen erreicht hat und ein paar hundert Schritt hinter unseren Reihen lagert, wo auch die Pferde grasen. Unser Knecht bringt mir meinen Bärenpelz gegen die Kühle der Nacht. Ich wäre gern selbst hinübergegangen, um nach den Zwillingen zu sehen, aber ich will mich vor den Männern nicht lächerlich machen. Eine Nacht wie die vergangene wird es in Zukunft ohnehin nicht mehr geben.

Am Abend setzt ein leichter Nieselregen ein, der die Sicht einschränkt. Wir stellen Wachen auf und legen uns zum Schutz gegen den Regen unter die Schilde. Trotz der qualmenden Wachfeuer, um die wir uns scharen, wird es ziemlich kühl, und die meisten finden es schwer, auf dem nassen, harten Boden zu schlafen. Thorkel nimmt es gelassen, aber Halfdan flucht. Und er trinkt zu viel von Olafs Wein. Ich habe zum Glück meinen Pelz, durch den selbst der Regen nicht dringt, ziehe einfach den Schild über Brust und Kopf und falle gleich in einen tiefen Schlaf.

STIKLA STAD

Am frühen Morgen ist es noch unangenehmer. Es hat zwar aufgehört zu regnen, aber die Wolken hängen tief über der grauen und farblosen Landschaft. Über allem liegt ein feuchter Dunst, durch den ferne Einzelheiten nur undeutlich zu erkennen sind. Außerdem ist es kalt. Das Holz, das wir gesammelt haben, ist so nass, dass es unmöglich ist, ein Feuer in Gang zu kriegen. Und wenn, dann qualmt es, dass einem die Augen tränen. Unsere Mägen knurren. Wir zerquetschen Körner, weichen sie in Wasser auf und versuchen, das elende Zeug mit ein wenig Salz hinunterzuwürgen.

Halfdan hat kaum geschlafen, sagt er. Jetzt sitzt er da mit missmutigem Gesicht und hat die Hände unter die Achseln geklemmt, um sie zu wärmen. Feuchte Haarsträhnen hängen ihm ins Gesicht, und seine Lippen sind fast blau.

»Willst du meinen Mantel?«, frage ich.

Aber er schüttelt den Kopf. Dann steht er auf und läuft auf und ab, um warm zu werden und etwas Leben in die steifen Glieder zu kriegen. Den anderen geht es kaum besser. Sie sitzen schlechtgelaunt herum, fluchen über das Wetter und hoffen, dass sich die Sonne zeigt, um wenigstens die Kleider trocknen zu können.

»Ich hab's mir überlegt«, sagt Halfdan.

»Was denn?«

»Ich denke, der Christengott ist stärker als unsere eigenen Götter.«

»Wie kommst du darauf?«

»Olaf sagt das. Er hat sich lange damit beschäftigt. Es ist die Zukunft. Die alten Götter sind überall auf dem Rückzug. Und Grimkell predigt Dinge, die mir gefallen.« Er hockt sich wieder zu uns. Plötzlich fummelt er an seinem Hals herum und zieht den Lederriemen über den Kopf, an dem sein *taufr*, sein Talisman, befestigt ist, Thors Mjölnir. Er besieht sich das kleine Schmuckstück. »Vielleicht bringt es Unglück, an den alten Dingen festzuhalten. Ich werde Grimkell bitten, mir ein Kreuz zu geben. Ihr solltet das auch tun. Und nach der Schlacht lass ich mich taufen.« Er macht einen gehetzten Eindruck.

»Ich wusste nicht, dass du plötzlich Christ geworden bist.«

Halfdan nagt unsicher an seiner Unterlippe. »Die alten Götter sterben, Harald. Womöglich schon in dieser Schlacht. Du solltest dein Götzenzeichen wegwerfen. Es bringt Unglück.«

»Bevor du's wegwirfst, gib's lieber mir«, mischt Thorkel sich mit einem Grinsen ein. Halfdans Gerede hat ihn nicht im Geringsten beeindruckt.

Halfdan sieht ihn einen Augenblick lang nachdenklich an. Dann hat er sich entschlossen und drückt Thorkel den Talisman in die Hand. »Da, nimm! Ich will nichts mehr damit zu tun haben.«

»Bist du sicher? Das Stück ist einiges wert.«

»Ja, ich bin sicher. Behalt es. Aber lass es Olaf nicht sehen. Der will nicht, dass wir so was tragen.«

»Du spinnst, Halfdan«, sage ich.

»Nein, das denke ich nicht.« Er erhebt sich wieder. »Grimkell hat bestimmt einen besseren *taufr* für mich. Ich werde ihn fragen.« Er stapft auf der Suche nach dem Bischof davon.

Was, bei allen Göttern, ist nur aus meinem freundlich lächelnden Bruder geworden? Seit wir die Heimat verlassen haben, ist er immer hektischer und unsicherer geworden, kurzangebunden, oft aus keinem besonderen Anlass gereizt. Und er trinkt zu viel. Etwas nagt an ihm. Wahrscheinlich bereut er, dass er mitge-kommen ist, will es aber nicht zugeben. Ich fingere nun selbst an meinem Talisman herum. Ob Thors Hammer mich wirklich be-schützen kann? Zumindest nicht weniger als ein verdammtes Christenkreuz. Außerdem ist es ein Geschenk meiner Mutter, das ich niemals hergeben werde. Um keinen Preis.

»Wenn er seine Meinung ändert, gebe ich ihm das Ding zurück«, erklärt Thorkel und bindet sich den Talisman um. »Aber es wegzuwerfen, wäre doch zu schade.«

»Ist schon gut«, sage ich. »Er hat's dir geschenkt, also behalt es.«

Die Gebete nach besserem Wetter werden erhört, denn langsam klart es auf. Auch der Dunst über den Wiesen verzieht sich. Und mit einem Mal hören wir, wie jemand ein Lied anstimmt. Ich sehe mich um. Es ist Sigvat. Aufrecht steht er mitten im Lager und singt mit seiner tiefen, schönen Stimme. Alle wenden sich ihm zu. Wir kennen die Verse.

Es ist das *Bjarkamál*, ein berühmtes Gedicht. Es erzählt vom Ende des Hrólfr Kraki, dem legendären dänischen König, dem es vorübergehend gelungen war, die Schweden zu unter-werfen und von ihnen Tribut einzufordern. Seine Halbschwes-ter Skuld aber war mit dem Schweden Hjörvarðr verheiratet. Gemeinsam heckten sie einen Plan aus, um Hrólfr und seine dänischen Berserker zu vernichten. Mit ihren Gefährten kamen sie unbewaffnet zu seiner Wallburg, unter dem Vorwand, ihm das Gold des geschuldeten Tributs zu liefern. So fanden sie Einlass. Und Hrólfr hatte aus diesem Anlass sogar ein Fest vorbereitet, zu dem nun auch die schwedischen Besucher gela-den wurden. Doch unter dem Gold waren Waffen versteckt, und als die dänischen Berserker betrunken waren, fielen die Schweden über sie her und erschlugen sie bis auf den letzten Mann samt ihrem König.

Ich weiß nicht, ob Olaf ihn darum gebeten hat, aber Sigvats Verse wärmen die Herzen und geben unseren Kriegern Mut. Denn schließlich kämpfen auch wir dafür, das dänische Joch abzuwerfen. Die Männer stehen auf, wischen den Dreck von den feuchten Hosen und prüfen ihre Waffen. Hier und da gönnen sie sich eine scherzhafte Bemerkung oder ein aufmunterndes Grinsen. Sollen die verfluchten *bóndi* doch kommen, wir sind bereit.

Olaf nähert sich unserer Feuerstelle und hockt sich zu mir. »Hör zu, Harald«, sagt er. »Wenn es zur Schlacht kommt, bleibt ihr beide in meiner *skjaldborg*. Dort seid ihr am sichersten.«

Er bezieht sich auf die Aufstellung, die im Rat der Anführer besprochen worden war. Die vier Gefolgschaften aus Hringaríke würden die vorderste Schlachtreihe bilden. Dahinter die Rus. Und in deren Mitte die Schildburg aus Olafs alten Gefährten, um ihn zu schützen. Denn der König darf nicht fallen, sonst ist die Schlacht mit Sicherheit verloren. Hrane und seine Krieger sollen die linke Flanke sichern und Dag den rechten Flügel, wenn er denn nur endlich eintreffen würde. Denn bisher haben wir noch nichts von ihm zu Gesicht bekommen.

»Hast du mich verstanden?«, fragt er. »Du und Halfdan in der Schildburg.«

»Nur wenn du unter dem Rabenbanner kämpfst«, sage ich plötzlich entschlossen. »Mutter soll es nicht umsonst für dich genäht haben.«

Gereizt runzelt er die Brauen. »Kommt nicht in Frage! Und das weißt du auch. Also hör auf, mir von diesem Banner zu reden.«

Aber ich habe lange nachgedacht und mich entschieden. Ich traue diesem Christenzauber nicht. Wir sind immer gut gefahren mit den Göttern unserer Väter. Oðin ist der Gott der Krieger und nicht dieser nackte *Hvítakristr*, der sich wie ein Feigling ans Kreuz schlagen ließ. Unter Oðins Raben sollen wir kämpfen so wie Tryggvason und Harald Schönhaar und andere große Könige vor ihnen.

»Wenn du es nicht willst, Olaf, dann werde ich das Rabenbanner nehmen und damit die Männer von Hringaríke führen.«

Ich habe das weit ruhiger gesagt, als ich mich fühle. Seine Augen funkeln ärgerlich. Ich weiß, ich bewege mich auf sehr dünnem Eis, muss seinen Jähzorn fürchten. »Unsere Leute sind nicht für deinen Christengott gekommen«, fahre ich mit ruhiger Stimme fort, »sondern allein für unsere Familie. Ich war selbst im Thing und habe sie reden hören. Ich wünschte, du selbst würdest unsere Männer unter diesem Banner in die Schlacht führen. Das würde ihnen Mut machen. Aber wenn nicht du, dann werde ich es tun. Ich habe die Männer zu dir gebracht und werde sie nun auch in den Kampf führen. Unter dem Rabenbanner, so wie Mutter es gewollt hat. Und du wirst mich nicht daran hindern.«

Lange starrt er mich an, irgendwie überrascht. Und ein wenig überrascht bin ich selbst. Über mich und meine eigene Entschlossenheit. Und darüber, dass er keinen Wutanfall bekommt, mich nicht an der Gurgel packt und schüttelt wie der freche Welpe, der ich im Grunde noch bin. Oder mich nicht erschlägt wie den Alten auf seinem Hof. Ich rede mir ein, dass ein Streit mit dem Bruder, der ihm siebenhundert Kämpfer gebracht hat, seinem Ansehen im Heer eher schaden würde. Ich weiß nicht mehr, wann ich mir das ausgedacht habe, aber nun ist es so. Einer von uns beiden wird das Banner führen. Auch, wenn er jetzt tobt, es wird nichts an meinem Vorhaben ändern.

Aber Olaf tobt nicht. Stattdessen blickt er mich immer noch nachdenklich an. Dann entspannen sich seine Züge. Vielleicht spürt er, dass ich nicht nachgeben werde. Mit einem verwunderten Lächeln schüttelt er den Kopf. »Hab gar nicht gewusst, dass du so ein verdammter Dickschädel bist«, knurrt er. »Ich hab dir zwar geraten, weniger bescheiden aufzutreten, aber deshalb musst du nicht gleich meine Autorität herausfordern.«

»Das Banner ist mir wichtig.«

»Das sehe ich.« Er kratzt sich den Bart. Dann nickt er. »Und das ist gar nicht mal so schlecht. Ich weiß, dass nicht jeder begeistert ist, unter dem Christenbanner zu kämpfen. Nutzen wir also beides, die alten und die neuen Götter. Dann kann sich keiner beklagen.« Er sieht mich an und grinst. »Ja, so machen wir es. Beide Banner. Alt und neu vereint.«

Vielleicht ist er sich doch nicht so sicher, dass sein Gekreuzigter allein ihm den Sieg bringt. Alter Glaube und alte Gewohnheiten lassen sich nur schwer abschütteln. Hat er Zweifel bekommen, so wie Halfdan, aber auf seine Weise?

»Ich soll dir also den Befehl über die Männer von Hringaríke geben.«

»Wem sonst? Ich bin dein Bruder. Und sie kennen mich.«

»Und wer soll dein Bannerträger sein?«, fragt er.

Ich muss nicht lange überlegen. »Toke Björnsson.«

Olaf nickt. »Gute Wahl.«

Toke ist ein Baum von Kerl mit Oberarmen wie anderer Leute Schenkel. Selbst im dichtesten Schlachtgetümmel kann ich mir kaum vorstellen, dass ihm jemand das Banner entreißen könnte. Er wird Oðins Raben vor mir hertragen als Sammelpunkt für die Unsrigen in der Schlacht. Als Zeichen unseres Siegeswillens. Es soll Furcht in die Herzen des Feindes pflanzen.

»Also schön«, sagt er. »Ich muss mich aber auf dich verlassen können.«

»Das kannst du.«

Ich weiß nicht, woher ich diese Gewissheit nehme, schließlich bin ich unerfahren, habe noch nie in einer Schlacht gekämpft. Und natürlich weiß das auch Olaf. Trotzdem vertraut er mir.

Er steht auf, um zu gehen.

»Was ist mit den Mädchen?«, frage ich. »Denkst du, sie haben etwas zu befürchten?« Die Frage quält mich schon die ganze Zeit. »Im Tross sind sie doch sicher, oder?«

»Sicher?« Er dreht sich noch einmal um. »Sicher sind wir alle nicht.« Damit geht er davon.

Das ist nicht gerade beruhigend. Aber natürlich hat er recht. Sollten wir die Schlacht verlieren, werden unsere Feinde auf der Suche nach Wertvollem wie die Wölfe über den Tross herfallen. Und natürlich über die wehrlosen Weiber. Schnell versuche ich, solche Gedanken zu verdrängen. Denn daran kann jetzt niemand mehr etwas ändern. Trotzdem mache ich mich auf den Weg hinüber zum Tross, um das Banner zu holen.

Meine Stute ist noch gesattelt, so wie ich sie verlassen habe. Nur den Gurt hatte ich gelockert. Sie steht bei den anderen Pferden und hat das Maul im taufrischen Gras. Sie wiehert freudig, als sie mich erkennt. Ich streiche ihr über den langen Hals und flüstere ihr ein paar Koseworte ins Ohr. Dann packe ich ihr das Bärenfell auf den Rücken und entnehme meiner Satteltasche das Rabenbanner. Danach führe ich sie zu den Feuerstellen, wo die Leibeigenen und Huren die Nacht verbracht haben. Dort finde ich auch die beiden Mädchen.

Eine der beiden steht auf, als sie mich kommen sieht. Dann auch die andere. Wortlos und mit ernsten Mienen blicken sie mir entgegen. Sie tragen jetzt einfache Männerhosen, Leinenhemden und gegen die Morgenfrische wollene Umhänge. Unter ihren Augen liegen Schatten. Wahrscheinlich haben sie genauso wenig geschlafen wie die meisten im Heer.

Ich erkenne Aila an ihrer winzigen Narbe und drücke ihr die Zügel in die Hand und berühre sie dabei sanft am Arm. »Ihr sollt auf mein Pferd aufpassen, bis ich es mir holen komme. Aber falls es heute schlecht für uns ausgeht, dann nehmt das Pferd und rettet euch. In den Satteltaschen sind ein paar Hemden. Vielleicht nützen sie euch. Und etwas Proviant und ein Beutel mit Silber. Reitet fort von hier, so schnell ihr könnt. Am besten nach Sithun. Und lasst euch mit niemandem ein.«

Erstaunt und auch ein wenig ängstlich sehen sie mich an. »Und du?«, fragt Aila. »Was wird aus dir?«

Ich bemühe mich um ein zuversichtliches Lächeln. »Keine Sorge, mir geschieht nichts. Also, bis bald.«

Impi wirft sich mir an den Hals und küsst mich. Danach ist ihre Schwester an der Reihe. Auch sie schmiegt sich kurz an mich. »Bleib heil, Harald!«, flüstert sie mit feuchten Augen. »Und versprich uns, dass du dein Pferd wieder abholst.«

Ich habe schon immer solche Abschiede gehasst. So auch an diesem Tag. Rasch wende ich mich ab. Von ein paar anzüglichen Bemerkungen der Huren begleitet, marschiere ich, ohne mich noch einmal umzusehen, zurück zu meinen Kameraden. Wenigstens habe ich etwas für die Mädchen getan. Ob es reicht, das wissen nur die Götter.

✳ ✳ ✳

Toke ist hochzufrieden, als ich ihm die Ehre anbiete, das Banner zu tragen. Er reckt sich zu voller Höhe auf und spannt die mächtigen Muskeln. »Danke, Harald. Ich werde dich nicht enttäuschen!«

Nach den kühlen Morgenstunden ist es wärmer geworden. Der feuchte Dunst hat sich verflüchtigt, und die Wolkendecke lichtet sich so weit, dass uns gelegentlich sogar ein paar Sonnenstrahlen finden. Reiter, die ausgeschwärmt sind, haben endlich den Feind entdeckt. Einige Zeit später ist in der Ferne tatsächlich eine lange Schlange von Männern zu erkennen, die sich um einen Hügel windet und langsam näher kommt. Immer mehr tauchen auf und füllen die flache Ebene unterhalb unserer Stellung. Es sind bedrohlich viele. Weit mehr als wir. Besonders ohne Dag, denn der lässt immer noch auf sich warten.

Die feindlichen Krieger scharen sich um die Kriegsbanner ihrer Jarls. Ragnwald erklärt mir, wem sie gehören. Im gegnerischen Heer befinden sich nicht nur die gut bewaffneten *húskarlar* der Anführer, sondern mindestens fünfmal so viele freie *bóndi* mit ihren Söhnen, Knechten und Leibeigenen. Der ganze Norden und Westen scheint aufmarschiert zu sein. Darunter auch armes Volk, spärlich bewaffnet mit Bögen, Speeren oder Keulen. Zumindest haben sie alle Schilde und tragen zur Masse bei, die uns bald gegenüberstehen wird.

Mir schwant, dass Olaf die Lage unterschätzt haben könnte. Langsam werde ich unruhig. Ich bin auch nicht der Einzige, der immer wieder Ausschau hält und Dag Ringsson und seine verdammten Schweden herbeisehnt. Denn gegen eine solche Übermacht werden wir uns kaum behaupten können.

Während ich noch bei Ragnwald und Finn Arnason stehe und hinüber zu den Bannern des Feindes starre, gesellt sich Halfdan zu uns. Mit Bestürzung merke ich, dass er wankt. »Bist du etwa betrunken?«, frage ich leise.

»Wie kommst du darauf?«, erwidert er mit einigermaßen fester Stimme. Doch sein Blick ist unstet, und die Augen sind gerötet. »Ich hab nur ein paar Schluck zur Stärkung genommen.«

Er grinst mir zu, hebt seinen Schild und bemüht sich, eine stramme Haltung anzunehmen. Aber es überzeugt mich nicht. Er hat Angst, wird mir plötzlich klar. Und das schon seit Tagen.

Das ist es, was heimlich an seiner Seele frisst. Obwohl er dies natürlich niemals zugeben würde.

Wir Nordmänner verehren Heldenmut. Wir werden zu Kämpfern erzogen, zu Männern, die zu ihren Kameraden stehen und niemals aufgeben. Und Halfdan hat sich in den Kopf gesetzt, zu beweisen, dass er dazugehört. Doch es fällt ihm schwer. Und wer will es ihm verübeln? In Wirklichkeit scheißen wir uns doch alle in die Hosen. Wer sich im Angesicht eines solchen Feindes nicht fürchtet, ist ein Idiot. Aber sich kurz vor der Schlacht zu besaufen, das ist sicher das Dümmste, was man machen kann.

»Olaf will, dass du bei ihm in der Schildburg bleibst.«

»Olaf, Olaf!«, knurrt er. »Immer Olaf. Denkt er, er kann uns alle herumschubsen? Soll er mich doch am Arsch lecken, unser großer Bruder. Ich bleibe bei dir.« Er rülpst und muss sich an mir festhalten. Sein Weinatem haut mich fast um. »Ich will bei dir bleiben. Kann ich doch, oder?« Die letzten Worte klingen auf einmal fast weinerlich.

»Reiß dich zusammen, Halfdan!«, zische ich ihm zu. »Geh zu Olaf, verdammt nochmal, und bleib in der Schildburg! Da bist du am sichersten, nicht bei mir.«

Er nickt, plötzlich ergeben wie ein Lamm. »Wenn du meinst.« Er hängt sich den Schild über die Schulter und stapft auf unsicheren Beinen davon. Wir starren ihm nach.

»Er hätte nicht kommen sollen«, sage ich. »Aber niemand konnte es ihm ausreden.«

»Ich werde ein Auge auf ihn haben«, sagt Ragnwald, der zu Olafs fähigsten Kämpfern gehört und ebenfalls in der Schildburg stehen wird, um seinen Herrn zu verteidigen.

»Danke, Mann. Das werde ich dir nicht vergessen.«

Ich begebe mich zu meinen Leuten. Es hat sich herumgesprochen, dass ich sie heute anführen werde. Sie begrüßen mich mit wohlwollendem Kopfnicken und tapferem Grinsen. Dabei müssen sie sich genauso mulmig fühlen wie ich.

Etwas abseits stehen Thorkel und sein Vater Eirik, beide auf ihre Schilde gestützt. Eirik wird Tokes Rolle als Anführer einer der *hirðs,* der Gefolgschaften, übernehmen. Beide sind gewappnet, tragen eiserne Helme auf dem Kopf und Lederpanzer mit aufgenähten Eisenplättchen, die wie Fischschuppen in der Sonne glänzen. Aber sie scheinen sich zu streiten. Thorkel faucht seinen Vater an und schubst ihn von sich. Eirik ballt die Faust, und einen Augenblick lang sieht es so aus, als ob er zuschlagen will. So wie früher. Aber dann schüttelt er nur den Kopf und entfernt sich.

»Was war los?«, frage ich. »Ich dachte, ihr versteht euch jetzt besser.«

»Ach, nichts«, knurrt Thorkel, immer noch wütend. »Der Alte meint immer noch, er müsste mir Ratschläge geben.«

Ich folge Eirik zu den Anführern unserer vier *hirðs,* die zusammenstehen und sich beraten. Wir werden an vorderster Front kämpfen. Drei der *hirðs* bestehen aus erfahrenen Kriegern und werden die erste Schlachtreihe bilden. Die vierte ist die zahlenmäßig größte, aber in ihr sind die schlechter bewaffneten Bauern, Jäger und Leibeigenen versammelt. Sie sollen hinter der ersten Reihe stehen, Speere werfen und den Feind mit Pfeilen beharken. Und natürlich, wo nötig, die Lücken füllen.

Eirik nickt mir grimmig zu. »Heute wirst du deine Mutter stolz machen, Harald.« Er hebt die Faust gen Himmel. »Wir werden sie zermalmen, das verspreche ich dir.«

Auch die anderen Kerle, die um uns herumstehen, machen wild entschlossene Gesichter. Es sind junge Männer darunter, aber die meisten sind erfahrene Krieger. Sie kennen sich, haben häufig auf dem gleichen Schiff gedient, an Raubzügen in fernen

Ländern teilgenommen. Sie wissen mehr über Krieg und Schlachtgetümmel als ich. Das ist sicher. Und doch sind sie bereit, unter meinem Banner zu kämpfen.

»Hör zu, Eirik. Ich möchte, dass deine *hirð* in der Mitte steht. Falls wir im Laufschritt angreifen, seid ihr mein Rammbock. Stell die Größten und Besten in die erste Reihe.« Ich wende mich an die beiden anderen Anführer der vordersten Linie. »Das gilt auch für euch. Und was die vierte *hirð* betrifft, so beharkt den Feind mit allem, was ihr habt. Aber erst auf Befehl.«

Im Grunde muss ich das nicht erklären. Die Männer wissen, was erwartet wird. In der ersten Reihe müssen sie eng an eng mit überlappenden Schilden stehen und keine Lücke entstehen lassen. Hier stellen wir die Besten auf, denn auf ihre Stärke und Erfahrung kommt es an. Kämpfen werden sie mit dem kurzen Sax und versuchen, zwischen und unter den Schilden hindurch Bauch oder Beine ihrer Gegner zu treffen und sie zu Fall zu bringen.

Die zweite Reihe wird sich in die Rücken der Vordermänner stemmen, um zu helfen, dem Druck der gegnerischen Schildreihe zu widerstehen. Und Druck wird es geben, denn der Feind wird versuchen, mit aller Macht unsere Verteidigungslinie zu durchbrechen. Diese zweite Reihe wird mit Schwert oder Axt kämpfen und den Feind von oben bearbeiten. Die dritte Reihe wird gleichzeitig über die Köpfe der Kameraden hinweg mit Speeren zustoßen. Außerdem muss jeder Mann, der fällt, sofort ersetzt werden. Denn wenn eine Lücke entsteht, wird es gefährlich. Und bricht die Schildwand erst einmal in sich zusammen, dann sind wir verloren.

Die Anführer gehen auseinander und teilen ihre Männer ein. Meine eigene Stellung ist hinter der Schlachtreihe, um die Übersicht zu behalten und, wo nötig, einzugreifen. Thorkel,

Ragnar und Finnolf sind meine Leibwachen. Thorkel ist schnell und tödlich mit der Axt. Ragnar breit genug für zwei und mit Schild und Schwert kaum zu schlagen. Die Angriffswaffe des untersetzten Finnolf ist ein kurzer Speer mit mörderisch scharfer Klinge, die jede Brünne durchstößt. Alle drei sind gepanzert, darauf habe ich geachtet. Und nach unzähligen, gemeinsamen Waffenübungen kennen wir die Stärken und Schwächen eines jeden von uns und können einander gut ergänzen.

Zu dieser kleinen Gruppe ist jetzt der unverwüstliche Toke als Bannerträger gestoßen. Er hat eine Lanze mit einem besonders kräftigen Eschenschaft gefunden und das Banner daran befestigt. Das stumpfe Ende hat er angespitzt und pflanzt es jetzt in den Boden, um Oðins Raben fliegen zu lassen. Bei dem Anblick bricht Jubel unter den Männern aus. Wer Angst hatte, schöpft neuen Mut. Solange mein Banner zu sehen ist, werden sie wie die Teufel kämpfen. Eine große Verantwortung für Toke.

Hranes Einheiten rücken heran, um unsere Schlachtreihe auf der linken Flanke zu verlängern. Für den rechten Flügel hoffen wir immer noch auf Dag Ringsson. Hinter uns bauen sich die Rus in einer ähnlichen, zweiten Schildreihe auf. In der Mitte Olafs alte Gefährten, das tapfere Hundert der Schildburg. Sigvat ist darunter, Finn und Thorberg und Ragnwald. Über ihren Köpfen leuchtet das Christenbanner. Auch Olafs Schild ist mit einem goldenen Kreuz bemalt.

Neben diesen Männern wird Halfdan sicher sein, sage ich mir, sicherer jedenfalls als bei mir. Denn unsere Aufgabe ist es, den ersten Ansturm des Feindes abzufangen. Der gewaltig sein wird, wenn man einen Blick auf die uns gegenüberstehende Menge wirft, die ebenfalls dabei ist, in Kampfstellung zu gehen. Statt unserer drei vorderen Reihen haben sie vier, soweit ich das erkennen kann. Das wird es noch schwerer für uns machen durchzubrechen. Aber noch sind sie an die zweihundert Schritt entfernt. Vermutlich werden sie bald näher rücken.

Olaf schickt nach Hrane und mir für eine letzte Besprechung. »Bist du bereit?«, will er von mir wissen. »Es wird kein leichter Kampf werden. Fühlst du dich der Sache gewachsen?«

Bevor ich antworten kann, redet Hrane für mich. »Mach dir keine Sorgen um Harald«, sagt er. »Er wird nicht wanken. Du weißt, wer ihn ausgebildet hat. Die Männer von Hringaríke kennen ihn und sind stolz, an seiner Seite zu kämpfen. Und, wenn nötig, zu sterben.«

Seltsam. Hrane ist der Älteste im Heer und ich einer der Jüngsten. Und doch haben wir beide Befehlsgewalt. Auf uns werden sie schauen. Ich bin Olaf dankbar, dass er mir vertraut. Vor allem lässt mich die Verantwortung die Angst vergessen, die zuvor noch an meinen Eingeweiden genagt hat.

»Dann hört zu«, sagt Olaf. »Wie ihr seht, ist Kalfr noch nicht bereit. Sie sind immer noch dabei, sich aufzustellen. Und Nachzügler scheinen auch noch unterwegs zu sein. Wir haben die bessere Stellung hier auf dem Hügel, sonst hätten sie uns sicher schon angegriffen. Mein eigentlicher Plan war, wie ihr wisst, das zu nutzen und im Laufmarsch einen Schockangriff gegen Kalfrs Mitte zu führen. Der Großteil seines Heeres besteht aus unerfahrenen Bauernlümmeln. Es sollte ein Leichtes sein, ihre Schildwand zu durchbrechen. Dann treiben wir sie vor uns her.«

»Ihre Schlachtreihe ist länger als unsere«, gibt Hrane zu bedenken. »Das könnte unsere Flanken bedrohen. Uns fehlen vor allem die Schweden am rechten Flügel. Möchte, verflucht nochmal, wissen, wo Dag bleibt.«

»Du hast recht«, sagt Olaf. »Ohne Dag wird uns nichts anderes übrigbleiben, als den Hügel zu verteidigen. In dem

Fall solltest du die Hälfte deiner Leute auf die rechte Flanke verlegen.«

»Das müssen wir aber bald entscheiden«, erwidert Hrane. »Sonst wird es zu spät dafür.«

Während sie noch überlegen, hören wir entfernte Rufe, die sich nähern. Ein Reiter kommt herangaloppiert und brüllt uns die gute Nachricht zu, auf die wir so sehnlichst gewartet haben. Dag Ringsson ist im Anmarsch und wird in weniger als einer Stunde bei uns sein.

»Heilige Mutter Gottes! Dem Himmel sei Dank«, ruft Bischof Grimkell, der nicht weit von uns steht, und bekreuzigt sich.

»Eine Stunde.« Olaf beißt sich auf die Lippen. »Ich hoffe, Kalfr greift nicht vorher an.« Er blickt zum inzwischen wolkenlosen Himmel auf. »Das Wetter ist auf unserer Seite. Ich werte das als gutes Omen.«

Dass wir Verstärkung erwarten, muss Kalfr nicht verborgen geblieben sein. Natürlich hätte er uns noch vor Dags Ankunft angreifen sollen. Aber er ist ein vorsichtiger Mann. Seine eigenen Reihen stehen noch nicht so, wie er es sich vorstellt. Und wie wir von unserer kleinen Anhöhe aus sehen können, sind auch bei ihm noch Krieger im Anmarsch. Auf die wird er wohl nicht verzichten wollen, denn sie werden seine zahlenmäßige Überlegenheit noch erhöhen.

Doch Olaf lässt sich nicht entmutigen. »Sobald Dag in Stellung ist, legen wir los. Und zwar nach meinem ursprünglichen Plan. Wartet also auf mein Hornsignal. Dann preschst du im Laufschritt vor, Harald.«

»Sollten wir nicht einen Keil bilden«, frage ich. »Um leichter durchzustoßen?« Ich habe ein schlechtes Gefühl bei dem Gedanken, gegen die starke, gegnerische Schildreihe anzurennen.

»Nein. Ihre Schlachtreihe ist zu lang. Wir müssen auf breiter Front durchbrechen. Sag deinen Männern, sie dürfen nicht zögern. Ihr müsst unerwartet losschlagen und die Bastarde im Laufschritt von den Füßen stoßen. Ein wuchtiger Aufprall, und ihr werdet durchbrechen. Und du, Hrane, musst sofort nachsetzen und die offenen Enden aufrollen. Meine eigenen Männer stehen bereit, um ihnen den Rest zu geben.«

Hrane und ich gehen zurück zu unseren Gefolgschaften. »Bist du sicher, Olafs Plan ist der beste?«, frage ich ihn.

»In einer Schlacht kann man sich auf nichts verlassen, mein Junge. Alles kann passieren. Aber Kalfr wird denken, wir verteidigen den Hügel. Mit einem Schockangriff werden sie nicht rechnen. Wir werden sie in jedem Fall überraschen.«

Wir geben Olafs Anweisungen an die Unterführer weiter. Inzwischen hat Kalfr sich entschlossen, den Kampf zu beginnen. Seine Schlachtreihe setzt sich in Bewegung und kommt langsam den Hügel zu uns herauf. Ich rufe unseren Männern zu, dicht zu stehen, die Schilde geschlossen zu halten und auf Olafs Hornsignal zu achten. Der Angriff des Feindes scheint unmittelbar bevorzustehen, doch da habe ich mich getäuscht, denn in fünfzig Schritt Entfernung bleiben sie wieder stehen.

Ihre Schildwand ist nicht anders als unsere, nur im Ganzen länger und eine Reihe tiefer. Auf dem rechten Flügel befinden sich die Männer von Rogaland und Hordaland. Den linken haben Kalfrs Nachzügler besetzt, Krieger von Sogn und den Fjorden. Die gesamte Schlachtreihe ist so lang, dass wir ein Aufrollen unserer Flanken befürchten müssen. Ich bete, dass den Schweden Flügel wachsen mögen. In der Mitte der feindlichen Linie steht Thorer Hundr mit den besten der *bóndi*. Sein Banner ist ein Wolfskopf. Und daneben die Erlingssons mit ihren Leuten. Sigurds roter Bart ist nicht zu verkennen. Und ist das nicht Rorik neben ihm? Ich bin mir nicht sicher. Aber sicher ist, dass dies keine ungeübten Bauernlümmel sind. Die sind bestens bewaffnet und stehen in guter Ordnung, vier Reihen tief, statt unserer drei. Und diese Reihen sollen wir durchbrechen. Ich kann mir nicht helfen, aber ich habe Zweifel. Natürlich bin ich unerfahren. Olaf und Hrane werden schon wissen, was sie tun.

Hinter der vordersten Linie des Gegners hat Kalfr zwei größere Einheiten als Reserve aufgestellt. Zum einen, nach dem Banner zu urteilen, ein größerer Haufen gut bewaffneter Krieger unter Führung seiner eigenen *húskarlar*. Ich glaube sogar, Kalfrs schlanke Gestalt zu erkennen. Weiter rechts stehen Hárek von Tjøttas Mannen aus dem Norden. Von ihm heißt es, dass er ein Geschenk der Lappen um die Schultern trägt, ein Mantel aus magischer Elchhaut, durch die kein Eisen dringen kann.

Auf einmal hören wir von drüben Kalfrs Stimme. »Olaf!«, schallt es herüber. »Wir müssen nicht kämpfen. Sei vernünftig und komm auf unsere Seite. Noch ist es nicht zu spät. König Knut wird dich mit offenen Armen empfangen. Als sein königlicher Bruder. Überleg es dir!«

Doch Olaf will nichts davon wissen. Er legt die Hände als Trichter vor den Mund und weist das Angebot zurück. »Deine Schmeicheleien verfangen nicht, Kalfr. Du hast nur einen König. Und dem bist du untreu geworden. Alle hier sind Zeuge deines Verrats. Dafür wirst du heute sterben, das verspreche ich vor allen Anwesenden.«

Dann wendet er sich an sein eigenes Heer. »Hört zu, ihr Männer des Königs!«, tönt seine gewaltige Stimme, die geeignet ist, jeden Schlachtlärm zu übertönen. »Heute sind wir hier, um den Königsverrätern da drüben eine Lehre zu erteilen. Wir werden die Bastarde vernichten und ihre dänischen Herren aus dem Land jagen. Es wird Beute geben für alle, die tapfer kämpfen. Wer mir Kalfrs Banner bringt, den werde ich mit Silber überhäufen. Das ist versprochen!«

»Es lebe Olaf, unser König!«, ruft einer, und die Männer brüllen ihre Zustimmung und schlagen auf die Schilde, was einen gewaltigen Lärm verursacht.

Olaf hebt die Hand, bis es wieder ruhig wird. »Die da drüben haben ein paar Leute mehr als wir. Umso besser, sage ich, denn die Schweden sind schon fast bei uns angekommen. Und je mehr von diesen armseligen Bauern sich da drüben tummeln, umso leichter können wir sie heute abschlachten. Es wird ein wahres Fest werden.« Er holt Luft und brüllt, so laut er kann: »*Bóndi* schlachten, Männer! Wer will heute mit mir *bóndi* schlachten?«

»*Bóndi* schlachten!«, rufen sie ringsum im Chor, johlen und trommeln mit den Waffen auf ihre Schilde, bis der ganze Hügel zu dröhnen scheint. Dann finden die Rufe ihren Rhythmus. »*Bóndi* schlachten!«, brüllen sie aus voller Kehle, und der Ruf schallt entlang der Schlachtreihe. Olaf reckt sein Schwert *Hneitir* in die Höhe und grinst siegesgewiss. Sein glänzend polierter Kettenpanzer blitzt und leuchtet in der Sonne des frühen Nachmittags. Ebenso sein Schild mit dem goldenen Christenkreuz.

»Wartet auf mein Signal«, ruft er, als es ruhiger wird. »Dann werden wir ihr Blut trinken, Leute! *Bóndi*-Blut!« Noch einmal dröhnen die Schilde. Dem Gegner schleudern die Männer Schmährufe und Verhöhnungen entgegen.

Ich bin aufgeregt. Meine Hände sind schweißnass. Doch für einen solchen Kampf habe ich mich jahrelang vorbereitet. Nun ist es so weit. Alles andere hat in diesem Augenblick keine Bedeutung mehr. Sogar die beiden Mädchen im Tross habe ich vergessen. Thorkel scheint es ähnlich zu gehen. Sein Gesicht ist weiß vor Anspannung. Vor uns Tokes breiter, gepanzerter

Rücken. Über ihm das Rabenbanner, dessen Anblick mein Herz schneller schlagen lässt. Oðins *seiðr* wird uns den Sieg schenken. Daran müssen wir glauben.

Während ich zum Banner aufschaue, kommt mir der Himmel blasser vor, als ob das Sonnenlicht trüber würde. Eine Wolke muss sich davorgeschoben haben. Doch als ich mich umsehe, ist da keine Wolke. Denn die Sonne scheint immer noch, nur weniger hell. Auch andere heben den Blick zum südlichen Himmel, legen die Hand über die Augen, um nicht geblendet zu werden. Während wir uns noch wundern, lässt sich eine laute Stimme vernehmen, von drüben, von Kalfrs Seite. Es ist ein großer Christenpriester, ein Däne, nach seiner Mundart zu schließen, der hinter der Schlachtreihe auf einen Felsbrocken gestiegen ist und mit erhobener Faust und hochrotem Gesicht seine Leute anfeuert, mit uns Rebellen kurzen Prozess zu machen.

»Seht her, ihr tapferen Krieger, Gott lässt die Sonne finster werden. Und wisst ihr auch, warum? Weil Gott sich schämt. Er schämt sich über die Dreistigkeit dieses Olafs, der sich anmaßt, König zu sein, der euch freie Männer unterwerfen und ausplündern will. Der vorhat, eure Weiber und Töchter zu versklaven. Gott sendet uns dieses Zeichen, dass es mit dem Aufwiegler zu Ende geht, dass sich Finsternis über ihn ausbreitet, dass wir siegen und ihn zerschmettern werden!«

Die zündende Rede löst Jubel in den feindlichen Reihen aus. Kalfrs Kämpfer recken Fäuste und Waffen und brüllen uns ihre Verachtung entgegen. Mich haben die Worte erschreckt. Und ich bin sicher, ich bin nicht der Einzige, dem es so geht. Aber dann ruft ein Witzbold auf unserer Seite dem Dänen zu, es sei nicht die Sonne, sondern sein Arschloch, das so finster wäre. Und er würde ihm ein zweites schneiden, damit er es heller bekäme. Das sorgt für Heiterkeit und nimmt der Rede den Stachel.

Jetzt lärmen auch unsere Männer zurück. Gleichzeitig stimmen Bischof Grimkells Mönche einen frommen Gesang an. Schmähungen und Beleidigungen und heilige Gesänge, alles durcheinander. Es wird auf Schilde getrommelt, Waffen gereckt, aus vollem Hals geschrien und der Feind verflucht, bis man heiser ist. Ich selbst helfe kräftig mit. Wir nennen sie Bastarde, Hurensöhne, Scheißhaufen und Arschficker. Und was man alles mit ihren Schwestern, Töchtern und Müttern anstellen werde. An phantasievollen Beleidigungen scheint es nicht zu mangeln. Tausende von Männern, die sich in Rage brüllen.

Mir ist klar, all das Geschrei und Getöse dient im Grunde nur dazu, die eigene Angst zu betäuben. Hilflos in der Schildwand zu stehen, auf beiden Seiten eingeklemmt, von hinten geschoben, nur mit einem Holzschild vor dem Leib, im Angesicht einer Horde von Feinden, die alles daransetzt, einen umzubringen. Da steigt Panik auf, die vielen ungewollt die Blase leeren und die Gedärme zu Brei werden lässt.

Wie kann man einen solchen Stahlsturm, wie die Dichter ihn nennen, überleben? Nur von den Göttern hängt es ab, ob man den nächsten Tag erlebt oder, von Äxten zerhackt, als zuckender Fleischklumpen im Gras verblutet. Kein Mensch würde sich das unter normalen Umständen antun. Wenn nicht die Kameraden wären, würde man den Schild fallen lassen und weglaufen. Sich in Wut zu brüllen, das hilft, die elende Angst zu überwinden und seinen Mann zu stehen.

Das Licht wird immer trüber. Der Himmel ist noch hell, aber die Sonne wird langsam schwarz. Wie seltsam! Es scheint sich etwas davorzuschieben. Noch nie habe ich Ähnliches erlebt. Schwärme von Krähen tauchen auf und kreisen über dem Schlachtfeld. Vielleicht hat der Lärm sie aufgescheucht, oder sie flüchten vor der zunehmenden Dunkelheit. Doch mir ist, als könnten sie es nicht abwarten, sich an den Leichen zu laben, die bald auf dem Feld liegen werden. Ihre hässlichen Schreie mischen sich mit den Flüchen der Männer, den dröhnenden Schilden. Es ist, wie ich mir *Ragnarök* vorstelle, die letzte Schlacht der Götter. Es ist beängstigend und berauschend zugleich. Alles ist heute möglich, Sieg oder Niederlage, Triumph oder Heldentod.

Und dann sehe ich sie kommen.

Kalfrs Männer sind ganz verstummt. Die lange Schildreihe hat sich in Bewegung gesetzt. Langsam, Schritt für Schritt, um im Glied zu bleiben und keine Lücken entstehen zu lassen, so kommen sie den sanften Hang herauf. Auch bei uns werden die Rufe weniger, bis sie ganz ersterben und sich eine Stille über die beiden Heere breitet, eine unheimliche, angespannte Stille, nur unterbrochen vom Krächzen der Krähen und dem Schlurfen Tausender Füße durchs Gras.

Ich wage einen Blick über die Schulter. In diesem seltsamen, trüben Licht kann man wenig erkennen, doch da sind sie endlich, Dag Ringssons Männer. Mit fliegenden Bannern und in geordneter Formation marschieren sie auf ihre Stellung an der rechten Flanke zu. Gerade noch rechtzeitig. Denn der Feind ist schon auf vierzig Schritt heran.

Immer noch diese Stille, in der man nur die Schritte der nahenden Krieger hört, das Geräusch sich berührender Schilde, das Klirren von Waffen, einen unterdrückten Fluch.

Jetzt noch fünfunddreißig Schritt, die uns trennen.

Die Anspannung ist zum Greifen. Man riecht den Schweiß von tausend ungewaschenen Leibern, die Angst, die aus den Poren kriecht. Und die Wut und die Ungeduld, endlich loszuschlagen.

Dreißig Schritt.

Endlich lässt Hrane Wurfspeere und Pfeile fliegen, die erste Ziele finden. Es ist wie eine Erlösung. Auch ich gebe lautstark den Befehl dazu. Ein Hagel von Geschossen geht auf den Feind nieder. Männer werden getroffen und gehen schreiend in die Knie. Aber nicht genug, um den Feind zu beeindrucken oder gar aufzuhalten. Sie haben ihre Schilde hochgerissen, auch in der zweiten und dritten Reihe. Unsere Leute beschießen und bewerfen sie, wie sie nur können. Verwundete schreien, Lücken werden gerissen, doch ebenso schnell wieder geschlossen.

Nun müssen auch wir die Schilde heben, um Wurfgeschosse aller Art abzuwehren, sogar Steine schleudern sie gegen unsere Reihen. Olafs Schildburg hinter uns steht wie eine undurchdringliche Mauer von sich überlappenden Schilden. Pfeile bleiben darin stecken und sehen aus wie lange Stacheln. Rechts und links von mir schreien Männer auf und taumeln. Ein Pfeil zischt an meinem Ohr vorbei, ein anderer trifft mit großer Wucht meinen Schild und bleibt darin stecken. Dann ein zweiter und ein dritter. Noch einer verfehlt mich nur knapp und trifft einen Kerl hinter mir. Ich stehe unter dem Banner und bin ein bevorzugtes Ziel, das wird mir plötzlich bewusst.

Noch fünfundzwanzig Schritt.

Endlich hören wir Olafs Horn über das Schlachtfeld dröhnen, und dann ihn selbst. »Vorwärts, vorwärts, Krieger des Königs«, brüllt er. »Schlachtet sie ab, die Verräter! Tod den *bóndi!*«

»Tod den *bóndi!*«, schallt es aus tausend Kehlen, und dann stürmen wir los.

Die Formation zu halten, ist nicht länger möglich. Die Entfernung ist kurz, doch der Hang beschleunigt die Schritte, so dass unsere Männer sich mit solcher Wucht auf den überraschten Feind werfen, dass ihre Schilde mit gewaltigem Krachen auf die des Gegners knallen. Ein panischer Aufschrei geht durch die Reihen des Feindes. Die Vordersten werden zurückgeschleudert, taumeln, stürzen, reißen Kameraden mit sich.

An einigen Stellen steht der Feind noch, wenn auch wankend, an anderen hat der unerwartete Angriff tiefe Lücken gerissen. Männer liegen schreiend übereinander, behindern sich gegenseitig, versuchen, auf die Beine zu kommen und sich zu wehren. Dazwischen sind unsere Krieger, die mit Speeren zustoßen, Äxte fallen lassen und die Reihen des Feindes in ein blutiges Chaos verwandeln.

Olafs Plan scheint aufzugehen, denn immer mehr von Kalfrs Schlachtreihe wankt, weicht zurück, bricht ein. Männer in den hinteren Reihen beginnen, sich zurückzuziehen, zu fliehen, stoßen Kameraden um, trampeln in ihrer Hast übereinander. Bei Oðin! Wir sind durchgebrochen.

Ich finde mich mitten im Gewühl wieder, wehre Hiebe mit dem Schild ab, teile aus. Und dann töte ich meinen ersten Mann. Der Kerl hat seinen Schild verloren, reckt mir den Speer entgegen. Ohne Zögern schlage ich hart zu. Mein Schwert schneidet durch Lederhelm, Schläfe, Wange und Kiefer. Blut spritzt mir aus der klaffenden Wunde entgegen. Schon fällt der Mann. Ich springe über ihn hinweg auf den nächsten zu, dem ich das Schwert tief in die Eingeweide ramme. Ich trete ihm gegen den Leib, um die sich festsaugende Klinge zu befreien, ducke unter einem Speer hinweg, hacke in ein Gesicht, schlage einem Kerl den Schildrand unters Kinn und sehe, wie Thorkels Axt ihm den Schädel spaltet. Toke hält den Schaft des Banners mit der linken Schildhand, während er uns mit seiner riesigen Axt einen Weg bahnt. Ragnar schlitzt eine Kehle auf, sticht in ein brüllendes Maul und tritt einem Kerl zwischen die Beine, bevor er ihm die Klinge in den Leib jagt.

Dieser Kampf hat nichts Geordnetes mehr. Es ist zu einem wilden Durcheinander geworden. Der Blutzoll ist gewaltig. Auf beiden Seiten sterben Männer. Doch die Angst, die ich vorher hatte, ist verflogen, hat sich in einen Blutrausch verwandelt. Zuschlagen, parieren, stechen, töten. Jahre der Übungen zahlen sich aus. Männer fallen von meinen Streichen. Ihr heißes Blut besudelt mich. Ich fühlte mich übermächtig, unverwundbar. Ein Kriegsgott. *Einer von ihnen wird der Sonne Verderber sein. Er labt sich an den Leibern todgeweihter Männer, färbt der Götter Sitz mit rotem Blut.*

Was an anderen Stellen geschieht, davon kriegen wir nichts mit. Dazu sind wir viel zu beschäftigt. Und das elende Dämmerlicht auf dem Schlachtfeld macht es noch schwieriger, den Überblick zu behalten. Doch wir stürmen vor, Schritt für Schritt, nutzen unseren Vorteil, jubeln schon, als wir den Gegner weichen sehen, wollen nachsetzen und den Feind endgültig vernichten.

Aber dann kommt es anders. Ja, wir haben eine große Bresche gerissen, Männer fliehen vor unseren Schwertern. Doch die breite Lücke erlaubt nun Kalfrs *húskarlar,* in geordnetem Angriff auf uns loszugehen, unterstützt von Háreks Männern. Auch an den Flanken fallen sie über uns her.

»Schildwand!«, brülle ich immer wieder in dem verzweifelten Bemühen, unsere Reihen neu zu ordnen, eine Verteidigungslinie aufzubauen. Doch vergeblich. Das Kampfgetöse ist so laut, dass ich kaum meine eigene Stimme hören kann. Nun muss ich zusehen, wie es diesmal unsere eigenen Männer sind, die abgeschlachtet werden. Wie es Hrane oder Dag inzwischen ergeht, weiß ich nicht. Hier in der Mitte sind wir dabei zu sterben.

Der Erste meiner Freunde, den ich vor meinen Augen fallen sehe, ist Finnolf. Mit einem Speer durch die Brust bricht er Blut spuckend in die Knie. Es hilft auch nicht, dass Ragnar ihn im nächsten Augenblick rächt. Andere kämpfen verzweifelt, oft von zwei oder drei Feinden umzingelt, straucheln, werden getroffen, wälzen sich schreiend am Boden. Blut strömt aus ihren Wunden. Immer mehr werden Opfer von Äxten und Speeren, sosehr sie sich wehren. Ich selbst werde von drei Kerlen bedrängt. Tokes Axt leistet heldenhaften Widerstand, doch auch er muss schließlich weichen, um das Rabenbanner nicht zu verlieren.

Doch mit einem Mal ist Olaf unter uns. Seine Gefährten und die Rus haben sich ins Getümmel geworfen, um eine Niederlage abzuwenden. Allen voran Olaf, der mit wilden Hieben Männer niedermacht und sich Platz verschafft. Der Feind wird aufgehalten. Doch damit ist das Durcheinander nur noch schlimmer geworden. In der Dunkelheit, die jetzt herrscht, kann man kaum noch Freund von Feind unterscheiden. Drei Kerle stürzen sich auf Toke, um mein Banner zu erobern. Er bekommt einen Speer in die Seite, doch das hindert ihn nicht, seinem Angreifer das halbe Gesicht wegzuhacken, einem anderen den Arm.

Männer brüllen, manche kreischen wie Weiber, bevor sie sterben, einige mit dem Namen ihrer Liebsten auf den Lippen. An den Schilden rinnt das Blut herab und sickert ins Gras. Schwerter und Äxte triefen davon, Gesichter sind blutverschmiert. Schreckliche Wunden werden geschlagen, Kiefer weggehauen, Zähne fliegen, aufgeschlitzte Bäuche, aus denen Gedärme hängen, abgetrennte Arme, sich windende Körper am Boden, über die man im Gemenge stolpert. Das sind Bilder einer Hölle, die sich mir ins Hirn graben.

Plötzlich habe ich Rorik vor mir. »Jetzt gehörst du mir, du Bastard«, brüllt er und schlägt mit der Axt zu.

Im letzten Augenblick gelingt es mir, den Schild hochzureißen. Die Axtklinge fährt so wuchtig in den Schildrand, dass es mir fast die Schulter lähmt. Ich stoße mit dem Schwert zu, verfehle ihn aber. Bevor ich nachsetzen kann, werden wir im Getümmel getrennt. Ein Kerl fällt mir vor die Füße, dessen

Schädel plötzlich aus zwei Hälften besteht, aus denen Blut spritzt und Gehirnmasse quillt.

Sigvat hat sich auf Rorik gestürzt. Ich will ihm helfen, werde aber abgelenkt, denn links von mir sehe ich mit Schrecken meinen guten Toke Blut spuckend aufs Knie sinken. Thorkel versucht, ihn zu stützen, doch er schüttelt den Kopf. Dann sieht er zu mir auf. »Tut mir leid, Harald!«, ächzt er, bevor er den Schaft des Banners loslässt und umfällt.

Ich bekomme gerade noch das Banner zu fassen, bevor es zwischen die Toten und Verwundeten fällt. »Gib's mir!«, brüllt Ragnar und reißt es an sich. Thorkel verteidigt ihn, als zwei Mann auf ihn zustürmen, um das Banner zu erobern. Thorkel schwingt die Axt mit kalter Genauigkeit, fällt Angreifer zu beiden Seiten und verschafft uns mitten im Gedränge ein wenig Freiraum.

Mir läuft der Schweiß übers Gesicht. Ich versuche, Atem zu schöpfen, und sehe mich kurz um. Olaf steht nicht weiter als zehn Schritte von mir entfernt, mitten im Gedränge einer Gruppe von Angreifern, die ihn erkannt haben und zu Fall bringen wollen. Nur Finn Arnason und ein anderer sind noch an seiner Seite. Ich will zu ihnen vorstoßen, eine Lücke offnen. Zwei von den Kerlen kann ich erschlagen, aber weiter komme ich nicht. Es sind zu viele.

Mit Schrecken muss ich zusehen, wie einer Olaf einen Speer in den Oberschenkel rammt. Er schreit auf vor Schmerz und packt den Speerschaft, um die Spitze aus der Wunde zu reißen. Dabei entgleitet ihm das Schwert. Ein alter, grauhaariger Kämpe im Ledermantel sticht ihm daraufhin in den Unterleib, und als Olaf sich nach vorn krümmt, schlägt ihm ein Dritter die Axt in den Nacken. Mit einem Gebrüll wie ein getroffener Stier fällt er vornüber. Da erkenne ich den Mann mit der blutigen Axt, der ihm den tödlichen Hieb versetzt hat. Es ist Kalfr Arnason.

Ich höre mich schreien und weiß nur, dass ich starr vor Entsetzen dastehe. Zum Glück bin ich noch in der Lage, rechtzeitig den Schild zu heben, um einen Hieb abzuwehren. Doch nun scheint alles sehr langsam abzulaufen, selbst meine eigenen Bewegungen, als hätten die Nornen für einen Augenblick die Spindel angehalten. Blutige Schädel, offene Münder, Äxte, die sich in lebendes Fleisch graben. Ich blicke benommen um mich und sehe nun auch meinen Bruder Halfdan fallen. Sein Kopf ist blutüberströmt, und in den Eingeweiden steckt ein Speer, dessen Schaft er umklammert hält, als könnte er ihn noch herausziehen.

Meine Beine bewegen sich, nur viel zu langsam. Bevor ich zu ihm gelangen kann, ist plötzlich Sigurd Erlingssons hässliche Fratze vor mir aufgetaucht, Mordlust in den Augen. Während ich seinen Angriff abwehre, spüre ich einen brennenden Stich in der Seite. Etwas Schweres reißt mich zu Boden. Ich falle auf einen Felsbrocken hinter mir und merke noch, wie etwas in meinem Bein nachgibt. Dann trifft mich ein Schlag am Kopf, und alles wird schwarz.

VERWUNDET

Schmerzen, höllische Schmerzen. Am ganzen Leib. Es zerreißt mich. Ich schmecke Blut, kann nichts sehen. Wieso kann ich nichts sehen?

Ein Geruch von Feldblumen. Füße, die durchs Gras schleifen. Leise Stimmen. Jemand flucht. Schmerzen am ganzen Körper, besonders im Bein. Was, verflucht nochmal, ist mit meinem Bein los? Die wollen es mir abhacken. Hört auf, an meinem Bein zu hacken!

Ich schreie und schreie, aber keiner hört mich. Warum hört mich keiner? Vielleicht kommt es mir nur so vor, dass ich schreie. Ich liege irgendwo auf dem Boden. Der Schmerz überwältigt mich in Wellen.

Ist mein Bein noch dran? Wo ist Tante Guðrun? Mutter, wo bist du?

Ich dämmere dahin. Kann nichts sehen. Will nichts sehen. Nur ruhig liegen bleiben. Und auf Mutter warten. Ruhig liegen bleiben. Ruhig atmen. Dann tut es nicht so weh. Mutter kommt bestimmt. Sie wird mich nicht verlassen. Auch nicht Tante Guðrun. Sie wiegt mich an ihrem großen Busen und singt Schlaflieder. Schön. So schön. Aber vor allem nicht bewegen, warten, warten, bis sie mich holen.

Dann dringt eine Erkenntnis durch den Nebel in meinem Hirn. Nicht Mutter wird dich holen, Harald, sondern die Walküren. Denn du bist tot, mein Junge, weißt du das nicht? Du bist mausetot. Nein, nicht Mutter, nicht Guðrun und nicht Æðelind. Schon gar nicht Æðelind, sondern die Walküren. Sie heißen Aila und Impi und sind wunderschön. Sie bringen dich nach Valhöll zu den Helden. Warten, ganz ruhig warten. Nicht bewegen. Sonst vertreibst du sie wieder, du Dummkopf, und sie lesen einen anderen vom Schlachtfeld auf.

Und dann wieder der Schmerz. Was, bei Thor, machen die da mit mir? Jemand reißt mir mein verdammtes Bein aus. Und meine Seite brennt wie Feuer. Ich kann kaum atmen, kriege keine Luft, habe Blut im Mund, Blut in den verklebten Augen, Blut überall. Ich kann es schmecken und riechen. Ich weiß, wie es riecht. Vom *Blót*, wenn der *goði* einen weißen Hengst opfert. Bin ich etwa das Opfer?

Warum kann ich nichts sehen? Doch, da ist etwas. Ganz schwach. Ein Gesicht. Aber Tante Guðrun ist es nicht. Tante Guðrun hat keinen Bart. Mutter auch nicht. Und auch nicht Impi. Impi hat Katzenaugen. Hat man jemals von bärtigen Walküren gehört?

Harald!, höre ich jemanden flüstern, *nicht einschlafen, Harald! Halt durch.* Warum flüstert der? Wer ist das überhaupt? Besser, ich mach die Augen wieder zu. Nichts sehen, nichts hören, nur ganz ruhig bleiben. Ruhig atmen. Schön, hier zu liegen. Mutter kommt mich holen. Bald.

✳ ✳ ✳

Mich rüttelt und schüttelt etwas. Als ob ich getragen werde. Mein Bein tut dabei so weh, als ob einer mit dem glühenden Eisen darin herumstochert. Eine verdammte Folter. Und dann erst in meiner Seite.

Aber dann wird es weniger mit der Schüttelei. Der Schmerz lässt langsam nach. Doch jetzt schwankt alles unter mir. Ich schwanke mit. Weich und sanft. Wie auf einem Boot im Spiel der Wellen. Doch was ich höre, sind keine Möwen, sondern

Krähen. Und hinter mir das Stampfen von Pferdehufen im Gras. Pferdehufe? Und warum hinter mir?

Jetzt schüttelt es mich wieder, und ich schreie auf vor Schmerz. Dann wieder sanftes Schaukeln. Ich spüre eine Hand auf der Schulter, höre eine Stimme. Klingt wie Ragnar. Ragnar? Was tut der denn hier? Ist der nicht tot? Es sind doch alle tot. Olaf, Halfdan. Toke. Mein Kopf ist schwer, viel zu schwer, und tut so schrecklich weh. Mir ist übel.

»Halt mal an! Er kotzt wieder.«

Ich würge, ohne es zu wollen. Es bricht aus mir heraus, stinkt wie Hühnerscheiße. Meine Seite brennt wie Feuer. Ich versuche, nicht zu würgen, ruhiger zu atmen. Die Lider sind schwer, ich kann sie nicht aufkriegen. Das sanfte Schaukeln beginnt von neuem. Ich bin auf hoher See, auf der *Hermóðr*. Da war mir auch kotzübel. Aber warum höre ich nicht das Meer und die Möwen?

✳ ✳ ✳

Vogelgezwitscher. Blätterrauschen. Das sind die ersten Wahrnehmungen, die in mein Bewusstsein dringen. Dann das Knistern in einer Herdstelle und der Geruch von brennenden Fichtenscheiten. Und noch ein anderer Geruch, nach etwas Schmackhaftem, das über dem Feuer köchelt. Mein Magen meldet sich. Ich habe Hunger.

Langsam öffne ich die Augen. Über mir die rußgeschwärzten Dachbalken einer schilfgedeckten Hütte. Durch die niedrige Türöffnung fällt Licht ins Innere und auf das Lager am Boden, auf dem ich liege. Von draußen höre ich eine Mädchenstimme oder die einer jungen Frau. Sie scheint mit etwas beschäftigt zu sein und summt dazu. Ich schließe wieder die Augen und lasse mich von der Sanftheit der Stimme tragen, von dem Bild eines Mädchens, das mit etwas beschäftigt vor der Hütte sitzt, von den Vögeln, die ihr Lied begleiten, vom Säuseln des Windes in den Blättern. Wir sind im Wald, so viel ist sicher. Aber wo? Und wie bin ich hierhergekommen?

Ich liege auf dem Rücken, hebe mühsam den Kopf und blicke an mir hinunter. Mein linkes Bein steckt festgebunden zwischen einigen schmalen, langen Holzscheiten. Ich muss es gebrochen haben. Jemand hat es geschient. An meiner rechten Seite, unterhalb der Rippen, pocht ein dumpfer Schmerz. Aber einigermaßen erträglich, solange ich mich nicht bewege. Ein breiter Leinenverband liegt um meinen Leib. Ich taste nach meinem Kopf. Auch hier ein Verband.

Ein Schatten fällt auf mein Lager. »Du bist wach!«, höre ich das Mädchen sagen.

»Durst«, versuche ich zu erwidern. Es kommt wie ein Krächzen aus meiner Kehle. »Ich habe Durst.«

»Natürlich. Warte. Ich bring dir zu trinken.«

Sie füllt einen Becher, dann hockt sie sich zu mir auf den Boden, schiebt mir ihre Hand unter den Nacken, um mich zu stützen, und flößt mir vorsichtig Wasser ein. Ein wenig geht daneben, aber was soll's. Es schmeckt so herrlich klar und frisch. Bergwasser, denke ich, pures Quellwasser. Ich habe genug und winke ab, lasse den Kopf wieder aufs Lager sinken.

Neben mir sitzt eine wahre Fee, eine barfüßige Elfin mit langem, glattem Haar, das so hell ist, dass es fast weiß wirkt, und großen, blauen Augen, die mich aufmerksam betrachten. Sie hat ein kindlich anmutendes Gesicht und ein warmherziges Lächeln.

»Wie fühlst du dich?«, fragt sie.

»Geht so.«

Sie runzelt die Brauen und legt die Hand auf meine Stirn. »Du hast Fieber. Ich werde dir noch einen Kräuteraufguss machen. Der hilft, das Fieber zu senken. Schmeckt aber bitter.«

»Wie heißt du?«, frage ich mit einer Stimme, die so schwach ist, dass es mich selbst überrascht.

»Sigríð.«

Ich muss sofort an Sigríð, die Hochmütige, denken. Die Sigríð, die meiner Mutter so viel Leid zugefügt hat und Olafs Vater bei lebendigem Leib hat verbrennen lassen. Aber nein, diese hier ist sanft und gut. Eine Fee.

»Wo bin ich?«

»In der Hütte meines Vaters. Wir leben im Wald. Von der Jagd und vom Fischfang. Mein Bruder hilft ihm. Der See ist nur ein paar Schritte entfernt. Wenn es dir bessergeht, kannst du dich am Ufer sonnen.«

Sie lächelt wieder, besonders aufmunternd diesmal. Ich habe den Eindruck, sie lächelt gern. Und sie riecht gut, nach warmer Mädchenhaut, aber auch ein wenig nach geräuchertem Fisch und nach Herdasche.

»Du warst zwei Tage lang ohne Bewusstsein«, sagt sie. »Wir haben schon gedacht, du wachst nie mehr auf.«

»Und wie bin ich hierhergekommen?«

»Drei Männer haben dich gebracht. Nach der großen Schlacht, in der so viele umgekommen sind. Das ist, was sie erzählt haben. Wir dürfen niemandem sagen, dass du hier bist. Es scheint, man sucht überall nach dir.« Sie fasst nach meiner Hand. »Keine Sorge. Hier bist du sicher. Niemand kennt diesen Ort.«

»Und wer sind die Männer, die mich gebracht haben?«

»Ragnwald hat dich gebracht. Er ist dein Freund, sagt er. Er war mal vor Jahren hier, hat mit meinem Vater gejagt. Ein anderer heißt Ragnar. Und dann ist da noch Thorkel.« Bei der Erwähnung seines Namens lächelt sie wieder. Aber anders. Als ob sie ihn besonders mag.

»Er ist mein bester Freund.«

»Ich weiß. Er ist sehr besorgt um dich.«

Ich bin froh, dass Thorkel überlebt hat. Und Ragnar. Und Ragnwald.

»Wo sind sie jetzt?«

Sie lacht. »Fischen, was sonst? Für unser Mahl heute Abend. Hier muss jeder mithelfen, um fürs Essen zu sorgen.« Sie legt mir die Hand auf den Arm. »Außer dir natürlich. Du musst gar nichts tun. Nur gesund werden.«

Die Hütte im Wald

Als Olaf fiel, war alles vorbei.« Ragnwalds Stimme klingt mutlos, und seine Augen glitzern nass, während er ins Feuer starrt. Er versucht nicht, die Tränen zu verbergen.

Stumm hocken Ragnar und Thorkel neben ihm und meiden seinen Blick. Es ist Abend, und wir befinden uns in der Hütte des Jägers. Der Mann heißt Ejulf und ist ein hagerer Kerl mit hellem, von Silber durchsetztem Haar, wettergegerbten Wangen und einem struppigen Bart. Um Mund und Augen liegen tiefe Furchen. Während er zuhört, bearbeiten seine großen, braunen Hände ein Stück Holz mit dem Messer. Im Hintergrund sitzt seine Tochter Sigríð, ohne sich zu rühren. Auch sie lauscht aufmerksam.

Am Nachmittag war ich wieder eingeschlafen und erst jetzt wieder aufgewacht. Ich liege auf meinem Lager und fühle mich zu schwach, um mich aufzusetzen oder auch nur den Kopf zu heben. Sigríð hat mir eine weiche Kopfstütze aus Lammfell untergeschoben. Aus halb geschlossenen Lidern beobachte ich meine Gefährten, während sie mit leisen Stimmen über das Erlebte sprechen.

»Mein halbes Leben habe ich an Olafs Seite verbracht«, fährt Ragnwald fort. »Er hatte solche Hoffnungen in diesen Feldzug gesetzt. Was sage ich? Wir alle. Pläne und gute Absichten. Und jetzt ist mit einem Mal alles vorbei.«

Er verstummt und wischt sich über die Augen. Ejulf schnitzt derweil ruhig weiter. Thorkel legt ein paar Scheite nach, so dass das Feuer auflodert und knistert.

»Ich hab noch gesehen, wie Olafs Bannerträger seinen Leichnam schützen wollte«, sagt Ragnar. »Tapferer Kerl, aber das hat auch ihn das Leben gekostet.«

Ragnwald nickt. »Ja, das Banner hab ich fallen sehen, und dann schrien sie plötzlich: ›Der König ist tot, der König ist tot!‹ Danach dachte alles nur noch an Flucht. Es herrschte Chaos. Es war das Ende.«

Sie schweigen eine Weile. Jeder hat noch die letzten Augenblicke der Schlacht vor Augen. Nur das Knistern des Feuers und Ejulfs Schnitzen sind zu hören.

»Es war Kalfr«, sage ich. Meine Stimme klingt sehr schwach. »Kalfr hat ihn erschlagen. Ich hab's gesehen.«

Alle drei schauen mich an. »Bist du sicher?«

»Axthieb in den Nacken. Daran ist er gestorben.«

Ausgerechnet Kalfr, sein Freund. Nicht zum ersten Mal frage ich mich, wie aus Freundschaft solcher Hass, wie aus einem besonnenen Mann, für den ich ihn gehalten habe, der unerbittliche Feind, nein, der Mörder meines Bruders werden konnte.

»Und noch einer«, murmele ich mühsam. »Ein alter Krieger in einem Mantel aus Elchhaut. War das Hárek von Tjøtta?«

»Weißhaarig und mit langem Schnauzbart?«

»Ja. Der hat ihm den Speer in die Seite gestoßen.«

Ragnwald schüttelt zornig den Kopf. »Kalfr und Hárek also. Sie haben erreicht, was sie wollten, die verfluchten Bastarde!«

Ich will mich aufsetzen. Die Wunde in der Seite tut höllisch weh. Sofort ist Thorkel zur Stelle und hilft mir hoch, damit ich mich mit den Schultern an die Wand lehnen kann.

»Vielleicht ist es meine Schuld, dass alles so gekommen ist«, sage ich mit heiserer Stimme. Das Sprechen fällt mir schwer. »Meine Schildwand hat nicht gehalten. Die Schlachtreihe ist auseinandergefallen. Ich konnte die Ordnung nicht wiederherstellen.«

»Du hast getan, was du konntest«, erwidert Ragnwald. »Der Gegner war einfach zu stark.«

»Ich hoffe, ihr nehmt es mir nicht übel«, mischt Ragnar sich ein, »aber Olafs Schlachtplan war eine einzige Scheiße. Viel zu hitzköpfig und gewagt. Besonders bei der Übermacht, die uns gegenüberstand. Das konnte nicht gutgehen.«

»Was hättest du denn gemacht?«, fragt Thorkel, der sich wieder hingehockt hat und noch ein Stück Holz aufs Feuer legt.

»Ich hätte den Hügel verteidigt. Dann hätten sie bergauf kämpfen müssen, und unsere Schildreihe hätte gehalten. Die hätten mehr Verluste gehabt als wir. Ich bin sicher, dann wäre die Sache anders ausgegangen.«

Wir schweigen und denken darüber nach. Im Geist sehe ich noch alles vor mir. Der Dänenpriester hat recht behalten. Die Götter hatten Finsternis über Olafs Heer gebreitet, ein unerträgliches Dämmerlicht, in dem einem der Feind wie die entfesselten Heerscharen aus *Hels* Unterwelt vorkamen. Wie Schattenkrieger aus dem eisigen *Niflheim*.

Die Schlachtreihen hatten sich aufgelöst, es war nur noch Mann gegen Mann gewesen. Wildes Morden und Töten, ohne Sinn und Ordnung. Waffenlärm und splitternde Schilde. Brüllen und Fluchen und die Schreie der Sterbenden. Blutige Gesichter, eingeschlagene Schädel, aufgeschlitzte Leiber, Männer, die über Leichen stolperten. Und Blut, so viel Blut. Immer weiter waren wir zurückgedrängt worden. Und dann war Olaf gefallen. Und irgendwo unter Toten und Verwundeten hatte Halfdan gelegen. Auch ihn habe ich sterben sehen. An mehr kann ich mich nicht erinnern.

Oder doch? Auf einmal sehe ich wieder dieses Gesicht vor mir. Wutverzerrt, mit wilden Augen, der rote Bart. »Erlingsson«, murmele ich. »Sigurd Erlingsson.«

Thorkel nickt. »Ja. Der hat dich niedergeschlagen. Mit der Axt. Dein Helm ist ziemlich verbeult. Du kannst von Glück reden, dass du noch am Leben bist.«

»Und mein Bein?«

Keiner weiß, wie das passiert ist. Der Jäger Ejulf grinst mir zu. »Glatter Bruch, mein Junge. Hab schon öfter mit Brüchen zu tun gehabt. Dieser hier war nicht schwer zu richten, Sollte gut verheilen.«

Das Bein war mit Holzscheiten geschient und mit festen Binden gesichert, aber so schwer, dass ich es kaum heben kann. Tatsächlich verspüre ich an der Stelle keine Schmerzen, nur ein dumpfes Pochen. Anders meine Wunde unter dem rechten Rippenbogen. Der Kettenpanzer hat das Schlimmste verhindert. Trotzdem ist die Speerklinge ziemlich tief eingedrungen. Bei jeder Bewegung zucke ich zusammen. Sogar wenn ich still liege, schmerzt es. Während der beiden Tage, in denen ich bewusstlos gewesen war, hat Sigríð die Wunde täglich mit Quellwasser ausgewaschen und mit sauberem Leinen verbunden. Auch die Platzwunde am Schädel hat sie genäht. Man kann nur hoffen, dass ich keinen Wundbrand bekomme. Daran stirbt man für gewöhnlich.

»Hier bist du vorerst sicher«, sagt Ragnwald. »Sie werden natürlich noch eine Weile nach dir suchen. Denn nach Olaf bist es jetzt du, den sie fürchten müssen.«

Das bringt mich unwillkürlich zum Lachen, was sofort von einem stechenden Schmerz in der Seite bestraft wird. »Du machst Witze!«, ächze ich. »Seht mich an. Seh ich zum Fürchten aus?«

»Nicht jetzt. Später, wenn du wieder gesund bist.«

»Im Moment fühl ich mich wie ausgekotzt. Eher noch schlimmer.«

Ich versuche, flach zu atmen, um die Wunde nicht zu reizen. Mein Kopf fühlt sich dumpf an und schmerzt ebenfalls. Mir ist fiebrig heiß, sogar das Sprechen fällt mir schwer. Von einem wie mir geht ganz bestimmt keine Gefahr aus. Wenn überhaupt jemals. Mein erster echter Kampf, und ich habe es versaut, mich zu Klump schlagen lassen. Vielleicht werde ich den Rest meines Lebens als Krüppel verbringen.

Die anderen rücken näher ans Feuer. Sigríð füllt dampfenden Eintopf in Holznäpfe, und Snorri, ihr Bruder, reicht sie weiter. Das Mädchen muss in meinem Alter sein, Snorri ein paar Jahre älter. Er ist ein stiller Junge, der einen etwas verträumten Eindruck macht. Laut Ragnwald ist Ejulfs Sohn aber ein ausgezeichneter Jäger und Bogenschütze. Besser noch als der Vater. Äußerlich ähneln die Geschwister sich sehr. Er hat die gleichen glatten, weißblonden Haare wie seine Schwester.

Ich mache mich vorsichtig daran, die mit Gerste eingedickte Suppe zu löffeln. Es finden sich Fleischstücke darin, von zwei Hasen, die Snorri in seinen Schlingen gefangen hat. Sigríð will mir beim Essen helfen, aber ich lehne dankend ab. Keine Lust, mich dauernd bemuttern zu lassen.

»Und wie habt ihr mich da rausgeholt«, frage ich, nachdem ich die Hälfte gegessen habe und erschöpft innehalte.

»Ich sah dich am Boden liegen«, erwidert Ragnwald. »Mitten im Gewühl. Ragnar hat versucht, dich auf die Schulter zu heben. Und Thorkel stand davor und hat Angreifer abgewehrt.«

Ragnar unterbricht sein Essen und wischt sich mit dem Handrücken über die Lippen. »Wir hatten keine Ahnung, ob du noch am Leben warst. Ich meine, du lagst leblos und blutüberströmt da. Aber dich einfach so liegenlassen, das konnten wir auch nicht. Zum Glück war Ragnwald zur Stelle. Ohne ihn hätten wir es nicht geschafft.« Er grinst, und seine Zähne leuchten im flackernden Feuerschein. »Wir haben sogar dein Banner gerettet, stell dir vor.«

»Das verdammte Ding hat uns kein Glück gebracht«, sage ich.

Aber davon will Ragnar nichts wissen. »Im Gegenteil. Es hat dir das Leben gerettet. Sonst wärst du nicht hier. Wir brauchen das Banner, denn es werden auch wieder andere Tage kommen. Solange du lebst, Harald, haben wir nicht verloren.«

Was für andere Tage sollen denn kommen? Alles ist verloren. Alles. Meine Brüder sind tot, und Norwegen gehört immer noch den Dänen. Ich frage mich, wie Mutter es aufnehmen wird, wenn man ihr die Kunde überbringt. Dass ich noch lebe, wird sie nicht wissen. Sie wird annehmen müssen, dass sie drei Söhne verloren hat. Am gleichen Tag. Was für eine schreckliche Nachricht – für eine Mutter.

Die Freunde berichten, dass sie mich im Schutz der langsam abnehmenden Sonnenfinsternis vom Schlachtfeld geschleppt haben, während Thorkel uns mit Schild und Axt gedeckt hat. In dem Durcheinander von Fliehenden und Verfolgern ist es ihnen gelungen, sich bis zu dem großen Gehöft durchzuschlagen, das Stikla Stad heißt. Dort haben sie sich in einer Scheune versteckt und abgewartet. Kalfrs Männer waren viel zu beschäftigt, Verwundete abzustechen und Tote auszuplündern, die über das ganze Schlachtfeld verteilt lagen. Waffen, Silber, Amulette, schöne Gürtel, Stiefel – alles irgendwie Brauchbare haben sie an sich genommen, sogar Hemden und Tuniken. Die nackten Leichen überließen sie den Raben und Krähen. Auch das Gepäck im Tross haben sie durchwühlt und vermutlich die Schatztruhe gefunden.

»Was ist mit Olafs Leiche?«, frage ich beklommen.

»Wir wissen es nicht. Bis Mitternacht haben wir gewartet, dich dann in eine Plane gelegt und uns in der Dunkelheit davongemacht. Unterwegs hatten wir Glück und haben im Wald ein verängstigtes Pferd gefunden. Mit zwei langen Stangen und der Plane konnten wir eine Pferdesänfte bauen.« Das muss das Schaukeln gewesen sein, an das ich mich schwach erinnere.

»Meinen Vater hat's auch erwischt«, lässt Thorkel uns wissen. Es klingt fast belanglos, und doch merke ich an seiner steinernen Miene, an seinem tiefen Atemholen, dass er mit Gefühlen ringt. Auch wenn er den Vater nicht geliebt hat, sein Tod schmerzt ihn dennoch mehr, als er zeigen möchte.

»Das tut mir sehr leid«, sagt Ragnar.

Thorkel zuckt mit den Schultern. »Wir standen uns nicht sehr nahe. Meine Mutter wird es härter treffen.« Mit zusammengepressten Lippen starrt er ins Feuer. Dann hebt er seinen Napf und isst weiter.

Ragnwald und Ragnar zählen auf, wen von unseren Kameraden sie haben sterben sehen. Nach einer Weile geben sie auf. Es sind zu viele. Ich erfahre, dass Sigvat, der Skalde, der Mann mit der schönen Stimme, im Kampf um Olafs Banner den Heldentod gefunden hat. Genauso wie mein Freund und Lehrer Hrane. Der war gleich zu Anfang gefallen. Deshalb hat auch der linke Flügel nicht gehalten. Nur Dag Ringsson und seine Leute konnten sich nach einem guten Kampf einigermaßen geordnet zurückziehen.

Eine Weile schweigen wir und gedenken der Toten. Nicht einmal eine Bestattung konnten wir ihnen geben. Olaf hätte die eines Königs verdient. Auf einem brennenden Schiff, in kostbare Gewänder gekleidet, mit seinen Waffen, seinem besten Pferd und etwas Geld für die Reise ins Reich der Toten. Doch Bischof Grimkell hätte das wahrscheinlich nicht zugelassen. Ob der noch lebt? Ich bezweifelte es.

Meine Gedanken kommen nicht los vom Schicksal meiner Brüder. Jede Wunde, die man Olaf schlug, ist mir, als hätte ich sie selbst empfangen. Und dann Halfdan im Gras. Das blutige

Haupt, die Hände um den Speerschaft gekrallt, die Spitze tief in seinem Leib.

Der Verlust der beiden liegt mir wie ein Mühlstein auf der Brust. Viel weiter kann ich noch gar nicht denken, geschweige denn erfassen, was die verlorene Schlacht bedeutet, für mich, für die Familie. Werden sie jetzt auch unsere Wallburg zerstören? Wird Sigurd seine Drohung wahr machen und sich an meiner Mutter und meiner Schwester rächen? Zuzutrauen wäre es ihm. Aber vor solchen Gedanken scheue ich noch zurück. Es ist zu viel auf einmal.

»Was ist mit dem Volk im Tross?« Das ist die Frage, die mir schon lange auf der Zunge liegt. Die Zwillinge. Was ist mit ihnen?

Ragnar hebt die Schultern. »Keine Ahnung. Wir haben nicht darauf geachtet. Wir saßen ja mit dir im Versteck. Ich denke mal, über die Weiber sind sie gleich hergefallen, so wie man die hat kreischen hören. Irgendwann wurde es still. Später haben wir ein paar Leichen gesehen an der Stelle, wo der Tross gelagert hat. Die meisten Leibeigenen und Huren werden sie unter sich verteilt haben.«

In Ragnwalds Augen liegt Mitgefühl. »Denkst du an die Zwillinge?«

Ich nicke beklommen. »Ich hatte ihnen mein Pferd gegeben. Hoffentlich konnten sie fliehen.«

»Aber wohin sollten sie fliehen? Ich glaube eher, jemand hat sie mitgenommen, um sie an einen der Anführer für ein gutes Sümmchen zu verkaufen. Hübsch genug sind sie ja. Besser, du denkst nicht mehr an die beiden. Es sind nur Sklavinnen.«

Ganz recht. Nur Sklavinnen. Aber mir bedeuten sie mehr. Haben sie wirklich überlebt, oder hat man sie geschändet und anschließend ermordet?

Ich schließe die Augen. Meine verdammte Wunde pocht und glüht. Sie kann mich immer noch umbringen, falls sich

Wundbrand einstellt. Vielleicht wäre das sogar das Beste, denn Ragnars Zuversicht kann ich nicht teilen. Meine Zukunft erscheint mir düster und wenig lebenswert. Ich kann nichts tun, nicht einmal heimkehren, um meiner Mutter vom Tod ihrer Söhne zu erzählen. Sie wird es von Fremden hören. Mich wird sie ebenfalls für tot halten. Niemand weiß, dass ich schwer verwundet in einer einsamen Waldhütte liege und befürchten muss, dass Sigurds oder Kalfrs Männer mich finden. Oder dass dieser Ejulf uns für eine Handvoll Silber verrät. Wer weiß, ob man dem Mann wirklich trauen kann. Und selbst wenn sie mich nicht finden und ich mich wieder erhole – mit Olafs Tod sind alle Hoffnungen gestorben.

❧ ❧ ❧

Einige Tage später setzt sich Ragnwald zu mir. »Ich kann nicht länger bleiben, Harald«, sagt er.

»Warum nicht?«

»Wir müssen an die Zukunft denken. Die Leute aus deiner Gegend, die überlebt haben, werden deiner Mutter berichten, was geschehen ist. Wer alles von den Rus und von Olafs Gefährten fliehen konnte, weiß ich nicht, aber es werden schon einige sein. Die sind mit Sicherheit unterwegs nach Sithun in Svearike. Wir müssen sie zusammenhalten. Du wirst sie noch brauchen.«

Ich schüttele den Kopf. »Wozu sollte ich sie brauchen? Soll ich etwa einen neuen Feldzug ausrüsten? Mit was, bitte? Olafs Schatz ist verloren. Ich besitze mehr als nichts. Und wozu auch? Niemand wird mir folgen. Nicht nach dieser Niederlage. Ich kann nicht einmal die Familie daheim beschützen, so wie es aussieht. Kann gut sein, dass die Wallburg gestürmt wird und alle in die Sklaverei verschleppt werden.«

»Das glaube ich nicht. Kalfr und die Jarls haben erreicht, was sie wollten. Knut ist als König bestätigt. Und Guttorm ist durchaus in der Lage, euren Besitz zu verteidigen. Aber du, du bist für andere Dinge ausersehen.«

»Jetzt redest du schon wie meine Mutter.«

Er lacht, zum ersten Mal seit der Schlacht. Und es verwandelt wie immer sein Gesicht, so dass ich selbst unwillkürlich lächeln muss, auch wenn mir nicht danach ist.

Doch gleich wird er wieder ernst. »Aber sie hat recht, Harald. Du musst jetzt Olafs Rolle übernehmen. Willst du, dass alles, was wir getan haben, und vor allem die vielen Toten, willst du, dass die umsonst waren? Denk an den kleinen Magnus, der bei den Rus weilt. Ich fürchte, sie werden versuchen, ihn umzubringen. Du musst ihn beschützen und ihm helfen, sein Erbe anzutreten.«

»Du machst Scherze. Mit was soll ich das zustande bringen? Mit bloßen Händen? Selbst mein verdammtes Schwert habe ich verloren.«

»Aber nicht dein Leben, Harald. Es werden andere Tage kommen.«

»Außerdem ist Magnus noch ein Kind.«

»Er ist jetzt sieben. In einigen Jahren wird er alt genug sein. Besonders mit uns an seiner Seite, um ihn zu führen.«

»Magnus soll König werden? Das ist doch lächerlich nach dieser Niederlage.«

»Ich gebe zu, im Augenblick sieht es nicht besonders gut aus. Aber die Dinge können sich ändern. Olaf steckte auch in Schwierigkeiten, als wir nach Garðarike fliehen mussten. Also lass den Kopf nicht hängen. Du bist jung, und mit der Zeit wird sich ein Weg finden. Ich werde weiterhin an deiner Seite stehen. Darauf kannst du dich verlassen.« Er lächelt mir aufmunternd zu.

»Also gut«, sage ich widerwillig. »Kann man sich eigentlich auf diesen Ejulf verlassen?«

»Ja. Er ist ein ehrlicher Mann. Du kannst ihm vertrauen. Er hat genug Gründe, die Dänen zu hassen. Vielleicht erzählt er dir ja mal seine Geschichte. Außerdem habe ich ihm alles an Silber gegeben, was mir geblieben ist. Ich bitte dich nur um eines. Erlaube Ragnar, mich zu begleiten. Durch die Wälder reitet man besser nicht allein. Außerdem ist das ein Esser weniger für Ejulf.«

»Klar. Wenn er einverstanden ist. Aber ihr habt doch keine Pferde.«

Er grinst. »Wir werden schon welche auftreiben. Und wenn wir sie stehlen müssen. Du aber siehst zu, dass du gesund wirst. Und dann kommt ihr nach. Du und Thorkel. Wir warten auf euch in Sithun.«

»Das wird aber noch eine Weile dauern.«

Mein Bein wird Zeit brauchen, um zu heilen, und die Wunde an meiner Seite sieht ziemlich übel aus. Ich bin immer noch sehr geschwächt. Schon beim Aufsetzen wird mir schwindelig.

»Macht nichts. Sigríð wird sich um dich kümmern.« Dann lacht er. »Aber verlauft euch nicht wieder unterwegs. So wie damals.«

Ich muss grinsen. »Vielleicht treffen wir ja wieder auf eine Hexe, die uns verzaubert. Dann kannst du lange auf uns warten.«

Ragnwald und Ragnar. Neben Thorkel sind sie meine Retter gewesen. Und meine Freunde. Ich lasse sie nur ungern ziehen. Aber am nächsten Tag schultern sie ihre Schilde und einen Beutel mit Proviant, den Sigríð ihnen mitgibt, und ziehen davon. Richtung Sithun.

✳ ✳ ✳

Die Wochen nach Stikla Stad verbringe ich trotz Ragnwalds aufmunternder Worte in tiefer Niedergeschlagenheit. Dazu meine Schuldgefühle über den Verlust meiner Brüder. Dann die Untätigkeit, das tagelange Dahindämmern, die nicht enden wollenden Schmerzen. Außerdem plagt mich die Frage, was aus Aila und Impi geworden ist. Leben sie noch? Hat man sie verschleppt? Ich werde es wohl nie erfahren.

Wenn ich an die Schlacht zurückdenke, sehe ich ganz deutlich die weit aufgerissenen, blauen Augen des ersten Mannes vor mir, den ich je im Leben getötet habe. Der schreckliche Hieb mitten durchs Gesicht.

Das Gesicht eines Menschen, das vor meinen Augen auseinanderklafft, sein Lebensblut, das hervorspritzt und mich besudelt. Dieses Bild verfolgt mich lange Zeit, sucht mich immer wieder heim. Sogar in meinen Träumen lässt es mich nicht in Ruhe.

Meine Speerwunde will nicht heilen. Sie ist immer noch entzündet trotz Sigríðs Bemühungen, sie mit Kräuterumschlägen zu behandeln. Mal geht es besser, mal erleide ich einen Rückfall mit Fieber und Schüttelfrost. Obwohl die Wunde sich äußerlich geschlossen hat, pocht es darunter, das Fleisch bleibt geschwollen, die Haut spannt sich hart, ist bösartig gerötet, jede Berührung ist eine Qual. Ich bin abgemagert und habe Mühe, aufzustehen und die Krücken zu benutzen, die Ejulf für mich gefertigt hat.

»Es reicht langsam«, sagt er irgendwann Ende August. »Ich kann nicht mehr zusehen, wie du da in der Ecke liegst und verfaulst. Wenn du leben willst, müssen wir den verdammten Eiter rauslassen.«

Ich kann mir denken, was er meint. Aber ich habe Angst davor. »Die letzten Tage ging es mir schon besser«, lüge ich. »Wahrscheinlich bin ich über den Berg.«

»Du bist ein Feigling, Harald Sigurdsson. In der Schlacht konntest du kämpfen, aber bei einem kleinen Schnitt scheißt du dir in die Hosen.«

»Du willst mir in die Wunde schneiden?«

»Das ist die einzige Möglichkeit.«

»Gib mir noch ein paar Tage«, bitte ich kläglich.

Manchmal setzt sich Thorkel zu mir, um mir Gesellschaft zu leisten. Wir machen uns Sorgen um die Familien daheim, haben wir doch keine Möglichkeit, Botschaften auszutauschen.

»Deine Mutter ist jetzt allein«, sage ich.

»Sie hat meine Geschwister.«

»Vermisst du sie?«

Er nickt beklommen. »Ein wenig.«

»Und deinen Vater?«

Er zögert einen Augenblick. »Er war nicht mein Vater«, sagt er dann. Ah, denke ich, nun hat er es endlich ausgesprochen.

»Das habe ich mir schon gedacht.«

»Und trotzdem, jetzt, da er tot ist …« Er spricht den Satz nicht zu Ende, aber es ist klar, was er meint. »Er hat mich gehasst, weil ich ein Bastard bin. Weil sie ihn betrogen hat. Sogar meine Mutter hat sich für mich geschämt. Oder für sich selbst.«

»Auf dich fällt doch keine Schuld.«

»Das sagst du so. Aber niemand achtet einen Bastard.«

»Das ist Unsinn, Thorkel. Magnus ist auch ein Bastard und soll trotzdem König von Norwegen werden. Und denk an Astrid. Auch sie ist eine Bastardtochter und war doch gut genug, einen König zu heiraten.«

Thorkel zuckt mit den Schultern und schenkt mir ein dankbares Lächeln. Aber so richtig überzeugt habe ich ihn wohl nicht. Er empfindet seine Abstammung als Schande und wird diese Schmach wohl für immer mit sich herumtragen.

Ich verbringe viel Zeit mit Sigríð, denn tagsüber gehen die Männer ihren Beschäftigungen nach, meist Jagen oder Fischen. Auch Thorkel. Er hat sich mit Snorri angefreundet. Ich bin froh darüber. Besser, als bei mir zu hocken und mich zu bemitleiden. Sigríð hat zu tun und findet doch Zeit, sich um mich zu kümmern. Sie wäscht meine durchschwitzten Kleider und Verbände, legt Kräuterpackungen auf die Wunde, die leider nicht viel helfen, und versorgt mich mit Essen. Immer behutsam und sanft und mit einem Lächeln auf den Lippen.

Die Hütte liegt auf einer winzigen Lichtung mitten im Wald an einem Hang, der zum See hinunter abfällt. Hinter dem kleinen Haus gibt es einen Gemüse- und Kräutergarten. Ein Bach füllt den Trog, wo Sigríð Kleider und Töpfe wäscht. Sie hält die bescheidene Hütte sauber, spinnt Garn, kocht Seife aus Tierknochen, wäscht und bessert Kleider aus, kümmert sich um das Feuer und bereitet das Essen zu. In einem Verschlag gegen Füchse und Wölfe hält sie ein Dutzend Hühner, die uns jeden Morgen Eier bescheren.

Wenn wir allein sind, unterhält sie sich oft mit mir. Wahrscheinlich bin ich für sie eine willkommene Abwechslung von der Eintönigkeit des Waldes. So erfahre ich eines Tages, warum sie im Wald leben. Vor vier Jahren, noch als Olaf König war, sind Hákon Eiriksson und seine Männer eines Tages von England übers Meer gekommen, um zu plündern. Alle Höfe in der Gegend wurden ausgeraubt. Ejulf war so unvorsichtig gewesen, sich zu wehren. Sigríðs ältester Bruder und ein Knecht sind dabei zu Tode gekommen. Die Mutter haben die Kerle geschändet und totgeschlagen. Ejulf selbst wurde schwer verwundet.

»Snorri und ich hatten uns versteckt«, erzählt sie. »Wir mussten hilflos zusehen, wie sie unser Vieh zusammentrieben, das gesparte Silber an sich nahmen und den Hof abbrannten. Vater hat nur überlebt, weil sie ihn für tot hielten.«

Ein paarmal kann sie die Tränen nicht zurückhalten. Man merkt, das Erlebte hat tiefe Wunden hinterlassen. Es ist überhaupt ein Wunder, dass ihr herzliches Wesen nicht darunter gelitten hat. So schrecklich es ist, aber solche Raubzüge kommen immer wieder vor. Nicht selten sind die Angreifer sogar Jarls aus benachbarten Gegenden. Sie halten es für ihr Recht als Krieger, andere zu überfallen. Dies war eines der Dinge, die Olaf hatte unterbinden wollen.

»Wir hatten alles verloren und nichts zu essen, mussten bei Nachbarn betteln, denen es kaum besserging. Schließlich sind wir hierhergekommen. Die Hütte hat mal einem Fischer gehört, der verstorben ist. Vater war lange krank so wie du. Snorri ist zum Glück ein guter Jäger. Ohne ihn hätten wir den Winter nicht überlebt.«

»Und ausgerechnet diesen Hákon hat der Dänenkönig zum Regenten gemacht«, sage ich angewidert. »Letztes Jahr soll er im Meer ertrunken sein.«

»Geschieht ihm recht. Vater hat ihn gehasst, ebenso wie seine dänischen Herren.«

»Nicht alle im Trøndelag denken so.«

»Nicht alle haben ihre Familie oder ihr Hab und Gut verloren.«

»Warum geht ihr nicht zurück auf euren Hof?«

Sie hebt die Schultern in einer hilflosen Geste. »Vater will nicht. Es warten dort zu viele schreckliche Erinnerungen auf uns. Hier sind wir sicher. Vor wilden Tieren muss man sich nicht fürchten. Nur vor der Gier der Menschen.«

»Und euer Land?«

»Das hat Vater einem Vetter zur Bewirtschaftung überlassen. Es gehört immer noch Snorri und mir, falls wir es wollen. Aber Snorri möchte nicht Bauer werden. Er liebt den Wald, die Tiere, die Jagd.«

Sie haben sich gut eingerichtet in ihrer Abgeschiedenheit. Das Leben weit weg von allem ist sicher nicht ohne Reiz, auch wenn es mir entschieden zu eintönig wäre. Jedenfalls muss ich mir nach dieser Geschichte keine Sorgen mehr machen, dass Ejulf uns verraten könnte.

»Es tut mir leid um eure Mutter.«

Das hätte ich nicht sagen sollen, denn erneut bricht Sigríð in Tränen aus. »Ich seh sie noch liegen«, schluchzt sie. »Wie eine zerbrochene Puppe.« Sie wischt sich die Wangen mit ihrer Schürze trocken und schneuzt sich. »Sie hat mir beigebracht, wie man mit Kräutern umgeht. Leider bin ich nicht so geschickt wie sie. Ich habe viel vergessen.«

Zum Glück reden wir auch über andere, schönere Dinge. Sie stellt mir viele Fragen über unser Leben in Hringaríke, will alles wissen, bis mir auffällt, dass sie dabei gern das Gespräch auf Thorkel lenkt, aber so, dass ich es nicht merken soll.

»Ich sehe, du magst ihn«, sage ich eines Tages unverblümt.

Ihre Wangen färben sich rosa, und sie lächelt unsicher. »Ich mag euch beide«, stammelt sie. »Außerdem seid ihr unsere Gäste. Da möchte man doch wissen, mit wem man es zu tun hat.«

Ich lasse nicht locker. »Aber ihn magst du mehr, gib's zu!« Es macht mir Spaß, sie ein wenig zu necken.

»Das ist nicht wahr«, behauptet sie, erhebt sich und wendet sich ab, um mir nicht in die Augen sehen zu müssen, und fängt an der Herdstelle zu hantieren an. Ich habe sie verlegen gemacht.

»Es ist ja nichts dabei, dass du ihn magst.«

Sie bleibt einen Augenblick lang unbeweglich stehen. Zögernd dreht sie sich wieder um. »Es ist nur … bitte sag ihm nichts. Ich müsste mich sonst schämen.«

»Er wird es schon gemerkt haben. So wie du ihn ansiehst.«

»Tu ich das?« Sie zieht ein Gesicht wie ein erschrockenes Kind. »Was wird er nur von mir denken?«

»Was er von dir denken wird?«, frage ich. »Dass er sich verdammt geschmeichelt fühlen sollte. So eine hübsche Fee wie du.«

Unbewusst fliegen ihre Finger zu den Haaren. Jetzt ist sie wirklich tiefrot geworden. Aber sie lächelt geschmeichelt, und ihre Augen leuchten. Doch nur für einen Augenblick, dann runzelt sie die Brauen. »Trotzdem. Bitte sag ihm nichts.«

»Ich werde mich hüten. Soll der Dummkopf es doch selber rausfinden.«

Darüber müssen wir beide lachen. Von diesem Tag an sind wir zu Verschwörern in Liebesdingen geworden. Ich beobachte meinen Freund. Er sieht zwar immer wieder zu Sigríð hinüber, wenn sie an der Herdstelle hantiert, und wirft ihr auch sonst heimliche Blicke zu, aber er spricht sie kaum an, als würde er die Zähne nicht auseinanderkriegen. Dass er sie mag, ist offensichtlich. Der Kerl ist genauso schüchtern wie sie, denke ich. Und ich rate ihr, die Sache selbst in die Hand zu nehmen.

»Aber wie?«, fragt sie.

»Einem hübschen Mädel wie dir dürfte das nicht schwerfallen.«

»Meinst du?« Sie lächelt. Und zum Dank für meine Bemerkung bekomme ich einen Kuss auf die Wange.

Thorkel und Snorri sind oft gemeinsam unterwegs. Snorri bringt ihm die Feinheiten des Fährtenlesens bei. Wo man Wildvögel oder Hirsche beobachten kann. Oder sie rudern auf den See hinaus, um zu fischen. Ejulf sitzt manchmal vor der Hütte und flickt seine Reusen, oder er legt die ausgenommenen und geschuppten Fische in Salzlauge und hängt sie ein paar Tage später zum Trocknen auf ein Holzgerüst. Vorrat für den Winter. Immer wieder erinnert er mich daran, dass es höchste Zeit ist, die Wunde vom Eiter zu befreien.

»Bevor das verdammte Gift dich umbringt, Harald. Ich schlitz dir die Haut so schnell auf, du merkst es gar nicht. Vertrau mir.« Dabei grinst er mich an wie ein Wolf, der seine Beute in Augenschein nimmt.

»Nicht mit dem Fischmesser.«

»Es ist mein bestes und schärfstes.«

»Du willst mich wohl umbringen, du Waldschrat«, protestiere ich. »Und hinterher weidest du mich aus und hängst mich da zu deinem verdammten Trockenfisch.«

Das bringt ihn so heftig zum Lachen, dass er sich fast an seiner Spucke verschluckt. »Ich sehe, du hast deinen Humor wiedergefunden. Das ist der beste Weg zur Heilung. Ich sage immer zu meinen Kindern, dem verdammten Schicksal ins Gesicht lachen, damit kommt man weiter als mit Jammern.«

Am Ende gebe ich mich geschlagen und stimme zu, dass er mir sein verfluchtes Messer in die Wunde stößt. Am gleichen Tag noch verbringt er Stunden damit, es zu schärfen, bis man sich damit rasieren kann. Besonders die Spitze. Schon beim Zusehen wird mir schlecht.

Und dann ist es so weit. Sigríð wäscht die Wunde mit warmem Wasser und trocknet sie sanft. Dann steckt sie mir ein Stück Holz zwischen die Zähne, auf das ich beißen soll. Snorri und Thorkel packen mich an den Armen, um mich ruhig zu halten. Ejulf rät mir, nicht hinzuschauen. Ich beiße auf das Holz, so fest ich kann, und kneife die Augen zu. Ein plötzlicher, scharfer Schmerz lässt mich wild aufbäumen. Gleichzeitig spüre ich, wie es heiß aus mir hervorbricht und ein ganzer Schwall von Blut und stinkendem Eiter aus der Wunde quillt.

»Ihr könnt ihn loslassen«, sagt Ejulf und nimmt mir das Holz aus dem Mund. »Na, wie fühlst du dich?«

»Besser«, japse ich, Tränen in den Augen.

Tatsächlich ist der größte Schmerz weg. Sigríð wäscht die Wunde vorsichtig aus. Am nächsten Tag, beim Vernähen der Ränder, muss ich nochmal leiden und auf Holz beißen, aber es sind nur ein paar Stiche, und danach ist es überstanden.

Ejulf macht sich bald darauf daran, zwei Paar Skier anzufertigen. Ich sehe zu, wie er von einem langen Holzstück vorsichtig dünne Bretter abspaltet, immer entlang der Fasern, ganz ähnlich wie auch die Schiffsbauer ihre Planken herstellen. Das ist besser als sägen. Es macht die Bretter biegsam und doch bruchsicher. Er schneidet sie zu, glättet sorgsam die Oberfläche und biegt unter heißem Dampf die spitzen Enden hoch. Schließlich bringt er die ledernen Laschen für die Füße an.

»Die Skier sind für euch«, sagt er.

»Wozu?«

»Du wirst noch eine Weile brauchen, ehe du ganz bei Kräften bist. Es wäre ohnehin klüger, mit der Reise zu warten, bis genug Schnee liegt. Auf Skiern kommt ihr besser voran.«

Nach dem Eingriff verheilt die Wunde schnell. Ejulf nimmt mir die Schienen vom Bein, und ich fange an, mich wieder daran zu gewöhnen, ohne Krücken zu gehen. Täglich wandere ich durch den Wald, jedes Mal ein Stück weiter, bis ich stark genug bin, Thorkel und Snorri auf der Pirsch zu begleiten.

Über Snorri ändere ich meine Meinung. Hatte ich ihn anfänglich für verträumt gehalten, so stelle ich bald fest, dass er mit seiner unbedarften Art nur seinen klugen Verstand überspielt, die scharfe Beobachtungsgabe und den feinen Humor, den er sich gelegentlich erlaubt. Die Stunden abends in der Hütte, in denen wir ums Feuer versammelt hocken und Sigríð das Essen austeilt, sind angefüllt mit fröhlichem Gelächter und schaurigen Erzählungen. Ejulf verfügt über einen wahren Schatz an Geschichten. Auch ich steuere einige dazu bei.

Sigríðs verschämte Bemühungen um Thorkel führen end-
lich zum Erfolg, denn von einem Tag auf den anderen müssen
Snorri und ich bei unseren Wanderungen durch den Wald auf
ihn verzichten. Ich weiß nicht, wie sie es anstellt, aber unser
Freund hat auf einmal nur noch Zeit und Augen für Sigríð. Sie
scheinen sich unendlich viel zu sagen zu haben, verschwinden
oft stundenlang, sitzen engumschlungen irgendwo unter einem
Baum oder verfolgen wortlos den Sonnenuntergang über den
Wäldern. Ejulf runzelt jedes Mal die Stirn, wenn er sie Hand in
Hand am See sitzen sieht, schüttelt den Kopf und seufzt. Ob er
etwas gegen diesen plötzlichen Liebesausbruch hat, sagt er
nicht. Vielleicht erinnert er sich auch nur an sein eigenes Weib,
das so grausam umgekommen ist.

Jetzt, da es mir bessergeht, versuche ich, einen Sinn aus den
Ereignissen des Sommers zu ziehen. Obwohl in vielen Dingen
noch immer ein Vorbild, ist Olaf für mich kein Übermensch
mehr, sondern ein Mann mit Stärken, aber auch vielen Fehlern
und Schwächen. Als König hatte er gute Absichten, doch die
Durchsetzung ist unglücklich verlaufen. Er hat die *bóndi* zum
Aufstand getrieben und damit in die Hände widerspenstiger
Jarls und vor allem des dänischen Königs gespielt. Natürlich
bin ich zu unerfahren, um zu wissen, wie man es hätte besser
machen können, nur dass Olaf an seinem Untergang nicht
unschuldig gewesen ist. Das habe ich inzwischen verstanden.

Auch was die Schlacht selbst betrifft, war ich zu dem Schluss
gekommen, dass er nicht klug gehandelt hat. Dabei hatte er
sich so selbstsicher gegeben. Wir alle haben ihm vertraut, sogar
Hrane, und uns dabei blind ins Unglück gestürzt. Ragnar hat
recht. Wir hätten die eigene Hügelstellung nutzen sollen, statt
zu versuchen, einen zahlenmäßig weit überlegenen Gegner
tollkühn niederzurennen. Hochmut und Selbstüberschätzung
haben zu dieser Katastrophe geführt. Und taktische Unklug-

heit. Es ist eine Lehre, die ich für den Rest meines Lebens nicht vergessen werde.

Olafs Sache ist also verloren. Daran lässt sich nicht rütteln. Und ich sollte mich von allem fernhalten, was mit seinem unseligen Anspruch auf das Königreich zu tun hat. Und auch von Mutters Ehrgeiz. Besonders von Mutters Ehrgeiz. Mit Snorri habe ich die Stille des Waldes schätzen gelernt, die Tiere, denen wir nachstellen oder auch nur beobachten. Die Morgennebel auf dem See, das geduldige Warten, bis sich etwas an der Angel regt. Ist es nicht viel besser, ein einfaches Leben zu führen, ein Mädchen wie Sigríð zu heiraten und in Frieden zu leben, statt einem unmöglichen Traum hinterherzujagen?

Doch im Grunde ist auch ein einfaches Leben keine Gewähr für ein friedliches Dasein, wie Sigríðs Geschichte beweist. Immer gibt es einen Stärkeren, der meint, sich nehmen zu können, was ihm gefällt. Und ich bin auch kein Bauer oder Jäger. Ich bin Harald Sigurdsson, von königlichem Geblüt und Halbbruder des rechtmäßigen Königs von Norwegen. Kann ich wirklich vor dieser Verantwortung davonlaufen? Ich habe ein Versprechen abgegeben. Ich muss den kleinen Magnus beschützen, der in Garðarike, im Land der Rus, auf mich wartet. Ob und wie ich dem Jungen jemals zum Thron verhelfen soll, das weiß ich nicht, wahrscheinlich ist es unmöglich. Trotzdem muss ich es versuchen. Das bin ich ihm schuldig. Ich werde also den mir vorbestimmten Weg gehen müssen, auch wenn alles dagegenspricht.

Ich überlege, was zu tun ist. Ragnwald ist überzeugt, dass Magnus bei Großfürst Jarisleif sicher ist. Doch ist das wirklich so? Und für wie lange? Unsere Feinde werden möglicherweise nicht ruhen, bevor sie nicht auch mich und Olafs Sohn ausgelöscht haben. Und damit jeden Anspruch auf den Thron. Wen würden sie schicken? Kalfr selbst sicher nicht. Sigurd Erlingsson? Ich habe noch seine Drohung im Ohr. Oder einen Unbekannten, einen von Thorer Hundrs Leuten? Wie würden sie es anstellen? Nach der Schlacht haben sie anscheinend nach mir gesucht. Ein Beweis dafür, dass ich recht habe, dass die Bastarde nicht aufgeben werden. Solange Männer wie Kalfr Arnason, Thorer Hundr, Sigurd Erlingsson und Hárek von Tjøtta leben, sind wir gefährdet. Diese Männer müssen sterben. Nur dann können wir jemals sicher vor ihnen sein.

Wir verbringen einen goldenen Oktober, auf den ein nebliger und regnerischer November folgt. Meine Wunde ist gut verheilt. Nur eine rote, hässliche Narbe zeugt davon. Auch mein Bein ist wieder voll einsatzfähig, und ich bin ungeduldig, endlich die Reise anzutreten. Thorkel und Sigríð verbringen viel Zeit miteinander, doch in den letzten Tagen hat sie oft vom Weinen verquollene Augen. Sie weiß also, dass der Abschied naht, dass Thorkel nicht bleiben wird.

Als die ersten Schneeflocken vom Himmel taumeln, nimmt Snorri mich zur Seite. »Ich habe mich entschlossen, mitzukommen«, sagt er zu meiner Überraschung. »Ich will endlich etwas von der Welt sehen. Das heißt, wenn du mich haben willst.«

»Bist du sicher? Sigríð und dein Vater brauchen dich doch.«

Er schüttelt den Kopf. »Wir geben die Hütte auf. Mein Vater zieht zurück auf unser Land und wird sich mit seinem Vetter zusammentun. Ich glaube, meine Schwester hatte gehofft, dass Thorkel bei ihr bleiben würde. Aber es sieht wohl nicht danach aus.«

»Ich zwinge ihn nicht, mich zu begleiten. Er ist ein freier Mann.«

»Ich weiß. Aber er hat sich entschieden.«

Als ich Thorkel darauf anspreche, bekommt er ungewollt feuchte Augen. »Es fällt mir schwer, Harald, das kannst du mir glauben. Sigríð bedeutet mir viel. Sie ist für mich alles, was ich nie im Leben hatte. Du weißt schon, was ich meine.«

»Dann bleib bei ihr. Du musst nicht mit nach Garðarike kommen.«

»Aber was könnte ich ihr schon bieten? Ich besitze nichts als meine Waffen. Und deine Freundschaft.«

»Du könntest Bauer werden. Sie hat Land.«

»Das ist nichts für mich, du weißt das. Außerdem habe ich mir geschworen, dich nicht alleine ziehen zu lassen. Du wirst es schwer genug haben. Nein, ich komme mit. Sigríð ist traurig, aber sie versteht es. Ich nehme an, wir holen Magnus von den Rus ab und kommen dann zurück nach Hringaríke.«

»Ja. So was Ähnliches.«

»Bis dahin wird sie auf mich warten, das hat sie versprochen. Und vielleicht werden wir ja reich und bringen Silber mit, so wie Olaf.« Er grinst tapfer, trotz des Abschiedsschmerzes.

Einige Tage später fällt der erste Schnee. Wir beschließen, noch eine Woche zu warten, aber als es bald noch heftiger zu schneien beginnt, machen wir uns bereit.

Die Unterseite der Skier wird mit einer Mischung aus Kiefernpech und Harz eingerieben, damit sie auf dem Schnee besser gleiten. Das spart Kraft. Snorri besitzt einen Schlitten, den wir mit dem Nötigsten beladen. Er hat auch eine große Plane, die wir nachts aufspannen können, und eine wasserdichte Seehundshaut als Unterlage. Ejulf schenkt uns Mützen aus Fuchs- und Marderpelz, warme Westen aus Lammfell und Mäntel aus Elchhaut. Sigríð hat Proviant für uns gepackt, getrockneten Fisch, aber auch Gerstenbrot und geräuchertes Wildfleisch, dazu etwas Salz und Fett. Thorkel besitzt noch all seine Waffen, ich habe nur meinen Helm, den Ejulf für mich ausgebeult hat, den Kettenpanzer und meinen Sax. Snorris Waffen sind Schild, Jagdspeer und Bogen.

Als Letztes verstaue ich Mutters Rabenbanner auf dem Schlitten, sorgfältig gefaltet und in eine Lederhülle verpackt. Das Tuch weist eingetrocknete Blutspuren auf, und die Schlaufen sind abgeschnitten, da Ragnar das Banner in seiner Hast vom Eschenschaft getrennt hat. Unwillkürlich muss ich an Mutter, an Tante Guðrun und an Ingerid denken. Für einen Augenblick überfällt mich das Heimweh nach Hringaríke, nach unserem Fluss und dem Weidenbaum, auf dem Thorkel und ich immer gesessen haben. Heimweh nach unseren Leibeigenen, nach der großen Halle, aber vor allem nach meinen beiden Müttern, nach meinen Geschwistern, Guttorm und Ingerid, nach den Abenden am warmen Feuer, wenn Tante Guðrun ihre Geschichten erzählt hat. Am liebsten wäre ich jetzt gleich heimgekehrt. Doch jene Tage sind vorbei. Es kommt mir vor, als ob jemand eine Tür zugeschlagen hätte. Nie mehr wird es so sein wie früher, nicht nach Stikla Stad.

Unser Abschied ist schmerzlich und tränenreich. Besonders für Sigríð, die nicht nur ihren Liebsten ziehen lassen muss, sondern auch ihren Bruder, dem sie sehr zugetan ist. Sogar Ejulf hat Tränen in den Augen, als wir ihn noch einmal umarmen und ihm für alles danken. Snorri schlingt sich den Zugriemen des Schlittens um die Schultern. Unterwegs werden wir uns abwechseln. Dann schnallen wir uns die Skier unter die Stiefel und machen uns auf den langen Weg nach Sithun am Mälarsee.

TEIL III

Einen Saal sieht sie stehn, schöner als die Sonne,
mit Gold gedeckt in Gimlé;
dort werden treue Gefolgschaften wohnen
und für immer die Freude genießen.

Aus den Götterliedern der Edda

Das Heulen der Wölfe

Der Schnee liegt gut einen halben Fuß hoch. In den Bergen wird es noch mehr werden. Dank der Skier kommen wir jedoch gut voran. Einer von uns läuft abwechselnd voraus, die anderen folgen in der Spur. Trotzdem ist die Reise durch die winterliche Landschaft und mit den Brettern an den Füßen anstrengend. Besonders für mich, der körperlich noch nicht ganz auf der Höhe ist.

Wir folgen der Route, die wir von Olafs Marsch her bereits kennen. Nach dem ersten Tag werden die Hügel steiler, und bald schon säumen die weißen Gipfel der Berge den Pfad. Am Anfang ist der Weg noch gut erkennbar, denn Mensch und Tier und Schlittenkufen haben ihre Spuren hinterlassen, obwohl uns nur selten jemand begegnet. In der Kälte des Winters halten die Leute sich lieber im Warmen auf. Und nach dem Durchzug des Heeres im Sommer ist man Fremden gegenüber mehr als misstrauisch geworden.

In den ersten Tagen finden wir ab und zu menschliche Gerippe unter dem Schnee, meist von Wildtieren abgenagt. Es muss sich um die Überreste von Männern handeln, die auf dem Marsch von Stikla Stad ihren Wunden erlegen sind. Wahrlich kein schöner Anblick. Besonders nachts suchen mich die Bilder dieser armen Verendeten heim, und ich träume von *draugr* und Untoten, die aus ihren Gräbern steigen.

Je weiter wir uns von den bewohnten Gegenden entfernen, umso seltener werden Spuren, so dass wir den Pfad durch die tiefverschneite Waldlandschaft mehr und mehr erraten müssen. Doch Schneisen zwischen Bäumen und Unterholz weisen uns den Weg, wie auch Merkmale der Berglandschaft, die Thorkel und ich wiedererkennen. Wenn wir nicht weiterwissen, halten wir uns einfach nach Süden und folgen dem Talgrund, bis wir wieder auf den Pfad stoßen. In den Bergen, auch wenn sie nicht besonders hoch sind, ist es bitterkalt, und in unseren Jungmännerbärten gefriert der Atem. Die Anstrengung hält uns jedoch einigermaßen warm. Mehr als sechs Stunden am Tag schaffen wir jedoch nicht, dann wird es dunkel, und wir müssen unser Lager herrichten. Zum Schlafen graben wir uns in den Schnee ein, breiten die Robbenhaut als Unterlage aus und spannen darüber die Zeltplane. Die Lücke am unteren Ende der Plane bedecken wir von außen mit Schnee, damit kein Wind hereinkommt. Dann gehen wir auf Holzsuche, machen Feuer und bereiten unser karges Mahl zu.

Für drei Männer ist es verdammt eng unter der Plane und besonders nachts eisig kalt. Doch mit einem Feuer vor dem Eingang und unseren warmen Decken und Pelzumhängen ist es einigermaßen auszuhalten, selbst wenn draußen ein Schneesturm tobt. An Wasser fehlt es natürlich nicht. Es genügt, über dem Feuer etwas Schnee zu schmelzen. Damit kochen wir Bohnen und Gerstenbrei und weichen den mitgebrachten Trockenfisch ein. Tagsüber, wenn wir eine kurze Rast einlegen, kauen wir an einem Stück geräuchertem Wildschwein. Auf dem Schlitten haben wir genug Proviant, so dass wir unterwegs keine Zeit mit Jagen verschwenden müssen.

Gelegentlich finden wir trotz des Schnees, der alles bedeckt, die Stellen wieder, wo im Sommer das Heer gelagert hat. Am fünften Tag aber werden wir selbst zur Jagdbeute. Ein Rudel Wölfe hat uns entdeckt und verfolgt uns hartnäckig mit hungrigen Augen. Als sie zu nahe kommen, vertreibt Snorri sie mit zwei gut gezielten Pfeilen. Das getroffene Tier jault herzzerreißend, und es hält die anderen eine Weile zurück. Doch ein paar Stunden später sehen wir sie wieder links und rechts durch den Wald laufen oder hören ihren hechelnden Atem hinter uns.

Wir nehmen den Schlitten in die Mitte. Dreizehn Tiere zählen wir. Manchmal kommen sie bis auf dreißig Schritt heran. Doch wenn wir anhalten, bleiben sie ebenfalls stehen und starren uns aus kalten Augen an. Uns direkt anzugreifen, das getrauen sie sich nicht. Ich weiß nicht, auf was sie warten. Vielleicht dass einen von uns die Kräfte verlassen und er am Wegrand liegen bleibt. Wie die Verwundeten, über deren Gerippe wir gestolpert sind.

Wir überlegen, wie wir die Wölfe loswerden können, aber uns fällt nichts ein. Sie sind schlau und schnell und zu viele. Wir können nichts anderes tun, als unseren Weg fortzusetzen und sie auf Abstand zu halten. Denn auch für die Wölfe muss es anstrengend sein, durch den tiefen Schnee zu laufen. Da haben wir es besser mit unseren Skiern, obwohl es auch für uns schweißtreibende Arbeit ist. Irgendwann haben sie zu unserer Erleichterung genug und verschwinden so plötzlich, wie sie aufgetaucht sind.

Doch in der Nacht hören wir sie im Wald heulen. Einer von uns hält immer mit gespanntem Bogen Wache und achtet darauf, dass das Feuer hell brennt, um sie fernzuhalten. In der Dunkelheit sieht man ab und zu ihre Augen leuchten oder einen Schatten vorbeihuschen. Dabei fährt einem jedes Mal der Schreck in die Glieder.

Auch am zweiten Tag verfolgen sie uns hartnäckig. Es muss der Hunger sein, denn sie sehen abgemagert aus. Ab und zu preschen einige zu einem Scheinangriff vor, fallen aber sofort wieder zurück, wenn wir sie anbrüllen oder wenn Snorri den Bogen von der Schulter nimmt. So viel haben sie schon gelernt.

Die Anwesenheit der verdammten Biester zerrt an den Nerven. Wir müssen uns ständig umschauen. Wer als Letzter in der Spur läuft, hat Angst zu stürzen und dass dann die Wölfe über ihn herfallen könnten, falls die anderen nicht schnell genug zur Stelle sind.

Dann sind sie auf einmal wieder verschwunden, und wir atmen auf. »Verdammte Biester«, flucht Thorkel. »Ich hoffe, die bleiben jetzt weg.«

Doch in der Nacht hören wir sie von neuem den Mond anheulen, und wie in der Nacht zuvor leuchten im Schein des Feuers ihre Augen in der Dunkelheit. Nicht selten ist ganz in der Nähe ein drohendes Knurren zu hören. Einmal schrecke ich hoch, als einer von ihnen nur drei Schritt entfernt dasteht und mich mit wütend hochgezogenen Lefzen anknurrt. Ich reiße einen brennenden Scheit aus dem Feuer und werfe nach dem Viech. Danach ist eine Weile Ruhe. Doch in dieser Nacht bekommt keiner von uns dreien ein Auge zu.

Am Morgen, nachdem wir das Zelt verpackt und das Feuer ausgetreten haben und so weit sind, uns wieder auf den Weg zu machen, greifen sie plötzlich an. Vielleicht sind sie inzwischen halb verrückt vor Hunger, jedenfalls preschen drei der Biester unerwartet auf uns zu. Thorkel steht ihnen am nächsten. Er sticht einem von ihnen den Skistock ins offene Maul, während ein anderer Wolf sich in seinem Pelzumhang verbeißt.

Snorri greift nach dem Bogen. Ich zerre den Sax aus der Scheide und steche auf das Tier ein, bis es loslässt und sich blutend davonmacht. Alle drei Wölfe flüchten. Den Letzten aber streckt Snorri mit einem gut gezielten Schuss nieder. Als er sich dem verwundeten Tier nähert, schnappt es noch nach ihm, aber Snorri sticht ihm das Messer in die Kehle und holt sich seinen Pfeil zurück. Dann häutet er das Tier, rollt das Fell zusammen und packt es auf den Schlitten.

»Geschenk von Meister Wolf«, sagt er und grinst verwegen. Thorkel ist zum Glück nicht verletzt. Sein dicker Pelzumhang und der Leibschutz, den er trägt, haben ihn vor den Bissen bewahrt. Wir machen uns wieder auf den Weg. Und diesmal scheinen die Wölfe wirklich genug von uns zu haben. Oder sie haben sich über den Kadaver ihres toten Kameraden hergemacht. Jedenfalls lassen sie uns fortan in Ruhe.

Auf der Reise begleitet uns nicht nur graues Winterwetter, sondern es gibt auch Tage, in denen wir die Sonne genießen und die frostig klare Luft, in der unser Atem dampft. Die Landschaft wird flacher, die Berge treten zurück, werden zu blauen Umrissen am Horizont. Über uns der weite Himmel, darunter der verschneite, nicht enden wollende Wald. Meile um Meile bahnen wir uns den Weg, mal durch einen dunklen Tannenforst, mal an Eschen und Eichen vorbei, deren Äste schwer von Schnee über unseren Köpfen hängen.

Einmal, bei der Überquerung eines Bachs, breche ich im Eis ein und durchnässe meine Stiefel. Die werden in kurzer Zeit zu wahren Eisklumpen, und meine Füße werden so kalt, dass ich fürchte, die Zehen könnten dem Frost zum Opfer fallen. Wir unterbrechen unseren Lauf und errichten frühzeitig das Lager, damit ich am Feuer die Füße wärmen und meine Stiefel trocknen kann.

Die vielen Seen, an denen wir vorbeikommen, sind alle zugefroren und mit Schnee bedeckt, so dass sie glitzernde, weiße Ebenen in der Landschaft bilden. Von Menschen ist nichts zu sehen, dafür treffen wir häufig auf Elche, die im Schnee nach Nahrung scharren, auf Füchse im Winterpelz und auf die Spuren allerlei Kleintiere. Was hätte ich nicht für ein frisches Bad gegeben, doch allmählich gewöhnen wir uns an das Waldläuferleben und bemerken nicht einmal mehr die Ausdünstungen unserer ungewaschenen Leiber.

Deshalb bedauern wir es fast, als die Reise sich dem Ende nähert und die ersten menschlichen Behausungen in Sicht kommen. Wir sind in Svearike angelangt und verbringen die seit langem erste Nacht im Schutz eines Bauernhauses. Besser gesagt, im Stroh des Viehstalls neben den Tieren, wo es warm ist. Hier bekommen wir auch etwas Vernünftiges zu essen, denn ich kann den ewigen Trockenfisch nicht mehr ausstehen.

Schließlich erreichen wir die berühmte Kultstätte Uppsala, wo sich alle neun Jahre Menschen aus dem ganzen Norden zusammenfinden, um ein großes Fest zu feiern und den Göttern zu opfern. Auf einem Hügel, der sich über dem Wald erhebt, neben einem riesigen, uralten Baum und von weit her sichtbar, steht der große Tempel, aus Eichenstämmen gefügt, mit geschnitzten Tier- und Drachenbildern verziert und bunt bemalt.

Im Inneren die bis unter das hohe Dach aufragenden Statuen der Götter, die in ihrer Größe und grausamen Erhabenheit den Besucher vor Ehrfurcht erschauern lassen. In der Mitte der mächtige Thor mit seinem Hammer. Links von ihm und furchterregend der einäugige Oðin, und rechter Hand mit einem gewaltigen, aufgerichteten Penis Freyr, der Gott der Fruchtbarkeit. Wir bleiben zwei Tage in Uppsala und opfern vor allem Oðin, der über uns Krieger wacht, auf dass er unser Vorhaben segnen und unterstützen möge. Den Priestern verrate ich nicht, wer ich bin. Überhaupt halten wir uns bescheiden im Hintergrund.

Südlich von Uppsala überqueren wir das berühmte Schlachtfeld von Fýrisvellir, wo Eirik Segersäll, der Siegreiche, erfolgreich seinen Thron verteidigen konnte. Er ist der Großvater des heutigen Königs Anund und dessen Halbschwester Astrid, meiner Schwägerin. Bald darauf gelangen wir zum Ziel unserer Reise, der königlichen Stadt Sithun, an einem der vielen Ausläufer des Mälarsees gelegen.

Ich bin von Sithun sehr beeindruckt, denn ich habe noch nie eine wirkliche Stadt gesehen. Natürlich kenne ich Siedlungen und Dörfer, darunter auch größere, aber Sithun muss aus mindestens dreihundert oder vierhundert Häusern bestehen, dicht aneinandergedrängt und von einem hohen Wall umgeben. Dahinter unzählige Gassen, die kreuz und quer verlaufen und in denen sich das Volk drängt. Es gibt einen geschäftigen Marktplatz und einen großen Hafen mit Schiffen, die jetzt im Winter auf dem Strand liegen, denn der See ist zugefroren.

Meinen beiden Kameraden geht es wie mir. Wir wandern mit geschulterten Skiern durch die Gassen und bestaunen alles mit großen Augen. Niemand achtet auf uns. Fremde sieht man hier anscheinend jeden Tag. Auf Schlitten kommen Händler über den zugefrorenen See, Bauern aus dem Umland, um Nahrung zu verkaufen, Pelzjäger aus dem Norden und auch seltsam gekleidete Männer, deren Sprache wir nicht verstehen. An manchen Ecken stehen Huren und zeigen uns trotz der Kälte ihre nackten Brüste. Und da wir auf ihre Angebote nicht eingehen, werfen sie uns Schimpfwörter und Beleidigungen hinterher.

Es gibt Werkstätten von Schmieden, Webern, Schuhmachern und Korbflechtern. Geschlachtet wird auf offener Straße, so dass der festgetretene Schnee rot von Blut ist. In einigen Bretterbuden bekommt man für ein paar Kupferstücke etwas zu essen. In anderen gibt es gebrauchte, aber ausgebesserte Kleidungsstücke zu kaufen. Mit allem Möglichen wird gehandelt: Kämme aus Hirschhorn, Messer, kupferne Pfannen, Bernsteinschmuck, Honig, Schinken, sogar Wein aus fernen Landen. Und über allem ein Stimmengewirr, Gelächter, manchmal auch böse Worte, wenn sich zwei nicht einig sind. Mir schwirrt der Kopf. Und Snorri ekelt es vor dem Dreck, der in den Gassen herumliegt. Die Leute scheinen ihren Abfall einfach aus dem Fenster zu werfen. Männer verrichten ihre Notdurft auf offener Straße, und selbst die Weiber heben ihre Röcke und hocken sich irgendwo in eine Ecke.

Von einem Mann, der uns neugierig mustert, lasse ich mir den Weg zur Halle des Königs erklären. Es sei nicht weit, sagt er, nur zwei Gassen weiter. »Ihr kommt aus Norwegen?« Er hat uns an unserer Redeweise erkannt. »Es sind auch andere Norweger in der Stadt. Flüchtlinge, nach der großen Schlacht bei euch. Seid ihr auch Flüchtlinge?«

»Nein, sind wir nicht«, erwidere ich, entschlossen, keine weiteren Erklärungen abzugeben. »Eure Stadt muss die größte im ganzen Norden sein. So viele Händler und Markt-stände.«

Er lacht. »Ja, da hast du wohl recht. Früher war Birka die wichtigste Handelsstadt, nicht weit von hier. Aber jetzt kommen alle nach Sithun. Sogar von weit her, von Gothland und Garðarike, vom Land der Wenden und sogar von den Küsten der Franken und Friesen. Alle Welt kommt nach Sithun. Jetzt ist der See natürlich zugefroren. Aber du solltest es hier mal im Sommer sehen.«

Wir danken ihm und gehen weiter. Kurz darauf erreichen wir einen freien Platz mitten in der Stadt, wo sich das könig-liche Anwesen befindet. Es besteht aus mehreren Häusern, allesamt von einer Palisade umgeben. Vor dem Tor sind Wachen postiert. Das Hauptgebäude ist einem Langhaus nicht unähn-lich, aber es hat eine breitere Front. Das Schindeldach wird von säulenartigen Eichenstämmen gestützt. Die sind im Eingangs-bereich mit bemalten Schnitzereien versehen, die Tiere darstel-len – Eulen, Wölfe und Bären. Dazu Runeninschriften, die von den Taten Eirik des Siegreichen berichten, dem Gründer der Stadt und Großvater des Königs.

Der Wache am Tor nenne ich nun doch meinen Namen. Wir müssen nicht lange warten, dann werden wir in die Halle geführt.

✳ ✳ ✳

»Harald!«

Ich habe kaum die Halle betreten, als Königin Astrid an anderen vorbei und vor Freude kreischend auf mich zugeflogen kommt und sich in meine Arme wirft. Sie legt den Kopf in den Nacken und blickt mit strahlendem Lächeln zu mir auf. »Du lebst«, ruft sie immer wieder begeistert und schüttelt mich ungläubig staunend, als ob sie es erst mit Händen spüren müsse, bevor sie wirklich überzeugt ist, dass ich leibhaftig vor ihr stehe. »Und es scheint dir gutzugehen. Wir hatten Kunde von deiner schweren Verwundung und dass du vielleicht nicht überleben würdest.«

»Von wem hast du das?«

»Ragnwald. Du kennst doch Ragnwald. Und von einem deiner eigenen Krieger. Ich hab den Namen vergessen.«

»Meinst du Ragnar?« Ich bin erleichtert. Für einen Augenblick hatte ich befürchtet, auch andere hätten von unserem Versteck im Wald erfahren. Ich will nicht, dass man Ejulf und Sigríð belästigt oder ihnen gar etwas antut, nur weil sie mich aufgenommen und gepflegt haben.

»Ragnar. Ganz recht.« Sie löst sich von mir und mustert mich von oben bis unten. »Bei Freyr. Du bist ja ein richtiges Mannsbild geworden. Und so groß. Wie lange haben wir uns nicht gesehen?«

»Fast vier Jahre.«

Sie nimmt mich bei der Hand. »Komm, setz dich zu mir ans Feuer.«

Ich stelle ihr meine Gefährten vor. Dann schälen wir uns aus unseren Mützen, Pelzen und Schaffellwesten und lassen uns dankbar neben ihr nieder. Es ist angenehm warm in der Halle. Was für eine Wohltat nach dem langen Marsch durch Eis und Schnee. Sklavinnen tauchen auf und reichen uns gefüllte Trinkhörner. Genussvoll stöhnend nehme ich einen großen Schluck, und dann gleich noch einen.

»Bei Oðin, das habe ich vermisst«, rufe ich zufrieden und leere mein Horn in einem weiteren Zug. Kaum hab ich das Gefäß von den Lippen genommen, wird es nachgefüllt. »Es war eine verdammt lange Reise, Astrid.«

»Wie seid ihr denn hergekommen?«

»Auf Skiern.«

Sie macht große Augen. »Den ganzen Weg vom Trøndelag? Und das im Winter! Ein Wunder, dass ihr nicht erfroren seid.«

Ich lache. »Beinahe hätten uns Wölfe erwischt.«

»Wölfe!«, ruft sie entsetzt. »Auch das noch!« Dann klatscht sie in die Hände und verlangt nach Brot, Schinken und Käse. »Ihr müsst ausgehungert sein, ihr armen Kerle. Das Abendmahl wird noch etwas dauern. Aber wenigstens sollt ihr schon mal was zu beißen kriegen.«

»Ein Bad wäre auch nicht schlecht«, sage ich.

Sie schnüffelt an mir und nickt. »Sollst du auch haben, mein Lieber, aber erst mal was für den Magen.«

Ich liebe Astrid. So wenig königlich, dafür handfest und herzlich. Dabei rinnt König Eirik Segersälls Blut in ihren Adern. Aber auch das von Sigríð der Hochmütigen, ihrer Großmutter, diesem wilden Weib, das Olafs Vater, Harald Grenske, auf dem Gewissen hatte. Astrid ist etwas rundlicher geworden, als ich sie in Erinnerung habe, aber das tut ihrem guten Aussehen keinen Abbruch. Ihr helles Haar trägt sie offen. Sie lächelt gern, und wenn sie spricht, sind ihre Hände ständig in Bewegung.

Erst jetzt komme ich dazu, mich in der Halle umzusehen. Astrid stellt uns einige Männer vor, die höflich mit uns anstoßen und sich nach Einzelheiten unserer Reise erkundigen. Es sind adelige Gefährten des Königs, der sich im Augenblick nicht in Sithun aufhält, sondern mit seiner Gemahlin Gunnhild auf einem seiner Anwesen weilt.

Astrid ruft ihre Tochter zu sich. »Schau her, Wulfhild, mein Herz, wer gekommen ist. Dein lieber Oheim Harald.«

Das Mädchen, inzwischen etwa elf Jahre alt, starrt mich schüchtern an. Als ich ihr freundlich zunicke, schenkt sie mir ein vorsichtiges Lächeln. Sie hat das gleiche runde Gesicht wie ihre Mutter, aber nicht deren unbekümmerte Art.

»Und was hast du jetzt vor?«, fragt Astrid.

»Das sollten wir besser unter vier Augen besprechen.«

Sie nickt und wendet sich an die übrigen Gäste in der Halle. »Hört mal zu! Ich hab was mit meinem Schwager zu reden. Ich will euch nicht vertreiben, aber vielleicht könnt ihr euch dahinten irgendwo in die Ecke setzen.« Und zu Wulfhild sagt sie: »Geh, mein Schatz. Lass uns jetzt allein.«

Die Männer nicken grinsend. Sie kennen Astrids direkte Art und scheinen sich nicht daran zu stören. Die Halle ist schließlich groß genug. Sie verziehen sich in eine Ecke und beginnen, Steine auf einem *Tafl*-Brett aufzustellen. Auch Thorkel und Snorri gesellen sich zu ihnen.

»Deine Mutter weiß, dass du die Schlacht überlebt hast«, klärt Astrid mich auf. »Ragnwald hat gleich einen Boten geschickt.«

»Ah. Da bin ich beruhigt. Ich wäre gern heimgekehrt, aber man hat nach der Schlacht nach mir gesucht. In der Heimat ist es deshalb zu gefährlich für mich.«

317

»Das stimmt, aber hier bist du sicher.«

»Und wo ist Ragnwald jetzt?«

»Er ist nicht lange geblieben. Wollte unbedingt wieder nach Garðarike. Mein Bruder hat ihn und einige seiner Ruskrieger übers Meer bringen lassen.«

Ich bin erleichtert, das zu hören. »Es ist wegen Magnus. Er wollte sich um ihn kümmern.«

»Ja, Magnus.« Bei der Erwähnung des Jungen hat sich ihre Stirn umwölkt. Astrid ist eine Frau, die ihre Gefühle nur schlecht verbergen kann. »Ich weiß, der Kleine kann nichts dafür, aber wenn du mich fragst, so ist er ein verdammter Bastard. Da hatte deine Mutter schon ganz recht. Und diese Alfhild musste er natürlich unbedingt mitnehmen. Statt mich, seine rechtmäßige Gemahlin.«

Ich bin überrascht. In Hringaríke vor vier Jahren schien es ihr nichts ausgemacht zu haben, dass Olaf ein Kind mit Alfhild hatte. »Ich dachte, du magst Alfhild«, sage ich.

»Sie ist eine Sklavin. Was ist da zu mögen?«

»Du warst also doch eifersüchtig.«

Sie sieht mich an, und in ihren Augen schwimmen plötzlich Tränen. »Klar war ich eifersüchtig. Welche Frau wäre das nicht? Olaf mit seinen verfluchten Weibergeschichten. Ich hätte ihn manchmal umbringen können.« Sie wischt sich über die Augen. Unwillkürlich muss ich an die Zwillinge denken, die Olaf zu seinem Vergnügen mit auf den Feldzug genommen hatte. »Aber was sollte ich denn tun?«, fährt sie fort. »Das Kind war da, und er wollte es nicht verstoßen. War ganz verrückt nach dem Jungen. Also hab ich Mutter gespielt.«

Astrid dreht den Männern in der Halle den Rücken zu und holt ein gesticktes Sacktuch hervor, mit dem sie sich die Augen betupft. »Er fehlt mir, Harald! Du kannst dir gar nicht vorstellen, wie sehr.« Ihre Stimme klingt gequält.

318

Ich senke den Kopf. »Mir auch.«

»Hat er gelitten?«, fragt sie. »Ragnwald sagt, es sei alles sehr schnell gegangen.«

»Ein Axthieb. Er war sofort tot.«

Sie zuckt zusammen, als hätte sie den Hieb am eigenen Leib verspürt. Tränen laufen ihr über die Wangen. Sie dreht den Kopf zur Seite und wischt sich über die Augen.

Nach einer Weile beruhigt sie sich. »Bischof Grimkell war auch unter den Heimkehrern. Er hat vor, irgendwann zum Schlachtfeld zurückzukehren, um Olafs Gebeine zu suchen und dort, wo er fiel, eine Kirche zu errichten.«

»Eine Christenkirche?«

»Natürlich. Olaf müsse heiliggesprochen werden, meint er. Schließlich sei er als Märtyrer für Christus gestorben.«

Olaf ein Heiliger? Fast hätte ich gelacht, wenn der Anlass nicht so traurig gewesen wäre. So ein Unsinn. An meinem Bruder ist nichts Heiliges gewesen. Und gestorben ist er, um sein Reich zurückzuerobern, nicht für Christus. Trotz Astrids Bemühungen mit dem Sacktuch fließen immer noch Tränen. Ihre Augen sind gerötet und verquollen. Ich lege meine Hand auf die ihre.

»Ach, Harald«, seufzt sie, nun ein wenig gefasster. »Weißt du eigentlich, dass es eine Liebesheirat war?« Ich schüttele den Kopf. »Ja, eine Liebesheirat. Zuerst wollte Olaf meine Schwester Ingegerd ehelichen, aber Vater hat es nicht zugelassen. Er hat behauptet, er habe sie schon Jarisleif versprochen. Dabei ist es erst später dazu gekommen. Ich weiß nicht, warum, aber mein Vater hatte etwas gegen Olaf. Ich glaube, es ist wegen der Geschichte zwischen Olafs Vater Grenske und unserer Großmutter Sigríð. Weißt du eigentlich davon?«

»Ja. Man hat es mir erzählt. Scheußliche Geschichte.«

Sie schneuzt sich die Nase und steckt das Sacktuch weg. Es muss schon ganz feucht sein. »Als Olaf sich hier in Sithun die

Abfuhr geholt hat, da sind wir uns zum ersten Mal begegnet. Ich hab mich sofort in ihn verliebt.« Plötzlich lächelt sie. Es verändert ihr Gesicht mit einem Schlag. »Er hat mich entführt, stell dir vor.«

»Wirklich? Davon wusste ich nichts.«

»Doch, doch, entführt. Ich bin unter Vorwand zu einer Verwandten nach Gothland gereist und hab ihm von dort heimlich eine Botschaft geschickt. Er ist sofort gekommen, hat mich auf sein Pferd gehoben, und drei Tage später haben wir geheiratet. Mein Vater hat getobt vor Wut. Doch was sollte er machen? Krieg gegen den König von Norwegen führen? Am Ende musste er sich fügen. Obwohl er Olaf das bis zu seinem Tod nicht verziehen hat.«

»Zum Glück denkt dein Bruder anders.«

»Das stimmt. Auf Anund ist Verlass. Er wird dir helfen.«

Ich streichele ihre Hand. »Olaf hat dich auch geliebt, Astrid. Ich weiß es genau, denn er hat es mir gesagt. Keine sei wie du. Nur in den höchsten Tönen hat er von dir gesprochen.«

»Wirklich?« Ihre Augen, obwohl immer noch feucht, leuchten vor Freude, trotz des schmerzlichen Lächelns auf ihren Zügen. »Betrogen hat er mich trotzdem, der Bastard.« Aber diesmal hat sie ohne Zorn gesprochen, muss schließlich sogar lachen. »Was soll man machen. So war er eben.«

Dann starrt sie ins Feuer. »Und ich vermisse ihn. Meine Nächte sind einsam. Zu denken, dass ich ihn nie mehr in meinen Armen halten kann, nie mehr küssen werde …«

Sie fischt erneut das Sacktuch aus ihrem Gewand und wischt sich über die Augen. Dann holt sie tief Luft und wirft das feuchte Tuch achtlos ins Feuer, wo es dampfend und knisternd verbrennt. Sie sieht mich an. »Ich rede nur von mir, tut mir leid, Harald. Dabei hast du zwei Brüder und viele Freunde verloren. Ich nehme an, du willst Magnus holen. Ist es das, was du vorhast?«

»Ich will mich um ihn kümmern, Astrid. Ich habe es Olaf geschworen. Und diesen Schwur darf ich nicht brechen.«

»Natürlich nicht. Und wenn du willst, nehme ich den Jungen gern bei mir auf. Vergiss, was ich vorhin gesagt habe. Er ist ja schließlich Wulfhilds Bruder. Bring ihn her. Bei mir ist er sicher.«

»Ich danke dir, Astrid. Das ist vielleicht wirklich das Beste.«

Ich sage das so dahin, aber ganz sicher bin ich mir da nicht. Nie würde sie Magnus lieben wie ihr eigenes Kind.

✳ ✳ ✳

Nach diesem Gespräch zieht Astrid sich kurz zurück, um sich frisch zu machen und die Spuren ihrer Tränen zu beseitigen. Danach betritt sie wieder die Halle in bester Laune. Und wenig später füllt sich der Saal mit durstigen Besuchern. Es sind Verwandte und Freunde der Familie, Adelige, die dem Königshaus verbunden sind, zusammen mit ihren Weibern. Sie lassen Mäntel und Waffen am Eingang zurück und nehmen in Erwartung des abendlichen Mahls auf den Bänken Platz.

Die Leute sind edel gekleidet, die Frauen in langen Gewändern, mit kunstvoll hochgesteckten Haaren und Schmuck an Hals und Armen. In unseren schmutzigen und durchschwitzten Sachen kommen wir uns wie schäbige Bettler vor. Astrid scheint unser Bad vergessen zu haben. Stattdessen stellt sie mich vor. Ich muss eine Menge Fragen beantworten, obwohl ich eigentlich müde bin und mich am liebsten zurückgezogen hätte.

Aber dann tauchen die Brüder Arnason auf und umarmen mich aufs herzlichste. »Wie gut, dich gesund zu sehen«, sagt Finn, der Ältere von beiden. Seine schlanke und hochgewachsene Gestalt erinnert mich an Kalfr. Er sieht ihm sehr ähnlich.

321

»Wir haben verdammt lange auf dich gewartet, Harald. Es sind überhaupt einige hier, die sehr froh sein werden, dich zu begrüßen.«

Auch sein stämmiger Bruder Thorberg grinst zufrieden und schlägt mir auf die Schulter. »Endlich bist du da. Wir brauchen einen Anführer. Nur rumsitzen und Anunds Bier saufen, davon hab ich langsam genug. Also, wann geht's los, Harald?«

»Nun bedräng ihn nicht gleich«, meint Finn. »Er ist doch gerade erst angekommen. Außerdem ist es Winter. Da gibt's ohnehin nicht mehr zu tun, als zu schlafen und zu saufen.«

Thorberg lacht. »Und vögeln, das hast du noch vergessen, Bruder.«

»Ich wär schon froh, wenn ich irgendwo ein Bad nehmen könnte«, sage ich. »Astrid hat vergessen, uns eine Unterkunft zuzuweisen.«

»Du kommst zu uns«, erwidert Thorberg sofort. »Wir haben ein Haus hier innerhalb der Palisade, gleich nebenan, ganz für uns allein. Da ist genug Platz. Auch für deine Kameraden. Wenn du willst, bringe ich euch gleich hin.«

Aber in diesem Augenblick tischen sie das Essen auf. Und da wir immer noch hungrig sind, fallen wir gleich darüber her. Astrid ist seit einer Weile mit anderen Gästen beschäftigt. Wir haben eine stille Ecke für uns gefunden und können beim Essen ungestört reden. Ich stelle ihnen Snorri vor und erzähle, wo ich meine Verletzungen ausheilen konnte, dass Snorri und seine Familie mich durchgebracht und gepflegt haben.

»Und Ragnar?«, frage ich kauend. »Er muss mit Ragnwald gekommen sein. Ist er hier?«

»Er ist bei den übrigen Männern untergebracht«, sagt Finn. »Bei denen, die von uns noch übrig sind. Du kannst ihn morgen begrüßen.«

»Wie viele sind es denn?«

»Von Olafs Getreuen? Nicht mehr allzu viele. Aber eine Schiffsmannschaft kriegen wir noch zusammen.« Etwa sechzig oder siebzig Mann also. »Sie alle werden dir Treue und Gefolgschaft schwören«, fügt er hinzu. »Thorberg und ich natürlich auch. Und es tut uns leid, dass unser Bruder ... na, du weißt schon.«

Ich zucke mit den Schultern. »Euer Bruder hatte seine Gründe, denke ich. Umso mehr schätze ich eure Standhaftigkeit und werde es nie vergessen, dass ihr trotz allem zu uns gehalten habt. Ich wünschte, Olaf wäre noch am Leben, um es euch zu vergelten.«

»Weißt du, dass sie nach dir suchen?«, fragt Thorberg.

»Hab davon gehört.«

»Da sie deine Leiche nicht gefunden haben, nehmen sie an, dass du noch am Leben bist. Also sieh dich vor. Selbst hier könnte es gefährlich sein.«

»Wie meinst du das?«

»Einige Wochen nach der Schlacht hat sich hier ein Schiff herumgetrieben. Draußen, in den Schären. Bis nach Sithun haben sie sich nicht getraut. Aber den Fischern haben sie Silber versprochen, wenn sie deinen Aufenthalt verraten.«

»Ein norwegisches Schiff oder ein Däne?«

»Du kennst ihn gut.«

»Lass mich raten: Sigurd Erlingsson.«

Finn grinst grimmig. »Genau der.«

Verdammt! Es ist, wie ich vermutet hatte. Sie werden nicht nachlassen, uns zu verfolgen. »Vor allem Magnus ist gefährdet«, sage ich.

»Keine Sorge. Ragnwald kümmert sich um den Jungen. Und wir sind ja auch noch da.«

Nach dem Abendessen leeren wir noch ein oder zwei Trinkhörner Bier. »Wir haben übrigens eine Überraschung für dich«, raunt Finn mir mit breitem Grinsen zu. »Du wirst staunen.«

»Eine Überraschung?«

Statt weiterer Erklärungen fasst er mich am Arm. »Komm, ich zeige euch jetzt eure Unterkünfte. Und ein Bad könnt ihr dort auch nehmen. Ihr riecht ein bisschen streng, wenn man das sagen darf.« Er lacht.

Ich winke Thorkel und Snorri zu, uns zu folgen. Wir sammeln am Eingang unsere Mäntel, Mützen und Skier auf und treten ins Freie. Finn weist einen der *húskarlar* an, unseren Schlitten mitzubringen. Wir überqueren den Hof und betreten ein Haus, in dem ein lebhaftes Feuer brennt. Eine alte Magd taucht auf und macht große Augen, als sie sich neben Finn und Thorberg noch drei Fremden gegenübersieht.

Finn legt mir die Hand auf die Schulter. »Räum meine Kammer für diesen jungen Mann hier. Ich nehme dann die hintere.« Und als ich protestiere, sagt er: »Keine Widerrede, Harald.«

Für Thorkel und Snorri gibt es Platz unter dem Dach. Dann ordnet Finn an, Wasser zu wärmen, damit wir den Schmutz der Reise abwaschen können.

»Und wo ist meine Überraschung?«

»Wasch dich erst mal. Ich lass sie inzwischen holen.«

»Sie?«, frage ich erstaunt.

Finn grinst. »Die Überraschung.«

Für ein Bad für uns alle drei reicht es auf die Schnelle zwar nicht, aber zumindest können wir uns die alten Kleider vom Leib reißen und uns gründlich waschen. Die Magd legt frische Tuniken und Beinkleider für uns aus. Ich lasse mich in meiner neuen Kammer auf ein weiches Lager fallen und schließe für einen Augenblick die Augen. Was für eine Wohltat, die stinkenden Felle los zu sein und in sauberen Kleidern auf einem weichen Bett zu liegen. In der Ecke steht ein Leuchter. Das

Kerzenlicht wirft einen warmen Schein über den Raum. Beinahe wäre ich schon eingeschlafen, als es leise an der Kammertür klopft.

»Die Tür ist offen«, rufe ich schläfrig und öffne blinzelnd die Augen.

Herein kommt, wer hätte es gedacht – Aila!

Wäre ein Geist in meine Kammer getreten, ich glaube, ich hätte nicht weniger blöd geglotzt. Das also war Finns Überraschung! Leise schließt Aila die Tür hinter sich und steht dann steif vor mir, die Hände vor dem Bauch gefaltet. Aus ernsten Augen blickt sie auf mich herab. Keine Begrüßung, kein Lächeln, nur dieser unergründliche Blick aus blauen Katzenaugen.

»Aila!« Ich springe vom Lager auf und schließe sie stürmisch in die Arme. »Ihr seid gerettet! Welche Freude! Wo ist Impi?«

Meine begeisterte Umarmung lässt sie über sich ergehen, bleibt jedoch seltsam unbeteiligt. »Du hast also überlebt«, sagt sie in der eigenartigen Mundart der Rus.

»Ich war verwundet. Aber man hat mich wieder zusammengeflickt.«

»Nicht viele hatten das Glück. Zu überleben, meine ich.«

Auf einmal begreife ich, und das Herz wird mir schwer. »Was sagst du da? Du meinst doch nicht etwa Impi?«

Sie senkt den Blick, um mich nicht ansehen zu müssen. Eine Träne rinnt ihr dabei über die Wange. »Impi ist tot«, flüstert sie.

»Bei Oðin! Was ist geschehen? Erzähl mir alles.«

Aber sie schüttelt heftig den Kopf. »Ich kann nicht. Und ich will auch nicht darüber reden.« Sie birgt ihr Gesicht in den Händen und schluchzt gequält auf. Ich will sie erneut in die Arme nehmen, aber sie wehrt sofort ab. »Ist schon gut«, sagt sie mühsam beherrscht. Kurz wischt sie sich mit dem Ärmel über die Wangen. Dann sieht sie mich an. »Ist schon gut. Reden wir nicht mehr davon. Nie mehr! Ich bitte dich! Nie mehr!«

Hilflos lasse ich die Arme hängen und weiß nichts zu sagen. In der Zeit vor Stikla Stad habe ich kaum je über so etwas wie den Tod nachgedacht. Natürlich sterben Menschen, aber nie war ich davon persönlich betroffen. Selbst der Tod meines Vaters war etwas Fernes, schon vor Urzeiten geschehen, etwas, an das man gewöhnt war, das einem kaum etwas bedeutet.

Die Schlacht aber hat alles verändert, hat mir die brutale Fratze des Todes gezeigt. Tief betroffen starre ich Aila an. Meine Freude, sie wiederzusehen, verwandelt sich in Niedergeschlagenheit und Trauer. Ihre geliebte Zwillingsschwester Impi ist nicht mehr. Ihr Leichnam vielleicht irgendwo im Dreck verscharrt oder den Raben zum Fraß vorgeworfen. Wer weiß, was man ihr angetan hat. Ein quälender Gedanke, der mich ohnmächtig die Fäuste ballen lässt.

Doch wie, bei allen Göttern, ist es Aila gelungen, bis hierher nach Sithun zu gelangen? Ein verdammt langer Weg durch die Wildnis. Und ganz allein? Ich habe tausend Fragen, aber ihre verschlossene Miene verbietet mir, sie zu stellen. Ich spüre, dass sie Schreckliches durchgemacht hat und nicht mehr an diesen Wunden rühren will.

»Finn Arnason meint, da Olaf tot ist, bin ich jetzt deine Sklavin«, sagt sie mit inzwischen etwas ruhigerer Stimme und nestelt an den Schnüren ihres Gewands herum. »Keine Sorge, er hat mich nicht angefasst.«

Immer noch viel zu betroffen, um etwas sagen zu können, sehe ich zu, wie sie das Kleid über den Kopf zieht. Darunter ist sie völlig nackt. Unwillkürlich muss ich auf ihren schönen Leib starren. So rein und unversehrt, so begehrenswert. Es schnürt mir die Kehle zu, sie so zu sehen. Es erinnert mich an jene Nacht in Olafs Zelt. Ich habe Lust, sie zu berühren. Und gleichzeitig sehe ich Impi tot am Boden liegen und zucke zurück.

Aila achtet nicht auf mich. Sie rückt Kissen zurecht und legt sich, mit dem Rücken an die Wand gelehnt, auf mein Lager. Das warme Kerzenlicht hebt die Formen ihres nackten Leibes hervor. Ihre Schönheit steht im krassen Gegensatz zu der kühlen Gleichgültigkeit, mit der sie mich mustert. Als sie merkt, dass sie meine volle Aufmerksamkeit hat, spreizt sie die Beine. Mein Blick wandert zu dem goldblonden Flaum zwischen ihren runden, weißen Schenkeln. Begehren steigt in mir auf, für das ich mich sofort schäme, denn dies ist nicht der Augenblick für solche Dinge. Nicht, nachdem ich von Impis Tod erfahren habe, und vor allem nicht auf diese Weise. Verlegen sehe ich zur Seite.

»Sieh mich an«, höre ich sie sagen.

Als ich mich ihr wieder zuwende, hat sie die Beine noch weiter gespreizt als zuvor. Dabei spielt sie in aufreizender Weise mit ihrem Geschlecht. Doch in ihren Augen steht ein kalter, herausfordernder Ausdruck. »Das ist doch, wozu Sklavinnen gut sind, oder nicht? Für euer Vergnügen. Also mach schon, Harald. Nimm dir endlich dein Vergnügen. Das ist doch, was du von mir willst, hab ich recht?«

Ihre Kälte schockiert mich. Doch ich glaube zu verstehen. Nach allem, was ihr womöglich widerfahren ist, und was ich mir im Grunde kaum vorzustellen wage, muss ihr das Fleischliche widerwärtig sein, muss sie Männer hassen.

Ich nehme eine Decke vom Fußende und werfe sie ihr zu. »Bedeck dich, Aila. Ich will dich nicht nackt sehen. Und ich werde auch nicht mit dir schlafen. Hör auf, so zu reden. Du bist keine Hure, und eine Sklavin bist du auch nicht mehr.«

Mit erhobenen Brauen sieht sie mich an. »Keine Sklavin? Natürlich bin ich eine Sklavin, was sonst? Willst du deinen Spaß mit mir treiben?«

Ich habe unüberlegt geredet. Aber als sie mich mit ihren großen Augen anstarrt, kommt sie mir schutzlos und verletzlich vor, trotz des abgebrühten Gebarens, das sie eben noch an den Tag gelegt hat. Und da gefällt mir auf einmal der Gedanke.

»Ich meine es ernst. Ab heute bist du frei und kannst gehen, wohin du willst. Du gehörst niemandem mehr. Von nun an bist du deine eigene Herrin.«

Verdutzt starrt sie mich an. »Aber ich war immer Sklavin.«

»Jetzt nicht mehr.«

»Du schickst mich fort?« Plötzlich steht Furcht in ihren Augen. »Aber wo soll ich denn hin? Ich habe doch niemanden. Wie soll ich leben? Was soll aus mir werden?«

Ich nehme ihre Hand in die meine. »Ich schick dich nicht fort, auf keinen Fall. Im Gegenteil, wenn du bei mir bleiben möchtest, dann bist du mir mehr als willkommen. Aber von nun an bist du eine freie Frau und nichts und niemandem verpflichtet. Auch mir gegenüber nicht. Keine Sorge, ich kümmere mich um dich, auch wenn du nicht bei mir bleiben willst.«

Sie sieht mich mit offenem Mund an, als könne sie nicht glauben, was sie da gerade gehört hat. Dann füllen sich ihre Augen mit Tränen. Sie schlägt die Hände vors Gesicht und fängt an, heftig zu weinen. Und hört nicht mehr auf. Es ist, als ob Dämme gebrochen sind und ihr ganzes Elend hervorquellen will. Der Verlust der Schwester, die schrecklichen Erlebnisse nach der Schlacht und vielleicht auch auf der Flucht, und wer weiß, was sie sonst noch in ihrem jungen Leben hat erdulden müssen. Alles will heraus wie der stinkende Eiter aus meiner Wunde, als Ejulf das Messer hineinstieß.

Ich setze mich neben sie und lege den Arm um ihre bebenden Schultern, ziehe sie an mich und streichele ihr sanft über Kopf und Arme. So sitzen wir die halbe Nacht, während sie sich an mich klammert und leise weint. Auch meine Augen werden manchmal feucht, wenn ich an meine erschlagenen Brüder denke, meine toten Freunde und an all die anderen nutzlos Gefallenen. An Impi, die vor nicht allzu langer Zeit in meinen Armen lag. Für ein paar Stunden sind wir wie zwei verlorene Kinder, die sich aneinander festhalten, um Trost zu finden.

✳ ✳ ✳

Leider müssen wir den Rest des Winters in Sithun verbringen. Der Mälarsee ist zugefroren, genauso wie das Meer zwischen den Schären vor der Küste. Auch auf der anderen Seite der Ostsee, in der langen Bucht, die bis zur Mündung der Newa führt, wird es vor Mitte März oder sogar April nicht auftauen. Das erklärt mir Ragnar, der es wissen sollte, denn die Ostsee sei ihm nicht fremd, behauptet er.

Nicht, dass wir uns in dieser Zeit langweilen. Wir sitzen auch nicht nur in der königlichen Halle herum, um *hnefatafl* zu spielen, zu saufen und auf den Frühling zu warten. Zu meinen Kameraden zählen jetzt auch Olafs alte Kampfgefährten, die in Sithun auf mich gewartet hatten. Sie alle haben mir Gefolgschaft und Treue geschworen. Um uns die Zeit zu vertreiben, halten wir gemeinsam mit den Schweden Kampfübungen ab, gehen auf die Jagd oder packen uns in warme Pelze ein und vergnügen uns auf dem zugefrorenen See mit Eisstockschießen. Thorkel erweist sich darin als einer der Besten.

Die Brüder Arnason und ich besuchen reiche Landbesitzer in der Gegend. Wir werden überall gastfreundlich aufgenommen, vorausgesetzt, wir erzählen lang und breit unsere Geschichte, denn die Mär von der Schlacht bei Stikla Stad hat im ganzen Land die Runde gemacht. Man ist begierig, Einzelheiten zu erfahren, sogar Lieder wurden schon gedichtet. Nicht zuletzt von einem isländischen Skalden, Thjodolf Arnorsson, den wir in Sithun kennengelernt haben und der sich mit uns anfreundet. Er ist ein unterhaltsamer Geselle von Mitte zwanzig, immer zu Scherzen aufgelegt, doch seine Verse sind oft so einfühlsam und berührend, dass sie einen zum Weinen bringen können.

Einer der Jarls, die wir besuchen, ist Dag Ringsson. Nach der verlorenen Schlacht hatte er die Hoffnung auf seine ehemaligen Besitzungen in Norwegen aufgegeben und war nach Svearike zurückgekehrt, wo König Anund ihm in Freundschaft verbunden ist und ihm schon vor Jahren größere Ländereien überlassen hatte. Dag bedauert es sehr, dass er in der Schlacht so spät aufgetaucht ist. Sie hatten sich im Weg geirrt und dann in Eilmärschen versucht aufzuschließen. Ich versichere ihm, dass ein früheres Eintreffen am Ausgang der Schlacht kaum etwas geändert hätte.

Als ich in seiner Halle verkünde, dass ich im Frühjahr nach Garðarike übersetzen würde, erklären sofort ein Dutzend seiner Leute, dass sie mich begleiten wollen, wenn noch Platz auf unserem Schiff wäre. Dag lacht. So sind die jungen Heißsporne, immer wild darauf, sich die Hörner abzustoßen. Als ob Stikla Stad nicht genügt hätte. Ich vermute aber, sie erhoffen sich Abenteuer und Silber bei den Rus und halten mich für einen fähigen Anführer, um an meiner Seite ihr Glück zu versuchen. Nun, ich kann Männer gebrauchen und rate ihnen, sich im März in Sithun einzufinden.

Überhaupt werde ich überall, wohin wir kommen, mit größtem Respekt behandelt. Als Olafs Bruder, aber auch, weil ich einer der Helden von Stikla Stad bin, die trotz der Niederlage dem zahlenmäßig überlegenen Feind einen guten Kampf geliefert haben. Meine Körpergröße hilft natürlich auch, mir Respekt zu verschaffen, denn ich überrage fast alle Männer. Und dass ich nach schwerer Verwundung meine volle Kraft wiedergefunden habe. Auch König Anund und seine Gemahlin, die zurück in Sithun sind, erweisen sich als äußerst herzlich und gastfreundlich.

»Ich liebe meine Schwester«, sagt der König. »Es tut mir leid, dass sie jetzt Witwe ist. Und du, als Bruder meines Schwagers Olaf, der ja auch mein Kampfgefährte war, bist mir jederzeit willkommen.«

Anund ist Ende dreißig und im Gegensatz zu seiner Halbschwester Astrid dunkelhaarig und hager. Trotzdem eine beeindruckende Erscheinung. Er spricht nicht viel, aber was er sagt, hat Gewicht. Und wenn man in seine Augen schaut, bekommt man gleich Vertrauen zu ihm. Seine Mutter lebt noch. Sie ist eine Prinzessin der slawischen Obodriten, die ihr Reich am Südufer der Ostsee haben, während Astrids Mutter nur eine Nebenfrau des alten Königs gewesen war.

Da Anunds Mutter Christin ist, hatte sie ihn auf den Namen Jakob taufen lassen. Doch als sein Vater ihn mit zwölf Jahren zum Mitregenten ernennen wollte, ließen die Jarls ihn wissen, dass sie keinen Herrscher mit einem Christennamen über sich dulden würden, woraufhin ihm der Name Anund verliehen wurde. Anund *Kolbränner* nennen sie ihn jetzt im Volksmund, denn er geht streng gegen Gesetzesbrecher vor und hat die Angewohnheit, ihnen zur Strafe das Dach über dem Kopf anzuzünden.

Mich aber überhäuft er mit Großzügigkeit, stattet mich mit Kleidern und Stiefeln für alle Gelegenheiten aus, schenkt mir ein neues Kettenhemd, einen silberverzierten Helm und sogar ein Schwert von jenem berühmten Schmied im Frankenland mit Namen Ulfberht. Der lederumwickelte Griff passt genau in meine Hand, der Knauf ist mit Elfenbein und Gold verziert. Ein wahrhaft fürstliches Geschenk, denn Ulfberht-Schwerter sind die allerbesten, die es gibt. Sie besitzen eine harte Schneide und sind doch biegsam genug, um nicht so leicht wie andere Schwerter zu brechen.

Mit diesem Schwert mache ich mich nach Uppsala auf, um es von den Göttern segnen zu lassen, und nenne es *Gunnlogi,* was so viel wie Schlachtenflamme bedeutet. Ein guter Name für das Schwert eines Anführers, ein Name, mit dem man Männer anfeuern kann, ihr Bestes zu geben. Dieses Ulfberht-Schwert, genauso wie mein Rabenbanner, sollen mir ein Leben lang gute Dienste leisten. Nicht zu vergessen Thors Hammer, das Amulett meiner Mutter, das ich um den Hals trage.

Von Sigurd Erlingsson haben wir nichts mehr gehört. Aber da hier im Norden die Schifffahrt wegen des Wintereises nicht möglich ist, verwundert das nicht weiter. Ich ziehe es vor, nicht mehr an ihn zu denken.

Was Aila betrifft, so schweigt sie weiter hartnäckig über die Umstände, unter denen ihre Schwester zu Tode gekommen ist, wie überhaupt über alles, was sie nach der Schlacht erlebt hat. Sie sei mit meinem Pferd entkommen und hätte sich einer Gruppe Schweden angeschlossen, das ist alles, was sie mir verrät. Und tatsächlich habe ich im Stall des Königs meine treue Stute wiedergefunden, die mich freudig begrüßte. Auch die Satteltaschen samt Inhalt hat Aila mir ausgehändigt, sogar das meiste des Silbers, das ich darin verstaut hatte, und meinen Umhang aus Bärenfell. All das, wie auch das wertvolle Pferd, hätte sie verkaufen können. Stattdessen hat sie es aufbewahrt. Warum, darüber schweigt sie sich ebenfalls aus.

Von Dag Ringsson weiß ich, dass tatsächlich eine Gruppe seiner Schweden sie unterwegs aufgegriffen und zu ihm geführt hatte. Denen hat sie erzählt, sie sei König Olafs Sklavin und Gespielin gewesen, was ja auch stimmt, und man würde sie reich entlohnen, wenn man sie in Sicherheit brächte.

»Hab sie natürlich gleich erkannt«, sind Dags Worte, als ich bei ihm zu Besuch bin. »Die Männer, die sie zu mir gebracht haben, habe ich mit ein paar Silberreifen entlohnt und sie selbst in meinem Gefolge mitgenommen. Das arme Ding war völlig fertig. Sie tat mir leid. Ich habe sie dann Ragnwald und Finn Arnason übergeben, die meinten, du würdest vielleicht noch leben.«

»Das war großmütig von dir.« Ich bin ihm dankbar, denn bei einer so hübschen Sklavin hätte ein anderer nicht gezögert, sie für sich selbst zu behalten.

»Ich vergreife mich nicht an fremdem Eigentum«, erwidert er. »Aber eines solltest du wissen. Als man sie zu mir brachte, war ihre Kleidung voll von getrocknetem Blut. Darüber reden wollte sie aber nicht.«

»Sie hat ihre Schwester verloren«, erwidere ich. »Wahrscheinlich unter grausamen Umständen. Die Erinnerung ist zu schmerzhaft, als dass sie darüber sprechen will. Ich bin jedenfalls froh, dass sie lebt, denn ich bin ihr sehr zugetan.«

»Das dachte ich mir«, sagt Dag mit einem fröhlichen Augenzwinkern. »Ich seh noch dein Gesicht vor mir, als du morgens aus Olafs Zelt kamst.« Und dann lacht er, als er sieht, dass ich rot werde. »Ja, das erste Mal ist immer am aufregendsten. Man vergisst es nicht.«

Er hat sicher recht, doch das war nicht der einzige Grund, warum ich den Zwillingen vom ersten Augenblick an verfallen war. Ich hätte es nicht erklären können. Ein Blick, eine Berührung, der Klang ihrer Stimmen, ein Lächeln, eine Zärtlichkeit. Und schon war es um mich geschehen. Ich hatte mich verliebt. Sogar doppelt. Welchem der beiden Mädchen war ich mehr zugetan? Aber ist das überhaupt wichtig? Alle beide hatte ich vom ersten Augenblick an in mein Herz geschlossen, und dass Impi nicht mehr lebt, schmerzt mich sehr.

Aila leidet natürlich viel mehr darunter. Sie kommt mir verschlossen vor, lächelt selten, hat oft feuchte Augen. Manchmal höre ich sie mit jemandem reden. Doch wenn man sich nähert, ist da niemand. Inzwischen verstehe ich. Sie spricht mit ihrer Schwester. Ganz natürlich, als wäre sie im Raum und als unterhielten sie sich über das Wetter oder über andere belanglose Dinge. Doch sobald Aila sich beobachtet fühlt, verstummt sie und tut, als wäre nichts gewesen.

Ich halte mich an mein Versprechen, ihr die Freiheit zu schenken. Dazu sind nach altem Brauch Zeugen nötig, in deren Gegenwart sie sich von mir durch Zahlung von sechs Unzen Silber loskaufen muss. Natürlich habe ich ihr das Silber vorher zugesteckt, denn sie selbst besitzt ja nichts. Und als Zeugen sollen meine engsten Freunde herhalten.

»Warum, um alles in der Welt, willst du sie freilassen?«, fragt Thorberg. »Ist doch praktischer, wenn sie deine Sklavin bleibt. Dann kann sie dir nicht auf dem Kopf herumtanzen.«

»Ich finde es gut«, meint Thorkel. »Wenn du sie liebst, dann sollte sie dir auch nicht untertan sein.« Wahrscheinlich denkt er an seine Sigríð, und diese als Sklavin zu halten, wäre ihm niemals in den Sinn gekommen.

»Liebe!«, spottet Thorberg. »Liebe kommt und geht. Aber eine gute Sklavin ist immer nützlich.«

Doch ich lasse mich nicht beirren, und am vereinbarten Tag übergibt Aila das Silber meinen Zeugen, die es genau abwiegen und mir als Entschädigung für den Verlust einer Sklavin aushändigen. Ich erkläre sie in aller Form für frei und bestätige feierlich, dass sie als Freigelassene nun zu meiner Familie gehört, dass ich für sie sorgen werde. Eigentlich hätte man ihr jetzt auch den Halsring, den Sklaven oft tragen, abnehmen müssen, aber Olaf hatte nie auf Halsringen bestanden.

Der erfolgte Freikauf muss anschließend gebührend begossen werden. Dazu wird unter allen Beteiligten das *frelsis-öl* ausgeteilt, das sogenannte Freiheitsbier, das Aila zu diesem Zweck selbst gebraut hat. Auch sie nimmt mit ernster Miene einen Schluck davon, sich der Tragweite der Handlung vollauf bewusst. Dann lässt sie sich von den Männern zum Abschluss küssen, was eigentlich nicht zur Zeremonie gehört, auf dem die Kerle jedoch lautstark bestehen.

Trotz jener Nacht, in der sie sich bei mir ausgeweint hatte, bleibt Aila mir gegenüber weiterhin auf Abstand. Das ändert sich auch nicht nach ihrer Freilassung. Dass wir einst jene für mich so bedeutsame, gemeinsame Nacht in Olafs Zelt verbracht haben, scheint sie vergessen zu haben. Zumindest erweckt sie den Eindruck. Natürlich haben die Zwillinge nur auf Olafs Geheiß mit mir geschlafen, dennoch schmerzt mich ihre unbeteiligte Kühle. Wir verbringen die Nächte also getrennt. Und ich bedränge sie auch nicht.

Mit der Zeit aber gewinnt sie mehr Zutrauen, wird redseliger und scherzt manchmal sogar mit mir. Einmal meint sie, nicht ohne feuchte Augen, sie sei froh, in mir einen Freund gefunden zu haben, hätte sie doch alles in der Welt verloren. Doch jedes Mal, wenn ich sie umarmen will, entzieht sie sich mir.

»Ich bin jetzt eine Freie, Harald. Du selbst hast es so gewollt.« Sie zupft an ihren immer noch kurzen Haaren, die ihr nicht schnell genug nachwachsen und sie ständig an ihr Sklavendasein erinnern.

»Und was muss ich tun, um deine Liebe zu erringen?«

»Du meinst, mich ins Bett zu kriegen.«

»Nun ja, das gehört doch wohl dazu.«

Sie seufzt. »Ich weiß nicht. Ich bin noch nicht bereit, Harald. Zu viel ist geschehen. Ich kann noch keinem Mann meine Liebe schenken. Vielleicht überhaupt nie mehr.«

Ich bin überzeugt, dass sie mich mag, aber zweifellos steht ihre tote Schwester zwischen uns. »Was ist geschehen damals? Wie ist Impi gestorben? Erzähl es mir.«

»Ich will darüber nicht reden.« Sie schüttelt heftig den Kopf. »Noch nicht, später einmal.«

»Im Frühjahr fahren wir übers Meer nach Garðarike. Ich möchte, dass du mitkommst.«

»Natürlich komme ich mit.« Ihre Augen leuchten plötzlich, als hätte ich ihr ein Geschenk gemacht. »Ich würde so gern mein Dorf besuchen. Dort, wo ich herkomme. Vielleicht leben meine Eltern noch und andere Verwandte. Ich möchte meine Muttersprache hören. Wirst du mir das erlauben? Wirst du mir helfen und mir den Wunsch erfüllen?«

Ihre Worte geben mir einen Stich ins Herz. Denn sollten wir wirklich ihre Familie finden, so fürchte ich, wird sie mich verlassen. Aber sie ist jetzt eine freie Frau. Und daran ist kein anderer schuld als ich selbst.

»Gut. Wenn sich die Gelegenheit ergibt, suchen wir nach deinem Dorf. Aber zuerst will ich zu Magnus, meinem Neffen.«

Das ist mein Ziel. Aber darüber hinaus weiß ich nicht, wie es weitergehen soll. Ich kann nur hoffen, dass Fürst Jarisleif Verwendung für mich und meine Männer hat.

Endlich, mit Ungeduld erwartet, brechen die ersten zaghaften Blüten durch den schmelzenden Schnee, Singvögel kehren aus dem Süden zurück, und ein Hauch von Grün zeigt sich auf den Bäumen. Auf dem See wird das Eis brüchig, und nach ein paar sonnigen Tagen treiben lose Schollen auf dem Wasser, die rasch kleiner werden. Es ist Zeit, die Reise nach Osten vorzubereiten.

König Anunds Großzügigkeit kennt keine Grenzen. Er hat nicht nur mich durch den Winter gefüttert, sondern auch meine Männer, die bei ihm Zuflucht gefunden haben. Er hat ihnen sogar eine Art Sold gezahlt. Auch mich hat er mit einem kleinen Silberschatz versorgt. Vielleicht bedauert er, dass er seinem alten Kampfgefährten Olaf in Stikla Stad nicht persönlich beigestanden hat und dass seine Schweden zwar gut gekämpft haben, aber am Ausgang der Schlacht nichts ändern konnten. Jedenfalls hat er mir ein Schiff geschenkt, eines seiner Kampfschiffe mit zwanzig Ruderbänken auf jeder Seite. Es ist noch neu und in gutem Zustand. Ich taufe es *Bloð-hrafn* und lasse für den Vordersteven, dem Namen entsprechend, einen furchterregenden Rabenkopf schnitzen, mit schwarzem Gefieder und blutrotem Schnabel.

Wir bringen kleinere Winterschäden in Ordnung, ersetzen einige Leinen und prüfen, ob der Rumpf wasserdicht ist. Dann verstauen wir Proviant, Werkzeug und anderes Nützliches unter Deck. Mit neuen Freiwilligen sind wir jetzt an die hundert Mann. Jeder bringt seine Seekiste an Bord und hängt seinen Schild über die Bordwand.

Ragnar kümmert sich um den Trimm des Schiffs. Er ist begierig, endlich wieder zur See zu fahren und das Steuer zu übernehmen.

Schließlich sind wir so weit, und es ist Zeit für den Abschied. König Anund legt mir die Hand auf die Schulter. »Möge Njörðr die See für euch glätten«, sagt er. »Und möge Oðin dich in all deinen Unternehmungen begleiten und unterstützen. Ich habe dich als einen aufrechten jungen Mann kennengelernt und wünsche dir nur das Beste. In meiner Halle bist du jederzeit willkommen.«

Ich danke ihm und seiner Gemahlin für ihre Gastfreundschaft und die reichen Gaben, ohne die ich die Reise nicht hätte antreten können. Ich verspreche ihm meinen Schwertarm, sollte er dessen jemals bedürfen.

Astrid umarmt mich, Tränen in den Augen. »Halt dich an meine Schwester Ingegerd«, legt sie mir ans Herz. »Erzähl ihr von Olaf und seinem Kampf und heldenhaften Tod. Sie wird dich in allem unterstützen. Und bring mir den kleinen Magnus. Ich will ihm eine gute Mutter sein.«

Halb Sithun ist auf den Beinen, um uns zu verabschieden. Auch die Arnasons bedanken sich beim König. Thorberg herzt ein Mädel, das er liebgewonnen hat. Dann steigen die beiden Brüder und auch der Rest unserer Gefolgschaft an Bord, und Thorkel hisst mein Rabenbanner. Ich selbst, mit meinem Umhang aus Bärenfell um die Schultern, stelle mich aufs Achterdeck. Der Skalde Thjodolf nimmt seinen Platz auf einer der Ruderbänke ein. Neben ihm Snorri, dem Thorkel das Nötigste beigebracht hat und der alles staunend beobachtet, denn dies ist seine erste Seereise.

Es ist noch sehr früh am Morgen. Nebelbänke verhüllen die fernen Ufer. Der See liegt still da. Wir werden rudern müssen. Ragnar brüllt Befehle. Die Männer lösen die Leinen und stoßen das Boot vom Steg weg, die Riemen tauchen ein, und langsam nimmt die *Bloð-hrafn* Fahrt auf. Aila sitzt, in warme Pelze gehüllt, im Heck und blickt auf die vielen Leute zurück, die uns vom Ufer aus zuwinken. Die hohe Gestalt des Königs ist noch lange zu erkennen, auch Astrids rundes Gesicht, dann werden sie immer kleiner und sind von all den anderen nicht mehr zu unterscheiden.

Mein Blick schweift über die neu ergrünten Hügel, die diesen Arm des Sees umschließen. Dahinter, im fernen Westen, liegt Hringaríke. Ich habe schon vor Wochen einen Boten geschickt, damit sie sich um mich keine Sorgen machen, und auch Antwort erhalten. Meine Schwester Ingerid hat mir ein

Halstuch als Zeichen ihrer Liebe geschickt, Guðrun will, dass ich auf meine Gesundheit achte, und meine Mutter Åsta fand es wichtig, mich an meine Pflicht zu erinnern. Von Mutter habe ich auch nichts anderes erwartet.

Wie es ihnen wirklich geht, darüber hat sie dem Boten nichts mitgeteilt. Aber der hat sich ein wenig umgehört. Angeblich waren Kalfr und andere dort aufgetaucht und hatten nach mir verlangt. Woraufhin Guttorm sie zum Teufel geschickt haben soll. Aber Kämpfe hat es wohl nicht gegeben. Die Wallburg steht jedenfalls noch. Und gesund sollen auch alle sein.

Thorkel hockt neben mir auf dem Achterdeck, den Blick auf die Hügel hinter Sithun gerichtet, die langsam im Morgennebel verschwinden. Auf seinen Zügen liegen Traurigkeit und Bedauern. »Denkst du an Sigríð?«, frage ich leise. Er antwortet nicht gleich, aber ich weiß natürlich, dass es so ist.

»Du hast mal gesagt, sie sei eine Fee«, sagt er schließlich. »Das ist sie wirklich. Ganz bestimmt. Und so einer wie ich hat sie nicht verdient.«

Erstaunt sehe ich ihn an. Ohne sich weiter zu erklären, starrt er unentwegt auf die fernen Hügel. Es ist nicht das erste Mal, dass er sich so äußert. Manchmal hat er diese seltsamen Anfälle, als könne er sich selbst nicht leiden. Es ist, als könne er die Scham, als Bastard geboren zu sein, nicht abschütteln.

»Red kein dummes Zeug, Thorkel. Außerdem kommen wir irgendwann zurück. Sigríð wird auf dich warten. Das hat sie doch versprochen.«

Er zuckt mit den Schultern und seufzt. »Ich weiß nicht, aber irgendwas sagt mir, dass es lange dauern wird. Ich frage mich, ob wir überhaupt jemals zurückkommen.«

Ragnar dagegen, das Steuerruder fest in seiner kräftigen Faust, scheint sich durch nichts dergleichen anfechten zu lassen. Er grinst uns verwegen zu. »Endlich Schluss mit dem Herumsitzen, Harald. Auf nach Garðarike!« Und dann brüllt er übers Deck: »He, ihr faulen Hunde! Legt euch mal ordentlich in die Riemen, damit wir vorankommen.«

Die Männer lachen und nennen ihn einen verfluchten Schinder. Aber sie legen sich ins Zeug, und das Schiff schnellt über das spiegelglatte Wasser. Ich schaue zu, wie sie im Takt an den Riemen ziehen. Wir sind jetzt *væringjar*, Schwurbrüder und Mannschaftskameraden, eine Schicksalsgemeinschaft auf der Fahrt ins Abenteuer.

Im Land der Rus

Ein westlicher Wind lässt uns bald Segel setzen, so dass wir nicht länger rudern müssen. Den ersten Tag folgen wir den Armen des Mälarsees, an bewohnten Inseln vorbei und durch enge Passagen, bis wir schließlich Salzwasser erreichen und an einer der tausend einsamen Schären festmachen, um dort die Nacht zu verbringen. Es ist noch verdammt kalt auf dem Wasser, aber das Wetter ist gut und die See ruhig. Am frühen Morgen bringen wir Rán und ihren Töchtern ein Opfer und setzen die Reise fort. Bald schon lassen wir die Schären hinter uns und segeln Ost-Nordost auf offener See.

Aila sitzt, gegen den kalten Wind in ihre Pelze gehüllt, an ihrer gewohnten Stelle achtern, wo sie niemandem im Wege ist. Sie sagt nicht viel, beobachtet aber jeden Handgriff an Bord mit großer Aufmerksamkeit. Ich spüre eine gewisse Unruhe in ihr, als könne es ihr nicht schnell genug gehen, das Meer zu überqueren.

Einige der Krieger, die sich mir angeschlossen haben, sind Rus aus Olafs Gefolge, die nach ihrer Flucht in Sithun geblieben waren und nun die Gelegenheit auf der *Bloð-hrafn* nutzen, um heimzukehren. Darunter ein gewisser Bogdan, ein struppiger Geselle, halb Rus, halb Slawe, der ein erfahrener Seemann zu sein scheint und sich angeboten hat, uns nach Aldeigjoborg zu führen, unserem ersten Ziel im Land der Rus.

Aber auch Ragnar kennt den Weg, denn er ist schon vor Jahren dort gewesen, und so entspinnt sich bald ein scherzhafter, aber im Grunde doch eifersüchtiger kleiner Wettstreit zwischen den beiden, welche Route die bessere sei. Ragnar will zuerst Åland ansegeln, um sich auf den Inseln zu erkundigen, ob der Meerbusen eisfrei ist, während Bogdan ihn einen Hasenfuß nennt, denn um diese Jahreszeit sei kein Eis mehr anzutreffen. Schließlich gibt Ragnar nach, und ich kann nur hoffen, dass Bogdan nicht falschliegt. Denn bei einem Zusammenstoß mit einer großen, treibenden Eisscholle könnte die *Bloð-hrafn* leicht leckschlagen und womöglich sinken.

Doch unsere Befürchtungen erweisen sich als unbegründet. Am Vormittag des vierten Reisetages passieren wir eine vorgelagerte grüne Insel und segeln in die enge Bucht am Ende des Meerbusens, wo mehrere Arme der Newa sich ins Meer ergießen. Der Himmel hat sich allerdings eingetrübt, und Nebelschwaden hängen über den Wäldern am Ufer.

Wir falten und sichern das Segel und greifen zu den Riemen. Bogdan steht auf dem Vorschiff, um uns zwischen Sandbänken durchs sichere Fahrwasser zu leiten. Linker Hand befindet sich ein Fischerdorf. Die Frauen und Kinder haben sich bei unserer Ankunft versteckt, und die Männer am Ufer beobachten uns mit Misstrauen. Wegen des kriegerischen Rabenkopfs auf dem Vordersteven müssen sie uns für *vikingr* halten, die auf Plünderfahrt sind. Wir winken ihnen freundlich zu, um zu zeigen, dass wir in friedlicher Absicht unterwegs sind.

Die starke Strömung der Newa macht den Ruderern zu schaffen, und wir kommen langsamer voran als gewohnt. Zu beiden Seiten des Flusses ist das Land flach und von dichten Wäldern bedeckt. Fichten und Kiefern, Ulmen- und Birkenhaine, moosbewachsene Äste, die übers Wasser ragen, dazwischen Moore und Sumpfland, ein Paradies für Wasservögel. Außer ein paar Fischern in langen Einbäumen sind kaum Menschen zu sehen. Es liegt etwas Bedrückendes über dieser einsamen Landschaft unter dem weiten, grauen Himmel.

Am Abend erreichen wir den Ladogasee, der eigentlich ein gewaltiges Süßwassermeer ist, dessen Ausmaße sich nur erahnen lassen. Das Land an der Südseite, wo wir uns befinden, ist eintönig flach, wie überhaupt die ganze Gegend. Kein Berg, kein Hügel, nur schilfbewachsene Ufer und endloser Wald. Außer ein paar Hütten, auf die wir treffen und wo wir uns frischen Fisch einhandeln, sind keine menschlichen Behausungen zu sehen.

»Verdammt einsam hier«, sage ich zu Bogdan. »Lebt denn niemand hier?«

»Doch, doch. Du siehst sie nur nicht. Rund um den See, vor allem im Norden, leben die Tschuden. Ein scheues, wildes Volk mit seltsamen Zauberbräuchen. Die sind mit den Finnen verwandt. Die Slawen nennen sie *Weiß-Augen,* wegen ihrer hellen Haut und den lichtblauen Augen. Ich schätze mal, deine Aila ist eine von denen, so wie sie aussieht.«

Ich blicke zu Aila hinüber, die an der Bordwand hockt. Ihr Gesichtsausdruck ist seltsam verklärt, während sie die Landschaft betrachtet, sich aufmerksam umschaut, überhaupt alles in sich aufzusaugen scheint. Ist sie eine Tschudin? Ist dies ihr Heimkommen? Sie merkt, dass ich sie beobachte, und lächelt scheu.

Wir finden einen passenden Strand für unser Nachtlager. Dort ziehen wir das Schiff ans Ufer und vertäuen es zur Sicherheit an zwei kräftigen Bäumen. Dann machen wir Feuer, grillen unseren Fisch und trinken den Rest des mitgebrachten Biers, bevor es verdirbt. Die Flammen lodern und knistern im nördlichen Dämmerlicht des schwindenden Tages. Der See liegt still in seiner unendlichen Weite, und selbst die Vögel des Waldes lassen sich nur noch gelegentlich hören. Die meisten der Kameraden sind schläfrig nach der Arbeit an den Ruderbänken und haben schon ihr Nachtlager hergerichtet.

Aila aber ist aufgeregt. Sie wandert am Wasser entlang, starrt auf den See hinaus, kommt zurück und hockt sich neben mich. »Dies ist meine Heimat«, sagt sie und bestätigt damit Bogdans Vermutung. »Das heißt, eigentlich am Ostufer des Sees. Oder weiter nördlich. Wo genau, weiß ich nicht, denn wir waren erst sechs oder sieben, als man uns geraubt hat.«

»Die Rus haben euer Dorf überfallen?«

»Es waren Schweden oder Norweger so wie du. Bis nach Kiew haben sie uns gebracht und dort an einen reichen Mann verkauft. Später sind wir zur Familie des Großfürsten gekommen.«

»Wie war das, als ihr geraubt wurdet. War es ein Überfall? Haben sie das Dorf niedergebrannt?«

»Ich kann mich kaum erinnern.«

»Das hättest du ganz sicher nicht vergessen.«

Sie zuckt mit den Schultern. »Ich weiß es nicht.«

»Und deine Eltern? Hat man sie auch verschleppt?«

»Nein, aber noch andere Kinder. Und junge Mädchen.«

»Vielleicht wurdet ihr gar nicht geraubt, sondern eure eigenen Leute haben euch verkauft.«

»Niemals!«, fährt sie mich wütend an. »Bist du verrückt? Das hätten sie niemals getan!«

Leider kommt so was häufiger vor, als man glaubt. Die Menschen in abgelegenen Gegenden leben oft in bitterer Armut, und wenn sie zu viele Kinder haben, verkaufen sie ein paar überzählige Esser. Doch mit meiner unbedachten Bemerkung habe ich Aila erzürnt. Sie erhebt sich abrupt und zieht sich ohne ein weiteres Wort zu ihrem Nachtlager zurück, das sie im Gras unter einem Baum aufgeschlagen hat. Sie zupft und zerrt wütend an ihrer Decke herum und rollt sich schließlich mit einem empörten Schnauben in ihren Fellumhang. Noch eine Weile höre ich sie aufgebracht vor sich hin murmeln.

Wahrscheinlich redet sie wieder mit Impi, um ihr zu sagen, was für ein Hornochse ich bin.

»Tut mir leid!«, rufe ich zu ihr hinüber. Doch sie antwortet nicht.

Sogar noch am nächsten Morgen würdigt sie mich keines Blickes und isst ihren Gerstenbrei allein. Wir rollen die Decken und Felle zusammen und verstauen alles wieder in den Seekisten. Nur widerwillig lässt Aila sich von mir an Bord helfen. Die Männer stemmen die Schultern gegen den Bug und schieben das Schiff ins tiefere Wasser. Der Himmel ist bedeckt, aber eine leichte Brise bläht das Segel, und für den Rest des Tages folgen wir dem südlichen Ufer, bis wir erneut auf eine Flussmündung stoßen.

»Das ist der Wolchow. Von hier aus ist es nicht mehr weit«, sagt Bogdan. »In ein oder zwei Stunden sind wir da.«

Wir lassen das Segel fallen und nehmen auch gleich den Mast herunter. Dann legen die Männer sich ins Zeug, um den recht breiten Fluss hinaufzurudern, der an dieser Stelle von Süden kommend in den See mündet. Auch hier ist nichts als Wald, die Ufer sind von Schilf gesäumt oder von dichtem Gebüsch überwuchert. Alles ist in frischem Frühlingsgrün gefärbt, obwohl manche Bäume gerade erst anfangen, Laub zu treiben. Enten und andere Wasservögel weichen dem Bug der *Bloð-hrafn* aus, die sich ihren Weg durchs grüne Wasser bahnt. Die Landschaft wirkt verlassen und düster, und die hereinbrechende Abenddämmerung verstärkt diesen Eindruck.

Doch schließlich weitet sich der Fluss, und wir müssen ein paar Untiefen umschiffen. Auf dem Ostufer lichtet sich der Wald und macht Weiden Platz, auf denen Vieh grast. In der Ferne erblicken wir Hüttendächer und eine Palisade. Das muss unser Ziel sein.

Aber im Augenblick ist es nicht das nahe Aldeigjoborg, das unsere Aufmerksamkeit in Anspruch nimmt, sondern ein

Schiff, das uns in der Abenddämmerung entgegenkommt. Ein großes Drachenschiff, ganz ähnlich wie unser eigenes, mit flachem Rumpf für seichtes Gewässer und etwa zwanzig Ruderplätzen auf jeder Seite, anscheinend voll besetzt mit Kriegern.

Ragnar lenkt die *Bloð-hrafn* ein wenig nach Steuerbord, um den Weg freizugeben. Das fremde Schiff gleitet heran, Riemen heben und senken sich, die Männer an Bord blicken neugierig zu uns herüber. Einige grinsen freundlich und winken. Doch plötzlich schlägt mein Herz schneller, als ich im Heck des Schiffes die Gestalt eines Mannes wahrnehme, der mir bekannt vorkommt, ein kräftiger Kerl mit rotem Haar und Bart, der jetzt seinen Platz neben dem Rudergänger verlässt, sich auf die Bordwand stützt und ebenfalls zu mir herüberstarrt.

Das Licht ist zu schwach, um sicher sein zu können, und das fremde Schiff ist auch schon längst an uns vorübergeglitten, als es mich wie der Schlag trifft. Wer dort auf dem Achterdeck gestanden hat, kann kein anderer gewesen sein als Sigurd Erlingsson. Und ich bin sicher, er hat auch mich erkannt.

»Du siehst aus, als hättest du einen Geist gesehen«, sagt Aila, die mir inzwischen verziehen hat.

»Ganz recht. Aber einen aus Fleisch und Blut.«

* * *

Sigurd Erlingsson bei den Rus? Was hat das zu bedeuten? Ist er immer noch hinter mir her? Für einen Augenblick sehe ich mich wieder in der Schlacht bei Stikla Stad, sein wutverzerrtes Gesicht vor mir, als er ausholt, um mich zu erschlagen. Dann reißt mich Ragnars Stimme zurück in die Wirklichkeit, denn wir haben unser vorläufiges Ziel erreicht.

Aldeigjoborg, mitten in der Wildnis gelegen, ist eine geschäftige Insel des Handwerks und des Handels, schon vor langer

Zeit von unternehmungslustigen Schweden als Pelzhandelsposten gegründet. Die Ersten, die kamen und die Flüsse befuhren, waren von Åland, so wird erzählt, und aus Gothland. Die Tschuden nannten sie *ruotsi*, was in ihrer Sprache Ruderer bedeutet. Daraus wurde der Name Rus, der bis heute haftengeblieben ist.

Der Ort, heutzutage eine richtige kleine Stadt, ist auf drei Seiten vom Fluss Wolchow und einem seiner Zubringer geschützt, und im Norden durch ein Sumpfgebiet. Praktisch also nur per Boot zu erreichen. Außer im Winter, wenn der Fluss zufriert. Deshalb ist die Siedlung gegen räuberische Überfälle durch eine Palisade gesichert.

Am Flussufer befindet sich ein hölzerner Kai, an dem wir anlegen. Auch andere Schiffe liegen dort vertäut oder ankern im Strom. Es sind fast alle kleinere Handelsschiffe oder lange, schmale Flussboote und Einbäume. Männer eilen herbei und sprechen uns an, wollen wissen, wer wir sind und woher wir kommen. Dann tauchen die *húskarlar* des Jarls von Aldeigjoborg auf, um mich in seine Halle einzuladen.

»Jarl Eilif Ragnwaldsson ist ein Gothländer«, lässt Bogdan mich wissen. »Sein Vater, inzwischen verstorben, hat damals unserem Großfürsten die Gemahlin zugeführt.«

»Du meinst Ingegerd Olofsdóttir, Astrids Schwester.«

»Ganz recht. Fürst Jarisleif hat ihr Aldeigjoborg wie auch die ganze Gegend als Morgengabe überlassen und Eilifs Vater zum Verwalter ernannt. Der Sohn hat die Regentschaft inzwischen geerbt. Er ist ein freundlicher Mann. Du wirst ihn mögen.«

In Begleitung der Brüder Arnason und einer Handvoll Gefährten begebe ich mich zur Halle des Jarls. Der Weg führt durch geschäftige Gassen voller Warenlager und Werkstätten. Man geht auf Holzplanken, damit man sich im Schlamm nicht die Stiefel schmutzig macht, denn der Untergrund hier soll morastig sein. Auch die Häuser sind aus Holz, strohgedeckt und altersgrau. Die Menschen, denen wir begegnen, sind teils blonde Nordländer, teils dunklere Slawen. Auch Tschuden und Finnen arbeiten hier in den Werkstätten.

»Das Hauptgeschäft ist der Pelzhandel«, klärt Finn mich auf. »Die Pelze kommen aus den Wäldern im Norden und werden hier für den Weiterverkauf verarbeitet. Vieles geht nach Süden zu den Khasaren oder den Griechen, aber auch ins Dänenreich, zu den Franken und sogar bis nach Englaland. Es werden auch Tierhäute verarbeitet. Es gibt Lederwerkstätten für Riemen, Gürtel, Schuhe und sogar Lederpanzer. Aus den Geweihen von Hirschen und Elchen fertigen sie Kämme und andere wertvolle Gegenstände.«

Jarl Eilif heißt uns herzlich willkommen. Er ist noch jung, kaum älter als fünfundzwanzig, vielleicht dreißig. Ein Mann von mittlerer Größe, etwas untersetzt, mit einem runden Gesicht und freundlichen blauen Augen. Über einer Tunika aus feinem Stoff trägt er einen seidenen, pelzbesetzten Umhang. Sein Haar ist nach der seltsamen dänischen Mode hinten kurz geschoren und vorn so lang, dass es ihm fast in die Augen fällt. Auch andere Männer, die in seiner Halle trinken, sind ähnlich gut gekleidet und sehen aus, als ob sie gerade ein Bad genommen hätten, mit gepflegten Haaren und Bärten, verzierten Gürteln und schweren Silberringen an den Armen. Aldeigjoborg scheint ein wohlhabender Ort zu sein.

»Du bist also Olafs Bruder«, sagt er. »Er hat mir von dir erzählt, bevor er damals aufbrach. Leider ist er nun tot, wie ich gehört habe. Sehr bedauerlich. Und auch von dir wurde berichtet, du seist verschollen. Aber nun bist du hier.« Er lacht vergnügt, legt mir den Arm um die Schultern und führt mich zu einem Ehrensitz an der Feuerstelle. Auch meine Gefährten heißt er, Platz zu nehmen. »Seid meine Gäste. Hier in Aldeig-joborg sind uns alle willkommen, ob Norweger, Schweden oder Dänen, da machen wir keinen Unterschied.« Er klatscht in die Hände und ruft nach Bier. »Es gibt bald etwas zu essen. Hat einer was gegen gegrillte Elchsteaks einzuwenden?«

»Keinesfalls«, erwidere ich erfreut, und mein Magen knurrt wie auf Bestellung. Ein saftiges Stück Fleisch ist genau das Richtige für ausgehungerte Seeleute.

Eilif besteht darauf, dass meine Gefährten und ich in seinem Haus nächtigen, und weist seine Sklaven an, für uns Schlafstellen vorzubereiten. Auch um den Rest der Mannschaft würde man sich kümmern, verspricht er. Während Trinkhörner gefüllt und herumgereicht werden, stellt Eilif seine eigenen Getreuen vor. Natürlich muss ich ihre Fragen über Stikla Stad beantworten und über meine wundersame Rettung. Dabei fällt mir auf, dass nicht alle mir so wohlwollend zuhören wie Jarl Eilif. Einige machen sogar recht finstere Gesichter.

Auf die Frage, was ich in Garðarike vorhätte, erwähne ich die Absicht, Fürst Jarisleif meine Gefolgschaft anzubieten. »Das trifft sich gut«, erwidert Eilif. »Wir können Krieger immer gebrauchen. Du wärst dem Fürsten sicher sehr willkommen. Obwohl, es könnte auch sein, dass er dich weniger freundlich empfängt, als du es verdienst.«

Ich runzele die Stirn. »Wieso? Gibt es einen Grund?«

»Nun, die Niederlage bei Stikla Stad war auch für Jarisleif ein Rückschlag. Es hat ihn eine Menge Silber und auch Kämpfer gekostet. Möglicherweise ist er weniger gewillt, dich zu unterstützen, als du dir erhoffst.«

Daher hatte Olaf also seinen Silberschatz. Und natürlich waren auch Rus in der Schlacht gestorben. Sollte ich deshalb beim Großfürsten in Ungnade gefallen sein? Eilif wartet mit einem merkwürdigen Lächeln auf meine Antwort.

»Ich bin nicht gekommen, um Almosen zu erbitten«, erwidere ich kühl. »In der Hauptsache bin ich hier, um nach meinem Neffen Magnus zu sehen.«

Einige der Anwesenden werfen sich bei diesem Namen bedeutungsvolle Blicke zu. Offensichtlich wissen sie, von wem die Rede ist. Einer starrt mich gar mit offener Feindseligkeit an. Als er merkt, dass mir dies nicht entgangen ist, steckt er schnell seine Nase ins Trinkhorn.

Doch Eilif nickt verständnisvoll. »Natürlich. Soviel ich weiß, steht der Kleine unter dem Schutz des Fürsten. Schließlich ist er ja indirekt mit seiner Gemahlin verwandt.«

»Und wo hält der Fürst sich auf?«

»In Holmgarð. Dort hat er seinen Sitz. Das ist nicht weiter als zwei oder drei Tage von hier entfernt, je nachdem, wie eilig du es hast und wie gut deine Jungs rudern können.« Er lacht, und seine Zähne blitzen im Schein der offenen Feuerstelle, um die wir sitzen.

Aila hat mich ebenfalls begleitet. Beim Anblick der gutgekleideten und mit Schmuck behängten Frauen in der Halle wünschte ich, ich hätte Besseres für sie als die einfachen Kleider, die sie trägt. Doch ob sie sich darin unwohl fühlt, lässt sie sich in keinster Weise anmerken. Im Gegenteil. In würdevoller Haltung sitzt sie neben mir und sieht sich ohne Schüchternheit in der Halle um. Und eine prächtige Halle ist es, voll ausgezeichneter Schnitzarbeiten an Deckenbalken und hölzernen Säulen, die traditionelle Motive darstellen, mit wertvollen Waffen und Jagdtrophäen an den Wänden. Aila redet wenig, auch nicht, als Eilifs slawische Frau sie in ein Gespräch zu verwickeln sucht. Stattdessen hört sie aufmerksam zu, was unter den Anwesenden gesprochen wird.

»Eine Schönheit«, raunt Eilif, als Aila sich später von den Mägden den Weg zum Abtritt zeigen lässt. »Ist sie dein Weib?«

»Nein. Sie war Olafs Sklavin. Ich habe ihr die Freiheit geschenkt. Sie begleitet mich aus freien Stücken.«

Er hebt erstaunt die Brauen. Dann grinst er und zwinkert mir bedeutungsvoll zu, als wüsste er schon, was ich meine. Doch darauf gehe ich nicht weiter ein, sondern bringe das Gespräch auf das, was mich schon die ganze Zeit bewegt. Und das mich verdammt unruhig macht.

»Als wir uns gerade der Stadt näherten, Jarl Eilif, kam uns ein Schiff entgegen. Es war schon nicht mehr hell, aber der Schiffsführer ist mir, glaube ich, bekannt.«

»Ah, das muss Sigurd Erlingsson gewesen sein. Er ist aus Norwegen, genau wie du, und hat ebenfalls bei Stikla Stad gekämpft. Allerdings auf der Gegenseite. Du kennst ihn also?«

»Flüchtig«, entgegne ich. Dass Sigurd hinter mir her ist, um mich umzubringen, muss nicht gleich jeder wissen. Erst mal sehen, aus welcher Ecke der Wind hier pfeift. »Er gehört zu dir?«

Eilif nickt. »Kam schon im Spätsommer her und hat sich von mir anheuern lassen. Er ist nicht immer der angenehmste Geselle. Aber ein guter Kämpfer. Und seine Mannschaft hat er im Griff.«

»Das heißt, er und seine Leute sind bei dir als Söldner im Dienst«, frage ich noch einmal nach.

»So ist es. Wir nehmen Söldner immer für jeweils ein Jahr an. Wenn das Jahr rum ist, werden sie ausbezahlt. Ein Teil in Silber, das meiste aber in Pelzen oder anderen Wertsachen. Wer will, kann sich dann für ein weiteres Jahr verpflichten.«

Ich hatte mich also nicht getäuscht. Es war tatsächlich Erlingsson gewesen. »Und was macht dieser Sigurd für dich? Wozu brauchst du hier Söldner?«

»Jetzt ist die Zeit gekommen, bei den Tschuden unseren Tribut einzufordern. Sie leben in den Wäldern rund um den Lado-

351

gasee und weiter nördlich. Die Tschuden sind ein wildes Volk. Wir haben oft Schwierigkeiten mit ihnen, denn sie trennen sich nicht gern von ihren Schätzen. Aber wer tut das schon?« Er lacht selbstzufrieden. »Manche Stämme wehren sich, und es kommt zu Überfällen auf unsere Leute. Ab und zu müssen wir Rädelsführer aufhängen als Zeichen der Stärke. Dafür brauchen wir natürlich unerschrockene Männer, die sich Respekt verschaffen können. Und Sigurd ist so ein Mann.«

Im Laufe des Gesprächs stellt sich heraus, dass auch noch andere Söldnerführer in Eilifs Auftrag unterwegs sind. Einer von ihnen ist der Kerl, der mich anfangs so feindselig angestarrt hatte. Ein gewisser Ketil Kolbjörnsson, ein Westnorweger, nach seiner Mundart zu schließen. Jetzt sitzt er schweigend und mit unbeweglicher Miene da und trinkt sein Bier. Aber ich bin sicher, er hört sehr aufmerksam zu, was geredet wird.

In diesem Augenblick fliegt die Tür der Halle auf und knallt so heftig gegen die Innenwand, dass alle im Raum zusammenzucken. Ein plötzlicher Luftzug lässt das Feuer aufflackern, und in seinem Schein sieht man Sigurd Erlingsson, der die Wache zur Seite stößt, sein Schwert zieht und wutentbrannt in die Halle stürmt.

Er sieht sich suchend um, entdeckt mich an Eilifs Seite und eilt auf uns zu. »Hab ich dich endlich, du Sohn einer Hure«, brüllt er und macht Anstalten, sich mit nackter Klinge auf mich zu stürzen.

Frauen kreischen, Männer springen auf. Auch ich bin sofort auf den Füßen, stoße den Stuhl, auf dem ich gesessen hatte, zur Seite und reiße *Gunnlogi* aus der Scheide. Doch bevor Sigurd den ersten Streich führen kann, sind Thorberg und Ragnar zur Stelle, packen seinen Schwertarm und ringen mit ihm. Andere Männer helfen ihnen, Eilifs *húskarlar* mischen sich ebenfalls ein, und Sigurd bleibt nichts anderes übrig, als sich fluchend und zähneknirschend die Waffe abnehmen zu lassen. Es ist ein Wunder, dass niemand verletzt wurde.

»Verflucht nochmal, Sigurd!«, brüllt Eilif, der ebenfalls auf den Beinen ist, mit einer Stimme so schneidend wie kalter Stahl. »Was kommst du hier hereingepoltert und verletzt das Gastrecht?«

Sigurd steht mit geballten Fäusten da. Seine Brust hebt und senkt sich vor Erregung. Mit seinem roten Bart und den wilden Augen sieht er aus wie der Teufel bei den Christen. Zumindest wie sie ihn beschreiben. Fehlen nur die Hörner auf dem Kopf. »Dass dein Fürst Olafs Bankert Schutz gewährt, ist schon unerträglich genug.« Er spuckt die Worte förmlich aus, und seine grünen Augen blitzen im Feuerschein. »Aber dass du jetzt auch noch diesem Bastard hier Gastfreundschaft bietest ... verfluchte Scheiße, Eilif ... ganz Norwegen will seinen Tod.«

»Ganz Norwegen?«, fährt Finn Arnason ihn an. »Da irrst du dich aber gewaltig. Deine Leute vielleicht, aber nicht ganz Norwegen. Ihr habt gewonnen bei Stikla Stad. Das muss genügen. Für deinen unersättlichen Rachedurst hat keiner mehr Verständnis.«

Gleich geht er Finn an die Gurgel, denke ich, aber Sigurd beherrscht sich. Stattdessen knurrt er die beiden *húskarlar*, die ihn immer noch festhalten, wütend an und reißt sich los.

Eilif mustert ihn mit einem kühlen Blick. »Wer bei mir sein Bier trinkt, entscheide immer noch ich. In meiner Halle benimmt man sich gesittet. Das weißt du, Sigurd. Wenn du etwas zu sagen hast, dann setz dich her und rede in friedlichem Ton mit uns. Ansonsten verschwinde!«

»Mit einem aus Olafs elender Sippe gibt es nichts zu reden«, zischt Sigurd. »Nur mit der Waffe in der Hand.«

Ich lasse mein Schwert wieder in die Scheide gleiten. Da fällt mir hinter Sigurd ein hochgewachsener, gutaussehender Kerl auf, der mit kalten Augen zu mir herüberstarrt. Es ist Rorik Svendson, Mutters ehemaliger Liebhaber. Die zwei haben sich also gefunden.

»Gut, mein Freund, dann lässt du uns besser allein«, sagt Eilif.

»Nur zu gern. Die Luft hier ist mir zu verpestet.« Sigurd wendet sich zum Gehen, doch dann dreht er sich noch einmal um und ruft mir zu: »Zwischen uns herrscht Krieg, Harald Sigurdsson. Wenn du denkst, du könntest Ansprüche auf die Krone erheben, für dich oder deinen Bastardneffen Magnus, dann werde ich es zu verhindern wissen. Auf dem Schlachtfeld hätte ich dich beinahe erledigt. Ich weiß bis heute nicht, wie du davongekommen bist, aber ich schwöre dir, ein zweites Mal werde ich dich nicht verfehlen.«

»Mir machst du keine Angst«, erwidere ich in ruhigem Ton. »Du bist ein Verräter so wie dein Vater. Und genauso wirst du enden.«

Erneut schießen Blitze aus seinen Augen. Doch dann stürmt er aus der Halle. Nicht ohne von den *húskarlar* wütend sein Schwert zurückgefordert zu haben. Rorik wirft mir noch einen vernichtenden Blick zu, bevor auch er das Feld räumt.

Langsam beruhigt sich alles wieder in der Halle. Die Frauen tuscheln, und die Männer tun so, als wäre nichts geschehen. Mägde betreten die Halle und tragen Platten herein, voll beladen mit herrlich duftendem, gegrilltem Fleisch.

Eilif zuckt mit den Schultern. »Tut mir leid, Harald. Sigurd ist ein Heißsporn, und ich kann ihn nicht immer im Zaum halten. Es ist besser, ihr reist gleich morgen früh weiter.« Er hebt sein Trinkhorn und lächelt. »Aber erst einmal wollen wir es uns schmecken lassen!«

* * *

Früh am nächsten Morgen brechen wir auf. Eilif begleitet uns zum Abschied noch bis zur *Bloð-hrafn*. Einige letzte freundliche Worte, dann legen wir ab. Von Sigurds Schiff ist nichts zu sehen. Ich frage mich, ob er vorhat, uns unterwegs aufzulauern, und gebe den Befehl aus, für alle Fälle Helme zu tragen und die Waffen bereitzuhalten. Die Schilde hängen ohnehin schon an der Bordwand.

Wir rudern gegen die milde Strömung gen Süden. Unterwegs begegnen wir häufig diesen langen, schmalen Einbäumen, einer bei den Slawen für den Flussverkehr beliebten Bootsart. Es handelt sich dabei um nichts anderes als sorgfältig ausgehöhlte Baumstämme. Das Zusammenfügen von Planken zu einem tragfähigen Schiffsrumpf haben sie wohl noch nicht erlernt. Oder sie halten es für unnötig, denn zwei Mann mit Paddeln können so einen Einbaum ziemlich schnell durchs Wasser gleiten lassen. Einer vorn, der andere hinten und zwischen ihnen die Ladung.

»Diesem Eilif ist nicht zu trauen«, sagt Aila, die sich neben mich gehockt hat. Ihre Miene ist ernst.

»Warum denkst du das? Er war doch sehr freundlich.«

»Er hat etwas Unaufrichtiges«, erwidert sie mit Bestimmtheit.

»Ist mir nicht aufgefallen.«

»Ich sage dir, Sklaven haben eine bessere Nase für so was. Wir sind aufmerksamer, schon allein aus Selbstschutz. Schließlich sind wir immer der Willkür unserer Herren ausgesetzt.«

»Du bist keine Sklavin mehr.«

Sie blickt zu mir auf, und ein sanftes Lächeln verändert plötzlich ihr Gesicht. Ein Lächeln, das ganz allein mir zu gehören scheint. »Ja, dank dir, Harald. Manchmal vergesse ich einfach noch, dass ich jetzt frei bin. Es ist so ungewohnt.« Ihre blauen Katzenaugen, die mich fast zärtlich ansehen, haben wie immer diese Wirkung auf mich. Am liebsten hätte ich sie jetzt in die Arme genommen. Doch ich halte mich zurück.

Das Lächeln verschwindet gleich wieder, und ihre ernste Miene kehrt zurück. »Überleg mal«, fährt sie fort. »Warum hat er dir nicht gleich von Sigurd berichtet? Der muss doch überall nach dir geforscht haben. Auch hier. Den ganzen Herbst und Winter hat er hier verbracht. Es kann diesem Eilif doch nicht entgangen sein, dass ihr Feinde seid. Er hätte dich warnen müssen. Spätestens, als du selbst von Sigurd angefangen hast. Aber auch dann hat er mit keinem Wort eure Feindschaft erwähnt. Findest du das nicht seltsam?«

»Ich glaube, du bildest dir was ein.«

»Sigurd steht bei ihm im Sold. Vergiss das nicht.«

»Jetzt, wo du's sagst …«, meint Thorkel nachdenklich. »Ich hatte selbst auch kein gutes Gefühl bei diesen Leuten.«

»Ach, was.« Finn wiegelt ab. »Klar, Sigurds Mannschaft gehört zu Eilifs Truppe. Aber mehr auch nicht. Die leben hier vom Handel. Die halten es mit allen gut. Du kannst nicht erwarten, dass sie Partei ergreifen. Weder für dich noch für Sigurd.«

»Ja, so ist es sicher«, erwidere ich, jetzt doch nachdenklich geworden. »Aber ein paar der Kerle schienen mir gegenüber nicht besonders freundlich zu sein. Ich denke, Aila hat recht. Besser, wir vertrauen vorerst niemandem. Aber was mich noch mehr beunruhigt, ist, dass wir bei Jarisleif vielleicht nicht willkommen sein könnten. Was hältst du davon, Finn. Du kennst den Fürsten.«

»Ich weiß nicht. Olaf war bei Hofe recht beliebt. Mehr kann ich dir nicht sagen.«

Auf der Fahrt flussaufwärts bleiben wir wachsam, sollte Sigurd uns an irgendeiner Flussbiege auflauern. Aber dem ist nicht so, und wir entspannen uns nach einer Weile wieder. Die Männer wechseln sich regelmäßig an den Riemen ab. Bogdan steht im Bug, um nach Untiefen Ausschau zu halten, und macht Handzeichen für Ragnar, der das Schiff danach steuert. So kommen wir gut voran.

Am Abend machen wir am Ufer fest. Unser Liegeplatz ist in der Nähe eines kleinen Dorfes, das dicht am Waldrand klebt und aus nicht mehr als einem Dutzend einfacher, mit Schilf gedeckter Lehmhütten besteht. Daneben ein paar magere Äcker und eine Weide, auf der Ziegen und Schafe grasen. Am Ufer liegen ein halbes Dutzend Einbäume.

»Das sind Tschuden, denke ich«, sagt Bogdan. »Eigentlich sind die weiter nördlich anzutreffen, aber auch hier gibt es noch einige ihrer Dörfer.«

»Vielleicht können wir was Frisches zu essen eintauschen.«

»Ich komme mit«, meint Aila sofort, und bevor ihr jemand helfen kann, rafft sie ihren Mantel, lässt sich vom Schiff ins seichte Uferwasser gleiten und watet an Land.

Begleitet von Bogdan, Thorkel und Snorri, gehen wir bis zum Dorf. Die Bewohner, die sich bei unserer Ankunft versammeln, sind ärmlich gekleidet. Einige tragen Holzschuhe an den Füßen, die meisten aber sind barfuß. Die Weiber rufen ängstlich ihre Kinder zu sich, in den Gesichtern steht die Furcht vor fremden Kriegern. Die Männer halten Speere in den Händen und starren uns misstrauisch an. Es sind magere Gestalten mit verfilzten Bärten, die Älteren mit knorrigen Händen und tiefen Furchen im Gesicht. Einer von ihnen tritt vor. Das muss der Dorfälteste sein. Bogdan redet ihn auf Slawisch an, doch der Alte schüttelt nur finster den Kopf.

»Er tut so, als verstünde er nicht«, sagt Bogdan gereizt. »Der Umgang mit denen ist schwierig.«

Da spricht Aila mit dem Mann. Ich nehme an, auf Tschudisch, denn der Alte zieht erstaunt die Brauen hoch. Auch die übrigen Dörfler zeigen sich überrascht, dass eine von uns ihre

Sprache beherrscht. Eine weißhaarige Vettel tritt vor und befühlt Ailas schönen Umhang. Dann redet sie mit raschen Worten auf sie ein. Auch der Dorfälteste sagt etwas. Aila antwortet, aber zögerlich, als müsse sie nach Worten suchen. Hilfesuchend sieht sie sich nach mir um. Sie hat Tränen in den Augen.

»Sie glauben nicht, dass ich zu ihrem Volk gehöre. Ich sei wie eine Rus gekleidet. Und ich klänge auch so. Kann man denn seine eigene Sprache verlernen?«

»Du warst wohl zu lange in Kiew und Holmgarð.«

Sie versucht es noch einmal, und allmählich scheinen die Dörfler Vertrauen zu fassen. Mehrere Frauen versammeln sich um sie, wollen hören, was sie zu sagen hat. Einige nicken, zuerst besorgt, aber dann lächeln sie zaghaft, mitfühlend. Die Alte redet auf den Dorfältesten ein. Streiten sie sich etwa? Schließlich zuckt der mit den Schultern, als würde er seinen Widerstand aufgeben. Die Alte lächelt, fasst Ailas Hand und streicht ihr über die Wange.

»Jetzt glauben sie mir«, sagt Aila. Sie umarmt die alte Frau, und dabei fließen plötzlich Tränen. So stehen sie einen Augenblick in stiller Umarmung, dann löst sich Aila von ihr.

»Es werden oft Kinder entführt«, sagt sie zu uns. »Auch schon aus diesem Dorf. Man sieht sie nie wieder.«

»Hast du sie gefragt, ob sie etwas zu essen für uns haben?«, fragt Bogdan, den das Gerede über Entführungen nicht besonders berührt hat. »Wir bezahlen auch dafür.«

Aila wendet sich wieder an die Dörfler. Sie reden eine Weile, bis Aila sagt: »Sie haben nicht viel. Aber sie wollen sehen, was sich machen lässt. Wir sollen zum Schiff zurückkehren. Sie bringen es später.«

Wir tun wie geheißen. Und es dauert nicht lange, da bringen sie, was sie entbehren können. Nichts Großartiges. Ein paar Kohlköpfe, die den Winter überdauert haben, Flussfische und den Kadaver eines jungen Rehs. Wir kaufen ihnen Fische und das Reh ab, und sie zeigen sich mehr als glücklich über etwas Hacksilber, das sie dafür bekommen.

»Seid vorsichtig«, meint Bogdan. »Wer weiß, wie alt das Reh ist. Man kann diesem Pack nicht trauen. Wäre nicht das erste Mal, dass sie einen vergiften.«

Aila wirft ihm einen wütenden Blick zu. »Was erwartest du, wenn ihr sie wie Vieh behandelt. Schlimmer noch.«

Die Dörfler machen Anstalten zu gehen, aber Aila hält sie zurück und redet mit der Alten und auch mit ein paar jungen Männern, die der Frau zur Hand gegangen sind. Es entspinnt sich eine lebhafte Unterhaltung. Besonders einer der jungen Kerle erzählt mehr als die anderen.

»Um was geht es?«, frage ich.

»Ich hab sie gefragt, warum sie so misstrauisch und ängstlich sind. Ob man sie schlecht behandelt.«

»Und?«

»Hier wohl nicht, aber sie hören schlimme Geschichten von ihren Brüdern aus dem Norden, rund um den See. Jalo hier« – sie deutet auf den jungen Mann, mit dem sie am meisten geredet hat , »er ist erst vor kurzem dort gewesen. Er sagt, die Männer von Aldeigjoborg würden in ihre Dörfer gehen und sie bestehlen.«

»Was heißt bestehlen?«, wirft Finn Arnason ein. »Die werden wohl wie jedes Jahr ihren Tribut abholen.«

»Nein. Sie nehmen nicht nur ihren Tribut, sondern alles, was ihnen wertvoll erscheint, lassen den Leuten nichts. Und wenn die sich wehren, brennen sie die Hütten nieder und hinterlassen Tote. Und Mädchen nehmen sie manchmal auch mit. So wie mich und meine Schwester damals.«

»Um was für einen Tribut handelt es sich eigentlich?«, frage ich.

»Pelze«, erwidert Bogdan. »Die Tschuden sind Fischer, Jäger und Fallensteller. Und die Wälder sind reich an Wild. Gefragt sind Wolf und Fuchs, Biber und Otter, Ziesel und ganz besonders Zobel. Und dafür, dass man sie in Ruhe lässt, muss jedes Dorf jährlich eine gewisse Menge abliefern. Alles darüber hinaus, was sie nicht selbst verwenden, dürfen sie an reisende Händler verkaufen. Pelze sind hier im Norden das wichtigste Handelsgut. Und der Jarl von Aldeigjoborg hat dafür zu sorgen, dass alles seinen geordneten Gang geht.«

»Ich weiß, wie euer verdammter Handel läuft«, sagt Aila ungehalten. »Den Tschuden zahlt ihr fast nichts für ihre Arbeit, aber in Holmgarð und Kiew erzielen die Pelze höchste Preise. Und jetzt werden die armen Leute hier auch noch bestohlen.«

Sie ist sichtlich aufgebracht. Dann legt auch noch die Alte los und redet auf Aila ein. »Was sagt sie?«, frage ich, nachdem sich ihr Redeschwall erschöpft hat.

»Es gab schon immer gelegentlich Übergriffe, aber seit der alte Jarl tot ist, ist es schlimmer geworden. Die Leute sind verzweifelt. Die Stammesältesten im Norden überlegen sogar, ob sie sich zusammenschließen und den Krieg ausrufen sollen. Das ist jedenfalls, was Jalo gehört hat. Deshalb fürchten sie sich hier im Dorf.«

»Nicht gut«, meint Bogdan nachdenklich. »Es ist schon mal vorgekommen, dass sie Aldeigjoborg überfallen haben. Vor vielen Jahren. Der Aufstand wurde blutig niedergeschlagen. Aber unter einem Krieg würden alle leiden. Besonders natürlich die Tschuden selbst. Und der Großfürst wäre außer sich. Das würde den Pelzhandel auf Jahre beeinträchtigen. Eilif darf das nicht zulassen.«

»Vielleicht ist er ja selbst beteiligt.« Thorberg grinst vielsagend. »Schon mal daran gedacht? Mit Pelzen kann man ein Vermögen machen.«

Wir sehen einander an. Könnte das wahr sein? Beraubt Eilif die Tschuden, um sich selbst zu bereichern?

Aila sieht mich an. »Ich habe dir gesagt, dem kannst du nicht trauen. Aber da ist noch was. Seit dem letzten Herbst fürchten sie einen von Aldeigjoborg ganz besonders. Der soll es am schlimmsten treiben. Sogar im Winter. Er kommt mit seinen Männern übers Eis. Sie nennen ihn den roten Teufel.«

Ich fahre hoch, als hätte mich eine Wespe gestochen. »Den roten Teufel?«

Thorkel nickt grimmig. »Hört sich nach Sigurd Erlingsson an.«

Finn starrt in die Runde. »Kann das sein?«

»Wer denn sonst?«, sage ich. »Ihr habt ihn doch alle gesehen mit seinem feuerroten Bart. Und laut Eilif treibt er den Tribut ein. Sollte das alles Zufall sein?«

In der Nacht setzt ein feiner Regen ein. Wir ziehen eine Plane über den heruntergenommenen und über Deck aufgebockten Mast und legen uns darunter schlafen. Allerdings liege ich noch lang wach und lausche dem Schnarchen der Kameraden und dem sanften Prasseln der Regentropfen auf der Plane. Aila liegt ganz still neben mir. Aber ich spüre, dass auch sie noch wach ist, und taste nach ihrer Hand. Sie entzieht sie mir nicht, sondern erwidert den Druck. Ich beuge mich über sie und küsse sie. Sie lässt es zu, dreht sich aber nach einer Weile auf die Seite. Bald darauf werden ihre Atemzüge tief und regelmäßig.

Anscheinend bin ich der Einzige, der in dieser Nacht nicht zur Ruhe kommt. Sigurd und Eilif plündern also auf eigene Rechnung, riskieren einen Aufstand der Tschuden und den Zorn des Großfürsten, um sich selbst zu bereichern. Sigurd Erlingsson. Grünauge hatte ich ihn damals genannt, wegen dieser kalten grünen Augen, mit denen er die Welt verächtlich mustert. Der Kerl hat vor nichts und niemandem Achtung.

Dass Eilif daran beteiligt sein muss, steht für mich außer Frage. Ohne dessen Duldung könnte Sigurd so etwas nicht durchführen. Aber im Grunde geht mich das natürlich nichts an. Ich bin nur Gast in diesem Land, verstehe auch nichts von den hiesigen Verhältnissen. Mich einzumischen, wäre wirklich unklug und könnte mir schaden. Großfürst Jarisleif selbst muss sich um die Angelegenheit kümmern. Zumindest werde ich ihm davon berichten, sobald wir in Holmgarð sind. Ja, das ist das Beste. Sich heraushalten.

Und doch wurmt es mich, dass ausgerechnet Sigurd Grünauge hier wütet und mit seiner Beute frech davonkommt, solange ihn keiner zur Strecke bringt. Und mir hat er blutige Rache geschworen. Genauso Magnus, der nur ein Kind ist. Er ist eine Bedrohung, nicht nur für die Tschuden, sondern auch für mich.

Am Morgen, es hat längst aufgehört zu regnen, rufe ich die Kameraden zur Beratung zusammen. »Wir werden diesem Bastard Sigurd das Handwerk legen«, eröffne ich ihnen.

Alle sehen mich überrascht an. »Was geht uns das an?«, fragt Thorberg. »Wenn er die Tschuden bestehlen will …« Er zuckt mit den Schultern. »Ist nicht unsere Angelegenheit.«

»Ihr habt gestern gesehen, wie der Kerl sich aufgeführt hat. Der ist eine Bedrohung für Magnus. Außerdem bestiehlt er mit Sicherheit den Großfürsten. Zusammen mit Jarl Eilif. Wenn wir sie dabei erwischen, wird Jarisleif uns dankbar sein.«

»Und wie willst du das anstellen?«, fragt Finn Arnason.

»Wir segeln nach Norden und schauen, was an der Sache dran ist. Und wenn es stimmt, spüren wir ihn auf und erledigen ihn.«

»Einfach so?«, fragt Ragnar. »Der wird sich nicht so leicht fangen lassen.«

»Du willst gegen diesen Mann in den Krieg ziehen?« In Ailas Augen steht plötzlich Furcht. »Bist du verrückt? Es wird

Tote geben. Und vergiss nicht Jarl Eilif. Der hat auch noch mehr Krieger.«

»Wir schauen uns erst mal um«, sage ich leichthin. »Du wolltest doch dein Dorf besuchen. Das heißt, wenn wir es finden.«

Man sieht ihr an, dass sie nicht einverstanden ist. Sie schüttelt den Kopf über so viel Leichtsinn.

Aber nun meldet sich Thorkel zu Wort. »Ihr alle habt gestern diesen Kerl erlebt. Harald und ich sind ihm schon vor Jahren begegnet. Damals hat er geschworen, sich für den Tod seines Vaters an Haralds Familie zu rächen. Da Olaf nun tot ist, ist jetzt Harald sein Ziel. Und vielleicht auch Magnus. Ich sage euch, für den ist der Krieg nicht zu Ende. Er wird uns weiter verfolgen. Darauf müssen wir uns einstellen. Aber wollt ihr ständig über die Schulter schauen so wie gestern und auf den nächsten Angriff warten? Besser, wir nehmen selbst das Heft in die Hand und schlagen zu, wenn er es am wenigsten erwartet.«

»Es geht also nicht nur um Felle«, meint Finn.

»Nein, nicht nur um Felle«, erwidere ich grimmig. »Sigurd ist eine Bedrohung. Besser, wir machen ihn unschädlich. Für immer.«

Die Männer nicken. »Gut. Ich bin dafür«, sagt Thorberg, und auch sein Bruder stimmt schließlich zu.

Thjodolf, der Skalde aus Island, lacht grimmig. »Endlich gibt's was zu tun. Wie soll ich Verse schmieden, wenn wir nichts unternehmen, von dem sich was singen ließe. Eine Familienfehde ist natürlich immer gut für ein ergreifendes Lied. Also gehen wir ans Werk!«

Aila wirft ihm einen gereizten Blick zu. »Ich weiß nichts von dieser Fehde. Aber euer Vorhaben macht mir Angst.«

»Aila«, sagt Snorri zu ihr, »denk daran, was deine Leute da im Norden zu leiden haben. Ich selbst habe es erlebt, wenn

Kerle wie der ein Dorf überfallen und Höfe ausplündern. Den unseren haben sie abgebrannt, und meine Mutter ist dabei auf elende Weise umgekommen. Es ist ein Glück, dass meine Schwester und ich noch am Leben sind. Ich sage, bringen wir das Schwein zur Strecke. Das hilft Harald, und es hilft den Tschuden.«

In den Augen der Gefährten leuchtet es gefährlich. Alle leiden noch unter der Schmach von Stikla Stad. Sigurd ist der Feind. Ihn zu erledigen, verspricht Genugtuung, wenn auch nur eine kleine. Aila spürt das. Sie presst die Lippen zusammen und sagt nichts mehr. Obwohl die Männer wissen, dass sie möglicherweise ihr Leben aufs Spiel setzen, stimmen sie ohne Ausnahme dem Vorhaben zu. Sogar die Handvoll Rus an Bord.

»Fürst Jarisleif wird es dir danken, wenn uns das gelingt, Harald«, sagt Bogdan. »Er wird dir verpflichtet sein.«

Vor den Kameraden habe ich mich entschlossen gezeigt. In Wirklichkeit fühle ich mich nicht ganz so sicher. Immerhin hat Sigurd eine kampfstarke Mannschaft im Rücken und ist im Gegensatz zu mir ein erfahrener Krieger. Aila hat recht, es wird Tote geben. Aber nun ist es beschlossen. Ich muss nur darauf achten, dass wir vorsichtig zu Werke gehen.

Zu Aila sage ich: »Frag diesen Jalo, ob er bereit ist, uns als Führer zu dienen. Ich werde ihn dafür entlohnen.«

DIE PELZRÄUBER

Alles ruhig«, flüstert Thorkel mir zu. »Die haben keine Ahnung, dass wir hier sind.«

Es muss etwa Mitternacht sein. Thorkel und Snorri liegen in einem dunklen Gebüsch, von dem aus man das Seeufer überblicken kann. Neben ihnen Kauko, ein Jäger und Krieger der Tschuden. Und ich habe mich gerade ebenfalls zu ihnen geschlichen. Über unseren Köpfen glitzert ein prächtiger Sternenhimmel, und eine schmale Mondsichel wirft silbernes Licht über die weite See- und Waldlandschaft. Sanfte Wellen lecken am Sandstrand. Sonst ist es still.

Wir spähen durch die Zweige zu Sigurds Schiff hinüber, das in etwa hundert Schritt Entfernung liegt. Seine Leute haben den Bug auf den Strand gezogen und zur Sicherung eine lange Leine an einem der Bäume befestigt und am Heck einen Anker ausgelegt. Ein Stück weit hinter dem Schiff liegen ein paar Einbäume auf dem Strand, und nicht weit davon mündet ein Bach in den See.

»Sigurd ist nicht hier«, raunt Snorri. »Er muss mit dem Großteil seiner Leute zu diesem Dorf unterwegs sein.«

Kauko hat von dem Dorf erzählt. Es liegt eine gute Wegstrecke vom See entfernt auf einer kleinen Anhöhe tief im Wald versteckt. Nur wenige kennen den Weg dorthin. Die Bewohner sind scheu und leben fast ausschließlich von der Jagd. Aber sie kommen regelmäßig zu den Treffpunkten der Händler aus dem Süden, um Felle und Häute gegen Messer, Leinen oder Kupferkessel zu tauschen.

Wir können uns glücklich schätzen, diesen Kauko gefunden zu haben. Der Mann gefällt mir. Er ist schon etwas älter, hat kleine, leicht schrägstehende Augen und sehr helles Haar so wie Snorri, das ihm in einem halben Dutzend Zöpfen bis auf den Rücken fällt. Auf dem Kopf trägt er eine Lederkappe. Ihm fehlen ein paar Zähne, sonst scheint er aber gesund und kräftig zu sein. Seine Haut ist wettergegerbt, und auf den muskulösen Armen sind seltsame Zeichen und Schlangenmuster tätowiert. Auf die Frage, was sie bedeuten, lacht er nur und sagt, sie machen ihn stark. Genauso wie die Elchhaut, aus der seine Hosen und sein Wams genäht sind. Der *goði* in seinem Dorf habe sie mit einem Zauber belegt.

Gefunden haben wir diesen Kauko in einem der von Sigurd und seinen Kumpanen beraubten Dörfer. Genauer gesagt, war es das zweite der Dörfer, die wir an der Ostseite des Ladogasees aufgesucht haben. Und wie sich zu Ailas großer Freude herausstellte, ist es ihr eigenes Dorf, aus dem sie als Kind geraubt wurde. Die älteren Dorfbewohner erinnern sich noch an die Zwillingsmädchen, die man vor vielen Jahren entführt hatte. Doch ihre Eltern leben nicht mehr, nur eine ältere Schwester des Vaters und zwei von ihren Vettern.

Trotzdem war sie überglücklich, nach so vielen Jahren Menschen ihrer Familie gefunden zu haben. Wir haben sie dort zurückgelassen, denn bei ihren Leuten ist es sicherer als bei uns auf der gefährlichen Jagd nach Sigurd Erlingsson. Trotzdem hat es mich getroffen, wie begeistert sie gleich zugestimmt und sich auch nur flüchtig von mir verabschiedet hat. Natürlich freue ich mich für sie. Aber ich quäle mich mit der Frage, ob sie nun für mich verloren ist, jetzt, da sie ihr Dorf gefunden hat.

Ohne den jungen Jalo hätten wir die Dörfer nicht so leicht entdecken können, denn sie liegen halb versteckt im Wald. Und vor allem hätten wir ohne Aila als Übersetzerin niemals Zugang zu den Menschen gefunden, die jedem Fremden gegenüber misstrauisch sind. Was Jalo betrifft, so war er ohne Zögern bereit, uns zu helfen, nachdem Aila ihm unser Vorhaben erklärt hatte, und ist gleich mit Jagdbogen und Köcher zu uns aufs Schiff gestiegen. Auf dem Wolchow sind wir zurück nach Norden gerudert und haben Aldeigjoborg vorsichtshalber erst in tiefster Nacht passiert. Ich glaube nicht, dass uns jemand bemerkt hat. Geheimhaltung ist geboten. Und strengste Vorsicht.

Deshalb haben wir uns auf dem See auch nur nachts oder in der Dämmerung vorsichtig an der Küste fortbewegt. Ohne Segel zu setzen. Denn die dunkle Form eines Segels ist oft sogar in der Nacht von weitem sichtbar. Tagsüber haben wir die *Bloð-hrafn* irgendwo in einem Wasserlauf oder hinter einer Insel versteckt, Wachen aufgestellt und die Zeit genutzt, um zu schlafen.

»Ganz sicher, dass Sigurd nicht hier ist?«, frage ich Thorkel flüsternd.

»Sieh selbst. Ich glaube, zwei oder drei von ihnen schlafen auf dem Schiff, die anderen am Strand. Aber es sind insgesamt nicht mehr als ein Dutzend. Sigurd ist am späten Nachmittag hier gelandet und muss dann gleich mit den meisten seiner Männer aufgebrochen sein. Wahrscheinlich wollten sie die Leute im Dorf überraschen.«

Tatsächlich sind die Schatten der Männer, die in Decken gehüllt auf dem Sand schlafen, an zwei Händen abzuzählen. Dazwischen glüht noch der letzte Rest eines niedergebrannten Lagerfeuers. Ob sie wirklich fest schlafen, lässt sich nicht sagen, jedenfalls rührt sich keiner von ihnen.

»Und Wachen?«

»Einer auf dem Bug. Und noch einer am Waldrand.«

Snorri deutet auf die Stelle, wo der Sand endet und das Strandgras anfängt. Dahinter ein dichter Birkenhain. Zuerst kann ich niemanden entdecken, aber dann fällt mir eine Bewegung neben dem Baum auf, um den sie das Schiffstau geschlungen haben. Der Kerl ist gerade aufgestanden und pinkelt in die Büsche. Auch den Mann auf dem Schiffsbug kann ich jetzt sehen. Sein Schatten hebt sich schwach vom Sternenhimmel ab.

»Sie haben erst vor kurzem gewechselt«, raunt Thorkel mir zu.

Ich will äußerst vorsichtig vorgehen und keinen meiner Männer durch vorschnelles Handeln verlieren. Trotzdem sollte es nicht schwierig sein, die Kerle hier auf dem Strand zu überrumpeln. Danach bleiben aber immer noch Sigurd selbst und der Großteil seiner Mannschaft übrig. Ich habe Kauko gefragt, wie weit das Dorf ist, zu dem sie unterwegs sind. Er hat in den Himmel gedeutet und angezeigt, um wie viel die Sonne für die Dauer eines Fußmarsches wandern würde. Etwa eine Stunde. Dass sie jetzt in der Nacht durch unwegsames Gelände zum Strand zurückkehren, ist unwahrscheinlich. Mit etwas Glück werden wir ihnen am Morgen eine Falle stellen können.

»Gut«, flüstere ich. »Ich hol jetzt die anderen. Es muss alles schnell gehen. Und möglichst ohne Lärm. Kauko und Snorri, ihr übernehmt die beiden Wachen.«

Kauko spricht ein wenig Rus. Er ist Jäger wie Snorri und wird sein Ziel nicht verfehlen. Beide haben ihre Bögen in der Hand. Zur Sicherheit tippe ich Kauko auf die Schulter, deute noch einmal auf die Wache am Waldrand und mache eine Handbewegung, als ob ich eine Bogensehne ziehen würde.

Er grinst breit und nickt. »Mann schon tot. Nicht Sorge.«

Geräuschlos ziehe ich mich zurück. Zweihundert Schritt vom Ufer entfernt und im Wald versteckt, wartet der Rest der Mannschaft. Mit Ausnahme von einem Dutzend Männer unter Bogdans Führung, die das Schiff bewachen. Wir haben es in

einer kleinen Bucht, etwa eine halbe Stunde Fußmarsch entfernt, zurückgelassen.

Seit einer Woche sind wir nun schon unterwegs auf der
Suche nach Sigurds Schiff. Dabei sind wir auf ein Dorf gestoßen, in dem er zwei Männer mit den Füßen an einen Baum hat
binden und foltern lassen, bis ihre heulenden Weiber schließlich verraten haben, wo sie ihre Felle versteckt hatten. Danach
haben sie den beiden trotzdem die Bäuche aufgeschlitzt und sie
qualvoll verrecken lassen. Als Strafe dafür, dass sie nicht gleich
alles herausgegeben haben.

Einen Tag später hat Jalo, der auf einen hohen Baum geklettert war, in der Ferne ihr Segel entdeckt. Aus ihrem Kurs haben
wir mit Kaukos Hilfe auf ihr nächstes Ziel geschlossen und uns
in den Abendstunden heimlich genähert.

»Wie sieht's aus?«, fragt Finn.

Die Männer bilden einen Kreis um mich herum. Im Mond-
licht glänzen Helme und Waffen. An die achtzig Mann. Eine
gute kleine Streitmacht. Wahrscheinlich mehr als nötig. Auch
Jalo hat nicht zurückbleiben wollen. Er trägt seinen Bogen in
der Hand, einen vollen Köcher an der Hüfte. Thjodolf, der
Skalde, ist ebenfalls dabei. Über seinen Schildrand hinweg
grinst er mir fröhlich zu. Ich erkläre ihnen die Lage, und wir
verabreden den Angriff. Auch, dass ich Gefangene machen will.

»Lasst keinen von ihnen entwischen, um Sigurd zu warnen.
Das ist das Allerwichtigste.«

Wir heben unsere Schilde und machen uns so leise wie möglich auf den Weg. Am Strand angekommen, hocken wir uns
zwischen die Büsche und halten Schwerter und Äxte bereit.
Ich schleiche mich zu unseren Spähern.

»Alles beim Alten«, flüstert Thorkel. »Einer ist mal kurz
zum Pinkeln aufgestanden, hat sich aber wieder hingelegt.«

»Gut. Dann legen wir los.«

Ich gebe Snorri und Kauko das Zeichen für ihren Einsatz. Sie erheben sich lautlos und schleichen, Pfeil und Bogen im Anschlag, aus den Büschen, der eine an der Wasserlinie entlang, der andere folgt langsam dem Saum des Ufergrases und tastet sich auf den Baum zu, wo die Wache sitzt. Im schwachen Licht des Mondes sind nur ihre Schatten zu sehen. Snorri, der sich auf dem hellen Sand bewegt, ist eher zu erkennen. Noch regt sich nichts.

Plötzlich steht der Wachmann auf dem Schiffsbug auf. »He, Björn! Bist du das?«, ruft er.

»Klar bin ich das«, hören wir Snorri mit ruhiger Stimme antworten.

Dann erklingt seine Bogensehne, gefolgt vom dumpfen Aufschlag des Pfeils auf der Brust des Mannes. Der Schatten wankt, aber der Kerl schreit erst auf, als ihn noch ein Pfeil trifft. Ich warte nicht, ob Kauko erfolgreich ist, sondern gebe den Befehl zum Angriff.

Ragnar und ein Dutzend meiner Männer rennen zum Schiff des Gegners, um die Bordwand zu erklimmen. Thorberg und eine andere Gruppe laufen an der Uferböschung entlang, um die Wache zu erledigen, falls sie noch lebt, aber vor allem, um den Strand zu sichern, denn es soll keiner entkommen. Unter meiner Führung bricht der Rest durch die Büsche und stürmt auf die Schlafenden auf dem Strand zu, um sie zu umzingeln.

In einigen kurzen Augenblicken ist die Sache entschieden. Die wenigen, die sich wehren, drei Männer auf dem Schiff und zwei auf dem Strand, sterben eines schnellen Todes. Auch die Wachen leben nicht mehr. Den übrigen zehn, die sich ergeben haben, nehmen wir die Waffen ab und binden sie. Mit düsteren Mienen sitzen sie auf dem Strand und werfen uns zornige Blicke zu, während wir die Leichen in die Büsche zerren. Sollen sich die Raben um sie kümmern.

»Wer, zum Teufel, seid ihr?«, knurrt einer der Gefangenen, ein kräftiger Kerl mit einem struppigen Wildwuchs von Bart. Man kann deutlich die westnorwegische Mundart heraushören. Vermutlich auch ein Veteran von Stikla Stad.

»Ich bin Harald Sigurdsson.«

»Scheiße!«, flucht der Kerl. »Und was hast du jetzt mit uns vor?«

»Wenn ihr euch benehmt, geschieht euch nichts. Ich will Sigurd Erlingsson, sonst niemanden.«

»Der ist nicht hier, wie du siehst.«

»Ich weiß, wo er ist. Sag mir lieber, wann ihr ihn zurückerwartet.«

»*Hel* soll dich holen!«, zischt der Bärtige und spuckt vor mir aus. »Von mir erfährst du gar nichts.«

Auch seine Kameraden wollen nichts verraten. »Also gut. Wir sperren euch jetzt unter Deck. Da könnt ihr es euch überlegen.«

Wir schaffen die Kerle an Bord ihres eigenen Schiffs und lassen sie, an Händen und Füßen gebunden, im engen, finsteren Laderaum unter den Decksplanken zurück. Ich wähle etwa zwanzig Mann unter Ragnars Führung aus, um Schiff und Gefangene zu bewachen. Wir anderen werden uns im Morgengrauen auf den Weg machen und einen geeigneten Ort für einen Hinterhalt suchen.

»Das war nicht schwer«, meint Thjodolf. Er ist an Ragnars Seite aufs Schiff geklettert und hat einen Mann getötet. Er kann also mehr als nur Verse schmieden.

»Das war ja auch der leichte Teil«, erwidere ich und wende mich an alle: »Hört zu! Ihr habt es gut gemacht. Aber das war jetzt nur Vorspiel. Morgen steht uns ein heißerer Kampf bevor als das hier. Also nutzt die Zeit und legt euch aufs Ohr. In ein paar Stunden wird es hell. Dann brechen wir auf.«

Die meisten in meiner *hirð* sind erfahrene Krieger und gewohnt, auf einem Feldzug jede Gelegenheit für ein bisschen Schlaf zu nutzen. Obwohl der Boden hart und die Nacht kalt ist, finden außer den Wachen alle ein Plätzchen im Ufergras, und schon bald hört man sie leise schnarchen.

Ich grübele noch eine Weile über unseren nächsten Schritt nach, frage mich, ob Sigurd vielleicht doch noch überraschend in der Nacht auftauchen und was sonst an Unerwartetem geschehen könnte, denn im Krieg ist nichts sicher. Zwischendurch sehe ich immer wieder Aila vor mir. Ihre Katzenaugen und hohen Wangenknochen, ihre Lippen. Und mit welcher Inbrunst sie ihre alte Tante umarmt hat. Ich weiß nicht, was mich mehr beunruhigt, der morgige Hinterhalt oder dass Aila mich verlassen könnte.

✳ ✳ ✳

Beim ersten Anzeichen von Morgengrauen bin ich auf den Beinen und strecke die steifen Glieder. Dann sehe ich mir Sigurds Schiff an. Es ist nur wenig kleiner als meine *Bloð-hrafn*, hat einen hohen, schlanken Bug und macht einen soliden Eindruck. Sollten wir heute Erfolg haben, werde ich es behalten. Ein gutes Schiff ist immer zu gebrauchen.

Als ich mich umdrehe, steht Kauko ein paar Schritte entfernt und grinst zu mir herüber. Er trägt seinen Bogen über der Schulter und den vollen Köcher an der Seite. Im Gürtel steckt ein langes Messer, meinem Sax nicht unähnlich. Auch Jalo ist bereit.

»Jetzt gehen jagen, Harald«, sagt Kauko. »Ist Zeit.«

Ich nicke und stoße Thorkel mit dem Fuß an. »Weck die Männer. Wir brechen auf.«

Thorkel fährt hoch und blinzelt verschlafen. »Was ist mit Essen?«

»Keine Zeit. Mit hungrigem Magen kämpft es sich besser.«

Thorkel reibt sich die Hände und flucht über die Morgenkühle. Dann macht er die Runde, um alle zu wecken. Nicht wenige murren, dass sie mit nüchternem Magen marschieren sollen. Trotzdem sind sie bald bereit, und wir verabschieden uns von Ragnar und den Gefährten, die zurückbleiben, um das Schiff zu bewachen.

»Was sollen wir tun, wenn Sigurd uns angreift?«, fragt einer von ihnen. Ein junger Kerl. »Könnte ja sein, dass ihr ihn verpasst.«

»Dumme Frage. Dann schlagen wir uns in die Büsche«, knurrt Ragnar ungehalten. »Aber vorher stecken wir ihr verdammtes Schiff in Brand.«

»Und die Gefangenen unter Deck?«

»Pech für sie.«

»Dazu wird es nicht kommen«, sage ich und gebe den Befehl zum Abmarsch.

Wir schultern die Schilde. Kauko geht voran, er kennt den Weg. Hinter ihm Jalo. Wir marschieren im Gänsemarsch, denn der Pfad ist schmal. Zuerst folgen wir dem Bach, doch nach einer Weile trennen sich Bach und Pfad, und wir dringen tiefer in den Wald ein. Der Pfad schlängelt sich zwischen Kiefern hindurch und weiter in einen Birkenwald. So früh am Morgen ist es düster unter den Bäumen, ein dünner Bodennebel lässt alles gespenstisch erscheinen. Krähen fliegen vor uns auf, und ihre heiseren Schreie verstärken diesen Eindruck.

Wieso habe ich Ragnar nicht widersprochen? Das Schiff in Brand stecken, während Gefangene an Bord sind? Ich kann nur hoffen, dass es nicht dazu kommt. Andererseits hat Hrane uns immer eingebleut, im Krieg müsse man hart und unerbittlich sein, sonst gehe man selbst unter. Aber Männer bei lebendigem Leib verbrennen, das kann ich nicht gutheißen. Ich finde, ich lasse mich allzu oft von Älteren wie Ragnar oder Finn beeinflussen. Wahrscheinlich, weil ich meinen eigenen Gefühlen noch zu wenig traue. Das will ich ändern, schließlich bin ich derjenige, der Befehle erteilt und die Verantwortung trägt. Das nächste Mal werde ich Ragnar zurechtweisen.

Der Weg führt durch eine eintönige Landschaft. Die Bäume sind nicht so hoch wie bei uns daheim. Dafür fällt mehr Licht auf den Waldboden, so dass es an Gebüsch und dichtem Unterholz nicht mangelt. Ein Durchkommen abseits des Pfades muss schwierig sein. An manchen Stellen ist der Grund feucht und morastig, bedeckt von Farnen und Sumpfpflanzen. Dort haben die Tschuden den Weg mit armlangen Aststücken befestigt, damit er nicht im Schlamm versinkt.

»Hast du den Raben bemerkt?«, fragt Thorkel, der hinter mir geht.

»Ja. Der folgt uns von Baum zu Baum.«

Thorkel blickt zu einem Ast über uns auf, wo der Vogel gerade hockt und einen rauhen Schrei ausstößt. »Ist es einer von Oðins Raben, was denkst du? Oder er selbst.«

»Weiß nicht.«

»Doch, bestimmt. Ein gutes Zeichen, Harald. Oðin ist auf unserer Seite.«

Ja, ich habe mich dem Allvater Oðin verschrieben, dem Beherrscher des Chaos, dem Lenker der Schlachten, dem Herrn der Weisheit. Und das Banner der ihm geweihten Raben habe ich als mein Banner genommen. Vielleicht ist der Rabe tatsächlich hier, um über uns zu wachen. Wir marschieren weiter. Inzwischen ist der Bodennebel fast verschwunden. Die Sonne kommt hervor, und mit einem Mal hat der Wald ein fröhlicheres Gesicht. Blumen leuchten im Gras. Sogar die Vögel scheinen sich zu beleben. Nach einer Weile bleibt Kauko stehen und wartet, bis ich zu ihm aufgeschlossen habe.

»Hier gut für Kampf«, sagt er und deutet auf die Lichtung um uns herum.

Ich sehe mich um. Diese lichte Stelle im Wald ist nicht sehr groß. Keine Büsche, dafür kniehohes Gras, von Bäumen und dichtem Gesträuch umgeben. Weiter vorn fängt es an, sumpfig zu werden, morastiges Gelände, sogar ein paar Teiche sind zwischen den Bäumen zu erkennen, deren Ränder mit Schilf bewachsen sind. Der Pfad, der hindurchführt, ist wieder notdürftig mit Knüppeln befestigt. Kauko zeigt auf unsere Männer und dann auf den Waldrand rings um die Lichtung, auf der wir stehen. Es ist klar, was er meint. Wir sollen uns dort verstecken und auf Sigurds Mannschaft warten.

»Er hat recht«, sagt Finn. »Wir lassen sie über die Lichtung marschieren und schlagen dann zu.«

»Zurück über die Sümpfe können sie nicht fliehen. Wenn wir den Knüppeldamm absperren, haben wir sie in der Falle.«

Ich lasse meinen Blick über das Gelände wandern und denke nach, lasse mir den Ablauf des Überfalls genau durch den Kopf gehen. Wie werden Sigurds Männer reagieren, wo sind die Risiken, und auf was müssen wir besonders achten?

Dann nicke ich Kauko zu. »So machen wir es.«

Unter den Bäumen und im Gebüsch verstecken wir uns im Halbkreis um die Lichtung. Wir sind etwas mehr als sechzig Mann. Zehn von uns sind neben Axt und Schild mit Bögen bewaffnet. Kauko und Jalo werden sie noch verstärken. Die Schützen stelle ich so auf, dass sie Sigurds Truppe von vorn und schräg von den Seiten bestreichen können. Finn hat die Aufgabe, mit sechs Mann den Weg zurück zum Schiff zu versperren. Thorberg soll im rechten Augenblick vorstoßen und den Fluchtweg über den Knüppeldamm absichern, während Thorkel und ich die Schildreihen führen und die Eingekesselten von beiden Seiten in die Zange nehmen werden. Ein guter Plan. Auch Kauko ist zufrieden. Nun heißt es warten.

Die Zeit vergeht. Ich halte nach dem Raben Ausschau, aber der ist längst verschwunden. Je höher die Sonne steigt, umso wärmer wird es. Schmetterlinge und Bienen fliegen über die Wiese, die ersten Mücken des Jahres beginnen, uns zu plagen. Im Sumpf quaken Frösche. Einige Kameraden machen es sich bequem und schließen die Augen. Thjodolf, der neben mir im Unterholz hockt, schnauft ungeduldig und schnippt eine Ameise vom Knie.

Noch mehr Zeit vergeht. Nach dem Sonnenstand zu urteilen, müsste es schon früher Nachmittag sein. Ich werde immer unruhiger. Was, wenn Sigurd auf dem Rückweg einen anderen Pfad zum Strand eingeschlagen hat? Ragnar mit seinen wenigen Leuten könnte ihm nicht widerstehen. Und dann hätte Sigurd den Vorteil und würde seinerseits uns überfallen. Ich frage mich, ob ich eine elende Dummheit begangen habe, da schleicht sich Kauko durchs Unterholz zu mir heran. Er deutet auf seine Nase und zieht die Luft ein.

»Feuer«, sagt er.

»Feuer?« Ich rieche nichts. Aber gleich darauf murmelt Thjodolf: »Ja. Ich rieche es auch.«

»Wo?«

Kauko deutet nach Osten. »Bei Dorf.«

Und dann sehe ich es. Eine dünne Rauchsäule, die in den Himmel steigt. Und je länger wir hinsehen, desto kräftiger und dunkler wird sie. Und jetzt kann ich auch den leichten Rauchgeruch wahrnehmen, den der Wind zu uns herüberweht.

»Die fackeln das Dorf ab«, knurrt Thjodolf. »Möchte nicht wissen, was sie den Leuten antun.«

Finn kommt zu uns herüber. »Seht ihr den Rauch? Da brennt das Dorf. Die Tschuden brauchen unsere Hilfe.«

Ich schüttele den Kopf. »Nein. Dazu ist es zu spät.« Meine Unruhe ist auf einmal abgefallen. Ich sehe die Dinge klar. »Wenn sie die Hütten abbrennen, dann haben sie schon alles, wofür sie gekommen sind, und befinden sich auf dem Rückweg. Sie werden bald hier sein. Macht euch also bereit.«

Mein Befehl wird von Mund zu Mund weitergegeben, und eine neue Anspannung packt die Gefährten. Sie bleiben auf Knien oder in der Hocke, bemüht, sich im Gebüsch unsichtbar zu machen, ziehen die Helmriemen nach, packen ihre Schilde fester, nehmen Schwerter und Äxte zur Hand. Die Bogenschützen legen sich Pfeile zurecht. Sigurds Gruppe ist zahlenmäßig nur wenig kleiner als wir und nicht zu unterschätzen. Wir hingegen haben den Vorteil des Hinterhalts auf unserer Seite. Trotzdem schicken nicht wenige, mich eingeschlossen, ein Stoßgebet zu Oðin, dass er uns Kraft geben möge. Ich berühre Thors Hammer an meinem Hals.

Wir müssen noch eine Weile warten. Von Thorkel und seinen Männern am gegenüberliegenden Waldrand ist nichts zu sehen, stelle ich mit Befriedigung fest. Durch die gebückte Haltung, in der wir warten, verkrampfen die Muskeln. Ich strecke ein Bein aus, um es zu lockern. Doch da tauchen hinter unserer Lichtung und auf dem Knüppeldamm die Ersten von Sigurds Männern auf. Mir stockt für einen Moment der Atem, als ich sie erspähe. Sie kommen, mit ihren Schilden auf dem Rücken, ziemlich gemächlich und unbekümmert daher. Die meisten haben die Helme am Gürtel hängen statt auf dem Kopf. Sie marschieren auf dem schmalen Pfad, wie wir zuvor, im Gänsemarsch und steigen, den Blick auf den Boden gerichtet, vorsichtig über lose Holzstücke und Schlammpfützen.

Die Vordersten haben die Wiese erreicht, wo das Gehen leichter ist. Dort bleiben sie einen Augenblick stehen und warten, dass ihre Kameraden aufschließen, nicht ohne ein paar Witzeleien über Trödler. Viele tragen Tierhäute über der Schulter und dicke Bündel von kostbaren Pelzen. Wahrscheinlich die gesamte Winterausbeute des Dorfes.

»Kommt schon, ihr Bastarde!«, raunt Thjodolf neben mir. Auch er steht unter höchster Anspannung.

Ich halte nach Sigurd Ausschau, kann ihn aber nicht entdecken. Immer mehr seiner Männer verlassen den Knüppeldamm und betreten die Lichtung. Die Ersten haben sich wieder in Bewegung gesetzt und nähern sich dem anderen Ende der Lichtung, müssen also bald auf Finn stoßen. Wo, verflucht nochmal, bleibt Sigurd?

Auf einmal sehe ich ihn in einer kleinen Gruppe unter den Letzten. Vor ihm marschiert Rorik. Der dreht sich zu ihm um, sagt etwas, und beide lachen. Gerade haben sie das Ende des Knüppeldamms erreicht, als am anderen Rand der Lichtung die Vordersten Finns Männer zu Gesicht bekommen, die ihnen unerwartet in den Weg getreten sind. Sie brüllen sofort Warnungen, lassen ihre Bündel fallen, greifen zu den Waffen und drängen zurück, stolpern dabei in ihre nachfolgenden Kameraden und bleiben, wild um sich blickend, stehen. In diesem Augenblick steht Snorri auf und lässt den ersten Pfeil von der Sehne, der sich mit einem satten Geräusch einem der Kerle in die Brust bohrt.

Mit einem Schlag verwandelt sich die friedliche Stille der Waldlichtung in ein wildes Durcheinander, in Lärm und Chaos. Denn noch bevor der Mann sich an die Wunde fassen kann, fliegen weitere Pfeile aus dem Dickicht, treffen auf ungeschützte Leiber, bohren sich in Hals und Schultern. Die Lichtung hallt von den Schreien der Verwundeten wider, erschreckte Vögel flattern hoch, Männer brechen in die Knie, andere lassen ihre Bündel fallen und bemühen sich hastig, ihre Schilde vom

Rücken zu zerren. Noch mehr von ihnen werden getroffen, denn Snorri und Kauko und die anderen Bogenschützen lassen nicht ab, sich Ziele zu suchen.

»Schildwand!«, gellt Sigurds Ruf über die Wiese.

Seine Krieger versuchen verzweifelt, sich mit erhobenen Schilden gegen den Pfeilhagel zu schützen und gleichzeitig eine Verteidigung aufzubauen. Dabei stolpern sie über die Pelzbündel und die eigenen Kameraden, die verwundet oder sterbend am Boden liegen. Andere, die noch weiter hinten gewesen waren, rennen vor, um die Schildwand zu verstärken. Jetzt ist der richtige Augenblick zum Angriff gekommen. Doch ich bin auf einmal wie gelähmt, sehe wieder diese aufgerissenen Augen vor mir, dieses Gesicht in der Schlacht, kurz bevor mein Schwerthieb es für immer zerstört.

Thjodolf stößt mich in die Seite. »He, Harald!«, zischt er. »Jetzt oder nie!«

Das Bild verschwindet. Mit lauter Stimme gebe ich den Befehl zum Angriff. Von beiden Seiten brechen wir aus dem Dickicht am Waldrand. Thorkel brüllt: »Stikla Stad!«, wie einen Schlachtruf, um die Wut und die Rachelust der Männer anzustacheln. Bei Stikla Stad haben sie uns erniedrigt, Freunde und Verwandte hingemetzelt. Hier ist die Gelegenheit zur Vergeltung.

Wie eine Meute blutgieriger Wölfe fallen wir in die Flanken ihrer noch wackeligen Reihe. Schilde krachen aufeinander, Männer brüllen. Mit *Gunnlogi* in der Faust erreiche ich als Erster den Feind und steche einem Kerl in die Kniekehle. Noch bevor der schreiend zu Boden stürzt, schlage ich dem Nächsten meinen Schild in den Nacken und hacke einem Dritten die scharfe Klinge in die Seite.

Auch gegenüber wüten Thorkels Männer gegen den überraschten Feind. Schwerter blitzen im Sonnenlicht, bluttriefende Äxte schlagen Wunden, immer wieder der Ruf »Stikla Stad!«, das Dröhnen der Schilde, die Schmerzensschreie der Getroffenen.

Es gibt nicht Schlimmeres als ein unerwarteter Flankenangriff. Sigurds Männer hatten den Angriff von vorn erwartet, wo Finn den Weg versperrt und wo auf beiden Seiten von ihm die Schützen stehen. Stattdessen fallen wir über ihre ungeschützten Flanken her, greifen sogar von hinten an. Kein Wunder, dass ihre Schildreihe sich im Nu auflöst. Jeder versucht, sich selbst zu verteidigen. Doch die Überraschung, die Wut und die Wucht des Ansturms sind zu viel für Sigurds Männer. In kurzer Zeit liegen viele stöhnend im blutgetränkten Gras, einige versuchen zu fliehen, nur um von unseren Pfeilen verfolgt zu werden.

Mitten im Gedränge nehme ich Sigurds entsetztes Gesicht wahr, doch nur kurz, dann sehe ich ihn nur noch von hinten, wie er hinter Rorik und einer Handvoll Fliehender auf den Knüppeldamm zurennt. Die Bastarde laufen weg! Thorberg und seine Männer versuchen, ihnen den Weg abzuschneiden, aber Sigurd trifft einen mit dem Schwert, stößt einen anderen mit dem Schild zurück und ist auf dem Knüppeldamm, bevor sie ihm nachsetzen können. Thorberg schleudert seine Axt, doch die schlägt nur dumpf auf Sigurds Schild auf, der über seinem Rücken hängt. Auch ein Pfeil von Snorri verfehlt sein Ziel. Thorberg will Sigurd nachsetzen, aber ich rufe ihn zurück, denn der Kampf ist noch nicht zu Ende. Sigurd ist uns entwischt, da hilft auch kein wildes Fluchen.

Die Gegner, die noch stehen, haben sich in der Mitte der Wiese zu einem engen Kreis zusammengerottet und verteidigen sich mit dem Mut der Verzweiflung.

»Genug jetzt!«, rufe ich mit lauter Stimme. »Tretet zurück, Leute. Wir haben gesiegt.«

Nur sehr widerwillig, von der Anstrengung keuchend, lassen meine Männer vom Feind ab. Aber sie halten ihre Schilde weiter hoch und ihre Schwerter und Äxte bereit, jederzeit erneut den Kampf aufzunehmen.

»Lasst die Waffen fallen! Es ist vorbei«, rufe ich den Eingekesselten zu. »Euer Anführer ist geflohen. Kein Grund, für ihn zu sterben.«

Sie werfen misstrauische Blicke um sich, und es dauert eine Weile, sie zu überreden, aber schließlich geben sie auf. Wir nehmen ihnen die Waffen ab und befehlen ihnen, sich auf den Boden zu setzen und die Hände über den Kopf zu halten, so dass wir sie nach versteckten Messern durchsuchen können.

Thorberg kommt mit einem zerknirschten Gesicht zu mir. »Tut mir leid, Harald. Der verdammte Kerl ist mir entwischt.«

Mein Herz schlägt heftig, der Rausch des Kampfes hält auch mich noch im Griff. Ich hole tief Luft, um mich zu beruhigen. »Das ist ärgerlich, Thorberg. Aber ich denke, es sind nur wenige, die mit ihm entkommen sind. Die müssen sich jetzt zu Fuß auf den langen Weg durch die Wildnis und durch das Gebiet der Tschuden machen. Das werden sie nicht schaffen.«

Thorkel, der blutbesudelt hinzutritt, lacht grimmig. »Ich möchte nicht wissen, was die Tschuden mit ihnen anstellen werden. Nein, den roten Teufel wird keiner lebend wiedersehen.«

Zwei unserer Kameraden haben den Tod gefunden, und einer hat eine tiefe Schnittwunde am Unterarm davongetragen. Aber das ist nichts im Vergleich zu Sigurds Männern. Wir zählen eine Menge Leichen auf der Wiese. Dazu Schwerverletzte, die den Tag nicht überleben werden. Ein Mann sitzt totenbleich im Gras und starrt ungläubig auf seinen Armstumpf, aus dem unaufhörlich Blut pumpt. Ein Graubart, dem die Gedärme aus dem Bauch hängen, bettelt darum, dass man ihn tötet, aber nicht ohne sein Schwert in der Hand, damit Valhöll ihm sicher ist.

Thorkel tut ihm den Gefallen, schiebt ihm den Schwertgriff in die Hand und erledigt ihn mit einem gut gezielten Axthieb. Auch den anderen tödlich Verletzten erleichtern wir den Weg nach *Helheim,* ins Reich der Toten. Wer nur leicht verwundet ist, dem befehlen wir, sich zu den Gefangenen zu setzen.

Unsere Männer machen sich daran, die Gefallenen nach Wertvollem zu durchsuchen. Als sie sich an die Gefangenen machen wollen, befehle ich, damit aufzuhören.

Finn hebt erstaunt die Brauen. »Wir haben sie besiegt. Alles, was sie bei sich haben, gehört uns.«

Thorberg pflichtet ihm bei. »Überhaupt. Was sollen wir mit ihnen anfangen. Du wirst sie doch wohl nicht laufenlassen.«

Besonders Thorkel ist voller Hass. »Töten wir die Schweine, sag ich. Sie haben deine Brüder umgebracht, Harald, und unzählige unserer Freunde. Wenn du willst, schneide ich den Bastarden selbst die Kehle durch.«

»Ja, macht sie nieder!«, knurrt ein anderer. Und er ist nicht der Einzige. Der Kampf hat die Gemüter erhitzt. Anscheinend haben sie noch nicht genug Blut gesehen. Die Gefangenen, die das hören, blickten teils mürrisch ergeben, teils ängstlich um sich.

»Mäßigt euch!«, rufe ich. »So etwas will ich nicht von euch hören, habt ihr mich verstanden? Und am wenigsten von dir, Thorkel. Stikla Stad war eine Schlacht. Auch wir haben damals getötet, oder habt ihr das vergessen?«

Wütend starrt Thorkel mich an. Aber er verkneift sich die Antwort.

»Also, was machen wir jetzt mit ihnen?«, fragt Finn.

»Wir nehmen sie mit. Als Rudersklaven. Vergesst nicht, wir haben jetzt zwei Schiffe, die eine Mannschaft brauchen.«

Meine Entscheidung bringt mir zweifelnde Blicke ein, aber ich bleibe dabei trotz des Gemurres. Auch, dass die Gefangenen ihre Habseligkeiten behalten dürfen, ordne ich an. Wir suchen die Bündel von Tierhäuten und Fellen zusammen, die im Gras verstreut sind, und legen sie auf einen Haufen, um den Wert abzuschätzen.

»In Kiew bringt uns das ein kleines Vermögen ein«, sagt Finn.

»Wir nehmen, was dem Fürsten zusteht, den Rest geben wir den Leuten im Dorf zurück.«

Auch bei dieser Entscheidung habe ich Widerstand erwartet. Beute ist schließlich Beute. Aber seltsamerweise sind alle damit einverstanden. Zuletzt sammeln wir die Leichen ein und legen sie in einer langen Reihe ins Gras. Begraben können wir sie nicht, dafür fehlt uns das Werkzeug. Also spreche ich mit lauter Stimme ein Gebet zu Allvater Oðin und widme die Toten ihm und seinen Raben.

»Jetzt hab ich einen guten Beinamen für dich«, sagt Thjodolf später zu mir. »In meinen Versen werde ich dich Harald, den Rabenfütterer, nennen.«

Rabenfütterer. Bei dem Wort fallen mir wieder die Worte der Hexe ein: *Er labt sich an den Leibern todgeweihter Männer, färbt der Götter Sitz mit rotem Blut.* Ich hasse diese Worte. Und doch werde ich sie nicht los, als wären sie in mein Hirn gebrannt. Verfluchte Hexe!

»Nenn mich, wie du willst«, knurre ich ungehalten.

❊ ❊ ❊

Ich trage Thorberg auf, die Gefangenen, darunter eine Handvoll leicht verwundeter, zusammen mit dem Anteil an den Fellen, der dem Tribut entspricht, zum Schiff zu bringen. Mit zehn Gefährten und mit Kauko und Jalo mache ich mich zum Dorf der Jäger auf.

Die Leute, als sie uns sehen, schreien vor Furcht, denn sie denken, Sigurd ist zurückgekehrt. Doch Kauko gelingt es, sie zu beruhigen und ihnen zu erklären, dass wir den Bastard im Kampf besiegt haben, dass sie nun sicher sind. Und auch, wo ihre Felle und Häute zu finden sind.

Was wir dann in ihrem Dorf zu sehen bekommen, ist ein Bild der Zerstörung und des Grauens. Die meisten Hütten sind niedergebrannt, aber schlimmer ist die Gewalt, die man den Menschen angetan hat. Vielen war es noch rechtzeitig gelungen zu fliehen. Aber Männer, die ihr Dorf verteidigen wollten, sind wie Vieh niedergemetzelt worden. Einige hängen blutüberströmt und mit aufgeschlitzten Bäuchen in den Bäumen, Opfer von Sigurds Folter. Frauen, die nicht hatten entkommen können oder die bei ihren Kleinen geblieben sind, wurden zu Freiwild für Sigurds Männer. Die halbe Nacht müssen sie sich mit ihnen vergnügt haben, während die Männer gefoltert wurden. Nicht einmal die Kinder waren vor ihnen sicher, wie einige der Leichen beweisen.

Finn schüttelt angewidert den Kopf. »Die machen das zur Abschreckung. Damit die Tschuden gefügig sind. Damit sie in Zukunft tun, was von ihnen verlangt wird.«

»Verfluchte Schweine«, zischt Thorkel. Er deutet auf die gefolterten Leichen, die von den Bäumen hängen. »Mit den Kerlen sollte man das Gleiche tun.«

»Ganz recht«, knurrt Thorberg.

»Ich will nichts mehr davon hören«, erwidere ich scharf, fest entschlossen, mich durchzusetzen. »Ich töte keine Wehrlosen. Ist das klar?«

Die Geflohenen haben sich inzwischen getraut, zurückzukommen. Kauko spricht leise zu einer alten Frau, die mit versteinerter Miene auf dem Boden hockt und die Hand ihres toten Mannes umklammert hält. Dann zeigt er auf mich. Aber sie nickt nur und vermeidet meinen Blick. Für sie sind wir nicht viel besser als Sigurds Bande. Wir gehören zum gleichen Volk.

Am Abend sind wir zurück am Strand. Ragnar hat zu Bogdan geschickt, der nun auch die *Bloð-hrafn* hergesegelt hat. Er ärgert sich, dass er den ganzen Spaß verpasst hat, wie er es nennt. »Das nächste Mal soll ein anderer Wache schieben«, schimpft er.

Sigurds Schiff trägt den einfachen Namen *Fálki*, wie wir jetzt erfahren. Im Laderaum entdecken wir noch einiges mehr an kostbaren Fellen. Eine fürstliche Beute. Dafür wurde gemordet und ganze Dörfer vernichtet. Nun, auf Beutefahrt gehen ist ja nicht ungewöhnlich. Aber hier wurden die Gesetze eines Landes gebrochen, eines Fürsten, dem man Treue geschworen hat. Und dies auf eine so unwürdige und schreckliche Weise. Wie kommt ein Mann wie Sigurd Erlingsson dazu, ein Sohn aus gutem, adeligem Geschlecht, so etwas zu tun? Hat er das wirklich nötig? Kann die Gier nach Reichtum einen Menschen so verändern, dass er sämtliche Hemmungen verliert? Oder war das Böse schon immer in seinem Wesen vorhanden? Und was ist mit mir? Auch ich bin ehrgeizig nach Ruhm und Macht, das kann ich nicht verhehlen, auch wenn ich es nicht offen zeige. Dazu bin ich zu sehr Åstas Sohn. Aber wo ist die Grenze? Kann man sie noch erkennen, wenn man von der Versuchung geblendet wird?

Nach dem Mahl befragen wir die Gefangenen. Es sind, zusammen mit den Verwundeten und denen, die wir am Strand überwältigt haben, fast fünfzig Mann. Genug, um Unruhe zu stiften. Wir werden sie gut bewachen müssen.

Einer von ihnen, ein großer, kräftiger Kerl mit getrocknetem Blut auf der Wange aus einer Platzwunde an der Schläfe, scheint in Sigurds Abwesenheit ihr Anführer zu sein. Er mustert mich mit einem vorsichtig abschätzenden Blick. Man kann ihm die Gedanken praktisch vom Gesicht ablesen. Wie ist es möglich, muss er sich fragen, dass einer, so jung wie ich, erfahrene Kämpfer so leicht überrumpeln konnte? Was ich mit ihnen vorhätte, will er wissen.

»Wie heißt du?«, frage ich ihn.

»Ivar Kjeldsson.«

»Also gut, Ivar Kjeldsson. Die meisten meiner Kameraden würden euch am liebsten im See ersäufen. Für das, was ihr hier in den Dörfern angerichtet habt. Und Fürst Jarisleif wird euch für den Diebstahl an seinem Tribut hängen lassen. Das dürfte dir klar sein.«

Dieser Ivar ist nicht dumm. Er wirft mir einen listigen Blick zu. »Aber du hast etwas anderes mit uns vor, hab ich recht?«

»Nun, ob ihr lebt oder nicht, das hängt allein von euch selber ab. Und inwieweit ihr mir entgegenkommt. Ich will alles über eure Raubzüge erfahren. Wer neben Sigurd noch dahintersteckt, wer die Verantwortlichen sind und wo ihr euer geheimes Lager habt. Ich bin sicher, es gibt eines. Das ist ja nicht eure erste Fahrt gewesen, nehme ich an.«

»Willst du dir selber die Beute unter den Nagel reißen?«

»Was ich vorhabe, geht dich nichts an. Aber ich verlange Antworten.«

Er starrt mich eine Weile schweigend an und scheint zu überlegen. Ich sage nichts, sondern warte.

»Wir haben Sigurd die Treue geschworen«, sagt er schließlich. »Du verlangst, dass wir den Schwur brechen?«

»Sigurd ist geflohen. Er hat euch im Stich gelassen, statt an eurer Seite zu kämpfen. Außerdem hat er einen langen Weg zu Fuß vor sich. Die Tschuden werden ihn jagen und wahrscheinlich qualvoll umbringen für das, was er ihnen angetan hat. Einem Halunken wie diesem schuldet ihr keine Treue.«

Er nickt. »Ja, Sigurd ist ein harter Mann.«

»Mehr als ein harter Mann.«

Er nickt wieder. »Und auch nicht bei allen in der Mannschaft beliebt. Ich kann dir gern alles erzählen, aber vorher muss ich das mit den anderen bereden.«

»Ich gebe dir eine Stunde. Bis dahin müsst ihr euch entschieden haben.«

Die Treue zu ihrem Herrn ist wohl doch nicht so groß, denn schon nach kurzer Zeit lässt Ivar mich wissen, dass sie sich geeinigt haben.

»Wir sind mit Sigurd gesegelt«, sagt er, »weil er ein guter Kämpfer ist und aus einer bedeutenden Familie stammt.«

»Und weil er euch Beute versprochen hat.«

»Das auch. Aber wir waren nicht mit allem einverstanden, was dann auf seinen Befehl hin geschah.«

»Ihr habt's aber trotzdem getan.«

Er senkt den Blick. »Du weißt, wie das ist. Eine Schiffsbesatzung ist eine eingeschworene Mannschaft. Da kann keiner ausscheren. Und Sigurd hat uns gesagt, die Tschuden hätten es sich selbst zuzuschreiben. Sie hätten dem Jarl von Aldeigjoborg jahrelang den Tribut vorenthalten und sogar unsere Leute in den Hinterhalt gelockt und umgebracht. Was wir täten, sei nur die gerechte Strafe dafür.«

»Und das habt ihr geglaubt?«, frage ich ungehalten. »Es ging doch nur darum, sich zu bereichern. Und ihr habt natürlich mitgemacht, weil er euch einen reichen Anteil an der Beute versprochen hat.«

Ivar schweigt betreten. Ich sehe, er ist im Grunde kein schlechter Kerl. Ein anderer hätte sich verteidigt, Ausflüchte gefunden oder wäre bockig geworden, hätte mich ein Weichei geschimpft. Nein, Ivar weiß schon, dass sie eine Strafe verdient haben.

»Also habt ihr euch jetzt entschieden, mir alles zu verraten?«
Er nickt. »Haben wir.«

Und dann erzählt er. Er selbst war Sigurds Steuermann. Deshalb hören auch die anderen auf ihn. Sie haben schon letzten Herbst und sogar im Winter Dörfer ausgeplündert, die sie zu Pferde und Schlitten erreichen konnten. Jetzt im Frühjahr war es bereits die zweite Fahrt. Aber Jarl Eilif selbst und zwei andere Unterführer hätten seit längerem auch in anderen Gegenden die Dörfer bestohlen. Einiges der Beute haben sie regelmäßig nach Holmgarð als Tribut geschickt, damit Jarisleif keinen Verdacht schöpft. Den Großteil der Beute verkaufen sie selbst an Händler. Aber immer nur so viel, dass es nicht auffällt. Deshalb gäbe es geheime Verstecke, wo sie ihre Beute zwischenlagern. Er wisse aber nur von einem dieser Verstecke. Es läge nicht weit von hier auf einer kleinen Insel in einer Flussmündung. Dort sei noch weit mehr Beute vorhanden als auf der *Fálki*. Und eine Menge lagere auch in Jarl Eilifs Vorratsschuppen in Aldeigjoborg.

»Wirst du uns zu der Insel führen?«
»Natürlich.«

Am nächsten Morgen machen wir uns auf. Ein kräftiger Nordostwind wühlt den See auf und füllt die Segel, so dass wir trotz Wellen und fliegender Gischt gut vorankommen. Wir haben die Gefangenen auf beide Schiffe verteilt. Und ich lasse sogar Ivar wie gewohnt die *Fálki* steuern. Er kennt schließlich nicht nur den Weg, sondern auch das Schiff am besten. Und das zeigt sich, als Ragnar und er es sich nicht verkneifen können, ein Rennen zu veranstalten, bei dem sich die *Fálki* als das schnellere Schiff erweist.

Während der Fahrt sitze ich an Ivars Seite und versuche, so viel wie möglich über Jarl Eilif und Aldeigjoborg zu erfahren. Einer von seinen Komplizen ist dieser Ketil Kolbjörnsson, der mich in Eilifs Halle so feindselig gemustert hatte und offensichtlich ein Freund von Sigurd ist. Der Zweite heißt Arne Aslaksson, war aber bei unserem Besuch in der Stadt nicht zugegen gewesen.

Wir steuern die kleine Insel an und entdecken dort tatsächlich das besagte Versteck. Keiner, der nicht den genauen Ort kennt, hätte es finden können, denn es liegt in einem dichten Gestrüpp verborgen. Ein mit Bohlen verschaltes Loch im Boden, gut gegen Ungeziefer und Mäuse verschlossen und lose mit Erde bedeckt. Und bis zum Rand voll mit allem, was der Wald des Nordens zu bieten hat: Horn und Haut von Hirschen und Elchen, das Fell von Wolf und Fuchs, von Biber, Hase, Marder und Zobel. Sogar Bärenfell ist dabei. Die Tschuden haben die Hautseite von Fleischresten gesäubert und die Felle getrocknet. Später sollen sie natürlich gewaschen, zugerichtet und gegerbt werden.

Thorkel macht große Augen. »Das ist doch bestimmt mehr als die Ausbeute eines Jahres.«

Bogdan lacht. »Nein, mein Lieber. Das ist nur ein Teil. Ihr habt keine Ahnung, wie viel an Pelzen jedes Jahr in Aldeigjoborg verarbeitet wird und von dort in alle Welt geht. Und manches auch an Aldeigjoborg vorbei.«

»Wie viel ist das wert, was hier liegt?«, frage ich.

»Kommt immer auf die Qualität an.« Er nimmt ein Zobelfell in die Hand und begutachtet es. »Zobel ergibt den schönsten und teuersten Pelz. Winterfell ist am besten, weil am dichtesten. Dieser hier hat eine schöne Behaarung, und die Haut ist gut getrocknet, frei von Fäulnis oder Pilzbewuchs. Gut für den Pelzkragen einer wohlhabenden Dame. Wolf und Fuchs ist natürlich billiger. Aber allein, was hier versteckt liegt, könnte um vieles mehr als den Jahressold einer Hundertschaft Söldner bestreiten.«

»Siehst du?«, sage ich zu Thorkel. »War doch besser, sie am Leben zu lassen, oder nicht?«

Er senkt zerknirscht den Kopf. »Ich war einfach wütend und nicht ganz bei mir. Tut mir leid.« Er sieht mir in die Augen. »Aber deshalb traue ich den Kerlen trotzdem nicht. Und das solltest du auch nicht.«

»Was hast du mit der Beute vor?«, fragt Bogdan.

»Erst mal werden wir alles an Bord nehmen.«

Ich weiß schon, was ich damit tun werde. Aber es ist noch nicht der Moment, darüber zu sprechen. Vorher ist einiges zu klären. Nachdem wir alles auf der *Bloð-hrafn* verstaut haben, setzen wir Segel und steuern als Nächstes Ailas Dorf an. Ich kann es kaum erwarten, sie wiederzusehen und ihr von unserem Erfolg zu berichten. Und dennoch fürchte ich mich auch davor. Denn ich bin mir fast sicher, dass sie sich für ihr Dorf und gegen mich entscheiden wird, wenn es Zeit für uns ist, nach Holmgarð aufzubrechen.

Wir nähern uns dem Dorf mit dem Rabenbanner am Mast, um zu zeigen, dass wir es sind und nicht etwa Sigurd oder einer seiner Komplizen. Sie müssen es schon von weitem erkannt haben, denn das halbe Dorf ist am Ufer versammelt. Ganz vorn steht Aila. Bei ihrem Anblick macht mein Herz einen Satz, und als *Bloð-hrafns* Kiel sanft knirschend auf den Sand aufläuft, springe ich als Erster ins seichte Uferwasser und rufe ihr zu, dass wir gesiegt und Sigurds Schiff erbeutet haben.

Aila gibt mir keine Gelegenheit, ins Trockene zu waten. Mit fliegenden Röcken planscht sie ins Wasser und wirft sich mir so heftig an den Hals, dass wir beinahe gestürzt wären. Sie nimmt mein Gesicht zwischen beide Hände und drückt mir stürmisch ihre Lippen auf den Mund. Es folgen Küsse auf Wangen, Augen und gleich noch einmal auf den Mund. Hinter uns auf den Schiffen lachen die Kerle und feuern sie johlend an, ihr Bestes zu geben.

»So werden Sieger empfangen!«, schreit einer begeistert, und ein anderer brüllt: »Komm her, mein Täubchen, ich kann auch einen Kuss gebrauchen!«

»Ich bin so froh, dass du lebst«, keucht sie außer Atem. »Jede Nacht habe ich Albträume gehabt, mir das Schlimmste ausgemalt. O Gott, wie hab ich gebangt, dass dir etwas geschehen könnte.« Sie legt ihren Kopf an meine Brust und presst sich an mich, als wollte sie nie mehr loslassen.

Ich bin völlig überwältigt. Einen solchen Empfang habe ich nicht im Traum erwartet. Doch ich versuche, meine Überraschung hinter sanftem Spott zu verbergen. »Du hast dir Sorgen gemacht? Ich dachte, du machst dir nichts aus mir. Jetzt, da du eine freie Frau bist.«

Sie sieht zu mir auf. In ihren Augen glitzert es feucht. Trotzdem muss sie lachen. »Was bist du doch für ein großer Dummkopf, Harald Sigurdsson! Kennst du denn die Frauen nicht? Weißt du nicht, dass ein Mädchen sich nicht jedem Kerl gleich an den Hals werfen darf?«

»Du meinst, so wie jetzt?«

Sie lacht schalkhaft und packt mich fester. »Ja. So wie jetzt.«

»Selbst dann nicht, wenn sie es schon längst getan hat?«

Bei der Erinnerung an unsere einzige Liebesnacht fliegt eine verlegene Röte über ihr Gesicht, und sie boxt mich in die Rippen. »Das war etwas anderes.«

Doch dann zieht sie mich an den Ohren zu sich herunter und küsst mich von neuem. Sehr zur Freude der Kerle auf den Schiffen, die sich in schlüpfrigen Bemerkungen ergehen. Selbst die Tschuden auf dem Strand wagen ein vorsichtiges Lächeln.

Engumschlungen waten wir an Land. Die Leute aus dem Dorf umringen und überschütten uns mit Fragen. Zum Glück ist Kauko zur Stelle, um ihnen in aller Kürze zu berichten, was sich zugetragen hat. Daraufhin feiern sie ihn wie einen Helden. Und mich nicht weniger. Besonders, als ich ihnen nach Abzug des regulären Tributs eine angemessene Menge an Fellen als Entschädigung überlasse. Ailas Tante redet mit Tränen in den Augen auf mich ein und will mir sogar die Hände küssen.

Die Gefangenen lassen wir vorsichtshalber unter Bewachung an Bord, denn die Tschuden würden den einen oder anderen wiedererkennen und sich an ihm rächen wollen. Zur Sicherheit lasse ich sie fesseln, denn ich will nicht Gefahr laufen, dass sie in der Nacht die Wachen überfallen und davonsegeln.

Nachdem sich alles ein wenig beruhigt hat, nehme ich Aila beiseite, um mit ihr zu reden, denn es ist Zeit für die Frage, die mich seit Tagen bedrückt.

»Was ist?«, fragt sie. »Du siehst so ernst aus.«

»Wirst du hier bei deinen Leuten bleiben? Es quält mich schon die ganze Zeit. Ich muss es wissen.«

Sie nimmt meine Hand in die ihre und blickt zu mir auf. Ihre Miene ist plötzlich ebenfalls ernst geworden. Sie holt tief Luft, bevor sie weiterspricht. »Ich will ehrlich zu dir sein. Impi und ich haben uns immer danach gesehnt, heimzukehren. Wir hatten unsere Erinnerungen, weißt du. Schöne Erinnerungen. Wir waren uns so sicher, dass wir nur hier glücklich werden könnten.«

»Ich verstehe«, sage ich und habe plötzlich einen Kloß im Hals. Eine solche Antwort habe ich erwartet und befürchtet. »Du bist natürlich frei, zu tun, was dir beliebt.«

»Nein, Harald, lass mich erklären. Es war richtig, hierherzukommen. Meine Tante und meine Vettern zu sehen, das hat mir gutgetan. Aber ich habe in diesen Tagen auch gemerkt, dass die Wirklichkeit ganz anders ist als das, was ich als Erinnerung mit mir herumgetragen habe. Vieles ist mir vertraut, und doch bin ich eine Fremde. In Wahrheit gehöre ich nicht mehr hierher. Das Leben hier in den Wäldern ist nicht mehr mein Leben.«

Sie streicht mir über die Wange und lächelt. Ihre blauen Augen scheinen von innen her zu leuchten. »Wenn du mich willst, bleibe ich bei dir. Meine Heimat bist jetzt du. Und sogar mit deinen wilden Kameraden und ihrem losen Mundwerk kann ich mich anfreunden.«

»Ist das wahr?« Ich ziehe sie an mich. Ihr goldblondes Haar wächst langsam nach, und ich stecke die Nase hinein, um ihren Duft in mich aufzunehmen. »Du machst mich glücklich«, sage ich leise.

Am Abend richten die Leute im Dorf ein Fest für uns aus. Es ist ein seltsames Erlebnis. Hunde bellen, Kinder laufen aufgeregt umher. Dann hallen Trommeln durch den Wald, Frauen und Männer sammeln sich zum Tanz um ein großes Feuer. Sie haben ihre besten Kleider aus weichem, mit seltsamen Zeichen besticktem Leder angelegt. Um den Hals tragen sie Ketten aus Muscheln, Tierzähnen und Federn. Zum Rhythmus der Trommeln und Flöten stampfen sie auf den Boden, klatschen in die Hände und singen. Einige der Männer haben gewaltige Tiermasken über den Kopf gestülpt mit Darstellungen von Fuchs und Bär und geweihtragenden Hirschen. Allen voran ihr *goði* unter der Maske eines riesigen Wolfs, dessen blutige Fänge seine Stirn umrahmen. Darunter ist sein schwarzbemaltes Gesicht kaum zu erkennen, nur die hellen Augen leuchten unheimlich im Schein des Feuers. Aila flüstert mir Erklärungen zu. Neben den Geistern, die für die Tschuden in allen Dingen leben, in Wind, Wald und Wasser, verehren sie gewisse Tiere als Gottheiten und schreiben ihnen große Zauberkräfte zu.

Inzwischen sind manche Frauen beim Tanzen in einen Zustand der Entrückung geraten. Eine fällt mit verdrehten Augen und zuckenden Gliedern zu Boden. Der *goði* beugt sich über sie und spreizt ihre Beine. Es sieht so aus, als wollte er sich mit ihr vereinen, doch er legt nur die Hand auf ihr Geschlecht. Seine Lippen bewegen sich, als spreche er eine Zauberformel. Dann erhebt er sich wieder. Die Frau kommt langsam zu sich und lächelt verzückt.

»Sie wünscht sich ein Kind«, raunt Aila mir zu.

Noch erregt von den Tänzen und Gesängen, lassen sich nach einer Weile alle rund ums Feuer nieder, auch meine Männer, denn nun wird gegessen. Hauptsächlich Fisch und gegrilltes Wildfleisch, das sie schon am Nachmittag zubereitet haben. Dazu werden Unmengen an *mjøðr*, gegorener Honigwein, getrunken, der einem schnell die Sinne vernebeln kann.

Ailas Tante ist eine rundliche Frau mit grauen Zöpfen, feinen Lachfalten um die Augen und roten Apfelbäckchen. Sie lächelt jedes Mal, wenn sie mich ansieht. Und das geschieht oft, denn sie lässt nicht ab, mir andauernd die besten Happen anzubieten, bis ich ihr bedeute, dass ich platze, wenn ich auch nur einen weiteren Bissen zu mir nehme.

Nach dem Mahl unterhält uns Thjodolf, der Skalde, mit Liedern aus seiner fernen Heimat Island. Auch ein paar traurige Liebeslieder dürfen nicht fehlen. Von den Reimen verstehen die Tschuden nichts, und doch lauschen sie wie wir der schönen Stimme unseres Freundes.

Für die Nacht hat man eine Hütte eigens für Aila und mich hergerichtet. Im Innern hängt ein Talglicht an einem der Pfosten. Es wirft einen sanften Schein über das Bettlager, das mit weichen Tierfellen bedeckt ist. Scheu ziehen wir uns aus und schlüpfen unter die Felle. Aila rückt zu mir heran, legt den Kopf auf meine Schulter und legt mir den Arm auf die Brust.

Ich glaube, wir sind beide schüchtern. Jene magische Nacht mit ihrer Schwester in Olafs Zelt steht zwischen uns. Das ist jetzt fast ein Jahr her. Den ganzen Winter über habe ich mich danach gesehnt, Aila endlich wieder in den Armen zu halten. Und jetzt ist es so weit. Ihre Nacktheit ganz dicht am eigenen Leib zu spüren, das lässt mein Herz wie wild klopfen. Und doch wage ich kaum, mich zu rühren.

Vielleicht geht es ihr ähnlich, denn wir liegen eine ganze Weile Arm in Arm, ohne ein Wort zu sagen, ohne uns zu regen. Bis Aila ganz vorsichtig anfängt, meine Brust zu streicheln und zu küssen. Ermutigt ziehe ich sie an mich, und unsere Lippen berühren sich zum Kuss. Und dann ist plötzlich kein Halten mehr. Die ersten sanften Zärtlichkeiten werden heftiger, und schließlich lieben wir uns so innig und vertraut, als wären wir nie getrennt gewesen.

Danach, im schwachen Schein des Talglichts, begutachtet Aila meinen nackten Leib und fährt sanft mit den Händen darüber. »Du bist schön«, flüstert sie, »und stark.« Dann betrachtet sie lange die hässliche Narbe an meiner Seite und küsst die Stelle. »Du musst schrecklich gelitten haben. Ich wünschte, ich könnte es ungeschehen machen.«

Lachend ziehe ich sie zu mir heran. »Dann komm und leg dich auf mich. Ich bin sicher, deine Liebe ist der stärkste Zauber. Ein Zauber, der alles heilt.«

An Schlaf ist nicht zu denken in dieser Nacht.

Wenn wir uns ausruhen müssen, füllen wir die Zeit mit Reden.

Was haben wir uns nicht alles zu erzählen!

Die Verzauberung lässt jedes Wort, das der andere sagt, unterhaltsam, bedeutend, einzigartig erscheinen. Allein von Ailas Stimme bin ich so berauscht, dass ich kaum genug davon bekommen kann. Weder von der Stimme noch von der Berührung oder dem Duft ihrer Haut. Jeden winzigen Schweißtropfen möchte ich wegküssen, jede auch noch so geheime Stelle erkunden. Ja, es ist ein *seiðr*, ein Zauber der Göttin Freya, den sie über uns geworfen hat, der uns gefangen hält, uns blind macht, an nichts anderes mehr denken lässt als an den anderen.

»Und was sagt Impi zu uns beiden?«, murmele ich halb trunken.

Aila setzt sich auf und sieht mich erstaunt an. »Wie meinst du das?«

»Du sprichst doch mit ihr. Ich habe dich beobachtet.«

Sie streicht mir mit dem Finger über die Brust und lächelt. »Das stimmt. Für mich ist sie nicht tot. Sie ist in der Unterwelt, aber auch bei mir. Sie hat ihren Lieblingskamm für mich zurückgelassen, damit wir miteinander reden können. Wenn ich den in die Hand nehme, dann erscheint sie. Ich sehe sie ganz deutlich vor mir, und sie spricht zu mir.«

»Und was sagt sie?«

Aila lacht. »Sie ist ein bisschen eifersüchtig. Dass ich dich jetzt ganz für mich allein habe. Schließlich haben wir immer alles geteilt.«

»Aber sie ist deshalb nicht böse auf dich.«

Aila beugt sich vor, und meine Hände berühren ihre zarten Brüste. Ein Schauer läuft über ihre Haut, und sie küsst mich. »Nein, sie ist nicht böse. Aber ich muss ihr alles von dir erzählen. Sie liebt dich genauso, wie ich dich liebe.«

Jarl Eilif

Am späten Morgen, die Sonne steht schon hoch, kriechen Aila und ich erschöpft, aber glücklich aus der Hütte und vertilgen mit großem Heißhunger alles, was Ailas Tante uns vorsetzt. Dann lasse ich Ivar Kjeldsson kommen.

Ich wandere mit ihm ein Stück weit in den Wald, um ungestört zu reden. Meine Kameraden werden meinen Plan für verrückt erklären, da bin ich mir sicher. Doch ich habe nicht vor, mich davon abbringen zu lassen. Zuerst aber muss ich etwas mit diesem Ivar klären.

Er reibt sich die Handgelenke, an denen die Spuren der Fesseln zu sehen sind. »Tut mir leid, dass ich euch habe binden lassen«, sage ich, »aber …«

»Ist schon gut«, unterbricht er mich. »Ich hätte das Gleiche getan.«

»Es ist so, Ivar, ich könnte eure Hilfe gebrauchen. Aber dazu muss ich wissen, ob ich euch vertrauen kann.«

Er wirft mir einen Blick zu, der Erstaunen, aber auch Neugierde ausdrückt. »Helfen? Um was geht es denn?«

»Meine Männer würden sicher gern die Beute aufteilen. Aber ich habe anderes damit vor. Ich will alles dem Großfürsten Jarisleif übergeben. Nicht zuletzt ist ja auch er ein Geschädigter. Was mich betrifft, so bin ich für ihn nur ein Fremder, ein entfernter Verwandter seiner Gemahlin. Es wäre für mich förderlich, ihm dieses Geschenk zu machen. Er kann dann selbst entscheiden, wie er damit verfahren will. Aber ich habe gehört, er soll großzügig sein. Sicher wird er uns entlohnen.«

»Verstehe«, sagt Ivar. »Aber was hat das mit mir und meinen Kameraden zu tun?«

»Ich möchte, dass ihr vor dem Großfürsten Zeugnis ablegt und ihm alles berichtet, so wie du es mir erzählt hast.«

»Vor dem Großfürsten?« Seine Miene zeigt, dass der Gedanke ihm nicht gefällt. Nicht im Geringsten. Wahrscheinlich befürchtet er, dann doch am Galgen zu enden.

»Ich weiß, was du denkst«, beruhige ich ihn. »Aber keine Sorge. Jarisleif wird euch nichts antun. Dafür verbürge ich mich. Im Gegenteil, er wird euch zu Dank verpflichtet sein. Außerdem kann ich euch beschützen, wenn ihr meine zweite Forderung erfüllt.«

Ganz ehrlich gesagt, kann ich das natürlich nicht versprechen. Und auch Ivar ist nicht wirklich überzeugt, aber zumindest bereit, mir weiter zuzuhören. »Es ist ganz einfach«, fahre ich fort. »Sigurd hat euch im Stich gelassen, anstatt an eurer Seite zu kämpfen und, wenn nötig, zu sterben, so wie es sich für einen Anführer gehört. Er ist geflohen und hat euch eurem Schicksal überlassen. Ihm schuldet ihr also keine Treue mehr. Außerdem bin ich sicher, die Flucht wird er nicht überleben. Die Tschuden werden ihn jagen und zur Strecke bringen.«

»Ich denke, ich weiß schon, was du sagen willst.«

Ich lächele. »Wir haben uns gestern gegenseitig die Köpfe eingeschlagen. Hauptsächlich, weil Sigurd geschworen hat, mich und meine Familie umzubringen. Da muss ein Mann sich doch wehren. Das verstehst du. Dabei sind wir alle Norweger, die meisten an Bord jedenfalls. Wir sind also Landsleute. Ich biete euch deshalb an, Sigurds Blutrache zu vergessen, in meine Gefolgschaft zu treten und mir als eurem neuen Herrn die Treue zu schwören.«

Ivar runzelt die Stirn. »Aber deine Männer hassen uns.«

»Ja. Im Augenblick hassen sie euch. Aber das wird sich legen, wenn ihr uns bei einer großen Sache helft, die mir vorschwebt.«

»Was soll das sein?«

»Ich will Jarl Eilif und seine Bande fangen.«

Ich habe noch mit niemandem darüber gesprochen. Es ist sicher eine wilde Idee, aber wenn wir schon dabei sind, die gesetzlosen Umtriebe des Fellhandels zu unterbinden, dann läge es doch nah, den Hauptschuldigen zu fassen. Umso größer dürfte der Dank des Großfürsten ausfallen.

Ivar macht große Augen. »Den Jarl willst du fangen?«

Ich nicke. »Der steckt doch dahinter. Gegen ihn ist Sigurd nur ein kleiner Fisch. Und vielleicht erwischen wir dabei noch mehr von den gestohlenen Pelzen. Du hast doch gesagt, er lagert so einiges in seinen Schuppen.«

Er schüttelt ungläubig den Kopf. »Aber wie willst du das anstellen? Die Stadt ist gesichert. Außerdem hat er mehr Krieger als wir alle zusammen.«

»Ich glaube dir, schließlich kennst du Aldeigjoborg am besten. Aber gemeinsam werden wir schon einen Weg finden. Mehr mit List, denke ich, als mit Gewalt. Doch zuerst musst du deine Kameraden überzeugen, mir die Treue zu schwören und uns bei der Ausführung zu helfen.«

»Haben wir denn überhaupt eine Wahl?«

»Eine Wahl hat man immer.« Ich grinse etwas hinterhältig. »Eure Wahl ist, ihr bleibt Sigurd treu und werdet euch dann zwangsläufig dem Urteil des Großfürsten unterwerfen und auf Milde hoffen. Wahrscheinlich verzeiht er euch. Kann aber auch sein, dass er euch hängen lässt, denn schließlich habt ihr ihn bestohlen. Entschließt ihr euch aber, mir die Treue zu schwören und Jarl Eilif gefangen zu nehmen, dann steht ihr unter meinem persönlichen Schutz. Ihr kommt nicht nur mit dem Leben davon, sondern erhaltet ganz gewiss die gleiche Belohnung wie alle meine *hirðmen*. Noch dazu regelmäßigen Sold, denn ich habe vor, in Jarisleifs Dienste zu treten. Also, was sagst du?«

Wir schlendern schweigend weiter, während er über das Gesagte nachdenkt. Schließlich breitet sich ein Grinsen über seinem Gesicht aus. »Ich weiß nicht, wie du's anstellen willst. Aber alles in allem habe ich schon schlechtere Vorschläge gehört, Harald Sigurdsson.«

»Und deine Kameraden?«

»Die werde ich schon rumkriegen.«

Er streckt mir die Hand hin, und ich schlage ein.

Meine eigenen Männer zu überzeugen, ist schwieriger. Ich rufe die engsten Gefährten zusammen, und gemeinsam mit Aila setzen wir uns ans Seeufer. Es ist ein schöner, sonniger Tag, das Blau des Sees reicht bis zum fernen Horizont, und eine gute Brise treibt Wellen an den Strand. Nach dem Gespräch mit Ivar bin ich in ausgezeichneter Laune. In kurzen Zügen erkläre ich mein Vorhaben.

»Du willst die ganze Beute dem Großfürsten aushändigen?«, murrt Thorberg Arnason. »Warum behalten wir nicht alles für uns? Wir haben dafür gekämpft.«

»Dann wären wir im Grunde nicht besser als Sigurd. Außerdem brauchen wir Jarisleifs Wohlwollen, vergesst das nicht.«

Er nickt. »Auch wieder wahr.«

»Gut, übergeben wir meinetwegen alles dem Großfürsten«, ergreift sein Bruder Finn das Wort. »Aber diesen Bastarden der *Fálki* trauen? Bist du von allen guten Geistern verlassen? Die könnten uns bei der ersten Gelegenheit verraten. Besonders bei diesem verrückten Plan, Aldeigjoborg zu erobern.«

»Ich will die Stadt nicht erobern. Ich will nur den Jarl gefangen nehmen.«

»Das läuft doch aufs Gleiche hinaus.«

»Nicht unbedingt«, sage ich. »Wir entführen ihn nur.«

»Mir gefällt die Idee«, sagt Thjodolf. »Das hat was Verwegenes.«

»Aber wir sind zu wenige dafür.«

»Deshalb will Harald ja, dass Sigurds Männer sich uns anschließen.«

»Aber kannst du denen trauen?«, fragt nun auch Thorkel. »Ich jedenfalls nicht. Die könnten uns nachts die Kehle durchschneiden und sich mit einem der Schiffe davonmachen. Oder uns in den Rücken fallen, wenn wir versuchen, Aldeigjoborg einzunehmen.«

»Wir sind zweimal so viele wie sie«, meint Ragnar. »Außerdem, was hätten sie damit gewonnen?«

»Die Freundschaft des Jarls hätten sie gewonnen.«

Ich lasse sie reden. Nicht, dass sie nachher sagen, sie hätten sich nicht einbringen können. Die einen sind dafür, die anderen dagegen. Finn Arnason ist der Meinung, den Jarl in der von seinen Leuten gesicherten Stadt zu fangen, so was könne sich nur ein unerfahrener Bengel wie ich ausdenken. Er sagt es nicht mit diesen Worten, aber ich bin sicher, er denkt so. Seine ganze Körperhaltung zeigt das. Thorkel will nichts mit Sigurds ehemaliger Mannschaft zu tun haben. Er misstraut ihnen. Und auch Thorberg hat Vorbehalte. Ragnar und Thjodolf sind jedoch auf meiner Seite.

»Es stimmt, sie sind mit Sigurd gesegelt«, meint Ragnar. »Aber deshalb müssen sie nicht schlechter sein als unsere eigenen Leute. Ich gebe Harald recht, es sind Norweger wie wir. Das scheint ihr zu vergessen. Einer hat mir gesagt, sie hätten bei Sigurd noch keine einzige Unze Silber gesehen. Vielleicht hatte er nie vor, die Beute zu teilen. Und im Stich gelassen hat er sie auch. Die schulden ihm nichts. Und wenn wir Jarisleif unsere Dienste anbieten wollen, können wir Männer gebrauchen. Wir haben jetzt zwei Schiffe zu besetzen, vergesst das nicht.«

»Es würde mir verdammt gefallen, diesen aalglatten Eilif zur Rechenschaft zu ziehen«, sagt Thjodolf. »Der redet schön, dabei ist er der eigentliche Drahtzieher hinter diesen Schweinereien.«

»Und was sagst du, Aila?«, fragt Finn.

»Du fragst mich? Ich bin nur eine Frau.«

»Wir wollen trotzdem wissen, was du denkst. Hältst du Haralds Absicht, Aldeigjoborg zu erobern, nicht für leichtsinnig, ich will nicht sagen, verrückt?«

Er hofft, dass Aila mich umstimmt. Sie wirft mir einen kurzen Blick zu, wendet sich dann aber an Finn. »Leichtsinnig? Bestimmt. Das wäre auch mein erster Gedanke. Aber hat er euch nicht gerade erst zum Sieg geführt? Mein Herz zittert bei diesem Vorhaben. Und doch vertraue ich Harald.«

»Auf verliebte Weiber sollte man nicht hören«, murrt Thorberg.

»Das reicht jetzt«, sage ich. »Ich denke, wir haben genug geredet.«

Alle sehen mich an. Im Grunde fühle ich mich gar nicht so selbstsicher, wie ich vorgebe. Ich bin der Jüngste unter ihnen, sogar ein wenig jünger als Aila. Männer wie Finn Arnason, Bogdan oder Ragnar haben bei weitem mehr Erfahrung als ich. Wer bin ich, es besser wissen zu wollen?

Aber Stikla Stad hat mich gelehrt, dass selbst Männer wie Olaf und Hrane unsinnige Entscheidungen treffen können. Dass ein alter Haudegen wie Dag Ringsson sich verirrt und zu spät auf dem Schlachtfeld erscheint. Ich habe geschworen, mir in Zukunft zwar Rat einzuholen, aber am Ende meinem eigenen Urteil zu vertrauen. Und was Aldeigjoborg betrifft, so habe ich mir alles gut überlegt und zurechtgelegt. Mein Vorhaben ist verwegen, aber ich denke, es ist zu schaffen.

Ich blicke in die Runde, sehe jedem in die Augen. Finn mustert mich, ohne Regung zu zeigen. Thjodolf nickt mir aufmunternd zu. Thorkel starrt auf seine Fingernägel. Auch Aila wagt nicht, mich anzusehen. Sie warten auf meine Entscheidung. Im Grunde spielt es keine Rolle, ob ich der Jüngste bin. Ich bin ihr Anführer. Sie haben mir ihre Treue geschworen. Nun ist es an mir, Entschlossenheit und Stärke zu zeigen.

»Wir machen es so, wie ich gesagt habe. Ivars Kameraden werden uns helfen. Sie haben nichts zu verlieren. Außerdem sind wir wesentlich mehr als sie. Und vergesst nicht, auch sie müssen uns vertrauen. Aber ich stimme zu, wir geben ihnen vorerst keine Waffen, und beim Angriff auf die Stadt richten wir es so ein, dass sie uns nicht schaden können. Ansonsten setze ich auf Überraschung. Eilif weiß nichts davon, dass wir Sigurd besiegt haben. Er hat keinerlei Verdacht und denkt, wir sind in Holmgarð. Das werden wir ausnutzen.«

Und damit lege ich ihnen die Einzelheiten meines Plans auseinander.

* * *

Unsere beiden Schiffe liegen am Strand einer kleinen, versteckten Bucht nur wenige Segelstunden von der Mündung des Wolchow entfernt. Das schöne Wetter der letzten Tage ist in der Nacht dunklen Wolken und Regenschauern gewichen. Jetzt am Morgen ist die flache Landschaft in Grau getaucht, sogar die Bäume am Ufer. Über dem See hängen Dunstschwaden, und der feuchtkalte Wind, der über das Wasser streicht, lässt einen frösteln. Nicht einmal Feuer können wir machen, denn der unvermeidliche Qualm von feuchtem Holz würde uns verraten.

In der Nacht sind Jalo und Kauko in einem schlanken Einbaum, den wir uns bei den Tschuden ausgeliehen haben, nach Aldeigjoborg aufgebrochen, um dort die Lage auszukundschaften. Das Boot ist mit Tierhäuten und Hirschhorn beladen, um den Händlern in der Stadt etwas anbieten zu können, ein alltäglicher Vorgang, der keinen Verdacht erregen wird. Nun bleibt nichts weiter zu tun, als ihre Rückkehr abzuwarten.

Noch in Ailas Dorf hatte jeder von Sigurds alter Mannschaft unter den stummen Blicken meiner Männer die Hand auf den Griff meines Schwerts gelegt und mir feierlich Gefolgschaft geschworen, bekräftigt durch Umarmung und Bruderkuss. Nun sind auch sie meine *hirðmen* wie die anderen. Trotzdem gibt es Spannungen. Die Kameraden der *Bloð-hrafn* beäugen Sigurds Männer immer noch mit Misstrauen, während die neuen darüber verstimmt sind, dass wir ihnen ihre Waffen vorenthalten. Ein paarmal kommt es sogar zu Handgreiflichkeiten, die zum Glück nur eine geplatzte Lippe und einen gebrochenen Finger zur Folge haben.

Ich überlege, wie ich aus ihnen möglichst schnell eine geschlossene Mannschaft machen könnte. Es ist nicht hilfreich, dass Finn und besonders auch Thorkel aus ihrer Abneigung keinen Hehl machen. Thorkel ist überhaupt nicht mehr der lustige Junge, der er mal war, der Spaß hatte, die Leute im Dorf nachzuahmen. Stikla Stad hat ihn verändert. Uns alle wahrscheinlich. Aber beim Gedanken an Thorkel kommt mir auf einmal ein Einfall, und ich suche ihn auf. Er hockt ganz allein auf einem Stein am Ufer und blickt gedankenverloren auf den See hinaus.

»Denkst du an Sigríð?«, frage ich.

Er lächelt verlegen, als ob ich ihn bei etwas Verbotenem ertappt hätte. Dann zuckt er mit den Schultern. »Ja. Sie fehlt mir. Aber das weißt du ja schon. Und deshalb bist du auch nicht zu mir gekommen, oder?«

»Stimmt. Denn ich habe etwas auf dem Herzen, und dabei möchte ich dich um deine Hilfe bitten.« Er hebt leicht die Brauen und sieht mich aufmerksam an. »Wir müssen mit den Neuen eine geschlossene Mannschaft werden«, fahre ich fort. »Du weißt, was wir vorhaben. Da können wir keinen Streit gebrauchen. Es muss alles reibungslos klappen.«

Er runzelt die Stirn und starrt wieder auf den See hinaus. »Du kennst meine Meinung, Harald. Ich denke, es ist gefähr-lich, ihnen zu trauen. Und überhaupt, hast du Stikla Stad schon vergessen?«

»Natürlich nicht. Aber jetzt können wir uns keine Feind-seligkeiten leisten. Die Mannschaft muss zusammenwachsen. Und ich meine, dass jemand die Sache in die Hand nehmen sollte, um Vertrauen aufzubauen. Aber ich selbst wäre viel-leicht nicht der Geeignete dafür.«

»Warum nicht?«

»Das liefe zu sehr auf Befehl oder Anordnung hinaus. Die würden mir zu Gefallen so tun, und es würde nichts ändern. Aber wenn nicht ich, wer dann? Ich bin zu dem Schluss gekom-men, dass du der beste Mann dafür bist.«

Thorkel reißt die Augen auf. »Ich? Was, was bei *Hels* Geis-tern, hast du dir denn da ausgedacht? Wieso ausgerechnet ich? Du kennst doch meine Haltung.«

»Eben. Alle wissen, dass du Sigurds Leuten misstraust. Wenn gerade du aber auf sie zugehst, dann werden dir auch die anderen folgen.«

»Du spinnst!«

»Nein, ich meine es ernst. Also hör mir gut zu. Du bist ab jetzt dafür verantwortlich, dass es keinen Streit mehr zwischen den beiden Gruppen gibt. Und wenn doch, dass er friedlich geschlichtet wird. Und dass sie einander vertrauen und gut zusammenarbeiten. Leider hast du dafür nur wenig Zeit. Wahrscheinlich nur heute. Also denk dir was aus.«

Ich habe Thorkel noch nie so verdattert gesehen. »Das kann doch nicht dein Ernst sein«, stößt er schließlich hervor.

»Ich weiß, du wirst dich überwinden müssen. Aber denk daran, es ist eine Aufgabe, die für uns alle wichtig ist und sogar über Leben und Tod entscheiden kann.«

Er schüttelt den Kopf. »Das wird nicht klappen, Harald.«

»Dann mach, dass es klappt!« Letzteres habe ich ziemlich kurzangebunden gesagt und wende mich zum Gehen. »Und keine faulen Ausreden. Du allein bist mir dafür verantwortlich und kein anderer.«

Ich drehe mich nicht mehr zu ihm um, aber ich bin sicher, er verfolgt meinen Abgang mit offenem Mund. Vielleicht täusche ich mich, und er wird nichts erreichen, außer die Spannungen unter den Männern noch zu verschlimmern, aber ich bin mir sicher, dass er sich wenigstens bemühen wird. Und das ist immerhin mehr als der jetzige Zustand. Ich gehe zu Aila hinüber, die unter einer Zeltplane sitzt, und erzähle ihr davon.

»Wie stellst du dir das vor? So was kann man doch nicht einfach so befehlen«, meint sie. »Außerdem fühl ich mich auch nicht wohl dabei, dass du dich mit unseren Feinden verbrüdern willst.«

»Ich sehe sie nicht als Feinde, sondern als zukünftige Kameraden.«

Und dann kommt es so, dass Thorkel uns alle überrascht. Eine Weile lang geschieht gar nichts. Man sieht ihn nur weiter reglos auf seinem Stein am See sitzen, und ich frage mich schon, ob er bockig ist und beschlossen hat, sich meinem Befehl zu widersetzen. Doch er muss nachgedacht haben, denn plötzlich steht er auf und ruft aus jedem der beiden Lager ein Dutzend Leute zusammen.

Zuerst begreifen sie nicht, was er von ihnen will, aber dann sehen sie sich an und grinsen. Eine Weile lang reden sie aufeinander ein, aber schließlich teilt Thorkel sie in zwei Gruppen ein, wobei jede aus Mitgliedern beider Schiffsmannschaften besteht. Langsam verstehe ich. Wir Nordleute lieben Wettkämpfe aller Art. Und das ist, was er nun veranstaltet. Die beiden gemischten Gruppen sollen gegeneinander antreten.

Inzwischen hat sich herumgesprochen, was sie vorhaben, und auch der Rest der Männer schart sich um die Wettkämpfer und beginnt, sie lautstark anzufeuern. Es werden sogar Wetten abgeschlossen.

Zuerst geht es um Wettrennen auf dem Strand. Immer zwei Läufer gegeneinander. Für jeden Gewinner zieht Thorkel einen Strich in den Sand. Dann gibt es Ringkämpfe. Danach werden Felsbrocken geschleudert, und schließlich messen sie sich im Weitsprung. Nun wollen auch andere mitmachen, und neue Gruppen werden gebildet, aber immer gemischt, so dass immer Männer von beiden Schiffen gegen die andere gemischte Gruppe antreten müssen. Auch ich beteilige mich. Ivar, der Steuermann der *Fálki*, ist in meiner Gruppe. Er schlägt Thorberg im Weitsprung, und ich besiege Finn im Speerschleudern. Alle haben Spaß, auch die Zuschauer.

»Was für ein großartiger Einfall!«, raune ich Thorkel zu. »Besser hättest du's nicht treffen können.«

Er sagt nichts, grinst aber von einem Ohr zum anderen.

Zur Mittagszeit haben sich die dunklen Wolken verzogen. Der Himmel reißt auf, und die Sonne zeigt sich. Es wird schnell warm, und den eifrigen Wettkämpfern tropft der Schweiß vom Gesicht. So vergeht der größte Teil des Tages mit friedlichen Spielen, bis die Männer genug haben und sich erschöpft auf dem Strand niederlassen und ihre Sieger feiern, sich näher miteinander bekannt machen, sich unterhalten, Geschichten erzählen und überhaupt vergessen, dass sie sich erst vor wenigen Tagen feindlich gegenübergestanden haben.

Auch Finns Misstrauen ist besänftigt. Jedenfalls macht er ein fröhliches Gesicht und tauscht Witze mit Ivar. Wir haben ein Fässchen von dem Honigwein der Tschuden an Bord und teilen das Gesöff nun aus. Bevor sie trinken, lassen die Männer Thorkel hochleben und zwingen ihn, einen großen Becher in einem Zug zu leeren.

»Lässt du dir immer so schlaue Sachen einfallen?«, fragt mich Aila.

»Wieso? Es war doch Thorkels Idee«, erwidere ich, nicht ohne ein Augenzwinkern.

Sie lacht. »Du weißt schon, was ich meine.«

Am Nachmittag sind unsere Freunde Kauko und Jalo zurück. Eilif ist in der Stadt zugegen, berichten sie. Und auch die beiden Unterführer, Ketil Kolbjörnsson und Arne Aslaksson sind anscheinend vor ein paar Tagen eingetroffen. Niemand weiß, wo sie gewesen sind, aber ich kann es mir denken.

»Wie viele Langschiffe?«, frage ich. Das ist wichtig zu wissen, denn daran lässt sich die Stärke von Eilifs Söldnerschar abschätzen. Ich zeige auf die *Bloð-hrafn*. »Schiffe wie unsere?«

Kauko hebt vier Finger hoch.

»Und wo genau liegen die?«

Er zeichnet mit einem Zweig den Verlauf des Wolchow in den Sand, die Umrisse der Stadt und schließlich den Nebenfluss, dort wo er in einer Kurve in den Wolchow mündet. Er zeigt auf die Stelle kurz vor dem Zusammenfluss. »Hier Schiffe. Weniger Wasser.«

Er meint wohl weniger Strömung als im Wolchow. Ich erinnere mich. Die Mündung ist breit mit flachen Ufern. Als wir in Aldeigjoborg waren, hatten dort, im ruhigen Wasser und an Pfählen vertäut, ebenfalls zwei Langschiffe gelegen. Und zwar nah genug am Ufer, um über Stege trockenen Fußes an Bord zu kommen.

»Wie viele Krieger?«

Kauko zuckt mit den Schultern. Dann hebt er drei Finger hoch, gefolgt von einer Handbewegung, die andeuten soll, dass es eine ungefähre Schätzung ist. Was, bei Oðin, meint er? Drei? Das kann nicht sein.

»Meinst du dreihundert?«

Er nickt heftig und grinst breit. »Ja. Drei viele.« Dann fügt er hinzu: »Aber nicht immer da. Meiste in Dorf bei Weiber. Oder jagen.«

Ganz recht. Gegenüber, auf der anderen Seite des Wolchow, befinden sich Bauernhöfe. Irgendwo auch ein Dorf. Das hatte Jalo jedenfalls erwähnt. Wahrscheinlich wohnt dort ein Teil der Söldner. Solche, die schon seit Jahren in der Gegend sind und mit einheimischen Frauen leben. Also haben wir es vielleicht mit hundert oder zweihundert Kriegern zu tun, die in der Stadt hausen. Immer noch zu viele. Einen offenen Kampf will ich in jedem Fall vermeiden.

»Wo sind Wachen postiert?«

Wachen versteht er nicht. Aila muss aushelfen. Dann glättet er den Sand vor unseren Füßen und legt eine neue Zeichnung an. Am Uferkai des Wolchow halten sich anscheinend immer ein halbes Dutzend Wachleute von Eilifs *húskarlar* auf. Dort herrscht für gewöhnlich reges Kommen und Gehen. Meist liegen da die Flussboote von Händlern, wie Jalo bestätigt, der schon oft in der Stadt war. Zwei Mann bewachen die Langschiffe im Nebenfluss. Und ebenfalls zwei stehen Wache am Eingang zu Eilifs Halle. Und noch ein paar, die häufig die Stadt patrouillieren. Alle vier Stunden etwa wechseln sie sich ab.

Und nach Einbruch der Dunkelheit werden die Tore geschlossen, lässt Jalo übersetzen. Hätte mich auch gewundert, wenn es anders wäre. Ich hatte die beiden gebeten, von den wenigen Tschuden, die in der Stadt leben, herauszufinden, wie das tägliche Leben abläuft, besonders abends. Und wo der Jarl sich für gewöhnlich aufhält.

Tagsüber mache er oft die Runde bei den Handwerkern und Händlern, so berichten sie. Am Abend empfängt er seine Getreuen zum Essen und Zechen in der Halle. Bei Einbruch der Dunkelheit sind sie meist schon angetrunken. Die Familie des Jarls wohnt unter dem gleichen Dach, ähnlich wie bei uns daheim in der Wallburg. Es leben auch ein Dutzend Sklaven im Haus. Und seine Frau scheint ihm nicht zu genügen, denn neben ihr teilen häufig zwei junge Sklavinnen sein Bett.

»Wir schlagen noch heute zu, bevor die Lage sich ändert«, sage ich zu Finn und Thorkel, die zugehört haben. »Bei diesem Wind sollten wir in zwei Stunden an der Mündung des Wolchow sein. Dann ist noch genug Zeit bis zur Abenddämmerung.«

Wir haben die Männer so verteilt, dass zwei etwa gleich starke Mannschaften auf den Schiffen segeln. Finn, zusammen mit Ivar am Steuerruder, übernimmt den Befehl über die *Fálki,* während ich selbst mit Ragnar die *Bloð-hrafn* führen werde.

Wir verabschieden uns von Kauko, der vorhat, mit dem Einbaum zu seinem Dorf zurückzukehren. »Ich danke dir für alles, mein Freund«, sage ich und umarme ihn. »Du hast uns sehr geholfen.«

»Gut jagen!«, wünscht er uns und schlägt mir mit breitem Grinsen auf die Schulter.

Aila verabschiedet sich auf Tschudisch von ihm, nicht ohne ein paar Tränen und mit letzten guten Wünschen an ihre Familie. Dann brechen wir die Zelte ab, graben die Anker aus und schieben die Schiffe ins tiefere Wasser. Einige wenige Ruderschläge entfernen uns vom Ufer. Wir verstauen die Riemen und hieven die Rahen mit den Segeln am Mast hoch. Der Wind fährt ins wollene Tuch, und die Schiffe nehmen Fahrt auf. Noch einmal winken wir Kauko in seinem Einbaum zu. Ich werde ihn vermissen, denke ich und halte ihn noch lange im Blick, während sein Boot hinter uns immer kleiner wird.

Ich drehe mich um und blicke nach vorn. Auf dem Vorder-steven thront der Blutrabe, um uns nach Aldeigjoborg zu füh-ren. Dichtauf in unserem Kielwasser folgt Ivars schlanker Falke. Zwei stolze Schiffe auf Wikingerfahrt. So nennen wir Nordmänner es, wenn wir als Seefahrer zum Rauben und Plündern aufbrechen. Ja, jetzt sind wir *vikingr*. Ich verspüre ein Kribbeln im Magen und auch ein wenig Furcht, ob unser Vorhaben gelingen wird. So müssen sich unsere Vorfahren gefühlt haben, wenn sie in See stachen, um die wilde Nordsee zu überqueren und in Englaland oder Irland einzufallen.

* * *

Aila muss mir versprechen, sich während des Kampfeinsatzes nicht zu zeigen und sich, wenn nötig, flach hinter die Bord-wand zu legen, um kein Ziel zu bilden. Um sie habe ich am meisten Angst. Ein verirrter Pfeil genügt – doch daran mag ich gar nicht denken.

Während die Schiffe bei gutem Wind durch die Wellen pflü-gen, wappnen sich die Männer. Auch die Neuzugänge erhalten ihre Waffen. Dann bereiten wir Brandsätze vor.

Die Sonne steht noch eine Handbreit über den Wäldern, als wir die Flussmündung des Wolchow erreichen. Wir verstauen Rahen und Segel, nehmen auch die Masten herunter und ver-zurren sie in den Halterungen über Deck. Die Männer legen die Riemen aus und spucken in die Hände. Mit gleichmäßigen Ruderschlägen gleitet die *Bloð-hrafn* in die breite Flussmün-

411

dung und arbeitet sich gegen den Strom in Richtung Aldeigjoborg vor, dicht gefolgt von der *Fálki*. Wir sind die einzigen
Schiffe auf dem Fluss. Anders als südlich von Aldeigjoborg,
wo ein reger Verkehr herrscht, begegnet man Schiffen hier im
Norden seltener.

Wir rudern ohne Hast, denn wir wollen nicht zu früh
ankommen, aber doch noch vor dem Schließen der Tore. Als
eine Stunde später die Palisade der Siedlung in der Ferne auf-
taucht, berührt die Sonne schon die Baumwipfel des Waldes,
und unter den Bäumen am Ufer beginnt es zu dunkeln. Der
Himmel über uns ist noch hell und spiegelt sich auf der glatten
Wasserfläche des Wolchow. Dies ist die Abendstunde für Essen
und Geselligkeit bei Bier und Wein. Wir werden also den Jarl
in seiner Halle antreffen, so hoffen wir jedenfalls.

Langsam rudern wir weiter. Auf der *Fálki* zünden die Männer ein paar Hornlaternen an, verstecken sie aber unter Deck,
so dass der Lichtschein sie nicht verraten kann. Bogenschützen
machen sich bereit. Vorn und achtern, in Bottichen gestapelt,
liegen eine Menge mit Lumpen umwickelte und in Pech
getränkte Fackeln. Auch auf der *Bloð-hrafn* legen die Männer
ihre Bögen und Speere zurecht, aber so, dass man sie nicht
sehen kann.

Wir nähern uns der Stadt. Fünfhundert Schritt von der Palisade entfernt verlangsamt die *Fálki* auf mein Zeichen hin ihre
Fahrt und lässt sich an die Uferböschung treiben, wo sie unter
überhängenden Ästen festmacht. Sigurds Schiff ist in Aldeigjoborg nur zu gut bekannt, und man würde sich wundern, wenn
er selbst nicht an Land geht. Ich werfe einen Blick zurück. Die
Fálki liegt jetzt gut versteckt. Im Schatten der Bäume ist sie
kaum auszumachen.

Die *Bloð-hrafn* kriecht weiter auf die Stadt zu, deren Palisade sich im Fluss spiegelt. Vor mir die angestrengten Gesich-

ter der Ruderer, die mit dem Rücken zur Fahrtrichtung sitzen, während der Rest der Mannschaft nach vorn starrt. Eine gewisse Erregung hat die Männer erfasst, wie immer vor einer Kampfhandlung.

»Wenn wir ankommen, will ich entspannte Mienen sehen«, rufe ich ihnen deshalb zu. »Wir sind hier, um dem Jarl einen freundlichen Besuch abzustatten. So jedenfalls soll es aussehen.«

»Ein freundlicher Besuch mit unfreundlichem Ausgang«, ruft ein Witzbold, und alle lachen, was hilft, die Stimmung zu lockern.

Ich drücke Aila einen Kuss auf die Wange. »Wünsch uns Glück«, raune ich ihr zu. »Und bleib in Deckung!« Sie nickt und drückt meine Hand. Ihr sieht man die Anspannung noch mehr an als den Männern.

Ich überprüfe noch einmal meine Waffen. An der linken Hüfte hängt *Gunnlogi,* mein Schwert, und rechts steckt *Leggbitr* im Gürtel. Da wir so tun, als kämen wir in friedlicher Absicht, habe ich keinen Helm auf dem Kopf, trage aber meinen Ringpanzer. Die Mannschaft ist ähnlich gewappnet. Schilde hangen griffbereit an der Bordwand, falls sie gebraucht werden. Die Leinen zum Festmachen liegen säuberlich aufgeschossen an Deck.

Die steten Riemenschläge der Ruderer bringen uns der Stadt immer näher. Am hölzernen Kai sind ein paar Boote vertäut, aber für uns ist Platz genug zum Anlegen. Ragnar steuert näher ans Ufer. Am Stadttor ist ein Wachmann zu sehen, der uns bemerkt hat, denn er betritt gemächlichen Schrittes den Kai, um uns in Empfang zu nehmen. Weiter vorn ist die Mündung des Nebenflusses zu erkennen, und hinter dessen Ufergestrüpp ragen vier Masten in den Himmel. Das sind Eilifs Langschiffe, genau wie Kauko es beschrieben hat.

Der Wachmann formt die Hände zum Trichter und ruft uns an, will wissen, wer wir sind.

Ich warte noch, bis wir auf fünfzig Schritt heran sind und Ragnar den Befehl gegeben hat, das Rudern einzustellen. Die tropfenden Riemenblätter heben sich aus dem Wasser. »Dies ist die *Bloð-hrafn*«, rufe ich dem Wachmann zu. »Wir wollen den Jarl besuchen. Kann jemand unsere Leinen nehmen?«

Noch zwei der *húskarlar* tauchen auf und zeigen, wo wir anlegen sollen. »Bist du nicht Harald Sigurdsson?«, will einer wissen. »Euer Stevenkopf kommt mir bekannt vor.«

Er hat den Rabenkopf also erkannt. »Ganz recht. Ich muss dringend Jarl Eilif sprechen. Ist er in seiner Halle?«

»Das ist er. Und du solltest dich beeilen, bevor sie alles weggefressen haben.« Er lacht gutmütig.

Das Schiff hat sich gegen den Druck der Strömung verlangsamt. Die Männer holen die Riemen an Bord, und Ragnar steuert das Schiff mit seinem letzten Schwung an den Kai. Die Wachleute fangen Bug- und Heckleinen auf und machen sie fest. Ich verlasse das kleine Achterdeck und steige mittschiffs von Bord und auf den Kai.

»Danke, Jungs!«, sage ich zu den Wachleuten.

»Wo kommt ihr her?«, will einer wissen.

»Holmgarð.«

»Dafür kommt ihr aber aus der falschen Richtung.«

Ich grinse ihn an. »Ganz recht. Wir haben einen Abstecher auf den See gemacht. Vor zwei Tagen sind wir hier vorbeigekommen. Aber es war nachts. Da habt ihr wohl gepennt.«

»Ich werde dich dem Jarl melden«, sagt ihr Wortführer.

»Ist mir recht«, erwidere ich. »Aber wir kommen gleich mit.«

Ich fange noch einen letzten Blick von Aila auf, dann wenden wir uns zum Gehen. Der *húskarl* marschiert voraus, und vier von uns folgen ihm. Thorkel trägt wie gewohnt seine Axt am Gürtel. Thorberg ist wie ich bewaffnet, und Thjodolf hat nur seinen Sax dabei. Das einzig Ungewöhnliche an ihm ist, dass er lederne Schnüre im Gürtel stecken hat. Ansonsten unterscheiden wir uns nicht von den Söldnern, die in einer Hafentaverne sitzen und neugierig zu uns herüberschauen.

Wir haben verabredet, dass der Rest der Mannschaft an Bord bleibt und so tut, als ob sie sich für die Nacht einrichten. Lediglich Bogdan soll sich mit den Wachleuten unterhalten, um sie abzulenken. Denn falls sich einer nach unserem angeblichen Aufenthalt in Holmgarð, seiner Heimatstadt, erkundigt, dann ist er am besten in der Lage, ihm eine Geschichte aufzutischen.

Zu dieser Abendstunde und nach getaner Arbeit halten sich die meisten Bewohner in ihren Häusern auf, so dass wir auf dem kurzen Weg durch die Gassen nur wenigen begegnen. Es sind auch kaum Krieger zu sehen. Wahrscheinlich sitzen auch sie in ihren Unterkünften beim Mahl oder sind, wie Kauko angedeutet hat, bei ihren Familien am anderen Flussufer. Ein paar Handwerker in ihren offenen Werkstätten sieht man bei Laternenlicht noch spät bei der Arbeit. An einer Ecke stehen Frauen und tratschen. Eine von ihnen wirft mir einen neugierigen Blick zu, aber ansonsten schenkt uns niemand besondere Aufmerksamkeit.

Ich wechsele einen kurzen Blick mit den Kameraden. Wir sind bereit. Ich hole noch einmal tief Luft. In wenigen Augenblicken wird sich entscheiden, ob unser Plan aufgeht oder ob alles in einer unrühmlichen Niederlage und vielleicht sogar mit unserem Tod endet. Aber darüber nachzudenken, ist jetzt nicht angebracht. Vor dem großen Haus des Jarls angekommen, warten wir nicht ab, bis der Wachmann uns angemeldet hat, sondern treten gleich hinter ihm durch die Tür ins Innere.

Eilifs Halle ist genau so, wie ich sie in Erinnerung hatte: mächtige, mit Schnitzereien verzierte, hölzerne Stützpfeiler, rußgeschwärzte Dachbalken, eine große Feuerstelle, über der irgendetwas – ich glaube, es ist Schwein – am Spieß brutzelt und aus dem eine Magd gerade Stücke schneidet. Funken fliegen hoch, da ein Sklave die Glut schürt und Holz nachlegt. Fackeln erleuchten den großen Raum. Es riecht nach Fackelpech, nach Bier und geröstetem Fleisch.

Rechter Hand steht der Hochsitz des Hausherrn, allerdings im Augenblick ohne diesen, wie ich zu meiner Enttäuschung feststelle. Auf der gegenüberliegenden Seite sind Tafeln in Hufeisenform aufgebockt, an denen Männer beim Mahl sitzen. Kerzen beleuchten die Teller.

Zwei Mägde tragen Holzplatten mit frischem Brot und dampfenden Tellern herein. Einer der Kerle lehnt sich zurück und lacht herzhaft über einen Scherz. Überhaupt herrscht ein fröhliches Stimmengewirr, das langsam verebbt, als man uns bemerkt.

Und dann entdecke ich endlich Eilif selbst unter den Tafelnden. Er sitzt an der Stirnseite der Runde. In der linken Hand hält er ein angebissenes Stück Fleisch, in der rechten einen Becher, aus dem er gerade getrunken hat. Sein Blick folgt denen der anderen. Als er mich erkennt, hebt er die Brauen vor Erstaunen.

»Harald Sigurdsson, Herr!«, tönt der *húskarl* mit lauter Stimme.

»Das sehe ich, du Hornochse«, knurrt Eilif.

Einen Augenblick lang liegt ein gereizter Ausdruck auf seinem runden Gesicht. Aber dann stellt er den Becher weg, wischt sich mit dem Handrücken das Fett von den Lippen und setzt ein herzliches Lächeln auf. »Harald, mein Freund. Was bringt dich zu uns? Ich dachte, du bist in Holmgarð.«

Ich lasse einen kurzen Blick über die Runde schweifen. Ketil Kolbjörnsson erkenne ich sofort. Nicht zuletzt an der düsteren Miene, mit der er mich mustert. Ich trete näher an Eilifs Tafel heran. »Wir waren in der Tat in Holmgarð und an anderen Orten. Der Fürst lässt dich übrigens grüßen.«

»Ah. Das ist freundlich von ihm. Wie geht es ihm?«

»Gut«, sage ich.

»Ich sehe, du bist in Begleitung. Möchtet ihr euch nicht setzen? Ein bisschen von unserem Braten ist noch übrig.« Er wendet sich an einen vierschrötigen Kerl mit kräftigen Brauen, der neben ihm sitzt. »Arne, mach mal Platz für unseren jungen Freund.«

Das muss Arne Aslaksson sein, der Vierte im Bund der Halunken, wenn man Sigurd mitzählt. Er wirft mir einen unwirschen Blick zu, denn es passt ihm nicht, für mich seinen Platz aufzugeben. Er will sich erheben, als ich sage: »Bleib nur sitzen, Arne. Wir sind nicht zum Essen gekommen.«

»Nicht zum Essen?«, fragt Eilif. »Wozu dann?«

»Um dir zu sagen, dass du nicht länger auf Sigurd warten musst. Er wird nicht mehr kommen.«

»Wieso? Ist was passiert?«

»Sigurd ist tot. Das ist passiert.«

Verwirrt starrt er mich an. »Sigurd tot?«

»So ist es. Ich habe sein Schiff gekapert, mitsamt eurer schönen Beute.« Alle starren mich an. Auf einmal ist es sehr still geworden in der Halle. »Und jetzt bist du dran, Eilif.«

Mit diesen Worten greife ich über die Tafel hinweg, packe den Jarl mit beiden Fäusten am Stoff seines *kyrtills* und zerre ihn mit einem Ruck zu mir herüber, wobei die Tafel umgerissen wird und alles, was sich darauf befindet, zu Boden stürzt. Teller und Becher scheppern, halbe Portionen Fleisch liegen am Boden, auch die Kerzen, die flackernd ausgehen. Eilif schreit erschrocken auf, will sich wehren, findet aber keinen Halt für seine Füße und stürzt auf die Knie. Mägde kreischen, Männer starren uns mit offenen Mündern an. Noch bevor sie sich von ihrer Überraschung erholen können, ist Thorberg zur Stelle, packt Eilif am Kragen und legt ihm die scharfe Klinge seines Sax an die Kehle.

»Keiner rührt sich!«, brüllt er. »Sonst stirbt der Dreckskerl!«

Aber Arne scheint ihn nicht verstanden zu haben, denn er hat plötzlich sein Schwert in der Faust und will mich über die umgestürzte Tafel hinweg angreifen. Da trifft ihn Thorkels Axt mit einem trockenen Knacken, als würde ein Ast zerbrechen, genau zwischen die Augen. Arne lässt das Schwert fallen, wankt wie ein geschlachteter Ochse und kippt zwischen Geschirr und Essensresten vornüber zu Boden.

Mehrere Männer sind jetzt aufgesprungen. Auch Ketil Kolbjörnsson. Aber mit *Gunnlogi* in der Faust bin ich mit einem Satz bei ihm, packe ihn am Arm und lege ihm die Schwertspitze an die Kehle.

»Bleibt alle schön friedlich, wenn euch Jarl Eilifs Leben lieb ist«, rufe ich laut genug, dass alle es hören können. »Keiner rührt sich. Beim kleinsten Widerstand stirbt euer Freund Ketil hier. Und wenn nötig, auch Jarl Eilif.«

Der hat inzwischen seine Stimme wiedergefunden, und mit dem Sax am Hals beschwört er seine Leute, sich ruhig zu verhalten. Zwei seiner *húskarlar*, die hereingestürzt kommen, brüllt er in Panik zu, draußen zu bleiben. Es herrscht Hochspannung im Raum. Die Männer werfen uns wütende Blicke zu. Und doch wagt keiner, sich zu bewegen. Außer einer Magd, die schluchzend in die Küche rennt.

Plötzlich stürzt eine Frau aufgeregt in die Halle. Ich erkenne sie sofort, es ist Eilifs Weib. Ihre Hand fliegt an den Mund, und entsetzt blickt sie auf ihren Mann, der mit dem langen Messer an der Kehle am Boden hockt. Nach kurzem Zögern rennt sie zu ihm, wirft sich laut heulend vor ihm auf die Knie. Als sie ein paar Tropfen Blut bemerkt, wo die Klinge ihn oberflächlich geschnitten hat, schreit und jammert sie, als ob wir schon dabei wären, ihn umzubringen.

Thorkel tritt hinzu, zieht sie unsanft auf die Füße und rät ihr, sich von ihrem Mann fernzuhalten. Mit Schaudern entdeckt sie den toten Arne am Boden und zuckt vor Thorkels bluttriefender Axt zurück.

»Binde ihn«, sage ich zu Thjodolf.

Der zieht die mitgebrachten Lederriemen aus dem Gürtel und fesselt erst Eilif, dann Ketil die Hände hinter dem Rücken, während Thorkel mit drohender Miene und erhobener Axt darüber wacht, dass sich niemand rührt.

»Verflucht nochmal, Harald«, stöhnt Eilif. »Was ist nur in dich gefahren? Uns hier zu überfallen! Dankst du so meine Gastfreundschaft? Was, bei allen Göttern, hast du vor?«

Die Haare hängen ihm wild in die Stirn, und in den Augen steht die Angst. Anders als Ketil, der bisher keinen Ton von sich gegeben hat, sich aber lauernd umsieht wie ein gefangenes Raubtier, als warte er nur auf eine Gelegenheit, sich zu befreien.

»Wir nehmen euch jetzt mit«, sage ich, ohne weiter auf Eilifs Fragen einzugehen. Und zu den Übrigen in der Halle: »Ihr bleibt brav hier und rührt euch nicht, verstanden? Sonst geht es den beiden hier schlecht.«

Den Männern im Raum kann man ansehen, dass es ihnen in den Fäusten zuckt, dass sie am liebsten über uns herfallen würden. Doch sie wagen es nicht, um ihren Herrn nicht zu gefährden. Und mit Arne, der in seinem Blut liegt, und mit Ketil und Eilif in unserer Gewalt, sind sie plötzlich ohne Anführer und unsicher, was zu tun ist.

Nur Eilifs Weib will sich nicht beruhigen. »Was habt ihr mit ihm vor?«, schreit sie und packt mich am Arm. Ihr Gesicht ist von Tränen überströmt. »Er hat euch doch nichts getan. Harald, du warst hier mein Gast. Ich flehe dich an! Beim Haupte meiner Kinder! Lass nicht zu, dass ihm etwas geschieht. Ich bitte dich!« Sie bricht in heftiges Schluchzen aus.

»Beruhige dich, Weib!«, sage ich. Aber sie hört nicht auf, mich um das Leben ihres Mannes anzuflehen.

Dabei habe ich gar nicht vor, ihm etwas anzutun. Aber als ich sie so betteln sehe, kommt mir ein verwegener Einfall. So weit ist alles gut gelaufen, und wir hätten uns jetzt eigentlich so schnell wie möglich davonmachen sollen. Aber gerade weil alles nach Plan läuft, bin ich übermütig und vielleicht sogar etwas gierig geworden.

Ohne weiter nachzudenken, packe ich sie am Handgelenk und drohe ihr: »Wenn du deinen Mann lebend wiedersehen willst, dann tust du jetzt ganz genau, was ich dir auftrage.«

Sie nickt heftig, versucht, sich die Tränen von der Wange zu wischen. »Ja, das will ich«, haucht sie. »Was muss ich tun?«

»Du befiehlst auf der Stelle deinen Knechten, alles, was dein Mann an kostbaren Fellen besitzt, hier im Haus oder in seinen Lagerschuppen, zu meinem Schiff am Kai zu tragen. Alles! Und zwar jetzt sofort! Hast du verstanden?«

Thorkel sieht mich erstaunt an. Er will etwas sagen, aber macht dann doch den Mund zu. Eilifs Frau aber nickt eilfertig. In ihrem Kopf ist alles klar. Wir sind nicht gekommen, um ihren Mann zu töten, sondern nur, um seinen Pelzhort zu plündern. »Ja, Herr. Ich tue es«, flüstert sie fast erleichtert. »Ich tue es.«

»Jetzt auf der Stelle, hast du gehört? Und beeilt euch. Wenn es zu lange dauert, schneidet mein Freund ihm ein Ohr ab.«

420

Da heult sie wieder entsetzt auf und eilt davon, als ob alle Geister von *Helheim* hinter ihr her wären. In der Küche hören wir, wie sie mit schriller Stimme Knechte und Mägde zusammenruft.

»Meine Pelze?«, krächzt Eilif. »Das könnt ihr nicht tun.«

»Sie scheint dich Bastard wirklich zu lieben«, meint Thjodolf und lacht. »So ein treues Weib hast du gar nicht verdient.«

Ketil dagegen zieht verächtlich die Mundwinkel nach unten. »Darum geht es euch also, ihr Hurensöhne«, knurrt er grimmig. »Ihr wollt uns berauben. Hätte ich mir auch gleich denken können. Aber meinen Besitz bekommt ihr nicht. Eher könnt ihr mich umbringen.«

»Mit Vergnügen«, sage ich.

Eilif ist nicht so trotzig wie sein Freund Ketil. »Also gut, Harald«, sagt er mit bebender Stimme. »Dann nimm alles, was ich habe. Ich mache dich zum reichen Mann. Ich habe auch Gold und Silber.«

»Dein Gold will ich nicht. Nur die Pelze«, erwidere ich. »Aber jetzt gehen wir zusammen zu meinem Schiff. Und merk dir, beim kleinsten Versuch, uns aufzuhalten, bist du eine Leiche.«

»Und wenn du alles auf deinem Schiff hast, dann lässt du uns frei?«

»Dann lass ich euch frei. Aber nicht vorher.«

Wir zerren die Geiseln aus der Halle. Ich trete als Erster vor die Tür. Draußen ist ein ganzer Menschenauflauf zusammengekommen, denn unser Überfall muss sich in Windeseile herumgesprochen haben. In der Gasse herrscht Dämmerlicht, aber der Stahl von Waffen lässt sich gut erkennen. Es sind also nicht nur Schaulustige gekommen. Jetzt wird sich zeigen, ob denen hier das Leben ihres Jarls genug bedeutet, dass sie uns durchlassen.

»Wir haben Jarl Eilif in unserer Gewalt«, rufe ich über das Stimmengewirr hinweg den Leuten zu. »Es wird ihm nichts geschehen, solange sich alle ruhig verhalten. Also weg mit den Waffen, und gebt uns den Weg frei.«

Mit dem Schwert in der Hand mache ich einen ersten Schritt in die Gasse. Einige treten zur Seite, andere recken mir Speere entgegen und starren mich feindselig an, ohne zu weichen.

»Geht, verflucht nochmal, aus dem Weg!«, ruft Eilif. »Keine Sorge, mir geschieht nichts. Aber keiner soll sich einmischen! Und steckt eure verdammten Waffen weg!« Er hat immer noch Thorbergs Sax an der Kehle. Thjodolf hält Ketil auf gleiche Weise in Schach. Hinter ihnen steht Thorkel, der sicherstellt, dass uns niemand aus der Halle folgt.

»Geht, geht! Macht endlich den Weg frei«, ruft Eilif noch einmal, und seine Stimme überschlägt sich fast.

Langsam, widerstrebend, treten die Speerträger zurück, und es öffnet sich eine Gasse für uns. Ich hebe mein Jagdhorn, das mir an einem Riemen um den Hals hängt, und gebe das verabredete Signal für Finn auf der *Fálki* und für Ragnar. Mit den Geiseln in unserer Mitte und den blanken Waffen in den Händen machen wir uns auf den Weg zurück zum Kai, gefolgt von der neugierigen Menge. Auch am Tor stehen sie dicht an dicht und starren uns an. Und jedes Mal, wenn man uns nicht gleich den Weg freigibt, beschwört Eilif die Leute aufs Neue, uns durchzulassen.

Am Kai haben unsere Gefährten bereits die Wachen überrumpelt und entwaffnet. Wir stoßen die beiden Geiseln über die Bordwand ins Schiff, wo sie von unseren Männern in Empfang genommen werden. Snorri und die anderen Bogenschützen halten ihre Waffen im Anschlag, um jedem einen Pfeil ins Herz zu schicken, der sich auch nur im Geringsten feindlich zeigt.

Ragnar grinst breit. »Bei Thors Klöten! Es hat geklappt. Legen wir jetzt ab?«

»Warte. Wir müssen noch Ladung an Bord nehmen.«

»Was für Ladung?«

In diesem Moment gleitet auf dem Fluss die *Fálki* mit ruhigem Ruderschlag heran. Finn winkt herüber, dann sind sie an uns vorbei und steuern auf die Mündung des Nebenflusses zu. Man sieht, wie seine Männer Fackeln an den Hornlaternen anzünden. Ivar lenkt die *Fálki* in die breite Mündung des Nebenflusses, gibt den Befehl, das Rudern einzustellen, und steuert auf Eilifs Langschiffe zu. Dann fangen sie an, brennende Fackeln in die vertäuten Schiffe zu werfen.

Erschrocken rennen Wachen und anderes Volk »Feuer!« schreiend herbei, um zu löschen. Aber als zwei von ihnen mit Pfeilen in der Brust zusammenbrechen, weichen die Übrigen zurück und müssen hilflos zusehen, wie noch mehr der Brandsätze in den Schiffen landen. Es dauert nicht lange, da züngeln erste Flammen an den Stagen und Leinen und an den zusammengefalteten Segeln empor.

»Verfluchte Scheiße!«, höre ich Ketil fluchen. »Ihr lasst aber auch gar nichts aus.«

»Wir wollen nur sichergehen, dass keiner auf die Idee kommt, uns zu verfolgen«, erwidere ich mit übermütigem Lachen.

Inzwischen haben ein Dutzend Knechte, Ballen auf den Rücken, den Kai erreicht. Während die Menge schweigend zusieht, helfen unsere Männer, die Waren an Bord zu nehmen. Danach rennen Eilifs Knechte los, um noch mehr zu holen.

»Was ist das?«, fragt Aila flüsternd.

»Lösegeld.«

»Aber ihr wolltet doch …«

Ich lege ihr den Finger auf den Mund. »Warte es ab.«

Ketil und Eilif, wie auch die Krieger, die am Ufer stehen, können die Augen nicht von den Langschiffen abwenden, die inzwischen lichterloh brennen. Die Feuersbrunst erhellt das Ufer und spiegelt sich im Wasser. Niemand wird sie jetzt noch retten können. Vielleicht täusche ich mich, aber ich glaube, Ketil hat Tränen in den Augen, als das erste der Schiffe sich auf die Seite legt und mit lautem Zischen ins Wasser sackt.

Nachdem die Knechte noch zweimal hintereinander große Bündel herbeigeschafft und wir alles an Bord genommen haben, steht Eilifs Frau händeringend auf dem Kai und verlangt, dass wir jetzt endlich ihren Mann herausgeben.

»Du hast alles von mir bekommen«, sagt Eilif. »Jetzt lass uns gehen.«

Doch ich gebe den Befehl, die Leinen loszumachen und vom Kai abzustoßen.

»He!«, ruft Eilif. »Du hast versprochen …«

»Ich hab gelogen«, erwidere ich.

Die Männer stoßen mit den Riemen das Schiff vom Kai weg. Nun begreift auch Eilifs Weib, dass wir keinesfalls vorhaben, ihren Mann freizulassen. Sie hebt ihre Faust und verflucht mich unter Tränen und kann doch nichts tun, als hilflos zuzusehen, wie sich der Abstand der *Bloð-hrafn* zum Kai vergrößert, wie die Riemen ins Wasser tauchen, die Männer sich dagegenstemmen und wir langsam gegen den Strom Fahrt aufnehmen. Noch lange verfolgen uns ihre schrillen Verwünschungen.

»Sie tut mir leid«, sagt Aila, die neben mir auf dem Achterdeck steht.

Ich zucke mit den Schultern. »Sie hat ihre Kinder und Eilifs Gold. Ich bin sicher, der hat einiges angehäuft. Damit kann sie sich einen besseren Ehemann suchen.«

»Ich wusste nicht, dass du so hart sein kannst.«

»Nicht so hart wie diese Bastarde zu deinen Tschuden.«

»Und so hinterhältig. Von wem hast du das gelernt?«

»Du wirst es nicht glauben. Von meiner Mutter.«

Sie schüttelt den Kopf und lacht.

Ragnar lenkt das Schiff in die Mitte des Wolchow. Wir passieren die brennenden Wracks in der Mündung, sehen, wie Ivar die *Fálki* wendet und uns folgt. Bald ist in der zunehmenden Dunkelheit von Aldeigjoborg nur noch die sterbende Feuerlohe zu sehen.

Ragnar, der am Ruder steht, schlägt mir auf die Schulter. »Bei allen Göttern, Harald! Was bist du doch für ein Mordskerl!« Und dann brüllt er so laut, dass es über den stillen Fluss hallt: »Heil, Harald!« Und die Männer auf beiden Schiffen nehmen den Ruf auf und schreien sich in ihrem wilden Triumphgeheul die Kehlen heiser.

Thjodolf nickt mir zufrieden zu. »Geht doch nichts über Erfolg, um eine Mannschaft zusammenzuschweißen.«

Mittschiffs sitzt Eilif mit hängenden Schultern an Deck und starrt mich vorwurfsvoll an. Als es wieder ruhiger wird, sagt er: »Du hattest nie vor, uns freizulassen.«

»Nein, hatte ich nicht.«

»Es geht dir auch nicht allein um die Beute.« Als ich nicht antworte, will er wissen: »Was ist wirklich mit Sigurd passiert?«

Ich erzähle den beiden, wie wir von ihren Schandtaten erfahren haben, wie wir Sigurd verfolgt und im Kampf geschlagen haben, dass uns ein guter Teil seiner Beute in die Hände gefallen ist und dass Sigurds halbe Mannschaft jetzt mir Gefolgschaft leistet. Eilif glotzt mich mit offenem Mund an, während Ketil nur grimmig schweigend vor sich hinstarrt.

»Und was hast du jetzt mit uns vor?«, fragt Eilif.

»Ich bringe euch nach Holmgarð, wo der Großfürst über eure Taten richten wird.«

Der Grossfürst

Unterwegs versucht Jarl Eilif mehrmals, mir Gold und Silber anzubieten, das er angeblich in Mengen besitzt, um seine Freiheit zu erkaufen. Er verspricht, Garðarike auf immer zu verlassen und nach Gothland zurückzukehren, wo er Familie hat. Auch die würden Lösegeld aufbringen, wenn ich nur einsichtig wäre und mit mir reden ließe. Als ich mich nicht erweichen lasse, versucht er, mir zu drohen. Die Fürstin Ingegerd werde ihn nicht fallenlassen. Schließlich sei sie seine Lehnsherrin, und er habe ihr immer ein gutes Einkommen beschert.

»Du hast sie bestohlen, du Halunke.«

»Das ist nicht wahr.«

»Sigurds Männer sind Zeuge.«

Immer wieder fängt er an, sich zu verteidigen, aber nachdem ich ihn zum wiederholten Mal barsch angefahren habe, endlich das Maul zu halten, scheint er sich in sein Schicksal zu ergeben. Während der Fahrt nach Holmgarð spricht er kaum noch ein Wort, scheint immer mehr in sich zusammenzusacken, als habe er alle Hoffnung aufgegeben.

Ketil Kolbjörnsson ist aus anderem Holz geschnitzt. Beide Gefangenen sitzen, die Hände auf dem Rücken gefesselt, an Deck. Während Eilif in tiefer Niedergeschlagenheit vor sich hindämmert, gibt Ketil sich nicht geschlagen, sondern beobachtet mit lauernder Miene alles um sich herum. Als ob er auf etwas warten würde, was ihm vielleicht nützen könnte.

Und tatsächlich wäre er uns beinahe entwischt. Gleich in der ersten Nacht, als ihm niemand Beachtung schenkt, kommt er plötzlich auf die Füße, ist mit einem Satz an der Bordwand und versucht, ins dunkle Wasser zu springen. Es wäre ihm auch gelungen, hätte einer der Ruderer, an dem er schon fast vorbei war, ihn nicht im letzten Augenblick am Gürtel erwischt und wieder an Bord hieven können. Trotz seiner Fessel kämpft er wie ein wilder Eber, und es braucht zwei Mann, um ihn niederzuringen.

Ragnar schüttelt verwundert den Kopf. »Hätte nicht gedacht, dass einer mit gebundenen Händen über Bord springt. Die Gefahr zu ersaufen ist ihm wohl lieber, als gerichtet zu werden.«

»Vielleicht ist er ein guter Schwimmer und hätte es geschafft.«

Um eine Wiederholung zu vermeiden, ordne ich an, beiden auch die Füße zu binden und sie zusätzlich am Mast zu sichern.

Später machen wir irgendwo am Ufer fest, um ein paar Stunden zu schlafen. Am nächsten Tag erreichen wir Jalos Dorf, wo man uns freudig erregt empfängt. Alle Dorfbewohner versammeln sich am Ufer, um den gefangenen Jarl zu bestaunen, der nur einmal kurz die Augen hebt, ansonsten mit hängendem Kopf dasitzt. Stunden später, nachdem die Dörfler uns verköstigt haben, bedanke ich mich bei Jalo für seine Hilfe, die weißhaarige Alte umarmt Aila, und wir nehmen unsere Fahrt wieder auf.

Tagsüber begegnen wir jetzt vielen Booten und gelegentlich auch den flachen Flusskähnen von Händlern, die in Garðarike die mächtigen Ströme befahren. In diesem riesigen Land, das im Norden zum großen Teil von undurchdringlichen und mit Mücken verseuchten Wäldern und im Süden von endlosen Steppen bedeckt ist, bieten die Flüsse die einzige vernünftige Möglichkeit, Waren über größere Entfernungen zu befördern. Im Sommer mit Booten und im Winter, wenn die Wasserläufe zufrieren, mit Pferd und Schlitten.

Am zweiten Tag überrascht uns schlechtes Wetter. Es regnet fast den ganzen Tag. Durchnässt und übelgelaunt, wechseln die Männer sich an den Riemen ab, bis wir am späten Nachmittag Holmgarð erreichen, das an der Stelle liegt, wo der Wolchow aus dem Ilmensee fließt und seine Reise nach Norden beginnt.

Die Gegend besteht aus Sümpfen und dichten Wäldern. Im Frühjahr führen See und Fluss für gewöhnlich mehr Wasser, so dass weite Teile des umliegenden Landes überschwemmt werden und die Stadt nur per Schiff oder Boot zu erreichen ist. Bei unserer Ankunft regnet es nicht länger, doch am Himmel hängen immer noch graue Wolken, die sich im Wasser spiegeln. Und ein kühler, feuchter Wind fährt einem unangenehm unter die Kleider. Kein sehr freundliches Willkommen in der Stadt des Großfürsten.

Bogdan erklärt, was sich uns darbietet. Linker Hand, gegenüber der Stadt, auf einem kleinen Hügel und von Flussarmen umschlossen, liegt das ursprüngliche Holmgarð. Das Wort in unserer Sprache bedeutet Inselfestung. Die Burg wurde angeblich vor zweihundert Jahren vom schwedischen *vikingr* Rurik als befestigter Handelsposten gegründet. Ruriks Goroda, wie die Feste von den Slawen genannt wird. Inzwischen hat der Hauptort sich aber auf das Westufer verlagert. Die neue Siedlung, auf einer leichten Anhöhe gelegen, heißt bei uns immer noch Holmgarð, die Einheimischen aber nennen sie Nowgorod, die Neue Stadt.

Die Siedlung ist ganz von Wall und Graben und einer soliden Palisade umschlossen. Dahinter sind Hunderte von Holzdächern und die Türme zweier Christenkirchen zu sehen, denn die Rus haben unter Jarisleifs Vater den Christenglauben der byzantinischen Kirche angenommen, wie Bogdan uns wissen lässt. Angeblich eine Art des christlichen Glaubens anders als die von Bischof Grimkell. Nicht, dass ich die leiseste Ahnung habe, worin der Unterschied liegen könnte.

Wir müssen warten, bis man uns einen Liegeplatz zuweist. Mit gelegentlichen Riemenschlägen gegen die leichte Strömung halten wir die Schiffe auf gleicher Höhe, während wir das Treiben am Ufer beobachten. Auf dem südlichen, dem seeseitigen Ende des flachen Ufersands hängen Netze zum Trocknen, und Fischer bessern ihre Boote aus. In der Mitte liegen Handelssegler, die Waren laden oder anlanden. Ochsenkarren rumpeln durch das Stadttor, Lastenträger mühen sich unter ihrer Bürde. Am nördlichen Ende des Strandes liegen mehrere Langschiffe, die dem Fürsten gehören. Allein der Anblick dieses geschäftigen Strandes zeugt von Holmgarðs Macht als Handelsstadt, obwohl Bogdan behauptet, Kiew im Süden sei inzwischen noch bedeutender geworden.

Endlich weist man uns einen Liegeplatz zu. Leider direkt neben einem Schiffsbauer, so dass man über dem Lärm der Äxte und Hämmer kaum sein eigenes Wort versteht.

»Ich würde keinem raten, hier Wasser zu trinken«, sagt Bogdan. »Die Fäkalien der Stadt fließen direkt in den Fluss. Haltet euch besser ans Bier.«

Als wir die Schiffe endlich gesichert und vertäut haben, hat zum Glück das Hämmern neben uns aufgehört, denn inzwischen ist die Abenddämmerung hereingebrochen. Zu spät für einen Besuch im Palast des Fürsten. Aber ich will ohnehin nicht unaufgefordert erscheinen, denn die Brüder Arnason, die sich hier auskennen, haben mich schon gewarnt, dass es am Hof des Großfürsten oft ziemlich geschäftig zugeht, schließlich herrscht er über ein großes Reich. Boten gehen ein und aus, Bittsteller belagern den Palast, und Bojaren, so nennt man hier die adeligen Jarls, beanspruchen oft tagelang die Zeit des Fürsten, wenn es darum geht, ihre Streitigkeiten zu schlichten.

Ich sende daher Finn und Bogdan, um meine Aufwartung für den morgigen Nachmittag zu verabreden. Das gibt uns genug Zeit, meinen Auftritt gebührend vorzubereiten. Denn ich will den besten Eindruck machen und mir die volle Aufmerksamkeit des Fürsten sichern. Finn und Bogdan sind bald zurück. Und zu meiner großen Freude kommen sie in Begleitung von Ragnwald Brusason, der mich herzlich umarmt und willkommen heißt.

»Harald!«, ruft er begeistert. »Wie froh bin ich, dich endlich wiederzusehen. Als ich hörte, dass du es bist, musste ich dich gleich als Ersten begrüßen. Ich sehe, Snorri und Sigríð haben dich gut gepflegt. Du siehst besser aus denn je, mein Freund. Und fast glaube ich, du bist sogar noch kräftiger geworden.«

»Snorri ist auch hier«, sage ich.

Nun treten alle vor, die Ragnwald kennen, und begrüßen ihn überschwenglich. Man sieht, wie beliebt unser Freund ist. Zuletzt steht auch Aila vor ihm und blickt mit einem etwas schüchternen Lächeln zu ihm auf. »Du erinnerst dich an mich?«, fragt sie.

»Wie könnte ich dich vergessen?«, sagt er und küsst sie auf die Wange. »Du und deine Schwester. Die schönsten Frauen von ganz Garðarike. Und Impi? Wo hast du sie gelassen?«

Er weiß nicht, dass Impi tot ist, denke ich. Aila muss später nach Sithun gekommen sein, als er schon unterwegs nach Holmgarð war. Ailas Augen werden unwillkürlich feucht.

»Impi hat uns verlassen«, sagt sie leise und senkt den Blick.

»Verlassen?« Dann begreift er. »Oh. Das tut mir leid.« Man sieht ihm seine ehrliche Bestürzung an.

»Aila ist jetzt eine freie Frau«, versuche ich abzulenken und lege den Arm um sie. »Sie hat sich entschlossen, uns zu begleiten.«

»Dich zu begleiten«, verbessert sie und lächelt zu meiner Erleichterung.

Ragnwald hat viele Fragen. Wie es mir mit der Verwundung ergangen ist, unsere Reise nach Sithun, und wie wir es bei König Anund angetroffen haben. Aila lässt uns allein, und ich erzähle ihm das Wichtigste, während wir am Strand entlang-schlendern. Schließlich frage ich ihn über Holmgarð aus und wie er zum Großfürsten steht.

»Ich bin in der Druschina«, erzählt er. »Das ist die Schutz-truppe des Fürsten. Borislaw – du erinnerst dich an Borislaw? –, er ist jetzt der Befehlshaber der Druschina. Wir sind etwa zwei-hundert Berittene. Die Besten der Besten und schwer bewaffnet. Es ist eine Ehre, in der Druschina zu dienen. Wir bekommen die ausgesuchtesten Pferde, Waffen, Unterkünfte, einfach alles, sage ich dir.« Er lacht. »Sogar Weiber, wenn einem danach ist.«

»Ich freue mich, dass du zufrieden bist.«

Er zuckt mit den Schultern. »Wäre mir lieber gewesen, wir hätten bei Stikla Stad gewonnen, und Olaf wäre wieder König in Norwegen. Nun, es hat nicht sollen sein.«

»Ich will Jarisleif meine Dienste anbieten«, sage ich. »Nicht in deiner Druschina, sondern meine Männer als Söldnertruppe. Ich habe zwei schnelle Schiffe, wie du hier siehst, und die nöti-gen Mannschaften. Ich hoffe, du wirst ein gutes Wort für mich einlegen.«

»Natürlich«, sagt er. Doch seine Miene ist auf einmal ernst geworden. »Ich muss dich allerdings warnen, Harald. Jarisleif ist auf deine Familie nicht besonders gut zu sprechen.«

»Aber wieso?«

»Du erinnerst dich, Olaf hatte eine Menge Silber bei sich, als er nach Svearike kam. Das stammte alles von Jarisleif. Der hatte es ihm für den Feldzug vorgestreckt, in der Hoffnung, in Nor-wegen einen königlichen Verbündeten zu haben. Nun ist Olaf tot, das Silber ist weg und Norwegen verloren. Er wird ziemlich ungehalten, wenn man ihn daran erinnert.«

Ähnlich hatte Eilif mich gewarnt. Das sind wahrlich keine guten Nachrichten. Dann frage ich ihn nach Magnus. »Ich hoffe, er lässt seine Enttäuschung nicht an dem Jungen aus.«

»Magnus? Nein, um Magnus musst du dir keine Sorgen machen. Dem Kleinen geht's gut. Alles in bester Ordnung.« Trotz dieser Worte wirkt er plötzlich verlegen. »Es ist nur, dass er … nun ja, Magnus lebt jetzt bei mir. In meinem Haus.«

»In deinem Haus? Ich dachte, er sollte in Jarisleifs Palast erzogen werden. In der Obhut der Fürstin.«

»Die Dinge haben sich geändert.«

»Und was ist mit Alfhild, seiner Mutter? Ich hoffe, sie lebt noch.«

»Doch, doch. Natürlich lebt sie noch. Auch ihr geht es gut. Und sie wird sich bestimmt freuen, dich wiederzusehen.«

»Was ist los, mein Freund? Du scheinst mir irgendwie um den heißen Brei herumzutanzen. Spuck's endlich aus.«

Er kratzt sich am Bart. »Wenn du's genau wissen willst: Alfhild und ich haben geheiratet«, sagt er und sieht mich unsicher an. »Ich hoffe, du hast nichts dagegen. Schließlich war sie Olafs Sklavin. Im Grunde gehört sie jetzt wohl dir. Ich zahl dir auch gern den Preis für ihre Freiheit.«

Da muss ich herzlich lachen. »Bei Oðin, Ragnwald! Wenn's mehr nicht ist? Behalt dein Silber. Und ich wünsche dir viel Glück zu deiner Vermählung. Du bist also jetzt Magnus' Ziehvater, ist das richtig?«

»Nur, wenn du nichts dagegen hast, Harald. Ich mag den Jungen. Er ist ein gutes Kerlchen.«

»Was sollte ich dagegen haben?« Ich schlage ihm gutgelaunt auf die Schulter. »Ich kann mir keinen besseren Ziehvater vorstellen.«

Tatsächlich bin ich erleichtert. Der Junge hat eine Familie, die sich um ihn kümmert. Und ich bin dadurch frei und muss mir keine Sorgen um ihn machen. Ragnwald ist genauso fähig, über ihn zu wachen, wie ich es bin. Mehr noch. Er ist älter und erfahrener. Und jetzt, da Sigurd erledigt ist, müssen wir uns auch nicht mehr vor seiner Rache fürchten.

Ragnwald grinst übers ganze Gesicht. »Ich bin froh, dass du einverstanden bist. Willst du ihn sehen? Wir können gleich hinübergehen. Es ist nicht weit.«

»Ja, sicher. Aber sag mir erst, was mit meinem Besuch im Palast ist. Ich habe einiges mit dem Fürsten zu klären. Außerdem habe ich eine Überraschung für ihn. Eine hoffentlich angenehme, die ihn für den Verlust seines Silbers ein wenig entschädigt.«

Ich erzähle ihm, wen wir an Bord gefangen halten und wie es dazu gekommen ist. Ragnwald schüttelt den Kopf, als ich ihm alles berichtet habe. »Dieser Eilif ist mir schon immer schmierig vorgekommen. Aber es ging mich ja nichts an. Außerdem haben die Jarls von Aldeigjoborg auch schon vorher gern etwas für sich abgezweigt, aber natürlich nicht in diesem Ausmaß. Ich hatte leider noch keine Gelegenheit, Jarisleif zu sprechen, aber ich werde versuchen, für dich ein Treffen zu verabreden. Vielleicht schon morgen.«

»Aber verrate noch nichts, was Eilif betrifft. Es soll, wie gesagt, eine Überraschung werden.«

»Überraschungen können auch gefährlich sein. Aber ich halte dicht, wenn du darauf bestehst. Inzwischen will ich mich um Unterkünfte für deine Leute kümmern. Ich denke mal, die haben es satt, im offenen Boot zu schlafen. Du und Aila, ihr bleibt selbstverständlich bei mir. Ich lasse euch später abholen.« Damit eilt er zurück zum Palast.

Als ich wieder bei den Schiffen bin, rufe ich Ragnar und Ivar zu mir, händige ihnen genügend Silber aus, um eiserne Halsringe und Ketten zu kaufen, wie man sie widerspenstigen Sklaven anlegt. Und sie sollen Karren mieten, um am nächsten Morgen die Beute zum Palast bringen zu können, und darauf achten, dass die Felle gut verpackt sind. Es muss ja nicht jeder sehen, was wir geladen haben.

Als ich Aila erkläre, was ich vorhabe, sagt sie: »Du hast das also doch nicht nur für uns arme Tschuden getan. In Wirklichkeit willst du den Großfürsten beeindrucken.«

»Ist das schlecht?«

»Ich habe mehr und mehr den Eindruck, dass man sich vor dir in Acht nehmen muss.« Es klingt wie ein Tadel, und doch lächelt sie mich dabei schalkhaft an. »Muss man sich vor dir fürchten?«

»Nur meine Feinde«, sage ich und streiche ihr eine Haarsträhne aus der Stirn. »Bald wirst du wieder lange, goldene Locken haben.«

»Wieso? Gefalle ich dir nicht mit kurzen Haaren?«

»Du gefällst mir, ganz gleich, wie.« Ich beuge mich zu ihr hinab und flüstere ihr ins Ohr: »Am besten ohne Kleider.«

Sie lacht unwillkürlich. Aber dann schiebt sie mich von sich und gibt vor zu schmollen. »So werden mich bald alle zu sehen kriegen, denn ich habe überhaupt nichts anzuziehen. Du wirst mir ein paar Sachen kaufen müssen.«

»Und was ist das da, was du anhast?«

»Pah. Abgetragene Fetzen, die man mir in Sithun aus Mitleid überlassen hat. Wir sind hier in Holmgarð. Da läuft man nicht wie ein Bettler herum. Das gilt übrigens auch für dich.« Sie deutet auf meinen *kyrtill*, auf dem die Spuren der Kämpfe und der Reise zu sehen sind. »Willst du so vor den Großfürsten treten?«

Ich blicke an mir hinunter. Auch meine Stiefel sind nicht mehr im besten Zustand. »Ich glaube, ich könnte auch etwas Neues gebrauchen.«

Wenig später erscheint Ragnwalds Sklave und erklärt, mit den Unterkünften für meine Mannschaften werden wir noch warten müssen. Aber er würde mich und meine Gemahlin jetzt zum Haus seines Herrn geleiten.

Unterwegs stößt Aila mir in die Seite. »Bin ich jetzt zur Gemahlin aufgestiegen?«, fragt sie mit verschmitztem Grinsen.

»Willst du heiraten? Ich wäre dafür.«

»Nein. Ich bleibe lieber Geliebte«, sagt sie und lacht über mein verdutztes Gesicht. »Das ist spannender.«

Ragnwald lebt in einem geräumigen Haus irgendwo am Stadtrand. Sofort beeindruckt mich die freundliche, angenehme Umgebung, die wir betreten. Kerzen werfen ein warmes Licht, ein Feuer flackert im Hintergrund. Der Boden ist mit frischem Stroh und wohlriechenden Kräutern bedeckt. Bequeme Stühle, mit Schaffell und bunten Kissen ausgestattet, laden zum Sitzen ein. Ein Ort zum Wohlfühlen.

Als Alfhild uns mit herzlichen Worten in Empfang nimmt, ist sofort deutlich, wer für dieses schöne Heim verantwortlich ist. Vier Jahre sind seit meiner ersten Begegnung mit ihr vergangen. Ich habe sie immer als hübsches, etwas mageres, aber vor allem schüchternes Mädchen in Erinnerung gehabt. Doch an diesem Abend steht eine ganz andere Frau vor uns. Sie ist stattlicher geworden und selbstbewusster. Aber auf eine so bescheidene, stille und warmherzige Art, dass man sofort von ihr eingenommen ist. Sie besitzt eine Schönheit, die von innen leuchtet.

»Ragnwald ist so glücklich, dass ihr beide euch wiedergefunden habt«, sagt sie zu mir. »Es ist mir eine große Ehre, dich hier in unserem Haus zu haben.« Sie erlaubt, dass ich sie auf die Wange küsse, und umarmt auch Aila aufs herzlichste. Vom ersten Augenblick an ist zwischen den beiden Frauen eine gewisse Vertrautheit zu spüren. Vielleicht weil sie beide Sklavinnen waren.

»Und hier kommt Magnus«, sagt Alfhild und schiebt den Jungen vor mich hin. »Dies ist Harald, dein Oheim, mein Herz«, sagt sie zu ihm.

Ich hocke mich auf ein Knie, nehme seine kleine Hand in meine und lächele ihm zu. Magnus ist jetzt etwa sieben Jahre alt. Ein blonder, hübscher Junge, der mich mit ernsten Augen betrachtet. Etwas pausbäckig. Kein Wunder bei seinem Vater, denn Olaf war nicht der Schlankste auf Erden.

»Wie geht es dir, Magnus?«

»Gut«, erwidert er. »Darf ich dein Schiff sehen?«

»Klar. Gleich morgen früh, wenn du möchtest.«

»Bist du gekommen, mich zu holen?«

»Zu holen? Wie meinst du das?«

»Ragnwald sagt, du machst mich zum König in Norwegen.«

Erstaunt werfe ich Ragnwald einen Blick zu. Der macht ein verlegenes Gesicht. »Später, Magnus. Zuerst musst du noch um einiges wachsen.«

Magnus nickt ernst. Mit gerunzelter Stirn starrt der kleine Knirps mich an, als wollte er in meinem Gesicht lesen. Plötzlich verspüre ich einen Groll gegen dieses Kind, das sich anmaßt, König zu werden und den Platz von Männern einzunehmen, die es eher verdient hätten. Männern wie ich. Aber das dauert nur einen Augenblick, und schon schäme ich mich solcher Gefühle. Besonders als Magnus mich anlächelt. Das gleiche Lächeln wie Olaf. Es erinnert mich an das Versprechen, das ich meinem Bruder gegeben habe.

»Eines Tages wirst du König sein, Magnus«, sage ich. »Die Zeit vergeht schneller, als du denkst. Und wenn es so weit ist, kannst du auf mich zählen.«

Alfhild zieht sich zurück, um Magnus zu Bett zu bringen. Als sie wiederkommt, wird aufgetischt. Zwei Haussklaven teilen das Essen aus und bedienen uns während des Mahls, das

Alfhild angeblich selbst zubereitet hat. Es wird ein vergnüglicher Abend. Ragnwald erzählt vom Hof des Großfürsten und vom Leben in Garðarike. Und ich berichte von unseren Abenteuern bei den Tschuden. Schließlich ziehen Aila und ich uns in die Kammer zurück, die Alfhild für uns vorbereitet hat.

Nach Tagen auf dem Schiff sind wir endlich allein und unbeobachtet. Und doch sind wir an diesem Abend zufrieden, einfach nur still und engumschlungen dazuliegen und unseren Gedanken nachzuhängen. Schließlich liegen Erlebnisse hinter uns, die einem noch im Kopf herumschwirren.

»Hast du bemerkt, wie liebevoll sie sich ansehen?«, flüstert Aila in der Dunkelheit. »Besonders Ragnwald kann seine Augen nicht von ihr lassen. Bei jeder Gelegenheit berührt er sie. Und sie ihn auch.«

»Ich bin froh, dass sie sich gefunden haben.«

Ailas Finger zupfen sanft an meinen Brusthaaren. »Glaubst du, wir lieben uns auch so innig wie diese beiden?«

»Zweifelst du daran?«

»Vielleicht liebe ich dich mehr als du mich.«

Meine Hand streicht über ihr rundes Hinterteil. »Soll ich dir das Gegenteil beweisen?«

»So habe ich das nicht gemeint«, sagt sie lachend, fängt aber gleich darauf an, sich wollüstig an mir zu reiben. Dann legt sie sich auf mich und öffnet ihre Schenkel. »Oder vielleicht doch«, höre ich sie murmeln und gleich darauf leise aufstöhnen, als ich in sie eindringe.

* * *

Am Morgen erfahren wir, dass es an diesem Tag mit meinem Treffen am Fürstenhof noch nichts wird. Ich müsse mich gedulden. Das ist enttäuschend, und ich frage mich, ob das als

Missachtung zu verstehen ist. Besonders nach dem, was Ragnwald über des Fürsten Haltung angedeutet hatte.

Wir nutzen die Zeit, um den kleinen Magnus wie versprochen zu den Schiffen mitzunehmen. Ich stelle ihn den Männern als Olafs Sohn vor, und sie überbieten sich, ihm an Bord zu zeigen, was er sehen will. Er betrachtet alles mit großen Augen und stellt viele Fragen. Besonders der blutige Rabenkopf auf dem Vordersteven der *Bloð-hrafn* hat es ihm angetan.

»Warum ist sein Schnabel so rot?«

»Er frisst das Fleisch der Toten auf dem Schlachtfeld«, erwidert Ragnar. Das lässt den Jungen für einen Augenblick verstummen. Aber nicht für lang.

»Und wer sind die da?«, fragt er und zeigt auf meine Gefangenen, die mürrisch an Deck sitzen und alles um sich herum mit misstrauischen Blicken beobachten. Ragnar hat ihnen Halseisen und Ketten angelegt. Ihre feinen Kleider sind zerknittert und verdreckt.

»Das sind gefährliche Männer. Die haben schlimme Sachen gemacht. Von denen solltest du dich fernhalten.«

»Wirst du sie bestrafen?«

»Das tut der Großfürst.«

»Der Großfürst lässt oft Männer hinrichten.«

Es hat fast beiläufig geklungen, als ob das jeden Tag geschähe. Dann lässt er sich von Ragnar erklären, wie man das Schiff steuert. Die Gefangenen hat er schon wieder vergessen. König Magnus. Das spukt mir schon die ganze Zeit im Kopf herum. Wir sind hier nur geduldete Flüchtlinge, ohne Geld, ohne Heer. Wie, um alles in der Welt, soll ich es anstellen, ihn auf den norwegischen Thron zu setzen? Eines Tages wird er mich daran erinnern. Dabei ist es ein hohles Versprechen. Ich sehe keine Möglichkeit, es einzuhalten. Und doch muss es einen Weg geben.

Während wir Magnus zurück zu seiner Mutter bringen, meint Ragnwald: »Ich muss dir noch etwas sagen. Ich hoffe nicht, dass dein Anliegen bei Hofe auf taube Ohren fällt. Oder gar Schlimmeres.«

»Warum sollte es?«

»Nun, Aldeigjoborg wird zwar von Jarisleif verwaltet, aber es ist seit ihrer Vermählung eigentlich ein Lehen der Fürstin Ingegerd.«

»Das weiß ich.«

»Jarl Eilif hat sich immer gut mit ihr verstanden. Du weißt, wie er sich einschmeicheln kann. Und er ist kein Kleiner bei Hofe. Sein Vater hat damals die Verhandlungen geführt und dann vor zwölf Jahren Ingegerd persönlich dem Großfürsten zugeführt.«

»Ist es eine gute Ehe?«

»Ich denke schon. Sie hat ihm bereits sechs Kinder geboren und ist jung genug für mehr. Jarisleif hört auf sie. Man sagt, sie hat großen Einfluss auf ihn. Also sieh dich vor.«

»Aber Eilif hat sie bestohlen.«

»Ich weiß. Doch dem Überbringer schlechter Nachrichten ist man nicht immer gewogen.«

Es ist ihm gelungen, mich endgültig zu beunruhigen. Jarisleif ist nicht gut auf meine Familie zu sprechen, sagt er. Jetzt habe ich auch noch Ingegerds möglichen Liebling und einen bedeutenden Adeligen des Reichs in Ketten gelegt. Ein Mann ist schon für weit weniger in Ungnade gefallen. Dabei war ich mir meiner Sache so sicher gewesen. Umso wichtiger ist es, dass mein Auftritt gelingt, dass meine Darstellung der Ereignisse überzeugt und dass vor allem die Aussagen meiner Zeugen glaubhaft sind.

Am Nachmittag erbietet sich Bogdan, uns seine Heimatstadt zu zeigen. Zu sechst ziehen wir los. Auch Aila schließt sich an, obwohl sie Holmgarð gut kennt und ihre Erinnerungen an diesen Ort nicht unbedingt die glücklichsten sind.

Die Stadt ist wesentlich größer als Aldeigjoborg. Viele der unzähligen Häuser sind neuer und schöner, mit Schindeln und nicht mit Stroh oder Schilf gedeckt. Auch hier gibt es Gehsteige in den wichtigsten Gassen, so dass man nicht in den Dreck treten muss. Die hölzerne Kirche, die wir besuchen, hat einen Turm, in dem eine bronzene Glocke hängt, und einen hohen Innenraum mit einem gewaltigen Kreuz über dem Altar. Das Gebäude erinnert mich an Uppsala. Es fehlen nur die riesigen Götterstatuen. Dafür sind aber Darstellungen von Heiligen zu bewundern. Die Leute stellen Kerzen darunter und beten diese Bilder an. Die Heiligen müssen wichtige Nebengötter der Christen sein, so sehr werden sie verehrt.

Wir verlassen die Kirche und schlendern weiter. Beladene Karren sind unterwegs, und überall wimmelt es von Menschen, die miteinander reden oder feilschen, meist in Sprachen, die wir nicht verstehen. Bewaffnete stehen an den Ecken, um darauf zu achten, dass die Ordnung gewahrt bleibt. An einem Dachfirst arbeiten Zimmerleute, aus einer Schmiede klingen helle Hammerschläge, und ein Schuhmacher vermisst einem Kunden die Füße. Die blonden Rus sind am besten gekleidet, die reicheren tragen lange Gewänder mit pelzbesetzten Mänteln und silbernen Fibeln. Am schönsten sind ihre Frauen herausgeputzt.

»Was habe ich dir gesagt?«, meint Aila. »Du musst dich besser anziehen. Das heißt, wenn du den Fürsten und die Bojaren beeindrucken willst.«

»Taten zählen mehr als Firlefanz«, brumme ich. Aber ganz unrecht hat sie nicht. Ich erinnere mich, wie die Zwillinge damals in Olafs Zelt in ihren seidenen Tuniken und feinen Sandalen ausgesehen hatten. Warum habe ich nicht schon in Sithun daran gedacht, ihr etwas Besseres zu kaufen? »Also gut. Dann kleiden wir uns neu ein. Such dir aus, was du möchtest. Ich habe noch das meiste von Anunds Silber übrig. Bisher haben wir ja kaum etwas ausgegeben.«

Aila lächelt belustigt. »Warte ab, bis du die Preise siehst.«

Ich lege ihr den Arm um die Taille. »Für dich nur das Beste.« Solange ich Silber habe, will ich nicht kleinlich sein. Und wenn es zu Ende ist, dann wird sich schon was finden. Es lohnt nicht, sich darüber Gedanken zu machen. Meine Familie war immer reich und hat nie darben müssen. Ich weiß eigentlich gar nicht, wie es ist, bettelarm zu sein. Wahrscheinlich hat deshalb Geld wenig Bedeutung für mich, höchstens als Mittel, um meine Männer bei Laune zu halten. Für mich selbst habe ich keine großen Ansprüche. Aber wenn Aila sich schöne Kleider wünscht, dann bin ich der Letzte, der ihr das nicht gönnt.

Der Großteil von Holmgarðs Bevölkerung scheint slawischen Ursprungs zu sein. Die Männer tragen weite, bauschige Hosen, die in halbhohen Stiefeln stecken, die Frauen bestickte Röcke und lange, bunte Kopftücher, eines schöner als das andere. Inmitten des Gewühls fallen uns auch dunkelhäutige Männer in fremdartigen Kleidern auf, mit krummen Schwertern an der Seite. Manche haben Tücher um den Kopf geschlungen und tragen mächtige, schwarze Schnauzbärte im Gesicht. Das seien Bulgaren oder auch Khasaren, erklärt uns Bogdan. Die sind hier, um Pelze, Häute oder Bernstein zu erwerben.

Wir können uns kaum sattsehen an all den Dingen, die es an den Ständen zu kaufen gibt. Hatten wir schon den Markt in Sithun bewundert, so staunen wir hier vor allem über die seltenen Waren aus dem Süden, aus Grikaland und aus Serkland, dem fernen Arabien. Goldene Halsketten und Ringe mit eingefassten Edelsteinen, silberne Gefäße mit fremdartigen Ornamenten. Oder Messer aus Damaszenerstahl, deren gemaserte, polierte Schneiden das Licht widerspiegeln. Schnitzereien aus Elfenbein, aber nicht aus dem der Narwale, so wie daheim, sondern aus den Stoßzähnen riesiger Landtiere, die Olifanten genannt werden. Bunte Tücher aus einem Land, das Indien heißt, mit Mustern in allen Farben. Oder Ballen von Seide, die sich kühler und glatter anfühlt als die Haut einer schönen Frau. Das sind Bogdans Worte, die er mir grinsend zuflüstert, als Aila gerade nicht zuhört.

»Kein Wunder, dass die Stadt so reich ist«, meint Thorkel. »Beim Handel mit solchen Kostbarkeiten.«

»Ach, das ist noch gar nichts«, erwidert Bogdan. »Ihr solltet sehen, wie es hier von Händlern und Waren wimmelt, wenn erst die Pelze vom letzten Winter eintreffen. Da wechselt viel Silber die Hände, die Preise steigen, und für die Huren ist es die einträglichste Zeit des ganzen Jahres.«

»Dann kommen wir ja gerade richtig«, murmelt Ragnar hinter vorgehaltener Hand. »Ein saftiges Weib würde mir schon passen. Eine, die weiß, was einem Kerl gefällt.« Er grinst lüstern, bis Aila ihm einen missbilligenden Blick zuwirft.

Schließlich stehen wir vor dem Palast des Großfürsten. Das Gebäude gereicht diesem Wort zur Ehre. Es ist zwar ebenfalls aus Holz wie alle Häuser der Stadt, aber groß, eckig, mit vielen Fenstern und mit einem gewaltigen Dach darüber. Davor ein Innenhof mit Stallungen und Dienstgebäuden. Alles ist von einer hohen Palisade umgeben, und am Tor stehen schwerbewaffnete Krieger, die uns unfreundlich mustern.

Drei lange Tage müssen wir warten, bevor Ragnwald mir endlich verkündet, dass der Großfürst am Nachmittag eine Stunde Zeit für mich hätte. Aila und ich haben uns inzwischen bei den Schneidern der Stadt ausstatten lassen. Nicht alles ist neu, aber zumindest von guter Qualität. Auch Thorkel und den Brüdern Arnason spendiere ich neue Kleider, denn sie sollen mich begleiten. Ich hätte das Gleiche auch gern für andere getan, aber mein Vorrat an Silber neigt sich dem Ende zu. Ich kann nur hoffen, dass sich mein Schwert die Großzügigkeit des Fürsten erkaufen wird.

Wir beladen die Karren mit den in Bündel verpackten Fellen und ziehen mit unseren beiden Gefangenen vor das Tor des Palastes. Von den Mannschaften habe ich zwölf Mann ausgewählt, die uns begleiten, darunter auch Männer von Sigurds *Fálki,* die ich als Zeugen benötige. Allen voran Ivar Kjeldsson, der unruhig auf den Nägeln kaut. Er ist besorgt. Wie ich auch. Denn unser aller Zukunft hängt von dieser Unterredung ab.

Ragnwald hat Schwierigkeiten, die Wachen zu überzeugen, neben mir auch die Karren und mein kleines Gefolge in den Hof zu lassen. Schließlich bestehen sie darauf, dass wir wenigstens die Waffen zurücklassen. Endlich, in Ragnwalds Begleitung, darf ich die große Halle des Palastes betreten.

Das heißt, ganz so riesig ist sie nicht. Ein hoher Raum, aber nicht viel größer als daheim die Halle meiner Mutter. Doch damit endet auch schon die Ähnlichkeit, denn die Ausstattung ist so erlesen, wie ich es noch nie gesehen habe. Rechter Hand eine gemauerte Feuerstelle, links die Außenwand mit einigen Fenstern, die aber so klein sind, dass sie wenig Licht hereinlassen. Kostbare Teppiche hängen an den freien Wandflächen. Der Boden ist mit gewachsten Dielen aus edlem Holz ausgelegt und so blank poliert, dass sich darin die unzähligen Kerzen spiegeln, die den Saal erhellen. Überall glänzt es von Gold und Silber, seien es die Kandelaber, die Halterungen der Fackeln, das große Kreuz, das an der Stirnwand hängt, oder die Gürtelschnallen und Fibeln der Höflinge, die uns neugierig anstarren, als wir eintreten.

Die Männer, es handelt sich fast ausschließlich um Männer, sind nach byzantinischer Mode in lange Gewänder gekleidet, deren Saum bis auf die Stiefelspitzen fällt. Auf dem Kopf tragen viele eine seltsame, pelzgesäumte Kappe, und fast alle haben lange Bärte, als gehöre dieses Zeichen der Männlichkeit unbedingt zum Stand eines Bojaren. Den längsten Bart hat ein Priester oder Bischof, den ich an einem großen Kreuz erkenne, das er auf der Brust trägt, und dessen golddurchwirktes Gewand noch prächtiger ist als das der übrigen Männer.

Die Anwesenden, deren Gespräche bei unserer Ankunft verklungen sind, machen Platz, so dass der Blick auf den Hochsitz im Hintergrund fällt, auf dem der Großfürst thront. Rechts von ihm, auf einem etwas niedrigeren Stuhl, sitzt eine ganz in Seide gekleidete Frau, deren dunkelblondes Haar von einem langen Schleier bedeckt ist. Das muss die Fürstin Ingegerd sein. Links vom Sitz des Fürsten steht ein junger Mann, nicht viel älter als ich selbst, vermutlich Prinz Ilja, Jarisleifs Sohn aus erster Ehe. Dessen Mutter ist vor vielen Jahren von Polen, mit denen der Fürst nicht selten Krieg führt, geraubt worden und nie wieder aufgetaucht.

Ragnwald und ich nähern uns dem Thron. »Darf ich Euch Harald Sigurdsson vorstellen, Herr?«, sagt Ragnwald und weist auf mich. »König Olafs Halbbruder und Held der Schlacht von Stikla Stad.«

Held ist wohl etwas übertrieben. Aber wenn es hilft. Ich falle auf ein Knie und verbeuge mich noch dazu. Eine ungewöhnliche Geste für einen Nordmann, denn wir knien eigentlich vor niemandem. Aber man hat mir eingebleut, das gehöre sich so bei einer Vorstellung am Hofe des Großfürsten. Mit angehaltenem Atem wage ich es, langsam den Kopf zu heben, und werfe einen verstohlenen Blick auf den Mann, dessen Gunst ich erringen will und von dem meine nächste Zukunft abhängt.

Fürst Jarisleif der Weise, wie er von seinem Volk genannt wird, ist ganz ähnlich wie die Bojaren in der Halle gekleidet.

Die reifen Züge, die feinen Falten in einem hageren Gesicht, aber auch das Grau in Bart und Haar weisen ihn als einen Mann von etwas über fünfzig Jahren aus. In seinem Reich leben weit mehr Slawen, Tschuden, Wepsen, Slowenen und andere Völker als Rus. Und doch ist er in seinem Äußeren unverkennbar ein Nordmann. Kein Wunder, denn sein direkter Vorfahre ist der berühmte Rurik, der schwedische Eroberer und Gründer dieser Stadt.

»Du kannst dich erheben, Harald Sigurdsson«, sagt er mit einer tiefen Stimme in der für uns etwas seltsamen Redeweise der Rus.

Seine blauen Augen, mit denen er mich abschätzend mustert, haben etwas Durchdringendes wie die eines Raubvogels. Das scharf geschnittene Gesicht und die lange, etwas gebogene Nase verstärken diesen Eindruck. Ich tue, wie mir geheißen, verbeuge mich aber kurz vor der Fürstin, die mir schweigend, mit einem Kopfnicken und einem freundlichen Lächeln dankt.

»Du siehst deinem Bruder nicht besonders ähnlich«, sagt der Fürst. »Aber das ist wohl nicht verwunderlich, habt ihr doch nicht die gleichen Väter. Aber für einen, der bei Stikla Stad gekämpft haben will, bist du ziemlich jung.«

»Bei uns lernt man früh das Kriegshandwerk«, erwidere ich.

Vielleicht hat ihm die Antwort missfallen, denn plötzlich knurrt er ungehalten: »Ich hoffe, du kommst nicht, um mich anzubetteln. Deinem Bruder habe ich weiß Gott viel Silber gegeben. Und dann ist er hingegangen, hat alles verspielt und verloren und sich dabei auch noch umbringen lassen. Und jetzt wollen sie einen Heiligen aus ihm machen. Ist es bei euch etwa üblich, Verlierer zu heiligen?«

Im Hintergrund höre ich leises Gelächter. Ich merke, wie mir das Blut ins Gesicht steigt. »Bischof Grimkell benutzt

Olafs Tod für seine eigenen Zwecke«, erwidere ich. »Um den Christenglauben zu verbreiten.«

»Was ich sagen will«, fährt der Fürst unwirsch fort, »bei mir ist nichts zu holen. Besonders nicht, wenn du noch so ein Abenteuer vorhast, wie dir die norwegische Krone zu erkämpfen. Gegen König Knut kommt keiner an. Und ein Knabe wie du schon gar nicht.«

Dass er mich einen Knaben nennt, ist ärgerlich. Aber ich muss es mit guter Miene schlucken. »Ich habe nichts dergleichen vor«, sage ich und setze ein zuvorkommendes Lächeln auf. »Im Gegenteil. Ich bin gekommen, um niemand anderem als Euch zu dienen. Ich habe zwei gute Schiffe und eine vollzählige Mannschaft. Ihr könnt über mich verfügen, Großfürst.«

Er sagt nichts. Mustert mich eher geringschätzig. »Und wie alt bist du?«, fragt er schließlich.

»Achtzehn, Herr.« Ich weiß natürlich, auf was die Frage abzielt, und habe mich flugs um zwei Jahre älter gemacht. Bei meiner Größe wirke ich ohnehin älter.

»Achtzehn«, wiederholt er. »Und wie soll ich einem Burschen Kriegsdienste anvertrauen, der noch grün hinter den Ohren ist?«

Die Männer um uns herum schmunzeln. Auch Prinz Ilja lächelt, und die Fürstin wirft mir einen mitleidigen Blick zu. Es läuft nicht gut, denke ich schon halb verzweifelt. Er macht sich über mich lustig. Und der ganze Saal scheint sein Vergnügen daran zu haben.

Ragnwald versucht, mir beizuspringen. »Herr, ich kann mich für Harald verbürgen …«

»Schweig!«, unterbricht Jarisleif ihn barsch. »Ich rede mit ihm und nicht mit dir. Also, Harald, was hast du zu sagen? Warum sollte ich deine Dienste annehmen?«

Ich schlucke meinen Unmut hinunter, denn jetzt ist der entscheidende Augenblick gekommen. »Jung mag ich sein«, erwidere ich, »aber dass ich etwas leisten kann, möchte ich Euch auf der Stelle beweisen, wenn Ihr erlaubt.«

Er runzelt die Stirn und nickt. »Also gut.«

Ich drehe mich zu Thorkel um, der am Eingang steht, und gebe ihm einen Wink. Schon kommt der Erste meiner Männer mit einem Ballen auf der Schulter herein, schaut sich einen Augenblick lang verunsichert um, tritt dann zu mir und legt den Ballen vor mir auf den Boden.

»Was soll das werden?«, fragt der Fürst.

Ohne ein Wort nehme ich mein Essmesser vom Gürtel und schneide die Naht des Ballens auf. Ein Ruck, und der ganze Inhalt quillt heraus. Schöne Pelze verschiedenster Herkunft, Marder, Fuchs und Zobel. Jarisleif hebt die Brauen, sagt aber nichts, denn schon kommt ein zweiter meiner Männer herein und legt ebenfalls seinen Ballen vor mir auf den Boden. Auch den öffne ich auf die gleiche Weise.

Inzwischen haben meine Leute eine Reihe gebildet und reichen die Ballen von einem zum anderen weiter, so dass immer mehr den Weg zu mir finden und der Berg vor dem Hochsitz des Fürsten größer und größer wird. Ein erstauntes Raunen geht durch den Saal. Gelegentlich öffne ich noch eine Naht, um zu zeigen, dass auch hier der Inhalt genauso gut wie am Anfang ist.

»Was, zum Teufel?«, murmelt Jarisleif. »Wo hast du das her?«

Ich tue, als hätte ich ihn nicht gehört, und warte, bis der Berg noch größer geworden ist. Mehr und mehr Ballen werden von Hand zu Hand gereicht und auf die anderen gelegt. Es scheint nicht aufhören zu wollen.

»Verdammt nochmal«, donnert der Fürst. »Ich will jetzt endlich wissen, was das ist.«

»Das alles habe ich für Euch gerettet«, sage ich, während noch mehr hereingetragen wird. »Das und mehr wollte man Euch und den Tschuden stehlen.« Ich werfe Jarisleifs Gemahlin einen Blick zu, die ebenso erstaunt wie alle im Raum auf den Berg von Fellen starrt. »Und vor allem Euch wollte man bestehlen, Fürstin Ingegerd. Denn diese Felle stammen aus der Gegend rund um den Ladogasee.«

Inzwischen werden keine neuen Ballen mehr gebracht, und ich gebe Thorkel ein weiteres Zeichen, woraufhin sie die Gefangenen holen. Als die beiden verdreckt, zerzaust und mit klirrenden Ketten hereingeführt werden, geht ein hörbares Einatmen durch den Raum, denn alle haben sofort Eilif Ragnwaldsson in dieser jämmerlichen Lage, den ehrenwerten Jarl von Aldeigjoborg, erkannt.

»Eilif!«, ruft die Fürstin Ingegerd erschrocken. »Was tust du hier in Ketten?«

Er wirft ihr einen unglücklichen Blick zu und will antworten, als der Fürst ihn unterbricht und stattdessen mich anschnauzt: »Was, zum Teufel, ist das für ein Spiel, das du treibst?« Er ist ganz rot im Gesicht geworden, und sein Bart zittert vor Empörung.

Ich versuche, mich nicht aus der Fassung bringen zu lassen. »Diese beiden Männer«, sage ich mit einer Stimme, die fester klingt, als ich mich fühle, »diese Männer und ein dritter, der inzwischen tot ist, und noch einer, Sigurd Erlingsson, dessen Name Euch vielleicht bekannt ist und der sich nun auf der Flucht befindet, diese vier haben Euch und die Fürstin bestohlen. Und das seit Jahren. Was hier vor Euch liegt, ist nur ein Teil ihrer Diebesbeute. So viel wenigstens, wie ich sicherstellen konnte.«

Jarisleif macht den Mund auf und gleich darauf wieder zu. Zu überraschend und zu ungeheuerlich ist diese Anschuldigung. Er schwankt zwischen Zorn auf mich und der Neugierde, mehr zu erfahren, und einem plötzlichen Misstrauen gegenüber seinem vertrauten Gefolgsmann. Auch die anderen im Saal sind in Aufruhr. Es wird geraunt und getuschelt, bis der Fürst brüllt, sie sollen gefälligst das Maul halten. Und dann fährt er Eilif an, was er zu dem Ganzen zu sagen hat.

Und natürlich protestiert Eilif. Es sei alles eine gemeine Lüge, eine verdammte, bösartige Verleumdung. Im Gegenteil, ich sei der Plünderer gewesen. Ich hätte seinem treuen Freund Sigurd nachgestellt und dessen Schiff gestohlen. Dann hätte ich sogar Aldeigjoborg überfallen, ausgeraubt und ihn gefangen genommen. Alle in Aldeigjoborg könnten es bezeugen. Und zu allem Übel würde ich jetzt auch noch die Frechheit besitzen, ihn, den treuen Gefolgsmann, zu beschuldigen. Er zeigt mit dem Finger auf mich und nennt mich einen elenden Mörder und Seeräuber.

»Ein verdammter Dieb und *vikingr* ist dieser Kerl. Genau wie sein Bruder. Der war auch so einer.«

Verunsichert blickt die Fürstin von einem zum anderen. Offensichtlich will sie Eilif glauben, und doch stehen auch Zweifel in ihren Augen, Zweifel, die der Großfürst jetzt ausspricht: »Dann erklär mir eines«, fragt Jarisleif mit drohender Stimme. »Wenn dieser junge Kerl dich beraubt hat, wie du sagst, warum ist er dann nicht längst mit seiner Beute geflohen?«

Die Frage verunsichert Eilif, aber nur für einen Augenblick. »Weil er sich bei dir einschmeicheln will. So wie sein Bruder Olaf. Er will deine Gutmütigkeit ausnutzen. Er denkt, weil er mit der Fürstin verwandt ist, wird man ihm glauben.«

Jetzt richtet sich die Aufmerksamkeit aller Anwesenden wieder auf mich. »Wenn Ihr erlaubt, Herr, ich habe Augenzeugen«, sage ich schlicht und rufe Ivar Kjeldsson zu mir. »Dieser

449

Mann hier war Sigurds Steuermann. Er wie auch andere in seiner alten Mannschaft haben alles miterlebt und können Eilifs Schuld bezeugen.« Ich bitte Ivar, zu erzählen, was er weiß und selbst erlebt hat.

Zuerst ist er von der Gegenwart des Fürstenpaars völlig überwältigt und bekommt kein vernünftiges Wort heraus. Aber das legt sich, nachdem ich ihm ein bisschen auf die Sprünge helfe. Danach erzählt er flüssig und verständlich seine Geschichte, nur unterbrochen von ungläubigen und erzürnten Ausrufen des Fürsten und seiner Höflinge. Gelegentlich versucht Eilif, ihm das Wort abzuschneiden, und beschimpft ihn als Lügner, aber nachdem Jarisleif ihn jedes Mal donnernd anweist, den Mund zu halten, gibt er es endlich auf.

Ivar berichtet von den Absprachen zwischen Eilif und seinen Anführern, von den Raubzügen im Winter und im Frühjahr, von den geheimen Lagern. Und ich ergänze mit meinem Bericht, wie wir Sigurd aufgespürt und besiegt haben, spreche über unseren Einsatz in Aldeigjoborg, der wegen seiner Unverfrorenheit viel Beachtung beim Fürsten und seinen Bojaren findet.

Während wir allmählich alles ans Licht bringen, hält Eilif schweigend den Blick gesenkt, als ob er sich schäme. Ketil aber hat von Anfang an verstanden, dass das Spiel aus ist, und macht keinen Versuch, sich zu verteidigen oder die Schuld auf Eilif abzuschieben. Er starrt mich nur unverwandt und mit versteinerter Miene an, mit einem so kalten Blick, dass mich schaudert. Nur gut, dass er gefesselt ist.

Fürstin Ingegerd hat alldem wortlos zugehört, aber mit einem vor Zorn roten Gesicht, besonders bei der Schilderung der Grausamkeiten gegen die Tschuden. Auch Jarisleifs Miene ist voller Zorn und Verachtung. Als wir geendet haben, steigt er von seinem Hochsitz, ist mit wenigen Schritten bei Eilif und schlägt ihm so heftig ins Gesicht, dass dem Mann das Blut aus der Nase fließt.

»Du verfluchter Hurensohn«, brüllt er ihn an. »Dein Vater war mein Freund. Du hast nicht nur seine Ehre, sondern die deiner ganzen Familie besudelt.« Dann ruft er laut nach den Wachen und lässt die beiden abführen. Mich trifft ein letzter Blick aus Ketils hasserfüllten Augen, dann zerrt man sie an ihren Ketten aus der Halle.

»Bei Gott, dem Allmächtigen! Und ich habe dem Kerl vertraut.« Jarisleif schüttelt den Kopf und seufzt. Dann fällt sein Blick auf mich. »Ich kann dir für deinen erstaunlichen Einsatz nur danken, mein Sohn.«

»Danken?«, lässt die Fürstin sich vernehmen. Sie ist immer noch erregt und atemlos von dem, was sie gerade erfahren hat. »Harald hat weit mehr als nur deinen Dank verdient.«

Jarisleif nickt. »Das hat er.« Er runzelt die Stirn und scheint nachzudenken.

»Ich bitte Euch nur darum, meine Männer und mich in Eure Dienste aufzunehmen«, beeile ich mich zu sagen. »Ihr sollt es auch nicht bereuen. Und die ganze Beute hier überlasse ich Euch als kleine Entschädigung für den verlorenen Schatz, den Ihr meinem Bruder gegeben habt.«

Da funkelt er mich an, als hätte ich ihn beleidigt. »Verflucht nochmal, Harald. Denkst du, ich bin so undankbar und geizig, dass ich nicht weiß, was sich gehört?«

»Ich meine ja nur …«

Er unterbricht mich mit einer unwirschen Handbewegung. »Ich will dir sagen, was wir tun. Ich nehme dich und deine Leute in mein Heer auf, wie du verlangst. Und das trifft sich gut, denn wir planen einen Feldzug gegen die aufmüpfigen Polen. Und was die Beute betrifft« – er deutet auf den Berg von Pelzen vor seinem Hochsitz –, »die teilen wir uns zu gleichen

Teilen. Das ist nur gerecht. Meine Verwalter werden dir die Summe, die dir zusteht, gleich morgen vorstrecken. In den nächsten Monaten werden wir dann die Felle verarbeiten und verkaufen, und meine Schreiber werden die Erlöse notieren. Am Ende wird endgültig abgerechnet, und ich werde dir nichts vorenthalten. Was sagst du dazu?«

Ich bin sprachlos. Ragnwald strahlt übers ganze Gesicht und schlägt mir auf die Schulter. Doch ich bin zu überwältigt, um den Mund aufzukriegen, denn, bei Oðin, das ist weit mehr, als ich erwartet habe. »Ihr seht mich beschämt und dankbar, Herr!«, stoße ich schließlich hervor.

Da lacht er und kommt auf mich zu. »Lass dich umarmen, Junge, und sei willkommen in unserem Reich.«

Was Aila wohl sagen wird?, fährt es mir durch den Sinn. Beim Gedanken an Aila fällt mir etwas Wichtiges ein. »Nur noch eines, Herr, wenn Ihr erlaubt. Die Tschuden sind mehr als nur beraubt worden. Man hat sie gefoltert und getötet und ihre Frauen geschändet. Ich weiß, dass sie aus Verzweiflung sogar an Aufstand und Krieg gedacht haben. Man sollte etwas für sie tun.«

Jarisleif nickt. »Das habe ich vor. Ein Aufstand der Tschuden käme mir alles andere als gelegen.«

Nun winkt mich die Fürstin zu sich. Sie schenkt mir ein warmherziges Lächeln, dankt mir ihrerseits und bittet mich, nachher in ihre Gemächer zu kommen, denn sie ist begierig, von ihren Verwandten in Sithun zu erfahren, die sie seit so vielen Jahren nicht mehr gesehen hat. Danach zieht sie sich zurück, und ich werde den Höflingen vorgestellt und schüttele so viele Hände und höre so viele Namen, dass ich mir kaum einen davon merken kann.

Zuletzt spricht mich der junge Prinz Ilja an. »Außerordentlich! Ich bin beeindruckt. Und ich hoffe, wir werden bald gute Freunde.«

ELISIF

Ich bedanke mich bei Ivar, der mich mächtig erleichtert angrinst. Er, Thorkel und die anderen gehen zurück zum Strand. Mich aber führt ein Sklave zu den Gemächern der Fürstin. In der Öffentlichkeit ist sie eher zurückhaltend gewesen, hat würdevoll auf ihrem Thron gesessen und wenig gesagt. Aber hier in ihren privaten Räumen empfängt sie mich wie einen alten Bekannten.

Ich will noch einmal das Knie vor ihr beugen, doch sie nimmt mich gleich bei der Hand und deutet auf einen Stuhl vor einer ebenfalls gemauerten Feuerstelle, in der behaglich die Flammen knistern.

»Wir können uns die Förmlichkeiten ersparen, lieber Schwager. Ist ja bei uns daheim ohnehin nicht so üblich.« Sie weist eine Magd an, Wein zu bringen, und als wir den ersten Schluck getrunken haben, sagt sie: »Ich hatte mir dich nicht so groß und stattlich vorgestellt. Eher so wie Olaf. Der war ja etwas kleiner und stämmiger. Aber deine Augen und dein Lächeln erinnern mich an ihn. Er war eine ganze Weile hier bei uns.«

»Drei Jahre«, sage ich.

»Ganz recht. Ich mochte ihn sehr. Er war immer so gut aufgelegt. Und jetzt …« Ihre Augen werden plötzlich feucht, und sie starrt ins Feuer. Nach einer Weile lächelt sie versonnen. »Beinahe hätte ich ihn sogar geheiratet, weißt du das eigentlich? Aber mein Vater hatte etwas gegen ihn.«

Bei diesen Worten ist sie ein wenig errötet. Ich betrachte ihr Gesicht von der Seite. Sie hat dunklere Haare, ist etwas schlanker und nicht ganz so hübsch wie Astrid. Und doch hat sie etwas Anziehendes. Vor allem ein Lächeln, das Eiszapfen zum Schmelzen bringen könnte. Man ist ihr gleich zugetan.

»Astrid hat davon erzählt«, sage ich.

»Ach ja. Meine gute Schwester. Sie hat ihn mir weggeschnappt. Das heißt, mein Vater wollte es auch ihr nicht erlauben. Aber sie ist einfach weggelaufen und hat ihn heimlich geheiratet.« Die Erinnerung bringt sie zum Lachen. »Astrid war schon immer so. So direkt, meine ich.« Sie schüttelt lächelnd den Kopf. »Wir Schwestern haben nicht die gleiche Mutter, musst du wissen. Astrids Mutter wurde von meinem Vater eines Tages als Kriegsbeute heimgebracht. Sehr zum Unmut meiner eigenen Mutter. Die beiden Frauen haben sich gehasst. Aber wir Mädchen, seltsamerweise, waren einander immer sehr zugetan.«

»Bedauerst du, dass du Olaf nicht heiraten durftest?«

Sie sieht mich erschrocken an. »Ach Gott, nein!«, ruft sie und schüttelt den Kopf. »Es ist schon alles gut so, wie es gekommen ist. Ich hätte es nicht besser treffen können. Nur, dass meine arme Schwester jetzt Witwe ist, das tut mir wirklich leid. Wie geht es ihr und Anund? Du warst doch in Sithun. Erzähl!«

Wir reden lange über meine Eindrücke von ihren Geschwistern und dem schwedischen Hof, von meinen Erlebnissen auf der Reise durch die Wildnis, streifen kurz die Schlacht, in der Olaf gefallen ist, obwohl sie nicht allzu viel davon wissen will. Es sei einfach zu schrecklich, sich das vorzustellen, meint sie, schließlich war Olaf ein guter Freund. Und ich solle auch nicht so ernst nehmen, was der Fürst über ihn gesagt hat. In Wirklichkeit hätte auch Jarisleif ihn geliebt und sei über sein Ende sehr bestürzt gewesen.

Dann sprechen wir noch einmal über Eilif und darüber, wie enttäuscht sie von ihm ist. »Was hat der Fürst jetzt mit den beiden vor?«

»Frag mich nicht«, erwidert sie. »Ich will es gar nicht wissen.« Und wie um abzulenken, spricht sie mich auf Aila an. »Ragnwald hat mir erzählt, dass ihr beiden euch gefunden habt. Das freut mich. Ich kenne Aila natürlich gut und auch ihre Schwester, die jetzt wohl nicht mehr bei uns ist. So schöne Mädchen!« Sie seufzt.

Sie sagt nicht, unter welchen Umständen sie die Zwillinge kennengelernt hat. Und ich will es auch nicht wissen, denn Aila und ich haben vereinbart, ihre Vergangenheit als Sklavin ruhen zu lassen.

»Ich werde meine Leute anweisen, euch ein schönes Haus zu besorgen. Ihr wollt doch wohl nicht in den Unterkünften der Söldner hausen. Ganz gleich, was ihr benötigt, ihr müsst nur fragen.«

Ich danke ihr und will mich schon erheben, als ein Mädchen das Gemach betritt, sich still zu seiner Mutter setzt und mich neugierig aus großen, hellblauen Augen betrachtet. Langes, blondes Haar reicht ihr bis über die Schultern. Sie streicht eine widerspenstige Strähne hinters Ohr, die ihr in die Stirn gefallen ist. Das Mädchen ist ungefähr zehn Jahre alt und von außerordentlicher Schönheit und Zartheit.

»Das ist meine älteste Tochter Elisabeth«, sagt Ingegerd und lächelt stolz. »Unter diesem Namen ist sie getauft worden. Aber ich nenne sie Elisif. Das klingt schwedischer. Bei den Jungs besteht Jarisleif darauf, dass sie slawische Namen haben. Aber bei den Mädchen nimmt er es nicht so genau. Ist sie nicht hübsch?«

Ich lächele. »Mehr als hübsch.«

Elisif tut, als hätte sie mich nicht gehört, und ist doch errötet. Was sie irgendwie noch hübscher macht. Sie scheint mir ein äußerst liebenswertes Kind zu sein.

Ich verabschiede mich und eile zurück zu den Schiffen. Der Jubel ist groß, als ich alle zusammenrufe, von dem Treffen berichte und ihnen einen Anteil an dem Silber verspreche, das der Großfürst mir zu zahlen versprochen hat. Von Zwietracht unter den Männern ist nichts mehr zu spüren. Alle bekräftigen, bei mir bleiben zu wollen, sogar die Handvoll Rus, die wir in Sithun an Bord genommen haben. Ich trage ihnen auf, sich ein bisschen umzuhören. Zwanzig weitere gute Kerle würden die Mannschaften vollzählig machen.

Am nächsten Tag beweist der Fürst, dass auf sein Wort Verlass ist, denn sein Verwalter händigt mir eine so große Menge an Silber aus, dass mir schwindelt. Dabei meint er, dass es am Ende, wenn alles verkauft ist, wahrscheinlich noch mehr werden wird.

Aber so großzügig Jarisleif ist, so unerbittlich ist auch sein Sinn für Gerechtigkeit. Eilif und Ketil werden in aller Öffentlichkeit mit glühenden Zangen gezwickt, bis ihre Schreie durch die ganze Stadt gellen. Danach schlitzt man ihnen bei lebendigem Leib die Bäuche auf und lässt sie ausbluten. Zuletzt werden sie enthauptet, die Köpfe geteert und für jedermann sichtbar übers Stadttor genagelt, allen zur Warnung, dass man den Großfürsten nicht bestiehlt.

Von dem Silber, das ich erhalten habe, verteile ich ein Drittel unter die Männer und schenke noch dazu den Tapfersten silberne Armringe, die sie mit Stolz tragen dürfen. Der Mannschaft werden Unterkünfte zugewiesen, und Aila und ich beziehen ein bequemes Haus, das man in aller Eile für uns frei gemacht hat. Aila und Alfhild verbringen Tage auf dem Markt, um das Haus einzurichten. Ich erwerbe einen älteren Sklaven als Hausdiener und ein junges Mädchen als Magd. Aila überhäufe ich mit Schmuck und seidenen Kleidern, bis sie mir Einhalt gebietet.

»Großzügigkeit ist eine Tugend«, sagt sie mit strenger Miene. »Aber Verschwendung ein Laster. Ab jetzt wird nichts mehr ausgegeben. Du verwahrst den Rest des Silbers als Grundstock für deinen zukünftigen Reichtum.«

»Meinen zukünftigen Reichtum?«

»Willst du nicht eines Tages für Magnus den Thron erobern? Das hast du doch versprochen.«

Ich nicke nachdenklich. »Das stimmt.«

»Dazu wirst du Männer brauchen. Und die kämpfen nicht für schöne Worte, sondern für Silber.«

Natürlich hat sie recht, und ich bitte den Verwalter des Fürsten, den Rest meines Schatzes sicher für mich aufzubewahren. Denn Jarisleif hat mir den Auftrag erteilt, in den nächsten Tagen nach Norden zu segeln und die Tschuden zu befrieden.

»Du bist der Beste dafür«, hat er gesagt. »Sie kennen dich und vertrauen dir, denn was du getan hast, wird sich inzwischen überall herumgesprochen haben. Sag ihnen, dass sich das, was Eilif ihnen angetan hat, nicht wiederholen wird. Und nächstes Jahr müssen sie ausnahmsweise keinen Tribut zahlen. Als Entschädigung für ihre Verluste.« Nun verstehe ich, warum man ihn den Weisen nennt. »Aber bleib nicht zu lange«, hat er hinzugefügt, »denn wir brechen bald gegen die Polen auf. Und was Aldeigjoborg betrifft, so wird dort fürs Erste mein Sohn Ilja nach dem Rechten sehen.«

Wir werden also noch einmal den großen See befahren und die Dörfer der Tschuden besuchen. Ich hätte einen anderen als Übersetzer mitnehmen können, aber Aila besteht darauf, mitzukommen.

Zwei Tage vor unserer Abreise nach Norden ist unser neues Heim in einem Zustand, dass man darin leben kann. Wir ziehen ein. Nach einem Abendmahl zu zweit weihen wir das Haus in der Schlafkammer beim Schein einer einsamen Kerze gebührend ein. Hinterher liegen wir, ein wenig außer Atem, mit klopfenden Herzen und heißen Gesichtern, dicht neben-einander auf den weichen Fellen und sind glücklich.

»Erinnerst du dich an unsere erste Nacht?«, fragt Aila leise.

»Wie könnte ich die vergessen? Es war Magie. Ihr beide hat-tet mich völlig verzaubert. Es war, als ob ich auf göttlichen Schwingen entführt worden wäre, nach Fólkvangr, Freyas Zaubergarten.«

Aila beute sich über mich und küsst mich. »Wir durften es nicht zeigen, denn wir waren ja Olafs Sklavinnen, aber wir waren beide gleich in dich verliebt.«

»Wirklich? Ich hatte Angst um euch in der Schlacht.«

»Dein Pferd hat mich gerettet«, sagt sie. Plötzlich birgt sie ihr Gesicht in den Händen und weint. »Ich vermisse sie immer noch. Obwohl sie in letzter Zeit nicht mehr so oft mit mir gesprochen hat.«

Ich lege meine Arme um sie. »Du hast mir nie erzählen wol-len, wie sie gestorben ist.«

Aila sagt lange nichts. Ich halte sie fest umschlungen, wäh-rend ihre Tränen auf meine Brust tropfen. »Wir sind zusam-men auf dein Pferd gestiegen«, flüstert sie schließlich schluch-zend, »und konnten uns so vor den Plünderern retten. Wir haben uns im Wald versteckt und beinahe verirrt. Bis ein Kerl uns am nächsten Tag gefunden hat, einer von diesem Lumpen-pack, das sich dem Heer angeschlossen hatte. Der hatte es auf das Pferd abgesehen.«

Sie macht sich von mir frei und holt tief Luft. Ich spüre, wie sie am ganzen Leib zittert. Die Erinnerung ist zu viel für sie. »Du musst es mir nicht erzählen«, sage ich.

»Doch«, flüstert sie, »ich will es endlich loswerden, denn es verfolgt mich noch oft im Traum.« Ich fasse nach ihrer Hand, um ihr Mut zu machen. »Es war ein ziemlich großer, kräftiger Kerl«, fährt sie fort. »Der wollte das Pferd, wie ich schon sagte, aber vorher wollte er sich mit uns vergnügen. Wir haben uns gewehrt. Mich hat er bewusstlos geschlagen und sich dann über Impi hergemacht. Und hinterher hat er ihr die Kehle durchgeschnitten. Einfach so, ohne Grund. Und ich … ich konnte sie nicht retten.« Sie stöhnt auf, und die Tränen laufen ihr über die Wangen. »Als ich wieder zu mir kam, wollte er sich gerade davonmachen. Ich sah Impi in ihrem Blut liegen. Ich weiß nicht mehr genau, was ich getan habe. Ich muss irgendeinen Stein gepackt und wie eine Besessene auf ihn eingeschlagen haben, bis sein Kopf nur noch eine blutige Masse war.«

Sie birgt ihr Gesicht in den Händen und heult ungehemmt.

Ich wiege sie wie ein Kind in meinen Armen. Den Kopf an meiner Schulter, beruhigt sie sich langsam. »Ich wollte nie darüber sprechen. Ich habe mir selbst die Schuld gegeben, weil ich sie nicht retten konnte. Lange Zeit dachte ich, es hätte besser mich getroffen. Ich hätte an ihrer Stelle sterben sollen. Oder wir beide. Überleben kann schlimmer sein als sterben.«

»Ich weiß«, sage ich. »Solche Gedanken habe ich auch schon gehabt.«

»Und zu denken, dass ich einen Menschen umgebracht habe. Das war auch schrecklich. Überall Blut, an meinen Händen, an den Kleidern. Ich hatte panische Angst, dass mich noch mehr von den flüchtenden Kriegern finden könnten. Ich habe Impi deshalb schnell unter Steinen und Erde begraben. Bin dann tagelang mit dem Pferd durch den Wald gewandert und habe mich kaum unter Menschen getraut.«

»Es ist vorbei«, sage ich und streichele sie sanft.

Sie nickt. »Ja, es ist vorbei. Und ich bin froh, dass ich es dir endlich erzählt habe. Das ist eine Erleichterung.« Sie schmiegt sich dicht an mich. »Weißt du, was ich mir wünsche?« Sie streichelt mir die Wange. »Ich wünsche mir ein Kind von dir.«

»Ein Kind?« An so was habe ich überhaupt noch nicht gedacht. Der Gedanke trifft mich wie ein Blitz aus heiterem Himmel. »Du bist doch nicht schwanger, oder?«

»Noch nicht.« Sie lächelt. »Aber meinst du, das wäre so ungewöhnlich? Wir lieben uns jede Nacht. Da wird es wohl nicht ausbleiben.« Sie legt wieder den Kopf auf meine Brust. »Ich bin sicher, Impi würde es sich auch wünschen.«

»Ein Kind«, murmele ich verwirrt.

An so einen Gedanken muss ich mich erst gewöhnen. Ich bin doch viel zu jung für Kinder. Aber sie hat recht. Es ist kaum zu vermeiden. Und dann, mit einem Mal, gefällt mir der Gedanke. Ich habe meine beiden Brüder, Olaf und Halfdan, verloren. Ich lebe in einem fremden Land fern von meiner Familie. Und Aila hat außer mir auch niemanden in der Welt. Beide sind wir so etwas wie Waisen. Aber wir haben einander.

»Ja«, flüstere ich, »das wäre schön.«

Ich will sie küssen, als ich merke, dass sie eingeschlafen ist.

✻ ✻ ✻

Am nächsten Tag laden wir Vorräte an Bord für die Reise nach Norden. Dazu ein gutes Zelt für Aila und mich. Ich lasse auch einiges an Gebrauchswaren kaufen, Dinge, die ich in den Dörfern verteilen will. Kupferne Kessel, Kämme, Wolle, Leinen, Messer und mehr. Finn und Ragnar haben mehr als ein Dutzend Männer gefunden, die bereit sind, sich uns anzuschließen und die Mannschaften zu vervollständigen.

Für den Abend vor der Abreise habe ich meine Freunde, darunter natürlich auch Ragnwald, zum Mahl in unser neues Haus geladen. Aila und Alfhild sind, zusammen mit der Magd, beschäftigt, das Essen vorzubereiten. Es gibt Bier für alle und auch Wein. Ragnar und Ivar sind etwas später gekommen, da sie an Bord noch alles für den nächsten Tag vorzubereiten und Wachen einzuteilen hatten, denn es ist keine gute Idee, die beladenen Schiffe über Nacht unbeaufsichtigt zu lassen. Wer fehlt, ist Thorkel.

»Hat einer ihn gesehen?«, frage ich.

»Er wollte nochmal zu einem Sattler, seinen Helmriemen ersetzen«, entgegnete Ragnar. »Wird sicher gleich kommen.«

Aber Thorkel kommt nicht.

Thjodolf, unser isländischer Skalde, nutzt die Wartezeit, um an uns seine ersten Verse über unsere Abenteuer bei den Tschuden auszuprobieren.

Seine klare Stimme füllt den Raum, und die Männer nicken zu den wortgewaltigen Reimen. Ich finde sie besser als erwartet, auch wenn die Lobpreisungen übertrieben sind. Dass er mich Rabenfütterer nennt, ist mir nicht wirklich angenehm. Doch den Gefährten gefällt es, und sie klopfen begeistert mit ihren Bierbechern auf den Tisch.

»Du hast nichts über Aldeigjoborg gesungen«, meint Finn.

»Geduld, mein Freund«, erwidert Thjodolf. »Gib mir noch ein paar Tage. Ich arbeite daran.«

Die Frauen werden unruhig, denn das Essen läuft Gefahr zu verkochen, und die Männer sind dabei, zu viel Bier auf nüchternen Magen zu trinken.

»Wir können nicht länger warten«, sagt Aila. »Der Braten wird schon schwarz.«

Kaum hat die Magd Brot und ein dampfendes Gemüsegericht verteilt und der Knecht den Braten aufgeschnitten, als Thorkel, hochrot im Gesicht, hereinplatzt. »Ihr ratet nicht, wen ich gerade gesehen habe«, ruft er sofort.

»Nun setz dich erst mal«, sagt Aila und reicht ihm einen Becher mit Bier.

Er nimmt einen tiefen Schluck, dann sagt er: »Ich wollte nochmal zum Hafen, als ich den verdammten Kerlen direkt in die Arme gelaufen bin.«

»Welchen Kerlen?«, knurrt Ragnar. »Sollen wir es erraten?«

»Sigurd Erlingsson!«

»Was sagst du da?« Ich springe auf die Füße. »Bist du sicher?«

»So sicher, wie ich Thorkel Eiriksson heiße. Es dämmerte zwar schon, und er trug einen Kapuzenumhang, aber ich kenne den Bastard schließlich gut genug. Und sein Schatten, dieser Rorik, der war auch dabei.«

»Sie haben es also doch geschafft«, sagt Thorberg und schüttelt den Kopf. »Hätte ich ihnen nicht zugetraut.«

Sein Bruder Finn ist auf den Beinen. »Was warten wir? Holen wir uns die Schweine.«

»Zu spät«, sagt Thorkel. »Sie waren nicht allein. Noch ein paar andere waren dabei. Und bevor ich jemanden holen konnte, haben sie ein Boot in den Fluss geschoben und sind eiligst davongerudert, Richtung Ilmensee.«

Finn setzt sich wieder. »Sie trugen Kapuzen? Dann waren sie also heimlich in der Stadt.«

Thorberg nickt. »Tauschgeschäfte vermutlich. Felle gegen Waffen oder so ähnlich.«

»Haben sie dich erkannt?«, frage ich.

»Das haben sie. Und Sigurd hat mir sogar eine Botschaft für dich zugerufen. Du solltest dich nicht zu sicher fühlen. Die Sache zwischen euch sei noch lange nicht vorbei. Eines Tages würde er mit dir abrechnen.«

Verdammt! Dass Sigurd überlebt, damit hat keiner gerechnet. Ich werfe einen Blick zu Ragnwald hinüber, der am anderen Ende der Tafel sitzt. »Das ändert die Dinge. Ich bitte dich jetzt nur um eines, Ragnwald. Pass gut auf Magnus auf.«

Auch er und Alfhild tauschen besorgte Blicke. »Das werden wir, Harald«, sagt er. »Das werden wir. Ich schwöre es.«

»Sind wir den Bastard also immer noch nicht los«, knurrt Ragnar.

»Und?«, frage ich Thorkel. »War's das? Oder hat er noch was gesagt?«

Thorkel macht ein verlegenes Gesicht und schielt kurz zu Aila hinüber, bevor er sich einen Ruck gibt und mich ansieht. »Er hat gesagt, bevor er dich und Magnus erledigt, würde er sich als Erstes dein hübsches Weib schnappen.«

Aila starrt ihn erschrocken an. Ich gehe sofort zu ihr und schließe sie in die Arme. »Glaub so was nicht, Aila. Er will uns nur Angst machen.«

»Das ist ihm gelungen«, flüstert sie.

»Wir könnten sie verfolgen«, schlägt Thorberg vor. »Vielleicht finden wir die Hurensöhne. Die Tschuden laufen uns ja nicht weg.«

Snorri ist nicht überzeugt. »Der Ilmensee soll groß sein. Viel Wildnis. Da irgendwo ein kleines Boot zu finden …«

»Nein«, unterbreche ich, »lassen wir sie laufen. Wir haben einen eiligen Auftrag zu erledigen. Sie sind nur eine Handvoll Gesetzloser, was können sie schon anrichten? Wir kümmern uns später um sie, wenn wir zurück sind.«

Die Magd füllt die Becher, und wir lassen es uns endlich schmecken, obwohl die Stimmung dahin ist. Trotzdem wird viel geredet und getrunken an diesem Abend. Nur Aila ist sehr still.

Anmerkungen
des Autors

Harald Hardradas Geschichte spielt im elften Jahrhundert. Nicht gerade eine Zeit, in der Historiker lebten und Aufzeichnungen machten. Skandinavien war auch noch kaum christianisiert, ein wenig an den Küsten Norwegens, fast gar nicht in Schweden. Es gab also noch keine Klöster mit schreibkundigen Mönchen, um Chroniken zu verfassen. Überhaupt wurde im Norden weder geschrieben noch gelesen. Runenschriftzeichen dienten eher den weisen Frauen für Weissagungen, beschränkten sich auf einfache Mitteilungen oder Inschriften. Bücher wurden damit nicht geschrieben.

Und doch gab es eine mündlich überlieferte Literatur, Dichtungen von großer Kraft und Schönheit. Die Edda ist ein Beispiel dafür. Die Autoren dieser Dichtungen, die Skalden, waren sehr geschätzt, besonders am Hof eines Jarls, eines Fürsten. Sie begleiteten Heerführer auf ihren Kriegszügen, wie Thjodolf Arnorsson im Roman – er hat wirklich gelebt –, kämpften selbst in vorderster Reihe und reimten Lieder, um die Taten ihrer Helden zu besingen.

Besonders berühmt waren die isländischen Skalden, die oft die norwegischen Könige auf ihren Fahrten begleiteten. Sie dichteten nicht nur Loblieder, sondern auch chronikähnliche Erzählungen von historischen Geschehnissen. Diese wurden nicht niedergeschrieben, sondern als Sagas von Generation zu Generation auswendig gelernt und mündlich weitergegeben. Nicht anders als die Verse des Korans, die auch erst später aufgezeichnet wurden.

Einer, der sich im dreizehnten Jahrhundert um die Nieder-schrift dieser Sagas verdient gemacht hat, ist der Isländer Snorri Sturlason. Seine *Heimsklingla* ist eine, in Sagenform verfasste, fortlaufende Chronik der Geschichte der norwegischen Könige während der Wikingerzeit. Erstaunlich detailliert. Snorri Stur-lason hat nicht nur Sagenerzählungen gesammelt, sondern auch die Lieder der Skalden, die zu seiner Zeit den Menschen in Island noch bekannt waren. Auch diese Verse enthalten his-torische Hinweise. Aus all diesen Elementen ist Snorri Sturla-sons umfassende Niederschrift der *Heimsklingla* entstanden. Sie bildet heute die wohl wichtigste Grundlage der norwegi-schen Geschichtsschreibung zu den Ereignissen jener Zeit.

Ohne dieses großartige Werk hätte ich den vorliegenden Roman nicht schreiben können. Besonders der erste Band folgt recht genau den Chroniken der *Heimsklingla*. Das stimmt nicht nur für die erzählten Ereignisse, sondern auch für die his-torischen Personen und Namen. Natürlich habe ich auch fik-tive Personen eingeführt und das Ganze um fiktive Erlebnisse bereichert. Aber besonders die Geschehnisse um die große Schlacht von Stikla Stad entsprechen den Überlieferungen, ebenso wie Haralds Teilnahme an dieser Schlacht, seine Ver-wundung und Flucht nach Schweden und Russland.

Allerdings habe ich mir auch einige Freiheiten genommen. Sigurd Erlingsson hat gelebt, aber über ihn ist kaum etwas bekannt. Ich habe ihn hier zum Gegenspieler unseres Helden gemacht. Auch Jarl Eilif ist eine historische Figur. Er war der Jarl von Aldeigjoborg, hat Harald gekannt, aber er war kein Pelzräuber wie im Roman. Allerdings bildeten kostbare Pelze den Reichtum der Rus, weshalb mir ein Abenteuer um Pelze passend schien.

Das Reich der Rus wurde von unternehmungslustigen Skan-dinaviern gegründet. Der Name des Wikingers Rurik als

Gründer Nowgorods im neunten Jahrhundert taucht als erster in der Geschichtsschreibung auf. Die Nordleute errichteten Niederlassungen an den Flüssen und etablierten den Handel zwischen dem Baltikum und dem Mittelmeer. Im elften Jahrhundert war ihr Reich zu einer mächtigen Nation geworden, skandinavischen Ursprungs, aber stark beeinflusst von Konstantinopel. Mit der Zeit setzte sich die slawische Sprache durch. Jarisleifs Vater Wladimir führte das Christentum ein. Und um ihr Reich zu beherrschen und zu erweitern, waren skandinavische Söldner willkommen, die *væringjar* oder Waräger, die sich als kampfstarke Krieger sogar in Byzanz verdingten. Mit dem Ende dieses ersten Bandes wird Harald ein Waräger im Land der Rus. Die weiteren Abenteuer seines aufregenden Lebens folgen in Band II und III.

GLOSSAR

Æsir = Asen, Götter der Germanen
Blót = kultisches Opfer
bóndi = Freibauern, Freisassen
borg = Burg, Feste, Fort
brynja = Leibschutz, *hringa-brynja* = Kettenhemd
dísir = weibliche Gottheiten
draugr = Geist, Untoter
drepa = töten
dróttning = Königin
ealdorman (Alt-Engl.) = hochrangiger Magistrat einer Shire
eyrir = Unze Silber
frelsis-öl = ein Bier zur Feier, wenn ein Sklave freigelassen
    wird
Fólkvangr = Götterpalast in Asgard und Freyas Wohnsitz
Freya = Göttin der Fruchtbarkeit, der Liebe, der Magie
Freyr = Gott der Fruchtbarkeit und des Wetters
Garðarike = Russland
Garm = Höllenhund, der den Eingang zu *Helheim*
    bewacht
goði = Priester
goroda = (slawisch) befestigter Handelsposten
Grikaland = Griechenland, Byzanz
haugbúi = Geist, Untoter
Hel = Göttin der gleichnamigen Unterwelt (auch *Helheim*
    genannt)
hirð = Gefolgschaft (Bootsmannschaft)
hirðman (*-men*) = Gefolgsmann, -männer
holmgang = Zweikampf, Duell

Holmgarð = Nowgorod

húskarl, -ar = zum Haushalt gehörende Söldner

hvítakristr = der Weiße Christ (abfällig)

Jarl = Rang eines Kleinfürsten, daraus wurde das engl. Earl

konungr = König

kyrtill = Tunika bis zum Knie, Ärmel bis zum Ellbogen

Loki = Gott der List, der Gestaltwandler und Betrüger

Miðgarð = Konstantinopel

mjøðr = Met, Honigwein

mjölnir = Thors Hammer (oft als Amulett)

monoxylon (gr.) = Einbaum

Niflheim = »eisige, dunkle Welt hoch im Norden«
   (Mythologie)

Njördr = Gott des Ozeans

Norðvegr = Norwegen (der Nordweg)

Oðin = Allvater der Götter

Ragnarök = letzte Schlacht der Götter und Ende der Welt

Rán = Göttin des Meeres, Mutter der Wellentöchter

sax = Kurzschwert oder langes Kampfmesser

seiðkona = Zauberweib, Hexe

seiðr = Magie, Zauber, Zauberbann

serkland = Land der Muslime

Sithun = das heutige Sigtuna, nördlich von Stockholm

Skalde = höfischer Dichter / Sänger, Verfasser von Helden-
   liedern

skjaldborg = Schildburg, um Anführer in der Schlacht zu
   schützen

skjaldmær = Schildmaid

tafl oder *hnefatafl* = Brettspiel, Strategiespiel

taufr = Talisman

thing = Versammlung der freien Ältesten

Thor = Gott des Donners, des Kampfes

Tschuden = mit Finnen verwandte Volksgruppe
Tyr = Gott des Krieges, des Sieges
urðr = Schicksal, Name einer der Nornen
væringi, væringjar = Waräger, nordische Söldner
valhöll = Walhall, Himmel der Helden
valkyrjar = Walküren
vikingr = Seeräuber
völva = Seherin, Zauberin

PERSONEN

Harald und seine Familie (historisch)

Harald Sigurdsson (1015–1066), genannt Hardrada, jüngster Sohn eines Kleinkönigs aus Hringaríke, Abenteurer, Söldnerführer bei den Kiewer Rus, Waräger-Offizier im Dienste Byzanz', später König von Norwegen

Sigurd Syr Halfdansson (?–1018), Haralds Vater und Kleinkönig von Hringaríke, ein bodenständiger und weithin respektierter Herrscher

Åsta Gudbrandsdóttir (980–1030), Haralds Mutter, verheiratet in erster Ehe mit Harald Grenske, König Olafs Vater, in zweiter Ehe mit Sigurd Syr, dem sie fünf Kinder gebar. Ich habe sie länger leben lassen als überliefert.

Olaf Haraldsson (995–1030), König von Norwegen und Åstas erstgeborener Sohn aus der Ehe mit Harald Grenske, begann als Wikinger, kämpfte in England, machte sich zum König von Norwegen, später der heilige Olaf genannt

Guttorm, Haralds ältester Bruder, später Kleinkönig von Hringaríke

Gunhild, Haralds älteste Schwester

Halfdan, Haralds mittlerer Bruder

Ingerid, Haralds Schwester

Magnus Olafson, Olafs unehelicher Sohn mit Alfhild

Andere historische Personen

Astrid Olofsdóttir, uneheliche Tochter König Olofs Skötkonung von Schweden und König Olafs Ehefrau

Alfhild, König Olafs Sklavin und Mutter des kleinen Magnus

Hrane der Weitgereiste, Åstas Gefolgsmann, begleitete Olaf
auf dessen Wikingerfahrten in England, zur Zeit des Romans
ist er Haralds Berater und Lehrer

Kalfr Arnason (990–1051), bedeutender, norwegischer Adeli-
ger, ehemals Olafs Freund, wird dann zu seinem entscheidenden Gegenspieler, Anführer der *bóndi*

Finn Arnason (?–1065), Kalfrs jüngerer Bruder, Olafs Gefährte, bleibt ihm treu und unterstützt auch Harald

Thorberg Arnason, jüngster der drei Arnason-Brüder, bleibt
Olaf ebenso treu und unterstützt Harald

Sigvat Thordsson, ein Skalde und Olafs Freund

Sigurd Erlingsson, Jarl Erlings jüngster Sohn und Haralds
Gegenspieler. Über sein Leben ist nichts bekannt, im Roman
habe ich ihm eine wichtige Rolle zugedacht.

Ragnwald Brusason (?–1046), König Olafs und auch Haralds Gefolgsmann, Magnus' Ziehvater, stammt von den
Orkneys

Thjodolf Arnorsson (1010–1066), isländischer Skalde (Dichter,
Sänger), Haralds langjähriger Gefährte und Freund

Anund Jakob Olofson (1010–1050), König von Schweden und
Astrids Halbbruder

Jarisleif der Weise (978–1054), Großfürst und Herrscher der
Rus, im Grunde ist sein Name Jaroslaw, ich habe den skandinavischen Namen verwendet

Ingegerd Olofsdóttir (1001–1050), Jarisleifs Ehefrau, Tochter
König Olofs Skötkonung von Schweden, Astrids Halbschwester

Elisif von Kiew (1025–1067), Fürst Jarisleifs und Ingegerds
   Tochter, ich habe sie etwa vier Jahre älter gemacht
Eilif Ragnwaldsson, Jarl von Aldeigjoborg
Harald Grenske, Kleinkönig von Vestfold in Norwegen, Åstas
   erster Ehemann und König Olafs Vater
Sigríð Stórrádr (die Hochmütige), Gemahlin von König Eirik
   der Siegreiche von Schweden, später von König Svein
   Gabelbart von Dänemark, laut Sage Harald Grenskes Mör-
   derin
Grimkell, Bischof, Vertrauter König Olafs, Betreiber der
   Christianisierung Norwegens
Thorer Hundr (990–?), bedeutender Klanchef in Norwegen
Hárek von Tjøtta (965–1036), bedeutender Klanchef
Dag Ringsson, Klanchef aus Oppland, dann Schweden
Hákon Eiriksson = Jarl von Lade und König Knuts Statthalter

Fiktive Personen

Thorkel Eiriksson, Haralds Jugendfreund und treuer Gefolgs-
   mann während all seiner Reisen und Abenteuer
Eirik, Thorkels Vater
Guðrun, Åstas verwitwete Schwester und Seele des Haushalts
Aila und Impi, Zwillinge, König Olafs tschudische Sklavinnen
Ragnar, Haralds Gefährte und Steuermann
Finnolf, zweiter Steuermann auf Haralds Schiff
Rorik, Anführer der *húskarlar* auf Åstas Wallburg und ihr
   Geliebter
Æðelind, Åstas hübsche Sklavin
Toke Björnsson, Haralds Bannerträger bei Stikla Stad
Ivar Kjeldsson, erst Sigurds, später Haralds Steuermann
Ejulf, Jäger, Snorris und Sigríðs Vater

Snorri Ejulfsson, Haralds Gefährte und Bogenschütze
Sigríð Ejulfsson, Ejulfs Tochter und Thorkels Geliebte
Ketil Kolbjörnsson, Pelzräuber, Jarl Eilifs Komplize
Arne Aslaksson, Pelzräuber, Jarl Eilifs Komplize
Borgunna, die Hexe vom Randsfjorden
Kauko, tschudischer Krieger
Jalo, junger Tschude

Der zweite und dritte Band der »Herrscher des Nordens«-
Reihe: ab dem 1. Dezember 2017 und 1. Februar 2018 als
Taschenbuch und E-Book erhältlich.

ULF SCHIEWE

Herrscher des Nordens – Odins Blutraben

AD 1035: Beim Großfürsten der Rus hat sich Harald den Ruf
eines siegreichen Söldnerführers erworben. Doch bei der Verteidigung Kiews gegen den Ansturm der Petschenegen werden
seine Fähigkeiten auf eine harte Probe gestellt. Persönliche
Verluste treiben ihn rastlos weiter, diesmal nach Konstantinopel, wo er es als Offizier der kaiserlichen Waräger bei jahrelan-
gen Kriegszügen rund ums Mittelmeer zu einem beachtlichen
Vermögen bringt. Doch eine Affäre mit der Kaiserin Zoe und
der Neid seiner Konkurrenten bringen ihn ins Gefängnis.

Herrscher des Nordens – Die letzte Schlacht

AD 1042: In Konstantinopel tobt ein blutiger Volksaufstand.
Der verhasste, neue Herrscher verschanzt sich im Palast, wo er
die Kaiserin Zoe gefangen hält. Harald kämpft, um sie zu
befreien und den Despoten abzusetzen. Schließlich zieht es ihn
in die Heimat. Auf abenteuerliche Weise gelangt er nach Kiew,
wo er Elisif, die Tochter des Großfürsten, heiratet, die all die
Jahre auf ihn gewartet hat. Mit seinem Beutegold wirbt er ein
Heer an und segelt mit ihr nach Norwegen, um sich zum König
zu machen. Doch dort hält sein Neffe Magnus den Thron
besetzt.